Günter Steffens

Die Annäherung an das Glück

Günter Steffens

Die Annäherung an das Glück

Roman

Kiepenheuer & Witsch

Gesamtherstellung Bercker Graphischer Betrieb Kevelaer
Schutzumschlag und Einband Hannes Jähn Köln
Printed in Germany 1976
ISBN 3 462 01152 9

Für Dieter Wellershoff

Erster Teil

Oft – wir sagten »oftermals« – habe ich mir gewünscht, daß sie nicht nur so in mir beschlossen wäre, wie die Lyrik es meint, sondern so leibhaftig wie eine kleine russische Puppe in der größeren. Ihr kennt diese Puppen. Jede Bewegung meiner Lungen, meines Herzens, Magens, Zwerchfells und Gedärms, jede Systole und Diastole der schleimigen Wände meines Inneren, die sie umschlossen hätten, wäre ein schneckenfeuchtes, schiebendes, liebendes Streifen und Streicheln für sie gewesen, eine zärtlich triefende Besabberung für Baby, »Biba«, »Bibababy«.

In der Temperatur unserer Zuneigung kräuselte sich uns die Sprache bisweilen zu einem kindisch-kindlichen Privatjargon. So hatte ich es mir einfallen lassen, sie, die rundgesichtige, »Spitzkopf« zu nennen, und ich hatte diesen Namen dann nach und nach zu »Spitztopf«, »Spickzopf«, »Spicktor« und weiter zu »Spicht« verkocht. Wovon ich zu »Specht« übergiug und damit zur bekannten, allzu bekannten Sprache zurückgekehrt wäre, hätte ich das Wort nicht wenigstens mit einem frühdeutschen oder auswärtigen Rachenlaut gesprochen. Und wenn sie den Namen des bleichen Falters gekannt hätte, den ich vor ein paar Tagen las, den Namen »Federgeistchen« – sie hätte ihn gewiß mir gegeben, denn während unseres ganzen gemeinsamen Lebens hatte sie nie anders gedacht, als daß ich ein Schriftsteller sei und eine Anzahl überaus bedeutender Bücher schreiben werde.

Federgeistchen, flüstere ich ein paarmal vor mich hin, als sagte sie es zu mir. Ich wollte, ich dürfte jetzt reden und lallen wie ein richtiges Kind. Ich senke schief den Kopf, verziehe den Mund in die Breite. Sofort füllen sich meine Augen, die Nase, es trieft schon, und da ich kein Taschentuch mehr habe, nicht einmal eins aus Papier (ohne Menthol, die sind billiger), schmiere ich es mir um alle Finger und lecke es da herunter, reibe auch etwas davon in meinen schwarzen Rollkragenpullover, kann es aber nicht darin zum Verschwinden bringen und sauge eine Weile daran, um es wieder herauszubekommen. Doch auch das gelingt mir nicht ganz.

Ihr – alte Bekannte, die ich verachte wie Ihr mich verachten möchtet (und könnt doch, ähnlich wie andere Eurer Art in einem Gedicht, das Ihr nicht kennt, erst leuchten seit ich dunkel bin) – Ihr wißt ja alle, daß sie vor drei Jahren gestorben ist. Aber das weiß auch von Euch kaum einer, daß die Stelle, von der aus der Tod in sie eindrang, eben diejenige war, auf die ich sie zum erstenmal küßte; ganz so als hätte ich ihr gleich zu Anfang und mit meinen eigenen Lippen ein langsam wirkendes tödliches Gift eingeflößt. Einige von Euch waren dabei, doch weiß ich nicht, ob jemand gesehen hat, wie ich, hinter ihr hockend, ein Paar weite schwarze Flügel ausspannte und mich langsam aufrichtete, hoch auf mit langem Hals und kleinem Kopf, und wie meine schrägsitzenden kalten Augen lange zielten, bevor mein Hals sich im Bogen zu ihr neigte und der nadelspitze Mund in der Mitte meines Kopfes auf das kleine Mal auf ihrer linken Schulter niederstieß.
Sie sagte noch lange nachher manchmal, ich hätte es so sanft berührt »wie ein Vogel«, und von diesem Moment an sei sie jederzeit bereit gewesen, ohne Zögern mit mir auf und davon zu fliegen, wohin auch immer; »so scheint die Liebe Liebenden ein Halt«.
Während der folgenden zwölf, dreizehn Jahre – über deren schöne Unwahrheit ich mit diesem einen Satz hinwegsetze, hinweghetze zur unschönen Wahrheit – wuchs die geringfügige lichtbraune Erhebung auf ihrer weißen Haut üppig heran, indem sie zugleich eine immer dunklere Färbung annahm, bis sie zuletzt fast schwarz und so lang, breit und hoch wie ein Daumenglied war.

Wie, Doktor M? Sagten Sie nicht, es könne nicht schlimm stehen, da es keine weiße Punktierung zeige, sondern gleichmäßig schwarz sei, oder eher grau, schwärzlich grau von einem Ende zum andern? So etwa sollen Sie sich geäußert haben; ich habe es nicht gehört, ich zog es überhaupt vor, so wenig wie möglich davon zu hören, zu sehen. Ich sah Sie nur auf dem Weg unter unseren Fenstern einen Augenblick stehenbleiben, Licht und Schatten teilten Ihr lächelndes Gesicht, das Licht der ersten Herbstsonne, der Schatten des weit vorgebauten Daches. Vielleicht wollten Sie zu dieser Zeit schon (schon oder noch) ein schlimmeres Wissen vor ihr verbergen, vor ihr und vor mir, dem damals so wenig daran lag, diesem Verdacht nachzugehen, wie mir heute daran gelegen ist, wenn auch aus einem andern Grund. Damals Furcht, Gleichgültigkeit jetzt.

Mag es also immerhin so gewesen sein, daß er Dir, Alte, etwas ganz anderes gesagt, daß dieser »Hoppdiquax« Dich in den toten Winkel zwischen einer verschlossenen Tür und einer fensterlosen Mauer gezogen und es – auch dort noch flüsternd – bei seinem wahren Namen genannt hat, den ich erst einige Zeit später erfuhr.

Erfuhr ich ihn an dem Abend, an dem der noble Greis aus Düsseldorf, der in dem Zugspitzdorf Urlaub machte, es gesehen hatte? Er war Internist, glaube ich, ein emeritierter Professor, glaube ich.
Ich bin nicht dabei gewesen, hatte mich wieder einmal drükken können und war unterdessen in meinem Zimmer auf und ab gegangen zwischen dem Fenster und der rückwärtigen Bücherwand, und Ravels »Valse«, dirigée par René Leibowitz, hatte wie täglich in diesen Wochen meinen Gefangenengang begleiten müssen. Ich hörte das Stück wahrhaftig von morgens bis abends, während ich schrieb oder nicht schrieb. Sobald es in dem Scherbengericht der letzten Takte geendet hatte, setzte ich den Tonabnehmer, diesen Natternkopf, wieder

auf die ersten, noch leeren Rillen der zerkratzten Platte und folgte aufs neue mit dermaßen angestrengter Aufmerksamkeit, daß ich sie wie einen nahenden Krampf fühlte, dem Ablauf, der mit der mühevollen, stockenden Selbstbefreiung, Selbstentfesselung dieses Revenants von einem Tanz beginnt.

Ich hörte sie zurückkommen und in die Küche gehen, sie und die Alte, wartete das Klirren des Endes ab und ging dann hinüber.

(Ich erinnere mich, im Eintreten das Gefühl gehabt und wiedererkannt zu haben, daß der obere Teil meines Gesichts in deutlich sichtbarem Widerspruch zum unteren stehen müsse. Ich hatte das oft, habe es jetzt noch öfter. Während der Mund, wenn auch zitternd mühselig, eine Art heiterer Gelassenheit zur Schau stellt, machen die Augen, die gesamte obere Gesichtshälfte solche prekäre Verlogenheit nicht mit, und das spüre ich; woran denn nur? An dem Wind. Ja, dort oben, und nur dort, scheint es empfindlich zu wehen, es weht um die Augenränder, die die vergrößerten und stärker hervortretenden Augäpfel umgeben, ohne sie schützen zu können, und die von der Kühle, die sie trifft, so kräftig nachgezogen, nachgezeichnet werden, daß ich sie schon selber zu sehen meine; so fühle ich es.)

Der alte Herr, sagten sie, sei mit ihnen ans Fenster oder vor die Tür getreten, um es besser sehen zu können. Gleich darauf habe er so bedenklich zu schwanken begonnen, daß sie von beiden Seiten hastig nach seinen Armen gegriffen hätten, damit er nicht hinfiele. Es kam so heraus, daß man annehmen mußte, es sei der Anblick gewesen, der ihn so getroffen hatte wie ein Stoß; doch gab sie zu bedenken, daß man ziemlich viel Rotwein getrunken habe, »Kalterer See«, und daß dieses miese Zeug ihn wahrscheinlich etwas mitgenommen habe.

Die Diagnose war eindeutig, und vielleicht war er mit dem widerlichen volkstümlichen Wort ausgekommen, das ich hier nicht aussprechen will. Dann hätte ich den Namen, der den vorliegenden Fall präzise benannte, noch etwas später erfahren, nämlich an dem Morgen, an dem der andere Professor (Professor C, Innsbruck) sie untersuchte. Doch ob es dieser oder jener oder auch keiner von beiden, sondern erst – fast zuletzt – der Chirurg (Doktor O, ebendort) gewesen ist, durch den ich den gelehrten Terminus kennengelernt habe, das mag so ungewiß bleiben wie es ist. Gewiß ist, daß mir, ehe ich es verhindern konnte, Melanchthon dabei einfiel, Melanchthon.

Und ob ich mich auch sträubte, mein Kopf kalauerte sogleich los, mit den bloßen Klängen sowohl wie mit ihren biologischen, humanistischen oder sonstigen Bedeutungen, und ließ sich wohl eine halbe Stunde lang nicht von dem Versuch abbringen (der aber mißriet), aus dem einen und dem anderen Wort und vielleicht noch einem dritten, das sich alsbald dazugefunden hatte, ein weiteres zu mixen, ein Amalgam, das ins Vokabular des »Finnegan« gepaßt hätte, wie »wallinstone« oder »wallingstone« (so oder so oder noch anders, ich kann nicht nachschlagen, ich habe keine Bücher mehr, nicht ein einziges Buch mehr, seit einem knappen Jahr. Bücher gehörten zu meinem früheren Leben. Wieso früheren? Ich meine, sie gehörten zu meinem Leben, die Bücher).

Dieses Spiel mit den zwei oder drei Wörtern und ihren drei oder vier Vokalen, so wenig es am Platze war, hatte jedoch zugleich etwas Tröstliches für mich, und zwar so, als könne uns, eben weil ich einerseits zu ihm imstande war und es andererseits lieber unterlassen hätte, im Ernst nichts geschehen. Ebensogut kann ich sagen: Weil der Geist in mir (ich bringe es nicht über mich, »mein Geist« zu sagen, denn unsereiner kann wohl des Geistes sein, aber der Geist nicht unser), weil also dieser Geist so durchseucht war von allem seinesgleichen, mit dem er sich unablässig genährt, gemästet hatte und immer noch fortfuhr, sich zu nähren, zu mästen; weil er so verfallen war seinen unabsehbaren Spielen und Spielereien – und sich dessen dann doch auch wieder bis ins Innerste (das

nun allerdings das meine, von ihm mir verliehen war) zu schämen vermochte.
Daß ich gerade aus diesem vertrackten Sachverhalt so etwas wie einen Glauben ableitete, wir hätten mehr, ein wenig mehr Aussicht auf Schonung vor dem Äußersten als andere, damit er ja nicht gestört werde in seinem widersprüchlichen Walten, das hätte er nicht wissen dürfen. Er hätte mir solche Dummheiten kaum durchgehen lassen, hätte mir klipp und klar gemacht, das sei doch hybrid, sei doch nichts als eine kaum säkularisierte Form des Glaubens an Vorsehung und Auserwähltheit.
Daher hütete ich mich wohl, mir in dieser Sache Rechenschaft zu geben, was mich mitunter dazu veranlaßte – etwa in einem Café, einem Eisenbahncoupé, so daß es die zufälligen Zeugen dort verblüfft haben muß – rasch und heftig die Augen zu schließen, für jene grundlos, in Wahrheit vor Entsetzen, da ich in solchen Momenten jäh die schon gefährliche Nähe der quasi sprungbereiten Einsicht spürte, das alles besage ja doch bloß, daß ich mir einbildete, jemand würde verschont werden um meinetwillen, allein um meinetwillen würde sie verschont werden.

Hätte ich ihn nicht oft genug aufgeben mögen, diesen Geist, wenn er mein wäre? Wenn ich ihn besäße, statt daß er mich besitzt und ich von ihm besessen bin. So aber, wie es nun einmal steht zwischen uns, könnte umgekehrt nur er mich aufgeben, und das scheint er nicht zu wollen, noch immer nicht. Geist, der ein Gespenst bewohnt.

Das Melanom – das aber diesen Namen noch nicht führte, und schon gar nicht den hübschen fremden (schwedischen?) Frauennamen, den es erhielt, als es seine Tödlichkeit offenbart hatte: »Maligne«; sondern unsere Tiroler Bekanntschaft hatte es euphemistisch den »Binkl« getauft, und sie selbst

nannte es »meine Fliege«, soll es aber auch (schon während unserer spanischen Zeit und zumindest einmal Margot gegenüber) »meinen Krebs« genannt haben; doch hatte ich das nicht gehört, oder nicht hören wollen, oder es als einen Anlaß zum Lachen aufgefaßt und gleich darauf wieder vergessen – das Melanom näßte stark, seit dem frühen Sommer schon, seit unserer letzten Rückkehr aus der Schweiz.
Es nutzte wenig oder nichts, es den ganzen Tag dem Wind und der Sonne auszusetzen, in der es grell funkelte. Ich schlug vor, ihm für die Nächte einen luftdurchlässigen Käfig zu bauen, sagen wir aus einer Zündholzschachtel, die ich durchlöchern würde, und die sich leicht mit zwei Klebestreifen befestigen ließe. Da könne es dann, vor Druck, Reibung oder anderweitigen Reizungen geschützt, in Ruhe trocknen. Ich sah es schon vor mir, ausgedörrt und gar nicht mehr funkelnd, in faltig geschrumpfter Jämmerlichkeit.
Sie lächelte über meinen ingeniösen Einfall, berührte mein Gesicht und sagte: Ich liebe dich.

Möglicherweise ist es der Morgen des folgenden Tages gewesen, an dem ich auf dem geschnitzten Stuhl neben meinem Bett, den ich statt eines Nachttisches benutzte, den Zettel fand, den ich seither aufbewahrt habe, ohne ihn je wieder anzusehen. Fällt er mir zufällig einmal in die Hand, so schließe ich schnell die Augen – ja, ich habe mehr als einen Grund, von Zeit zu Zeit meine Augen zu schließen – und wende ihn hastig um.
Doch sehe ich ihn, je dichter sie geschlossen sind, desto deutlicher vor mir. Mit dem unbeherrscht ausfahrenden, ungehobelten Strich, der ihr eigen war, hatte sie einen explodierenden Rosenstrauß hingesudelt, der die Worte umgibt »Ich hab Dich so lieb, daß ich jetzt gleich in zehntausend Stücke zerspringen muß«; das letzte Wort dreimal unterstrichen (Striche, die so unordentlich unter ihm herumliegen wie manchmal Baumstämme an Waldwegen) und drei Ausrufungszei-

chen dahinter, drei vermurkste Spindeln über drei ebenso mißratenen Kreisen.
Auch die Briefe, die ich irgendwo vor mir versteckt halte, sehe ich jetzt oft so, ohne Augen. Viele von ihnen enden mit der stereotypen Wendung »und jetzt leck mich am Arsch«, und der Namenszug der Unterschrift »Deine Baby« läuft, genaugenommen, in ein j aus, oder er lautet »Baly«, mit y. Daneben findet sich häufig die gewissermaßen ägyptische Ansicht einer weinenden Ente (also Profil, aber das Auge, menschliches Auge, en face) und die Tropfenkette der Tränen fällt lotrecht durch die gedachte, oder eher vergessene, Standfläche des Tieres hindurch ins Bodenlose hinab. Niemals gelang es ihr, den Text auf dem Bogen, die Adresse auf dem Umschlag halbwegs hübsch zu placieren; und übrigens hielt sie den Vers »Wer nie sein Brot im Bette aß, der weiß nicht, wie die Krümel pieken« für das authentische Lied des Harfners.
Immer schon hat mich eine verzweifelte Scham ergriffen, wenn ich irgend etwas um eine Kleinigkeit besser konnte oder wußte als sie. Inzwischen ist es damit so schlimm geworden, daß ich an derartige Erinnerungen in den vier Wänden, zwischen denen ich nun allein bin, im nächsten Augenblick ersticken zu müssen glaube. Dann greife ich mir an den Hals, ans Herz, werfe Kopf und Rumpf weit zurück und reiße stumm den Mund auf (so wie es die Weigel tat, im äußersten Schmerz der »Courage«; wir haben es gemeinsam gesehen, Gigi, »Gigimuse«, Du wirst es nicht mehr wissen wollen, nehme ich an; aber Du wirst es wissen müssen, und ich werde noch ganz andere Sachen auskramen, von Dir und mir, wenn Zeit und Ort gekommen sind; auch das Erinnerungen, die mir nicht leicht werden, ohne gleich zum Ersticken zu sein, wie jene anderen).

Doch, sie sind es, die einen wie die anderen, zum Ersticken, zumal sie kaum einmal einzeln kommen, jede für sich und hübsch nacheinander, so daß man sich immer nur gegen eine von ihnen zu halten hätte, was schon schwierig genug wäre, sondern immer kommen sie zu mehreren oder rücken gleich alle zusammen an, ineinander verschränkt, verhakt, verklumpt, geballt zu einer Art poire d'angoisse, die in die Mundhöhle, den Rachen eindringt und dort aufgeht und schwillt und schwillt, bis man schon meint, jetzt ist es aus, aber genau in diesem vorletzten Moment hält sie inne, schwillt ein wenig ab, und man macht mehr oder weniger keuchend mehr oder weniger weiter.

Als sie die weiße Bluse abgestreift und die schwach gebräunte Schulter entblößt hatte, warfen Sie Ihre kurzen Arme empor, Professor, und wahrscheinlich auch einen Blick zur hohen Zimmerdecke hinauf. (War es eine Stuckdecke? Aus dem ganzen Raum ist mir mit Bestimmtheit nur ein stämmiger Schreibtisch mit reichgefächertem Aufsatzstück erinnerlich, ein einigermaßen altmodisches Möbel, das ich in einem rasch verwehenden Gedanken mit dem Klavier eines Freundes verglichen hatte, das ich mit dem Flügel einer Freundin verglich.)
Noch eine andere, kaum weniger erschreckende Gebärde unterlief Ihnen. Nachdem Sie genug gesehen hatten, verklebten Sie das Mal mit einem dünnen Pflaster – wobei Sie keineswegs so sanft vorgingen wie ein Vogel; es habe ihr wehgetan, sagte sie draußen, so hätten Sie mit Ihren manikürten Stummelfingern darauf herumgepatscht. Sie sagten nichts; dann sagten Sie auf jene gewisse Art ja, die ich nicht leiden kann, indem Sie nämlich den Laut nicht mit dem Atem ausstießen, sondern mit der Luft einsogen, und befanden schließlich, daß es in großem Umkreis radikal herausoperiert werden müsse. Zu diesen Worten zeichneten Sie über ihrer Schulter einen Kreis in die Luft und machten dann eine drastische Bewegung des Grabens, des Schaufelns, bei der mich ein Schaudern überlief, das ich vor ihr, die nichts von Ihren Gestikulationen, aber

mein ganzes ungedecktes Gesicht sehen konnte, zu verbergen versuchte.
Indessen schien ein einziges Adjektiv zwar nicht alles wieder gut, doch immerhin manches besser zu machen, als Sie uns nun einen Chirurgen empfahlen, dessen Namen ich auf der Stelle vergaß, weil meine Aufmerksamkeit ganz von diesem Beiwort in Anspruch genommen wurde. Sie sagten nämlich: Professor Soundso ist unser bester Spezialist für kosmetische Chirurgie. Kosmetisch, das war das Wort. Würde man denn, sagte ich mir, würde man denn einem Verurteilten noch zu solchen Rücksichten raten?
Das bedachte ich noch, während Sie bereits zu einem gelokkerten Konversationston überleiteten und mit albernem Altherrencharme fragten: Wie jung sind Sie eigentlich, wenn ich fragen darf, gnädige Frau?
Wir antworteten beide. Sie sagte: Ich bin neununddreißig. Neununddreißig ist sie, sagte ich. Da ich aber zwei Silben später eingesetzt hatte, brachten wir die Zahl zugleich heraus. Das klang ein wenig beflissen, fand ich, und weil mich das wurmte, begann ich Sie mit absichtlicher Dreistigkeit von unten bis oben zu betrachten.
Ich habe Sie als einen kleinen, strammen Mittsechziger in Erinnerung; breite, glänzende, dunkelbraune Schuhe; hellgraue, übermäßig gebügelte Hose; bis unters Kinn geschlossen der Ärztekittel; Hände und Gesicht stark gebräunt; kurzgeschnittenes Grauhaar – doch möchte ich für die Richtigkeit dieses Bildes nicht unbedingt einstehen. Ein Kneifer wäre eine gute Ergänzung zu ihm; trugen Sie einen? Oder eine Brille, eine randlose am besten? Oder doch keines von beiden? Auch weiß ich nicht, ob ich es richtig mache, wenn ich Ihnen jene lachhafte Jugendlichkeit des Lächelns zuschreibe, die ein künstliches Gebiß dem Greisengesicht verleihen kann. Vielleicht verwechsle ich Sie da mit dem anderen Profax, dem aus Düsseldorf, oder mit noch jemand anderem, dem alten Seemann, der bis vor kurzem mein Krankenzimmergenosse gewesen ist.

Immer wieder lasse ich mich davon überraschen, wie dürftig es meist klingt, wenn angesehene Fachleute fachlich reden. (Haben Sie schon einmal das Vergnügen gehabt, gewisse hochberühmte Dirigenten über Musik schwatzen zu hören?) Ich zweifle nicht daran, daß Sie, Professor, zu den Leuchten Ihres Metiers gehören; der bescheidene Landarzt in unserem Dorf sprach beinahe ehrfürchtig von Ihnen. Aber es kam mir doch fast unwürdig simpel vor, wie Sie sich über die Schäden ergingen, die die Träger eines Büstenhalters anrichten können. Wie, dachte ich, mehr braucht es nicht, damit man es so weit bringt?
Sie legten Ihre kurzen, breiten Hände zusammen und sagten mit bedeutungsschwerer Sanftheit, als handle es sich um eine nievernommene Erkenntnis: Druck erzeugt Gegendruck, gnädige Frau. In dem Bestreben, die Sache anschaulich zu machen, preßten Sie die eine Hand so kräftig gegen die andere, daß sie sich beide verfärbten, während Sie zur Erläuterung hinzufügten: Das ist genauso wie mit den Studenten, die neuerdings auf das Protestieren verfallen sind.
Sie lächelten abschließend, und ich bemühte mich, mein bereitwilliges Widerlächeln in der Schwebe zu halten zwischen unverbindlicher Höflichkeit und Verachtung. Es war nicht klar, wie Sie es verstanden wissen wollten, dieses Protestieren, als auslösenden Druck oder ausgelösten Gegendruck, oder einfach als beliebige Windung einer endlosen Spirale.
Sie antwortete nichts, fragte nur, ob sie nach der Operation noch im Krankenhaus bleiben müsse und wie lange.
Mit einem matten Flügelschlag beider Arme sagten Sie: Ja, gnädige Frau, das wird wohl unumgänglich sein. Nicht sehr lange. Ein Beinbruch dauert länger.

Sie hatte einen übermächtigen Abscheu vor Krankenhäusern. Es fehlte nicht viel, und sie wäre lieber gestorben. Der Grund dafür bestand darin, daß sie es kaum ertragen konnte, wenn fremde Personen, sei es auch bloß im normalen Rahmen eines

Berufes, eines Dienstes nach Vorschrift, sich ihretwegen bemühten. Bis zur Virtuosität hatte sie es heraus, solchen Personen zu verhehlen, wie es in Wahrheit mit ihr stand. Sie brachte es fertig, sich eine Visite lang glaubhaft aufrecht zu halten; kaum aber hatten die Ärzte und ihr Gefolge die Krankenzimmertür hinter sich geschlossen, sank sie fahl und wimmernd in sich zusammen. So war es gewesen, als sie die Sache mit den Nierensteinen zu bestehen hatte, so auch bald darauf bei der Geburt unserer Tochter Sanna. Noch die geringste Hilfswilligkeit der Krankenpflegerinnen konnte sie mit maßloser Höflichkeit abwehren; unter Schmerzen strahlend beteuerte sie, ihr gehe es gut, nur keine Umstände bitte, und mit beiden Händen jeden Beistand abwimmelnd, rief sie: Aber Sie sind ja völlig überanstrengt, Schwester, das sieht man ja, und nun auch noch ich. Dabei quälten sie diese Nierensteine so sehr, daß sie mir wenige Minuten darauf, als wir allein waren, mit einem Blick zu den Fenstern erklärte, sie sei jeden Tag mindestens einmal soweit, daß sie da hinausspringen wolle.
Eine wahre Panik ergriff sie vor allem bei der Vorstellung, die sie immer als erste mit dem Gedanken an einen Aufenthalt im Krankenhaus verband: Was mache ich, wenn ich nicht aufs Klo gehen kann? Ich kann nicht scheißen, wenn so eine extra für mich mit einer dieser Bettpfannen daherkommt und wahrscheinlich darauf wartet, daß ich endlich fertig werde. Dann geht es einfach nicht. Womöglich bleibt die sogar freundlich lächelnd dabei stehen.
Ach, das tun sie doch nicht, sagte ich.
Aber schon, daß sie es auf jeden Fall sehen und raustragen und wegmachen müßten. Ihre Augenbrauen hoben sich über der Nase zu einem flehenden Ausdruck; dünne bittende Hände. Ich sah weg, und solange ich sie nicht sah, gelang es mir, mich vernünftig zu stellen und ihr zuzureden. Wenn es nun mal nicht anders gehe, das gehe doch vorbei und sogar, so verstieg ich mich scherzend, erstaunlich schnell, wenn man Ihre Auskunft, die sie doch noch im Ohr haben müsse, wörtlich nehme, »ein Beinbruch dauert länger«.

Sie schwieg zu allem, und ich spürte die ganze Zeit, daß sie völlig reglos neben mir stand. Ich riskierte es, sie wieder anzusehen; mir fiel nichts mehr ein. Ihre Augenbrauen hatten sich gesenkt, auch die Lider, und der flehentliche Ausdruck war dem eines düsteren Trotzes gewichen. Ich rief sie leise an, und ganz langsam begann sie als erste und vorerst einzige Bewegung, einen Fuß über den Asphalt vor dem Portal hin und her zu schieben, während sie fast murmelnd und ohne fragende Betonung sagte: Meinst du nicht, sie könnten mich gleich danach wieder nach Hause lassen. Ich hielt ihren Fuß mit meinem an und sagte noch einmal leise ihren Namen. Da sah sie auf, aber an mir vorbei, und nun hatte sie die Miene eines Delinquenten, der angestrengt auf etwas horcht, was nur er, und jetzt zum erstenmal vernimmt, die schwer und zögernd sich bildende Erkenntnis seiner Lage. Nach einiger Zeit drehte sie den Kopf verneinend hin und her, nur einmal nach jeder Seite, und sagte, nicht zu mir und so, daß ich es gerade noch hören konnte (mein Gehör hatte damals schon nachzulassen begonnen, und sie und die Alte – ich meine ihre Mutter, Professor – nannten mich die »taube Nuß«): Aber nicht mit ihm und seiner brutalen Flosse, und mit seinem Kosmetiker auch nicht.
(Was wollte sie nicht »mit« ihnen? Sterben?)

Herbert hatte uns dorthin gebracht, mit seinem Taxi, und jetzt schlug er vor, wir sollten die ganze Professorenbande (vor der er einen bänglichen Respekt hatte, den er vergeblich zu verstecken trachtete) kurzerhand hinter uns lassen und unverzüglich zu seinem »Doktorchen« fahren: und da sein Rat Gewicht hatte bei uns, machten wir uns sofort auf den Weg zu Ihnen, Doktor O.
Unterwegs erzählte Herbert, wortreicher als ich, daß Sie ihm einmal eine Geschwulst entfernt haben, auch Krebs (sagte er wahrhaftig »auch«?). Die Sache hatte sich jedoch als harmlos erwiesen. Sonst wäre ich ja jetzt nicht hier (sagte er das wirk-

lich und wörtlich so, »sonscht wär i jo jetza it hier«?). Er öffnete sein Hemd über der Brust, um uns die Stelle zu zeigen, aber ich sah nicht hin; nie habe ich Wunden, Narben und dergleichen sehen mögen, nicht einmal meine eigenen, und habe mich immer bemüht, so unauffällig wie möglich wegzusehen, wenn andere mir partout die ihren zeigen wollten. Er ließ das Hemd offenstehen und redete weiter, während wir schon durch die Korridore gingen, ohne daß uns jemand geleiten mußte; sie kannten ihn dort, und er kannte sich aus. Noch nie habe er es so gut gehabt wie seinerzeit in diesem Hospital, Tage und Wochen in einem gepflegten Bett, und so gut gegessen habe er auch noch nie. Weißt, Baby, ich wünscht, ich könnt für dich hingehn, sagte er.
Sie blieb stehen und sagte: Nein; dann, nach einer kleinen Pause, leiser noch einmal: Nein, und sprach rasch weiter: Am liebsten hätt ich's, wenn er den Binkl gleich jetzt wegmachen könnte, und dann – ihre Handflächen schlugen klatschend zusammen, streiften aneinander entlang und trennten sich, die eine aufwärts, abwärts die andere, eine Gebärde des Entwischens – kantapper kantapper wieder zurück nach Ehrwald.

Sagenhaft die Berichte, die wir von den anderen Wartenden über Sie zu hören bekamen, Doktor. Einen weiß ich noch.
Es sei da einmal ein Ehepaar aus Wien zu Ihnen in die Ordination gekommen, verstörte Leute, und die Frau habe das Wort geführt und Ihnen so formelhaft fließend, wie ein Bettler seine immergleiche Jammergeschichte wiederholt, geklagt, ihr Mann (den ich mir klein, verschüchtert und schweigsam vorstelle, einer der die ganze Zeit bloß dasitzt und auf seine Hände hinuntersieht, die er zwischen den Knien gefaltet hält) ihr Mann habe seit langem so böse Schmerzen in dem Arm da, und keiner von all den hauptstädtischen Ärzten, die sie aufgesucht hätten, habe ihm helfen können. Des Herrn Doktors Ruf sei aber bereits bis in die Residenz gedrungen (»Resi-

denz«, sagte sie etwas altertümlich), und so hätten sie sich denn endlich in den Schnellzug nach Innsbruck gesetzt, in der Hoffnung, daß er vielleicht Rat und Abhilfe wisse. (Ich denke mir, wie der Kleine dazu genickt und nach dem betroffenen Arm gegriffen haben mag, ohne ihn jedoch ernstlich zu berühren.)
Das Sagenhafte der Geschichte war aber nicht nur, daß Sie alsbald die so lange vergeblich gesuchte Ursache des Übels gefunden und mit leichter Mühe entfernt hätten – nämlich eine Stricknadel, die der Mann im Arm gehabt hätte. (Oder war's eine Stopfnadel? Gleichviel, was es war; das Ganze klang ohnehin verdächtig nach einer jener Anekdoten, die im Lauf der Zeit den verschiedensten Prominenzen zugeschrieben werden.)
Sagenhafter noch erschien es mir, daß offenbar keiner der konsultierten Ärzte von der Röntgendiagnostik Gebrauch gemacht hätte, als reiche die Angelegenheit bis in eine Zeit zurück, in der es weder diese Diagnostik noch schnelle Züge gegeben hat, und das Paar wäre seither zu einer ahasverischen Irrfahrt verdammt gewesen, ein Geisterpärchen, das Sie – und zwar ohne das geringste von solchen Bewandtnissen zu wittern – aus seinem Bann erlöst hätten. Das dankbar verblüffte Gespann habe noch am selben Tag nach Wien zurückkehren können.
Siehst du? sagte sie, noch am selben Tag.
Auch sie schien also nichts zu merken; sie nicht, Herbert nicht, und ihre Mutter auch nicht, als sie die Geschichte zu hören bekam. (Diese Alte meinte nur, Sie schienen eben auch so ein »Hoppdiquax« zu sein. Das war eine Art Ehrentitel, den sie nur selten verlieh.)

Bei Geschichten wie dieser verging uns die Zeit, die wir auf Sie zu warten hatten; ich sage nicht, daß sie uns geradezu verflogen wäre.
Ohne Zweifel kamen Sie direkt von einer Operation, einer

der neunhundert bis tausend Operationen, die Sie, nach Ihrer eigenen Auskunft, im Jahresdurchschnitt ausführten. Sie schienen mir kaum größer, jedoch erheblich jünger zu sein als der Professor, von dem wir kamen. Das Stramme und Ordentliche, das mir an diesem so stark aufgefallen war, fehlte Ihnen gänzlich. Wirr stand Ihnen das blonde Haar vom Kopf, den Sie tief gegen die Schulter neigten; ähnlich wie ich oft, nur gegen die andere, die linke. In Ihrem Mundwinkel haftete, auch wenn Sie sprachen, eine Zigarette, von der die Asche sich lang nach unten bog. Ihr Kittel stand weit offen, und sowohl auf ihm wie der hellgrauen Hose darunter bemerkten wir Kleckse und Spritzer frischen Blutes, die Sie wohl übersehen hatten.

Sie gingen rasch auf uns zu und beugten sich minutenlang aus nächster Nähe über das feuchtglänzende Mal, ohne die Zigarette, die Sie wohl vergessen hatten, aus dem Mund zu nehmen; aber die Asche fiel nicht, fiel nicht darauf.

Ja, was es sei, das könnten Sie erst dann mit Bestimmtheit sagen, wenn es vom pathologischen Institut untersucht worden wäre.

Sie ließen die Zigarette direkt aus dem Mund in den Aschbecher fallen, den eine dienstbeflissene Hand Ihnen von der Seite her hinhielt. Hand und Aschbecher verschwanden sofort wieder aus meinem Blickfeld, und Sie begannen, in einem winzigen Taschenkalender zu blättern. Nach einigem Zögern sagten Sie dann: Also übermorgen, ja? Übermorgen machen wir's weg.

Am liebsten hätte sie es gleich jetzt hinter sich gebracht, sagte sie mit dünner, flacher Stimme.

Sie lächelten dazu, nickten auch, schwenkten aber dann das kleine schwarze Buch vor unseren Gesichtern hin und her und schüttelten mit Entschiedenheit den Kopf.

Ob sie denn danach auch gleich wieder nach Hause fahren könne, fragte sie mit etwas gefeuchteten Augen; sie betonte das »auch«, wahrscheinlich in Erinnerung an die sagenhafte Geschichte, die wir gehört hatten.

Das finden wir aber gar nicht nett, daß Sie uns gleich wieder verlassen wollen, nicht wahr, Schwester Notburga? sagten Sie und verfielen damit zum erstenmal in die bekannte Ärztemanier, den Ton unverbindlicher Freundlichkeit, den man Unmündigen, etwa fremden Kindern gegenüber anzuwenden liebt. Sie sagten es mit einer halben Kopfwendung rückwärts, wo die Schwester stand und mit professioneller Süße lächelte. Nun klopften Sie gegen die eine Kitteltasche, dann gegen die andere, in der daraufhin irgend etwas knisterte, nickten und lächelten und sagten: Aber wenn Sie es durchaus wollen.

Das genügte ihr noch nicht, sie setzte Ihnen zu, bis Sie es ihr in die Hand versprochen, gelobt, fast geschworen hatten.

Als Sie ihr, dann mir und schließlich Herbert die Hand gaben, trat jedesmal Ihr kräftiger Unterarm weit aus dem weißen Ärmel hervor, und ich sah dreimal mit unnötiger Aufmerksamkeit, ja fast mit Spannung, daß seine helle Haut dicht mit rötlichen Haaren bewachsen war.

Oktobermitte, aber sonnig und so warm wie mitten im Sommer. Und dennoch trug die Alte ihre wunderliche Strickmütze mit der nach links gravitierenden Quaste, ihren winterlichsten Wintermantel und den langen, dickwollenen Schal, dessen eines Ende über Schulter und Rücken bis dicht über den Gürtel herunterhing.

So pendelte sie unausgesetzt zwischen der äußersten Ecke des Korridors, in der wir anderen saßen und warteten, und der weit entfernten Tür hin und her, hinter der ihre Tochter operiert wurde, trat aber niemals ganz bis an diese Tür heran. Kurz vor ihr wurde ihr Gang so langsam wie in einem Traum; sie fing an, auf den Ballen zu balancieren und beugte im Gehen, das dadurch etwas Schleichendes bekam, den Oberkörper leicht vor. Dann wendete sie ein wenig schwankend und kam mit schneller werdenden Schritten, aber lautlos, zu uns zurück.

Doch als der kleine, türkisgrüne Plastikeimer herausgebracht wurde, in dem sich das herausoperierte Gewächs befand (ich ahnte es, denn auf dem Eimer spielten Schatten in seltsam schlingernder Bewegung), war sie wieder in der Nähe der Tür. Sie schlenkerte eine Hand in der Luft, als sei sie naß, und sie wollte die Tropfen abschütteln, und noch auf dem Weg zu uns rief sie schon: Der hat aber eine Menge herausgeholt, ein ganzer Bart hängt daran.
Je mehr, desto besser, murmelte ich flau und versuchte mit diesem Urteil, von dessen Richtigkeit ich keineswegs überzeugt war, eine unliebsame Assoziation zu übertönen, die Erinnerung an ein halbzerknülltes, von verdunsteter Feuchtigkeit gewelltes Blatt aus einer französischen Zeitschrift. Es zeigte eine Meduse, eine Portugiesische Galeere mit ihren Tentakeln, die wie ein mächtiger, wirrer Bart bis an den unteren Rand des Satzspiegels herunterhingen. Die Überschrift des Artikels lautete »La méduse qui tue«, und in einem Untertitel hieß es, daß schon viele in ihren »bras bleus« verendet seien. (Ich hatte das Blatt vor Jahren an einer fernen Uferpromenade gefunden, hatte den Fund bald darauf für eine meiner immer noch fragmentarischen Erzählungen benutzt und seither nicht mehr daran gedacht. Zehn Erzählungen sollten es werden, ein Band mit dem Titel »Bekannte Vorgänge«. Ich habe mich damals schon gefragt, was noch jetzt oder jetzt erst recht eine Frage ist, ob ich noch dazu kommen werde, das fertig zu machen, noch dazu kommen werde, irgend etwas fertig machen zu wollen. Wenn ich einen Spiegel zur Hand hätte, würde ich mir jetzt ins Gesicht grinsen. Beinahe hätte ich gesagt, ich hätte keinen mehr. Aber man hat mir ja vor kurzem einen geschenkt, einen Taschenspiegel, ein ganzes, fast vollständig bestücktes Necessaire, zu dem er gehört.)
Ich hatte der Krankenschwester nachgesehen, die mit dem Eimer in einen Seitengang abgebogen war. Ich will genauer sein; es war die Schleife ihres Schürzenbandes, der ich nachgesehen hatte; ihr energischer Gang brachte die Schleife hin-

ter ihrem Rücken zum Erzittern, und das Band schien so kräftig gestärkt zu sein, daß ich mich nicht gewundert hätte, es klirren zu hören.
Unterdessen mußte sich der unscheinbare, schlecht, fast lumpig gekleidete Mann genähert haben, den ich mit einemmal vor uns stehen sah. Er stand mit gespreizten Beinen dicht vor uns und lächelte, sehr amüsiert wie es schien, während sein kleiner, doch schwerer Körper auf den hell verdreckten Schuhspitzen auf und nieder wippte. Daß er einer der Ärzte war, wäre schwer zu erraten gewesen. Der fette, kleine Kerl hatte neben dem Operationstisch herumgestanden, die Hände tief in den Taschen, irgendeiner, der sonderbarerweise da herumstehen durfte, und so hatte sie ihm kurzerhand einen Botendienst aufgetragen, dessen er sich nun heiter entledigte: Ich soll ausrichten, der Binkl ist raus, und sie kommt gleich. Er sah uns eine Weile weiterhin wippend und lächelnd an und fügte dann hinzu: Ich soll noch sagen, es ist alles in Ordnung, sie fühlt sich gut.
Sein Mund wurde immer breiter, es war mir unangenehm, der ganze Mann war mir nicht angenehm.
Plötzlich warf er den Kopf zurück, so daß ich die Faltenringe an seinem Hals sehen mußte, und aus seinem unsichtbaren Mund stieg eine Serie leise gurrender und zischender Laute auf; sie mochten an die unerforschliche Instanz gerichtet sein, die bekanntlich über den Flurdecken, Zimmerdecken, Wolkendecken und der Bläue über ihnen walten soll; das dachte ich. Er aber senkte den Kopf, zuerst bis zur Horizontalen, dann noch ein wenig tiefer, senkte für einen kurzen Moment auch die Lider und stellte sich leise vor, ich verstand nur den Titel. Ich hatte keine Lust, mich hochzurappeln. Endlich ging er – ich habe nicht gesehen, wohin – davon. Noch einmal glaubte ich, das Gurren und Zischen zu hören, es immer leiser werden zu hören.
Ich kann mich getäuscht haben; ich war nicht schlecht disponiert für Täuschungen damals, glaube ich. Möglicherweise verlief es auch etwas anders, ein bißchen weniger deutlich und

deutbar, ich wünsche da nicht ganz beim Wort genommen zu werden. (Doch so ähnlich, so ähnlich war es, das kann ich Euch versichern.)

Etwas Entschiedenes, vielleicht sogar Entscheidendes war geschehen; das hebt die Stimmung.
Als wir aber aus dem milderen Licht des letzten Korridors hinaustraten in das grelle draußen, das überdies noch blendend reflektiert wurde von den vielen bunten Metallkörpern auf dem Parkplatz, hatte ich abermals Grund, über das unbeherrschte Spiel meiner Gedanken zu erschrecken. Eine längstvergangene Agonie fiel mir ein, der Tod meiner Mutter. (Was es auch immer gewesen sein mag, das, woran sie starb, »es hatte ihre Hände blau gefärbt, zwei harte tintenblaue Fächer, die sich unter ihren eingesunkenen Brüsten kreuzten«; so ungefähr hatte ich es anderswo beschrieben.) Der gleiche Gegensatz der Dämmerung drinnen zu dem Affront der unmäßigen Helle im Freien verband die beiden weit getrennten Augenblicke, in denen ich einst das Kölner, jetzt das Innsbrucker Krankenhaus verließ, zu einem einzigen Moment der Bestürzung. Einem Moment nur: in dem beschwichtigenden, saucenbraunen Interieur des Restaurants, in dem wir auf ihren Vorschlag aßen, verging das rasch.

Sie selbst hatte es vorgeschlagen, niemand hatte sich also etwas vorzuwerfen. Sie schien überhaupt in einer so aufgeräumten Verfassung zu sein wie lange nicht.
Erst ziemlich lange nach der heiter verlaufenen Mahlzeit (und ich war der erste, der es bemerkte) wurde ihre rechte Hand, in der sie eine Zigarette über ihre Kaffeetasse hielt, mit einemmal von einem heftigen Beben befallen, das sogleich auch das hell und hinfällig schimmernde Handgelenk ergriff und dann den ganzen Arm in dem weiten weißdurchsichtigen Blusenärmel wild ins Schleudern brachte. Mit einem Seitenblick

sah ich, daß eine lichtgraue Raupe aus Asche in ihren Kaffee gefallen war und in der schwachen Bewegtheit, die sie selbst durch ihren Fall erzeugt hatte, langsam kreisend dahintrieb.
Es fehlte nicht viel, und ich hätte den Mund weit aufgerissen und mit der ganzen Hand verstopft, um den Schrei nicht hinauszulassen, zu dem alles in mir ansetzte.
Sie sagte etwas, wisperte es mit einer mir unbekannten, kraftlosen, aufgeweichten Stimme. Ich konnte es nicht verstehen. Wahrscheinlich sagte sie unter Beteuerungen ihres Bedauerns, daß wir nun doch gleich heimfahren müßten, statt uns noch ein wenig in den Gassen der Altstadt aufzuhalten, wie sie es geplant hatte. (Vielleicht entsinnst Du Dich noch, was sie gesagt hat, Herbert; denn an Dich, den Fahrer, wird sie sich wohl gewandt haben, während einer von uns anderen hastig nach der Rechnung winkte und zahlte.)

Eine gewisse Normalisierung unseres Lebens folgte dem »o B« des Universitätsinstituts. Keine Metastasen also? Ich wagte es, für gewiß zu halten, was doch kaum glaublich war, daß nämlich das Ärgste und Äußerste uns wieder einmal bloß im Vorüberziehen gestreift haben sollte.
(Wußte ich nicht, daß es immer eintritt, ohne jede Ausnahme? Ich meine nicht nur das biologische, nicht bloß Krankheit und Tod. Es stand mir an, das zu wissen; wußte ich es denn nicht? Doch.)

Sie hatte keine Schmerzen zu dieser Zeit. Guter Dinge, so schien es, absolvierte sie die regelmäßigen Taxifahrten in die Stadt, zu den Bestrahlungen, an denen ihr nur eins nicht geheuer war, die ruhelose und wartungsfreie Bewegtheit des Geräts. Sie mag ihr wie die eines augenlosen, gefangenen Tiers vorgekommen sein. Unsichtbare und selber blinde Wirksamkeit.

Manchmal fuhr einer von uns mit; mindestens zweimal, wie sich zeigen wird, wahrscheinlich öfter, wie ich vermute, war ich dabei.
Man hatte ziemlich lange zu warten. Das Zimmer karg, wie alle Warteräume, die ich kennengelernt habe. Die Leute in ihnen scheinen einer besonderen Rasse anzugehören, die man sonst nirgendwo antrifft. Sie sind es, die die Illustrierten so zurichten, die Kreuzworträtsel »angebissen« zurücklassen, angebissene weiterlösen, ungelöst zurücklassen oder mit Gewalt zu Ende lösen (»über meinem Schreibtitzl summte eine Failge«).
Ich nehme mir eine nach der anderen vor, mache da und dort Risse hinein, reiße kleine Ecken und halbe Seiten heraus, lege das Herausgerissene blindlings in die Hefte und staple diese mit Sorgfalt in der Mitte des ramponierten Tischs auf.
Auf der Platte haben sich hier und da noch Reste eines farblosen Lacks erhalten; ihre Konturen, die jemand mit dem Kugelschreiber nachgezogen hat, machen sie zu unbekannten Inseln und Kontinenten. (Sollte ich sie nicht taufen, diese Territorien? Eine Beschäftigung, die mir angemessen wäre. Und wie zum Beispiel? Das würde mir schon einfallen, genug für jede Wartezeit. Das kleinste, versteht sich, auf den teuren Namen »Orplid«. Aber ein anderes, ein großes, wäre Desperia, oder Desperanza. Ich erwäge es; höre eine Stimme, die singt »mein Land, das ferne leuchtet«; greife schon nach der Tasche, in der was zum Schreiben sein muß; lasse es schließlich.)
Mein rechtes Bein wippte in raschem Takt auf den Zehen.
Sie sagte: Stell die Maschine ab.
Ich fing an, mir den Dreck unter den Fingernägeln herauszulutschen.
Wenn sie endlich an die Reihe kam und mit einem letzten Blick über die Schulter das Wartezimmer verlassen hatte, ging ich auf den Flur hinaus, einen langen und sehr schmalen Gang

mit vielen Türen, die in einer scheinbar kommunizierenden Bewegung immerfort auf- und zugingen. Oft mußte ich mich dicht an die Wand drücken, um jemand vorbeizulassen. Mindestens ein halbes Dutzend Helferinnen in weißen Kitteln war ständig mit großer Eile auf dem Weg von einer Tür zur anderen.

Eine von ihnen – daß auch sie rote Haare hatte, nur dunkler und weniger üppig als ihre, weiß ich noch gut – bedachte mich jedesmal, wenn sie auf ihren Hin- und Herwegen gleich einem Perpendikel an mir vorüberschwang, wobei ihr kurzer, offener Kittel mich streifte, mit deutlichen Blicken. Eine leichte Erregung erfaßte mich. Die Arsenale dieser Welt sind doch noch reichhaltig genug, dachte ich gekitzelt und sagte mir, daß sie also auch für mich noch dies und das zu enthalten schienen. Dies und das, dies und das, wiederholte ich in einer Art Gedankensingsang und schob mein Untergestell ein wenig vor, sobald sie dem fest verharrenden Mittelpunkt ihrer Bahn, den ich bildete, wieder einmal nahegekommen war. Von nun an streifte sie mich besser, mit der Hüfte, mit dem Bein. Ich hatte mich zu schelten für das angeheiterte Hüpfen meines Herzens, und der Singsang in meinem Kopf schlug um, wechselte Text, Takt und Tonart und lautete nun: Sie wird ja gesund, sie wird ja wieder gesund.

Sie, die Dunkelrote, war es auch, die mir die Rechnung ausfertigte für das, was wir »die erste Serie« nannten (aber es gab keine zweite mehr).
Es dauerte lange, und sie saß dabei schräg an einem kleinen, niedrigen Rollschrank, so daß ihr Haar tief unter mit war. Ich streichelte es flüchtig, dann langsam noch einmal und hob es, das ohne Gewicht und doch so voll in meiner Hand lag, ein wenig an.
Erst als ich es wieder los-, doch keineswegs einfach fallenge-

lassen, sondern bedachtsam und ganz allmählich mit meiner Hand gesenkt hatte – erst dann, dann aber sofort, wandte sie sich mir mit emporgerichtetem Gesicht und lautlos geöffnetem Mund zu und hielt mir die bereits quittierte Rechnung von unten herauf entgegen, während sie zugleich ihr Haar durch eine einzige knappe Wendung des Kopfes in eine weit ausschwingende Bewegung versetzte. Diese aber resultierte für ein Minimum von Zeit in einem Stillstand, in dem das Haar (dieses Haar) als roter Reif dicht über den Augen ihre Stirn umgab.
Ich zahlte mit zwölf Scheinen, obwohl ich es auch in drei Scheinen passend gehabt hätte. Mit der Linken ergriff ich die Hand, sie mir flach entgegenhielt, und zählte das Geld mit der Rechten darauf nieder. Ein langwieriges Geschäft, zumal ich es für gut hielt, die ausgebreiteten Scheine Stück für Stück auf ihrem Handteller nachzuglätten. Die Hand blieb ruhig, aber die andere, die unterdessen auf ihrem linken Knie lag, rührte sich immer dann in einem verhaltenen Zucken, wenn die meine ein kleines Stück an ihrem unbedeckten Unterarm entlang aufwärtsglitt, bis ich bei »zwölf« ihren Ellbogen erfaßte und kräftig drückte – da krampfte sich die nicht mehr beherrschbare Hand jäh zusammen, krallte sich mit den Nägeln um die Kniescheibe ein, ließ zwar sofort wieder los, aber ihr Mund stand nun weit offen und ihre Augen schlossen sich. Sie schlossen sich in zwei Etappen. Die erste bestand im einfachen Senken der Lider; die zweite war ein Nachdrücken, derart, daß die oberen Wimpern sich unter dem Druck ein wenig spreizten und aufrichteten.

Ich hatte Mühe, ein Gefühl der Vorfreude zu unterdrücken, das mir frevelhaft schien, da es ja auf der Voraussetzung gedieh, daß nach einer kleinen Unterbrechung – ein paar Tage nur, zehn, allenfalls vierzehn Tage – die zweite Serie von Bestrahlungen beginnen sollte, und mithin ihre Krankheit zum Vehikel machte für mein Pläsier, und sei es nur für das dieses

Augenblicks. (Schon einmal, vor langer Zeit, hatte ich mich eines ähnlichen Frevels schuldig gemacht, als ich die erste Nacht, die sie wegen ihrer verdammten Nierensteine im Krankenhaus verbringen mußte, zu meiner ersten Nacht mit Fleur machte, die ich auch »Stütchen« nannte oder »Soma«. Wir hatten gesoffen. Es war ein ganz simpler Fick. Danach mußte ich aufs Klo. Als ich zurückkam, lag sie auf ihrem Platz – ich meine, auf B's Platz in dem riesigen Bett, den linken Arm unterm Kopf, das rechte Bein angezogen, rechter Arm und linkes Bein gestreckt; eine gewissermaßen vorschriftsmäßige Haltung, dieselbe, in der sie sich später einmal für mich gezeichnet hat, umgeben von lauter Schwänzen, der Leuchter ein Schwanz, das Bild in dem aufgeklappten Buch ein Schwanz, Tapete und Teppich mit Schwänzen gemustert; ihr war mehr eingefallen als mir jetzt in der Eile, denn ich will nicht länger davon sprechen, hier nicht.)

Ich hatte die ganze Zeit geschwiegen, und nun stand ich schon an der Schwelle des kleinen Büros. Da trat sie rasch an mich heran und flüsterte fast: Also dann bis zum Soundsovielten. Dabei legte sie zwischen »also« und »dann« oder auch zwischen »dann« und »bis« eine Pause ein und sprach das Datum in fragendem Ton aus.

Doch unterbrach ich sie nicht, fiel ihr nicht ins Wort an der Stelle, die sie mir eigens dafür freigehalten zu haben schien, sagte nicht, die Zeit bis zum Beginn der zweiten Serie sei mir zu lang, schlug keinen früheren Zeitpunkt und keinen gelegeneren Ort vor, sondern schwieg weiter.

Ihr Flüstern hatte etwas Verschwörerisches gehabt, und das nicht bloß in dem leichtgewichtigen Sinn, bei dem ich es gern hätte bewenden lassen. Und daß ihr Gesicht, ihr Nacken einen Anflug von Röte zeigten, als wir uns endlich im Türrahmen voneinander abwandten – war das nur so viel wie üblich ist bei derlei Gelegenheiten, so viel wie sich gut und gern auch in Worten zwischen uns hätte aussprechen lassen? Oder doch um so viel mehr und anderes, daß es keiner von uns hätte zur Sprache bringen dürfen? So viel nämlich, daß sie mehr wußte

als ich, daß sie bereits das Ende wußte und nahe sah; sie, die ja immerhin eine enge Mitarbeiterin dieses Strahlendoktors war?
So weit gehe ich, nicht weiter, nicht bis zu dem Verdacht, daß sie sich schon bereithielt und gewissermaßen eine Option anmelden wollte.
(Und wenn es nun doch so gewesen wäre? Wenn ich mit ihrer Krankheit, die ich zwar eher schon für die Rekonvaleszenz gehalten haben mag, spekulieren konnte – warum dann sie, die Fremde, nicht auf ihren Tod?)

Das gleißende Sonnenwetter hielt auch den November hindurch an.
Sobald ich ins Freie kam, mußte ich die Augen niederschlagen, der Asphalt blendete immerhin etwas weniger. Wir gingen zum Wagen, in dem sie bereits wartete. Sie hatte den Arm aufgestützt, den Kopf in die Hand gelegt, und schien geradeaus zu blicken, auf das Heck des Wagens vor unserem. Ihr Haar, das dunkler aussah als sonst, ergoß sich in gewundenen Strähnen über die blauweiße Hand hinter der leicht staubigen Scheibe. Wir gingen sehr langsam, schlendernd auf den Wagen zu, und ich sagte zu Herbert: Es hat nur ein Fünftel von dem gekostet, was wir geschätzt haben. Wir wollen sie erst mal raten lassen. Viel zu hoch natürlich. Dann sagen wir es ihr, und dann freut sie sich.
Aber statt Freude zu zeigen, verbarg sie ihr Gesicht vor uns, indem sie Kopf und Hände einander entgegenwarf, und begann heftig zu schluchzen.
Wir beugten uns über ihren zuckenden Rücken, und während wir uns unverwandt in die bestürzten Augen sahen, redeten wir ihr erklärend, entschuldigend, begütigend zu, ließen ganze Katarakte von milden Floskeln über die in sich verkauerte Gestalt niedergehen, bis ihr Gesicht und ihre Hände sich wieder voneinander gelöst hatten und das Schluchzen, nach mehrmaligem Stocken und Wiedereinsetzen, endlich verstummt war.

Entschuldigt, entschuldigt bitte, sagte sie mit einem etwas schwierigen Lächeln.
Ihr nasses Gesicht war der Länge nach von aufgelöster Wimperntusche gezeichnet, und es waren nur diese grauen, gezackten Schlieren ihres Kummers auf der rosa und lila überhauchten Haut, deren Anblick mich so schmerzhaft anfiel, daß ich mit beiden Händen nach meinen Ellbogen greifen und mich, wie unter einem Anfall, über meinen fest gegen den Leib gepreßten Unterarmen zusammenkrümmen mußte. (Dennoch fand ich Zeit und Gelegenheit, mich in Gedanken daraufhin anzureden. Da bist du nun, sagte ich mit einigem Hohn zu mir, da bist du nun wahrhaftig zugeschnappt wie ein Taschenmesser.)
So fiel sie mir geradezu ins Wort, als sie sagte: Ich weiß ja, wie ihr's gemeint habt. Aber tut so was bitte nicht wieder.

Wörtlich so hatte sie es gesagt.
Warum aber, warum nur hatte sie das harmlose Manöver so bitter aufgenommen? Es war beklemmend gewesen, und ein Gefühl überraschter Beklommenheit blieb nach diesem Vorkommnis noch lange in mir zurück. Man hatte nicht im geringsten darauf gefaßt sein können. Es mußte einem so vorkommen, als wäre etwas Fundamentales in ihr, nicht viel weniger als die Basis ihres Wesens, die ihr Tun und Lassen für den, der sie kannte wie ich (oder auch bloß wie Ihr), bis dahin einigermaßen absehbar gemacht hatte, bei diesem geringfügigen Anlaß mit einemmal schwankend, rissig, bröcklig geworden. Oder war sie am Ende schon ganz und gar zerfallen und eingestürzt?

Vielleicht ist es richtiger zu sagen: Sie war ausgewechselt, gegen eine andere ausgetauscht worden. Eine unsichtbare, mächtige Hand war im Spiel gewesen und hatte dies bewirkt, und es war wohl schon dieselbe Hand, die sie etwas später, zur Faust geballt, vor meinen Augen zusammengeschlagen hat.

Eine unmäßige Betriebsamkeit überkam die derart Verwandelte. Kaum eine Stunde länger als die Nacht hielt sie es noch aus in der Stille unserer kleinen Wohnung an der Südseite des alten Tiroler Bauernhauses, die sie doch früher (mir ist, als müßte ich »einst« oder »ehedem« sagen) so liebevoll »unser Ställchen« genannt hatte. (Dreihundert Jahre alt soll es sein, dieses Haus mit seinen Festungsmauern, die jede der vielen Fensterbänke zu einem kleinen Tisch mehr machen. Jahrelang hatten die vielen Schnellhefter mit meinen ewigen Fragmenten auf ihnen gelegen und sich in der Sonne verfärbt, so daß ihr Grün allmählich grau und ihr Rosa »altrosa« geworden war.)
Unsere Frühstücke in der armseligen und behaglichen Küche – unsere Frühstücke, die wir seit jeher, wo wir auch gerade wohnten (in Hamburg, Ehrwald, Ennetbürgen, Puerto de la Selva, Vezia und wieder in Ehrwald) unter Essen, Reden, Rauchen und Wiederessen so lange ausgedehnt hatten, daß die Mittagsmahlzeiten meist dafür ausfallen mußten – diese maßlosen Frühstücksfeste, Höhepunkte aller Tage unseres Lebens, wurden jetzt kurz abgetan. So kam es kaum einmal zu einem schwachen Nachklang unserer virtuell unendlichen Gespräche von früher, die fast immer von den nächstbesten Dingen und Wahrnehmungen ausgegangen waren (Worten und Gebärden, Gebarungen und Trachten, Häusern und Interieurs, Büchern und Bildern, Musik und anderen Geräuschen) und sie, zwar in der verminderten Verantwortlichkeit derartiger Unterhaltungen, entlarvt und kritisiert hatten als Spiegelungen und Widerspiegelungen der Verhältnisse, die so sind oder eben nicht so sind, auf jeden Fall aber anders sein sollten. Manchmal las ich auch irgendeine kurze Passage vor, an der mir bei der Lektüre der vergangenen Nacht etwas aufgegangen war (ich war in der Vorfreude auf das kommende Frühstück eingeschlafen, bei dem ich die Sache aufs Tapet bringen würde.)

Damit war es nun anders geworden, und meine Freude schlug in die graueste Enttäuschung um, wenn ich sie fast jäh vom Tisch aufspringen und bald darauf in einem ihrer beiden Ponchos (dem bordeauxroten oder dem anderen, schwarzen, dessen Futter mit kleinen bunten Blüten gemustert war) an den Küchenfenstern vorbeigehen sah.
Bald gab es nach dem sommerlichen Herbst nun doch den ersten Schnee dort oben, tausend Meter ü. N. N., und ihre halbhohen Winterstiefel hinterließen die engen Spuren ihres leicht trippelnden Gangs auf dem Weg zur kleinen Gittertür des Vorgartens. Manchmal versuchte ich, ihnen im Gehen auszuweichen, manchmal zertrat ich die zierliche Fährte unter meinen breiten Sohlen.

Wohin ging sie, wohin trieb es sie mit solcher Eile?
Sie ging, wie getrieben, in die Kneipe (Kegelbahn mit Barbetrieb), die Herbert und seine Schwester Eva (die sie »Iwi« nannte oder so ähnlich) neben dem Taxigeschäft unterhielten. Dort wusch sie die Bestecke ab, polierte die Gläser, kochte gelegentlich und aß fast immer dort, servierte auch hin und wieder und vertrödelte die vielen Stunden, die sie einst (oder ehedem) auf ähnliche und doch sehr andere Weise mit mir verbracht hatte, jetzt mit den Geschwistern, zu denen sich zuweilen noch ein viel jüngerer Bruder gesellte, das Nesthäkchen Paul, ein Junge von tapsigem Charme in dreckstarrendem Overall, aber radikal geschrubbt an Gesicht und Händen. Das Einvernehmen zwischen ihnen steigerte sich ebenso rasch zu einer fast unbegrenzten Vertraulichkeit, wie unser Verhältnis zueinander bis zur Fremdheit absank.

Diese Veränderung, diese Abkehr und Umkehr war ihr umgestülptes Wesen selbst, und bewirkte unter anderem, daß uns das gewohnte Kindergeplausche kaum noch gelang, das nicht nur Ausdruck der gerührten Zärtlichkeit gewesen war, die wir füreinander empfunden hatten, sondern auch der unserer Distanz zu denen, die wir – ob eine reale Altersdifferenz uns trennte oder nicht – »die Erwachsenen« oder »die richtigen Erwachsenen« zu nennen pflegten (woraus sich ergab, daß wir uns selber »die Kinder« nannten, namentlich in Zuständen inneren Überwältigtseins, wie etwa an jenem längstverflossenen Nachmittag, an dem einer unserer Spaziergänge uns unversehens in das kleine Dorf Selva de Mar geführt hatte).

Ich will es erzählen, und nicht nur in Klammern.
Mit einer großen Stille begann es. Auch unsere Schritte, auf Bastsohlen, störten die Siesta in den holprig gepflasterten Gassen nicht.
Flüsternd einigten wir uns darauf, daß dies der hübscheste Ort sei, den wir je zu Gesicht bekommen hatten; und es sah uns ähnlich, daß wir auf der Stelle mit der Erwägung reagierten, ob wir nicht wieder einmal umziehen sollten, dorthin.
(Doch wäre ich – aus einem Grund, den ich ihr freilich verhehlte – im Ernst nicht für diesen Tausch, Puerto de la Selva gegen Selva de Mar, zu gewinnen gewesen. Ich verabscheute den Touristenbetrieb im Puerto nicht nur, ich genoß ihn auch. Ihm allein hatte ich ja solche Aventuren wie die mit der Blonden zu verdanken gehabt, deren Auto die Departementnummer fünfundsiebzig trug. Sie hatte in einem kaum vorhandenen Badedreß auf einem Balkon gestanden, und als sie mich herankommen sah, hatte sie eigens für mich eine Pirouette gedreht. Ich hatte nur ein bißchen Französisch in mir zusammenscharren und hinaufrufen müssen: Je voudrai un café, ma belle, und schon hörte ich sie auf der Treppe, schon war sie an der Tür. Tableau.)
Es war aber nicht darum allein, daß ich das Umzugsthema nicht weiter aufkommen ließ. Ich erinnerte mich und sie an einen Aufsatz von Adorno, ursprünglich eine Rede, glaube ich, in der er sich über Mörikes Gedicht »Auf einer Wande-

rung« äußerte und des »Glücksversprechens« gedachte, das im günstigen Fall von der Einkehr in eine altertümliche Ansiedlung ausgehen kann. (Es ist jene »promesse de bonheur«, als die Stendhal, in befreiendem Gegensatz zu den antiseptischen Ästhetiken von vor ihm, einschließlich derjenigen Winckelmanns, die Schönheit definiert hat.) Zwar hatte Adorno ausdrücklich von den alten deutschen Kleinstädten gesprochen (wobei er gewiß an das Amorbach seiner Kindheit dachte). Mir aber schien die Fremdheit des spanischen Dorfes der Sache eher noch förderlich zu sein.

Das dachte und sagte ich, und kaum hatte ich es ausgesprochen, da wurden alle Worte – die Stendhals, Mörikes, Adornos wie auch meine eigenen – vor unseren Augen Fleisch. Genau den Part der einen Stimme, die dem Wanderer bei Mörike wie ein ganzer Nachtigallenchor erschienen war, der die Rosen in »höherem Rot« hatte leuchten lassen, übernahm für uns ein halbwüchsiges, hellhaariges Mädchen, das inmitten einer Gruppe älterer Frauen bei einem urtümlichen Steintrog stand, in dem diese schweigend ihre Wäsche wuschen. Das Mädchen aber regte sich nicht. Kopf und Augen gesenkt, schien es ganz versunken einem langsam verblassenden, entschwindenden Gedankenbild nachzublicken. Keine der Frauen störte es. Vielleicht schwiegen sie seinetwegen, die sonst so redseligen Weiber am Brunnen. Aus Respekt vielleicht vor dem Privileg der Schönheit und in gerührtem Lauschen auf ein Versprechen, das sich ihnen nicht mehr erfüllen würde. Vor dem matten Grün, Grau und Schwarz, das es umgab und grundierte, leuchtete das helle Haar in einem unglaubwürdigen Orange und höheren Rot.

Ich ging nicht wie sonst, sondern hob bei jedem Schritt die Fersen extrahoch an. So betrat ich mit ihr die Brücke über das wasserlose, grün durchwucherte Bachbett, die nördliche der beiden Brücken, von der aus man in geringer Entfernung die andere, die südliche sieht. Sie ist zwischen zwei dichten und düsteren Häuserzeilen ausgespannt, die uns unbewohnt schienen. Oft erscheinen einem die Wohnstätten armer Leute in diesen Gegenden unbewohnt und unbewohnbar, bis man, manchmal erst nach Tagen, bemerkt, daß doch Leben in ihnen ist. Die Brücke aber war offenbar seit langer Zeit nicht mehr brauchbar. Große Teile waren aus ihr herausgebrochen (oder während der guerra civil, die offiziell »guerra de la liberación« geheißen wird, herausgeschossen worden); die Steine lagen in dem beschatteten Grünzeug unter ihr und hatten ihrerseits bereits Vegetation angesetzt. Von den Resten des Brückenbogens indessen stürzte sich der wilde Bewuchs eng verschlungen dem Abgrund entgegen, ohne ihn je ganz zu erreichen; zwei, drei Handbreiten über ihm bogen sich die Zweige, die Ranken gleich Lockenenden wieder nach oben. So verharrte das alles. Die übliche Hypertrophie der Natur, murrte ich. Ich weiß nicht, ob sie es gehört hat; das Rascheln der Eidechsen mag wohl imstande gewesen sein, mein Murren zu übertönen.

In diesem entrückten Augenblick sagte sie – auch sie sehr leise, doch immerhin lauter als ich und die Eidechsen: Was machen die bloß mit uns Kindern. (Wer »die« waren, ließen wir unklar, sie waren irgendwelche Mächte, Veranstalter allen Zaubers, der in einer Hinsicht – also nicht nur, aber auch – Trick und Gaukelei war.)

Da mir nun einmal unweigerlich alles, was es auch sei, zur Kulturreminiszenz gerinnt, hatte ich inzwischen bereits über das Genre der »idealen« oder »heroischen« Landschaft in der älteren Malerei zu sinnieren begonnen. Ich sprach jedoch nichts davon aus. (Nicht weil es vielleicht störend gewesen wäre, wie Kommentare zur Unzeit es sind, daran dachte ich nicht. Wahrscheinlich wollte ich es mir bloß für den späten Abend oder das nächste Frühstück im »Aquarium« aufheben, wie unsere damalige Wohnung in der Calle de la Cuesta wegen ihrer ausnahmslos grüngestrichenen Wände geheißen hat. Sie ging den beiden »roten Zimmern« in Hamburg und der ausnahmsweise namenlosen Wohnung in Vezia voraus, auf die dann die letzte folgte.)

Dergleichen war nun vorbei und ganz vergangen, kam auch nicht annähernd mehr zustande. Ich übertreibe nicht sehr, wenn ich sage, daß wir einander kaum noch mehr und anders sahen als Fremde, die per Zufall dasselbe Haus bewohnen und sich darum gelegentlich begegnen. Oder wie Mieter und Untermieter, Mieter und Untermieterin, zwischen denen eine gewisse Scheu herrscht, weil sie kein Verhältnis miteinander haben oder fast eins haben, fast eins gehabt hätten und eigentlich eins haben sollten.
Meine wiederholten Angebote, sie zu begleiten, zu Herbert und »Iwi« und wohin auch immer, wies sie rundheraus ab. Sie hätte mich lieber nicht dabei, sagte sie ebenso befangen und linkisch wie ich sie gefragt hatte. Das äußerste war eine hingezauderte Erlaubnis, sie hin und wieder spätabends in der Kegelbahn abzuholen, wenn ich das durchaus wolle.
Sollte ich weiter oben doch etwas übertrieben haben, so ist es nun fast zu wenig gesagt, daß ich irritiert war bis zur Qual. Ich redete ihr zu, bettelte um ihre Gunst – die sie mir, wie ich wohl ahnte, in Wahrheit gar nicht entzogen hatte durch diese Verwandlung ihres Wesens, an der sie doch nur insofern teilgehabt hatte, als sie ihr widerfahren war, nun aber, da das so gut wie vollendet und sie mithin bereits eine andere war, überhaupt nicht mehr. Mit wem sprach ich also, auf wen redete ich so flehentlich ein? Mit einer anderen. Auf eine andere.

Einer anderen unterbreitete ich meine kraftlosen Vorschläge: Ich hätte da etwas Schönes zum Vorlesen gefunden; wie gut würde das sein, in der warmen Küche, mit einem großen Topf Kaffee. Oder: Im Rundfunk gebe es die Sinfonietta von Janaček; oder die Erste von Mahler, die mit dem Trauermarsch nach dem Lied vom Frère Jacques, die magst du doch so gern. Oder: Weißt du, ich finde manches nicht sehr gut an Arendts Übersetzung der Gedichte von Aleixandre; ich hätte Lust, mit dir zu probieren, ob wir das nicht besser machen könnten.

Ich verlangte bis zum Verschmachten danach, sie endlich einmal wieder erschauernd ihre Arme verschränken und sich so in ihr eigenes Wohlbehagen lehnen zu sehen, als hätte diese Empfindung sich zu einem regelrechten Federbett verdichtet.
Doch was ich auch aufbot, sie sah mich nur lange ernsthaft und so an, als sähe sie mich in großer Entfernung stehen, so weit weg, daß sie mich gar nicht hören konnte, selbst wenn ich geschrien hätte.

Jetzt, in der kurzen Zeit zwischen dem vorigen Abschnitt und diesem hier, die ich dazu verwendet habe, ein neues Blatt in die Maschine zu spannen und mir eine Zigarette anzuzünden, habe ich uns wieder in dem langen Flur stehen sehen, auf dem Läufer, den ich festnageln mußte, weil er Sanna, die nie ging, nur rannte, immer unter den Füßen wegrutschte. Sie stand an der Haustür, die Klinke in der Hand, entschlossen zu gehen, und sah zu mir hin. Aber obwohl ich die Hand auf ihren Arm gelegt hatte, war sie sehr fern und klein. Sie trug den roten Poncho und ein buntes Kopftuch. Sie sah mich nur an, ihr Mund war geschlossen und ihre Lippen bewegten sich nicht. Das sah ich trotz der großen Entfernung, und wenn ich das auch sah, so wußte ich doch, daß sie mir mit aller Kraft etwas zurief, das ich aber wegen derselben Distanz nicht hören konnte. Ich brauchte nicht zu hören, was ich wußte. Sie schrie mir zu: Mensch, was redest du da? Siehst du denn nicht, was ist, und weißt nicht, was kommt?

Vermutlich verdanke ich es nur Dir, Alte, daß es noch zwei, drei Abende gab, die, trügerisch freilich, so etwas wie eine Wiederkehr des Vergangenen zu verheißen schienen.
Ich glaube nicht, daß ich das bewirkt hatte, indem ich einmal, und nur dieses eine Mal, in meiner wachsenden Hilflosigkeit ohne Halt und Hemmung zu weinen begonnen hatte und

schließlich in wüsten Zorn ausgebrochen war. Mein Gedächtnis verweigert mir ein auch nur halbwegs genaues Bild dessen, was da vorgegangen war. Ich fürchte, ich habe sie angeschrien, ihr gedroht, daß ich dies und das tun würde, wenn sie nicht »zur Einsicht käme«. Meine Tränen schienen sie ungerührt zu lassen, mein Zorn sie zu reizen. Ihre trockenen Augen wurden groß und dunkel in dem erbleichenden Gesicht, soviel weiß ich noch gut, und ich weiß auch noch, wie sie nach der schweren Vase griff, die die Farbe, die Farbe und den Glanz ihrer Haare hatte und mein erstes Geburtstagsgeschenk für sie gewesen war, und daß sie mir entgegenzischte, dann werde sie mich umbringen. (Ich glaube, ich hatte wahrhaftig gesagt, ich würde sie einsperren.)
Nein, es war wohl doch eher Deine ernste, aber ruhige Mahnung, sie möge aufhören, mich »wie einen Fremden« zu behandeln, was diese letzten Momente eines holden Trugs herbeigeführt hat. Zwar antwortete sie Dir nicht, soweit ich mich entsinnen kann, hatte nur wieder diese starrenden, unerreichbaren Augen, aber es muß ihr doch nachgegangen sein.

Ja, Dir, der ich so ungern etwas verdanke, verdanke ich es gewiß, daß ich ihr, von einem späten Abend bis zu einem frühen Morgen, »Das Majorat« vorlesen durfte (Hoffmann). Sie hatte eine Vorliebe für das schauerliche Genre (Maturin, Stoker, Collins, Dickens' »Bleakhouse«). Ich bin immer ein großer Vorleser gewesen und versuchte, durch meinen Vortrag alles aus dieser Geschichte herauszuholen, während ich in jeder Minute um das Glück bangte, das mir da zuteil geworden war. Meine Befürchtung, sie werde nicht so lange durchhalten, wie ich es mir wünschte, steigerte sich je länger, je mehr, denn die zweite Hälfte oder das dritte Drittel des Textes mißfiel ihr, und mit Recht, einer gewissen komplizierten Trokkenheit wegen.
Am folgenden Abend hörte ich, allein in meinem Zimmer

und wieder einmal unterwegs zwischen der Bücherwand und dem Fenster hin und her, einer Funkwiedergabe der »Gurrelieder« zu, zu der ich sie vergeblich eingeladen hatte. Aber bei der Passage mit dem Sprecher und dem folgenden pompösen Schlußchor hatte ich die unerwartete Freude, sie mehrmals aus dem Nebenzimmer herüberrufen zu hören: Wie schön das ist. Das war schon viel; ich hatte angenommen, sie sei nicht im Hause.

Und an einem anderen Abend, es muß bald darauf gewesen sein, hatte ich es sogar, gegen ihren anfänglichen Widerstand, doch dahin gebracht, daß wir uns mit den Aleixandre-Übersetzungen beschäftigten; ein legerer Spaß. Die Worte »el celeste toro en tierra«, mit denen eines der Gedichte, glaube ich, endet, entzückten uns.

Das waren nur flüchtige Unterbrechungen. Unaufhaltsam löste sie sich von allem, was ihr einst nahegewesen war und was sie nun wohl nur noch in einer perspektivischen Verkleinerung wahrnahm, in der es auf seine Wahrheit einschrumpfte, und die es ihr unverständlich machte, was sie einmal gefunden hatte an all dem. So denke ich es mir, aber wie soll ich wissen, ob es so war?

Nur eins hielt sich in melancholischer Vereinzelung und Dürre, das Ritual, unser Ritual.

Unsere Zimmer lagen nebeneinander, und die Verbindungstür hatte auf ihren Wunsch über Nacht offen zu bleiben, entweder ganz oder doch wenigstens einen Spalt breit (falls ich noch tippte; damals übrigens schon seit zwei Jahren an dem, was ich »meine Hauptsache« nannte, um nicht »Hauptwerk« sagen zu müssen, und ich hatte es um diese Zeit auf eine Rohfassung und ganze achtzehn Seiten Reinschrift gebracht, die Seite zu dreiunddreißig Zeilen, die Zeile zu rund fünfundfünfzig Anschlägen).

Wenn sie ihr Buch zugeklappt hatte (etwas von Collins, der »Melmoth« oder Benjamins »Berliner Kindheit« wird es wohl gewesen sein, damals), wenn sie es zugeklappt, das Licht gelöscht und sich zum Schlafen auf die Seite geworfen hatte, sandte sie mir drei schmatzende Küsse herüber. Das war seit mindestens zehn Jahren so eingeführt. Es war auch üblich, daß ich dann mit vier Küssen antwortete, worauf sie rief, nein, drei, drei, und ihre Küsse wiederholte. Nun antwortete ich mit zweimaligem Schmatzen. Nein, nein, dreimal, rief sie und machte es mir noch einmal vor. Daraufhin machte ich es endlich richtig, und sie verlangte befriedigt: Jetzt zugleich, dreimal, los. Und wir schmatzten im Duett. Das war das Ritual, unser Ritual. Sie seufzte zum Schluß noch einmal tief auf und schlief dann bald ein.

Wenn das Sterben beginnt – und sie hat damals, so scheint es mir jetzt, bereits zu sterben begonnen – so setzt zugleich ein mehr oder weniger langwieriger Prozeß ein, in dem der Sterbende (der sehr wohl, wie sie, gerade dann von einer besonderen, sagen wir hektischen Lebendigkeit sein kann) sich aus einem Menschen von bestimmter individueller, gesellschaftlicher, geschichtlicher Prägung zurückverwandelt in das nackte zoon, von dem das alles abgefallen ist wie der schäbig gewordene Maskendreß am grauen Morgen nach dem Fest. Kein Wunder, daß es uns schwerfällt, ihn wiederzuerkennen. Aber wir sind ihm kaum weniger fremd als er uns; denn wir sind geblieben, was wir waren, während er unbemerkt, womöglich unbemerkt auch von ihm selbst, in ein anderes Kraftfeld hinübergeglitten ist. Manchmal ruht sein Blick auf uns, lange, starrend, aus unerreichbarer Ferne, ein Tierblick und wie dieser sprechend, doch in einer Sprache, die wir nicht verstehen. Lange nachher, wenn er längst erloschen ist, glauben wir zu wissen, was er gesagt hat. Er hat etwas gefragt. Wie, du bist es? hat er gefragt. So bin auch ich es noch? Oder: Wie, du bist noch da? So bin auch ich noch da?

Mein lieber alter Keilgraf. Während ich das schrieb, habe ich daran denken müssen, wie wir uns einmal das letzte photographische Bildnis Hauptmanns angesehen haben (Gerharts). Du blicktest lange und aufmerksam darauf nieder (Du hattest ja immer ein Faible für diesen dummen Dichter). Dann, im Aufblicken, sagtest Du sinnend: Wie in Tier.
Ich hatte das nicht gesehen, sah es auch nachher nicht, aber ich habe mich Deiner Worte seither oft erinnert. Nicht nur, daß ich sie jedesmal mit dem Namen Hauptmanns assoziierte (Hauptmann, wie ein Tier, Keilgraf) das war nicht oft. Sie waren für mich fest verbunden mit dem Gedanken an den Tod, der mir öfter kam und mich jetzt kaum noch verläßt. So ist es dahin gekommen, daß auch weder Du noch Hauptmann mir mehr aus dem Sinn gehen (Tod, wie ein Tier, Keilgraf, Hauptmann) und Du bist mitschuldig, wenn ich Unsinn reden sollte, indem ich sage: Kein Mensch stirbt; was stirbt, ist ein Tier; und wenn es kein Tier war, so ist es rechtzeitig, im Sterben, dazu geworden.

Was für ein Wetter. So schön wie sie zuletzt, aufflackernd im Erlöschen.
Ich trat mit ihr auf die Wiese hinaus, die Wiese hinter, dann neben dem Haus, dem Teil mit meiner Schlafwand, der ich mich zukehrte, wenn ich Schluß gemacht hatte für den Tag, wenn ich die Augen zudrückte und einen Lakenzipfel in den Mund nahm, bis ich es merkte, merkte wie ich ihn bespeichelte. Dann spie ich ihn aus, schnappte aber gleich wieder nach ihm, verbiß mich in ihn, saugte an ihm, nun wohlbewußt, daß es das war, was ich wollte, was ich nötig hatte, kühle Nässe, die sich auch durch meinen Atem nicht erwärmen ließ, jedenfalls nicht nachhaltig.
Wir gingen quer über die zur Mitte hin sanft ansteigende Fläche, durch das leise rauschende Gras, das in seiner dicken Dichte diese Schlingen barg und verbarg, aus denen man den Fuß geduldig freischlenkern muß, anders geht es nicht, führt

nur in tiefere Verstrickung. Aasiges Zeug, »Natur, Natur«. Ja, aber man muß lachen, fluchend lachen, wenn das Zeug einen Schuh festhält, den man nun, in schwieriger Balance auf dem anderen Bein und vor Ungeduld zitternd, bedächtig losnesteln muß – wenn man nicht vorzieht, den Latschen aufzugeben, ihn fahren zu lassen, mag die Natur ihn behalten. Ich sah in ihr Gesicht, von der Seite und ein wenig von unten her, weil sie gerade über die höchste Stelle des Wiesenhügels und ich ein wenig gebeugt ging, voller Aufmerksamkeit für die Wirrnis unter mir, in der ich mich nicht verfangen wollte. Ich sah ihr schattenfarbenes Gesicht. Das weder getroste noch tröstende Lächeln darin. Die Reflexe des »Blumenkörbchens« auf ihrer linken Wange. (»Blumenkörbchen«, das war ihr Hausmantel. Ich weiß nicht mehr, wer ihn so getauft hatte. Sanna? Ich selbst? »Iwi« gewiß nicht. Eher schon Margot.) Unterhalb der Reflexe seines Sommerwiesendessins sah ich »Blumenkörbchen« selbst. Sah den etwas hochgeschobenen linken Ärmel und ihre rechte Hand, mit der sie den Arm abstützte, in dessen Achsel man neuerdings eine Erhöhung und Verfestigung ausgemacht hatte, der Doktor M den Namen »Arbeitsschwellung« gab. (Nicht anders zitierte der Innsbrucker Operateur später den Begriff der »Lungenblähungen« herbei. Doch da hatte solcher euphemistische Nominierungszauber sich bereits seiner Faulheit verdächtig gemacht.)
Soweit war es noch nicht an dem Mittag, an dem wir quer über die Wiese gingen, auf den Winkel zu, in dem zwei morsche Holzzäune aneinander stießen, von denen der eine die Grenze zum östlichen Nachbargrundstück markierte, der andere, jetzt halb niedergetrampelt, einst die Wiese von der Straße getrennt und vor ihr geschützt hatte. Ich beabsichtigte, an dieser Stelle über die Planken hinwegzusteigen und davonzugehen. Für eine Stunde bloß, wie ich sagen würde; für die dreifache Zeit meiner geheimen Absicht nach.
Und sie allein zu lassen? Und sie allein zu lassen, ja.
Ich bitte Euch, was hieß denn da allein? Allein allenfalls mit

der Alten, dem Hund und vielleicht sogar mit Sanna, war das allein? Und hätte sie sich nicht ein wenig schlechter gefühlt an diesem Tag, so wäre sie gewiß längst zu ihren Freunden gegangen, zu Herbert und »Iwi«, der ganzen Schar, ihrer »neuen Familie«, wie ich mit einiger Bitterkeit zu sagen pflegte, bei der sie sich durch ihr rastloses Kochen, Spülen, Servieren und Abräumen schließlich diese Schwellung geholt haben mußte, denn zu Hause, bei ihrer alten Familie, tat sie so gut wie nichts mehr. Nein, sie war es doch, die mich allein gelassen, sich von mir abgewandt hatte, nicht umgekehrt, und so war es nun dahin gekommen, daß ich ein paar Stunden außerhalb unserer verhunzten Sphäre brauchte. Ich brauchte sie dringend, um mir, fern von ihr, von neuem einsagen zu können, es handle sich bei diesen Verwandlungen nur um eine Vexation, die bald vergehen, bald vergangen sein würde. Bald schon, sagte ich mir ein, würde unser verstörter Mikrokosmos sich wieder regeneriert haben, man würde wieder wissen, woran man ist, und alles, alles wäre wieder gut. (Gut hieß nichts anderes, als daß es wieder wäre wie es vorher gewesen war.)

Dick aufgetragene, blasige Farben, alle Dinge um uns her glühten.

Aber wenn man sie anfaßte, spürte man, wie man sich getäuscht hatte. Es war nicht heiß, die Blasen waren keine Hitzeblasen. Es war naß, nur lau erwärmt. Selbst das feurige Braun der Planken, über die ich hinwegsteigen würde, schien bis ins Innerste durchfeuchtet zu sein. Und ebenso das Weiße da und dort auf dem Braunen. Eine mehrfach achtlos um das Holz geschlungene Kette winziger weißer Perlen, hätte ich in beruhigend konventionellem Stil denken können, wenn ich nicht genau gesehen hätte, daß es eine Schrift war, die Zeilen so unordentlich placiert wie ihre, so klein wie meine, und vollkommen unlesbar. Ich griff mit beiden Händen nach der oberen Planke, fühlte die perlige Dicke der unbekannten Zei-

chen, die sich unter meinen Fingern fortzubewegen schienen, als würde da immerfort weitergeschrieben und die neuen Worte stießen die alten vor sich her wie in einem Fernschreiber. Es war Zeit, daß ich mich davonmachte.
Jeden Abend hatte ich alle Mühe gehabt, meine Augen, meine Ohren immun zu machen gegen das, was sich in meiner Nähe abspielte. Die Wohnung war klein, und manchmal war ich selbst in dem Zimmer, in dem es vor sich ging. Ich sah es nicht, hörte es nicht, war aber gezwungen, mir vorzustellen, was ich nicht sah, nicht hörte.
Die Helligkeit, die jäh einen romanischen Fensterbogen ausfüllt und so erst sichtbar macht – ihre plötzlich entblößte Schulter im Halbdunkel des Raums.
Der langsame Anschlag knotiger Greisinnenfinger auf die Partie unterhalb ihrer Achsel – die Finger der Alten, die dort Abend für Abend nach Veränderungen suchte, die sie nicht zu finden hoffte.
Dann das Gewisper ihrer Stimmen, mit dem die Stille des Zimmers zu kochen beginnt.
Auch das hörte ich nicht, fürchtete aber, ich würde es doch noch zu hören bekommen – und nicht nur so wie das unhörbare Pochen der Finger gegen ihr Fleisch – und ich ging dagegen an, indem ich mich räusperte. Und einmal antwortete sie darauf. Unüberhörbar, höhnisch, erschreckend äffte sie mich nach und räusperte sich gleichfalls. Ich spitzte die Lippen und versuchte zu pfeifen, gegen das nicht Geheure anzupfeifen – aber kein Ton, kein Ton.
Als die harten Finger schließlich fündig geworden waren, da war uns der Doktor mit diesem Wort zu Hilfe gekommen, mit diesem morgenschönen Neologismus, und ich hatte mich sogleich daran gehängt wie an ein Seil über einem Abgrund, in dem es schäumte. Es hing durch, aber es hielt, vorerst.
So konnte ich nun sagen: Also leg dich gleich hin, hörst du. Keine Überanstrengung mehr, und diese Schwellung wird zurückgehen. Du meine Güte, Arbeitsschwellung, weiter nichts, und was für ein Wort. Diese Naturwissenschaftler werden selbst mir noch einmal Respekt beibringen.

Und dazu lächelte ich spöttisch genug, wie ich hoffte, daß sie mich daran wiedererkennen sollte; ach, der meine.
Wie ging es nur zu, daß nicht ein Funke in ihren Augen war, während alles ringsumher vor lauter Licht geradezu tobte in diesem Spätherbst, der fast im Winter noch den ausgefallenen Hochsommer nachlieferte?

Ich ging, ging schnell, doch mit dem Gefühl, auf der Stelle zu treten. Was sich vom Fleck bewegte, war nicht ich, es war die Seitenwand des Hauses, meine Schlafwand, die sich mir rasch und wackelnd näherte. Sie wurde auf mich zu gedreht, und zugleich wurde B über die Höhe des Hügels von mir weg und auf diese wackelnde Mauer zugezogen. Denn auch sie schien von sich aus nichts dazuzutun. Ihre Füße, die ich nicht sehen konnte, mochten auf eine Schiene genagelt sein, oder sie hatten sich hoffnungslos verfangen in den Schlingen unterm fetten Gras, und es war die Wiese selbst, die sich allmählich unter das Haus schob, und die befestigte B, deren Kopf still gesenkt blieb und deren einer Arm den anderen zart hielt, würde binnen kurzem unter der Mauer verschwinden, die durch ihr Wackeln ja allerhand Elastizität anzeigte; B brauchte nur ein bißchen flach, ein bißchen flachgelegt zu werden. Doch würde ich das nicht mehr mit ansehen müssen, denn da zog ja schon die Vorderfront an mir vorüber und entzog mir die Sicht auf das, was da seitlich vor sich gehen mochte. Auch die Vorderfront wackelte, das ganze Haus war offenbar wacklig geworden. Und während sie so an mir vorüberzog, wölbte die Mitte der Fassade sich mir entgegen wie die Brust einer Geliebten in den Augenblicken der äußersten Hingabe und Hinnahme. Dann noch der Zaun des westlichen Nachbargrundstücks, und dann nahm ich selbst die weitere Bewegung auf mich, die Abwärtsbewegung ins Dorf hinunter. Stemmte die Sohlen bremsend gegen die abschüssige Straße und ging und glitt und rutschte so weiter dahin, ein bemerkenswertes Gefühl von Leichtigkeit, von schlenkernder Lockerheit in allen Knochen, so daß ich mich murmelnd einen Harlekin nannte. Eine lichte Staubwolke um die Schuhe mitführend, gelangte ich zum Martinsplatz mit dem Brunnen, dessen mit immer gleicher Heftigkeit fließender Strahl wie ein sehniger und ganz silberner Arm in den Trog taucht, an dem die Weiber oft waschen, die geröteten, kurzen, stämmigen Arme im Kreis um den silbernen her.

Ganz regungslos schien dieser Arm sich auf den Boden des Brunnentrogs zu stützen, und ich stand selbst für einen langen Moment ganz still, um das zu sehen und etwas zu denken, was ich gern dachte, nämlich daß Geschwindigkeit, je geschwinder und je mehr sie also sie selbst ist, um so mehr zugleich zu ihrem Gegensatz, zum Stillstand wird, und das ganz buchstäblich.
Stell dir ein Rad vor, Sanna, ein Rad mit Speichen, hatte ich Dir vor kurzem noch gesagt. Solange es stillsteht, kannst du einen Stock zwischen die Speichen stecken, einen Zweig, einen Finger. Aber wenn das Rad sich sehr schnell dreht, dann siehst du nicht mehr, daß es Speichen hat, und wenn du es nicht anders wüßtest, weil du es vorher gesehen hast, würdest du meinen, es hat keine, sondern ist eine dichte, glatte Scheibe. Es sind dann nämlich so viele Speichen da, daß es keine Zwischenräume mehr gibt zwischen ihnen. Nein, es gibt wirklich keine, du kannst es ja versuchen. Versuch, den Stock durchzustecken, nicht den Finger bitte, es geht nicht, weil Speichen ohne Zwischenräume keine Speichen mehr sind, sondern eine Scheibe.
Hör auf, riefst du mit blitzenden Augen lachend, hör auf, da wird einem ja ganz schwindlig.
Ich merkte, daß ich dem regungslos strömenden Arm zulächelte.
Aber indem ich es merkte, verging es mir schon. Denn wie eine plötzliche Hitze traf mich die Einsicht, daß wir Abschied voneinander genommen hatten vorhin. Nicht für eine Stun-

de, auch nicht für drei, sondern Abschied für immer. Ich hatte es gespürt, aber erst jetzt ging mir auf, was es gewesen war. Der Abschied. Ich war über den Zaun gestiegen, der uns eingehegt hatte – obwohl er doch morsch und niedergetreten war, solange wir ihn kannten – und wir waren voneinander weggedreht worden. Es war kaum ein Gedanke, hatte nicht nötig, in aller Form gedacht zu werden, es war eine glühende Evidenz, und ich war sicher, daß sie auch ihr aufgegangen sein mußte, so nachträglich wie mir oder vielleicht schon an Ort und Stelle. Der Tod kam übrigens nicht in ihr vor; nach dieser gedankenlosen Evidenz wäre es auch dann ein Abschied für immer gewesen, wenn sie am Leben geblieben wäre. Aber das wäre ja auch ein Tod gewesen, nicht der, aber ein Tod; es genügt, den bestimmten gegen einen unbestimmten Artikel zu tauschen.
Wie aber hatte ich mich, obwohl ich etwas gemerkt hatte, wenn auch noch nicht, was – wie hatte ich mich so leicht, so locker, mit diesem Übermut in den Knochen davonmachen können, in allen Gelenken schlenkernd wie ein Harlekin? Weil jeder Katastrophenalarm mit ein und demselben Dröhnen immer auch eine neue Freiheit ankündigt, in der es von freilich zweideutigen Erwartungen wimmelt? Alles vage, sehr vage gewiß; aber das ist nur gut. Freiheit ist vage, allemal, und Furcht und Hoffnung vermischen sich in jeder Erwartung. Ein Stück Wirklichkeit, das sei es noch so katastrophisch zerfällt, hat Möglichkeiten blockiert, denen im ersten schwefeligen Aufblitzen keineswegs abzumerken ist, ob das, was sie so vage verheißen, nicht seinerseits so katastrophal sein wird wie jener Zerfall. (Mühsam habe ich mich davon zurückgehalten, ohne Umschweif zu schreiben, daß das, was sie verheißen, mindestens so katastrophal sein wird wie jener Zerfall. Und da ich auch jetzt noch nicht weiß, wie es besser wäre – obwohl ich mir, wie immer in solchen Entscheidungsschwierigkeiten, inzwischen umständlich die Fingernägel beschnitten habe – mag beides hier stehen. Denn so oder so, immer ist Furcht in der Hoffnung, immer Hoffnung in der Furcht.)

Das waren nun zwar nur Gedanken, keine Evidenzen, die es nicht nötig haben, auch noch gedacht zu werden. Aber ich mußte bis nach Lermoos gehen und brauchte dort fast die ganze Nacht dazu, sie zu unterdrücken; viel mehr als drei Stunden in der Bar eines großen Hotels, die Augen immer wieder auf die knochenlos weiche Erscheinung einer kleinen Frau in weißem Hosenanzug gerichtet (die Tochter des Kinobesitzers) und alle Gedanken in mir gegen das Denken, bis es so weich und knochenlos geworden war wie sie.

Als ich endlich heimkam, lag B wach im Bett, und die Alte setzte mir eine Tasse Bouillon vor. Die Bouillon war evident. Doch daß ich nicht bloß zurückgekehrt, sondern heimgekommen und es mithin doch kein Abschied für immer gewesen wäre – dafür war mir erst die Annahme meines Vorschlags, eine gewisse Passage aus dem »Grünen Heinrich« vorzulesen, ein freilich schwächliches Indiz. Es hielt nur so lange vor, wie es mir gelang, mich darüber zu täuschen, daß das sanfte Lächeln, mit dem sie auf die Zumutung einging, kaum anders war als das vom vorhergegangenen Mittag. Weder getrost noch tröstend, nur mit müder Nachsicht signalisierte es das Wiedererkennen; ach, der meine.

Die Alte war täglich für mehrere Stunden unterwegs, von einem Ende des Dorfs zum anderen.

Der Sinn dieser Ausgänge war dem der meinigen kraß entgegengesetzt. Wenn sie das Haus verließ, so nicht, um einer schwer erträglichen Beklemmung für einige Zeit ledig zu werden, nicht, um die heimgesuchte Atmosphäre stundenweise mit einer neutralen Luft zu vertauschen, die eben ihrer Neutralität wegen besser zu atmen war. Sie ging nicht unter die Leute, um zwar weniger allein zu sein, aber nicht mit ihnen zu reden, und jedenfalls nicht »davon«.

Hätte mich jemand »darauf« angesprochen, was aber nicht geschah, so hätte ich bloß mit einem bagatellisierend gebrummten Laut geantwortet oder allenfalls gemurmelt: Ach, das wird schon wieder, oder etwas in der Art. Nicht nur, weil ich selbst glaubte, was ich durchaus glauben wollte, und weil ich fürchtete, jemand könnte sich ermutigt fühlen, etwas »dazu« zu sagen, denn dieser Glaube lebte ja nur von der Blindheit des Gläubigen, der wiederum von ihm lebte, so daß ich fürchten mußte, durch das kleinste Licht, das man mir etwa aufgesteckt hätte, ins Dunkel gestürzt zu werden. Tiefer begründet war mein Verhalten wohl durch etwas anderes noch, durch zweierlei. Einerseits vertrage ich überhaupt nicht viel Realität, vertrage es schlecht, wenn sie sehr nahe an mich herankommt. Andererseits war eine Art Scham im Spiel. Ich suchte unser Unglück zu verheimlichen, weil ich mich seiner schämte. Ich schämte mich seiner vor anderen, vor mir, vor ihr selbst. Und so hätte ich es gewiß selbst dann vor allen zu vertuschen gesucht, wenn ich bis nahe an die Gewißheit geahnt hätte, daß ich es eben durch mein Schweigen und Vertuschen erst recht herbeigerufen und die Katastrophe unabwendbar machen würde. Bitte nehmen Sie das ganz so wie es da steht, einschließlich der wahrhaft unqualifizierbaren Konsequenzen, die sich daraus ergeben, etwa der, daß ich nicht einmal einen Arzt herbeigerufen hätte. Ich hätte eine Zündholzschachtel durchlöchert und sie über den Unglücksherd geklebt. Hätte keinesfalls mit den Fingern auf ihrem Fleisch herumgetrillert, so daß ich ganz sicher gewesen wäre, nichts zu finden, wofür ich mir eine Vokabel wie die von der »Arbeitsschwellung« hätte abkneifen müssen. Aber wenn sie dann angefangen hätte, nach Luft zu ringen, so wären die »Lungenblähungen« mir wohl auch eingefallen und vielleicht etwas noch besseres. Im übrigen hätte ich ihr Hoffmann und Keller vorgelesen und sie sterben lassen. Da seht Ihr, wie es einem ginge, der auf mich angewiesen wäre. Verloren wäre der Mensch, und wäre ich es selbst. Ich rette keinen. Und wenn das Unglück dann komplett geworden, die Katastrophe hereingebrochen wäre, so hätte ich mich nicht etwa gewundert. Unglück, Unheil, »fin de partie« sind das, was ich erwarte, worauf ich immerzu rechne. Das ist es ja, weshalb ich unablässig alle vier Augen davor zudrücken muß, die blauen und die anderen, Beckett. Ich könnte fast denken, ich hätte das so im Blut, von meiner Mutter her. Ich meine zu wissen, daß sie mit ihrem ewig schmerzenden Kopf immerzu irgendein Unheil erwartet hat. Wenn der Postbote klingelte, freute sie sich nicht auf einen erhofften Brief, sondern wurde sofort bleich in Erwartung einer schlimmen Nachricht. Aber auch B war so. Man mußte nur Ohren haben zu hören, wie sie nach dem Kind rief. Sie rief sie nur zum Essen herein. Aber dieser übliche Ruf der Mütter war bei ihr immer schon nahe daran, in einen Schrei des Entsetzens umzuschlagen, als erwarte sie, daß Sanna mit zermalmten Gliedern auf dem Pflaster läge. Ich sagte, ich hätte sie sterben lassen, hätte nichts dagegen zu unternehmen versucht, weil mich das gezwungen hätte, jemanden einzuweihen, einen Arzt, der vielleicht hätte helfen können, und weil ich mich zu sehr geschämt hätte, das Unglück einzugestehen, das ich zwar für das einzig Normale ansah, das einzige, was zu erwarten ist (so daß es mir ohnehin unsinnig vorgekommen wäre, sich dagegen zu sträuben; sträuben könnte man sich nur gegen das Leben selbst, in dem das Unglück das Normale ist) vor dem ich aber dennoch so erfolgreich die Augen zu schließen gelernt hatte (alle vier, die blauen und die anderen, Beckett), daß ich es bis zuletzt, bis es eingetreten war und noch eine Zeitlang danach, für das ganz Unmögliche zu halten vermochte. (Ich hoffe, daß das klar ist. Wenn nicht, so muß das daran liegen, daß wir ein Paar Augen zu wenig einkalkuliert haben. Es muß noch ein Paar geben; die blauen, die anderen und noch ein Paar, und das erst sind die, die sich nie schließen. Aber sie gehören einem nicht. Sie starren immer nur in die monotone, monochrome Fülle der Schrecknisse, für privates Unglück haben sie keinen Blick.)

Unterdessen war die Alte, ganz anderen Sinnes als ich, im Dorf unterwegs, hielt alle an und ließ sich von allen anhalten, sagte es ihnen, sagte und klagte es jedermann, auf allen Stra-

ßen und Plätzen, in allen Räumen, mit steinernem Gesicht und beweglichem Mund. Ich kann sie sehen, mit den anderen Augen, habe aber vorhin, bevor ich mit diesem Absatz begann, überflüssigerweise auch noch die blauen aufgewendet, indem ich ein wenig pausierte, die rechte Hand neben die Schreibmaschine legte und auf den Handteller niedersah, denn ich hatte die Hand auf den Rücken gedreht, um es mir nicht zu bequem zu machen.
Da sah ich sie den abschüssigen Weg hinuntergehen. Sah sie von der linken Straßenseite, die an den Rahmen der Maschine grenzte, zur rechten hinübergehen, von wo ihr eine andere alte Frau entgegenkam, die Bregenzer Berta. Sie blieben mitten auf der Straße stehen und redeten miteinander. Dann trennten sie sich wieder, schwer rissen sie sich voneinander los, und die Alte trat in das Spielmannsche Haus ein. Durch den düsteren Flur flog ihr ein heller Schein entgegen, Sannas Haar. Sie spielte damals fast täglich mit den Spielmannschen Kindern, mit Thomas und Andi. Die Alte beugte sich zu ihr, strich ihr das Haar glatt, verbesserte mit ein paar zuckend zustoßenden Griffen seinen Sitz, sagte rasch noch etwas und ging dann auf die offene Küchentür zu, in der Hanni sie bereits erwartete. Zweifellos ist sie lange in der Küche geblieben, aber ich sah sie schon im nächsten Augenblick wieder auf dem Weg und wieder auf ihm anhalten. Denn kurz vor dem Haus mit der Gedenktafel für Ganghofer traf sie mit Margot zusammen, die vom Einkauf zurückkehrte. Ich wußte nie, wer von beiden mehr redete. (Eine von Margots Schwägerinnen ist am Krebs gestorben, »biestig verreckt«. Man hatte ihr eine Brust amputiert, und danach erst recht hatte sie einen gesteigerten sexuellen Appetit entwickelt, hatte ihren stämmigen Mann damit bedrängt, er aber, hieß es, hatte die Entstellte brüsk abgewiesen.) Während ich mich der Sage davon erinnerte, sah ich die Alte schon mit den beiden Frauen Wilhelm reden, der alten im Souvenirladen, der jüngeren im Café, die wahrscheinlich am selben Vormittag schon mit Margot darüber gesprochen hatte, denn die benachbarte Lebensmittel-

handlung, in der diese einzukaufen pflegte, gehört auch den Wilhelms. Und da war nun die Hauptstraße, die sich im rechten Winkel von der Schreibmaschine weg quer über meinen Handteller hinzog. Auch auf ihr blieb die Alte noch ein paarmal stehen, aber die, mit denen sie redete, kannte ich bloß vom Sehen. Herbert kam mit seiner Taxe vom Zugspitzbahnhof zurück, hielt am Bordstein und beugte sich aus dem Wagenfenster. Hinter seinem lachenden Gesicht sah ich schon die gelbe Fassade des Hauses, in dem Doktor M wohnt und ordiniert. Die Alte überquerte die Straße, der lange Schal hing ihr fast unbewegt über den Rücken.

Als ich sie hinter der gelben Mauer hatte verschwinden sehen, schloß ich die Hand zur Faust und ballte mir ihr die ganze Reihe dieser Auftritte und noch einige mehr zu einem einzigen zusammen, in dem die Alte, mit Quastenmütze und Schal, auf dem Martinsplatz stand, vor dem silbernen Arm des Brunnens, der unablässig »strömt und ruht«. In der Hand hielt sie eine meterlange Zigarette, aus der sie mit großer Heftigkeit inhalierte, während sie zu einer Anzahl von Leuten sprach, die sich im Halbkreis vor ihr aufgestellt hatten und im Zuhören die Köpfe schieflegten. Handwerker, Bauern, Händler, Gastwirte, die Frauen, das Personal. Auch das »Zuckerpüppchen«, die Dorfhure, war da. Die Alte benutzte ihre überdimensionale Zigarette als Zeigestock, und auf wen sie damit deutete, der sagte etwas. Meistens waren es bloß Trostreden. Aber eine Frauenstimme rief über eine Reihe von Köpfen und Schultern hinweg das Wort: Petroleum. Dann erläuterte sie: Es hat in der Zeitung gestanden, eine alte Frau in einem Dorf bei Innsbruck hat sich selbst mit Petroleum kuriert und hilft jetzt anderen damit, die Ärzte sind schon dahinter her. War es nicht die Bregenzer Berta, die das sagte? Ja, Kerosin, murmelte die Alte. Sie benutzte das weniger gebräuchliche Wort, als mache das die Wunderwirkung glaubhafter. Herbert hielt an und rief: Das besorg ich euch, gell? Dann fuhr er wieder weiter, Richtung Zugspitzbahn oder Fernpaß. Die beiden Ärzte des Orts erschienen an der Peri-

pherie. Der »Hoppdiquax« wußte wie immer etwas Beruhigendes zu sagen. Der andere aber warf der Alten, die sofort mit ihrem rauchenden Zeigestab auf ihn wies, nur nickend einen zerstreuten Blick zu und ging weiter. Doch da kam nun auch der Innsbrucker Chirurg zur Versammlung. Er sagte: Es wird wohl nichts Ernsthaftes sein, aber wir wollen nichts versäumen. Und indem er ein winziges schwarzes Buch aus dem Ärmel schüttelte und etwas hineinschrieb, fügte er hinzu: Übermorgen, ja? Übermorgen untersuchen wir es. Seine helle Kleidung war ganz und gar mit roten, spritzerartigen Sternen garniert. Ja, vorerst hörte man nur Tröstliches von Seiten der »Hoppdiquaxe«. Nur von dem aus München nicht, der nun ebenfalls ankam und, noch bevor die Alte ihm das Zeichen gab, das Wort ergriff. Sie duzen sich, weil sie mit seiner Mutter befreundet war und ihn dereinst auf den Knien geschaukelt hat. Du mußt wissen, sagte er, daß wir da noch nie Erfolg gehabt haben. Wir operieren in solchen Fällen nur noch der Angehörigen wegen, damit sie nicht denken müssen, es sei da etwas versäumt worden, nachher.
Nach diesem Wort konnte ich die Versammlung auflösen, die ja nur einberufen worden war durch meine mißbilligende Verwunderung darüber, daß diese Alte – so formulierte ich es damals in mein Notizbuch – »unser Elend derart auf den Marktplatz« getragen hatte.
B's Bruder war nicht zur Versammlung gekommen. Ich habe ihm den Namen Alberich gegeben.

Er hatte Geld geschickt, eine ganze Menge und mit großer Bereitwilligkeit, man kann sagen, freudig. Die gute Nachricht, daß es uns schlecht ging, war es ihm wert. Wäre B wieder gesund geworden, so hätte ihn das sehr enttäuscht. Es war ihr Tod, den er sich so viel kosten ließ, unser Untergang. Die Aussicht, darauf muß ihn mit einer kranken Lust erfüllt haben. Es wird also ganz leicht gegangen sein mit dem Erschauern und den Tränen, er war ja wahrhaftig erschüttert, und es

ist wahrscheinlich, daß er sich verschluckt und einen seiner Hustenanfälle bekommen hat, als er es hörte.
Er ist so vergiftet wie irgendein königlicher Bastard. Der Vater hat das bewirkt, er hat ihm zu lange die Anerkennung versagt. Der Vater war ein großgewachsener blonder Mann, der Sohn ist klein von Wuchs und dunkel. Neben dem Alten nahm er sich aus wie dessen kurzer Schatten bei hochstehender Sonne. Ich erinnere mich, das einmal gedacht zu haben, die Metapher schien mir treffend und amüsierte mich. Aber man ist gezwungen, den Sohn zu verstehen. Solange der Alte lebte, hat er dem Jungen im Licht gestanden. Es gefällt ihm, diejenigen erliegen zu sehen, die dem Vater gleichen, und niemand konnte ihm mehr gleichen als B. Und vielleicht genügt es schon, groß und blond zu sein, wie ich. Ich kann mir gut denken, wie ihm bereits der Fuß gezuckt haben mag vor Verlangen, ihn auf meinen Nacken zu setzen, wenn ich erst am Boden läge, getroffen von B's Tod, der mithin ein doppelter Triumph für ihn zu werden versprach. Aber ich will mich nicht länger mit Spekulationen über den Alberich-Komplex aufhalten, es steht mir nicht dafür.
Und nun hatte Alberich einen Brief geschrieben. Er kündigte sein Kommen an und vertagte es zugleich auf einen ungewissen Zeitpunkt. Er sei sehr strapaziert und bedürfe dringend der Erholung. »Ich werde aber alles daransetzen«, hieß es dann wörtlich, und an diesen Worten hing das Versprechen seines Besuchs.
Er war schon auf dem Sprung, mit der »bleichen Flamme«, seiner Frau, in das schweizerische Luxusnest aufzubrechen, in dem sie alljährlich einige Winterwochen verbringen. Wir malten uns aus, wie es da zuging, stützten uns dabei auf Berichte, deren Herkunft ich nicht mit Sicherheit angeben könnte, vermutlich stammten sie aber von Alberich selbst. Danach verbrachte er den größten Teil jeden Tages mit dem kostspieligsten Lehrer, der zu haben war, im Skigelände, während sie sich in einem womöglich halbverdunkelten Hotelzimmer aufhielt, um den Magermilchteint ihres erkältend

schönen, bewunderungssüchtigen, schwarzumzüngelten Gesichts nicht aufs Spiel zu setzen. Abends trieben sie dann in den geeigneten Restaurants und Bars »conspicious consumption«. Conspicious but not conspicious enough, zumindesten nicht für ihn. Er war aus sehr pedestren Anfängen verhältnismäßig hoch gestiegen, aber eben nur verhältnismäßig, nicht über alle Relationen hinaus, wie die Mitglieder der obersten »leisure class«, von denen dort immer einige zu Gast und manche sogar ortsansässig sind. Dahinauf kann er nun einmal nie gelangen, und wenn er sich auf die Zehen stellt, sagte ich, und B rief lachend: Ach, mein armes Brüderchen. Die Tränen schienen ihr in kleinen Bögen nach beiden Seiten aus den Augenwinkeln zu sprühen.

Man konnte sich nicht darüber täuschen, was es hieß, daß er »alles daransetzen« werde, so bald wie möglich zu kommen. Wenn einer nicht bloß sagt, er werde dies und das tun, sondern alles, schlankweg alles zu tun verspricht, so kann man ziemlich sicher sein, daß er gar nichts tun wird. Alberichs Brief war nur ein Freibrief für ihn und die »Flamme« auf ungestörten Freizeitgenuß. Daß es mit uns unterdessen aller Voraussicht nach weiter abwärts gehen würde – dieser Gedanke konnte für ihn nur stimulierend sein wie ein pikantes Gewürz (das einem ja übrigens nicht minder leicht die Tränen in die Augen treibt wie die Trauer). Allenfalls würden sie den Rückweg aus der Schweiz über unser österreichisches Bergkaff nehmen, um nachzusehen, wie weit wir waren. Ah, der Kitzel in der Mördergrube des Herzens während der langen Fahrt, ob man vielleicht schon zu spät kommen oder gerade umgekehrt die Patientin in überraschend gebesserter Verfassung vorfinden würde, in der skandalösesten Weise wohlauf. (Solche enttäuschenden Wendungen kommen ja vor. Hatte man mir nicht einst telegraphisch den Tod meines Vaters verheißen, den ich schon lange herbeiwünschte, und hatte ich nicht die ganze Anreise weit aus dem Norden in der halben Hoffnung absolviert, er möchte schon hin sein, wenn ich eintraf, damit mir der Ekel erspart bliebe, dem Verenden des

Greises beiwohnen zu müssen? Aber dann, als ich in die von Wellensittichen durchzwitscherte Wohnung eintrat, saß er am Tisch, warf sich – noch etwas vertiert vom überstandenen Sterben – duftende Bratkartoffeln in den Mund und lud mich ein mitzuhalten.) Sicher wäre es Alberich auch lieb gewesen, zu spät zu kommen, ich bin genötigt, auch das zu verstehen. Wie lustvoll hätte er dann die erforderliche Trauer exhibitioniert. Zweifellos hätte ihn seine Vorführung selbst so gepackt, daß er eine Demaskierung seines hustenden und prustenden Jammers als geweintes Gelächter mit aufrichtiger Entrüstung hätte zurückweisen können. So etwas vermag ein freudiges Herz. Hätte man ihm aber Vorhaltungen gemacht wegen der Verzögerung seines Besuchs, und weil er es gewagt hatte, seine Erholungsbedürftigkeit vorzuschützen, so hätte dieser Unterirdische so schmerzlich ins unerträgliche Licht geblinzelt wie ein aufgestöbertes Höhlentier und argumentiert, wenn er mit allen Zeichen der Bestürzung und Überstürzung sofort zu uns gekommen wäre, so hätte er B dadurch doch geradezu die Bedenklichkeit ihres Zustandes vor Augen geführt. Wie wahr.

Nur um nichts zu versäumen, wollte Doktor O diese belanglose Schwellung untersuchen, und so war B denn also mit Herbert nach Innsbruck gefahren. Es würde lange dauern, sicher würde sie noch ein paar Weihnachtseinkäufe machen in der Stadt, es war ja schon der zweiundzwanzigste.
Ich konnte mich also für ein paar Stunden ins Café Leitner setzen, wie früher so oft. Schlegels Aphorismen hatte ich dort gelesen, ein Exposé für die Zigarettenwerbung und einmal sogar eine Seite der »Hauptsache« geschrieben, die ein mit Möbeln vollgepfropftes Zimmer wie eine Landschaft darstellte, mit einem eingerollten Teppich als gefälltem Baum, vor dem ein Reh scheut, das ein dünnbeiniger Tisch ist, über dem eine Stehlampe sich erhebt, deren Schirm wiederum eine Baumkrone ist, und so weiter.

Diesmal las ich nicht, schrieb nicht, sah nur dem langsamen Dämmern über dem Wetterstein zu, bis die Kellnerin, die gar kein Gefühl dafür zu haben schien, was sie da tat, die Vorhänge mit rabiaten Griffen zusammenzog. Da ging ich.

Das Haus war dunkel, die Küche dunkel und kalt. Sie war also noch nicht zurück und die Alte wahrscheinlich noch im Dorf unterwegs, während Sanna, nach der mich plötzlich ein heftiges Verlangen befiel, wohl wieder bei den Spielmanns war.

Erst mal Licht machen, sagte ich laut. Als ich aber den Schalter anzielte, stieß mich ein jäher Kälteschauer, so daß meine Hand vorbeiging, dann ein zweiter, erst beim dritten Mal wurde es hell, und der Hund kroch gähnend, zitternd, wedelnd aus seinem Korb neben dem erloschenen Herd.

Ich setzte mich im Mantel hin und suchte, ohne hinzusehen, mit der linken Hand tief unten nach dem Kopf des Hundes, dem Zartesten, was ich kannte, dem Fell über seinem Schädel; die Finger konnten einem süchtig werden danach.

Erschreckend leise kam die Alte herein.

Wo warst du denn? fragte sie.

Ich sagte es ihr.

Sie ging um den Tisch herum und setzte sich, indem sie ihren Stuhl umständlich zurechtrückte, so hin, daß sie mir genau gegenüber war, ganz genau gegenüber.

Das erste, was sie nun hätte tun müssen, damit es dennoch fast wie sonst gewesen wäre – nach einer Zigarette greifen. Sie tat es nicht. Ich sah ihre steinalten braunen Hände an, die, statt das Vertraute zu tun, ungewohnt flach auf dem Tisch lagen, während sie sagte: Baby will noch etwas kaufen. Es wird sicher noch gut zwei Stunden dauern, bis sie kommt.

Ja, das hab ich mir schon gedacht.

Ich habe eben mit O telephoniert, war das nächste, was sie mir mitzuteilen hatte.

Sie informierte mich mit der bündigen Kürze eines Nachrichtendienstes. So war sie mit dem vierten Satz schon am Ziel: Er sagt, es ist hoffnungslos.

Was? Was ist? fragte ich.

Aber von nun an sprach ich mit drei Stimmen, einer lauten und zwei weiteren, die nur ich hörte. Die Stimmen waren an sich nichts Neues, sie entsprachen den Augen (die laute den blauen, und so weiter); neu war nur, daß sie sich jetzt viel deutlicher gegeneinander abhoben als sonst, daß sie sozusagen voneinander zurückgetreten und ganz miteinander zerfallen zu sein schienen.
Was ist? hatte die erste, die laute Stimme gefragt.
Du hast es doch verstanden, sagte die zweite, was fragst du denn.
Die dritte schwieg vorerst noch.
Vier bis sechs Wochen höchstens, sagte die Alte langsam und deutlich.
Das ist doch unmöglich, rief ich mit der ersten Stimme.
Sofort redete die zweite hinein: Du spricht wie alle sprechen und weißt doch besser als alle, daß es durchaus möglich ist.
Mehr als das, sagte die dritte. Es ist im höchsten Grade wahrscheinlich, ist das ganz Normale, wie alles, was schrecklich ist. Und du weißt es, weißt es, weißt es, keifte sie. Wenn du es nicht wüßtest, seit langem schon, hättest du eine Stimme weniger. Erst seit du es weißt, rede ich in dir. Ich kann auch sagen, erst sei ich in dir rede, weißt du es.
Er hat gesagt, ich müßte es dir jetzt sagen, du müßtest es jetzt wissen, sagte die Alte und griff endlich nach einer Zigarette.
Ja ja, hörte ich mich laut antworten und bemerkte zugleich, daß ich mich dabei mit den Händen gegen die Tischplatte stützte – gegen, nicht auf sie – und mich zweimal ruckartig verbeugte.
Weil ich das bemerkt hatte, konnte die zweite Stimme höhnisch einhaken: Ach, jetzt ahmst du wohl die Japaner nach,

die du im Film gesehen hast. Die knicken auch so ein, wenn sie »hai-hai« sagen oder wie das bei ihnen heißt.
Das war noch nicht genug, die dritte mußte mich genießerisch an Musils Idee eines Buches erinnern, in dem die Personen in allem nach ihren eigenen Reminiszenzen gemodelt wären, die sie aber nicht erkennen.
Also dieses Literaturgewäsch ist jetzt wirklich nicht am Platz, rief die zweite Stimme so wütend, daß sie beinahe laut geworden wäre.
Laut war jedoch nur die Alte, die etwas sagte, was auch ich hätte sagen können, aber lautlos: Es ist vielleicht ganz gut, daß sie noch nicht gleich kommt. Da hast du noch ein bißchen Zeit. Denn du mußt dich zusammennehmen, hörst du, sie darf nichts merken.
Ja ja, antwortete ich wieder, nahm aber diesmal die Hände vom Tisch und vermied jede Bewegung des Oberkörpers.
Stimme Nummer zwei, lachend: Laß nur, laß nur, gib dir keine Mühe.
Die Alte: Am zweiten ist die zweite Operation.
Ich streckte den rechten Arm weit über den Tisch und hielt ihr in der offenen Hand das Argument entgegen: Aber wozu denn noch, wenn es keine Hoffnung mehr gibt?
Alles schwieg. Die Alte bewegte nur unbestimmt die Schultern.
Ich stand auf und sagte im Aufstehen noch einmal: Das ist alles ganz unmöglich.
Und Stimme zwei wiederholte: Wirklich, du sagst nur was man eben so sagt.
Darauf Nummer drei, dozierend: In extremen Situationen steht dem Menschen nur das konventionellste Wort zur Verfügung. Oder das Schweigen. Warum? Weil solche Situationen ihm inkommensurabel sind.
Schweig also, schweig, befahl Nummer zwei, vor Wut zitternd.

Ich hatte meinen Bergstock ergriffen und begann langsam in der Küche hin und her zu gehen, während die Alte Kaffee kochte. Ein Brett des Fußbodens knarrte an einer bestimmten Stelle, und wie immer trat ich mit Absicht darauf. Dann kam ein Astloch, und ich bohrte mit der eisernen Spitze des Stocks darin herum. Ich hatte eine übertriebene Aufmerksamkeit für die Dinge im Raum. Ich sah sie an und nannte sie dabei lautlos beim Namen. Wasserkessel mit der Delle, sagte ich. Feuerhaken, den ich immer schon einmal zum Glühen bringen wollte, nur um das zu sehen. Ofenrohr mit deiner schäbigen Silberbronze. Ja, ich fing jetzt an, die Dinge anzureden. Du Hundekorb du, ihr schmutzigen Decken, die ihr immer halb über den Rand hängt, weil Max euch jedesmal ein Stück mitschleift, wenn er den Korb verläßt. Wandkalender mit deinen Bildern von Gletschern, Wasserfällen und sonstigem Naturprunk, wie unnatürlich ist photographierte Natur. Aber selbst davon war ich jetzt gerührt, weil alles was ich sah und beim Namen rief, rührte mich fast zu Tränen. Ich mußte es nennen und anreden, um es mit Worten festzuhalten und festzumachen, denn es schien mir, als sei das alles in Gefahr, alsbald nach oben davon zu schweben. Hob es sich nicht schon? Hatte sich nicht ein dünnes, doch starkes Netz um die gesamte Kücheneinrichtung gelegt, zog es sich nicht schon dichter zusammen, weil es bereits angehoben wurde, wie ein Netz voller Fische aus dem Meer heraufgezogen wird? Und das bedeutete nichts anderes, als daß der Spaß ein Ende hatte, der schlechte Scherz nämlich, daß die nur vorgespiegelte Lammfrömmigkeit der Dinge, ihr nur gemimtes Beharrungsvermögen uns eingelullt und eingewiegt hatte in das schläfrige Vertrauen auf ein, wenn auch bescheidenes Maß von Sicherheit in unseren Verhältnissen. Ich ging in die Mitte des Raumes und bohrte den Stock dort in eine Ritze zwischen zwei Brettern, um das Netz festzuspießen. Im übrigen aber fuhr ich fort, die Gegenstände Stück für Stück inständig anzurufen, um sie daran zu erinnern, was sie waren, und daß es ihre Sache nicht sein könne, davon zu schweben und uns oder nur mich in einer Kahlheit zurückzulassen, die man nicht aushalten kann, einer inkommensurablen Kahlheit, wie die dritte der Stimmen es wohl ausdrücken würde. Brotkasten, mit dem immer klaffenden, verzogenen Deckel. Ihr Gummihandschuhe, die der Kohlenstaub bedeckt. Du alte Holzkiste voll Holz. Kaffeetasse, meine Tasse, leicht lädiert.

Die Tasse stand dampfend auf dem Tisch. Leicht taumelnd war ich an meinen Platz gelangt, weil mir von der Bewegung, zu der ich die Küchengegenstände hatte ansetzen fühlen, der Bewegung aller Dinge von mir weg, schwindlig war. Ich sah, daß die Alte die Unsicherheit in meinen Schritten bemerkt und in Unkenntnis der wahren Ursache so gedeutet hatte, daß sie sich hinsichtlich meiner Fähigkeit sorgte, mir vor B nichts anmerken zu lassen. Ich lächelte ihr zu, um ihr zu zeigen, wie ich es machen würde, wenn B da wäre. Wir saßen uns wieder genau gegenüber und tranken den fast saucendicken Kaffee, den sie bereitet hatte. Einmal griff ich mir an die Stirn, als schmerzte sie, aber sie schmerzte nicht. Einmal bewegte ich den Kopf schwer hin und her, schob eine Hand zwischen Hals und Hemdkragen, als fühlte ich mich beim Atmen beengt, und stieß laut die Luft aus. Einmal griff ich mir links an die Brust und atmete schwer und laut ein. Tatsächlich spürte ich mein Herz wie eine dauernde Belästigung. Aber ich kam mir vor, als spielte ich mich selbst, spielte einen Mann, der in meiner Lage war, und spielte ihn schlecht, ein ganz unbegabter Komödiant, dem man die Aufgabe übertragen hat, Verzweiflung, Trauer, Fassungslosigkeit auszudrücken. Vielleicht war es so, daß ich bis dahin noch gar nicht dazu gekommen war, etwas zu fühlen, was sich derart kategorisieren ließ, sondern nur eine ganz amorphe Beklommenheit spürte, und nicht einmal das, sondern etwas ganz Unbestimmtes, Unbestimmbares, nicht Ausdrucksfähiges, daß ich aber, einem Instinkt folgend, darauf ausging, das gestaltlos Quälende in benennbare Komponenten aufzuteilen, weil es dann immerhin etwas leichter zu ertragen, ja dann erst überhaupt zu ertragen wäre. Und so suchte ich womöglich über den Ausdruck für etwas, das ich noch gar nicht hatte, zu dem infolgedessen so schlecht Ausgedrückten selbst zu gelangen. Nicht erst jetzt, nachträglich erst, habe ich diese Überlegungen angestellt, sondern damals gleich, während ich mit der Alten Kaffee trank, und sie verschafften mir auf der Stelle eine gewisse Erleichterung. Das aber kreidete ich mir sofort als Manko an. Keineswegs trachtete ich so geradehin nach Erleichterung, es sei denn nach einer, die besser Erlösung hieße, und die, so dachte ich, gerade in der äußersten Intensivierung der Qualen zu finden sein müßte, die mir nun einmal bestimmt wären. Kam es also darauf an, deren Ausdruck, wie schlecht auch immer, solange zu imitieren, bis sie mir schließlich wirklich gelänge? Aber dann war es doch läppisch, sich ein bißchen an die Stirn zu fassen und schwer zu atmen. Dann wären doch die Raserei exotischer Klageweiber und das Otototoi-Geschrei der Perser des Aischylos die einzig zulänglichen Muster gewesen.

Und wie stand es mit der Frau mir gegenüber, die mir nun so fremd erschien wie irgendeine alte Frau? Sie sah vor sich nieder und machte nicht eine Bewegung, die nicht unbedingt erforderlich ist, wenn man Kaffee trinkt und Zigaretten raucht. Genaugenommen wußte ich so gut wie nichts von ihr, denn bei all ihrer monströsen Geschwätzigkeit ist sie dennoch dicht getarnt. In ihren törichten und prahlerischen Geschichten stilisiert sie sich, als deren Protagonistin so gut wie als Erzählerin, ganz auf die alte Dame hin, die geprägt worden ist von den roaring twenties in Berlin (und Berlin, das ist in ihrem Munde ein magischer Name, den sie niemals anders als mit einer heiseren Emphase ausspricht). Ihre Sprache kennt überhaupt keine mittlere Ausdruckslage. Nichts ist da einfach heiß oder kalt, sondern muß entweder »glühheiß« oder »eiskalt« sein, und wenn jemand schreit, so schreit er grundsätzlich »wie am Spieß« (und das artikuliert sie dann in der Tat nicht bloß scharf, sondern messerscharf). Hinter diesem Gitter aus gußeisernen Stereotypen ist sie kaum zu erkennen. Sie scheint patent, gescheit, nüchtern; vielen scheint sie so. Statt sterben sagt sie »abschrammen«, auch wenn sie ihren eigenen Tod meint.

Ich kann nicht sagen, nur fragen, ob sie aufgeschrien hatte bei der Todesverkündigung, die fast so genau datiert war wie eine Exekution. Hast Du den Hörer fallen lassen, so daß er lang heruntergehangen und ein wenig baumelnd diese gleichmäßigen, gleichmütigen Töne in dem abgelegenen Zimmer ausgestreut hat, die die unerschütterte Funktionstüchtigkeit des Apparats anzeigten? Und hast Du dann den alten Kopf in die alten Hände gehüllt und Dich so mit Kopf und Händen und dem ganzen Körper gegen eine Deiner vier Wände geworfen und gedrängt in dem ekstatischen, fast orgiastischen Verlangen, in sie einzudringen, Stein von ihrem Stein zu werden? Nur fragen kann ich das.

Und nun diese Gefaßtheit, die fast schon einer fatalistischen Gelassenheit ähnlich sah. Wenn sie gespielt war, so war sie so vollendet gespielt, daß es doch kaum etwas anderes gewesen sein kann als Ausdruck und Darstellung ihrer tatsächlichen Verfassung.

Aber mir selbst saß die Maske der Arglosigkeit, wie es sich gleich bei B's Rückkunft zeigte, vorerst noch so viel besser als die andere, mit der ich mein künftiges Gesicht vorwegzunehmen meinte, daß ich mich verdächtigen mußte, ich könne so fern von allen unvernünftigen Hoffnungen für sie und mich durchaus noch nicht sein.

Am ehesten verhielt es sich wohl so, daß wir beide, die Alte und ich, noch nicht aufzugeben vermochten – obwohl der Arzt, der B untersucht hatte, »um nichts zu versäumen«, sie nun zum zweitenmal operieren würde, damit man »nicht denken müßte, es sei etwas versäumt worden, nachher«. Man kann nicht aufgeben, kann's nicht, solange nicht auch noch das Wunder ausgeblieben ist, »des Glaubens liebstes Kind«, eines Glaubens, der sich zum Beispiel an eine Flasche Petroleum, eine Literflasche Kerosin klammern kann.

An diesem Abend leuchtete B in einer fremden, distanzierten und distanzierenden Schönheit; und siehe, alle Dinge, die sich vor kurzem noch hatten auf und davon machen wollen, waren ihr nah und dienstbar. Und auch ich selbst, das spürte ich jäh, würde von nun an nichts anderes mehr sein als ihr Vasall. Denn sie war in den Stand der Auserwähltheit getreten, war die Erwählte des Todes, der der Herr des Lebens ist. Er hatte sie gezeichnet, hatte ihr die Aura der Liebsten des Herrn verliehen, das war es, wovon sie so leuchtete. Nur noch huldigen konnte man ihr. Und sie stieß mich nicht zurück, sondern bezeigte mir ihre Gunst, versicherte mich ihrer Gnade und ließ ihr hohes Lächeln über mir aufgehen, gab es mir aber auch deutlich zu spüren, daß es nichts als die pure Gunst und Gnade war, die sie nach Belieben gewähren und entziehen konnte. Ich erkannte, daß der schwarze, ganz mit Blüten ausgeschlagene Poncho, in dem sie auf dem schmutzfarbenen, abgewetzten Küchensofa saß, nicht länger das vertraute Kleidungsstück war, von dem ich immer nur gedacht hatte, daß es hübsch sei und nichts weiter. Er war der Brautmantel für die schwarze Hochzeit, die an diesem Tag stattgefunden hatte, und es schien mir, als müsse sie diese seine Bestimmung vorausgeahnt haben, als sie gesagt hatte: Das ist der richtige, den nehme ich. Sie legte ihn gar nicht erst ab, weil sie noch hingehen wollte zu ihrer »neuen Familie«, deren Magd sie, die Herrin, zu sein verlangte, in hingerissener Demut vor dem dummen, ahnungslos kegelschiebenden Leben. Ich konnte sie nicht zurückhalten, konnte das nicht einmal mehr wollen; ich, der ich sie von einem ganz anderen Gang nicht zurückzuhalten vermochte.

Mit einem weiten, herrscherlichen Schwung des Arms griff

sie über die Tischplatte hin. Sie griff nach einer Zigarette, nichts weiter; doch das war nur die Maske des Banalen, hinter der die Wahrheit ihr unerträgliches Gesicht zu verbergen liebt. Es wäre nur gerade das Angemessene gewesen, wenn ich der plötzlichen Schwäche in meinen Kniekehlen nachgegeben hätte und niedergekniet wäre, um die allzu weiße Hand, durch eine Geste und ohne sie wirklich zu ergreifen, auf ihrem Weg anzuhalten und mich zu einem Kuß über sie zu beugen, der gleichfalls nichts mehr gewesen wäre als eine scheue Geste.

So hat sie geleuchtet am Eingang der Nacht, die nun folgte, und die die nächtigste meines Lebens war. Die nächtigste gerade weil sie nicht war, wovor ich mich geängstigt hatte – graphitene Finsternis, die sich erdrückend, erstickend über mich schichtete – sondern eine gestaffelte Bläue, in deren Tiefe sich die Richtlinien des Tages über alle Perspektive hinaus verloren bis hinter die Nichtigkeit. Und so erst war sie wahrhaftig das abgewandte Licht, der umgestülpte Tag, Nacht.
Die grünbeschirmte Hundertwattlampe schien herab auf den geschnitzten Stuhl, der mir als Nachttisch diente, herab auf das grüne Henkelglas mit Wasser, die blaue Zigarettenschachtel, das weiße Buch (Paveses Tagebuch), das schwarze Feuerzeug, mein schwarzes Notizbuch. Ich lag aufgestützt, Kopf in der Hand, auf der linken Seite, fühlte das flache Geflatter der Herzschwingen gegen die dünnen, elastischen Stäbe ihres Käfigs und versuchte, ganz still zu sein, verkrampfte mich fast in dem Versuch, noch das kleinste Geräusch zu vermeiden – weniger, um die schwachen Laute des schlafenden Lebens im Nebenzimmer, denen ich lauschte, nicht zu übertönen, als um die Nacht nicht von mir abzuschrecken, die ich endlich ganz in mir empfangen wollte, wie einen homoerotischen Incubus, den ich mit zitternder Inständigkeit anflehte, jetzt, jetzt, jetzt seinen Einzug in mich zu halten. Doch meine erregte Angespanntheit löste immer

wieder einen kurz aufbellenden Husten in mir aus, und der Laut, ein einziger Laut nur jedesmal, stieg dann vor meinen Augen als schwarzer Fleck schwebend bis in die Mitte des Zimmers auf, wo er zerplatzte.
Ich hatte ein schwieriges Pensum zu schaffen in dieser Nacht, eine doppelte Lektion zu lernen. Und ich mußte es noch in dieser Nacht schaffen, mehr Zeit durfte nicht mehr verloren werden. Alle Jahre meines Lebens hatte ich schon verloren, der Rest zählte nur noch nach Wochen, »vier bis sechs, höchstens«. An ein »Nachher«, wie es zur Begründung der bevorstehenden zweiten Operation gehörte, da sie ja keine Wendung mehr bringen könne, war nicht zu denken.
Ich griff nach dem schwarzen Buch, schlug die letzte Eintragung auf (ein Exzerpt aus Paveses Tagebuch) und schrieb ganz langsam und mit aller Kalligraphie, die ich aufbringen konnte, darunter: »Die Umstülpung. Per astra ad aspera.« Ich sah die Zeile lange an; dann strich ich sie ebenso langsam und sorgfältig, wie ich sie hingeschrieben hatte, wieder aus. Ich begnügte mich nicht mit einer einfachen Streichung, sondern begrub die Wörter unter einem bis zur Undurchsichtigkeit dichten Netz aus Girlanden, Arkaden, Rauten und Mäandern. Nur hinter der Stirn artikulierte ich dabei mehrmals das Wort »höchstens«. Dann wendete ich das Blatt um und schrieb auf die folgende Seite, ganz oben links: »Penthesilea«; strich aber auch das nach kurzem Zögern wieder aus, überzog auch das mit einem Netz aus gewellten und gezackten Linien. Schließlich löste ich das Blatt so leise wie möglich aus dem Buch und streute es mit einer weiten Säergebärde in die Luft, in der es, sich wiederholt hin und her wiegend, zu Boden sank, während ich mir hinter der Stirn in hartem Takt die Worte »höchstens« und »nachher« vorsprach; »höchstens – nachher, höchstens – nachher, höchstens – nachher«.
In diesem Pendelschlag erklang mit unhörbarem Lärm die dringliche Mahnung an die Doppellektion, die mir von dem Sinn eben dieser zwei Worte aufgegeben war. »Höchstens«, das war das Wort, das alle vergangenen Jahre meines Lebens

ein für allemal um ihren taghellen Schein von Sinn gebracht hatte – und mit dem »Nachher« (nein, vorher, nämlich in dem Moment, in dem es daran stieß) mußte das Leben überhaupt enden, ihres, meines, jedes. Scin Spielraum war also nun beschränkt auf die Schwungbahn des Pendels von jenem »Höchstens« bis zu diesem »Nachher«; ein Lebensweg von der Kürze eines Gedankenstrichs von vier bis sechs Wochen Länge (»höchstens«).

Und so bestand denn der eine Teil der Lektion in der Lehre, Leben müsse sich erfüllen können nicht nur in der zeitlichen Entfaltung des kanonischen Lebenslaufs, sondern ebenso in der Konzentration, in einem geballten Augenblick von vier bis sechs Wochen Dauer (»höchstens«). (Ist denn die zeitliche Ausgedehntheit des Lebens überhaupt etwas anderes als die verächtlichste Redundanz? fragte ich mich und dachte an jenen Künstler der Küche, zu dessen Ruhm man erzählt, wie er fünfundzwanzigtausend Gramm Seezunge zu fünfhundert Gramm Seezungenextrakt einkochte.)

Und nun der andere Teil der Lektion: Ist solche Ballung des Lebens in einen unerheblichen Zeitraum möglich, die ja nichts anderes wäre als eine Steigerung der normal-lauen Daseinstemperatur bis zu einer Hochspannung, die mit einem Blitz an der Wohnungstür warnend angezeigt werden müßte, so ist der Tod nicht länger der Herr des Lebens, sondern dieses kann ihn durch den bloßen, waffenlosen Entschluß herbeizitieren (wie Penthesilea) ja beide, Leben und Tod, befreit von der Aberration in die Zeit, wären zutiefst identisch, und nie brauchte das Leben sich noch zu stoßen an diesem anstößigen »Nachher«.

Aber an diesem Punkt meiner Spekulationen angelangt, wurde ich mit einem Mal auf den Rücken geworfen (buchstäblich auf den Rücken, indem mir der Ellbogen des aufgestützten linken Arms wegrutschte und ich mich zugleich mit einer Vierteldrehung herumwälzte, um nicht mit dem Kinn auf die gekrümmte Pranke der Stuhllehne aufzuschlagen) hingestreckt von einem Gedanken, der in genauer Formulie-

rung lautete: Hätten wir nur noch acht Jahre, nur noch acht Jahre miteinander zu leben, wie wollten wir leben.
(Ich kann nicht einmal mutmaßen, wie ich gerade auf die Zahl acht gekommen war; es hätte doch näher gelegen, an vier bis sechs Jahre zu denken, »höchstens«.)
Ich machte meine Hände so groß wie möglich und legte sie mir von oben her aufs Gesicht wie kühlende Tücher. Sie kühlten, aber sie trockneten nicht, da sie selbst feucht waren, wenn auch nicht geradezu naß, wie – das merkte ich erst jetzt – mein Gesicht.
Noch ehe ich es mir vornehmen konnte, hatte ich schon eine weitere Vierteldrehung gemacht, lag also nun auf der rechten Seite und nahm, wie immer in dieser Position, einen Zipfel des Bettlakens in den Mund, meinen Lakenzipfel, während ich das grobgekörnte Weiß der getünchten Wand anstarrte, die ich beinahe mit der Stirn berührte. Ich schloß die Augen, öffnete sie aber sofort wieder, spie das bereits besabberte Laken aus und murmelte: Armer Kerl, schäbiger Kerl.
Ich drehte mich wieder auf die andere Seite und nahm hastig zwei oder drei von den grünroten Kapseln, die im Schatten meines Wasserglases lagen; ich wollte schlafen. Obwohl keine Zeit mehr zu verlieren war, wollte ich schlafen. Ich knipste das Licht aus und nahm erneut meine Schlafposition ein, Laken im Mund. Schlief auch tatsächlich kurze Zeit.

Später in dieser Nacht, die ich in meiner Schwäche beinahe schon wieder zu einer Nacht wie andere Nächte gemacht hatte, lag ich abermals aufgestützt auf der linken Seite, und diesmal las ich, las in Paveses Tagebuch, das mir durch seine Todesnähe nahe war. Dennoch las ich es, Zeile für Zeile wie eine Pflichtlektüre, ohne recht zu merken, was ich da las. Ich lauschte nicht auf die todessüchtige Stimme Paveses, sondern auf den Gang meiner Armbanduhr, die ich auf den Stuhl abgelegt hatte. Sie ging viel zu leise, als daß ich sie hätte hören können. Trotzdem hörte ich sie überdeutlich; jede Silbe des unverstandenen Textes tickte sie mit, und zwar so, als ob immerfort mit einem kleinen silbernen Hammer auf einen kleinen silbernen Amboß geschlagen würde. Der hel-le Lärm ver-trieb die dunk-le Zeit, und es schien mir, als liege der ganze Sinn von Paveses Seiten in dieser tickenden Abfolge und Flucht silberner Silben, so daß es gar nicht nötig war, sich groß um den Inhalt seiner Sätze zu kümmern.

Und noch etwas später (oder auch schon viel später) lag das Buch wieder geschlossen und weiß auf dem Stuhl, und ich hatte stattdessen das schwarze aufgeschlagen, und in einem Zustand, den ich nur als eine tieferregte Ruhe bezeichnen kann, war ich wohl eine Stunde lang damit beschäftigt, das nächste leere Blatt mit einer Zeichnung zu bedecken, einer der handtellergroßen Zeichnungen, die ich seit einigen Jahren von Zeit zu Zeit in meine Notizbücher zu kritzeln pflegte. (Korfiz hat die kleinen Blätter so oft und so hoch gepriesen, daß ich selbst mit der Zeit anfing, sie für mehr zu halten als für bloße Schreibtischabfälle und Allotria. Als das beste von allen hat er aber gerade das Blatt ausgezeichnet, das in dieser Nacht entstand, kurz vor dem Morgen. Es ist mir mit dem Notizbuch verlorengegangen.)
Daß ich im Bett lag, war nur der Schein der Wahrheit, daß ich auf einen niedrigen Hügel hingesunken war, als ich nicht mehr weiter konnte, nicht mehr weiter wollte. Es war ein bewachsener Hügel, Gras, Gestrüpp, aber alles verdorrt, braun, verbrannt, überweht von einem leichten Wind, der nach süßem Rauch roch. So hatte sich die Wiese also wirklich unter das Haus, in das Haus geschoben? Ich lag aufgestützt, auf der linken Seite, ganz ergeben in dieses Ende von allem. Ich dachte das Wort, das mir das liebste meiner Lieblingswörter gewesen war, als ich kaum aufgehört hatte, kurze Hosen zu tragen, das Wort »Verhängnis«, eins dieser Wörter mit der Vorsilbe Ver. Lächelnd dachte ich es, und obwohl es kühl war in dem süßen, zudringlichen Wind, schmiegte ich mich bei-

nahe mit Behagen in die dürre, verendete Vegetation. Mir würde nichts mehr zustoßen, weil mir bereits alles zugestoßen war, was mir zustoßen konnte. Das Ende, dieses Ende war von der Vollendung nicht zu unterscheiden, und so war es statisch geworden, ein unabsehbarer Stillstand, ein endloses Ende ohne Schrecken, ein melancholischer Genuß von einem Ende.

Man sah nichts von dem Hügel. Man sah ein schwarz verschattetes Tal. Die Schwärze, vom Kugelschreiber erzeugt, grundierte zwei Drittel der kleinen Fläche, das obere Drittel war weiße Dämmerung. Ein paar splittrige, knittrige Gebilde hoben sich hell von der Schwärze ab, blecherner oder papierener Müll, so daß das Tal vielleicht nur eine Abfallgrube war. In dem dämmerigen Weiß darüber schienen Gebilde der gleichen Art zu schweben, nur daß sie in ihm nun ihrerseits dunkel waren und überdies erheblich größer, oder sie kamen einem nur größer vor, weil sie sich näherten, getragen von dem branstigen Wind oder auch aus eigener Kraft fliegend, falls es nämlich Vögel waren, was durchaus möglich erschien, Vögel mit versengtem und zerfetztem Gefieder oder andere fliegende Tiere, weiter zurück in der Evolution, mit zerlumpten, halb zerstörten Körpern, aber erfüllt von einer entsetzlichen Lebenskraft; was weiß ich.

Was weiß ich; was wißt Ihr. Auch war das alles weniger aus dem Blatt zu ersehen als vielmehr in es hineinzusehen. Es war eine Art informeller Goya, und – als ob ich keine anderen Sorgen gehabt hätte (und ich hatte auch keine anderen in dieser späten Nacht- oder frühen Morgenstunde) – erwog ich allen Ernstes den Titel »Capricho zweiundachtzig«. Ich verwarf ihn aber und schwankte eine Weile zwischen zwei anderen, »Das Morgengrauen« und »Das Grauen des Morgens«. Doch ich verwarf auch diese, denn nun graute zwar der Morgen, aber mir graute nicht vor ihm. Ich lachte sogar leise vor mich hin, während ich schließlich doch nur, in meiner kleinsten Schrift, das Datum darunter setzte, das Datum des dreiundzwanzigsten Zwölften, und die Initialen meines Namens.

Schwer und intermittierend nur gelang uns noch die Mimikry an unser eigenes einstiges Bild; ich weiß nicht, ob es ausreichte, Sanna davon zu überzeugen, wir wären noch die, die sie kannte.
Wie gewohnt war der Baum geschmückt worden. Aber B hatte das dieses Mal, das, wie Ihr wißt, das letzte Mal war, allein machen müssen, denn sobald ich sie damit anfangen sah, begannen mir die Hände zu zittern, so daß sie nichts mehr vermochten als sich zwischen meinen Beinen zu verstecken und dort einander gegenseitig festzuhalten.
Zwischen ihren Fingern sah ich dieses Silberzeug flimmern und flirren, und obwohl sie es in Massen über die Zweige warf, nahm es nicht ab, als ob ihre Finger sich darin verfangen hätten und sich nur in dem aussichtslosen Versuch so eifrig rührten, sich daraus zu befreien. Aber einmal, plötzlich, hatte sie innegehalten und mit einem Lächeln und einem Blick, der sich in den dunklen Tiefen des Gezweigs verlor, ganz leise gesagt: Wenn du wüßtest, was ich eben gedacht habe.
Ich ließ die Hände tiefer zwischen meine Beine sinken und fragte im Ton völliger Arglosigkeit, ja so als vermutete ich einen erheiternden Einfall, während ich doch so genau wußte, was es gewesen war, wie Ihr jetzt: Was denn? Was hast du gedacht? Und als sie schwieg, drängte ich sie sogar, in der Hoffnung, daß sie es nicht aussprechen würde: So sag doch schon, was es war.
Sie sagte es nicht, begann nur wieder, ihre silberumsponnenen Finger zu rühren.

Wie gewohnt waren die Geschenke für Sanna auf der kleinen Jugendstilkommode zwischen den Fenstern aufgebaut worden, und als das Kind sich nach seiner Art davor hingehockt hatte, um sich einen ersten Überblick über die Fülle zu ver-

schaffen und alles besitzergreifend zu berühren, hatten wir, wie gewohnt, schweigend von der Seite her auf die Szene niedergelächelt.
Auch an dem folgenden Abendessen war nichts, was aus dem Rahmen des Gewohnten gefallen wäre. Ein kleines Abendessen, etwas, das schnell zu bereiten gewesen war, und es war auch das Übliche, das keiner viel aß an diesem Abend.
Aber daß wir dann spät noch aus dem Haus gingen, B und ich, das war ungewöhnlich.
Herbert hatte uns in sein Lokal eingeladen, das im übrigen geschlossen war. Er holte uns ab, und wir fanden noch ein paar geladene Gäste in dem halbdunklen Raum vor, ich weiß nicht mehr wen.
Ich merkte wohl, daß B es darauf anlegte, sich so rasch wie möglich zu betrinken; sie ließ sich förmlich in den Rausch hineinfallen. Ich machte keinen Versuch, sie daran zu hindern, fiel ihr nicht in den Arm, der fast pausenlos nach dem Champagnerglas ausgestreckt war, das Herbert bereitwillig immer wieder füllte. Nein, daran nicht und an nichts sonst würde ich sie noch gehindert haben. Es wurde viel getanzt, B tanzte sich fast eine Erschöpfung an, und ich sah ihren wirbelnden Füßen mit den übertrieben schmalen, schwachen Fesseln zu.
Lange saß ich mit Herbert abseits an einem kleinen Tisch. Mit allen Fingern malten wir in den Bier- und Sektpfützen herum, die ihn bedeckten. Schließlich schlug ich ein paarmal mit beiden Händen in die Nässe und lachte.
Gegen Morgen, immer noch an diesem Tisch sitzend, aber nun allein, schreckte mich eine Stille auf, die anzeigte, daß die Mehrzahl der Gäste gegangen war. Ich stützte mich mit der linken Hand auf die nasse Tischplatte, stemmte mich hoch und ging sehr langsam, darauf bedacht, für alles möglichst viel Zeit zu verbrauchen, hinüber in die grell beleuchtete Küche.
Sofort sah ich B mit Herbert im Türrahmen der Gerätekammer stehen, und sofort ergriff mich bei diesem Anblick ein

starkes Gefühl von Eifersucht. Hätte ich sie nicht anders gekannt, so hätte ich nicht einen Augenblick daran zweifeln können, daß sie miteinander im tiefsten Einverständnis waren, ein Paar, das dabei war, höchst intime Absprachen zu treffen. (Aber kannte ich sie denn noch?)
Herbert lehnte am Türrahmen und B stand auf Atemnähe vor ihm, redete lächelnd und eifrig auf ihn ein und berührte mehrmals zart oder zärtlich, jedenfalls zart sein nachtblau schimmerndes Haar.
Sie sahen mich, gaben auch mit einer flüchtigen, sozusagen öffentlichen Variante des Lächelns, das wie für immer auf ihren Gesichtern lagerte, zu erkennen, daß sie mich gesehen hatten, wandten sich dann aber sogleich, ungeniert, als sei ich ihnen tatsächlich so fremd, wie ich es mir einen Moment lang vorzustellen versucht hatte, mit einer Vertrautheit, einer Versunkenheit des einen in den anderen, einander wieder zu, die es zwischen ihr und mir nun schon seit vielen unermeßlichen Tagen nicht mehr gegeben hatte.
Ich beugte mich am anderen Ende der Küche über etwas in »Iwis« Händen (ich kann nicht sagen, was) und sagte etwas zu ihr (ich kann nicht sagen, was). Es kam nicht in Frage, daß ich mich der Gerätekammer näherte. Auch ging ich nun mit mir ins Gericht, indem ich mir gleichzeitig sagte, es sei doch wahrhaftig schon absurd, noch eifersüchtig zu sein, und, es hieße das verkündete Verhängnis ratifizieren, wenn ich das Gefühl, das mich so schmerzhaft stach, als absurden Aufwand denunzierte, so wie die Dinge lagen.
Und als der stechende Schmerz nachließ, versuchte ich ihn wieder anzustacheln, um mir sagen zu können, daß ich ihretwegen Eifersucht fühlte wie kaum je zuvor, das beweise doch nur, wie sehr sie lebte, wie sehr wir noch lebten, sie und ich; aber es gelang mir nicht mehr, es war schon vergangen.

»Keltere jeden Tropfen aus der Zeit, die quinta essentia aus jeder Minute. Schon vier bis sechs Wochen wären dann so viel

wie acht Jahre wenig sein werden, wenn du sie, nach deiner Gewohnheit, verfliegen läßt wie den Duft aus einer in Unachtsamkeit offengelassenen Parfumflasche.«
(Das war eine meiner Eintragungen in dem verlorenen Notizbuch aus dieser Zeit. Ich hatte viel Sorgfalt auf diese Konstruktion verwendet, auf dieses »wären« und auf dieses »sein werden«. Daher vermag ich die Notiz aus dem Gedächtnis wörtlich zu zitieren.)

(Und noch eine Notiz kann ich, wegen des lange erwogenen Konjunktivs, wortgetreu rekonstruieren. Sie lautete: »Ihr Tod würde mir das Leben nehmen.«)

Doch je eifriger ich der Devise vom Keltern und der Gewinnung der Quintessenz zu folgen trachtete, desto rascher schien die Zeit zu verfliegen, desto flüchtiger das Leben aus ihr zu verdunsten.
Nur einmal noch verdichtet sich das verflüssigte Kontinuum dieses Zeitraums zu ihrer körperlichen Erscheinung und dem hochmütigen Wohlklang ihrer Stimme. Ihre Arme waren nach beiden Seiten ausgestreckt, ausgebreitet zwischen dem Herd und dem Tisch, an dem ich saß. In der einen Hand, über dem Herd, hielt sie den Henkel der Kaffeekanne, in der andern, überm Tisch, den meiner lädierten Tasse. So, im Begriff, mir einzuschenken, verharrte sie und stellte die Frage: Wollen wir sterben?
Die Worte waren nicht neu aus ihrem Munde, ich hörte sie nicht zum ersten Mal, hatte auch gehört und nicht vergessen, daß sie einmal, als halbes Kind noch, mit unbezweifelbarem Ernst ihrer Mutter vorgeschlagen hatte, sie wollten gemeinsam vom Corcovado springen, dann wäre alles gut. (Gut hieß nichts anderes, als das es nicht mehr wäre.)
Die wiederholte Anregung war weniger ein Votum gegen ihr eigenes, einzelnes Leben als eines gegen die Miserabilität von

Leben überhaupt. Diesmal aber, das letzte Mal, hatte der Vorschlag verdoppelte Verführungskraft. Denn nach ihm zu verfahren, bedeutete nun, im letzten Augenblick zu sterben, um nicht im nächsten getötet zu werden.
Aber es geht ja nicht, sagte ich, weil wir doch das Kind haben.
Für diesen Einwand, den sie früher jedesmal selbst gegen den Egoismus ihres Todeswunschs erhoben hatte, hatte sie jetzt nur ein vages Schulterzucken.
Damit fand sie aus der Starre zurück zur Beweglichkeit, so daß sie ihre unterbrochene Handlung zu Ende bringen konnte, indem sie zuerst meine Tasse füllte, dann ihre.

Sie kam nicht darauf zurück, kam nicht zurück auf das, was vielleicht doch nur die Vergrößerung eines verhältnismäßig kleinen Motivs gewesen war, ihrer Angst vor dem unumgänglich gewordenen Aufenthalt im Krankenhaus. Ich aber, ich gestand der Verschwiegenheit des schwarzen Buchs einen Wunsch ein, der alle Motive bis ins Maßlose vergrößerte, das Verlangen nach der tellurischen Katastrophe, die man uns so oft gaukelnd in Aussicht stellt. Jetzt, schien mir, war die Zeit gekommen für's Ende der Zeiten, weil die Zeit für ihr Ende gekommen zu sein schien. Jedes Leben sollte erlöschen mit dem ihren. Man braucht kein gescheiterter Tyrann zu sein, um – dennoch triumphierend in einem Sieg über allen Siegen – die ganze Welt mitreißen zu wollen in den Untergang der eigenen.

Daß sie Deiner, Sanna, zuletzt kaum noch zu gedenken schien, jedenfalls nicht mehr ausdrücklich; daß sie bereit war, sich mit mir davonzustehlen und Dich hier zurückzulassen – es sollte Dein Gedächtnis für sie nicht im leisesten beirren. Ich glaube nämlich, daß sie nur selten etwas einzelnes noch wahrgenommen hat, zuletzt, und also auch Dich kaum noch.

Es war wohl so weit gekommen, daß sie fast nur mehr mit den Augen des dritten Blicks gesehen hat, vor denen das Partikulare, in dem sich die blauen und die anderen auf den ersten und auch den zweiten Blick noch so leicht verfangen und verlieren, zergeht in einer Totale, die man ebensogut als tausendfache Sonnenhelle beschreiben kann, ein Licht, das nicht an den Körpern klebt, sondern sie auflöst, wie als sein Negativ, das es samt den Körpern verschluckt. Das macht nicht viel Unterschied; vor diesem ist der Seher blind, und jenes blendet ihn. Aber auch ich wäre ja dann so eine schwer wahrnehmbare Einzelheit für sie gewesen. Und so bin ich denn auf den Gedanken gekommen, daß ihre lakonisch schamlose Frage, dieses »Wollen wir sterben?«, gar nicht an mich gerichtet war, sondern daß die dritte Stimme in ihr, koordiniert mit jenem blinden oder geblendeten Seherblick aufs Ganze, sich nur ihrer lauten Stimme bemächtigt hatte, ehe diese etwas anderes sagen konnte. Wenn das aber so war, so hat sie am Ende auch gar nicht bemerkt, daß ich es war, der ihr den Einwand machte, es ginge nicht, Deinetwegen, sondern nur ihre zweite Stimme zu hören gemeint, die sie noch einmal zurückriß, indem sie ihr sagte, was sie ihr früher immer gesagt hatte, es ginge ja nicht, Deinetwegen.

Am ersten Ersten fuhren wir alle nach Innsbruck. Einer von uns sollte ständig bei ihr sein, in dem zweiten Bett in ihrem Krankenhauszimmer schlafen; für die beiden anderen hatte Herbert ein Doppelzimmer im Hotel Europa reservieren lassen.

Die erste Nacht, die Nacht vor der Operation, war ich bei ihr. Sofort packten wir das wenige Mitgebrachte aus, besetzten ihren Nachtschrank mit ihren Sachen, damit er etwas von seiner weißen Fremdheit verlöre, und sie ging sogleich ins Bett, während ich mich, schon im Pyjama, zu ihr setzte. Wir gestanden uns, daß wir die Heimlichkeit des stillen Raums, das plötzliche Entronnensein aus einer Welt voller Leute, Lichter

und Laute, aus der Halle des großen Hotels, die noch nicht ganz aus unseren Augen und Ohren verschwunden war, genossen wie ein liebendes Paar, das schon die Hoffnung aufgegeben hatte, es werde sich zurückziehen können, und dem sich dann ganz überraschend doch noch die schnell ergriffene Möglichkeit aufgetan hat, zu entschlüpfen.
Eine Schwester brachte uns das Abendbrot, das sich schon so grau und freudlos ansah, wie es dann schmeckte, und warf einen strengen Blick auf unsere Zigaretten, sagte jedoch nichts dazu. Die sieht aber krank aus, sagte B, und dann mußten wir lachen. Einen Augenblick ließ ich es mir gefallen, daß ich hier war, ohne krank zu sein, daß niemand hier das Recht habe, Hand an mich zu legen, mich auch nur zu fragen, wie ich mich fühle.
Um mir diese gute Stimmung leisten zu können, produzierte ich mühelos die Überzeugung, daß wir entgegen aller ärztlichen Prophetie sehr wohl noch Aussicht hatten, heil davonzukommen. Warum denn nicht? Zumindest blieb uns ja noch die Kerosin-Therapie, und ich war entschlossen, sie anzuwenden, heimlich, hinter dem Rücken der Medizin, so heimlich, so verheimlicht wie die Liebe eines Paars, das sich aus der lauten Welt zurückgezogen und die Tür fest hinter sich verschlossen hat. Und eben dies, daß sie sein würde wie die Liebe, schien mir jetzt die Heilsamkeit dieser Therapie geradezu zu verbürgen.
Der Narkosearzt kam, tat das seine, verordnete ihr ein Schlafmittel, sagte, die Nachtschwester werde ihr gegen Morgen eine Spritze geben, so daß sie vor der Operation nicht mehr aufwachen würde, und ging, immerzu lächelnd wie ein freundliches Gestirn, rückwärts zur Tür hinaus.
Sie schlief bald, während ich eine Erzählung von Tschechow las, deren Hauptperson zu meiner nicht recht begründbaren, aber anhaltenden Verwunderung ein Matrose ist. Was der Matrose da treibt, blieb mir verschlossen. Wieder hatte ich ein Gefühl erregter Ruhe. Das kannte ich nun schon. Aber in der unstillbaren Sucht nach Formulierung, die mir ebenso

vertraut war, griff ich nach dem Notizbuch, das ich, wie überall, auch hier sogleich bereitzulegen nicht versäumt hatte. Ich schrieb: »Es ist, als sei ich in die Unwirklichkeit eingetreten. Fühle mich in ihr zugleich wehrlos ausgesetzt und auf sonderbare Weise geschützt.«
Weiter kam ich nicht. Eine andere Schwester kam auf den Fußspitzen und bei jedem ihrer weiten Schritte weich in den Knien einknickend herein. Sie nickte mir zu und trat an ihr Bett. Dann hielt sie die Spritze gegen das Licht, und ich sah ein paar glitzernde Tropfen aus der Kanüle aufsteigen wie aus einer Fontäne, die eben aufgedreht wird oder abgedreht. Ich zog mich leise an und blieb dann auf der Bettkante sitzen, bis wieder jemand kam, aber diesmal ungeniert laut, auch laut grüßend, und die tief Schlafende hinausfuhr. Ich wartete noch eine kurze Zeit, stehend und zur Tür gewandt. Als ich mich davor sicher fühlte, sie im Flur noch einmal zu sehen, verließ ich rasch und leise das Haus.

Den Weg zum Hotel habe ich zu Fuß zurückgelegt. Er führte mich ein Stück an einem Bahndamm entlang. An dem dunklen, frühen Wintermorgen, in dem alle Lichter so punkthaft isoliert schienen, als sei es ihre Bestimmung, nur sich selbst zu erleuchten, waren nur wenige Menschen unterwegs, ausgebeulte, gebuckelte, krüppelhaft verkrümmte Gestalten ohne Farbe. Erst wenn man sie schon fast streifte, konnte man sehen, daß es die Kälte und die Unlust waren, die sie so verbogen und verkrümmt, die vollgestopften Taschen und Aktenmappen, die die Beulen und Buckel hervorgetrieben hatten. Ich war jetzt bedrückt.
Ich rief die wenigen Bilder wieder in mir auf, die auch B noch gesehen hatte, bevor sie einschlief. Die erste Schwester, die so krank ausgesehen hatte. Das triste Abendbrot auf dem mattgescheuerten Tablett. Das gestirnhaft untergehende freundliche Gesicht des Narkosearztes. Mich selbst an ihrem Bett, dann in meinem, als sie sich noch einmal aufgerichtet hatte,

um mich sehen zu können. Wieviele solcher und ganz anderer Bilder sind es, die im Lauf eines Lebens, sei es auch nur neununddreißig Jahre lang, in einen Menschen eindringen? Und oft sind es gerade die belanglosesten, die sich in der Erinnerung festsetzen und aus ihr immer wieder aufsteigen (wie etwa der dunkelgraue Hut meines Vaters, den ich nicht aus den Augen gelassen habe, während ich ihm an der Seite meiner Mutter durch eine fast leere, unbegreifliche, hellgraue Großstadtstraße folgte). Nichts bewahrt uns davor, daß es gerade solche Bilder sein werden, die einst unser schon erlöschendes Bewußtsein bis zum letzten Moment überfluten – solche, und nicht die wenigen bedeutenden, die man zu sehen bekommen hat. Doch mag dies auch falsch sein, mag solche Unterscheidung zwischen dem Bedeutenden und dem Belanglosen unzulässig, irrig, vielleicht geradezu der Umkehrung bedürftig sein. Unzählbar, könnte man meinen, ist die Fülle der Bilder in jedem Leben, auch dem, das etwas kürzer ausfällt als die meisten. Wenn aber nur noch ein kleiner Rest von Leben übrig bleibt, nicht mehr als drei bis fünf Wochen (»höchstens«) von ganzen neununddreißig Jahren – müßte man sie dann nicht zählen, wie das letzte Geld, die Bilder? Werden sie dann nicht kostbar, jenseits jeder Unterscheidung in bedeutende und belanglose (die übrigens geeignet wäre, einem die letzten Stunden noch zusätzlich zu vergällen, weil man keine Zeit mehr hat für die Erkenntnis, die vielleicht die wichtigste wäre, die einzige, auf die es ankäme, die Erkenntnis, daß und warum gerade die, die man für belanglos gehalten hat, die wahrhaft bedeutenden gewesen sind)? Oder haben sie dann alle miteinander jeden Wert verloren (beziehungsweise, falls sie nie etwas wert gewesen sind, diese Wertlosigkeit offenbart) so daß man sie, wie das letzte Geld, verschleudern sollte? Und dann, wie man die Hand schließen und sagen könnte, ich brauche kein Geld mehr, die Augen schließen, die blauen und alle anderen, bevor sie einem geschlossen werden, und sagen, ich will keine Bilder mehr.

Beinahe wäre ich über die Schwelle des Hoteleingangs gestolpert, so plötzlich und überraschend war sie vor mir erschienen. Breit schlug mir das Licht aus der Halle entgegen, und mit einem Gefühl von Erleichterung, ja fast von Erlösung, das dasjenige, mit dem ich sie am Abend vorher verlassen hatte, womöglich noch übertraf, trat ich jetzt wieder in sie ein. Die Alte war bereits im Mantel, um sofort zum Krankenhaus aufzubrechen. Sie wollte zur Stelle sein, wenn der Arzt aus dem Operationssaal käme, zur Stelle sein, wenn B aus der Narkose erwachte, zur Stelle sein, während ich mich soviel als möglich beiseite drückte, um mich dem träumerischen Brüten überlassen zu können, in das ich von nun an immer tiefer absackte. Meine Art, dem Untergang der Welt beizuwohnen.

Die knappe Auskunft, daß der Verlauf der Operation die Diagnose bestätigt habe, vermochte mich kaum zu treffen. Ich setzte alles auf das letzte, das heimliche Liebesremedium. Indem ich es dazu hinaufgesteigert hatte in träumerischem Brüten, war es unendlich viel mehr geworden als eine Flasche Petroleum, zu deren Simplizität ich wenig Zutrauen gehabt hätte, viel mehr als eine Literflasche Kerosin, die sich nur durch ihren lächerlich hochstaplerischen Namen vor jener auszeichnete (als ob einer »dieses Mineral« sagte statt »dieser Kieselstein«), mehr auch als jedes Wundermittel, das etwas für den unbelehrten Kopf der Bregenzer Berta sein mochte. Es war ein Mittel nur für diesen einen Fall, unseren Fall, und es bezog seine Heilkraft weniger aus sich selbst als aus dem Vorgang seiner Anwendung in Liebe und Heimlichkeit, es selbst war nur der Katalysator, der beinahe im voraus schon seine Wirkung getan hatte, indem er Liebe, Heimlichkeit und Heilung zusammenbrachte.
Angesichts solcher Alchymie, solcher Läuterung eines unedlen Stoffes zu purem Gold, konnte es mir nicht allzu viel anhaben, daß dieser Chirurg (wahrscheinlich blutbespritzt, blutbesternt wie wir ihn zum erstenmal gesehen hatten, vor

Zeiten) herausgekommen war und, ganz wie erwartet, gesagt hatte: Es ist aus, noch drei bis fünf Wochen. Und auch den Bericht der Schwester (Notburga?) konnte ich mit einiger Fassung hinnehmen. Sie habe, als der Doktor nach zwei Stunden des Grabens und Schaufelns immer noch kein Ende habe machen wollen, nur noch sagen können: Hören Sie doch auf, es hat ja keinen Sinn mehr, es ist doch alles schon ganz schwarz.

An den folgenden Tagen war die Alte fast immer bei ihr, schlief auch dort. Nur spät nachmittags kam sie für zwei oder drei Stunden ins Hotel, und ich ging zu B. Die übrige Zeit verbrachte ich nahezu ausschließlich mit Sanna. Der Hund war bei uns.

Einmal sind wir mit einer Taxe hinausgefahren nach Amras. Weißt Du das noch, Sanna? Und weißt Du auch noch, warum? Weil Max in der Stadt nicht mit dem Scheißen zurecht kommen konnte die ersten Tage. Der Betrieb auf den Straßen erregte ihn zu sehr. Immer wenn er sich gerade hinhocken wollte, jagte ihn irgend etwas wieder auf. Es war schlimmer als seinerzeit in Wien, denn da hatten wir ja den Hofgarten in der Nähe; aber daran wirst Du Dich nicht mehr erinnern können. Schließlich gingen wir auf einen Taxifahrer los, und ich sagte, so und so ist das, unser Hund kann hier nicht scheißen, und ich will nicht, daß er euer feines Hotel Europa bedreckt, wir müssen irgendwohin, wo es still ist, und da hat er uns nach Amras gefahren. Wir sind durch den Schloßpark gegangen, im tiefen Schnee, bis Max zu Stuhl gekommen war, und dann ins Dorf, das war wie ausgestorben, und in das einzige Gasthaus, das ich da gesehen habe, das war auch wie ausgestorben. Eine Ortschaft, die einem aufs Gemüt schlagen kann. Auch die alten Stiche, rohe Abbildungen des Schlosses, an den Wänden der Gaststube, wirkten düster und verdüsternd. Wir mußten lange warten, bis eine Taxe kam und uns in die Stadt zurückbrachte. Es fiel mir schwer, etwas zu sagen, um Dich womöglich ein bißchen aufzuheitern. Das ganze Ambiente dort schlug einen mit Stummheit, und es hatte den Anschein gehabt, als ob es auch auf die Einwohnerschaft nicht anders eingewirkt hätte. Die Wirtin hatte jedenfalls kaum die Zähne voneinander gebracht und uns lange mit großen dunklen Augen schweigend angesehen. Ich würde sogar behaupten, ihr Blick sei drohend gewesen, wenn ich es wissen könnte. Jedenfalls gab es einen Moment, da hoffte ich, sie würde weiter schweigen, denn ich konnte mir nichts anderes denken, als daß sie den Mund nur aufmachen würde, um mir zwischen einem schrecklich weißen Gebiß hervor zu sagen: Ihre Frau stirbt ja, lieber Herr, das kann ich sehen. Und daß ihre Augen dabei aufblitzen würden wie ganz schwarze. Und daß sie dann laut lachend ihren Arm gegen Dich erheben und ausrufen würde: Deine Mutter stirbt, Kind, sieh deinen Vater an, man kann es an ihm sehen, da und da und da. Und daß sie dabei mit einem Finger, dem seine große Kraft anzusehen gewesen wäre, auf verschiedene Stellen meines Gesichts gezeigt hätte. Sie ging aber ohne etwas dergleichen getan zu haben, und ich sagte ein bißchen mühsam zu Dir: Es gibt ein Buch, das heißt Amras, eine Erzählung. Ich weiß nicht, ob das Schloß oder das Dorf gemeint ist oder beides, ich kenne das Buch nicht. Aber es soll auch nicht sehr lustig sein, habe ich gehört.

Max hat sich dann doch bald einigermaßen an die Stadt gewöhnt, und wir sind dann jeden Morgen in ein kleines Café gegangen, ein Espresso-Café am Anfang einer Kollonade. Er hinkte, weil er lauter kleine Eisklumpen zwischen den Zehen hatte. Vor der Tür blieb er stehen, stemmte sich schräg gegen die schmutzige Winterkruste des Gehsteigs und machte uns mit komplizenhaften Kopfbewegungen klar, daß wir am Ziel waren. Da konnte man nur lachen. Und wenn wir dann aufsahen, dann sahen wir hinter dem Fenster auch das Mädchen lachen, das da morgens bediente, und das Mädchen verbündete sich mit dem Hund und machte uns seinerseits klar, daß wir angekommen wären und eintreten sollten. Und das Mädchen ging uns voran zu der Eckbank, auf der wir zu sitzen pflegten, und legte eine Zeitung auf das Polster, damit der verdreckte, nasse, zitternde Max sich darauf legen und sich wärmen und trocknen konnte, und Du klaubtest ihm das Eis zwischen den Zehen heraus, und Ihr drei, Du und das Mädchen und der Hund, Ihr machtet das Leben für eine Stunde oder zwei zu einer ganz angenehmen Sache, während ich mir obendrein noch einen ganz leichten Schleier antrank, mit Gösser Bier. Und einmal hast Du mich ganz großäugig und aufmerksam, ja mit geradezu gespannt lauschenden Augen angesehen und hast mich gefragt: Möchtest du sie haben? Wie? fragte ich. Und Du hast wörtlich wiederholt: Möchtest du sie haben? Ach, ich möchte nur Mami haben, habe ich geantwortet. Und weil ich spürte, daß das wirklich so war, konnte ich es mir erlauben zu denken, daß ich das Mädchen doch ganz gerne gehabt hätte.

Auf dem Rückweg zum Hotel habe ich Dir dann das Lied von den Römern beigebracht, die frech geworden waren, »simserim simsimsimsim«, und von dem Herrn Quintilius Varus, »wauwau wauwauwauwau« und »schnäderängdäng schnäderängdäng schnäderängdäng«. Wir sangen es mit Inbrunst und marschierten taktmäßig dazu. Das haben wir dann noch oft so gemacht auf unseren Wegen durch Innsbruck.

Sehr bald setzten die Atembeschwerden ein.
Sie lag auf dem Rücken, die Arme ausgestreckt, das Kinn angedrückt, und lächelte mir entgegen. So wohlgeordnet liegt sie da, dachte ich. Von Zeit zu Zeit atmete sie sozusagen betont aus, schauderte zusammen und schnappte auf so buch-

stäbliche Weise nach Luft, daß man meinen konnte, diese wiche vor ihr zurück und sie holte sie mit dem Mund, dem ganzen Kopf nachstoßend gerade noch ein. Dabei vergrößerten sich ihre Augen und die Brauen gingen hoch, nur um Millimeter und für Sekunden. Leichthin warf uns der Arzt das Wort »Lungenblähungen« zu. Daran sollten wir uns festhalten. Links von ihr, an der Bettkante, hing die Flasche, in die das Wundsekret abtropfte. Sanna beugte sich weit vor und besah sie sich mit kühlem Interesse von allen Seiten, die Hände auf den Knien, Arme abgewinkelt. Ich nenne sie Odradek, sagte B. Odradek? fragte der Arzt. Die Sorge des Hausvaters, sagte sie, Kafka. Diese Literaten, sagte er und lächelte. Wenn sie aufs Klo ging, mußte sie die Flasche mitnehmen. Sie hakte sie aus und sagte: Komm, Odradek. »Und wo wohnst du? Unbestimmter Wohnsitz«, sagte ich. Sie lächelte mir über die Schulter hinweg zu. Sie ging gebeugt und sehr langsam, die Flasche in der linken Hand. Ein Stück des Plastikschlauchs, der die Flasche mit der Wunde verband, ragte neben dem Hausmantel hervor, den sie umgehängt hatte. Es war nicht »Blumenkörbchen«, er war rosa, ohne Muster. Sie setzte sich auf das andere Bett, die Flasche neben sich wie ein Kind, das sie auf eine etwas abweichende Art nährte. Das Abendbrot wurde gebracht. Ich möchte bloß wissen, wieso Herbert das Essen hier so gut gefunden hat, sagte sie, atmete erschauernd aus und sofort mit Überstürzung wieder ein. (Viel später, auf einer der letzten Seiten des schwarzen Heftes, habe ich notiert: »Sie schien jedesmal eben dieselbe Luft, die sie gerade ausgeatmet hatte, wieder zurückholen zu wollen, als gebe es weiter keine mehr, als wäre es die letzte Luft, immer ein und dieselbe Ration Luft, die sie einsog, ausstieß, einsog.«)

Einmal bin ich mit ihr ein Stück den langen Korridor hinuntergegangen, bis zu einem der dürftigen Aufenthaltsräume; nichts als eine trübselige Ansammlung billiger Tische und Stühle. So etwas kann zu den letzten Bildern gehören, die einer zu sehen bekommt. Wir haben vielleicht eine Viertelstunde da gesessen. Ich habe ein schwarzes Kreuz gesehen, ein paar Hochglanzphotos von Bergen und Seen und daß – als wäre es von einem Tag zum andern geschehen – ihr Haar, die volle, rote, schimmernde Mähne, zu beiden Seiten des Scheitels dünn und matt und der Scheitel selber breit und ganz weiß geworden war, ein vereistes Rinnsal vom Hinterkopf zur Stirn.

Schon auf dem Weg zu ihr hatte ich etwas in mir zusammengesucht und zurechtgelegt, was ich ihr sagen könnte. Etwas von dem Hund. Etwas von Sanna. Daß wir eine verhältnismäßig ruhige Gasse gefunden hatten, wo er gut scheißen konnte. Er habe da schon eine ganze Menge Spuren hinterlassen. Daß sie soviel Gefallen fand an unserem üppigen Badezimmer im Hotel. Und etwas von unseren Abendmahlzeiten im Zimmer, den mächtigen spiegelnden Tabletts, die der Kellner für uns heranschleppte. Es war nicht möglich, die Zeit, die nicht mehr zu verlieren war, besser zu nutzen. Es war nichts anzufangen mit dieser kostbaren Zeit. Sie rauschte so weg.

Die Heimfahrt von Innsbruck glich so vielen anderen Heimfahrten von dort, daß ich es fertigbrachte, mich in einem gegen das Polster und in die Illusion zurückzulehnen, diese Fahrt sei nicht diese, sondern nur eine von jenen. Und als wir den tiefgelegenen See umfuhren, dessen leicht plissierte Fläche in diesem unzerstörbaren Wetter, mit dem es doch bald ein Ende nehmen mußte, in die linken Wagenfenster heraufblendete, nahm mich auch diesmal wieder die Berückung hin, die mir vorspiegelte, daß wir an einer lange Leine im Kreis um diese gleißende Pfütze im Nabel der Welt geführt würden. Und wie jedesmal fragte ich Herbert, ob das nun der Mittersee oder der Blindsee wäre, in der Hoffnung, er würde sagen, es sei der Mittersee. Und er antwortete, ganz wie sonst, lachend und kopfschüttelnd, weil ich es mir nie merkte. Aber ich weiß nicht, was er gesagt hat, weil ich in meiner Hingenommenheit schon nicht mehr zuhören konnte. Nie habe ich seine Antwort hören können.

Drei Eßlöffel täglich.

Den ersten hatte ich ihr eingegeben, sobald wir allein waren. Ich hatte in die Handlung hineinzulegen versucht, was das simple Mittel von sich aus meiner Ansicht nach kaum haben konnte. Wie ich das gemacht hatte und ob es mir überhaupt gelungen war, kann ich freilich nicht sagen. Es konnte sich ja nur darum handeln, ein Höchstmaß von Konzentration, von Inständigkeit aufzubringen, um den Vorgang – etwas eingeben, fast schon gleichgültig, was – zu seinem Inbegriff zu erheben. Wenn das gelang, wenn es gelingen konnte – hätte es dann nicht pures Wasser in Petroleum verwandeln müssen, und mußte es dann nicht auch imstande sein, Kerosin zu einem Liquidum zu machen, von dem drei Eßlöffel täglich Wirkungen zeitigen würden, die anderen als reine Wunder erschienen wären, mir aber nicht?

Ich war dann in mein Zimmer zurückgekehrt, hatte mir eine Zigarette angezündet und eine andere in den Ofen geworfen, weil die, die ich mir angezündet hatte, die siebente aus der Packung war und folglich dreizehn in ihr zurückgeblieben wären, hätte ich die achte nicht geopfert. Ich fürchtete die Zahl dreizehn wegen ihres üblen Rufs.

Damals begann ich auch einen Tick zu entwickeln, den ich bis heute noch nicht wieder ganz losgeworden bin. Er bestand anfänglich darin, daß ich bestimmte Wünsche und Ängste formulierte und dann die Silben der Formel abzählte, indem ich mit den Fingern gegen den Daumen klopfte, Zeigefinger, Mittelfinger und so fort. Entfiel die letzte Silbe auf den kleinen Finger, war die Silbenzahl mithin durch vier teilbar, so war der Satz richtig, und das Erwünschte oder Befürchtete würde eintreffen. Das führte mit der Zeit immer öfter dazu, daß ich in Gegenwart anderer meine unermüdlich zählende Hand verstecken mußte und in lange Absencen verfiel. Ich zählte: Sie wird nicht sterben. Fünf, also schlecht. Aber der Satz war ja ohnehin falsch. Es mußte heißen: Sie wird jetzt nicht sterben. Auch nicht gut, sechs. Doch das geschah mir recht, denn was heißt schon jetzt. Jetzt, das ist vorbei, bevor man es ausgesprochen hat. Sie wird noch lange nicht sterben. Na also, acht, in Ordnung. Doch was ist lange? Zwei bis vier Wochen? Das konnte eine lange Zeit sein, gewiß; aber ich hatte nicht mehr viel Hoffnung, daß ich es noch lernen würde, der dahinrauschenden ihre wahre Dauer abzugewinnen. Sie wird noch acht Jahre leben. Gut, acht, acht Jahre, acht Silben, doppelt gut. Zwischendurch versuchte ich es mit Feststellungen, mit etwas, was weder Wunsch noch Befürchtung war, aber mir zuweilen fraglich und klärungsbedürftig schien. Zum Beispiel: Ich bin Leo. Vier, stimmt. Oder: Ich bin immer noch Leonhard. Stimmt, acht. Und nun wagte ich den Satz: Das Mittel wird helfen. Das war zu wenig oder zu viel. Mittel war allerdings auch nicht das rechte Wort, es war ja nicht einfach ein Mittel, nicht bloß Petroleum, nicht bloß Kerosin. Es mußte heißen: Das Liebesmittel wird helfen. Gut, gut.

Sie rief mich.

Sie hatte sich aufgerichtet, saß aufrecht im Bett und kaute etwas, während sie zugleich auf eine verschwörerische Weise lächelte.

Merkst du etwas an mir? fragte sie und wischte sich mit einer flinken Bewegung der rechten Hand über die Lippen; der linke Arm, der solche Flinkheit nicht mehr aufgebracht hätte, ruhte schlaff in ihrem Schoß.

Du lächelst, sagte ich, es geht dir besser.

Das Lächeln war weg, ihre Augen waren sehr weit geöffnet, mit einem auf nichts gerichteten Blick. So nickte sie mehrmals sehr langsam, Hohepriesterin und Medium eines Orakels.

Ich versuchte mich zu erinnern, was dieser Blick, den ich kannte, sonst zu besagen gehabt hatte, früher. Daß sie zornig gewesen war. Und was noch? Nichts. Daß sie zornig gewesen war. Mir fiel nichts anderes ein.
Es wirkt schon, sagte sie.
Es war kaum eine halbe Stunde her, daß ich es ihr eingegeben hatte, den ersten Löffel. Doch schien es ihr tatsächlich besser zu gehen. Sie atmete ruhiger, saß aufrecht im Bett, ohne daß ihr etwas von Anstrengung anzumerken gewesen wäre. Sie hatte etwas gegessen, und als sie nun sagte, daß sie schlafen wolle, sich zurücksinken ließ und sich auf die rechte Seite drehte, da wäre es nicht schwer gewesen zu glauben, es würde der Schlaf sein, mit dem die Rekonvaleszenz beginnt, der Schlaf, den der Arzt mit einem Lächeln und einem kurzen Schließen der eigenen Augen begrüßt, und aus dem sich die Beiläufigkeit herleitet, mit der er sagt, er werde anderntags wiederkommen.
Ich ging leise zwischen dem Fenster und der Bücherwand auf und ab. Ich bildete drei Sätze, ohne Stimme, aber mit den Fingern gegen den Daumen, mit allen Fingern gegen beide Daumen, hinter meinem Rücken. Es ist nicht möglich. Fünf. Es ist möglich. Vier. Warum denn nicht? Vier.

Es war ganz still. Sie atmete so ruhig als atmete sie nicht mehr. Atmete sie nicht mehr? Ich hörte nur den leisen, schmatzenden, kosenden Laut, der entstand, wenn ich die Zigarette aus dem Mund nahm, sie mir von den Lippen riß nach jedem Zug. Es war jetzt der einzige Laut, der die Zeit teilte. Ich saß neben dem Ofen, erlaubte mir keine Bewegung außer der gleichmäßigen des Arms zwischen meinem Mund und dem Aschbecher rechts von mir. Ich stand nicht auf, um mich zu überzeugen, welche Art Schlaf sie so leise schlief. Man sah der Sonne nun doch den Winter an. Eine dünne blaßgelbe Folie. Sie lag über dem tischbreiten Fensterbrett, dann brach sie ab, war wieder da, quer über den Arbeitstisch gelegt, über den Staub, dann wieder abgebrochen, über der Kante geknickt und glatt abgerissen, wie man es mit so dünnen Folien macht, dann noch einmal da, auf dem Boden und ein Stück über den Staub des Teppichs hin, und dort schien ein ganz leichter Rauch von ihr aufzusteigen. Ich wandte den Kopf nach der anderen Seite und sah mich an einer Bücherreihe fest, Jean Paul, Jeffers, Jiménez, Jouhandeau, Joyce, Jung-Stilling. In dieser Stille wurde ein sehr ferner Lärm hörbar, ein unausgesetztes wirres Getöse weit weg in meinem Kopf, eine gänzlich unorganisierte, leerlaufende Tätigkeit in meinem Kopf. Er konnte nichts erkennen von dem, was da so lärmend in ihm vor sich ging. Ohne diesen Lärm hätte ich ganz gut ein wenig schlafen können. Mit ihm vielleicht noch besser, wenn ich mich ganz seinem Rauschen überlassen hätte, ohne etwas Bestimmtes, etwas Bestimmbares heraushören zu wollen, mich hingelagert hätte auf dieses Rauschen, um mich von ihm wegtragen zu lassen in seine Ferne.

Doch dann, plötzlich, rauschte es laut auf, nicht mehr in mir und weit weg, sondern außen und in der nächsten Nähe, keine fünf Meter weit weg, und auch das war ein wirrer Lärm, ein Akkord aus vielerlei Geräuschen, aber man konnte doch etwas heraushören, dies und das, und vor allem ein Röcheln, ein Würgen, einen Klang von Metall.

Ich stand in der Tür zu ihrem Zimmer und durfte dort stehenbleiben, denn die Alte war schon zur Stelle und hielt ihr eine Schüssel unters Kinn. Sie saß wieder im Bett, aber diesmal weit vornüber geknickt, mit hängendem Kopf, über dem sich vielfach gebuckelt die Kontur ihres Rückens, ihrer Schultern erhob, nicht länger Kontur einer menschlichen Gestalt, sondern eines rohen Steins, eines Findlings; an Meeren und in Bächen hatten wir dergleichen gesehen. Sie atmete schwer und laut. Ihr Mund war weit offen und mehrere geflochtene Fäden dicker fahlgelber Flüssigkeit baumelten an ihren Lippen und ihrem Kinn. Ihr Kinn zitterte und ihr Gesicht glänzte naß. Sie weinte. Ihre rechte Hand war zitternd und vergeblich bemüht, ihr langes Haar vom Gesicht weg und über der

Schüssel festzuhalten, es entglitt ihr immer wieder, fiel über den Schüsselrand, stieß schwankend gegen die fließenden Fäden. Ich hörte immerzu ihren Namen, unablässig sprach jemand ihren Namen aus, in dem Ton, in dem man zu einem Kind oder einem Tier spricht, in dem etwas ratlosen Versuch, Trost zu spenden.

Ich bin nicht ins Zimmer hineingegangen, bin im Türrahmen stehen geblieben und dann wieder auf meinen Platz neben dem Ofen zurückgekehrt. Konnte die Wärme brauchen, denn in ihrem Zimmer mußten die Fenster immer offen bleiben, weil sie sich davon Linderung für ihre Atemnot versprach.

Sie schlief wieder, aber nicht mehr so ruhig, von Zeit zu Zeit seufzte sie oder gab einen kurzen Schreckenslaut von sich, als sähe sie ein böses Traumbild, und nun gab es auch schon manchmal dieses rasselnde Geräusch, das zuletzt jeden ihrer Atemzüge begleitete. Vorerst war es noch so, daß ich notieren konnte: »Mancher Atemzug scheint wie ein starker Windstoß in sie einzudringen, der auf seinem Weg ein Gehänge von Ketten streift, die sich dann rasselnd bewegen. Übrigens müssen es hölzerne Ketten sein, oder der Klang ist so verfärbt, weil sie in ihr sind.« (Ungefähr so habe ich es meiner Erinnerung nach aufgeschrieben. Ich hatte genau hingehört und es mir lange überlegt, denn ich mußte durchaus einen Ausdruck dafür haben, mußte das durchaus.) Für die letzte Phase und die Veränderung des Geräuschs, das nicht mehr trocken klang, wie Ketten, hölzerne oder auch andere, sondern schleimig und schlammig brodelnd, hat sie dann selbst das Wort gefunden und ausgesprochen, eine höhnische Formel, mit der sie sich zum letzten Mal über das unnennbar Schreckliche zu erheben schien, bevor sie in ihm versank. Sie hat gesagt: Das Wasser kocht. Mit geschlossenen Augen und höhnisch verzogenen Lippen hat sie es gesagt. So als käme das Geräusch aus der Küche und als wollte sie uns darauf aufmerksam machen, daß jemand den Kessel vom Herd nehmen müßte.

Ich sah vor mich nieder. Die Sonnenfolie war jetzt bis zu meinen Füßen ausgelegt, lag mit einer Ecke auf meinem linken Schuh. Aber statt ihn zu verzieren, zeigte sie mir mit übermäßiger Deutlichkeit, wie schmutzig er war. Ich zog den Fuß nicht weg, ich wollte nicht erfahren müssen, daß ich das nicht vermochte. Denn dieses Stück Gold – nein, kein Gold, bloß eine minderwertige Legierung – kam mir wie eine Schnalle, eine Klammer vor, die mich an den Boden, ans Leben festheftete. Ich versuchte nicht, den Fuß wegzuziehen, bewegte nur die Zehen im Schuh. Natürlich war es nicht so, wie es hätte sein sollen, nämlich so, daß die Bewegung meiner Zehen nur Teil eines Zitterns gewesen wäre, das meinen ganzen Körper ergriffen hätte, nicht nur vor Angst, sondern auch vor Abscheu. Ich zitterte nicht, aber nie habe ich Angst und Abscheu vor dem Leben und dem Angeschnalltsein an das Leben heftiger gefühlt als in diesem Moment. Und wenn es so gewesen wäre, wie es hätte sein sollen und niemals ist, so hätten die Berge ringsum widerhallen müssen von meinem angstvollen, angeekelten, wütenden und weinerlichen Geschrei, es solle gefälligst die Pfoten lassen von mir und meinem Dreck und endlich selber erlöschen statt hereinzukommen mit seinem Talmiglanz und unser Erlöschen zu beleuchten.

Wir versuchten es noch einmal, höchstens zweimal, aber sie erbrach es kurz darauf wieder. Ich erwog, ob ich es verdünnen oder ihr vielleicht einfach Wasser eingeben sollte. Aber das hätte sie wohl gemerkt. Du siehst, ich kann es nicht in mir behalten, sagte sie. Sie schien die Sache mit vollkommenem Gleichmut aufzugeben, und als ich sie daran erinnerte, daß sie doch schon nach dem ersten Mal die Wirkung gespürt habe, hob sie nur schwach die Schultern und Brauen. Da habe auch ich es aufgegeben, habe nur noch hin und wieder die geschlossene Tür des kleinen braunen Eckschranks angesehen, hinter der die Flasche stand.

»Pfefferminz«, schrieb ich ins schwarze Buch, »sie ernährt sich von Pfefferminz.« Tatsächlich nahm sie kaum noch etwas anderes zu sich. Sie lutschte so pausenlos Pfefferminz wie ich rauchte. Auf dem kleinen Tisch neben ihrem Bett häuften sich die zerknüllten Papiere, die die weißen Pastillen enthalten hatten. An einer Ecke lagen die Bücher, die sie nicht mehr aufschlug, »Berliner Kindheit«, »Richard Feverel«, Balzacs »Kleinbürger«, etwas von Collins. Auf meinem Tisch ein weißes Buch, das ich nicht mehr aufschlug, um darin zu lesen, sondern um es wieder zuzuklappen; ein schwarzes Buch; das Henkelglas mit Wasser, in dem sich Perlen gebildet hatten; Schlafmittel; viele blaue Schachteln, von denen ich täglich vier bis fünf leerte, wobei ich ein Zwanzigstel des Inhalts in den Ofen opferte. Nature morte.

Auf einmal begann sie von Edith zu sprechen, ihrer Schwester, die zehntausend Kilometer entfernt von uns lebte. Wo ist denn Edith? fragte sie.
Kurz vorher hatte sie irgend etwas anderes gesagt, und sie hatte es mit ihrer Stimme gesagt, ihrer schönen Stimme, um die Radio Rio de Janeiro sich einst beworben haben soll. Jetzt sprach sie mit einer Stimme, die ich noch nie gehört hatte, sie hörte sich an, als sei sie ihr im Hals zerquetscht worden, auf dem Weg nach oben. Hörte sich an wie die Stimme eines Wolfs, dem plötzlich die Gabe der Artikulation geschenkt oder wie die eines Menschen, dem diese Gabe genommen oder vorenthalten worden ist. Eines Kretins, eines Dorftrottels Stimme. Stimme eines Mediums, in das der Geist eines Toten gefahren ist. Wo ist denn Edith? fragte sie mit dieser Stimme, und die Alte antwortete mit der einer Märchenerzählerin: In Brasilien. Und eigentlich hätte sie daraufhin mit zwitscherndem Sopran fragen müssen: Und wo ist denn das, Brasilien? Und wieder die Alte: Das ist ein wunderschönes Land, weit, weit weg von hier. Und dann ich: Du bist selbst von dort zu mir gekommen, hast es nur vergessen. Denn »wie jedes Glück kam ja auch sie von fern«.

Ihre Augen waren groß geöffnet, aber von einer milchigen Schicht getrübt, einer dünn aufgepinselten Emulsion. Ihr Mund war straff über die Zähne weg nach links verzogen, war ganz nach links gerutscht, und dort, im Mundwinkel, öffnete sich nun ein kleines, kreisrundes Loch, aus dem sich ein Strom von Lauten ergoß, herauspfiff wie aus einem Ventil, Artikulation und keine, jedenfalls etwas, das ich nicht verstand. Der Mund war ihr weggerutscht, aber das ist zu wenig gesagt, sie selbst war sich weggerutscht, so daß nichts sie mehr hielt und ihr ganzer Körper auf dem Bett in allen Gelenken geschüttelt, geschlenkert, geschleudert wurde, ein Bündel Wäsche in der Wäschetrommel.

Es ist nur wahr, wenn ich Euch sage, daß ich dabei saß, am Fußende ihres Bettes, und bedachte, wie, um alles in der Welt, ich denn so etwas beschreiben, darstellen, sagen sollte. Es war nicht das einzige, was ich dachte, ich dachte, sofern man den Fetzenwirbel in meinem Kopf Denken nennen kann, viel und vielerlei, wovon ich nichts mehr weiß – aber ich dachte auch das, wie man denn so etwas beschreiben, darstellen, sagen könnte; und es war sogar ein dringender Gedanke, es schien etwas davon abzuhängen, ob ich es herausfinden würde oder nicht. Und auch das ist wahr (denken Sie, denken Sie nur), daß ich mich in diesem Augenblick an das Musterungskapitel im »Felix Krull« erinnerte, an die Verrenkungen der Glieder und der Sätze in diesem Kapitel. Es ist wahr, und noch etwas ist ebenso wahr, nämlich daß mir wieder gewisse Zeichnungen von Hodler, Ferdinand Hodler, einfielen, dieselben, die mich schon einmal irritiert hatten, am Sterbebett meiner Mutter. Es sind grüne und schwarze Blätter, meiner Erinnerung zufolge, auf denen er den Tod zu porträtieren versucht hatte, den Tod im Tod seiner Mutter, seiner Frau oder einer Geliebten, das weiß ich nicht mehr. Ja, mit blauen, grünen, schwarzen Kreiden müßte man es zeichnen, hatte ich damals gedacht (und später geschrieben) und nun mußte ich es wieder denken.

Ich bin dann ans Fenster gegangen, eines der Fenster, die Tag und Nacht offen standen, und habe mich weit hinausgebeugt. Es kann nicht viel mehr als ein halber Meter sein vom Fensterbrett bis zu dem Weg unter ihm. Der Schnee lag ziemlich hoch, man konnte ihn ohne weiteres mit der Hand erreichen. Ich habe ihn angefaßt, habe die ganze Hand hineingetaucht. Es kann nicht jetzt sein, habe ich gedacht, es ist ja noch eine Woche zu früh, wenn nicht mehr, zwei oder drei. Und dann habe ich gedacht: Wenn es doch jetzt wäre, es soll vorbei sein. Ich spürte, daß nicht mehr viel fehlte, und mein Oberkörper hätte das Übergewicht bekommen, so daß ich mit dem Kopf im Schnee gesteckt hätte. Ich malte mir aus, wie das wäre, wenn ich mich jetzt ganz leise nach vorn sinken ließe, mit dem Kopf in den Schnee, und so bleiben, Kopf im Schnee, im Sand vor dem Unerträglichen. Sie erstickte ja auch. Ich malte es mir so gut aus, daß ich mich zugleich vom Zimmer aus sehen konnte, das, was von dort aus von mir zu sehen sein würde, der Hintern, die angewinkelt emporragenden Beine. Keiner würde es bemerken, die Alte war mit B beschäftigt, machte ihr einen Wickel um die von einer fremden Kraft geschüttelten Beine, die dünnen, schwachen Fesseln; sie hatte das verlangt, ich hatte es nicht verstanden, aber die Alte hatte es erraten, war in die Küche gelaufen und sofort wieder zurückgekehrt mit den nassen, dampfenden Tüchern. Aber indem ich noch dachte, daß sie es nicht bemerken würden, solange noch Zeit war, und daß es ungewiß wäre, ob B überhaupt noch einmal irgend etwas bemerken würde, war ich schon in mein Zimmer gegangen, die paar Schritte über die Schwelle und an meinen Tisch, wo das schwarze Buch lag neben dem weißen und in der ganzen nature morte aus Zigarettenschachteln, Wasserglas und Schlafkapseln, hatte es hastig aufgeschlagen, als eilte es damit, und hatte einen schon einmal geschriebenen Satz zum zweiten Mal hineingeschrieben, aber diesmal nicht im Konjunktiv: »Ihr Tod wird mir das Leben nehmen.«

Sie schien keine Erinnerung zu haben an das, was da mit ihr geschehen war. Stimme und Artikulation waren ihr wiedergegeben. Dennoch verstand ich nur noch selten etwas von dem, was sie sagte. Denn sie redete jetzt mit großer Geschwindigkeit und ohne Pausen zwischen den Wörtern zu machen. Die Sätze wischten und wisperten eilig dahin, anmutig und flink wie Kolonnen von Mäusen, und beinahe ganz unverständlich. Sie merkte das selbst, merkte, daß ich sie nicht verstand und sagte so langsam sie konnte: Ich spreche so schnell. Ach, sagte ich, du weißt ja, mein Gehör, ihr sagt doch immer, daß ich eine taube Nuß bin.
Wir wachten jetzt abwechselnd bei ihr, die Alte und ich. Ich setzte mich in den großen Ohrensessel, den wir Alberich abgekauft hatten, als er ihn nicht mehr brauchen konnte, weil die »Flamme« die gesamte Einrichtung durch viktorianisches Mobiliar ersetzen wollte. Gegen die Kälte im Zimmer wikkelte ich mich in meine Bettdecke, gegen ein allzu deutliches Bewußtsein der Lage half Bier, zehn Flaschen Gösser täglich. Ich legte das weiße und das schwarze Buch vor mich auf den Tisch, obwohl das schwache Licht weder zum Lesen noch zum Schreiben ausreichte. Im Halbdunkel blätterte ich in den Büchern herum. (Ich zitiere aus einer alten Erzählung: »Wer diese Weise, eine Zeitung, ein Buch oder sonst einen beliebigen Gegenstand in Angst, Herzensweh und – Langerweile, ja Langerweile, hin und her zu wenden durch die kriechenden Stunden, nicht kennt, der preise das Geschick, das ihm solchen Zeitvertreib ersparte, und bitte, daß es ihn auch fernerhin davor bewahre, sich daran zu halten, im vollsten Sinne des Wortes sich daran halten zu müssen, bis das schlimme, öde, tödliche Warten sein Ende gefunden hat, einerlei welches.«)
Ich wartete. Ja, ich hatte angefangen, auf das einzige zu warten, was noch zu erwarten war. Daß das Rasseln ihres Atems, daß dieses unablässige Rasseln endlich aufhören würde.
Es kam noch ein paarmal vor, daß ich sie ins Bad begleiten mußte, den langen Korridor hinunter, dann durch Sannas Zimmer, zwei Stufen hinunter, bis zum Klo, zum Waschbek-

ken, und wieder zurück. An der einen Seite stützte sie sich auf meinen Bergstock, an der anderen auf meinen Arm. Nach den ersten Schritten schon rang sie so schwer nach Atem, als wären wir in ununterbrochenen Anstieg zur Ehrwalder Alm gegangen oder noch weiter hinauf, zum Wasserfall und bis dahin, wo wir nie gewesen waren, zum Seebensee. Ach, und einmal, noch einmal, hatte sie darauf bestanden, ihr Haar zu waschen, die rote Mähne, auf die sie stolz war, und die sich nun innerhalb weniger Tage gelichtet und stellenweise in ein stumpfes Weiß verfärbt hatte. Unter schwerem, fast dröhnendem Atmen hatte sie sich über das Waschbecken gebeugt, ich hatte ihren Körper gestützt, der hin und her schlug zwischen meinen Händen, und die Alte hatte sich um dieses Haar bemüht, aber der geschwundene Glanz war nicht wieder hineinzuwaschen gewesen.

Alberich kam mit der »Flamme«; nur ein paar Tage zu früh, um zu spät zu kommen. Wie ich es Euch gesagt habe, sie waren auf der Rückreise zu uns abgebogen, kamen vorbei, wie man so sagt.
Sein Gesicht ist breit und flach, und alles auf dieser ausgedehnten Fläche wirkt sehr klein, die verkniffenen Augen, die auch nicht groß wären, wenn er sie weit aufrisse, die Nase, die nicht breit ist, sondern spitz, obgleich das ganze Gesicht aussieht, als habe es einer mit einer Kelle plattgedrückt, nachdem es fertig, aber noch weich war. Ein Gesicht für Zusammenbrüche; ein Gesicht, dessen wahrer Ausdruck nur das Weinen wäre, das schockierende Plärren, in das der Mann ausbrechen müßte, wenn er sich plötzlich entdeckt und preisgegeben sähe als das, was er zu sein glaubt. Nicht mit ausgestrecktem Arm wiese der Entdecker auf ihn, nur mit einem kleinen Hinzukken des Kopfes und der Hand. Nicht schmetternd ausgeschrien würde die Preisgabe, hingeplaudert würde sie: Usurpator, die tieferen Erdschichten hängen ja noch in Klumpen an dir, Mißgeburt. Und es würde ein Hochgewachsener sein,

der so mit ihm verführe, einer von den hochgewachsenen Blonden, wie sein Vater einer war, der ihn nicht anerkannte. Es ist nichts als das Unrecht, das dieser Alte ihm angetan hat; man kann nicht umhin, es zu verstehen. Der Junge hat schwer gearbeitet, er könnte sich sagen, daß er es sich verdient hat, im Licht der großen Lüster zu sitzen, vor dem er die Augen verkneift; aber nie wird er das glauben können, vor jedem maître d'hotel wird er kriechen, indem er sich vor ihm aufspielt. Und was die »Flamme« betrifft, so hält er sich für deren Mesalliance. Darum sieht er verwachsen aus, ohne es zu sein.

Darum kehrt er wie ein Fleischer, der es zu einer Wurstfabrik gebracht hat, zurück aus dem Luxusnest in den Alpen. Über dem Fladengesicht, das jetzt in einem overdressten Braun mit roten und violetten Einschlüssen glänzt, macht eine teure Pelzmütze sich ebenso breit. Die Hosenbeine seines teuren Anzugs sind wulstig in teure Pelzstiefel gestopft. Reich muß der Bojar sein, der seinen Kutscher so ausstaffiert. Es gibt keine Bojaren mehr, sagt Ihr, keine Bojaren und keine Kutscher, und Ihr müßt es ja wissen.

Schon von der Haustür her, die die Alte ihm öffnet, hört man seine heiser röhrende Stimme und den ersten Husten. Er ist immer zu laut, das gehört zum Syndrom, und ich weiß nicht, ob sein Husten Psychologie oder nur Bronchitis ist. (Ich entsinne mich des ersten dieser Hustenanfälle, dem ich beiwohnte. Er hatte lauthals das Vergnügen gepriesen, mit seiner sadistischen Geliebten, seiner Flamme vor der »Flamme«, ins Bett zu gehen. Dann schwoll ihm die Mundpartie auf, er gluckste, prustete durch die Nase, wollte es nicht rauslassen, aber dann platzten ihm die Lippen auseinander, und ich sah eine Anzahl großer, gelber, kissenförmiger Bonbons herausfliegen und im Licht des teuren Lokals aufblitzen, aber es war gar nichts Festes, es war Sekt.) Er ist ständig besorgt, das Wie und das Was seiner Sprache könnte ihn verraten, und diese Verlegenheit ist die Schwäche seiner Lautstärke, die den Vater imitiert, der noch lauter war und doch niemals zu laut.

Die »Flamme« hatte sogleich die Position eingenommen, in

der sie dann verharrte, bis sie wieder aufbrachen. Sie hat auf diesen Moment gewartet wie auf ein Flugzeug, zwischen dem Westfenster und dem Fußende des Bettes, den Rücken zur Wand, in schöner Haltung und mit bemessenem Lächeln. Ich vergaß sie fast, nahm sie kaum wahr.
Er aß. Ich vermute, es gab das, was er sich immer gewünscht hatte, wenn er zu uns gekommen war, aber ich weiß es nicht. Es unterlief ihm, daß er etwas Salz verschüttete. Nun mußt du das Salz über die Schulter werfen, sonst bringt es Unglück, sagte B. Nein nein, das muß unbedingt verhindert werden, rief er heiser aus, die Schicksalsschläge, die einem so zugemessen werden, genügen schon. Dazu machte er eine Handbewegung nach rechts, in Richtung auf das Bett und sah zugleich nach der linken Seite hinüber, der Alten ins Gesicht. Dann griff er mit der anderen Hand in das verschüttete Salz. Aber das war falsch, und B korrigierte: Mit der rechten Hand, sonst gilt es nicht, mit der rechten Hand über die linke Schulter, dreimal. Es muß ziemlich viel Salz gewesen sein, denn ich sah ganz genau, wie es aufstiebend teils ins Zimmer flog, teils auf seinen Anzug rieselte. Dann sah ich, wie sich ihm die Schultern zusammenzogen, sein Kopf verschwand beinah zwischen ihnen. Die Mundpartie schwoll ihm auf, er gluckste, prustete durch die Nase, wollte es nicht rauslassen, aber dann platzten ihm die Lippen auseinander, und ich sah eine Anzahl großer, gelber, kissenförmiger Bonbons herausfliegen und in dem Dämmerlicht des Zimmers erlöschen, aber es war kein Sekt, es war etwas Festes, ich weiß nicht was.
Sie sah mich an und sagte: Machst du bitte die Fenster zu? Und dann zu ihm: Du solltest doch lieber mal zum Arzt gehen, es hört sich nicht besonders gut an, und wahrscheinlich hast du dich auch noch zusätzlich erkältet.
Ich zögerte, aber sie schloß die Augen und nickte mir zu. Ich sagte zu ihm: Sie kriegt jetzt schwer Luft, weißt du, das ist eine Nachwirkung der Operation. Ich wollte ihm eine Chance geben, aber er ergriff sie nicht. Er hätte sagen sollen, laß die Fenster offen, ich kann ja meinen Mantel anziehen,

aber er sagte es nicht. Natürlich half es ihr nicht, daß die Fenster offen waren, aber meiner Meinung nach hätte er das sagen sollen, auch wenn es wieder zu laut herausgekommen wäre, das zählte nicht mehr.
Sie sprach weniger schnell und schien weniger mühsam zu atmen, solange sie da waren. Aber das eine wie das andere muß darum doppelt beschwerlich für sie gewesen sein. Nach ihrer Gewohnheit riß sie sich zusammen, wenn Fremde zugegen waren. Alberich und die »Flamme« sollten nicht allzu viel merken. Es bewies immerhin, daß sie sie zu den Fremden rechnete.
Ich schloß die Fenster. Vor dem letzten blieb ich stehen und sah nach draußen, sah den Schnee, der dick und hoch auf der Wiese lag. Bequem mit der Hand zu erreichen. Auch mit dem Kopf, wenn man das Fenster wieder aufmacht, sich weit hinauslehnt und sich dann mit den Füßen vom Zimmerboden abstößt. Aber auch mit einem anderen Kopf. Einem Kopf wie ein Topf. Kopf wie ein Topf, Kopf wie ein Topf, auch wenn der Pelzdeckel nicht drauf ist. Kopf mit dem flachen Fladengesicht, und alles, was drin ist im Gesicht, ist kleinlicher Kleinkram, die Öffnungen wären bald verstopft. Mich über ihn werfen, von hinten, als ob ich ihn bocken wollte, die Hände im Genick, und drücken. Da kann er lang husten und prusten. Nein nicht lang. Und da hat er es auch warm im Schnee. Da kocht er richtig vor Wärme im Topf im Schnee. Die zerren an mir da hinten, hinten an mir. Aber bis die das geschafft haben, hab' ich es auch geschafft. Warum hast du auch nicht gesagt, ich soll die Fenster offen lassen. Und warum hast du es falsch gemacht und das Salz mit der linken Hand einfach so in die Gegend streuen wollen. Das bringt eben Unglück, siehst du. Aber das ist auch der letzte Schicksalsschlag, der dir zugemessen wird. Jetzt weißt du, wie es ist, wenn man erstickt. Jetzt weißt du es schon nicht mehr. Was wollt ihr denn? Ich wollte bloß, daß er weiß, wie es ist, wenn man erstickt.
Die haben das Licht angemacht hinter mir im Zimmer, und

ich habe in der schwarzen und blauen Scheibe mein Gesicht gesehen, auch schwarz und blau, aber auf Goldgrund und mit ein paar geradezu verklärenden Konturen.
Ich hörte Abschiedsworte hinter mir. Sie würden im Alpenhof übernachten. Sie seien ziemlich strapaziert, sagte Alberich.

Die Zeit, die nicht mehr zu verlieren gewesen war, war verloren gegangen. Ich hatte es kaum bemerkt. Was noch übrig war, waren keine Wochen mehr, auch nicht eine, nur Tage noch, und nicht vier bis sechs, bloß zwei bis vier Tage, »höchstens«. Noch einmal variierte ich meinen alten Satz, kassierte nach dem Konjunktiv nun auch das Futur und schrieb: »Ihr Tod nimmt mir das Leben.« Nichts bewegte mich dabei als ein Drang zur Vollständigkeit, und ich nahm mir unterm Schreiben schon vor, auch die letzte Fassung nicht auszulassen, zu gegebener Zeit: Ihr Tod hat mir das Leben genommen.

In einigem Abstand schrieb ich darunter: »Die Zeit rasselt, bis in den letzten Winkel kommt einem das Geräusch nach. Auch der Wecker rasselt, wenn es Zeit ist, und sein Gerassel übertönt das Ticken, das unterdessen weitergeht. Aber das Rasseln teilt die Zeit nicht, wie das Ticken, und ungeteilt ist sie ungemessen, schon nicht mehr da, bevor sie ganz weg ist, wie Wasser im Abfluß.«

Noch einmal habe ich sie in den Armen gehalten. Wir standen neben ihrem Bett, aber sie stand kaum, und wir zitterten beide. Ich fürchtete, mit ihr hinzufallen, während ich mich vorsichtig vorbeugte und etwas in die Knie ging, um sie auf den Eimer zu setzen, einen blauen oder grünen Plastikeimer, den die Alte hinter ihr auf dem Teppich hin und her schob, indem sie uns aus verengten Augenlidern belauerte wie ein Boxer den anderen im Ring, damit der Eimer an der richtigen Stelle wäre, sobald sich zeigte, wohin die schwankende Bewegung, die wir über ihm vollführten gleich einem obszönen Tanz, endgültig ihren Ausschlag nehmen würden. Das dauerte lange. Sie muß sehr schwer gewesen sein, von aller eigenen Kraft verlassen, wie sie war. Aber es schien mir, als hätte sie überhaupt kein Gewicht, verstehen Sie, weder viel noch wenig, sondern überhaupt kein Gewicht, und das war schwerer als alles, eine unermeßliche Masse aus Schaum, unermeßlich groß wie uns die Dinge mitunter in unseren Fieberphantasien erschienen sind, und ich meinte, meine Arme müßten in diesen widerstandslosen Schaum eindringen, in ihm versinken und von ihm überschäumt werden, wenn ich sie allzu fest zu halten versuchte.

(Viel später, an einem Morgen, noch mitten im Ekel des Aufwachens, schrieb ich: »Es gibt Frauen, deren Fleisch wie Schaum ist, die Brüste, Hüften, Schenkel wie Schaum. Die »Knüppelfürstin« war so, und M war so, und die Freundin eines Freundes. Ich habe diese Sorte nie gemocht. Und zuletzt war auch B so, und nie habe ich sie mehr geliebt.«)

Noch drei Augenblicke, mehr war es nicht mehr. Hier der erste.
Die Alte und der Arzt an ihrem Bett, er an der Seite, den weißen Rücken unter dem grauschwarzen Haar zu mir, sie am Fußende. Da schien sie mich plötzlich entdeckt zu haben an meinem Platz im Türrahmen. Ich hatte mich mit der linken Schulter angelehnt und sah lächelnd zu ihr hinüber. Vielleicht ist das Unsinn, aber es scheint mir jetzt wichtig zu sein, daß ich ein fast schwarzes Jackett trug, über einem hellblauen Rollkragenpullover aus einem Material, das ein wenig glänzte. Sie sah mich an, als hätte sie mich nie zuvor gesehen. Dann

wölbte sie die Lippen vor, zog die Mundwinkel nach unten und nickte ein paarmal langsam mit dem Kopf. Zugleich glitt ihr Blick ebenso langsam an mir hinunter bis zu den Füßen, stieg dann wieder hinauf bis über die Augen. Das alles summierte sich zu einem Ausdruck von Anerkennung, von Bewunderung, und es brachte mich zu der Überzeugung, daß sie in diesem Augenblick bereit gewesen wäre, mit diesem Unbekannten – so wie einst mit mir – ohne Zögern auf und davon zu fliegen, wohin auch immer.

Der zweite.
Es ist Nacht, und wieder stehe ich im Türrahmen zwischen unseren Zimmern. Das Licht ist schwach, die Lampe auf dem Tisch mit einem dunklen Tuch umwickelt, einem ihrer Kopftücher. Winkt sie mir? Ich traue dem schwachen Licht nicht ganz und bleibe an meinem Platz. Doch da winkt sie wieder, ich täusche mich nicht. Jetzt hält sie mir auch wartend die rechte Hand entgegen und ich gehe hin, bleibe einen halben Schritt vor dem Bett stehen. Die offene Hand winkt zweimal, dreimal, die Finger bewegen sich ungeduldig. Es ist eine Aufforderung, und ich verstehe sie endlich, wage endlich, meine Scheu zu überwinden und sie zu verstehen. Mit so wenig Gewicht wie möglich lege ich meine Hand auf die ihre, meine rechte auf ihre rechte. Sie schließt die Augen und nickt, ich habe es richtig gemacht. Und dann sehe ich, wie ihre Augenbrauen sich heben und ihr Gesicht unter einer großen Anstrengung zu erbeben beginnt. Es ist eine Anstrengung ihres linken Arms. Sie will die Hand heben, die linke, aber als ich dazu ansetze, ihr mit meiner dabei zu Hilfe zu kommen, schließt sie wieder die Augen, doch diesmal schüttelt sie den Kopf. Sie will es allein schaffen. Und ganz langsam, unsicher, schwankend steigt diese Hand auf und klettert und zieht sich mit den Fingern auf meine rechte hoch, und ihre Hände signalisieren mir, daß ich nun noch etwas zu tun habe, und jetzt verstehe ich es sofort, und sie nickt wieder bestätigend, als ich

meine linke Hand zuoberst auf die drei anderen Hände lege. Es ist wie der Anfang eines Spiels, das man mit den Kindern spielt, und bei dem die jeweils unterste Hand immer wieder weggezogen und auf die oberste gelegt werden muß, und das immer schneller und schneller, bis die lauter und lauter aufeinander klatschenden Hände brennen und das Kind vor Lachen nicht mehr weiterkann. Auch unsere Hände haben das öfter als einmal gespielt, mit Sannas Händen und vielleicht auch miteinander, denn wir waren ja selber »Kinder«. Doch jetzt bleiben sie still beeinander, nur ein wenig bebend, von der untersten her, und sie sieht lächelnd nieder auf dieses vierstöckige Sandwich aus Händen und sagt so klar und langsam wie lange nicht mehr: Ich liebe dich, liebst du mich? Und ich höre mich antworten – ich meine, jetzt, jetzt, mehr als fünf Jahre danach, während ich es schreibe (es zum zweiten Mal schreiben muß, denn ich habe es schon einmal geschrieben, vor vielen Monaten, aber das Manuskript ist mir verloren gegangen) jetzt höre ich mich wieder antworten und ja sagen, mit meiner widerlich ausdrucksvollen Stimme.

Der letzte.
Der letzte war, daß sie von irgendwo unterhalb ihres Bewußtseins nach Hilfe rief. Ich war in der Küche und hörte es durch zwei offene Türen und über den Korridor weg. Ich konnte vom Küchensofa her nur ihren linken Arm sehen, der nackt und schön und vollkommen regungslos dalag, und die gleichfalls regungslose Hand mit dem letzten Ring, den ich ihr geschenkt hatte. Nein, es war falsch zu sagen, daß sie nach Hilfe gerufen hat. Sie rief nicht. Sie sprach das Wort nur aus, nicht laut und ohne bei einer der zwei Silben im geringsten die Stimme zu heben.

Das war morgens, am Morgen nach der Nacht, als sie mich zu sich herangewinkt hatte, um meine Hände zu halten und mir

die ihren zu halten zu geben und mir zu sagen, daß sie mich liebe und mich nach meiner Liebe zu fragen.
Ich blieb den ganzen Tag in der Küche, sah nur hinüber in ihr Zimmer, soweit es zu sehen war, zu ihr, soweit sie zu sehen war, auf ihren nackten Arm und die Hand mit dem Ring. Nicht einmal bin ich bis auf den Flur hinaus gegangen, auch nicht um aufs Klo zu gehen, ich habe ins Spülbecken gepißt.
Doktor M kam, in Älplertracht mit Bundhosen, den Kittel darüber. Eine Zeitlang sah ich ihn ganz. Er stellte eine große schwarze Tasche auf einen Stuhl und beugte sich darüber. Er nahm etwas aus der Tasche, das ich nicht erkennen konnte und legte es auf den Stuhlsitz. Dann nahm er einen Schlauch heraus und trat damit an ihr Bett. Nun sah ich nur noch seine Beine, das rechte und ein Stück des linken dahinter, die dunkelgrauen Bundhosen, eine kleine Schnalle, die nicht glänzte, die dunkelgrauen Strümpfe, die schweren Schuhe, sauber aber ohne Glanz, den weißen Kittel. Dann sah ich den Körper verschwinden und etwas über der Stelle, wo er gewesen war, den Kopf erscheinen, das braune Gesicht, das schwarzgraue Haar, auch die braunen Hände, dicht unter dem Kopf, und den baumelnden Schlauch in ihnen. Aus dem Schlauch tropfte etwas in eine Schüssel, die ich vorher nicht gesehen hatte, eine blaue oder grüne Plastikschüssel. Dann war wieder der Körper da, dieselbe Teilansicht an derselben Stelle. Das Rasseln war schwächer geworden, die Zeit rasselte weniger laut. Wieder der Kopf, der Schlauch, die Schüssel, der Körper. Das Rasseln war noch leiser geworden.
Der Postbote kam, er hatte einen Brief für mich. Keilgraf schrieb mir. Dies und das, und daß meine alte Firma in Hamburg eine neue Aufgabe für mich habe. Ich legte den Brief offen auf den Küchentisch, holte mir eine neue Flasche Bier aus dem Kühlschrank und murmelte: Ich komme, ja ich komme.
Ich las den Brief noch ein paarmal.
Ich sah den Arzt zur Haustür gehen.
Eine alte Frau sagte: Er hat ihr das Zeug weggesaugt. Ich er-

kannte sie am Mantel, am Schal, an der Mütze, der starr aufrechten Haltung, der Zigarette. Ich nickte.
Noch eine halbe Stunde oder eine Stunde, hat er gesagt. Auch dazu nickte ich.
Ich konnte jetzt wieder ihren Arm sehen, seine Lage hatte sich nicht verändert. Ich sah die Hand, den Ring an ihr.
Die alte Frau rückte einen Stuhl an ihr Bett und setzte sich vor ihren Arm, ohne ihn zu verdecken. Sie saß unbeweglich da und sah nach Westen. Ihr angewinkelter linker Arm, die knochige, knotige Hand mit der Zigarette ragte senkrecht vor der Wand zwischen den beiden Südfenstern auf, von denen ich nur das linke sah. Es war jetzt sehr still. Ich mußte mich schon anstrengen, mit meinen schlechten Ohren, wenn ich noch etwas von der Zeit hören wollte, die ihr Gerassel weiter weg verlegt zu haben schien. Wenn ich mich nach einem stärkeren Geräusch sehnte, mußte ich es schon selber erzeugen, etwa indem ich mein Glas hart auf den Tisch setzte.
Die alte Frau saß da, den Blick nach Westen, wie eine bestellte Wache, die tut, was man ihr befohlen hat, gegen geringen Lohn, aber in vorbildlicher Haltung.
Ich hörte, wie der Kühlschrank sich einschaltete. Das Summen vergaß ich, bevor es wieder aussetzte.
Dann merkte ich, daß ich überhaupt nichts mehr hörte.
Würde die alte Frau es mir sagen, wenn es aufgehört hatte? Oder würde sie noch eine Weile ein Geheimnis daraus machen zwischen sich und ihr?
Sie kam herein und sagte: Will denn dieses Weib überhaupt nicht sterben?
Sie ging an den Herd und setzte Wasser auf.
Jetzt sind es schon vier Stunden, sagte sie.
Ich ging an den Kühlschrank, hockte mich vor ihm nieder, indem ich mich an ihm festhielt, und sah hinaus.
Das Wasser begann zu kochen.
Ich trank den Kaffee, sah die Tasse an, deren Rand nach dem ersten Schluck schon verschmiert war, wie immer bei mir. Ich hatte schon lange vor, einmal darauf zu achten, ob das bei an-

deren auch so war. Ich drehte die Tasse einmal ganz herum, sie war nicht lädiert, es war nicht meine Tasse.
Ich merkte, daß es zu dämmern begann. Die alte Frau war eine Silhouette, ganz flach und schwarz.
Der Arzt kam wieder. Er ging um den Stuhl herum, auf dem die alte Frau sofort wieder Platz nahm, und ich konnte ihn nicht mehr sehen.
Ich habe kein Licht gemacht in der Küche. Ich habe die Flaschen auf dem Tisch gezählt, indem ich sie nacheinander mit dem rechten Zeigefinger berührte. Ich habe den Brief aufgehoben, so hoch mein Arm reichte, ihn dann losgelassen, und er ist langsam auf das Sofa zugeschwebt. Ja ich komme, flüsterte ich. Heute haben wir den sechsundzwanzigsten, am achtundzwanzigsten bin ich da.
Der Hund ist aus dem Korb gekommen, hat sich gestreckt, hat gegähnt und ist dann ganz langsam in ihr Zimmer gegangen. Ich habe ihm nachgesehen.
Dann habe ich gesehen, daß die Frau aufgestanden war. Sie hat dagestanden, und vor ihr war ein senkrechter weißer Streifen, der Türrahmen.
Ich bin auch aufgestanden und habe mich mit den Fingerspitzen beider Hände auf die Tischplatte gestützt. Wie jemand, der eine Rede halten will, dachte ich.
So habe ich schon gestanden, als der Mann im weißen Kittel mit raschen Schritten eintrat. Schon von weitem streckte er mir die Hand entgegen.

Die ersten Formalitäten.

Zweiter Teil

Da war er wieder, immer noch dieselbe Visage. Warum änderst du dich nicht, nicht wenigstens jetzt, herrschte ich sie ohne Ton an. Kann dich denn nichts verändern? Man hätte doch mindestens erwarten dürfen, daß sich die alte Fratze von nun an etwa im Negativ präsentieren würde, aus gegebenem Anlaß. Was hell war, dunkel; was dunkel war, hell. Weiße Pupillen.

Ein bißchen blaß, das ja, ein wenig unausgeschlafen an dem Tag. Sonst wie immer. Viel Stirn und Schädel, wenig Gesicht. Die wohlbekannte Querfalte über der Nasenwurzel und darüber die tief eingeschnittene vertikale, die zu beiden Seiten umgeben ist von flachen Buckeln und Mulden, Gewölk, Jupiter tonans, oder auch bloß ein im Zorn hingehauenes Ausrufzeichen auf schmuddeligem Papier. Die etwas monumental angelegte Nase weit oben scharf geknickt und außerdem gezeichnet mit einer Narbe, die ein Jahr zuvor von einem Schweizer Bierglas hineingekerbt worden war, noch ein Mal des Zorns also, eines anderen, fremden Zorns. Gigi sagte, es sei keine Nase, es handele sich vielmehr um einen zweiten Schwanz, mitten im Gesicht, wobei sie die ihre so krauste, daß sie aussah wie plissiert (und Korfiz meldete die Idee an, es wäre doch nicht übel, wenn man ihn – also wen schon – zuoberst auf dem Kopf trüge, so daß man bei Bedarf, ohne sich erst lange an die Sache heranfaseln zu müssen, ein Brunstsignal hissen könne, das jeden Verdacht auf eitle Vorspiegelungen ausschlösse, der fiele nur auf Herren mit Hüten, und seien diese noch so hoch). Die Augen. Die Augen nannte sie gelegentlich »Spiegeleieraugen« und setzte hinzu, mit solchen Augen könne einer doch, trotz ihres »Psychoblicks«, unmöglich etwas Rechtes sehen, dazu seien sie einfach zu groß. (Eine der keineswegs seltenen Bemerkungen aus ihrem Munde, die mir auf der Stelle einleuchteten. Verengt man nicht den Abstand der Lider, wenn man etwas besonders scharf ins Auge fassen will? Ein wenig zu sehr freilich, und man tut es in der gegenteiligen Absicht, ist auf Verschleierung des Blicks, Verwischung der Konturen, am Ende gar auf Verwechslung des Objekts mit einem anderen aus.) Weiter, jetzt die Ohren. Unmäßig groß, größer als die Nase, mit losen Ohrläppchen, die bei starkem Wind eigentlich flattern müßten. Auch der Mund groß »und als Mund gemacht«, weich und üppig geschwungen, gemacht wie für ein anderes Gesicht. Was dieses hier klein macht, das ist, daß danach – unter dem Mund, der bestimmt scheint, alles, was über ihm ist, zu widerrufen durch einen Laut der Lust, den eben jenes ihm aber versagen will – daß danach (und das paßt nun wieder zu ihm) gewissermaßen nichts Rechtes mehr kommt. Das Bißchen Kinn beansprucht kaum mehr Raum als die Rotzrinne zwischen Nase und Oberlippe und vereinigte sich in seinen fetteren Jahren fast übergangslos mit einem kurzen, breiigen Hals. Und nun denken Sie sich das Ganze umkränzt, umwirrt von teils weißem, größerenteils jedoch noch blondem, rotstichigem Haar, das über den Schläfen und am Hinterkopf noch reichlich gedeiht.

Lange hatte ich in den kleinen gelbgerahmten Aufstellspiegel gestarrt, nachdem ich mich rasiert hatte, nicht ohne ein hastig verjagtes Gefühl der Scham, weil ich dies tat.
Die Alte, längst schon wieder starr aufrecht und auf ihrem Posten, hatte mir einen Kessel mit heißem Wasser und einen grünen Napf durch die spaltbreit geöffnete Küchentür zugereicht, und ich war damit losgegangen, das Handtuch um den gebeugten Nacken, den Blick auf die Füße gerichtet, so daß es mir gelang, die hoch aufgebahrte, von Kerzen flankierte Gestalt im Nebenzimmer, das ich durchqueren mußte, nur wie ein blockartiges Gebilde aus schmelzendem Schnee mit dem äußersten Rand des rechten Auges wahrzunehmen. Dann hatte ich alles auf meinem riesigen olivgrünen Arbeitstisch aufgebaut, einem altmodischen Friseurtisch, den B für ganze dreihundert Schillinge gekauft hatte. (Sie hatte in den letzten

Jahren alles für mich gekauft, sogar die Schuhe, ohne daß ich dabeisein und die Prozedur der Anprobe durchstehen mußte.

Ich zitterte ein wenig, spürte etwas wie ein ständiges Quellen und Ziehen in mir, in der linken Hälfte der Brusthöhle. Sie war jetzt fast zwanzig Stunden tot, eine gigantische bläulichweiße Formation von vergehender Festigkeit, etwas das mich an die erschreckend und unförmig aufgequollene Wolkenhand erinnerte, die ich einmal als Kind vor mir gesehen hatte, die meiner Mutter, die mir ein Mittel eingab. Ich sprach leise vor mich hin, was ich damals gelallt haben soll: Ich habe einen Fieber, der singt so schön. Jede Kleinigkeit, auch diese, bewirkte jetzt eine jähe Überschwemmung meiner Augen. Noch einmal würde ich an ihr vorbeimüssen, wenn ich, in einigen Minuten, die Zimmer für immer verließ. Ich nahm mir vor, womöglich noch weniger von ihr zu bemerken als vorhin. Ich wollte sie nicht mehr sehen.

Bei jeder Gelegenheit bisher hatte ich gesagt, wenn ein Mensch tot sei, sei er eben nicht mehr der Mensch, den man gekannt habe und um den man trauere, denn zu dem gehöre wesentlich, daß er lebe, et cetera. Ich hatte das so oft gedacht und gesagt, daß ich auch jetzt wieder daran denken mußte, fand es aber nun nicht mehr ganz so triftig. Gehört nicht auch sein Verfall noch zum Leben, seine Verwesbarkeit, der ganze Prozeß seiner stofflichen Umwandlung, bis es zerstäubt oder zu Asche geworden ist? Hätte man nicht bis zu seinem völligen Aufgehen im Anorganischen bei dem Geliebten auszuharren und sitzenzubleiben und es unverwandt anzusehen, und zwar mit verengten Lidern, damit einem ja nichts entginge, statt sie in der gegenteiligen Absicht zu senken und zu verkneifen und die Wimpern zum Vorhang zu machen, der gerade noch genug Licht durchläßt, daß man vorbeihuschen kann, fast ohne es zu bemerken oder gar versehentlich daran zu rühren?

Ich machte mir klar, daß ich ganz einfach Angst hatte vor dem da, dem Zwischenwesen da, das nicht mehr Dies war und

noch nicht Jenes. Angst davor, die Spur des Gewesenen im Verwesenden wiedererkennen zu müssen. Davor, daß mich etwas an ihm zwingen würde, es noch einmal anzureden, das doch keinen der vielen Namen, die ich ihm früher gegeben hatte, mehr tragen konnte und für das ich keinen neuen mehr wußte und wissen wollte. Auch davor, daß es über Nacht doch noch jene oft bezeugte Verklärtheit der Toten gewonnen haben könnte, die ihm am Abend zuvor gefehlt hatte, eine Schönheit, vor der ich, den Arm vor den Augen, zurücktaumeln müßte, »des Schrecklichen Anfang«, während sie doch dessen Ende anzeigte. Und die schiere Gespensterfurcht auch. Daß ihr vor meinem Blick plötzlich der Mund aufklappen würde. Daß ihr plötzlich die Wangen abfallen würden, in ganzen, unversehrten Stücken, als hätten sie nur an Haken oder Scharnieren gehangen, die unter diesen Umständen nicht länger hielten. Und daß sie so, ohne Stimme oder mit einer so rauhen, tiefdunklen und dermaßen hallenden, daß solcher Hall unmöglich auf die gegebenen Raumverhältnisse allein zurückzuführen sein würde – »bei unserer Liebe« – eine Forderung an mich stellen könnte, der ich – bei aller Liebe – die Erfüllung versagen müßte.
Ich hatte es eilig wegzukommen. Ich wollte mit niemand dort mehr reden müssen. Ganz würde sich das ohnehin nicht vermeiden lassen. Immer wieder hörte ich es klopfen, hörte die Haustür gehen, hörte die Füße der Kondolenten, die an die Schwelle ihres Zimmers herantraten, einen Blick hineinwarfen, womöglich in dem obligaten Tonfall das obligate Lob des Blumenarrangements oder gar der Leiche spendeten und dann in die Küche geführt wurden, wo die Alte ihnen Kaffee servierte, statt sie hinauszuschmeißen (die Putzfrau, diese Maria, voran, die erstens sowieso nichts getaugt und zweitens das Ende wochenlang vorausgewittert und es sogar, drittens, plötzlich in ihrer Tätigkeit innehaltend, sich am Besenstiel aufrichtend und förmlich schnuppernd, geweissagt hatte, so daß die Sterbende es beinahe gehört hätte oder es gehört hat – was weiß man denn, man weiß so wenig – und es war mir

wahrscheinlich nicht bloß so vorgekommen, als ob dieses Weibsstück, viertens, in dieser Zeit in einer aufgekratzten Stimmung zu ihrer täglichen Arbeit angetreten sei, die sich kaum noch kaschieren ließ, um die inzwischen sichtbar oder sonst merkbar gewordenen Fortschritte der Sache festzustellen, die ihr recht gaben und ihr ein heimliches, wenn nicht gar offenes Kopfnicken unsäglich gemischten Sinns und von Zeit zu Zeit einen schweren Seufzer von gleicher Mixtur abnötigten, und das alles ohne Bösartigkeit, jedenfalls nicht mit mehr davon als man nun einmal demjenigen entgegenzubringen gezwungen ist, von dem man bezahlt wird).
Meine ungeduldige Erregung war nicht frei von einem Schuß Freude. Bald würde Herbert kommen, Herbert mit dem Taxi, um mich nach Garmisch zu fahren, von wo ich dann, wenn auch nicht sofort – »nur nicht gleich, nicht auf der Stell«, summte die Gemeinheit des Lebendigen in mir – nach München und weiterhin nach Norden aufbrechen würde. War ich erst einmal in Garmisch und hatte Herbert das Geld in die Hand gedrückt und einen raschen Abschied von ihm genommen, so war ich fürs erste auch schon weit genug. Ich würde vorsichtig schlurfenden Schritts, damit ich bei der Glätte nicht zu Schaden käme, in meinen fellgefütterten Winterschuhen (die sie mir gekauft hatte, ohne daß ich dabeisein und die Prozedur der Anprobe durchstehen mußte) zunächst ins Café Bischof gehen, Bischof oder Bischoff, gegenüber der Buch- und Schreibwarenhandlung. Möglicherweise war eine bestimmte Kellnerin da, eine anziehungskräftige Person, Typ der adretten kleinen Hausfrau, in der offenbar immerfort eine andere auf einen gleichgesinnten Partner wartete, um mit ihm das vorbildlich gemachte und mit Zierdecken und Schmuckkissen garnierte Bett ebenso gründlich zu zerstrampeln und zu besudeln. Es lag durchaus kein Grund für mich vor, noch am selben Tag weiterzureisen. Ich dachte es mir recht reizvoll, wie ich anschließend vom durchfeuchteten Bett aus einen Blick ins Zimmer werfen würde, in der noch etwas zittrigen Hand die Zigarette, von der die Asche auf den scheußli-

chen und peinlich gepflegten Bettvorleger fällt und die schließlich, an der unteren Kante des dunkelpolierten Rahmens flüchtig ausgedrückt, gleichfalls zu Boden fallen wird. Ich blicke über den Knäuel aus Dirndl, Mieder, Hosen und Strümpfen weg ins Zimmer, lache ein wenig durch die Nase, stoße ihr mit dem Ellenbogen leicht irgendwohin in die Weichteile, strecke den anderen Arm mit pathetischer Zeigegeste in den Raum und sage: Sieh nur, wie das alles blinkt und blitzt. Und sie? Wirft den Kopf zurück, reißt den Mund auf und bricht in ein wildes, maßloses, anarchisches Lachen aus.

Gewaschen hatte ich mich nicht; ich war immer lax in Sachen Körperpflege, und jetzt erst recht. Für rasiert konnte ich gelten, trotz der kristallen glitzernden Partikel, die an einer Seite unter der Unterlippe stehengeblieben waren. Einer makellosen Rasur hätte ich mich noch mehr geschämt. Ein Mann, der sich im Unglück rasiert, ist ebenso verabscheuungswürdig wie eine Frau, die sich der Auswahl einer Trauerrobe mit demselben Eifer widmet wie der eines Cocktailkleides; das war schon immer meine Meinung gewesen. Mein Blick ruhte eine Zeitlang auf der grauweißen Brühe im Napf, in der die Stoppeln sich noch kaum merklich bewegten; sie kamen mir, wie jedesmal, vor wie die Stäbchen, die das Mikroskop sichtbar macht, und die Tiere sind, und zwar das Leben par excellence, wie ich mich gewöhnt hatte zu denken; und auch daran mußte ich denken, wie mich Abbildungen von ihnen in meinen Schulbüchern gefesselt hatten wegen des aus Ekel und Lust gemischten Gefühls, das mit ihrem Anblick verbunden war, als hätte ich etwas zwischen den Zähnen, das ihnen zwar weich nachgab, aber unzerstörbar blieb und sich sogar unter meinem zögernden Biß rührte, als kitzelte ich es auf höchst angenehme Weise. Schnell wandte ich meinen Blick ab und stand auf. Ich verwies es mir, daß ich etwas wiederdachte und wiederfühlte, was ich schon früher so gedacht und gefühlt hatte, vorher. Ich wollte nicht mehr denken, fühlen, nicht mehr sehen und aussehen wie vorher, wie früher, wie immer schon. Gern wäre ich mit schwarzem Haar und Bart und in einer Kleidung, die ich nie besessen hatte, schnell hinausgegangen, hätte mich, mit einer anderen Stimme eine Entschuldigung murmelnd – ach, entschuldigen Sie bitte, gewiß, gewiß, sehr traurig – an den Kondolenten vorbeigedrückt und rasch das Freie gewonnen.

Laut ausatmen, die Arme etwas anheben, sie wieder fallen lassen, und dann packen. Ich verstand mich nicht aufs Packen (sie hatte immer die Koffer gepackt, für unsere vielen Reisen). So stopfte ich denn die zusammengerafften Kleidungsstücke, das Necessaire, die Manuskripte in einen großen Koffer und meine Aktentasche, stopfte, preßte und drängte hinein, was ich noch haben zu müssen meinte. Keine Bücher jedenfalls, außer meinem eigenen kleinen Roman, seit dessen Erscheinen nun schon mehr als vier Jahre vergangen waren, und einem anderen Buch, das einige kleine Texte von mir enthielt. Sonst noch was? Nein.

Dann kann ich also gehen, brauche nur noch den Koffer, die Tasche zuzuzwängen und kann gehen.

Doch mitten in diesem mühseligen Geschäft, das durch das Zittern meiner Hände, das nicht nachließ, noch erschwert wurde – mein ganzer Körper zitterte leicht, ich fuhlte es wie ein Rieseln –, hielt ich plötzlich inne. Mir war in den Sinn gekommen, etwas zu tun, wovon ich mir noch im selben Augenblick eingestand, daß es wie eine der gebräuchlichen Trauergesten erscheinen mußte, die man nur für erheuchelt halten kann. Aber hatte ich es nicht gefälligst für gleichgültig zu erachten, wofür irgend jemand es halten würde?

Es ging jetzt ganz schnell. Die Schlösser schnappten ein, die Schnallen schlossen sich. Ich stellte Koffer, Tasche und Schreibmaschine nebeneinander auf dem Fußboden, gleich bei der Tür, bereit.

Dann ging ich rückwärts über die Schwelle in ihr Zimmer und seitwärts nach links ein paar Schritte weiter hinein, den Blick immer auf die Wand gerichtet, bis ich vor ihrem Bücherregal stand. So konnte ich durchaus nichts sehen, was ich durchaus

nicht sehen wollte. Auch so war es mir noch beklommen genug zumute. Ich versichere Ihnen, daß ich mich im Rücken ganz deutlich von einer beträchtlichen Kälte angestrahlt fühlte, als ginge sie von ihr aus wie die Hitze vom Ofen. Und war es denn ganz und gar unmöglich, daß sie sich, jetzt, in diesem Augenblick, dicht hinter mir, aufrichtete? Vielleicht um mich voll plötzlich aufwallender Zärtlichkeit zu umarmen? Vielleicht um mich zu erwürgen, weil ich mich unterstand noch zu leben, mich zu rasieren, Koffer und Tasche vollzupacken oder vielmehr vollzustopfen mit Dingen, die nur der zu benötigen glauben kann, der beabsichtigt, wenigstens vorerst noch, weiterzuleben? War das alles denn unmöglicher als ihr Tod?
Mit beschleunigten Blicken suchte ich die Bücherreihen ab, Diese Stille mit einemmal. Aus der Küche kein Laut. Hatten sie sich aufs Schweigen verlegt oder flüsterten sie derart leise, daß es für mich, mit meinen schlechten Ohren nicht das kleinste Geräusch mehr hergab? Das Klirren eines Kaffeelöffels, der auf die Untertasse abgelegt wird, hätte ich denn doch hören müssen. Waren sie alle weg? Hatten sich fortgestohlen, alle miteinander, auch die Alte, so wie ich mich fortstehlen zu können wünschte? Jetzt hörte ich etwas, ein Klopfen, aber ich wußte sofort, daß es mein eigenes Herz war – es sei denn, es wäre das Herz hinter mir. Nein, unsere Herzen verhielten sich ganz nach den biologischen Statuten, jedes wie es ihm zukam, nach Lage der Dinge. Aber was half mir der dumpfe Laut meines eigenen, ich verlangte nach dem Lärrm fremden Lebens. Es nutzte also auch nichts, daß ich mich dazu überwand, einmal aufzuhusten und mit einem Schuh über den Fußboden zu scharren. Ein Vogel hätte singen oder, der Jahreszeit gemäß, wenigstens krächzen sollen. Eine Partie Schnee hätte sich lösen und vom Dach klatschen müssen. Man konnte ja denken – und ich dachte es, mit der Begleitempfindung, als sei mein Hirnkasten buchstäblich ein Kasten, eine Lade, die sich, unkörperlich und körperhaft zugleich, über der einen Schläfe hinausgeschoben hätte und sich

nun außerhalb meines Kopfes befinde, aber dicht daneben, eine astrale Schublade und im übrigen flach und achteckig und ganz wie es sich gehört – wir seien beide tot, sie und ich, was ja in Ordnung und wahrscheinlich das beste gewesen wäre, aber dann hätte ich doch gern die volle Gewißheit gehabt. Es ist schwer zu wissen, ob man nicht tot ist, wenn man lebt.
Eine kleine Weile blieb der Kasten draußen, ich kann nicht wissen wie lange, ein paar Sekunden sicher nur, vielleicht nur eine. Ein Zustand der Entrückung, wenn Sie auf einem soliden Wort für die Sache bestehen. So etwas kommt ja vor, von Zeit zu Zeit, und ist durchaus kein Anzeichen dafür, daß etwas nicht in Ordnung wäre. Und schon vernahm ich auch ein Stühlerücken aus der Küche, es konnte nichts anderes sein, gleich darauf auch ein gedämpftes Husten und das unverkennbare Aufschlagen von Metall auf Metall, das daher rührte, daß die Alte den Wasserkessel nicht auf den Herd setzte oder schob, sondern ihn aus etwa einem Zentimeter Höhe darauf fallen ließ.
Die Schublade schob sich wieder an ihren alten Platz. Ich bemerkte, daß ich mit etwas zurückgebeugtem Kopf dastand und die Decke ansah, genau dort wo sie im Winkel an die Wand grenzte. Ich hatte also wohl nichts als dieses nur unerheblich abgestufte Weiß gesehen, das heißt, so gut wie nichts, während der Dauer jenes Zustandes, wie kurz oder lang er immer gewesen sein mochte. Wenn Weiß überhaupt eine Farbe ist, so die des Todes; jedenfalls habe ich das mit mir so ausgemacht; keine Diskussion.
Das Stühlerücken hatte mich gewarnt. Jeden Moment könnte jemand herauskommen und mich sehen, über den schmalen Korridor hinweg. Die Tür ihres Zimmers stand weit offen, für den Fall, daß noch jemand einen Blick auf sie werfen wollte.
Hamsun, Fontane, die vielen alten englischen Romane, einschließlich Maturin und Collins und Dickens, der kleine Band Benjamin dann, und zwischen ihm und der großen Bal-

zac-Ausgabe das Gesuchte, mein kleines Buch mit dem weißen Umschlag und der violetten Schrift – aber das Weiß war nicht mehr ganz weiß, weil das Leben es so oft berührt hatte, mit ihren Händen. Ich zog es heraus und hastete, auf dieselbe Weise wie ich gekommen war, zurück in mein Zimmer. Ich legte es auf meinen Tisch und gefiel mir eine Weile in der Übertreibung, mich mit beiden Händen schwer auf die Platte zu stützen und so heftig zu atmen, als sei ich mehrere hundert Meter weit vor irgendwem oder irgendwas geflüchtet; ein Anflug von Übermut. Ich setzte mich, ließ mich auf eine absonderlich gewichtige Weise nieder, streckte beide Arme nach vorn aus, so daß sich die Ärmel ein Stück hinaufschoben, und schlug das Buch auf, um mir die Widmung noch einmal anzusehen. Irgend etwas mit legerer Fröhlichkeit Hingeschriebenes, das darauf schließen ließ, in welch guter Verfassung ich damals gewesen sein muß, kurz vor unserem Aufbruch nach Spanien, wo wir dann weit über ein Jahr geblieben sind; eine Artigkeit, eine Nettigkeit, ich kann mich auch mit äußerster Anstrengung nicht auf den Wortlaut besinnen. Nicht ausgeschlossen, daß ich ihn überhaupt nicht mehr verstand in seiner Arglosigkeit. Langsam schrieb ich auf ein Blatt Leykam Hartpost die Bitte, man möge ihr das mit ins Grab legen. Besten Dank und Gruß, Unterschrift. Ich schrieb es sehr groß, die paar Worte füllten die ganze Seite. Darin daß ich so groß und etwas unsicher schrieb, bestand aber auch schon der ganze Unterschied, in allem übrigen glich die Schrift genau der, die mir seit Jahren schon eigen war, der, mit der ich, allerdings sehr klein, wie ich es mir angewöhnt hatte, auch diese heiteren Widmungszeilen hingesetzt hatte. (Vor einiger Zeit war meine Schrift erheblich größer gewesen und nach rechts geneigt, eine Schrift, die sich gewissermaßen zurücklehnte. Dann, von einem Tag zum andern – fast müßte ich das ungefähre Datum nennen können – war sie zugleich klein, fast winzig, und steil geworden, hatte sich aufgerichtet, lag nicht mehr halb, sondern saß nun. Nur die Unterschrift behielt ich bei. Das gab meinen handgeschriebenen Briefen

seither den Anschein, als hielte ich mir nach verjährtem Brauch einen Kanzlisten, der den Text schrieb, den ich dann nur unterzeichnete; und ich verstärkte diese Mystifikation manchmal noch dadurch, daß ich für die Unterschrift die breite Füllfeder benutzte, die Fleur mir geschenkt hatte, das brünstige Stütchen, für alles andere einen Kugelschreiber. Warum aber dieser Wandel in meiner Schrift eingetreten war, kann ich nur vermuten. Vielleicht richtete er sich gegen das Gelockerte, Selbstzufriedene der hingelehnten Zeilen (lauter Wörter in Klubsesseln, wie sie das Wohnzimmer meines Elternhauses verunziert hatten) war wohl auch der Ausdruck der vollendeten Abwendung von meinem Vater, dem Kolonialwarenhändler, und in einem der des guten Vorsatzes, fortan solle alles »sitzen«, was ich schreiben würde.)
Als ich die Notiz vor mich hinhielt, um sie noch einmal zu überfliegen, befiel mich ein tiefer Abscheu. Diese Schrift, meine Schrift, sie war die meine geblieben, auch sie hatte sich nicht verändert. Ich würgte an dem Anblick dieser Schriftzüge, und mit zusammengepreßten Lippen fuhr ich sie im gleichen Sinne an wie kurz vorher mein Spiegelbild. Was sitzt ihr noch aufrecht? Das ist nicht viel besser als euer halbes Liegen von einst. Einzig die Neigung nach links käme euch allenfalls noch zu, so daß ihr die Figur des Stürzenden, Fallenden zeigtet, meine.
Aber stürzte ich denn? Fiel ich denn? Ich saß da, im breiten, geschnitzten Stuhl, angelehnt sogar, wenn auch nur, weil ich vor dem Zettel zurückgewichen war, und redete mir zu, daß ich stürzen müßte, fallen müßte, meinethalben aus dem Sitz, vornüber, auf die Tischplatte, hart aufschlagend, den Kopf zwischen den ausgebreiteten Armen. Oder, noch besser, bei dem Versuch, mich noch einmal in ihr Zimmer zu schleichen. Quer über die Schwelle hinschlagen und so liegen bleiben, den Kopf auf der Seite, und mit langsam (nein rasch, rasch) sich trübenden Augen, eine Stelle in der Maserung der alten Fußbodenbretter betrachten, die vor meinem Blick vielleicht ein Meer erstehen lassen würde, ein paar Stratuswolken und

eine halbe Sonne darüber und den Kopf eines Ertrinkenden in den ganz flachen Wellen, der zu diesem Stück Sonne hinaufsieht.
Doch der Versuch gelang. Und diesmal ging ich nicht einmal rückwärts über die Schwelle, sondern visierte nur gleich von ihr aus den Fuß des zunächststehenden Kerzenleuchters an, trat einen Schritt vor, beugte mich mit dem ganzen Oberkörper nach vorn und legte Buch und Zettel neben ihn. Ich verrichtete das mit vollkommener Konzentration auf die Ausführung meiner Absicht, und ich erinnere mich, die Unbewegtheit meines Gesichts gespürt zu haben. Nichts regte sich darin, und als käme es daher, als hätte ich von der Regungslosigkeit meines Gesichts so überraschend die Fähigkeit zu konzentriertem, nüchternem, fast mechanischem Handeln bezogen, beschloß ich, auch das Letzte, was mir hier noch zu tun blieb, sofort zu tun, solange ich es vermochte, jede Bewegung meiner Gesichtsmuskeln zu unterdrücken. Ich glaube, schon ein kurzes Husten, ein Niesen hätte alles zunichte gemacht, während ein Räuspern natürlich kaum schaden konnte, nach meiner Theorie.
So schaffte ich mein Gepäck hinaus durch die Enge zwischen ihr und dem Bücherregal, auf den Korridor, an die Haustür, die ich nur noch einmal passieren würde, als Ausgang. Ich schaffte es in einem Arbeitsgang, ich wollte mich nicht zu sehr darauf verlassen, daß sich mein Gesicht länger halten ließe. Der Koffer war zu schwer, ich schob und stieß ihn vor mir her, während ich Tasche und Schreibmaschine mit der anderen Hand hinter mich hielt. Ich sah nur auf das grüne und schwarze Karomuster des Koffers vor mir, bis ich die Schwelle zum Flur überquert hatte. Dann, mit einem plötzlichen Entschluß, drehte ich mich um und sah ins Zimmer zurück, auf diesen weißumhangenen Aufbau, auf die Blumen, die Kerzen, auf sie, zuletzt auf den Schnee jenseits der Fenster. Wie weiß. Mein Gesicht war unbewegt.

Wie erwartet. Ich hatte Hände zu drücken, auch die dieser Schlampe Maria, hatte Worte zu wechseln, das Wechselgeld, das ich auf die Beleidsbekundungen herausgab. Jemand machte mir einen Platz am Tisch frei, und ich nahm das ohne weiteres an, setzte mich, bekam eine Tasse Kaffee vorgesetzt und begann darin herumzurühren. Ich war der Alten dankbar für das starke und heiße Getränk, das mir wohltat. Ich nickte ihr zu, lächelte sogar und sagte, was man so sagt: Ah, das tut gut.

Es schadete nichts, daß mein Gesicht nun wieder in Bewegung war. Es schadete nichts, daß ich sprach, Worte jedes beliebigen Tages, ich stellte mich nicht gelassen, ich war es. Ich blieb es auch, als ich nach Sanna fragte.

Ist noch drüben, bei den Spielmanns. Hanni hat es ihr gesagt und ihr Babys Armbanduhr übergeben, die goldene, ein Geschenk von Mami.

Die Alte saß bolzgerade auf dem Sofa, hatte den Ellbogen des rechten Arms in die linke Hand gestützt und hielt mit der rechten Hand eine Zigarette ein paar Zentimeter von ihrem Gesicht weg. Die Hand zitterte nicht. Auch meine nicht, als ich mir nun eine Zigarette anzündete, eine Gitane, die eine noch bessere Wirkung tat als der Kaffee; den ganzen Vormittag hatte ich nicht daran gedacht, mich dieser Panazee zu bedienen.

Sie sagte: Hanni kümmert sich rührend um sie. (Sie betonte die zweite Silbe des Wortes »rührend« – das gehörte ebenso zu ihrer Art wie ihre Sitzhaltung, und ich sah schnell hin, ob sie auch ihre Wollmütze auf dem Kopf hätte, die Mütze mit der Quaste, die sie in der kalten Jahreszeit auch im Hause zu tragen pflegte. Die Mütze war auf ihrem Platz.)

Nachdem sie diesen Satz mehr ausgestoßen als ausgesprochen hatte – es hatte immer etwas von Kampfbereitschaft, wenn sie ein Lob spendete, nur der von ihr gestiftete Ehrennamen »Hoppdiquax« vertrug sich nicht mit diesem Ton und kam milder heraus – sah sie fast triumphierend in die Runde, aber niemand sagte etwas dazu; ich bemerkte nur, wie Maria, die

Schlampe, schnell den Kopf senkte und mit der Handkante über ihren geblümten Rock strich, als sei da etwas wegzufegen.
Hanni behält sie noch über Nacht da, bis das hier vorbei ist, sie will es selbst so, sagte die Alte, indem sie zwischen den Worten mehrmals so heftig an der Zigarette sog, daß ihre Wangen sich tiefdunkel höhlten, und gleich darauf den Rauch wieder ausstieß, so daß er noch fast weiß war und ihr Gesicht momentweise nahezu unerkennbar machte.
Sie nebelt sich ein, dachte ich.
Der Gedanke half mir, die Frage vorzubringen, die eigentlich keine hätte sein dürfen: Aber ich müßte Sanna doch noch einmal sehen, mich von ihr verabschieden für die Zeit, die es dauert, nicht?
Sie schüttelte den Kopf, als wollte sie den Nebel dadurch zerteilen, der sich ohnehin bereits lichtete. Ohne mich anzusehen, gab sie mehrmals einen kurzen, unartikulierten Laut der Verneinung von sich und bewegte im selben Sinn die Hand mit der Zigarette hin und her, ich sah eine Flocke Asche davonstäuben: Besser nicht, sie weiß schon, daß du wegfährst. Überhaupt, wir sind jetzt nicht das Richtige für sie. Und wenn ihr beide euch heute sehen würdet, dann ginge die Heulerei erst richtig los. Und wer würde damit anfangen? Du.

Möglicherweise wäre es besser gewesen, wenn ich darauf bestanden hätte, Dich zu sehen. Ich hätte dann nicht mehr länger an mich halten können, das ist gewiß. Ungewiß ist, wie ich mich weiter verhalten hätte, und mit welchen Folgen. Vielleicht hätte ich mich von Dir losgemacht (womöglich sogar, ohne daß die Alte oder Herbert oder beide mich hätten wegziehen müssen) weil ich auf das Alleinsein setzte, es für heilsam hielt, alles hinter mir zu lassen, die Menschen, die Räume, die Dinge, die mit der Erinnerung an sie geladen waren wie mit Starkstrom (Vorsicht! Lebensgefahr!) und eine Zeitlang nur unter Fremden zu sein, an denen ich mich selbst aufladen könnte mit den Kräften von Hohn, Haß, Ekel und Indifferenz. Und wie, wenn ich es gerade umgekehrt gemacht hätte, was mir zumindest nicht ausgeschlossen scheint? Dann hätte ich zu Dir gesagt: Scheißerchen, wir müssen jetzt auf Reisen gehn, wir beide. Wir brauchen Geld, und ich muß sehen, wo ich welches verdienen kann. Heute Nacht fahren wir erst mal mit dem Schlafwagen, das magst Du doch so gerne, Fritzchen. Weißt du noch, der komische Franzose, der Schaffner in dem Schlafwagen von Genf nach Port Bou? 'ast du gutt geslaffen, tudelutudelututt? (Dabei hätte ich dann mit den Fingern der rechten Hand einen grotesken Wirbel geschlagen, dich vor Deinen Augen, was auch den Vorteil gehabt hätte, daß Du die meinen in diesem Moment nicht so hättest sehen können.) Du darfst mich jetzt nicht allein lassen, Sanna, ich brauch dich. Kann sein, daß wir dann noch anderswohin müssen, nach Frankfurt, Köln, Düsseldorf. Wir werden in der Zeit in Hotels wohnen. Hotels, stell dir vor, Stinkerchen! (Und nun hätte ich die Augen fest geschlossen, die Nüstern gebläht, den gespitzten Mund bis dicht an die Nase gehoben und den Kopf zurückgelegt, als dringe ein märchenhafter Saucenduft direkt von der Maison dorée her auf mich ein.) Wirklich, du mußt mitkommen, es ist sonst zu traurig für deinen alten Vater. Zum Spazierengehen werden wir auch immer genug Zeit haben, und fürs Kino, fürs Fernsehen, fürs Museum und so weiter. Das war doch ein schöner Tag für uns beide, als wir damals in die Hamburger Kunsthalle gegangen sind, den Katalog mit den Bildern hast du ja noch. Und wie wir in der Erikastraße und den Straßen in der Nähe all die komischen Sopraporten angesehen haben, die da an den Häusern sind. Hattest du das Wort vergessen? Sopraporta, über der Tür. Und wenn es mir gelungen wäre, Dich loszueisen, was wahrscheinlich gegen den Widerstand der Alten hätte geschehen müssen, und wenn ich Dich zuerst noch eine Zeitlang geplagt hätte, wie dann ein paar Wochen später die ersten Male, als wir uns wiedersahen, weil Du Dich so viel leichter zu schicken schienst in das Unannehmbare, das geschehen war (ich habe Dich geradezu hineinstürzen wollen in die Trauer, die Du, wie ich meinte, der Toten schuldig bliebst; und ohne Dir die größere Kraft zum Leben, die Deiner Jugend entsprach, und die ja auch ein Zwang zum Leben ist, als mildernden Umstand anzurechnen, dachte ich, es kann doch nicht sein, daß wir einen »Menschen« gemacht haben miteinander, sie und ich) – verzeih mir, ich habe sagen wollen, daß Deine Gegenwart mich dessen ungeachtet schließlich doch womöglich gewappnet, gepanzert hätte gegen das, dem ich dann, allein, ein Einsiedlerkrebs, dem man die schützende Muschel genommen hat, verfallen bin. Denn es kann vorkommen, daß der Schwächere den Stärkeren trägt. Oder daß zwei gleich Schwache zusammen die Kraft aufbringen auszudauern und zu überstehen, was keiner von ihnen allein ungeschunden überstehen würde. War es nicht so mit ihr und mir? War es nicht so, daß wir nur darum nicht fielen, jeder auf seine Weise und an seiner Stelle, weil wir gerade noch rechtzeitig gegeneinander gefallen waren, aneinander hin, und uns auf diese Art gegenseitig Halt boten?

Von den letzten Augenblicken in Ehrwald ist mir nur ein konturloser Erinnerungsbrei geblieben. Nur daß nun schon ein paarmal ganz schnell etwas wie eine kleine hellblaue Welle mich durchspülte, wenn sie auch noch ebenso schnell von den nachrückenden schweren Wogen eingeholt und verschluckt wurde. Während der Taxifahrt nach Garmisch, zwischen den vertrauten Wänden aus Stein und Wald dahin, hielt sie sich sogar schon ganz gut, schlug der Schwere ein Schnippchen, sprang ihr auf den Rücken und ließ sich von ihr tragen. Nur das Wort Welle, das ich durch kein treffenderes zu ersetzen wüßte, gab mir ein, sie blau zu nennen. Sie war rot, leuchtete in »höherem Rot«.
Nicht nur der wiederkehrende Gedanke an meine geheime Absicht, in dieses Café zu gehen, ob das nun dazu führen mochte, was ich mir ausgemalt hatte oder nicht, kann die

kleine Rote hervorgelockt haben. So billig war sie nicht. Ich verstand sofort, daß sie nicht so sehr eine bestimmte Erwartung, als vielmehr die schubweise wiederkehrende Erwartung überhaupt verkörperte. Was ich noch zu erwarten hatte, das blieb ganz im unklaren. Nur sehen und hören vielleicht, sehen, hören, riechen, etwas anfassen, was es auch sei. Fremde Straßen, fremde Häuser, fremde Menschen, fremde Dinge, und über allem die Variationen des Lichts.

Das war es, was die kleine Rote mir verhieß, von dieser Verheißung erstrahlte sie. Und einmal schleppte sie mir sogar einen Vers von Borchardt herbei: »Welt, und sei dir noch so wehe, es kehrt von Anfang, alles ist noch dein.« Das war denn doch zuviel und eine schwere und ganz schwarze Woge schlug sie nieder und die Brandung sprang hoch bis in meine Augen.

Sie war da und drang sogleich mit einem Blick auf mich ein, der einem gefährlichen Ausfall mit dem Degen gleichkam; und es wäre wohl zu einem Duell gekommen, bei dem wir uns ganz gut hätten zusammenraufen können, wenn mir nicht im selben Moment bewußt geworden wäre, daß ich ein solches Angebot blanken Lebens vorerst denn doch noch nicht annehmen könne. Ich erschrak sogar ein wenig und hatte Mühe, das freundlich bedeutungslose Lächeln in meiner linken Gesichtshälfte aufzuziehen, das mir sonst jederzeit zu Gebote gestanden hatte. Mit diesem Lächeln, schlecht und recht wie es mir eben gelang, bestellte ich einen Kaffee und sah dann ihren Beinen unterm schwankenden Dirndlrock nach, als sie sich zwischen den Tischen durchwand, Beine, die so beschaffen waren, daß sie in den flachen Schuhen, die sie trug, so aussahen, als trüge sie hohe.

Doch wurde dieses Bild alsbald überlagert und verdrängt von einem bloß imaginierten, dem Vorstellungsbild eines etwas fetten Herrn Mitte der Vierzig, der an einem der Tische saß und mit offenbarem Behagen in ein paar dicken Büchern blät-

terte, die er vor sich aufgebaut hatte. Es war die Fontane-Ausgabe, die ich ein paar Minuten zuvor in der Buch- und Schreibwarenhandlung auf der anderen Seite der Straße gekauft hatte, um sie B mitzubringen nach Ehrwald; sie hatte vor kurzem die »Effie Briest« gelesen, das Buch hatte ihr gefallen, und sie sollte nun auch die »Poggenpuhls«, den »Stechlin«, die »Mathilde Möhring« kennenlernen. Ich versuchte, den Tisch zu finden, an dem ich gesessen hatte. Der da mußte es gewesen sein, der da, nicht weit von der Tür. Die Kellnerin ging auf ihn zu, mit schwankendem Dirndlrock wand sie sich zwischen den anderen Tischen durch, und ich sah ihren Beinen entgegen. Ich spielte mit den Gedanken, die Ihr schon kennt, und wir verständigten uns rasch und ohne viele Worte, eine Art gegenseitiger Vormerkung, bei der es dann geblieben war. Bald darauf war B's Krankheit ausgebrochen.
Sie servierte mir den Kaffee, indem sie unnötig nahe an mich herantrat und mir das Tablett so dicht an der linken Wange vorbeischob, daß es nur einer knappen Wendung meines Kopfes bedurft hätte, wie sie einem unversehens unterlaufen kann, und meine Lippen hätten der Länge nach ihren Arm gestreift, der eine feine Drechslerarbeit war, mit seiner Fülle an gebauchten und taillierten Partien. Ich lehnte mich ein wenig nach rechts und ließ ihn in etwas größerer Entfernung passieren. Er hatte noch einiges zu ordnen, zurechtzurücken, dann zog er sich plötzlich sehr schnell zurück.

Im selben Augenblick wäre ich beinahe vor Entsetzen aufgesprungen, schreiend oder mit stumm aufgerissenem Mund, die Hand am Hals wie jemand, den ein Erstickungsanfall würgt oder sonst eine jähe Todesangst. Ich bezwang mich aber, und ich denke mir, daß nur einer, der mich sehr genau beobachtet hätte, eine plötzliche Erstarrung an mir wahrgenommen haben würde, eine vollkommene Reglosigkeit des ganzen Körpers, die wahrscheinlich nur wenige Sekunden angedauert hat. Es war tatsächlich eine Art Anfall, und meine Reglosigkeit war die starre Angst, mit der ich sein Ende erwartete. Sie stand im äußersten Gegensatz zu dem, was sich in mir zutrug. Wie durch einen heftigen Stoß, eine übermäßige Erschütterung schienen sich die gewohnten Abläufe in meinem Kopf mit einemmal zu einem so rasenden Tempo beschleunigt zu haben, daß es mir ganz im selben Sinn das Bewußtsein zu rauben drohte, in dem man sonst wohl von einem atemberaubenden Tempo spricht. Erinnerungsbilder, fremde und eigene Gedanken wechselten mit einer bestürzenden, alles verwischenden Geschwindigkeit durch mich hindurch wie durch eine wirbelnde Drehtür, ohne Pause anstürmend, sich stoßend, drängend, bedrängend, fliehend, verfolgend. »Mille cose, una confusione nella testa«, das war immer mein Fundus gewesen, ein Ramschladen, aus dem ich mich nach Belieben bedienen konnte, noch zuletzt, als ich an der »Hauptsache« zu arbeiten versucht hatte, während sie starb; die Konfusion, von der ich jederzeit das Unerwartete erhofft hatte, nach dem der Schreibende sucht. Jetzt war das gegen mich aufgestanden, ein wütend in sich selbst verbissener Haufen, der über mich herfiel, um mich unter sich zu erdrücken, zu ersticken, zu begraben. War sie nicht auch um ein Haar erstickt, die nun bald begraben werden würde, erstickt worden von einem Aufstand gewisser Partikel in ihr, wenn sie auch von anderer Art gewesen waren und sich gegen das Leben im Leibe erhoben hatten. Mein Leben im Geiste gegen ihr Leben im Leibe, sagte ich vor mich hin und bewegte sogar die Lippen dabei, aber lautlos. Ich zweifelte nicht daran, daß ich an eine gefährliche Grenze gelangt war, die gefährlichste, von der mich eine Kälte anwehte, mir entgegen, die derjenigen glich, die von ihr ausgegangen war, zuletzt, und mich im Rücken getroffen hatte. Hilf mir, sagte ich, wieder mit lautlos bewegten Lippen, in vollständiger Unklarheit darüber, an wen ich mich wandte.

Sie stand da und sprach mit jemand an meinem Tisch. Sie lächelte freundlich, wie eine Kellnerin eben gehalten ist, freundlich zu sein zu ihren Gästen. Freundlich lächelnd hob sie die Brauen und sah mich fragend an.

Ein Bier, sagte ich. Es klang fast genauso wie mein unadressierter Hilferuf geklungen hätte, wenn ich ihn hätte lautwerden lassen, und vielleicht hätte sie ihn für dieselbe Bestellung genommen.

Es war (diesmal noch, dachte ich) vorbeigegangen. Ich fühlte mich nun nur noch dumpf im Dumpfen. Das tat mir wohl, ein Wohlgefühl ähnlich dem, mit dem eine Erkältung sich ankündigt.

Ich trank die erste Flasche ziemlich rasch leer, ich rauchte; das war mir geblieben, die einfachen Genüsse, wie man so sagt, die durch den Mund gehen; genug vorerst und vielleicht für den ganzen Rest, mochten es noch Jahre sein oder bloß Tage. Ich bestellte eine neue Flasche.

Das Café war jetzt voll besetzt. Ich überzeugte mich davon, daß der ganze Raum wohl keinen freien Platz mehr bot. Daran war nichts Erstaunliches, es war Saison in Garmisch. Die Masse der Gäste war in einer nie aussetzenden leichten Bewegung, die aus vielen einzelnen Bewegungen zusammengesetzt war, aber diese Nuancen wurden unerheblich, wenn man über das Ganze hinsah. Ich stellte mir, mit einem Blick nach oben, vor, daß von der Decke her ständig mit einem riesigen Löffel in dem Raum herumgerührt würde, damit die Masse nicht zum Stillstand käme und »ansetze« und die Heiterkeit nicht erlösche, die ihnen allen die Zähne bleckte und die Wangen rötete.

Sieh dir das an, sagte ich zu mir, und hör dir auch das Gebrodel an, das dazugehört, denn wo gerührt wird, da brodelt es auch. Sieh es, hör es dir an; »simple perception is pleasant«, hat der artifex maximus gesagt. Und mit einemmal bildete ich deutlich, lautlos, gewissenlos und triumphierend den Satz: Ich bin es nicht, der gestorben ist. Die rote Welle kam wieder.

Eine Dame, von der ich mir nur noch ein mattschwarzes Kleid und eine große silberne Brosche vergegenwärtigen kann, erzählte jemand am Tisch, vielleicht mir, von ihren Reisen. Ich glaube, es ergab sich, daß wir beide einmal am selben Ort gewesen waren, zu verschiedenen Zeiten. Ich hatte viel getrunken, war redselig geworden, trank weiter und schwadronierte etwas von dem Bedeutungsunterschied des Wortes »burro« im Italienischen und im Spanischen. Wenn Sie es in Italien sagen, bringt man Ihnen Butter; sagen Sie es in Spanien, so führt man Ihnen einen Esel vor oder schimpft zurück. Dieses Fragment aus einer offenbar ziemlich einfältigen Konversation taucht in greller Klarheit aus meiner Erinnerung auf, dann versinkt wieder alles in Dunkelheit. Es ist einer der wenigen Blitze, die mir die Nacht momentweise erhellen, die ich in München verbracht habe.
Ein anderer zeigt mich und eine Bardame, die immerzu mit mir anstoßen will, im Gespräch. Ich log ihr die Hucke voll, erfand aus dem Stegreif einen ganz falschen Lebenslauf für mich. Das habe ich oft getan, wenn ich einen sitzen hatte. Ich entwickelte dann große Erfindungskraft, es machte mir Spaß, mir eine völlig aus der Luft gegriffene Existenz zu verpassen. (So habe ich vor vielen Jahren einmal einen Abend lang jemand weisgemacht, ich sei Kinderarzt.) Von diesem Mal weiß ich nur noch, daß ich mich als eingefleischten Junggesellen gerierte. Ich höre mich sagen: Niemals würde ich mich verheiraten oder sonstwie mit jemand verbinden; wissen Sie, man vergrößert doch damit nur die Angriffsfläche, die man dem Unglück bietet. Und ich sehe, wie sie wieder mit mir anstoßen will.
Dann höre ich mich noch einmal. Ich sage: Heute hätte ich beinahe ein Pferd umarmt. Nein, so was, sagt sie, und es wird gelacht, wie mir scheint, mehrstimmig. Ja, sage ich, aber es war leider keins da. Und wieder Gelächter.
In ihm versinkt, mit ihm verklingt diese Nacht.

Mit dem Tag wurde es auch lichter in meinem Kopf, vor meinen Augen, so erkannte ich, daß ich auf einer großen Straße unterwegs war. Es war schon sehr hell draußen, während in meinem Bewußtsein erst frühe Dämmerung herrschte, ein Grau, das quälend langsam heller wurde. Daher dauerte es eine ganze Zeit, bis ich merkte, daß es schon fast Mittag war.
Darüber erschrak ich heftig, es traf mich wie ein Schlag auf die Brust, und gleich darauf ein zweiter, heftigerer Schlag, der tiefe Schrecken, daß das überhaupt keine Rolle mehr spielte, weil es niemand mehr gab, der mich erwartete, der schlecht geschlafen und den Vormittag beklommen hinter sich gebracht hatte, mit fahrigen Versuchen, dies und das zu tun, dem Versuch zu begreifen, was das Kind eigentlich wollte oder was die Zeilen in dem oder jenem Buch wohl bedeuten mochten. Dann empfing sie den Zerknirschten, Bußfertigen voller Vorwürfen, Erleichterung und Freude, bis Erleichterung und Freude fast bis zum Glück herangewachsen und somit so groß geworden waren, daß die Vorwürfe von diesem übermächtigen Kraftfeld an sich gezogen, eingesogen wurden, in ihm aufgingen und verschwanden. Aber erst mußte ich frühstücken, damit mir nicht mehr so flau wäre, damit ich ein bißchen zu Kräften käme und auch nicht ganz so penetrant nach der Nacht röche, und dann würde es auch die rötliche Trübung meiner Augen wegwaschen, die ich noch nicht gesehen hatte, aber ich wußte, wie sie aussahen, ich spürte es. Leberknödelsuppe, Spiegeleier oder Rühreier mit Speck, Kaffee und Mineralwasser. Ohne das könnte ich die Fahrt nach Ehrwald schwer durchstehen mit den zwei Wartezeiten, eine in Garmisch und die zweite in Griesen, wo der Zug lange hält, damit die Zöllner durch die Wagen gehen können.
Ich spielte das ganz durch und sagte leise vor mich hin, ich komme, Biba, ich komme, obwohl mir längst das volle Bewußtsein wiedergekehrt war, daß ich da mit Möglichkeiten

operierte, die eben erst aus dem Katalog der Möglichkeiten gestrichen worden waren. Gestrichen, aber nicht so, wie ich etwas durchzustreichen pflegte, was mir »unmöglich« vorkam, mit einem dichten Netz aus Kreuz- und Querstrichen, Girlanden, Arkaden, bis selbst ich es nicht mehr hätte rekonstruieren können, sondern so, daß ich das Gestrichene noch deutlich lesen konnte. Und immer würde ich es lesen müssen, mit schwimmendem Blick. (Darum ist das Bewußtsein der Bock als Gärtner, wenn es uns dazu bringen will, den nutzlosen Einspruch gegen unabänderliche Sachverhalte aufzugeben, den man auch sinnlos nennt, als ob das nicht zweierlei wäre, das Nutzlose und das Sinnlose. Solange uns unser unglückliches Bewußtsein nicht ganz genommen wird – das glückliche ist das falsche, also eigentlich keins, so wie es nur ein schlechtes Gewissen geben kann, weil ein gutes die Gewissenlosigkeit wäre – solange werden wir die unabänderliche Ordnung des Universums, die uns mit dem Leben zugleich den Tod einbrockt, ebensowenig anerkennen wie die veränderbare der Menschen, die es uns bislang versagt, in der Spanne zwischen Geburt und Tod richtig zu leben. Keine Diskussion, mein lieber Zarm.)
Mir schien, daß mich eine eigene Lufthülle umgäbe, die sogar sichtbar sein müsse, andere Luft als die der anderen. Und obwohl sie auch nur Luft war, trennte sie mich radikal von ihnen. Es war ein Mittwochmittag, und viele von ihnen gingen dahin wie ich, streiften mich, manövrierten ihre Autos über die Fahrbahnen, ich sah ihren Asphalt, ihre Mauern, ihre Fenster, ihre Maste und Säulen mit ihren Affichen und Abfallbehältern, die Auslagen ihrer Waren, die Fassaden ihrer Ämter, die Zeitungsschlagzeilen, die ihre Angelegenheiten meldeten. Das alles waren ihre Einrichtungen, und es gab keine anderen, auch ich würde mit ihnen auskommen müssen, für mich war nichts da. Wie sollte das gehen? Am wenigsten fremd erschien mir noch das Fremdeste, die schwere Himmelsdecke über dem Ganzen, die weder die ihre noch meine war. Und einer ihrer Züge würde es sein, mit dem ich,

weil mir nichts anderes einfiel, am Abend nach Hamburg fahren würde.
Die Straße führte mich direkt auf den Bahnhof zu, eine ihrer unbegreiflichen Baulichkeiten. Ich kaufte Zigaretten, eine Zeitung, sah mir die ausgestellten neuen Titel in der Buchhandlung an, weil ich das immer getan hatte, entnahm, weil ich das immer getan hatte, ein paar Prospekte aus dem Kasten links vom Verkaufsfenster und ging dann von der Cafeteria durch die ganze Flucht der Restaurationssäle bis zum letzten, dem Europasaal, den ich immer bevorzugt hatte, um dort zu bestellen, was ich immer bestellt hatte, Leberknödelsuppe, Spiegeleier oder Rühreier mit Speck oder Schinken, Kaffee und ein Mineralwasser.
Ich fühlte die gewürzte Wärme der Suppe, mußte aber die Eierspeise übermäßig salzen und pfeffern, um einen Geschmack davon zu haben. Den Kaffee trank ich schwarz und ungezukkert. Für die Zeitung hatte ich jetzt nur einen flüchtigen, verständnislosen Blick auf die Titelseite. Beim Anblick der Büchertitel in den Prospekten stieß ich mehrmals die Luft durch die Nase aus, wobei sich jedesmal mein ganzer Oberkörper ein wenig hob. Das zu lesen war auch Sache der anderen. Bücher, in denen offenbar die bündigste Parallele gezogen wurde zwischen dem Verhalten der Leute und dem der Tiere, so daß jenes durch dieses als naturgegeben gerechtfertigt erschien, Hackordnung und struggle for life for ever, das Veränderbare als das Unveränderliche, das stellte einen ansehnlichen Absatz in Aussicht. Mich ging das nichts an. Aber auch das andere, das keineswegs aus den Verzeichnissen getilgt war und zu dem ich selbst etwas beizutragen so lange gehofft hatte, ging mich nicht mehr viel an. Würde ich es denn auch nur aushalten, Jean Paul wiederzulesen oder die »Recherche«?
Erst einmal schlafen, temporärer Verlust des Bewußtseins. Ein bewußtlos atmendes, steinschwer in Embryonalhaltung geballtes Exemplar meiner Gattung zu werden, das war das einzige Ziel, das mir die Kraft geben konnte, die Kellnerin zur Abrechnung herbeizurufen und mich von der Sitzbank hoch-

zustemmen, auf der ich mich lasten fühlte wie ein Sack. Das Mittel, dessen ich bedurfte, um mein Ziel zu erreichen, besaß ich. Ich klopfte auf meine linke Jackentasche, und es knisterte darin. Ich zog den Briefumschlag heraus, legte ihn auf den Tisch und begann, die kleinen grünroten Kapseln zu zählen, die darin waren. Zwei von ihnen genügten erfahrungsgemäß für einen kurzen Schlaf, der dann freilich nicht so schnell über mich kommen würde, wie ich es mir wünschte, doch hatte ich ja die Zeitung, deren fremde Nachrichten und befremdliche Kommentare mir vielleicht über die Wartezeit hinweghelfen würden, bis mir der Text, den ich mir so eifrig zu lesen vornahm, als hätte ich die Absicht, mich für ihn zu interessieren, und die Aussicht, ihn zu verstehen, vor den Augen zu zerfließen anfinge. Ein paarmal würde ich willentlich gähnen, das hilft dem unwillkürlichen Gähnen auf die Sprünge, und endlich wäre es dann soweit, ich würde abtrudeln, wegsinken. Das alles dauert zwar seine Zeit und mit drei Kapseln ginge es schneller. Aber ich hatte hauszuhalten mit dem Vorrat. Mindestens fünfzehn, besser zwanzig von den so reizend funkelnden Kolibris – so hatte ich sie im Stillen getauft – wollte ich reservieren für den Übergang in die nicht bloß temporäre Bewußtlosigkeit, den endlos langen Schlaf, den ich zwar nicht geradezu plante, aber doch ständig einkalkulierte. (Ich nahm an, daß diese Dosis ausreichen würde, denn ich hatte die Alte einmal sagen hören: Du glaubst doch nicht, daß ich sie ersticken lasse, da rühre ich ihr doch lieber zehn von den Dingern in einen dicken Kakao.) Ich gefiel mir darin, die Zahl der Lebenstage, die ich noch zu absolvieren hatte, nach der dieser kleinen schlafspendenden Vögel zu errechnen, abzüglich der Schar von ihnen, die nötig wäre, mich zu töten. Es kamen ein paar Wochen heraus, drei, allenfalls vier, und ich nahm mir vor, solange jedenfalls noch auszudauern, als sei das höheren Orts so für mich angezettelt worden. Der Vorsatz bereitete mir ein kurzes und heftiges Vergnügen, das ich im ersten Moment masochistisch nannte. Ich nahm das Wort jedoch bald zurück. Denn wenn Leben, namentlich eins von der Art, wie ich es noch vor mir sah, Leiden bedeutet, so gilt das ja auch umgekehrt und wer leidet, lebt, lebt noch, so daß mich gleich darauf der Verdacht befiel, diese ganze Todesalgebra sei nur eine Finte, um mir mit einigem Anstand noch eine gewisse Lebensfrist zu erschleichen.

Den Nachmittag brachte ich in einem grauen, verwohnten Hotelzimmer zu. Ich hatte nicht gewagt, eins der besseren Häuser zu betreten, ohne Gepäck und in dem Zustand, in dem ich mich befand, mit spürbar geröteten Augen, verdrecktem Hemd, umgeben von einer alkoholischen Dunsthülle. Es gelang mir nicht zu schlafen. Eine gegenstandslose, darum um so größere Angst erfüllte mich. Mein angstvolles Bewußtsein stieß sich an allem, was mich umgab, fühlte die abgeschabten Kanten des tristen Mobiliars, die Kratzer an den Schlüssellöchern wie eigene Wunden. Furchterregend schob das unbekannte Waschbecken sich meinem Blick entgegen. Ein beständiges Sausen ging mir nicht aus den Ohren, das Geräusch einer unsichtbaren Bewegung, die an mir vorbeizog. Ich hielt es kaum aus in dem Bett, dessen starre Laken ich nicht zu erwärmen vermochte. Meine eigenen Kleidungsstücke auf dem Stuhl, die genau ausgerichteten Schuhe auf dem verschlissenen Läufer erschreckten mich. Es schien mir, als wäre das alles auf einer im übrigen vollkommen leeren Ebene aufgebaut, hinter deren gekrümmtem Horizont nichts anderes mehr kommen konnte als noch mehr Leere. Zu zweit hätte man vielleicht über so etwas lachen können, lachen und sich küssen. Ich hätte niemand küssen können jetzt. Ein paarmal war ich schon mit den Beinen aus dem Bett, um zu fliehen. Aber ich brachte es fertig, auszuharren bis es dunkel war. Ich nahm einen Nachtzug nach Hamburg, aber auch in der durchrüttelten, von Stationslichtern durchblitzten Dunkelheit des Schlafwagenabteils ließ mich diese Angst nur selten zu einer kurzen Erschöpfungsruhe kommen.

Hamburg empfing mich nicht, mit kühler Höflichkeit ließ die Stadt mich in sich ein. Gelassen und auf eine gelbe Art grau legte sich der Bahnhofsplatz unter meine Füße. Die Fassaden der Kirchenallee, vom Deutschen Schauspielhaus bis zu Nagels Weinstube, mit denen ich in intimer Bekanntschaft zu leben geglaubt hatte, machten mir klar, daß sie keineswegs die Ehre hätten, mich zu kennen. Gleichmütig öffneten sich die Straßen vor einem übernächtigten Mann in dunklem Anzug und hellem Trenchcoat, einem Mann, der kein Gewinn für sie zu werden versprach. Verbarg sich nicht sogar ein leichter Ekel hinter der Bereitwilligkeit, mit der die Häuserecken mir den Weg freigaben? Nie hatte ich so viele eingehängte Paare mit so wippenden Schritten durch die große Einkaufsstraße gehen sehen. Viele Schritte, viele Stimmen, und alle Stimmen schienen nur Zärtlichkeiten auszutauschen, alle Schritte sich denen eines Partners anzupassen. Es muß ein großer, wirrer Lärm geherrscht haben in der Straße. Ich habe den Lärm gesehen, aber ich hörte ihn nicht. Ich habe das nicht gleich bemerkt, plötzlich merkte ich es. Plötzlich hörte ich, daß ich nichts hörte. Damit meine ich, daß ich nur mich hörte, meine Schritte, nicht den allgemeinen Lärm, den ich sah. Übermäßig laute Schritte, das knallte nur so. Ich versuchte, weicher aufzutreten, aber das änderte nichts, jeder Schritt ein Knall, ein Schuß. Das hätte Aufsehen erregen müssen, aber niemand schien etwas zu bemerken, niemand sah sich nach meinen Füßen um. Ich sagte etwas, zu niemand, nur um die Probe zu machen, sagte ich laut: Ja, so ist das. Der Klang meiner Worte entfernte sich nicht von mir, schien an etwas abzuprallen und dadurch sofort wieder zu mir zurückgeworfen zu werden, und auch das hörte ich lauter, als es gewesen sein kann, so wie man seine Stimme hört, wenn man sich beim Sprechen die Ohren zuhält. Also ist das jetzt, sagte ich noch einmal. Die Sache bereitete mir einen flüchtigen Spaß, weil ich sie genau genug untersucht hatte, um sie in das Arsenal meiner kleinen Erfahrungen einordnen zu können. Doch machte die Instanz in mir, die über die Unversehrtheit meiner Trauer wachte, sogleich geltend, daß es nicht mehr darauf ankäme, diesen Bestand zu vermehren. Ich ging nun dahin wie in einem eigenen Raum, der mich von dem der anderen trennte, in dem ich mich bewegte, einer ganz mit dicker, nebelfarbener Watte ausgeschlagenen Zelle. So, in mein eigenes Dröhnen eingeschlossen, überquerte ich unsicher den Rathausplatz; aber es ist mir immer schwergefallen, große offene Plätze zu überqueren, das besagte also nicht viel. Einen Augenblick wartete ich vergebens darauf, daß wenigstens das schneidende Geräusch der dort einkurvenden Trambahnen meine Zellenwände aufschlitzen würde. Ach so, sagte ich, so ist das ja jetzt, und ließ mich, genau wie sonst auch, mit einem kurzen Zögern, einem ganz schwachen Widerstreben, auf den Weg durch die schmalen Schluchten ein, die zum Gänsemarkt führen. Wie immer brauchte ich ein paar Sekunden, um das Lessingdenkmal zu finden, obwohl ich seinen Standort genau kannte; ich habe mir das nie erklären können. Unterwegs zum Holstenwall hatte ich Anlaß, an mehrere Personen zu denken, die ich im Lauf der Jahre hier kennengelernt hatte. Das Lokal, das früher Palette geheißen hatte, erinnerte mich an Fichte, Hubert Fichte, der es in einem Roman gewissermaßen konserviert hat. Es erinnerte mich auch an Jeanette, glaukopis Jeanette, von Keilgraf Daphne genannt, und an das schaumige Fleisch der »Knüppelfürstin«, mit der ich Sannas Geburt gefeiert hatte und die mit mir nach Kopenhagen fahren wollte, aber ich habe die Schaumigen nie gemocht. Erinnerte mich auch an den Baron, der mir immer wie Wedekind vorgekommen war, auch als Jeanettes Freund Piet ihm eine knallte, damals. Es war nur registrierend, nur Bestandsaufnahme, wie ich an diese Namen und Momente dachte, nichts weiter. Vor einem der vielen Antiquitätenläden dieser Gegend fiel mir ein, wie ich einmal mit diesem hochgestellten Mister – wie hieß er doch, war es nicht Coxwell? – mit diesem Mister Coxwell hineingegangen war, weil er eine alte Uhr kaufen wollte, eine dieser Uhren mit bemaltem Zifferblatt. Ich hatte ihn danach nicht mehr wiedergesehen. Er soll aus großer Höhe in einen Treppenschacht gefallen sein; den Treppenschacht kannte ich, und das Mädchen, das ihn zu spät gefunden hat, kannte ich auch. Der Holstenwall ist eine ziemlich lange Straße, und ich hatte lange Zeit zu gehen, mit knallenden Schritten durch den lautlosen Verkehrslärm immerfort auf das monumentale Schreckbild Bismarcks zu, das selbst ich nie übersehen konnte, wie den Lessing auf dem Gänsemarkt, und das ebensogut an den Eingang zu Kafkas Amerika passen würde wie die Freiheitsstatue, der er, mit dem höheren Recht der Wahrheit gegen das bloße Fakt, ein Schwert in die Hand gedrückt hat. Das war nur etwas, was ich immer gedacht hatte an dieser Stelle des Weges zu meiner alten Firma. Nun war es nicht mehr weit zu dem Hochhaus, nur noch quer über zwei Straßen und den Vorplatz, der einen dem Wind aussetzt und zu dieser Jahreszeit oft mit einer bukkeligen Eisschicht bedeckt ist.

Dann, dear Fred, gleich bei unserem ersten Gespräch nach meiner Rückkehr, in der Sitzecke Ihres direktorialen, dennoch etwas dürftigen Zimmers im sechzehnten Stock, passierte wieder etwas mit meinem Gehör. Ihr habt das nicht mitgekriegt, Sie und Keilgraf, es gelang mir, es vor Euch zu verbergen. Aber ich merkte es diesmal sofort, nicht erst nachdem es bereits eingetreten war, denn es geschah mit einem Knall, einem ganz leisen Knall, einer zarten Detonation. Fische waren gekommen, zwei, von beiden Seiten, und hatten mich in die Ohren geküßt, beide zur gleichen Zeit, mit sanft platzenden Mäulern.
Es kam nicht viel heraus bei dem Gespräch, unter diesen Umständen. Ich hatte etwas vorzutragen und vorzuschlagen gehabt, hatte es aber von Anfang an schlecht gemacht, weil ich mich nicht auf meine Argumentation besinnen konnte und dadurch alsbald in eine solche Verwirrung geraten war, daß ich unter Verzicht auf jede plausible Begründung überstürzt mit meinen Vorschlägen herausrückte, die so unvermittelt ei-

nigermaßen befremdlich erscheinen mußten. Schon hatte Keilgraf gesagt: Da sind wir ja längst weiter. Es hatte brüsk und ungeduldig geklungen, und er war bereits aufgestanden, klein, fett und ein bißchen bebend in seinem Fett angesichts der Zumutung, daß ich Euch mit offenbar unausgegorenen Ideen aufhalten wollte, gegen die er Eure Rückständigkeit (mit einem selbst schon rückständigen Trick) als ein Stadium der Reife drapierte, das dergleichen hinter sich gelassen habe und längst weiter sei. Doch wäre wohl noch nicht alles verloren gewesen, wenn mich diese Fische nicht eben jetzt – vielleicht, um mich in meiner Hilflosigkeit zu trösten – so betäubend zärtlich in die Ohren geküßt und dadurch erst vollends mattgesetzt hätten. Denn indem ihr Kuß mich traf, wurdet Ihr selbst für meine Ohren den Fischen gleich, nämlich stumm, stumme Wesen, die lautlos den Mund bewegten. Ich konnte mich nur noch wegführen lassen.

Nicht daß diese Welt nun völlig stumm für mich geworden wäre, ein helles Rauschen war mir geblieben, möglicherweise das eines fernen Meeres, in dem viele Fische lebten, ein endloser hoher Ton, der keinerlei Schwankungen kannte. Der letzte deutlich abgesetzte Laut, den ich vernommen hatte, war der zarte und zärtliche Knall gewesen, mit dem ich in den neuen Zustand hinübergeküßt wurde.

Ich ließ mich wegführen.

(Der Zustand, der mir damals neu war, hielt dieses erste Mal nur wenige Minuten an. In den folgenden Wochen kehrte er noch oft wieder – oder sage ich besser, daß ich noch oft in ihn zurückgekehrt bin in den folgenden Wochen? Ich habe mich dann auch manchmal länger in ihm aufgehalten – oder wäre es in diesem Fall besser zu sagen, daß ich mich dann länger in ihm gehalten habe? Manchmal stundenlang. Es kam immer auf dieselbe Weise und immer so plötzlich wie beim ersten Mal, es war nicht vorherzusehen. Und ebenso plötzlich endete es auch immer. Mit einemmal, unvorhergesehen und mit erschreckender Wirkung, fahren die Arme des Dirigenten nieder, und fortissimo bricht der Lärm der ganzen Welt wieder los. Mahler, Erste, letzter Satz, Einsatz. So endete es jedesmal – oder soll ich sagen, so fing es immer wieder an?)

Keilgraf hatte mich weggeführt.

Du weißt das nicht, Du denkst, Du hast mich einfach nur zu Dir nach Hause mitgenommen, aber Du hast mich weggeführt, einen, den man sich selbst nicht länger anvertrauen konnte.

Es war das zweite Mal, daß ich bei Euch wohnte. Wieder überließ Deine Tochter mir ihr Zimmer, mit dem separaten Bad. Ich kannte das also schon, und ich kannte auch das Unbehagen, die erregte Beklommenheit, die nicht wich, solange ich bei Euch war. Nur nachts, wenn ich annehmen konnte, daß Ihr schlieft und meine Anwesenheit vergessen hättet, atmete ich etwas freier. Ich hielt es für gewiß, daß diese Anwesenheit Euch bedrückte, und es war Eure Bedrücktheit, die ich als eigene spürte. Ich kam mir vor wie ich Euch meiner Meinung nach vorkommen mußte, als ein Wesen von anderem Aggregatzustand als andere Leute, ein Monstrum aus verdichteter Luft und von vermöge dieses Zustandes abnormer Raumbeanspruchung, da es seine Grenzen nur an den Wänden, Böden und Decken fand, die es umgaben, so daß man in mich selber eindringen mußte, wenn man ein Zimmer betreten wollte, in dem ich mich aufhielt. Und da ich mir denken konnte, wie schwer es also sein müßte, in meiner Gegenwart zu Atem zu kommen, atmete ich in Eurer Gegenwart schwer. Wenn Du zu mir kamst, hatte ich jedesmal den Eindruck, daß Du an der Tür einen kleinen Anlauf nahmst, indem Du kurz den Kopf senktest, ihn dann zurückwarfst und den Bauch vorstrecktest, um Dich solcherart beherzt ins Zimmer und damit in mich hineinzuwerfen. Insbesondere aber meinte ich Deiner Frau beschwerlich zu fallen, glaube allerdings, daß das jedem anderen für seine Person gleichfalls so

vorkommen muß. Sie scheint zu den Frauen zu gehören, die eine fürchterliche Herrschaft ausüben mittels ihrer Schwäche. Ihre Herrschaftsinstrumente sind exhibitioniertes Leiden und ostentative Güte. Auch andere Frauen sind bleich, aber bei ihr zählt es doppelt, ihre Blässe umleuchtet sie wie ein Warnlicht, das jedermann dazu anhält, sie zu schonen, bei Gefahr, andernfalls ihrem Zusammenbruch beiwohnen zu müssen. Immer habe ich einen astralen Wärter mit ausgebreiteten, auffangbereiten Armen hinter ihr gehen, hinter ihr stehen sehen, und daß dieser Wärter leider nicht da war.
Ich ging ans Fenster und sah, über einen kleinen parkähnlichen Garten hinweg, in einen erleuchteten Erker. Er gehörte zu einem Büro, einem großen Raum voller Aktenschränke, in dem noch jemand bei der Arbeit war, eine junge und womöglich hübsche Frau. Ich sah ihren Kopf im Halbprofil. Sie blickte unverwandt auf etwas nieder, das seitlich auf ihrem Schreibtisch lag. Der Wagen ihrer großen Schreibmaschine glitt vor ihr hin und her. Zwischen mir und ihr schneite es mit faserigen Flocken. »Silent snow, secret snow«, dachte ich, und dann summte ich es vor mich hin, so wie dieser crooner, den B so gern gehört hatte, das »Silent night, holy night« gesungen hat. Gleich darauf habe ich aber lachen müssen. Ich hatte mir vorgestellt, wie mich jemand (nicht Du, aber einer, der Dir ähnlich sah, lieber Keilgraf) dazu überreden will, ein paar Tage bei ihm zu wohnen, und wie ich allerhand Ausflüchte mache und schließlich sage: Wissen Sie, das Störendste an mir ist, daß ich ziemlich viel atme, Sie können sich gar keinen Begriff davon machen, mon cher.

Nachmittags bin ich weggegangen; oh, nicht weit, nur über den Mittelweg und in die Milchstraße. Da ich gar keine anderen Sorgen mehr hatte, kaufte ich mir dort eine neue Hölderlin-Ausgabe. Als ich Mantel und Jacke öffnete, um zu zahlen, sagte die Buchhändlerin: Sie haben aber schöne Hosenträger. Es überraschte mich, daß jemand mehr bemerkt hatte, als mein quasi unausgefülltes Vorhandensein. Ich bin dann noch in die Altpöseldorfer Bierstuben gegangen, habe da etwas gegessen, etwas mit Sauerkraut und Kümmel. Es gefiel mir, da zu sitzen und mir die Frauen anzusehen, eingehüllt in meine eigene Endzeit, die ich genoß. Sie panzerte mich, und ich nahm mir vor, sie ganz auszukosten. Viel später erst habe ich mich darüber gewundert, daß Fleur nicht da war. Abends brachte ich Euch mit dem Bericht über meinen Ausgang zum Lachen, besonders Deine Frau und Deine Tochter mit dem Eurasierinnengesicht, verdeckte Augenlider, schotenförmiger Mund. Ich hätte gewettet, daß mir nicht das geringste anzumerken war. Aber da habe ich mich wohl getäuscht. Denn als wir einen Moment miteinander allein waren, sagtest Du: Wenn du so weitermachst, lebst du kein Jahr mehr.

Die Nacht des folgenden Tages verbrachte ich nicht bei Euch, sondern in einem alten Bild. Es war ein flämisches Bild, figurenreich, und ich war die Hauptfigur darin, der Mittelpunkt, die Mitte der Welt, die eine Bar in der Nähe der Davidstraße war. Ich feierte dort meine Hochzeit mit einer ziemlich bekannten Schneppe aus dem Viertel. Ohne weiteres gelang es mir, eine tiefe Sympathie für sie aufzubringen. Natürlich war ich nicht mehr gut genug für sie, aber es hätte vielleicht eine ganze Endzeit vergehen können, bis sie dahintergekommen wäre, daß sie keineswegs ihr Glück gemacht hatte mit mir. Alle waren meine Gäste, ich zahlte mit dem Rest des Geldes, das Alberich uns geschickt hatte. Die Freundinnen meiner Frau leuchteten als trügen sie Kerzen hinter der Haut. Solches Inkarnat zu malen, darauf verstanden sich die alten flämischen Maler, und sie verstanden sich auch darauf, diese Gebirgszüge aus Geflügel, Wildbret und Fischen zu malen, unter denen sich, wie man so sagt, die langen schweren Tischplatten bogen. Ich sah das alles, das dürftig Zeitgenössische war ganz dahinter verschwunden. Fett rann in die engen Kanäle zwischen den Brüsten, Wein rieselte aus den Mundwinkeln. Es wurden Reden gehalten, auch ich hielt eine Rede. Danach schmiß ich ein Glas an die Wand, zielte mit einem Hut nach einem Kerzenleuchter und traf. Ich hatte gewußt, daß ich ihn treffen würde. Überhaupt verfügte ich in dieser Nacht über außerordentliche Fertigkeiten. Es kommt vor, von Zeit zu Zeit, daß mir Dinge glücken, die ich mir nie zugetraut hätte. Während sie mir die Rechnung vorlas, leckte ich meiner Frau etwas von den Brüsten, Fett oder Wein. Kannst du nicht singen, sagte ich mit erstickter Stimme in ihr feuchtes Fleisch hinein, ich finde, so eine Rechnung muß man singen.

Aber sie wollten mich meine letzten Tage durchaus nicht auf meine Art verpulvern lassen, hatten bereits nach mir gefahndet, Keilgraf hatte Korfiz, dieser sogar Alberich angerufen, der aber hatte bloß gesagt, er habe »keinen blassen Schimmer«.

Aus mir waren nur Wallenstein-Monologe herauszuholen. »Wär's möglich?« sprach ich im antiquierten Stil schwerer Helden. »Könnt' ich nicht mehr wie ich wollte? Nicht mehr zurück wie mir's beliebt?« Ich müsse zum Arzt, drängte Keilgraf. Ich nickte und sagte: »Es gibt im Menschenleben Augenblicke, da er dem Weltgeist näher ist als sonst.« Mir war es recht. Warum sollte ich nicht zum Arzt gehen? Vielleicht würde das ganz unterhaltsam werden. Mir war jetzt alles recht.

Er hat mich lange untersucht, doch war für den Internisten nichts an mir zu finden, als daß ich ein Fall für die Psychiatrie sei. Als ich ging, zeigte die Helferin im Vorzimmer auf meinen Hosenschlitz und sagte: Machen Sie das Dorf zu. Da hatte ich mich wohl verhört. Ich dachte lange darüber nach, dann entschied ich mich dafür, daß sie gesagt habe: Machen Sie das Tor zu. So war es in Ordnung.

Die psychiatrische Polyklinik wandte eine magere Ärztin mittleren Alters für mich auf, die vor meinen Augen mit be-

stürzender Geschwindigkeit immer älter zu werden schien. Vielleicht war sie am frühen Morgen dieses Tages noch ganz jung gewesen. Tiefer und tiefer wurden die Falten, die ihr Gesicht in lauter senkrechte Hautstränge teilten, ein Gesicht, das geeignet gewesen wäre, einen völlig aus dem Häuschen zu bringen, wenn es plötzlich schön geworden wäre, nur für einen Moment, einen langen Moment.
Ich machte mir ein Vergnügen daraus, sie über meinen Zustand ins Bild zu setzen, ich referierte darüber wie über einen Fall, war mir selbst zu einem Fall geworden. Doch schien mir dieser fremde Fall mit einemmal so traurig, daß ich in Tränen ausbrach.
Sie warf einen dürren Arm hoch und den Kopf zurück, so daß ihr Kragen auseinander klaffte und einen Schildkrötenhals freilegte, und so verkündete sie die Diagnose, »totale psychische Dekomposition«, warf sich mit dem gleichen Übermaß an Ausdruck über ihren Rezeptblock und verschrieb mir etwas, Atosil und noch zwei weitere Medikamente, deren Namen ich vergessen habe.
Ich war schon weit im Flur, da rief und winkte sie mich noch einmal zurück und raunte, ja raunte mir zu: Ich habe vergessen, Ihnen zu sagen, wenn Sie alles auf einmal einnehmen würden, es würde nicht reichen. Verstehen Sie, es würde nicht reichen. Und noch etwas, gehen Sie nicht zu Fuß zurück, es wäre zuviel für Sie, nehmen Sie ein Taxi.
Ich bin zu Fuß gegangen, fühlte mich besonders wohl an diesem Vormittag. Alles, was man tut, gewinnt sehr, wenn man denkt, man tut es zum letztenmal. Man darf nur nicht allzu sehr davon überzeugt sein. Ich bin jedoch nie in Gefahr gewesen, von irgend etwas allzu sehr überzeugt zu sein. Noch während Wirklichkeit an mir vollstreckt wird, bringe ich es fertig, nicht an sie zu glauben.

Nichts konnte mir angenehmer sein als die Anweisung, mich während der psychiatrischen Kur, die zehn Tage dauern sollte, so selten wie möglich vom Bett wegzurühren. Befreit sein von der Verlegenheit des Umgangs mit meinen Gastgebern, befreit auch von aller Verantwortung für mich selbst, ermächtigt zur Ohnmacht und gewappnet gegen die Zudringlichkeiten des Lebens durch die einfache Möglichkeit, vor ihnen die Augen zu schließen und mich schlafend zu stellen – ein erstrebenswerter Zustand, erstrebenswerter womöglich als der Lärm dessen, was auch ich sonst das Glück genannt hätte.

In der aufgekratzten Laune, in die mich die Aussicht auf solche Seligkeit ebensowohl versetzte wie die Gewißheit, mich jederzeit unter einem naheliegenden Vorwand nach nebenan davonzumachen und Euch so von meiner, mich von Eurer Gegenwart befreien zu können, gab ich Euch gewissermaßen eine Abschiedsvorstellung, die mit einem schwungvollen Abgang schloß. Ich imitierte die Ärztin, warf den rechten Arm hoch, schmetterte die Diagnose ins Parkett und spendete der Darstellung dann mein Lob: Wahrlich eine hochbegabte Psychopathin, was für eine Terzky wäre sie für mich. Und ich extemporierte: »Es ist schon finstre Nacht, geh auf dein Zimmer.« Und dann mit ihrer Stimme: »Oh heiß mich nicht gehen, laß mich um dich bleiben.« Aber ich, sagte ich dann und stand schon auf, ich muß jetzt gehen. Ich habe die Mittelchen schon genommen, die meine Braut mir verordnet hat. Ja, ich habe soeben beschlossen, diese Hochdramatische zu heiraten, so gut gefällt sie mir.

Die Wirkung der Mittel war derart, daß ich mir unter ihr beinahe noch ein langes Leben gewünscht hätte.

Das wäre eine vita gewesen ohne die Schauer der Vitalität. Es war keine Wand mehr zwischen mir und der Welt, keine wattierte Zellenwand, die mich von den Dingen trennte. Sie kamen wieder zu mir heran, berührten mich, aber jetzt trugen sie selber Wattehüllen, und so waren ihre Berührungen sanft und ihre stumpfen Stiche kitzelten mich nur, so daß ich viel lachen mußte, und auch das Lachen war ohne Heftigkeit, riß mir nicht den Mund auf, sondern verschaffte sich in kurzen, leisen Stakkati durch die Nase Luft. Wir pflegten einen zarten, heimlich tuschelnden Umgang miteinander, die Dinge und ich, ohne Selbstbekenntnisse und Unterwerfungen, so kamen wir miteinander aus.

Aber man zupft doch keine Charpie mehr, flüsterte ich nicht lauter als ich atmete und schlug ganz langsam nach den weißen Faserflocken jenseits des Fensters. Trudelnd wichen sie dem zärtlichen Klaps aus. Nichts als Freundlichkeit, Freundlichkeit und Versöhnung auf der ganzen Linie. Ach, du stirbst ja nun bald, antwortete man mir, und von überall her warf sich die Charpie über meine Hand diesseits des Fensters. Ja bald, flüsterte ich leiser als ich atmete und lachte noch leiser als ich flüsterte. Alles dämmerte mit mir, leistete meiner Dämmerung Gesellschaft. Und ich stopfte alle Dinge mit meinen Anthropomorphismen aus wie ich wollte, ohne daß sie dagegen aufbegehrten. Die Fische, die mich in die Ohren geküßt hatten, äußerten sich noch leiser, als ich gelacht hatte: Es ist nicht schlimmer als ichthyomorph sein, solange du so still bist. Fisch, Fischschsch, sagte ich und schlug auch nach ihnen mit langen, weiten, langsamen Schlägen.

Fräulein Schotenmund kam, in Begleitung der bleichen Mama, und ich war so prächtiger Laune, daß ich mich wach stellte. Schotenmund kündigte an, daß sie eine Saltimbocca in Arbeit habe, die sie mir ans Bett servieren werde, wenn ich nicht schliefe. Boccanegra, sagte ich würdevoll und verbeugte mich mit den Augen vor ihr. Mit mir war kein vernünftiges Wort zu reden.

Glückliche Tage. Aber das Beste an ihnen waren doch die siebzehn Bücher, die ich mir bei Dir ausgeliehen hatte, lieber Keilgraf, die Werke des dummen Dichters, für den Du nun mal ein Faible hast, Ausgabe letzter Hand, chronologisch von den Promethiden bis zu den Atriden. Der Mann besaß die Potenz einer Luftpumpe. Es kann ein großes Vergnügen sein, sich mit Büchern abzugeben, die man nicht zu lesen braucht, weil man sie gar nicht lesen kann. Ich genoß das Rascheln so vieler Blätter. Auch im Dunkeln hätte ich nicht viel weniger davon gehabt, glaube ich. Doch hätte es meinen Genuß vielleicht beeinträchtigt, wenn ich nicht gewußt hätte, daß sie mit hunderttausenden von Wörtern bedeckt waren, schwarz von lauter Wörtern.

So hätte ich es noch lange ausgehalten, aber es endete bald. Meine Terzky fand, die Zeichen stünden günstig. Sie fragte mich nicht. Sie sagte mir, daß es mir besser gehe.
Meinen Einwand, die Besserung habe nicht länger gedauert als die Kur – die allerdings sei ein Genuß gewesen – beachtete sie nicht. Aus fast keiner Distanz traf mich ein Blick, der mich an einen fernsten Horizont versetzte, so daß die ganze norddeutsche Tiefebene zwischen unseren Augen zu liegen schien, und dort hinten ging es mir augenscheinlich gut. Immerhin riet sie mir ein paar Wochen in einem Harzer Sanatorium an, dessen Name aus lauter a zu bestehen schien, und zweifellos war es diese Klangfarbe, die mir sogleich ein paar Interieurs vormalte, in denen das Sterben gar nicht lange genug aufgeschoben werden konnte.

Dort würde es nur braune, etwas abgenutzte Zimmer geben, und aus einer faustkleinen Kugel über dem Kopfende meines Bettes käme das Licht wie durch einen immerwährenden Nebel; aber es würde auch einen Salon geben, ebenfalls braun und abgenutzt, zugleich Leseraum, Rauchzimmer, Musikzimmer, und ich würde dort Heyse lesen, Heyse oder Spielhagen, sogar »Das Abenteuer meiner Jugend« würde ich dort lesen können und »Im Wirbel der Berufung«; und ebendort würde ich altes Zitatenschätzchen etwas zitieren, »chaque rat a sa Blütezeit« würde ich mit übersüßtem Lächeln sagen; und eine von ihnen würde es zauberhaft finden und ihre reichgefältelte Pfote in meinen Ärmel schlagen, und dann würde sie den abgeschabten Klavierdeckel hochschnippen und wahr und wahrhaftig Grieg spielen und Sindings »klavieristische Butterblume«; ja, »Fülle des Wohllauts« würde herrschen, wie es sich für einen solchen Ort gehört, zum Sterben schön und schön zum Sterben.

Es war überwältigend, es versprach überwältigend zu werden, und es wäre vielleicht auch so geworden, wenn ich Alberich dazu hätte überreden können, die Kosten dafür zu tragen.
Die eingebräunten, leich krakelierten Daguerreotypien meiner Phantasie von einem Haus, in dem man den Tod schwänzen kann, ohne leben, und das Leben, ohne sterben zu müssen, hatten sich mit einer Kraft der Verheißung in den Vordergrund meines Bewußtseins gedrängt, daß es mir nicht möglich war, an ihrer bevorstehenden Verwirklichung zu zweifeln, obgleich diese ganz von der Bereitschaft Alberichs abhing, die Zeche für den Spaß zu bezahlen. Ich rechnete darauf, daß er sich die Gelegenheit, Macht durch Generosität zu demonstrieren, nicht entgehen lassen werde, wenn ich ihm zugleich die andere einräumte, mich ad libitum »von unten herab« zu behandeln. Darauf sollte es mir nicht ankommen, ich glaubte ihn genügend zu verachten, um mich vor ihm am Boden winden zu können. Vor einem, den man nicht achtet, kann man sich nicht erniedrigen (was übrigens bedeutet, daß es inzwischen kaum noch jemand gibt, vor dem ich mich erniedrigen könnte, und das heißt, kaum jemand, vor dem ich mich nicht am Boden winden würde, gegebenenfalls). Aber wie sehr ich auch meine niedergeschlagenen Augen auf seine Schuhspitzen konzentrierte, die unter seinen großkarierten Gnomenhosenbeinen vor mir auf und ab gingen; wie sehr ich mich auch geradezu süchtig zu zeigen suchte nach ihren Tritten in meinen Hintern, einem Trommelfeuer von Lilliputanertritten in einen elenden Gulliversarsch – er ging nicht darauf ein, ließ sich nicht verlocken, trat weder zu, noch warf er

mir die Gebühr hin, die läppischen paar Tausend, vergeblich wartete ich auf das höhnische Aufkreischen des Schecks, wenn er ihn aus dem Heft reißen würde. So verschaffte er mir die unwillkommene Gelegenheit, in edler Haltung abzutreten.

So trat ich ab, und ebenso in eine Bar am Hauptbahnhof ein, aber die Priesterin, die mir mit solcher Feierlichkeit den Trank bereitete, als wäre es tatsächlich der Schierlingsbecher, ließ sich nicht täuschen, sondern fragte mich, warum ich denn so ein verzweifeltes Gesicht mache. Ich sagte: Weil Sie mich nicht lieben. Warum lieben Sie mich nicht? Das wäre doch so einfach. Ich griff nach der Tasche mit dem zerknitterten Briefumschlag, der die Kapseln enthielt. Die Todesvögel schliefen einen leichten Schlaf, jederzeit bereit zum letzten Flug. Zu den schwachsinnigsten Melodien aus der Jukebox summte ich stundenlang immer wieder: Schack ra, schack ra, schack ratassa Blütezeit Blütezeit Blütezeit, ratassa Blütezeit Blütezeit, bum; schack ra, schack ra, schack ratassa Blütezeit Blütezeit Blütezeit, ratassa Blütezeit Blütezeit, bum.

Der Singsang paßte ebensogut zu der dumpfen und dummen Begleitstimme eines fahrenden Zuges, aber die verträgt sich ja mit allem.

Ratassa Blütezeit Blütezeit. Da es mir nicht vergönnt gewesen war, in das dunkle Haus einzukehren, das sich verwitternd dennoch erhielt in der Nebelzone zwischen Leben und Tod, war ich, ohne viel Überlegung, zu meinem Vater gefahren, der seit vierzehn Jahren nicht aufhören konnte zu sterben, seit dem Spätherbsttag nämlich, an dem ich, statt bereits zu spät oder gerade noch früh genug zu kommen, um seinen letzten Minuten beizuwohnen, genau zur rechten Stunde eingetroffen war, um mit dem notdürftig Wiedererstandenen, einem weder toten noch lebenden Halbtier, zu Abend essen zu müssen.

Die Wellensittiche waren noch da, oder es waren andere. Er

sprach mit ihnen, sprach auch mit mir, aber lieber mit ihnen, wie es schien. Sie waren, wie sie sein sollten, nahmen, was es gab; ich war nie gewesen, wie man ist, verstehen Sie, hatte immer verschmäht, was es gab, immer haben wollen, was es nicht gibt und wahrscheinlich nicht geben kann, und dadurch war ich von einer Verfehlung in die andere geraten, meine Biographie war eine einzige Kette von Verfehlungen. Und das bei meinen Fähigkeiten, die ich allesamt von ihm hatte.

Das war merkwürdig, er hat sich nie entscheiden können, ob er mich für seinen Sohn halten sollte oder nicht. Einmal hat er mir entgegengeschrien, ich sei es nicht. Aber meine Fähigkeiten sollte ich von ihm haben. Und mit ihnen hatte ich versagt, schon in den Schulen hatte das angefangen. Ich galt für begabt; ja wenn er nur wollte, sagten die Lehrer. Meiner Indolenz wegen hätte sogar meine Mutter mich einmal beinahe erschlagen, mit einem Polsterschemel. Ich sehe ihn noch über meinem Kopf, die Unterseite, die Federn und Gurte, und eine große Staubflocke, die aus diesem Gewirr langsam auf mich niedersinkt. Auch als Soldat hatte ich mich nicht ausgezeichnet, ich, der Sohn dieses dekorierten Feldwebels zu Pferde, mit dem dicken Dienstbuch im grauen Rock, auf der eingebräunten, leicht krakelierten Postkarte, die er meiner Mutter seinerzeit von der Düna geschickt hatte. Mit seiner Einzelhändlerhandschrift hatte er ihr geschrieben (ich zitiere), ich küsse Dich dahin, wo Du es so gern hast (Zitat zu Ende). Ich kannte die Stelle, wo sie es so gern hatte, ich hatte sie kennengelernt. Das war wieder eine der Verfehlungen gewesen, die daher rührten, daß es mich – aber nicht nur mich, sondern auch sie, von der ich also womöglich diese spezielle Fähigkeit habe, die Fähigkeit zur Unfähigkeit, sich mit dem zufrieden zu geben, was es gibt – unaufhaltsam zu dem trieb, was es nicht geben darf. Ein paarmal habe ich mich davon zurückhalten müssen, ihm die Stelle zu nennen, die und die war's, sag, die war's doch. Ich hatte angefangen zu malen, ich galt für begabt, konnte malen, daß es wie photographiert war, sagte er; aber auch das hatte ich verschmäht und statt dessen gemalt, als könnte ich es nicht; und dann hatte ich ganz aufgegeben, plötzlich, von einem Tag zum andern, hatte mein gesamtes Material verkauft, verschleudert, verramscht, die Leinwände, die Pinsel, die Farben, hatte wie ein Glück verkündet, ich male nicht mehr, und hatte zu schreiben begonnen. An meiner Begabung zweifelte er nicht, ich hatte sie von ihm, und es hätte mir durchaus gelingen müssen, etwas zu schreiben, was den Vergleich ausgehalten hätte mit den kleinen Kommoden, die er schreinerte, mit den Tabletts, die er anfertigte, aus Holz, Linoleum und Rohr, so daß die Kenner seufzten und sagten, »der Schorsch hat ein Schenie«. Aber nein, wieder nichts; ich kaprizierte mich darauf, nicht für Leser zu schreiben, die es gab, sondern für solche, die es nicht gibt, wahrscheinlich. Und hätte ich etwa nicht in der Wirtschaft Karriere machen können, daß es zum Staunen gewesen wäre? Hatte es nicht diesen Unternehmer gegeben, der mich bloß dafür schwer bezahlte, daß ich alle vierzehn Tage einmal mit ihm essen ging und ihm meine Ratschläge sozusagen zwischen die Gänge der kostspieligen Menüs streute? Ich war auf dem Weg gewesen, ohne Zweifel, hatte auch – statt dieser unverständlichen Pianistin, auf die ich mich eine Zeitlang versteift zu haben schien – eine Frau geheiratet, mit der sich ein Mensch, der war, wie man sein soll, verständigen konnte, eine Frau nach seinem Geschmack, so daß er mir einmal mit feuchten, zwinkernden Augen anvertraut hatte, mit der würde auch er »es noch mal können«. Aber wieder bog ich vom rechten Weg ab, erreichte das vorgezeichnete Ziel nicht und trennte mich obendrein von der richtigen Frau, um die falsche zu nehmen, die Frau, die nun tot war.

Sie hatten meine Hände ergriffen, er von links die linke, seine Frau (die zweite) von rechts die rechte, und gleichzeitig hatten sie mich auf den Stuhl in ihrer Mitte niedergezogen, niedergedrückt, und dann hatte er abwechselnd mit mir und mit den Wellensittichen gesprochen, die beide Hans zu heißen schienen, falls es nicht nur einer war, ich will diese Möglichkeit nicht ausschließen. Seine Augen glichen jetzt ihrerseits denen gewisser Vögel, schienen sich zuweilen mit einer Haut zu überziehen, wie heiße Milch, wenn sie zu erkalten beginnt. Es ging bergab mit ihm, ja, aber ich hätte keine Prognose mehr gewagt, wann er endlich endgültig unten ankommen würde, bei den Erfahrungen, die man mit seiner langweiligen Sterberei gemacht hatte. Sein Hosenschlitz klaffte so lang er war, er ließ sich nicht mehr schließen wegen seines Leistenbruchs, links, ein Ding wie ein halber Fußball. Wiederholt versuchte er, meine Aufmerksamkeit darauf zu lenken. Ich sagte ihm, daß B gestorben war, und er sagte, sieh mal mein Bruch, und umfaßte das Ding mit beiden Händen, als wollte er es meinem ausweichenden Blick entgegenheben (ich habe so etwas nie ansehen mögen, ich glaube, ich habe das schon einmal gesagt). Ich mußte an seinen knorrigen, graublauen Schwanz denken, vor dem ich mich als Kind immer geekelt hatte. Sie hatten ihm vor einigen Jahren, als es wieder einmal geschienen hatte, als wäre es nun aber wirklich aus mit ihm, ein Ei aus dem Sack operiert, um für irgend etwas, das da ins Rutschen gekommen war in ihm, ich weiß nicht was, Platz zu schaffen. Nur zu, weg damit, hatte ich gedacht, als er es mir erzählte. Bloß schade, dachte ich jetzt, daß es viel zu spät geschehen ist; me genesthai, das ist das Beste, um das du mich gebracht hast, wenn du tatsächlich mein Vater sein solltest. Er schlief viel, tagsüber, mit dem zusammengeknüllten, angestrengten Greisengesicht eines ganz kleinen Kindes. Abends wurde er genau in dem Grade wach, daß es für das Hauptprogramm des Fernsehens langte, das, was immer es bringen mochte, seinen Beifall fand, denn es war das, was es gab, und es war außerhalb der Schranken seines Denkens, daß er so viel Geld, wie das Gerät ihn gekostet hatte, für etwas Nichtsnutziges aufgewendet haben könnte, ein Mann wie er, ein Mensch wie er sein soll. Warum bist du nicht verreckt, du, wie kommst du dazu, nicht verreckt zu sein, nicht du, sondern sie, sagte ich heimlich zu ihm und sah auf das Gelbweiße in seinem klaffenden Hosenschlitz und gleich wieder weg. Dazu wurde Wein getrunken, und wir sahen uns einen Film an, einen der vielen Filme nach dem Doktor Jekyll und Mister Hyde an diesem Abend, einen französischen, daran erinnere ich mich genau, mit einem höchst eleganten Doktor, der in dieser Version Cordelier hieß, Doktor Cordelier, und einem fabelhaft zappelnden und zuckenden Hyde, der auch anders hieß, aber ich weiß nicht mehr wie.

Ich habe dort geschlafen, zwei Nächte, auf dem Sofa in der guten Stube. Der dünne Weindunst, der sich in ihr hielt, behelligte mich die ganze Zeit. In allen Ecken, an allen Möbeln lehnten Puppen von der Größe lebendiger Zwerge. Sie hatten eine braune Hautfarbe, rote und grüne Schürzen und Hosen, rote und grüne Mützen oder Haarbänder. Mit ernsten Gesichtern beobachteten sie meine Schwierigkeiten beim Einschlafen. Als ich erwachte, sah ich sie wieder, und auch am Tage waren sie düster und grau. Sie sind die deutlichste Erinnerung, die ich an diesen Besuch habe, und dennoch bin ich nicht sicher, bin durchaus nicht sicher, ob es sie wirklich gab; verstehen Sie, Doktor Berger?

Blütezeit Blütezeit, bum. Waren das nicht Dampfhämmer, deutlich und eindeutig Dampfhämmer, die ich jetzt hörte, eine zweite Begleitstimme, die die erste, die des Zuges, mit dem ich nach Hamburg zurückfuhr, begleitete, wie diese meinen unentwegt weitersummenden Kopf? Himmelhohe schwarze Hämmer? Nein, nur einer. Es war nur einer. In präziser, schmetternder Tätigkeit. Aber auch nicht einer war zu sehen. Der Zug hatte die Schwärze des Industriereviers bereits passiert und fuhr durch ein unabsehbares nasses Grün, in dem es nichts gab, nicht nur keine Dampfhämmer, sondern nicht einmal ein Haus, in dem es nur den kleinsten, handlichsten Hammer hätte geben können. Da merkte ich, was es war. Ich sagte mir, ach so, so ist das jetzt, es ist mein Herz, ich bin es selbst, und es ist wieder einmal, als machte ich alles Geräusch in der Welt allein. Ich meinte, es müßte nachlassen, nachdem ich das gedacht hatte, aber es ließ nicht nach, und jedesmal wenn der Hammer, den es nicht gab, niederfuhr, zog er einen ganz leichten Schleier, so hauchleicht, daß es ihn fast nicht geben konnte, zwischen meinen Augen und dem Grün mit sich herunter und trübte alles, die Augen und das, was sie sahen, oder nur jene oder nur dieses, für den Bruchteil einer Sekunde mit einem Grau ein, das so schwach war, daß es die Feststellung seines flüchtigen Vorhandenseins kaum zu tragen vermochte. Aber es war vorhanden. Es stand nicht besser und nicht schlechter mit ihm als mit einer anderen Gewißheit, nämlich der, daß ich, obwohl nichts als der helle Tag vor dem Zug lag, unaufhaltsam in eine Dunkelheit reiste, die sich fern voraus, am Ziel der Reise, zu einem schwarzen Kubus verdichtete, in den ich einfahren würde; nur eine Entgleisung hätte mich retten können. Und wie ich allein den Lärm der Welt erzeugte, so war ich allein auch das Licht in ihr, das die Dunkelheit hervorbrachte, indem es erlosch. Ich war für einen Moment überzeugt, daß ich der einzige Fahrgast, und daß es die einzige Bestimmung dieses Zuges war, mich in meine Dunkelheit zu fahren, und daß er, der Zug, das wußte; der Zug, nicht der Zugführer.

Sie hatten mir Geld gegeben, wahrscheinlich hatten sie sich mit den Augen darüber verständigt, von links und von rechts vor meinem Gesicht hin und her, vielleicht hatte er diese Milchhaut vor seinen Augen heruntergelassen, und daraufhin hatte sie zu mir gesagt, tausend können wir dir geben. Ich hatte auf mehr gehofft, mindestens so viel wie Alberich mir verweigert hatte, aber auch so mochte es gehen. Es gab noch etwas, was ich zu vollbringen hatte, keine geringe Leistung.

Ich hatte mich für das Sterben fit zu machen, das erforderte Zeit, und die mußte ich mir kaufen können. Ich hatte längst beschlossen, mich in einem bestimmten Hotel in einem Vorort von Hamburg einzumieten, einem tristen Ort, doppelt trist zu dieser Jahreszeit, Ende Februar, doch eben das würde meinen Absichten entgegenkommen, so daß eine Woche oder wenig mehr schon genügen mochte. Es handelte sich darum, den Geist der Schwere in mir so heranzumästen, daß er das Übergewicht bekäme über die vereinten Kräfte von Feigheit und Erwartung (die mich noch immer zurückzuhalten, hierzuhalten drohten) und mich dadurch jäh weg und in die Tiefe risse, wie es einem geschieht, der sich ganz ohne Absicht ein bißchen zu weit aus dem Fenster lehnt, ohne daß dabei ein Entschluß, den ich mir nicht zutraute, vonnöten, noch eine Weigerung im letzten Augenblick von Nutzen wäre. Es würde gar keinen Unterschied machen, ob ich mit einem wohlformulierten Satz enden würde, etwas wie Crevels »Je suis dégouté du tout«, oder mit einem Gewimmer wie das »Ne chotschu« des Iwan Iljitsch, oder mit einem Schrei, dem verhallenden Nein des Abstürzenden. So sollte es sein. Eine Sache der Konzentration, nichts anderes. Konzentration worauf? Auf die Wahrheit, nichts anderes. Die eine. Die einzige. Die letzte, die bleibt. Das heißt, die, die zuletzt vergeht und nichts zurückläßt als das öde Mineral des Seins, das keine Wahrheit nötig hat.
Aber zuvor wollte ich Dich noch einmal wiedersehen, Sanna.

Ich hatte es nicht weit. Die Alte hatte sich mit Dir in die Heide geflüchtet, an unseren alten Wohnort; ich hätte zu Fuß zu Dir kommen können, ich hatte den Weg mindestens einmal zu Fuß zurückgelegt, vor Zeiten, aber ich habe eine Taxe genommen.
Das Licht, in dem unsere Erinnerungen liegen, ist sehr unterschiedlich und manchmal ganz verschieden von dem, das das

Erinnerte beleuchtete, als es noch Gegenwart war. Es muß an einem grauen, nassen, tiefverhangenen Tag gewesen sein, aber meine Erinnerung an diese Begegnung mit Dir ist solarisiert von einem grellen Licht, in dem sich nur die äußersten Konturen in bebender Schärfe und einer Dunkelheit erhalten, für die selbst der Inbegriff von Schwärze (etwas wie Schwarzheit) zu farbig wäre.
So sehe ich die starre alte Frau, die von aller Hörfähigkeit verlassen zu sein schien, als ich den Wunsch aussprach, die Nacht bei Dir in Deinem Zimmer verbringen zu dürfen. So Dich, etwas verdreht, etwas zu weit um Deine Achse gedreht im Gehen – denn ich gehe schon wieder fort von Dir, und Du begleitest mich ein Stück, meinem Gesicht zugedreht, das weint.
Nein, nicht ein bißchen habe ich mich zusammengenommen vor Dir. Nichts von Fassung, nichts von Haltung. Sich fassen, Haltung bewahren, unter allen Umständen, was für eine vulgäre Maxime ist das. Es heißt dem Unerträglichen, dem Unannehmbaren denn doch zu große Konzessionen zu machen. Diejenigen, die sich unter allen Umständen halten und durch nichts aus der Fassung bringen lassen, sind selber ein Teil des Unerträglichen und erhalten es, indem sie sich in ihm erhalten. Man kann sagen, daß es schwer ist zusammenzubrechen, bis zur Unmöglichkeit schwer. Denn das Unerträgliche ist verbündet mit aller Kraft und Sucht zu leben, mit aller Kraft und Sucht in uns. Doch ist auch ein Lohn auf den Zusammenbruch gesetzt. Wer zusammenbricht, bricht durch zur Wahrheit und empfängt eine Lust. Welche Lust liegt darin, etwas aufzugeben. Die Leinwände, die Pinsel, die Farben zu verkaufen, zu verschleudern, zu verramschen. Und schließlich auch noch die Schreibmaschine wegzustellen und stehenzulassen, die Manuskripte zu vernichten, liegenzulassen, zu verlieren. Zu verschmähen, was es gibt. Aber auch dabei nicht stehenzubleiben, denn das sind alles nur Abschlagszahlungen. Nicht etwas aufgeben, sondern aufgeben. Nicht bloß das verschmähen, was es gibt; sondern auch das, was es nicht gibt noch.

Ich wollte Dich in den Abgrund stürzen. Ich wollte, daß Du aufgibst, daß Du zusammenbrichst. Dann hätte ich mich auf die Knie werfen, Deine Beine umklammern und Dich anflehen können, dem Leben die dumme, gläubige Treue zu bewahren.
Aber Du sagtest nicht, was ich Dich sagen hören wollte und was Deine Mutter einmal zu ihrer Mutter gesagt haben soll. Du schlugst mir nicht vor, wir sollten gemeinsam von irgendeinem Berg springen oder von einer Brücke. Ich sehe Dein Gesicht, das Du meinem weinenden im Gehen von der Seite zugedreht hattest, ein kleines rundes helles Gesicht, in dem es nichts gibt als die bebend scharfen Augenränder, und höre Dich, Wort für Wort, mit einer ganz nüchternen hohen Kinderstimme sagen, was ich gern zu Dir gesagt hätte, wenn es nur nötig gewesen wäre: Aber du mußt doch leben, du mußt leben.

Die Sühne für die fremde Schuld, daß man lebt, besteht darin, daß man leben will.
Ich hatte schon das Notizbuch aus der Tasche gezogen, hatte den Kugelschreiber bereits in der Hand, um diesen Satz aufzuschreiben. Alte Gewohnheit, dachte ich. Alte Gewohnheit, verlaß mich, es ist Zeit, daß wir uns trennen. Ich steckte Buch und Stift wieder weg. Ich hätte das Zeug wegwerfen sollen, nicht wegstecken, sondern wegwerfen. Ich will annehmen, daß es nur Trägheit war, wenn ich diesen Fehler nicht auf der Stelle korrigierte.

Von morgens bis abends trainierte ich fürs Sterben. Das fiel mir nicht schwer, ich bin dafür prädestiniert. Ich sagte mir: Was ich sehe, ist die große Mühe nicht wert, die Augenlider zu heben. Ich merkte, wie sie immer schwerer wurden. Aber ich hob sie, wenn ich auch manchmal schon das Gefühl hatte, als müßte ich die Hände zu Hilfe nehmen, um sie noch hochzubringen. Es mußte so weit kommen, daß sie selbst für meine Hände zu schwer wurden. Und meine Finger mußten sich ekeln vor der Berührung dessen, was ich sah, und dann auch vor der Berührung meiner Augenlider. Darum mußte ich alles ansehen und berühren soviel ich konnte. Und ich mußte hören und riechen und schmecken, als wäre ich ganz versessen auf das, was die Welt meinen Sinnen zu bieten hatte, was sie ihnen bieten zu können glaubte. Schade, daß mein Gehör nachgelassen hatte. Jetzt wäre es gut gewesen, die extreme Kapazität der Sinnesorgane zu besitzen, über die die Tiere verfügen, die Sehkraft der Katze, Geruchssinn und Gehör des Hundes. Aber auch so mußte es mir gelingen, mich mit allen Sinnen davon zu überzeugen, daß es besser wäre, sie endgültig gegen ihre Eindrücke zu verschließen, auf die einzige Art, die es gibt. Schließen. Alle Eingänge zumachen und dich verstopfen gegen die Welt. Ich mußte mir beweisen, daß das die einzige Konsequenz war. Nicht durch Denken, im Kopf hatte ich es längst, das führte zu nichts. Sondern dadurch, daß ich die Eingänge zum letztenmal ganz weit aufriß, weiter als je. Das war das Training fürs Sterben, darin bestand es. Und da würde es sich schon erweisen, da würden sie sich ganz von selbst schließen, sämtliche Tore würden zufallen, zuklappen, einschnappen in hellem Entsetzen. Die einzige Konsequenz. Denn was bliebe einem sonst als auszuhalten, die Welt auszuhalten in den wenigen wechselnden Haltungen, die man in ihr einnehmen kann. In ihr stehend, sitzend, liegend. Den einen Arm streckend, hebend, krümmend, senkend in ihr. Den andern Arm. Die Beine. Den Kopf hebend, senkend, drehend in ihr. Den Schwanz hebend, senkend in ihr. Dito die Stimme. Oder verstummend in ihr.

Reiß die Augen auf, was siehst du? Das Grau in allen Dimensionen, auf das von oben schon die Nacht drückt. Ein graues Licht, das über den nassen Asphalt vor mir her rutscht. Ein anderes Licht, gelb, splittrig, vom Nebel umsponnen, aus einer mindestens achteckigen Laterne. Es wird eine ihrer Kneipen sein, und ich werde bestimmt noch einmal dort eintreten, vielleicht erst, wenn ich zum zwanzigsten Mal hierher komme auf meinen Trainingsgängen, dann aber bestimmt, ich habe noch ein paar Tage Zeit. Die haushohe Fabrikmauer, die alle, die an ihr entlanggehen, zu ihrer Staffage macht. Eine Frau, ein schwarzer kegelförmiger Klumpen, an dem zwei kleinere kegelförmige Klumpen hängen, zu beiden Seiten, eine Lastträgerin. Eine andere, die einhergeht als gäbe es noch Königstöchter. Eine kleine Gruppe an der Ecke, Burschen, die auf etwas warten, was es gibt. Sie machen viele unnötige Bewegungen mit den Armen. Ein paar Schritte weiter, hinter Glas, findet bereits die Zukunft statt. Männer, Frauen und Hermaphroditen geben sich dem Genuß des kommenden Sommers hin, lassen ihre makellosen Plastikkörper im künftigen Badedress von der Luft bewundern, die dann wehen wird. Ich sehe, daß ich nichts versäumen werde. Die Autos sehe ich kaum, ich muß mir Mühe geben, daß ich sie sehe, sie sind auch etwas, um sich daran zu ekeln. Und die Blicke durch die Wagenfenster, im Schutz der Scheiben sind sie unverschämter, wandern über dich hin wie über eine Ware. Manche werden davon gehalten, daß sie Haken sind für fremde Blicke. Aber ich will sie nicht mehr, sie halten mich nicht mehr. Nichts von dem, was ich sehe, kann mich noch halten, das muß ich mir einprägen. Hüte dich vor der Lust lustlosen Zusehens, sie ist die letzte Klammer. Die Lust zum Beispiel, gut verborgen in ein erleuchtetes Fenster zu sehen, ein Wohnzimmer, ein Schlafzimmer vielleicht. Eine Frau kommt herein. Sie öffnet einen Schrank, den üblichen Schrank, steht mit hängenden Armen vor seiner Üblichkeit und starrt hinein. Ihr Gesicht ist öder als ein Stein. Die Zimmertür geht wieder auf, langsam, ruckweise, und nun kommt ein Mann herein. Da strahlt sie auf, aber ich weiß, wie angeödet sie ist, ich habe es gesehen. Ein anderes Zimmer, die Topfpflanzen auf dem Fensterbrett behindern die Sicht nicht wesentlich, eine Sicht wie diese kann nicht wesentlich behindert werden. Ein anderer Schrank von der üblichen Sorte. Ich brauche nicht auf die Frau zu warten, die hereinkommen und ihn öffnen wird. Sie wird kommen, sie muß, eine andere Hüterin des gleichen Unglücksherdes, muß kommen, den Schrank öffnen und hineinstarren, weil er da ist. Das Gleiche, das ist nur ein Euphemismus für Dasselbe. Ich gehe jetzt durch die Unterführung, dann die Steigung hinauf, vor der Vorderfront der großen Fabrik, dann kommt die Straße, über die die Laster fahren, von den Elbbrücken her, dann das Hotel. Die gelbgekachelten Wände des Tunnels mit den gerahmten Plakaten der Reisegesellschaften. Das immergleiche Bild der immergleichen Strände rund um das Mittelmeer, an denen die sommerlichen Schaufensterpuppen, Männer, Frauen und Hermaphroditen zum Leben erwachen werden. Ein Teil Gelb, zwei Teile Blau, das Feste, das Flüssige, das Gasförmige, und die Hotels, die wie Scheiben von ein und demselben Block sind, mit den in Reihen übereinander geschichteten Zimmern, in Reihen übereinander wie die Grabnischen im Cementerio von Port Bou. Es ist gut, wenn das Leben nicht allzu verschieden ist vom Tod, so vergessen sie das eine wie das andere und können es aushalten. Links, bevor die Steigung beginnt, das Pissoir. Die braunen Schlieren an der Pisswand. Die immergleichen Sgraffiti, dürre Symbole der Lust, tropfende Schwänze und schematisierte Fotzen, die bemerkenswerterweise immer viel abstrakter ausfallen als jene, und das erfahrungsarme Axiom »Ficken ist schön«. Mach das Maß voll, geh in die Hotelbar, um auch das noch zu sehen.

Und was hörst du? Sperr die Ohren auf, was hörst du? Das Gewirr soll ein anderer entwirren. Ein dichtes Geflecht aus vielerlei Lauten, die ein anderer aufzählen mag, preßt sich so fest an die Ohren, daß man gar nichts zu hören glaubt, indem man es hört. Imerhin kann ich heraushören, daß es Tag ist, es sind Taggeräusche, die sich gegen meine Ohren pressen. Bei dem dunkelgrauen Wetter kann man den Tag besser hören als sehen. Aus der Fabrik dringt kein besonderer Lärm in den Lärm hier. Was sich in ihm bewegt, ist grau wie der Tag. Ein kegelförmiger Klumpen, an dem zwei kleinere kegelförmige Klumpen hängen, kommt mir entgegen. Der Klumpen keift laut und geradeaus vor sich hin. Es scheint keine Zäsuren zu geben zwischen den gekeiften Worten, sie ragen aus der Spitze des Kegels wie eine lange Stange, an der man sich stoßen könnte, aber sie gleitet an mir vorbei, ich bin nicht gemeint, scheint es, vielleicht ist niemand gemeint. Nein, ich sage dir, es ist nicht dieselbe Frau, die Lastträgerin, die beiden kleinen Klumpen sind keine Einkaufstaschen, sondern Kinder. Ich gebe zu, daß es auf derart feine Unterschiede nicht ankommt. Ein paar Burschen, an einer Ecke, pfeifen hinter einer Königstochter her. Sie lohnt die Huldigung mit Undank. Musik, Gesang, »cuando calienta el sol«, sprudelt aus dem Geschäft, das die neuen Strandmoden ausstellt, in die sonnenlose Straße. Zwei Frauen stehen vor der Auslage. Die eine redet viel und schnell, streckt die Brust vor und bewegt die Hände mehrmals vor ihr von der Mitte nach den Seiten hin, dann streckt sie das Becken vor und wiederholt vor ihm die gleiche Bewegung, wobei sie zwischen Daumen und Zeigefinger die geringe Breite von irgend etwas andeutet. Die andere nickt und sagt ein paarmal mit großem Ernst: Genau, genau. In der Kneipe mit der mindestens achteckigen Laterne neben dem Eingang fällt mir nichts anderes ein, als ein Bier zu trinken, irgendeine gängige Marke von hier, Astra oder Holsten. Ich höre dem dünnen, pladdernden Geräusch zu, wenn ich aus der Flasche ins Glas gieße. Ein paar mühselige Schritte weiter ein anderes Lokal derselben Sorte, dasselbe in der Verkleidung eines anderen, dieselben tunes, die ich schon in der ersten gehört habe. Man ist gezwungen, immer wieder dasselbe zu hören, da gibt es kein Entrinnen. Aber gerade so will ich es ja, ich verlange mit Inbrunst danach, mir kann gar nichts besseres geschehen, im Hinblick auf den Zweck der Übung. Der Wirt sieht so aus, wie man sich das vorstellt, weil sich die Wirte der Vorstellung angepaßt haben, und nicht, umgekehrt, diese der Erscheinung. Das muß so sein, sonst könnten sie ihre Pinten dichtmachen. So alt wie du aussiehst, wirst du gar nicht mehr, höre ich ihn sagen. Aber er hat nicht mich gemeint, auch er meint mich nicht. Was für einen Hall dieser Tunnel hat. Man möchte etwas rufen, hoho rufen, oder »my ho head halls«, aber ich lasse es. Ein junger Mann oder Hermaphrodit, der vor mir her auf die Steigung zugeht und viele überflüssige Bewegungen mit den Armen macht, singt etwas, das ich in der Verzerrung durch den Hall fast nicht wiedererkannt hätte, obwohl ich es schon den ganzen Tag hören muß, hören will. Auch in der Hotelbar, deren Kupferrot einen zum Rülpsen bringen könnte, bevor man etwas getrunken hat, muß ich es wieder hören. Dann höre ich neben mir einen fragen: Ja lebt der denn noch? Und einer antwortet: Ja der lebt noch, todsicher. Sie sprechen nicht von mir, auch sie meinen mich nicht. Aber ihre Worte haben mich so gefangen genommen, daß ich danach nichts anderes mehr höre. Vielleicht habe ich mich verhört.

Leg deine Hände an die Dinge, die Fingerspitzen, was fühlst du? Kühle. Ich lege die Hand auf den Messergriff und kühle sie, indem ich ihn wärme. Den Plastiklöffel für das Ei rühre ich nur an, um ihn beiseite zu legen. Dann nehme ich ihn doch, das verhaßte Material ist ideal für mein Training, wie alles, was mich anwidert. Ich weiß nicht, wie weit ich schon gekommen bin, fasse nicht einfach alles an, treffe eine Auswahl, weil ich nicht weiß, wie weit ich mich schon auf mich verlassen kann. Den Arm der Frau, die mir das Frühstück gebracht hat, habe ich nicht berührt, obwohl ich nicht einmal befürchten mußte, daß es mir sehr gefallen haben würde, diese weiße rosafleckige Haut zu berühren, eine Art Bäckerinnenhaut, die ich immer gemieden habe. Aber so etwas könnte dich vielleicht verleiten, eine andere Haut zu berühren, die dir vielleicht schon gut genug gefiele, um eine andere Haut zu berühren, die dir vielleicht gut genug gefiele, um eine andere Haut zu berühren, die dir vielleicht so gut gefiele, daß sie dich verleiten könnte, eine andere Haut zu berühren, die dir gut gefiele, und schon wäre alles verpatzt. Es gibt genug anderes Zeug zum Anfassen, anderes Weltzeug, die Fabrikmauer zum Beispiel. Was fühlst du? Nässe. Die dreckige Nässe nassen Drecks. Das ist gut für dich, das ist die richtige Wahl, indem du diese Mauer berührst, berührst du alle Mauern aller Fabriken, in denen all das Weltzeug gemacht wird, das du berührst, alle Mauern dieses tristen Orts, der auch eine gute Wahl war, in dieser tristen Jahreszeit, die ich nicht besser hätte wählen können. Indem ich die Schaufensterscheibe streife, schmiere ich eine Spur nassen Drecks über die Strandszene dahinter, den Strand mit dem echten trockenen Sand unter der gelockten Sonnenfolie. Meine Hand ist noch immer naß. Ich trockne sie unauffällig an einer Frau, die mit anscheinend ganz abgeschalteten oder erloschenen Sinnen vor mir hergeht. Ich fühle den leichten Widerstand vieler kurzer, etwas stacheliger Haare, die Frau trägt einen alten, dicken Mantel, dessen Formlosigkeit ihr die Form eines klumpigen Kegels gibt. Wer sagt dir, daß es nicht dieselbe Frau ist? Welche, die eine oder die andere? Das ist gleich, aber weder eine Mutter noch eine Lastträgerin schleppt ihre Lasten zu jeder Tageszeit mit sich herum. Eine Königstocher würde ich vorsichtshalber nicht berühren, obwohl ich mich auf die abschreckende Wirkung ihrer Einfalt fast verlassen könnte. Ein paar junge Burschen treten mit höhnischer Beflissenheit auseinander, um mich durchzulassen, und einer von ihnen rempelt mich mit geschickt gemimter Ungeschicklichkeit an. Ich fühle einen kurzen harten Schlag gegen die Hüfte. Er sagt nichts, grinst nur, aber ich, ich sage pardon. Das ist eine eingefleischte Gewohnheit von mir, seit Jahrzehnten komme ich durch die Welt, indem ich mich unablässig für die Bewegungen der anderen in ihr entschuldige. Wenn mir jemand auf die Füße tritt, sage ich pardon. Auch zu Hunden habe ich schon pardon gesagt, aber denen hatte ich auf die Füße getreten. Um die Berührung menschlicher Haut nicht ganz auszulassen, gebe ich einem Wirt die Hand, den ich zu kennen glaube, mindestens seit gestern oder vorgestern, obwohl er nur so aussieht wie man sich die Wirte vorstellt. Die Berührung ist unangenehm, schön unangenehm, seine breite, polstrige Hand ist naß, und auch meine ist naß, weil das Bier aus der Kneipe, in der ich vorher war, noch an ihr ist. Mach das Maß voll und berühre auch noch die Hand der Bardame im Hotel, du kannst es ohne Bedenken tun, es ist eine von diesen kleinen Pfoten, die von nichts geprägt sind, von nichts zu prägen, und die Grübchen über allen Gelenken tragen. Das ist es, was dir gerade noch fehlt. Berühr sie und fühl die Abwesenheit allen Gefühls.

Und nun sag dir auf, was du riechst. Die kleine weiße wabbelige Pfote dieser Circe, von der ich mir nicht vorstellen kann, daß sie einen Mann in ein Schwein verhexen könnte, hat nach gar nichts gerochen, obwohl ich es sogar gewagt habe, sie mit den Lippen zu berühren. Das Frühstücksei hat nach Pappe gerochen. In der Nähe der Fabrik riecht es nach Gummi. Dagegen kann sich auch das Parfum eines Hoflieferanten, dessen Duft eine Königstochter umweht, nicht durchsetzen. Die schwatzenden und gestikulierenden Weiber vor dem Modegeschäft riechen nach Essenzen der verschiedensten Provenienz, die ebenso heftig miteinander konkurrieren wie die einzelnen Mitglieder dieses harmonischen Fotzenchors. Möchtest du eine Fotze riechen? Ich weiß nicht, ob das gut für mich wäre, das heißt also schlecht, ich meine schlecht genug. Ich habe lange keine mehr gerochen. Riecht es nicht wie gewisse Stellen am Ufer des Mittelmeers, wie dieser graue und grüne Brei dort, das schleimige Gemenge aus Leben und Verwesung, die Matrix? Ich ging in die Hocke davor und rührte mit einem Stock, einer Latte darin herum. Das war eine meiner liebsten Untätigkeiten. Nein, auf diesen Geruch verzichte ich lieber. Den Burschen an der Ecke, der immer da zu stehen scheint – aber ich sage dir, es ist weder derselbe Bursche noch dieselbe Ecke – den Burschen kann ich nicht riechen. Er mich auch nicht, wie es scheint, denn er rempelt mich an, als geschähe es ohne Absicht, und grinst dann schweigend, während ich eine Entschuldigung murmele. In den Restaurants riechen alle Speisen gleich, als ob die ganze Welt aus einer einzigen Großküche ernährt würde. Die schwere Luft, die mich umgibt, hat den Geruch meines Atems angenommen, sie scheint ihn nur zu reflektieren, statt ihn aufzufrischen. Wenn ich den Kopf ein wenig senke, mischt sich Schweißgeruch hinein. Ich schwitze jetzt Tag und Nacht, Nacht und Tag. Ich bündele meine Finger und rieche an ihnen wie an einem Blumenstrauß. Sie riechen nach verschwitzter Haut, Geschlecht und Tinte wie die eines pubertierenden Knaben. Ich strecke mich aus, das Bettzeug ist schon wieder feucht. Ich spreize die Beine, ziehe die Hände langsam zwischen den Oberschenkeln durch, sie werden feucht, und ich führe die Handrücken an die Nase, erst den einen, dann den anderen. Es kann nichts Besseres geben. Ich habe die Nase voll.

Und nun noch, was du schmeckst, los. Ich habe die Schnauze voll. Ich spucke den Lakenzipfel aus, dränge ihn mit der Zunge aus dem Mund, würge mit übertriebenem Nachdruck. Ein klatschnasser, in sich verdrehter Knebel, der fade nach Unglückseligkeit schmeckt, der Seligkeit der Unglücklichen. Das Frühstücksei schmeckt so pappig wie es riecht, sie ernähren die Hühner falsch, glaube ich. In allen Restaurants schmecken alle gleichen Speisen auf dieselbe Weise nicht. Morgens hole ich mir den Schleim aus den Augenwinkeln und esse ihn, pflücke mir diese Verkrustungen von den Lidern, aus den Wimpern, und esse sie. Abends und besonders nachts, wenn ich aufwache, habe ich die angesammelte Feuchtigkeit zwischen den Oberschenkeln, die ich mit den Fingern herausholen und schlürfen kann. Es schmeckt mir, daß mir nichts schmeckt.

Ich saß im Bahnhofsrestaurant erster Klasse und überlegte mir, was ich gesagt hatte während der ganzen Zeit meines Trainings und was ich noch sagen würde. Es war nicht viel und immer dasselbe, und was noch kommen würde, würde nichts anderes sein. Ich habe Guten Abend gesagt, 'n Abend, Gu' Nacht. Geben Sie mir, geben Sie mir bitte, bitte geben Sie mir. Ich hätte gern. Würden Sie so freundlich sein. Danke, danke sehr, besten Dank. Wieviel macht das, was kostet das. Zahlen, zahlen bitte, ich möchte zahlen. Ja, nein. Bitte sehr. Das ist nicht nötig. Das macht nichts, macht nichts. Pardon, oh pardon. Gestatten Sie, gestatten Sie bitte. Guten Tag, Tach. Wiedersehn. Ich werde Guten Abend sagen, 'n Abend sagen, Nacht sagen. Vielleicht werde ich sogar Auf Wiedersehen sagen.

Das wird meine letzte Mahlzeit sein. Man kann sich das sagen, kann es sogar wissen, aber glauben kann man es nicht. Das hieße glauben können, daß alles, was war, nicht gewesen ist. Wenn die Zukunft zerspringt, sprengt sie die Vergangenheit mit in die Luft, und die Gegenwart ist ohnehin nichts als eine grammatische Verlegenheit, ein grammatischer Astralleib. Das ist so, aber man kann es nicht glauben. Ich habe keinen Baum gepflanzt, das nicht, aber ein Kind habe ich gemacht, zwei sogar, glaube ich, und ein Buch habe ich geschrieben, Spuren hinterlassen von meinen Erdentagen, wie man so sagt. Doch selbst wenn ich alle zehn geschrieben hätte, die ich habe schreiben wollen, es zählte nicht, und die Äonen werden mit mir untergehen. Die anderen merken es nicht, und du selbst kannst nicht glauben, was du weißt. Darum sitzt du hier, in einem Bahnhof, an einem dieser Knotenpunkte tragischer, pathetischer und zum Heulen lächerlicher Momente, Treffpunkt der Flüchtigen, Fluchtpunkt der Heimkehrenden, Ort süßer Trennungen, bitterer Vereinigungen, und du bist hier am Platz, bist richtig hier, obwohl du nicht verreisen willst, mit keinem der Züge, die du unablässig rauschen hörst wie das Blut in deinen Adern, und der Ort, wo du hin willst oder vielmehr hinwollen möchtest, liegt irgendwo im Weißen zwischen den Zeilen der Kursbücher. Und du sitzt da mit dem Schwergewicht in deinem Gesäß und einer summenden, zischelnden Leichtheit in deinem Kopf, der davon anzuschwellen scheint wie ein Ballon, der gerade noch gehalten wird von der dünnen, schwachen Schnur, zu der dein Leib geworden ist zwischen dem schwergewichtigen Hintern, der dich nach unten zieht, und diesen Ballonkopf, der nach oben wegstrebt. Und das leise lärmende Gas in deinem Kopf ist schon fast alles, was von deinem Denken übrig geblieben ist.

Diese Frikadelle mit dem Spiegelei darauf, den pommes frites und irgendeinem Gemüse daneben, und alles umspült von einer tiefbraunen Sauce, ist meine letzte Mahlzeit gewesen. Sie wäre es auch dann gewesen, wenn ich es nicht wollte, sondern nur wollen möchte, denn ich habe kein Geld mehr. Willst du damit sagen, daß du weitermachen würdest, wenn du das Geld dafür hättest? Du denkst doch nicht, daß ich mich schäme, daß ich mich vor dir, Stimme Nummer drei, schäme, das einzugestehen? Es kam ja nur darauf an, mich in die Enge zu treiben, so daß es keinen anderen Ausweg mehr für mich gibt als den einen, und das ist geschehen; auf welche Weise es geschehen ist, das ist doch gleichgültig. Nein, es ist sogar besser so, je schäbiger desto besser. Es macht mir nichts aus, mir einzugestehen, daß ich das Training noch eine Zeitlang fortsetzen würde, wenn ich das bezahlen könnte. Eine Zeitlang, habe ich gesagt, und nun frage ich mich, wie lange Zeit denn, und ich antworte mir, das käme darauf an, eine unbestimmte Zeit lang, sagen wir zwanzig Jahre, und über diese Antwort lache ich nun leise durch die Nase, lache den Rauch aus meinen Nasenlöchern, zwei, drei kurze Stöße. Es sind keine Klärungen mehr erforderlich, keine Klärungen, keine Erklärungen. Das Summen in meinem Kopf ist Denken genug. Im übrigen rauche ich. Ich habe mir vorgenommen, so viel als möglich zu rauchen, solange es noch dauert, und mein letzter wacher Atemzug soll ein Zug an der letzten Zigarette sein. Das kann ich mir gönnen. Man kann zwar sagen, »ich lebe, um zu rauchen« (Musil) aber ich will leben, um zu rauchen, das kann man nicht sagen.

Ich hatte ein paar Bogen Papier neben den leeren Teller gelegt. Einen frankierten Briefumschlag hatte ich mir am Morgen schon eingesteckt. Ich schrieb Sannas Adresse darauf, dann den Absender, dann begann ich. Ich begann mit der üblichen Anrede und schrieb dann »bitte, verzeih mir«. Ich schrieb sehr langsam, sorgfältig, mit sehr ruhiger Hand, und ich wunderte mich, wie schön meine Handschrift nun war, die reine Kalligraphie, ich legte sogar den Kopf ein wenig schief, um sie zu bewundern. Ich wollte ihr etwas von dem grauen Kubus schreiben, in dem ich mich befand. Ich wollte ihr schreiben, daß es in diesem Grau, dessen Ausdehnung ich nicht kannte, nur einen einzigen farbigen Punkt gebe, einen roten Punkt, so rot und auch so groß wie ein Zündholzkopf. Und dieser Punkt, wollte ich ihr schreiben, der immerzu vor meinen Augen herumhüpft in der grauen Unermeßlichkeit, das bist Du in Deinem hübschen roten Anorak. Und was sollte ich ihr dann noch schreiben? Das wußte ich nicht. Nur daß der Satz darin vorkommen sollte, den ich mir einmal zu schreiben vorgenommen hatte: Ihr Tod hat mir das Leben genommen. Aber ich schrieb ihn nicht, ich schrieb nichts mehr, würde nichts mehr schreiben. Den angefangenen Brief zerknüllte ich. Ich wollte gehen, ohne einen derartigen Abgang daraus zu machen. Ich sagte: Zahlen bitte. Der Kellner sagte etwas. Ich sagte: Bitte sehr. Er sagte etwas. Ich sagte: Danke. Er sagte nichts. Ich sagte: Guten Abend. Er sagte: Gute Reise, mein Herr.

Ich hatte meine Taschen ausgeleert und den Inhalt auf dem Nachttisch verteilt, die Zigaretten, ein Paket Papiertaschentücher, das Feuerzeug, den Briefumschlag. Die Vögel darin hatten gezwitschert, als ich ihn aus der Tasche nahm. Nach alter Gewohnheit hatte ich die Gegenstände so angeordnet, daß ihre Lage zueinander, die Winkel, Parallelen, Diagonalen, die sich aus ihr ergaben, ein ästhetisch befriedigendes Muster bildeten. Sogar die Zigarettenstummel im Aschbecher pflegte ich nach solchen Gesichtspunkten zu verteilen. Ich machte das ganz unbewußt. Als ich merkte, daß es mir auch diesmal wieder unterlaufen war, hatte ich versucht, das Bild zu zerstören, aber es war mir nicht gelungen; soviel ich die Dinge auch hin und her schob, immer wieder hatte sich diese alberne Ästhetik eingeschlichen, und ich hatte es schließlich aufgegeben. Ich hatte mir im Bahnhof eine Tüte Kekse gekauft, eine bunte Mischung. Ich hatte die offene Tüte mit der Öffnung zum Bett auf den Nachttisch gelegt. Ich hatte das Zahnputzglas mit Wasser gefüllt und es neben die Tüte gestellt, eiskaltes Wasser. Dann war mir eingefallen, daß lauwarmes wahrscheinlich besser wäre, und ich hatte das Glas aus dem anderen Hahn neu gefüllt. Ich hatte noch eine ungelesene Zeitung, sie lag auf dem Läufer vor dem Bett. Es war meine Absicht, es mir bequem zu machen mit den Zigaretten, den Keksen, der Zeitung. Ich hatte die Nachttischlampe angeknipst und den Vorhang vor das Fenster gezogen, obwohl es noch nicht dunkel war. Dann hatte ich mich ausgezogen und die Sachen sorgfältig über den Stuhl gehängt. Ich hatte überlegt, was noch zu tun wäre, und mir war nichts mehr eingefallen. Ich hatte mich hingelegt und war gleich wieder aufgestanden, um ins Waschbecken zu pissen, wobei ich das Wasser laufen ließ, so daß der Urin als hochverdünnte Lösung abgeflossen war. Lange Zeit hatte ich den Blick nicht von meinem Spiegelbild abwenden können, dem nichts anzumerken gewesen war. Immer noch dieselbe Visage. Sie änderte sich einfach nicht, und jetzt kam es auch nicht mehr darauf an. Ich hatte überlegt, ob ich mir noch die Füße waschen sollte, den Schwanz, aber ich hatte darauf verzichtet, hatte mit einer großen Geste abgewinkt, der ich im Spiegel zugesehen hatte, und die dann in ein paar Dirigierbewegungen übergegangen war. Folgsam hatte das Orchester eingesetzt, und ich hatte nackt vor dem Spiegel gestanden und noch ein paar Takte weiterdirigiert. Es war ein Scherzo von Bruckner. Ich hatte mich wieder hingelegt, hatte vom Bett aus meine Sachen auf dem Stuhl hängen sehen und war noch einmal aufgestanden, um sie auf den Boden zu werfen. Die Schuhe hatten ausgerichtet nebeneinander gestanden, die Spitzen vom Bett abgekehrt, wie B es mir eingeschärft hatte, weil man sonst nicht davonlaufen könne, wenn irgendwelche bösen Mächte einen im Schlaf heimsuchten. Ich war vor ihnen stehen geblieben, hatte sorgfältig gezielt und dann nach ihnen getreten wie nach einem Ball, und einer war bis an die Wand geflogen. Dann hatte ich mich wieder hingelegt und mir eine Zigarette angezündet. Ich hatte die Kapseln aus der Tiefe des Umschlags nach vorn geschüttelt, sie funkelten heftig unter dem nahen Licht der Nachttischlampe. Ich hatte mich gewundert, daß es so viele waren, viel mehr, als ich brauchen würde. Dann war mir eingefallen, daß die Alte meinen Vorrat aufgefüllt hatte, als ich in der Heide gewesen war, um Sanna noch einmal zu sehen. Und noch etwas war mir eingefallen, etwas was noch zu tun war, und ich war aufgestanden und hatte ihre Adresse auf einen großen Bogen geschrieben, den ich mitten auf den Tisch legte. Dann hatte ich mich wieder hingelegt. Ich konnte mir nicht verhehlen, daß ich mich nun sehr wohl fühlte. Das Besondere an meiner Lage war nur ein unglaublicher Gedanke, der bald in dem ungenauen Gesumm in meinem Kopf unterging. Ich schlug die Zeitung auf, die unhandlichen Blätter machten einen ungeheuren Lärm. Ich begann von den Keksen zu essen. Mehrmals las ich die erste Headline. Ihr Sinn drang nicht bis zu mir durch, sie schien nur einen anhaltenden Pfeifton zu erzeugen, der sich wie ein Draht durch meinen Kopf zog, von einem Ohr zum anderen. Ich blätterte mit großem Schwung weiter, und das Pfeifen hörte auf. Lange sah ich ein Photo an. Jemand, dessen Bild ich schon oft gesehen hatte, kam winkend eine Gangway herunter, eine bekannte Persönlichkeit kurz vor dem Vergessenwerden. Ich aß nun mit großer Hast, die Tüte war rasch geleert. Ich wollte einen Schluck von dem eiskalten Wasser trinken, aber es war lauwarm. Dann begann ich, die Kapseln einzunehmen. Ich wollte sie nicht auf einmal einnehmen, sondern in Dosierungen zu je drei Stück. Dazwischen wollte ich Pausen von jeweils zehn Minuten einlegen, gerade genug, um eine Zigarette zu rauchen. Ich glaubte gehört zu haben, daß es falsch wäre, alle auf einmal einzunehmen. Indem ich mich daran erinnerte, sah ich mich plötzlich selbst. Ich saß grau in einem fahlblauen Licht im Bett und würgte heftig. Ich hatte den nahtlosen Übergang vom kurzen zum endlosen Schlaf nicht geschafft, und das Würgen hatte mich hoch und ins Leben zurückgerissen. Ich sagte mir, daß man gewiß sagen könnte, ich würge um zu leben, vielleicht sogar, ich lebe um zu würgen, aber ich will leben um zu würgen, das konnte man nicht sagen. Ganz plötzlich wurden meine Augen naß. Ich spürte, daß ich lächelte. Ich wollte das Wort »verlassen« aussprechen, wollte meine Stimme dabei brechen hören. Ich sagte: Ver. Es kam rauh heraus und meine Stimme brach. Das hatte ich hören wollen. Ich räusperte mich und sagte laut: Einsam. Die Stimme zitterte. Strindberg hat sich nicht gescheut, dieses Wort zum Titel eines Buches zu machen. Wozu wußte ich das? Ich beugte mich ganz nahe über die Glasplatte des Nachttischs. Sie warf verwischte Strahlen nach allen Seiten. Ich trocknete mir die Augen mit einem Papiertaschentuch und begann dann mit spitzen Fingern in den ausgestreuten Kapseln herumzuregieren, als käme es darauf an, eine Auswahl unter ihnen zu treffen. Ich wählte diejenigen für die nächste Dosis aus, die mir am hellsten zu funkeln schienen. Dabei redete ich sie an und sagte in zärtlichen und tröstlichen Tönen: Ja du, du nicht, vielleicht beim nächsten Mal, aber du, und du auch, mein Vögelchen. Wenn ich achtzehn nehmen wollte, und achtzehn mußten genug sein, dann hatte ich mich unter ihrer wachsenden Einwirkung fünfzig Minuten lang wachzuhalten. Ich konnte nur hoffen, daß mir das gelingen würde, daß es glattgehen würde mit dem geplanten Sterben. Ich erkannte, daß ich vom Sterben womöglich noch weniger verstand als ich vom Leben verstanden hatte. Das Wichtigste lernte man nicht, so war es, das Wichtigste lernte man nicht. Das ganze Leben lang plagte man sich damit, die verschiedensten Dinge zu lernen, aber das eine, worauf es ankam, stand in keinem Studienplan: Wie stirbt man, bevor man getötet wird? Das wäre das Studium, dem man sich zu widmen hätte, sobald das Bewußtsein seine Augen aufschlägt hinter dem bewußtlosen Staunen der anderen, der blauen. Nach der zweiten Dosis fühlte ich bereits die Schläfrigkeit. Ich sah zum Fenster hinüber. Das Muster auf dem Vorhang bewegte sich mit großer Schnelligkeit nach oben. Es bestand aus lauter Geweihen, lange Reihen von geschweiften Büffelhörnern, doch keine Köpfe, keine Körper, eine körperlose Herde auf der Flucht. Sie floh vor meinem Blick, aber mit demselben Blick konnte ich sie anhalten. Ich nahm die dritte Dosis. Jetzt sah ich das Schwinden des letzten Lichts jenseits des Vorhangs. Nein, aus dem Vorhang; es schwand aus ihm, als würde es herausgewaschen. Ich zündete mir eine neue Zigarette an. Das Schwinden des letzten Lichts war sehenswert. Aber die Nachttischlampe würde ich brennen lassen. Sie glich jetzt einer der Laternen, die die Kinder an manchen Abenden durch die Straßen tragen. Nach der vierten Dosis fing sie an , einen Hof aus sich herauszuspinnen, der langsam größer wurde. Ich hatte nichts zu tun als seinem Wachsen zuzusehen und zu rauchen. Die Kinder zogen durch die Straße und sangen. Noch sickerte ein wenig Licht herein, gefiltert durch die Vorhänge. Vielleicht war es schon der Mond. Auf dem Bett unterschied ich drei schlafende Gestalten. Sie lagen eng umschlungen. Ich sah B's rotes Haar, das hellere Sannas. Das rote und das hellere Haar floß mir zu beiden Seiten über die

Hände, mit denen ich ihre Köpfe an meinen drückte. Wir atmeten mit einer ungewöhnlichen Intensität, wie mir schien; es machte den Eindruck einer großen und hoffnungslosen Anstrengung. Ich erinnerte mich, es mir genau so vorgestellt zu haben. Ich fragte mich, wie es weitergehen würde. Würde der Atem schwächer werden? Kürzer? Oder würde er ohne Übergang der einen oder anderen Art plötzlich aufhören? Ich fragte mich das, obgleich es uns gleichgültig sein konnte, da es uns ja nicht aufwecken würde. Wir erstarrten, erkalteten. Die Öfen im Haus erkalteten. Der Hund kam aus dem Korb, streckte sich gähnend und ging langsam in das Zimmer. Er zitterte, ging an das Bett heran. Die Gesichter, die Hände der Schlafenden, schon nicht mehr Schlafenden, waren sehr weiß in der halben Dunkelheit. Den Hund befiel eine rasch wachsende Erregung. Von allen Seiten stieß er mit der Schnauze in den regungslosen Knäuel auf dem Bett. Er begann hier und da an den Ärmeln, Rocksäumen, Hosenbeinen zu zerren. Vielleicht hatte er zuerst bloß Hunger gehabt. Oder es war der Drang, hinausgeführt zu werden. Er wich ein Stück ins Zimmer zurück und bellte den Knäuel an. Noch wirbelte seine Rute, noch schwang er die Fahne. Er unterbrach sich, um hechelnd an ihren Bücherschrank zu pissen, quer über die Rükken der großen Kunstbände hin, die sie in der untersten Reihe aufgestellt hatte. Die Fahne schwingend kreiste er in weiten Bögen durch das Zimmer. In kleine Portionen gestückelt fiel ihm die Scheiße heraus. Im ersten Augenblick habe ich lachen müssen. Aber dann kam der Moment, wo ihm ein Licht aufging. Er begriff, daß die Welt untergegangen war. Da hielt er inne, senkte die Fahne vor der untergegangenen, zog sie ein vor dem Grauen, das sie ihm hinterlassen hatte. Und dann setzte das Geheul ein, dieses Heulen, das wir kannten aus manchen Nächten, in denen irgend etwas nicht geheuer war oder nur schien, weil er so heulte. Nein, so ging es nicht, er mußte mit hinüber. Vielleicht konnte man ihm etwas von dem Mittel in seine letzte Mahlzeit mischen. Und wenn er dann etwas witterte und den bitteren Fraß verweigerte? Oder er überstand es als einziger; was weiß unsereiner schon von kleinen Hunden. Da blieb also nichts übrig, als ihm regelrecht eins zu verpassen, mit dem Beil, das irgendwo bei den Holzvorräten liegen mußte, oder mit dem Hammer, der in der Küchenanrichte lag. Wo? In der Anrichte. Ja, wo denn da? In der linken oder in der rechten Lade? In der linken, glaube ich. Ich hole ihn. Ich mußte ihn zu mir heranlocken, komm, Max, komm, mein Kleiner. Er sah mich an und wedelte. Ich mußte ihn unter der Kinnlade kraulen und ihn zugleich festhalten und auf den Schädel zielen, auf die Stelle, die ich immer am liebsten berührt hatte, weil sein Fell dort so zart war; seidige Glätte. Nein, eine Glätte, für die alle Erinnerung in meinen Händen nie einen Vergleich gewußt hatte. Und der Hammer? Hole ich ihn hinter dem Rücken hervor und lasse ihn an ihm schnuppern? Vollführe ich allerlei Gefuchtel mit ihm, um das Opfer besser zu täuschen? Es lief ab wie ein Schattenspiel, kunstvoll, rituell, östlich, und endend mit dem weichen, federnden Nachhall eines in der Ferne angeschlagenen Gongs. Die Zeitung erhob sich, stieg auf und segelte über mich hinweg. An der Wand hinter meinem Kopf blieb sie falterhaft zitternd hängen. Dann senkte sie sich und deckte mich zu. Es wurde dunkel, aber da fehlte noch viel an der ägyptischen Finsternis des Mutterschoßes. Mein kurzer, gestoßener Atem hielt sie dicht über meinem Gesicht in der Schwebe, beulte sie über meinem Mund ein wenig nach oben aus. Sie rutschte über die Bettdecke ab und glitt zu Boden. Noch durfte ich nicht einschlafen, es war erst die fünfte Dosis, die ich nun einnahm. Noch zehn Minuten mußte ich mich halten. Die Konturen der Dinge hatten alle Schärfe verloren und verfielen nun immer mehr in einem trägen Hinschmelzen, das mich an das Ende eines Plastikbechers im Feuer unseres Ehrwalder Küchenherdes erinnerte. Mit entrückter Lust hatte ich dem Vorgang zugesehen, und auch jetzt folgte ich ihm nicht ohne Lust.

Dritter Teil

Wieder anfangen. Noch einmal wieder anfangen. Anfangen wie es immer anfängt, mit einem Blick. Immer fängt es mit einem Blick an, mit Blicken hin und her.

Aber demnach hätte es schon ein paar Jahre vorher angefangen, an einem unscheinbaren und doch unvergessenen Abend in Hamburg, lange bevor ich es auf die andere Art, nämlich mit dem Aufhören versucht hatte (denn Anfangen und Aufhören sind nur zweierlei Versuche, ein und dasselbe Problem zu lösen).

Anfangen. Große, dunkle Augen, die mich unverwandt ansahen in der fast lichtlosen Kneipe am Hafen, in der wir uns nach irgendeiner Vernissage getroffen hatten, Du, Korfiz, Keilgraf, noch einer und ich. (Deine Augen sind weder groß noch sind sie dunkel. Ich habe mich oft in den Frauen getäuscht, wenn es anfing. Manche erschienen mir dann groß, schön, gescheit, und viel später erst, wenn die Beziehung bereits so stark oder so schwach geworden war, daß es nichts mehr ausmachte, erkannte ich, daß sie das alles nicht waren.)
Während des ganzen Abends habe ich nicht ein einziges Mal das Wort an Dich gerichtet; das weiß ich gerade darum noch so gut, weil ich es gern getan hätte. Aber ich habe auch mit den anderen kaum gesprochen. Mein Mund war wie zugenäht, ich war verstimmt, maussade. Wodurch diese Verstimmung bewirkt worden war, wüßte ich nicht mehr zu sagen; vielleicht nur durch einen durchschnittlich öden Tagesverlauf, ein durchschnittlich zähes und langwieriges Arbeitsgespräch in der Agentur; vielleicht durch den Anblick der Exponate in der Galerie, Produkte eines jener ebenso unbezweifelbaren wie ohnmächtigen Talente, die jetzt so bedrük-

kend zahlreich sind; vielleicht auch dadurch, daß der Lyriker, dem ich bei meinem Rundgang begegnet war, doch tatsächlich wieder die Schirmmütze auf dem Kopf gehabt hatte, die er zu tragen pflegte wie die Ware ihr Zeichen.
Doch das alles ist schon mehr als ich hätte sagen müssen über diesen Abend. Auf der nächtlichen Straße – einer der Hamburger Straßen, die in meiner Erinnerung immer regennaß sind, auch wenn sie in Wirklichkeit trocken waren – verabschiedeten wir uns voneinander. Dein kleines Gesicht mit den großen, dunklen Augen, die Du gar nicht hast, war von den Lichtern irgendeiner Werft umrahmt. Ich senkte den Blick und sah, daß Du einen kurzen, schwarzen Rock trugst, über dem eine locker um die Hüften geschlungene, silbern glänzende Kette hing. Ein Reh ist sie, ein Gnu, dachte ich angesichts Deiner Beine, die mir etwas schwach und kindlich vorkamen in den weißen Strümpfen, an die ich mich erinnere.
Ich ging dann noch ein Stück mit Keilgraf. Nicht daß ich da gesprächig geworden wäre. Ich sagte nur: Eine aparte Frau hat der Korfiz. Das war alles.
Mehr war es nicht. Damals lebte B noch, und am nächsten oder übernächsten Tag bin ich zu ihr nach Hause gefahren, nach Ehrwald.

Wenn das der Anfang war, wer hat ihn dann gemacht? Unmöglich zu entscheiden, wessen Blick der erste war. Und die erste Berührung? Die ging von Dir aus; ich sage das nach Deinen eigenen Angaben.
Denn ich habe es nicht gemerkt oder nicht im Gedächtnis behalten. Du hast mein Haar berührt, hast es gestreichelt, ganz so, wie es für den Anfang gebräuchlich und bewährt ist, und ich habe es nicht gemerkt oder habe es vergessen. Habe ich mir so wenig daraus gemacht? Oder hast Du es aufgebauscht, vielleicht aus dem Bedürfnis, unserer Geschichte eine Vorgeschichte zu geben? Ich will nicht weiterfragen; ich müßte fürchten, an kein Ende, das heißt, nicht zum Anfang der Geschichte zu kommen.

Du hast mir gesagt, wo und wann es gewesen ist. Ein Jahr ungefähr nach dem Abend in Hamburg, auch an einem Abend, aber in Wien, wo Korfiz und ich bei der Produktion eines Werbefilms mitzumachen hatten. Mindestens einmal sind wir zu dritt essen gegangen, »Zum weißen Rauchfangkehrer« hieß das Lokal. Dort soll es sich zugetragen haben. Wenn Korfiz nicht dabei gewesen wäre, hätte ich das ja nicht tun können, hast Du gesagt.
B hatte damals noch etwas mehr als ein Jahr zu leben – nicht viel mehr als eins von den dreißig Jahren, die ich noch mit ihr zu erleben erwartete – und mit der Aussicht, bald wieder bei ihr zu sein, genoß ich es, daß ich von ihr weg war.
Ich sehe, daß ich auch das nicht hätte aufschreiben müssen. Ende der Vorgeschichte.

Und nun noch einmal anfangen. Wieder in Hamburg, an einem Abend, etwas mehr als ein Jahr nach dem in Wien, wenige Wochen nach B's Tod, wenige Tage nachdem mir das Aufhören mißlungen war, und diesmal in Eurer Wohnung, in der Ihr mich aufgenommen hattet. Noch einmal wieder anfangen, mit einem Griff in den Nacken zum Beispiel, von dem aus man dann die Hand aufwärtsführt und in die Tiefe des Haars einkrallt, wenn man merkt, daß schon ein wenig Schmerz beigemischt werden darf.
Ein guter Anfang, aber ich begnügte mich damit, meine Hand auf die Deine zu legen, meine linke auf Deine rechte, die auf dem Tisch lag, unter der Lampe. Wir sahen mit ernstem Blick auf die beiden gelblich angestrahlten Hände hinunter. Wie bei einem langsamen Triller bewegtest Du die Finger unter meiner Hand.
Weißt Du eigentlich, daß ich mir sehr viel aus Dir mache? fragte ich.
Ohne den Blick von diesen Händen abzuwenden schütteltest Du den Kopf und verneintest die Frage fast unhörbar.
Mit Spannung, das ist nicht übertrieben, mit Spannung sah

ich Dir von der Seite her ins Gesicht, das sich im selben Augenblick auf überraschende Weise zu verändern oder, das ist vielleicht richtiger gesagt, zu enthüllen schien. Es war, als beginge es einen Verrat an Dir, indem es in eine Roheit zurückfiel, die ich bis dahin nicht an ihm wahrgenommen hatte. Eine Minute vorher hatte ich noch nichts von der rabiaten Entschlossenheit gewußt, die Deine starken, dunklen Augenbrauen nun anzeigten. Neu war mir auch ein Zug um Nase und Mund, der zugleich erschreckend hervortrat, und für den mir in meinem Schrecken augenblicklich nur das Wort »gemein« einfiel. Später nannte ich ihn verstockt und unerbittlich, und das trifft es. Hatte ich nicht mit einer Deutlichkeit, daß ich sie in Gedanken beim Namen rief, das Gesicht einer anderen Frau unter und in dem Deinen erscheinen sehen? Ihren Mund unter und in dem Deinen, um genau zu sein, denn es war auf die Mundpartie beschränkt. Und hatte ich in dieser Frau nicht die musterhafte Verkörperung jener Eigenschaften zu sehen gelernt? Das andere Gesicht zog sich alsbald wieder zurück hinter Deine »mondäne« Hübschheit, die Korfiz sehr zutreffend so benannt hat; es trat auch späterhin nur noch selten und dann so vage in Erscheinung, daß ich es mit der Zeit fast ganz vergaß oder kaum wiedererkannte.
An jenem Abend klang auch Deine Stimme anders, fremd, dumpf, klagend, als hättest Du selbst das Eindringen oder eher das Heraufdringen dessen, was ich sah, sein erschreckendes Aufsteigen in Dir wie einen Schmerz erlitten. Es läßt sich gewiß auch anders auslegen, aber das war es, was ich mitklingen zu hören meinte, als Du sagtest: Schöne Hände hast du.
Etwas gequält, gepreßt klang es, das jedenfalls, während sich Deine Finger wieder rührten wie harte, schwer bewegliche Klöppel. Doch hätte ich das nicht auch einer Erregtheit, einem Verlangen zuschreiben können, das den Satz der Madame de Beauvoir, der mir sogleich eingefallen war, nur bestätigt hätte, wenn eine Frau einem Mann sage, er habe schöne Hände, so fordere sie ihn damit zu Zärtlichkeiten auf? Und hätte mir das dann nicht sehr erwünscht sein müssen?

Nein, ich habe in diesem Moment keinen anderen Wunsch gefühlt als den, daß es vorbei sein möge, daß ich den Versuch abbrechen und womöglich wieder ungeschehen machen könnte. Laut auflachen und Bravo rufen. Gut haben wir gespielt, das genügt. Oder: Schlecht, ganz schlecht, Schluß damit.
Stattdessen machte ich weiter, ergab mich in die Automatik der Situation und tat so, als wollte ich Dich durchaus küssen. Du machtest es mir schwer, hieltest den Kopf gesenkt und drücktest das Kinn um so fester an den Hals, je mehr ich mich damit abmühte, es zu heben. Ich pries Dich im Stillen für diesen Widerstand, der die Aussicht auf ein Patt eröffnete, ließ aber dennoch nicht ab. Eine Zeitlang bewegten wir uns schweigend und steif schwankend auf der Stelle, ich hörte nur unseren Atem und das hastige Aufschlagen einer Schuhsohle, wenn einer von uns den Stand eines Beins verändern mußte, um das Gleichgewicht zu behalten. Schließlich gabst Du soweit nach, daß ich Dich Schritt für Schritt ins Nebenzimmer nötigen konnte, zu dem Récamier, auf dem Du mit steifem Gehorsam platznahmst zur ersten Umarmung. Als ich Dich küßte, waren Deine Lippen wirklich so dünn und hart über Deine Zähne gespannt, wie ich es in den Augenblicken gesehen hatte, in denen Dein Gesicht mit dem anderen in eins verschmolzen war.

Was war das? Hatten wir eine erotische Szene aus einem viktorianischen Roman nachgespielt, eine Szene, die vermutlich nicht einmal dort durch besondere Kühnheit aufgefallen wäre? War das der Anfang nach dem mißglückten Ende?

Weder aufhören noch anfangen, nur weitermachen. Kein Erschrecken, kaum eine Spur von Verwunderung, wieder aufgewacht zu sein. Schwaches Gefühl der Scham, gleich wieder weg, weggespült. Flacher Wellengang der wiederkehrenden

Welt. Sie war ja nicht fort gewesen, nicht einmal das. Weder fortgehen noch wiederkehren. Schwach, flach alles. Schwaches Licht in flachen Wellen, machte das Weiß des Kissens grau. Näher an meinem Gesicht fleckig, streifig, die Asche, noch näher schwarz, nicht ganz schwarz, das Brandloch. Albern, darüber zu erschrecken. Über die Kleinigkeiten erschrecken, nur über die Kleinigkeiten. Aber es macht wach, macht erst richtig wach. Nun roch ich es auch. Alles ganz wie ich es mir vorgestellt hatte, denn auch das hatte ich mir vorgestellt. Und daß ich vielleicht verbrennen würde. Vielleicht hätte ich es auf die Art geschafft. Aber das hatte ich nicht gut glauben können. Sie war im Innern des Kissens erloschen, nicht eigentlich erloschen. Zergangen? Hatte aufgehört zu sein. Restlos, nicht ganz restlos, restlos genug. Ich konnte nicht glauben, daß es mir geglückt wäre, ihr gleich zu werden. Fünfmal drei ist fünfzehn. Fünfmal drei war doch fünfzehn? Ich hatte nicht lange genug durchgehalten, hatte mich keine zehn Minuten mehr halten können, sonst wären es vielleicht die letzten gewesen. Mit achtzehn hätte ich es vielleicht geschafft. Vielleicht hätte ich es geschafft, wenn ich die fünfte Dosis verdoppelt hätte, verdreifacht. Vielleicht, aber glauben konnte ich auch das jetzt nicht mehr. Vielleicht hatte ich auf die paar Minuten nicht verzichten wollen, ohne zu bedenken, daß sie mir zuviel werden könnten. Dann hatte alles zu schmelzen begonnen. Das Waschbecken. Der Plastikbecher. Der Plastikbecher muß das Waschbecken gewesen sein. Möglich. Ich hatte dieses Schmelzen gern gesehen, aber es war zu schnell gegangen. Daß ich die Lampe ausgemacht hatte, hatte ich schon nicht mehr gewußt. Ich hatte sie brennen lassen wollen, aber sie war aus. War mein Atem dann kurz geworden? Oder schwer? Oder schwach? Ganz gleich wie, ich hatte geatmet, ohne Aufhören weitergeatmet. Und wie lange? Wie spät war es? Spät, schon Mittag. Erst Mittag? Eine Stimme, Schritte auf dem Gang. Und wenn es schon der übernächste Mittag war? Nein, dann hätten sie die Tür aufgebrochen. Noch eine Stimme. Die Schritte verklangen. Sie waren doch weg, aber nun bewegte sich die Türklinke. Sicher hatten sie schon ein paarmal versucht, ins Zimmer zu kommen. Von nun an dachte ich nur noch an das Nächstliegende. Daß ich da weg wollte. Daß ich in die Stadt fahren würde, als gäbe es gar keine andere Richtung als diese. Daß ich kein Geld mehr haben würde, wenn ich die Hotelrechnung bezahlt hatte. Ich vergaß nicht, das Blatt mit Sannas Adresse vom Tisch zu nehmen. Bevor ich hinausging, drehte ich das Kissen um. Darüber mußte ich lachen.

Keilgraf zog ein großes, altes Portemonnaie hervor und begann darin herumzusuchen. Die Bewegungen seiner kleinen, dicken Hände gliederten sich in mehrere Phasen, in denen sich nacheinander sehr unterschiedliche Regungen ausdrückten, Zögern, Vorwurf, Bereitwilligkeit, Unlust, Ängstlichkeit, erneutes Zögern. Ich erzählte ihm, wie es zugegangen war, daß ich mir das Ende verpatzt hatte. Ich machte einen komischen Vortrag daraus. Das verbrannte Kissen. Die lautlos sich bewegende Klinke. Das Umdrehen des Kissens. Ich wiederholte mein Lachen darüber. Einiges ließ ich aus. Dann der Weg zum Bahnhof, ein grauer, wimmelnder Streifen unter meinen Schuhen. Die gelben Wände des Tunnels, die sich mir abwechselnd von links und rechts in den Weg geschoben hatten. Etwas unförmig Dunkles, dunkel Unförmiges, das vor meinen Augen hin und her gebaumelt hatte während der ganzen Fahrt. Er nickte bereits wissend, bevor ich ihm gesagt hatte, daß es ein Mantel gewesen war. Der Weg vom Bahnhof. Ich redete immer weiter, um ihm das Hantieren mit dem vor Abgegriffenheit glänzenden Portemonnaie, eher einer Geldbörse (das Wort fiel mir plötzlich ein) leichter zu machen. Er nahm zwei Fünfziger heraus und hielt sie eine Zeitlang halb versteckt zwischen den Knien. Es tue ihm leid, daß er nicht wie sonst den »roten Teppich auslegen« könne für mich, seine Frau vertrage es nicht, daß ich immerfort rauchte. Oh, sagte ich und legte den Kopf schief. Ich hatte das nicht gemerkt, nicht gemerkt, daß sie es so schlimm gefunden hatte, hatte mir nur gesagt, daß sie ohnehin dauernd zu leiden schien. Nun redete er immer weiter. Ich solle sofort zu Korfiz gehen, ich würde »die Tür dort weit offen finden«, er habe vor kurzem noch mit ihm über mich gesprochen. Er sprach von einer »Leo-Rettungsaktion«, von der die Rede gewesen sei. Sofort spürte ich eine kleine, freudige Bewegung in mir, als würde dort plötzlich etwas von der Stelle gerückt, das mir eine schöne Aussicht verdeckt hatte. Es war die Aussicht auf Dich. Du würdest dasein, würdest Dich vor meinen Augen bewegen, und es war der Anblick eben dieser Bewegungen mit ihrem immer etwas zögernden Fluß, ihrer achtlosen oder Achtlosigkeit vortäuschenden Anmut, worauf ich mich freute.

Als ich aus der Taxe stieg, sprang mir der mittlere Knopf vom Jackett ab und fiel ins Dunkel. Da haben wir es, murmelte ich, ausgerechnet der mittlere. Daraufhin konnte es mich nicht mehr wundern, daß alle Fenster dunkel waren und niemand öffnete. Ich verbrachte den größten Teil der Nacht im »Why not« (der ehemaligen »Palette«) weil ich mich vor dem Alleinsein mit den Dämonen eines öden Hotelzimmers fürchtete. Das war aber nur der eine Grund; der andere bestand darin, daß ich wach bleiben wollte, um Zeuge eines Lebens zu sein, das sich, wenn man von einem verhältnismäßig unbedeutenden Umstand absah, gewissermaßen nach meinem Tode abspielte. Ziemlich genauso wäre es gewesen; um es ganz auszukosten, hätte ich freilich unsichtbar sein müssen. Es genügte nicht, daß ich mich so unauffällig wie möglich machte; es geschah dennoch, daß sich mir irgendeine Frauensperson zuwandte und fragte: Is' was? Was soll schon sein, sagte ich mürbe. Das Blitzen ihrer Zähne.

Es muß schon spät am Vormittag gewesen sein, als ich bei Euch eintrat. In einer jähen Aufwallung fielen wir einander in die Arme, Korfiz und ich, Du und ich, und die Kinder (Leda, sieben; Amanda, fünf) umklammerten meine Hosenbeine.

Ich habe dann sofort nach einem Buch gegriffen, das da lag,

und das ich zu erkennen glaubte, ein schwarzweißer, zerlesener Band. Ich hatte mich nicht getäuscht, es war die Graphik von Albers auf dem Deckel, es waren die »Minima Moralia«. Ihr werdet doch nicht behaupten, daß ihr das so zerlesen habt, sagte ich und schlug es auf. Ich suchte den Aphorismus »Regressionen« und begann ihn vorzulesen, mußte aber mitten im Lesen abbrechen, weil mir die Zeilen vor den Augen zergingen, und auch die Stimme zerging mir.

In götzenhafter Unbeweglichkeit, so stellt es mir die Erinnerung dar, habe ich in den folgenden Tagen im Mittelpunkt der Wohnung gesessen, während die Bewegungen des Lebens, in das ich eingetreten war, mich mit planetarischer Regelmäßigkeit umkreisten. Es wurde immer sehr spät, bis wir zu Bett gingen, und ich war froh um jede Stunde, die den Nächten auf diese Weise entzogen wurde. Manchmal tischte Korfiz nach Mitternacht noch ein mehrgängiges Mahl auf, das er selbst bereitet hatte, und auch das war mir lieb, mochte das Gemüse auch zwischen den Zähnen knirschen und mochten die Suppen nach Abwaschwasser schmecken, die er gerade darum besonders »fein« zu finden schien. Über das, was dennoch übrigblieb von den Nächten, will ich nicht viel sagen. Das Weinen schien eine Art zweiten Schlafmittels für mich zu sein, ich bediente mich seiner ebenso regelmäßig wie des anderen. Ich schlief nur kurz, zwei, drei Stunden, und erwachte jäh mit einem heftigen Herzklopfen, daß ich dann jedesmal in einem raschen Diminuendo verklingen hörte. Aber die Träume, die lange Zeit ausgeblieben waren, kehrten nun wieder. Einen von ihnen will ich erzählen. Es scheint mir, als machte ich etwas gut an Dir, indem ich ihn erzähle; ich weiß nicht wieso. Hier ist er.

Ich sah mich selbst, als hätten sich meine Augen von mir gelöst und befänden sich nun einige Meter hinter mir. So sah ich mich etwas abseits an einer glänzend gedeckten Tafel sitzen. Es war eine längst vergangene Zeit, spanisches Barock, wie ich dann merkte, und ich schien ein Mönch zu sein, der dort saß, den Kopf gesenkt, das Kinn in die Hand gestützt. Das nicht flutende, sondern spitz flackernde Licht beleuchtete die Gesichter eines außerordentlich schönen Paars in höfischer Tracht. Es war ein lebhaftes Gespräch im Gange, lange hörte ich die Stimmen, ohne die Worte zu verstehen. Ich wußte, daß diesem strahlenden Paar jene vollkommene Liebesnacht bevorstand, die nie enden dürfte oder immer wiederkehren müßte. Aber ich wußte auch, daß sie sehr wohl enden und niemals wiederkehren würde. Alles stand schon fest; sobald ich mich zurückzog, würde es seinen vorbestimmten Verlauf nehmen. Sie glich B, obgleich sie diese an Schönheit weit übertraf. Auch den Vornamen hatten sie gemeinsam, bis auf die spanische Schreibweise. Sie hieß Ana Moncada. Den Nachnamen teilte sie mit dem Mann, doch waren sie kein Ehepaar. Mich aber verdreifachte der Traum. Ich war nicht nur der Mönch und der selbst unsichtbare Zeuge, sondern zugleich auch schon das Kind, das in dieser Nacht gezeugt werden und überdies ein Mädchen sein würde. Das alles war nicht verwunderlich, nur sehr schön und traurig. Das hohe Paar leuchtete vor Glück, obwohl auch ihm das Ende bewußt war. Ich jedoch, der Zeuge in zweifacher, sichtbarer und unsichtbarer Gestalt, war bedrückt und gequält von Trauer und Eifersucht. In der einen Gestalt sah ich mich in der anderen heimlich die Hände ringen und mit vereistem Lächeln zwischen den leuchtenden Gesichtern hin- und herblicken, während ich zugleich den wachsenden Druck der Tränen spürte, unter dem die Maske zu zersplittern drohte. Jetzt sprachen sie über meinen künftigen Namen. Ich sollte nach meiner Mutter benannt werden, die an meiner Geburt sterben würde. Es wurde auch beschlossen, daß mein Vater mich adoptieren würde, und ich hörte ihn mit großer Feierlichkeit meinen vollen Namen aussprechen, Ana Moncada y Moncada. Ich sah, daß ich mich vorbeugte und etwas zu ihm sagte, was ich nicht verstand, worauf er mir jedoch nachdrücklich zuzustimmen schien. Ich sah ihn an, meine Augen öffneten sich immer weiter, während das flackernde Licht auf eine Anzahl glühender Punkte zusammenschmolz, die nach und nach erloschen, und dann erwachte ich im Dunkeln.

Sobald es hell zu werden begann, setzte ich mich auf das Récamier oder in einen der kleinen geblümten Sessel und wartete auf den Wiederbeginn der täglichen Lebensbewegungen. Ich verhielt mich so still wie möglich, rührte mich kaum; ich glaube, ich hatte Angst, mich durch die geringste lebhaftere Bewegung augenblicklich um allen Halt, alle Haltung zu bringen. Zuerst erschienen die Kinder und benutzten mich als Turngerät, also vor allem als Klettergerüst. Namentlich Amanda machte Partien auf mir, daß ich befürchtete, sie würde abstürzen. Daraus wurde ein neues, täglich wiederholtes Spiel. Ich sagte warnend: Amanda, paß auf, du wirst auf die Schnauze fliegen. Darauf brach sie in lautes Lachen aus und äffte mich nach, wobei sie meinen Warnruf seltsam variierte: Paß auf, du fliegst von der Schnauze. Ich war belästigt und genoß es zugleich wie eine Erlösung, daß ich nicht mehr allein war.

In diesen ersten Tagen erschien beinahe jeden Abend ein junger Mann, den ich wegen seines dürftigen Äußeren und seines unsicheren, verstörten Auftretens im Stillen den »Kandidaten« nannte. In unseren Gesprächen hieß er Hubsi. Korfiz behandelte ihn mit jovialer Nichtachtung, und Du selbst gabst ihn unserem ziemlich rohen Gelächter preis, indem Du einen großen Briefumschlag herbeiholtest und uns auffordertest, hineinzusehen – aber vorsichtig, vorsichtig, mit angehaltenem Atem. Es war nichts darin zu entdecken als ein wenig dunkelgrauer Staub. Und nun erfuhren wir, daß es Hubsis Bart war. Er hatte sich vor kurzem zum erstenmal rasiert und

Dir den abgeschabten Flaum zugeschickt. Ich entsinne mich auch Deiner komischen Erzählung, wie er Dich einmal im Flughafen abgeholt habe. Von weitem schon hättest Du sein bleiches Gesicht mit der dunkelgefaßten Brille an der Glaswand der Halle kleben sehen. Wie eine Fliege, sagtest Du, und daß Du im ersten Moment den Impuls verspürt hättest, schnell wieder umzukehren. Dennoch bin ich heute sicher, daß Du nicht lange gezögert hättest, mit ihm ins Bett zu gehen. Vielleicht ist es auch tatsächlich geschehen. Und wenn nicht, so vermutlich nur darum, weil er eine ängstliche Scheu vor dem Sexuellen, die er Korfiz einmal eingestanden hat, nicht zu überwinden vermochte. Manchmal rief er Dich an und führte dann lange Telephongespräche mit Dir. Meine Anwesenheit beunruhigte ihn sichtlich, und Du schürtest diese Unruhe noch. Er kann schließlich nichts anderes mehr in mir gesehen haben als einen bevorzugten Rivalen. Es muß hart für ihn gewesen sein. Was dann bei seinem letzten Besuch geschah, überraschte mich aber doch, zumal ich es nicht in seinem Ablauf wahrnahm, sondern erst als es bereits geschehen war. Ich hatte nicht groß darauf geachtet, was mit ihm vorging, hatte kaum bemerkt, daß er aus dem Zimmer gegangen und nicht zurückgekehrt war. Ich weiß nicht einmal, ob Du mich dann gerufen hattest, oder aus welchem anderen Grund ich in die Küche gegangen sein mag. Da sah ich ihn im Mantel und mit hochgezogenen Knien vor dem Kühlschrank liegen, und Du standest hinter ihm und sahst auf ihn nieder. Ich dachte sofort, Du müßtest etwas gesagt, irgendwelche furchtbaren Worte ausgesprochen haben, die ihn zu Boden geschmettert hatten. Nun aber standest Du ganz ruhig da und sagtest mehrmals mit gelassener, fast gelangweilter Stimme, er solle aufstehen. Er rührte sich nicht, man hätte ihn für tot halten können, ein kleiner Ruck der Phantasie verwandelte ihn in einen im Schnee Erfrorenen, wie er da so bleich und zusammengekrümmt in seinem dunklen Mantel vor der weißen Kühlschranktür lag. Auch was dann folgte, weiß ich nicht. Er scheint unbemerkt – unbemerkt jedenfalls von mir – aus dem Haus gegangen zu sein. Wahrscheinlich habe ich dann angenommen, daß er nur betrunken gewesen war. Einige Zeit später hörte ich noch einmal von ihm. Er hatte Dir einen Brief geschrieben, er stehe kurz vor dem Abflug, ich glaube nach Genf, wo er eine Stellung antreten wolle, er wünsche sich aber, daß die Maschine abstürzen werde. Für einen Augenblick habe ich ihn wieder so daliegen sehen, wie ich ihn gesehen hatte, nur lag er nun im Freien, auf einer windigen Ebene, und die zerfetzten Enden seines Mantels flatterten zuckend. Ich habe dann lange nicht mehr an ihn gedacht.

Es gab genug anderes, was meine Gedanken in Anspruch nahm. Der Job, den ich wieder aufgenommen hatte, und in dem ich nun enger als je mit Korfiz zusammenarbeitete. Überhaupt das neue Leben mit ihm, mit Dir, in das ich mich einzugewöhnen begann. Die Besinnung auf meine literarischen Pläne, denen ich mich nun bald wieder zuwenden wollte. Und dann kam der Abend, an dem ich meine Hand auf die Deine legte, meine linke auf Deine rechte, der Abend mit der »viktorianischen« Liebesszene. Denn nun wollte ich auch das noch haben, wollte alles noch einmal haben. Wieder anfangen. Das ganze Leben noch einmal wieder anfangen.

Mag sein, daß Hubsis Schwärmerei, das halb scheinhafte und ganz lächerliche Rivalitätsverhältnis zwischen dem »Kandidaten« und mir, dazu beigetragen hat, daß ich mich Dir so entschlossen näherte. Rivalitäten wirken stimulierend, und es kann auch vorkommen, daß eine bloß gemutmaßte, unterstellte Rivalität zur Ursache einer tatsächlichen wird. Mag sein, ich glaube jedoch nicht, daß dergleichen ausgereicht hätte, mich zum Entschluß zu bringen. Zu ihm gelangte ich an einem Nachmittag, an dem Du mit Korfiz, seiner Assistentin Carola und den Kindern zur Wildfütterung in die Heide gefahren warst.

Ich hatte mich nicht zur Teilnahme an irgend etwas, was es auch sein mochte, imstande gefühlt und war allein in der Wohnung zurückgeblieben. Die plötzliche Stille in ihr brachte mich sofort aus der Fassung, und wenn ich nicht bloß mit meinem Bademantel bekleidet gewesen wäre, wäre ich wahrscheinlich hinter Euch hergelaufen. Das Nichtvorhandene war mit einem Schlag substantiell geworden und drang von allen Seiten gegen mich vor, so daß ich aufsprang und mich mit dem ganzen Körper flach an die nächste Wand drückte. Fast besinnungslos vor Furcht, sogleich den Verstand, das Bewußtsein verlieren zu müssen unter dem plötzlichen Andrang von etwas, das nichts war, streckte ich die Arme in einem archaischen Reflex nach oben und begann, mit nach hinten geknicktem Kopf, das Kinn an die Wand gepreßt, mit großer Geschwindigkeit zu reden. Ich glaube, ich habe erst nach einiger Zeit, ein paar Sekunden nur, nehme ich an, gemerkt, was ich da sagte, und daß es immer dasselbe war. Ich will so tot sein wie du, sagte ich immerfort, ich will so tot sein wie du. Daran erkannte ich, daß es B war, die ich derart anrief wie ein mächtiges Wesen. Ich versuchte, damit aufzuhören, aber das gelang mir nicht, der Versuch führte nur dazu, daß ich mich für meine Unbeherrschtheit zu entschuldigen begann. Das kann doch keiner aushalten, sagte ich, aber nicht so, sondern in dem alten Kinderjargon, der toten Sprache, in der B und ich einst miteinander gesprochen hatten. Ich meinte, diesmal würde endlich etwas geschehen, wovor ich mich zugleich fürchtete, ein winziges, aber zentrales Platzen und Zerspringen. Mit erhobenen Armen tastete ich mich aus dem Zimmer und weiter an den mit urwaldhaften Mustern tapezierten Wänden des Korridors entlang. Meine Knie zitterten, ich fühlte eine kaum noch zu bezwingende Schwäche in den Beinen, glaubte aber auch bereits erste Anzeichen dafür wahrzunehmen, daß es besser wurde, daß es vorbeiging. Und während ich noch weiterklagte in der Sprache, die ich nicht preisgeben mag, hörte ich schon eine andere Stimme, die mich höhnisch zurechtwies: Laß das Theater. Auch sie wie-

derholte ihren Text. Laß das Theater, laß das Theater, sagte sie, und die Zurechtweisung fing an zu wirken.
Das heißt, ich fing an, die Kälte meiner Haut oder der Schicht, die sie überzog, als wohltuend und ernüchternd zu empfinden. Ich ließ die Arme sinken, und die Kraft, wenn auch noch nicht die ganze Kraft, kehrte in meine Beine zurück wie eine sich ausbreitende Flüssigkeit. Die Benommenheit, die ich nun fühlte, war fast ein Genuß, und dann ging ein schönes Staunen, eine erneuernde Neugier aus ihr hervor, die mich dazu trieb, wie in einer Ausstellung durch alle Räume der Wohnung zu gehen, als hoffte ich, etwas ganz Unerwartetes zu entdecken.
So unerwartet war es zwar nicht, was ich zu sehen bekam, als ich das Kinderzimmer betrat, aber ich hatte die Bilderwand hinter Ledas Bett noch nie aus der Nähe betrachtet. Lauter große Photographien, und fast alle zeigten Dich. Jetzt sah ich sie der Reihe nach an, wie man die Abbildungen in einem Lehrbuch ansieht; ich wollte etwas über Dich lernen, was ich noch nicht gewußt hatte. Daß du hübsch und in günstigen Momenten sogar nahe daran bist, schön zu sein, hatte ich gewußt. Aber von Deinem Körper hatte ich mir dennoch nie viel versprochen. Rehbeine, Beine eines Gnus, unerhebliche Brüste, überhaupt alles etwas schwach, ein bißchen anämisch, so war es mir vorgekommen. Jetzt lernte ich es anders. Auf mehreren Bildern warst Du fast unbekleidet zu sehen. In stürmischem Lauf einen Strand entlang. Dem Betrachter etwas entgegenstreckend. Die Augen gegen die Sonne schützend. Einige Varianten dieser Ansichten. Du bist das, was man photogen nennt, und von Anfang an (das heißt, von jenem ersten Blick an, von dem sich nicht sagen läßt, wessen er war) hatte ich das mannequinhafte, den Reflex gewisser Modezeitschriften, die in Deinem Zimmer lagen, an Dir wahrgenommen. Jetzt, nach meiner fast zudringlichen, voyeurhaften Betrachtung der Bilder hinter Ledas Bett vermochte mich dieser Überschuß nicht länger zu blenden oder abzuschrecken, und als ich das Zimmer verließ, hatte ich

den Entschluß gefaßt, den Körper, den ich da abgebildet gesehen hatte, kennenzulernen und womöglich Gewalt über ihn zu gewinnen.

An einem der nächsten Abende (ich hätte auch sagen können, am nächsten Abend, denn in unserer Geschichte ist es ja erst der zweite, wenn nämlich der »viktorianische« der erste und alles andere nur Vorgeschichte und Beiwerk war) ging ich durch den Flur und in Dein Zimmer wie über einen Kreidestrich, der genau zu Deinem Bett führte. Du last noch oder sahst Dir die Bilder in »Elle« oder in der »Vogue« an, denen Du glichst. Als ich eintrat, blicktest Du auf, und ich ging geradenwegs in Deinen Blick hinein, ergriff – mit einem übertrieben festen Griff, wie ich mich erinnere – die Bettdecke dicht unter Deinem Kinn und schlug sie mit einem Ruck zurück. Dein Kopf hob sich aufzuckend vom Kissen, als hätte Dich ein Schlag oder Stich in den Rücken getroffen, dann fiel er wieder zurück, und Dein Gesicht öffnete sich zu einem Strahlen. Langsam und ungenau abwehrend, abwinkend, hobst Du die eine Hand, während Du mit der anderen ebenso langsam, und lange vergeblich, nach der weit heruntergezogenen Decke tastetest.

Rembrandts Danaë, »eine nackte Frau mit roten Armbändern hob sich aus üppigen Kissen lockend und bezaubert einem unsichtbaren Jupiter entgegen«; und ich hatte an sie gedacht, wie ich nie versäumte, an die Kunst zu denken angesichts des Lebens; aber dieses war nicht ganz so wie jene, nur das Licht auf Deinem und ihrem Körper schien fast das gleiche gewesen zu sein.

Du hast mich angesehen wie einen gedeckten Tisch, sagtest Du am folgenden Morgen, und in Deiner Stimme klang noch das Strahlen Deines Gesichts nach. Aber ganz so war es nicht gewesen.

Ich hätte es eigentlich im voraus wissen müssen, es war eine alte Erfahrung. Noch jedesmal hat der erste Anblick eines nackten Frauenkörpers mich gelangweilt, enttäuscht, ernüchtert; ich gestehe es hier ein. Jedesmal und alle Körper, auch die, die ich dann geliebt habe. Sie sind den antiken Statuen zu ähnlich, das macht sie, auch wenn ihnen deren angebliche Vollkommenheit fehlt, für den ersten Blick ebenso reizlos wie jene. Ich versäume nie, an die Kunst zu denken angesichts des Lebens, aber die Erinnerung an diese Art von Kunst bekommt dem Leben schlecht. Auch untereinander gleichen sich die Körper der Frauen zu sehr. Ich fange an zu registrieren, da ist also das, da das, da das, und alles so eng beisammen, Brustwarzen rund eine Oktave, allenfalls eine Dezime voneinander entfernt, nicht weit davon der Bauchnabel, und dann kommt schon die Fotze. Das Typische, das Kanonische, drängt sich vor. Man muß es erst übersehen lernen, um das Besondere, das einen zu der bestimmten Frau hingezogen hat, und das bei der ersten Entkleidung mit den Kleidern von ihr abzufallen scheint, in der nackten wiederzuentdecken.

Die Ostertage verbrachten wir in einem kleinen Ort an der Oste, in dem Ihr früher schon einmal gewesen wart. Ein helles, grauweißes Licht liegt über meiner Erinnerung an diese Tage. In ihm erscheinen sie mir als eine Zeit gesteigerter Zuversicht, in der ich mich des neuen Anfangs, auch des Anfangs mit Dir, beinahe schon sicher fühlte. Du hattest Dich gegen seinen anfänglichen Widerstand zwischen den steuernden Korfiz und mich auf den Vordersitz gezwängt, während der ganzen Fahrt hatte ich Deine rechte Hand gespürt, die meine Schulter umspannte, meinen Hals streifte, sich sanft in mein Haar eingrub, und schon das hatte ich mir als eine berauschende Verheißung künftigen Glücks ausgelegt.

Ich vermochte nun zwar schon ohne Schlafmittel einzuschlafen, wachte aber noch immer sehr früh auf. Dann ging ich mit zugeknöpftem Trenchcoat und hochgeschlagenem Kragen in der Morgenkühle auf dem langen Deich spazieren. Es waren einsame Spaziergänge in einer öden, grauen, wenn auch hellgrauen Landschaft, und es war wohl selbstverständlich, daß auch meine Gedanken diese Farbe annahmen, und so, in diesem selbstverständlichen Hellgrau, fand ich sie erträglich.
Es war noch immer sehr früh, wenn ich mich in die leere Gaststube setzte. Ich versuchte zu lesen. Das ging noch schlecht. Auch ein Band Kriminalgeschichten, den ich mir von Dir geliehen hatte, vermochte mich nicht zu fesseln, wahrscheinlich weil ich meine Aufmerksamkeit nicht bei der Sache zu halten vermochte. Ich las aber weiter, und das Vorrücken von einer Zeile zur nächsten war für mich schließlich nur noch dem kleinen Sprung eines Sekundenzeigers gleich, der mich dem Zeitpunkt näherbrachte, da Du endlich hereinkommen würdest, mit den Kindern. Dann konnte noch eine lange Zeit vergehen, bis Korfiz kam. Sein rotes Gesicht ging strahlend im Türrahmen auf, und auf dem ganzen, langsam durchmessenen Weg von dort bis an den Tisch klatschte er in die Hände oder rieb sie wenigstens.
Nur einmal fand ich Dich bereits in der Gaststube vor, als ich von meinem morgendlichen Spaziergang zurückkehrte. Als ich hereinkam, richtetest Du Dich mit einer sehr langsamen, gewundenen Bewegung auf und beugtest Dich zugleich über den Tisch vor. Ich konnte Dein Gesicht nicht sehen, Dein Haar rahmte statt seiner eine riesige Pistole ein, mit der Du auf mich zieltest, und die statt eines Knalls ein unablässiges leises Surren von sich gab. Für einen Moment wurde der sanfte Fluß meiner hellgrauen Gedanken in einen Strudel gerissen, in dem ich keine Klarheit darüber gewinnen konnte, daß es nichts Erschreckenderes als eine Filmkamera war, worauf ich zuging, und man konnte mir diese kurze Verwirrtheit anmerken in dem kleinen Film, der mit meinem etwas schiefen, verlegenen Gang zum Tisch begann. Dann

folgte Korfiz, der rote Aufgang seines Gesichts, das zögernde Vorrücken seiner roten Stiefel. Amanda rannte vorüber, und die präraffaelitische Leda posierte kurz in ihrer gezierten Manier, deretwegen Korfiz sie die »Schneegans« nannte. Es endete mit einem langen, langsamen Wolkenzug. (Du liebtest die Wolken, maltest sie auch oft, und es konnte nicht ausbleiben, daß ich Dir Debussys »Trois nocturnes« und den kleinen Band von Baudelaire schenkte, in dem das Prosagedicht von den »merveilleuses nuages« steht, die einem vielleicht wirklich lieber sein können als alles sonst in der Welt.)
Tagsüber war Korfiz meist allein unterwegs, er suchte ein Haus, wollte eins der kleinen roten Bauernhäuser der Gegend kaufen. Die Kinder hatten andere Kinder gefunden, mit denen sie den Tag verbrachten. Womit verbrachten wir ihn? Damit, unseren Stimmen zuzuhören; damit, beieinander zu sitzen, nebeneinander her zu gehen, wieder beieinander zu sitzen und uns zu küssen. Wir saßen uns schräg gegenüber, und ich küßte die Luft zwischen uns. So war es mir am liebsten, die Berührung der Lippen war weniger, jede Berührung war weniger; aber ich habe immer gedacht, daß ich Dir das nicht sagen sollte. Die dämpfende Wirkung, die der erste Anblick Deines nackten Körpers auf mich ausgeübt hatte, entsprach einer alten Erfahrung. Diese Unlust an der Berührung aber, die Scheu (nein, mehr, es war mehr) die innerliche Weigerung, weiterzugehen und einen Zustand aufzugeben, den auch ich immer für eine einleitende Phase erotischer Verhältnisse angesehen hatte, hatte ich bislang nicht gekannt. Wohl ein langes Zögern, je mehr mir an einer Frau gelegen war, desto länger, aber das war etwas anderes. Jetzt hätte ich Dich gern abgewehrt, wenn Du aus meinen Fernküssen die Konsequenz zogst und mich mit einem halben Aufstehen und Vorbeugen zwangst, Deinen Mund zu nehmen. Es war eine eigentümliche, impulsive, in sich erschütterte Bewegung, die mich an ein Spielzeug zurückdenken ließ, einen kleinen Kasten und die Art, wie die Spiralfeder mit dem Puppenkopf, die er enthielt, aus ihm hervorgesprungen war. Auch das

kreiselnde Nachzittern Deines hübschen, kleinen Kopfes am lang emporgebogenen Hals kannte ich von dem gnomenhaften Kopf auf der Feder her. Ich fing den vor meinem Gesicht umherirrenden Mund mit meinen Lippen ein, hielt ihn mit ihnen an, hielt ihn fest mit ihnen.
Unter den Ostergeschenken für die Kinder war ein Buch, und in ihm fand ich das Muster für einen galanten Sechszeiler, den ich Dir widmete, ein etwas einfältiges Produkt der nervösen Langeweile, die mich erfüllte. (Ja, das war der Zustand, der mir diese Tage so angenehm machte, eine von Erwartungsnervosität durchzitterte Langeweile; und daß ich nicht bereit war, sie schon aufs Spiel zu setzen für die rasche Erfüllung, auf die Du zu drängen begannst, rührte wohl von der Befürchtung her, daß diese allzuweit zurückbleiben könnte hinter dem, was jene mir verhieß.) Schräg über die Tischplatte hin schob ich Dir das Huldigungsgedicht zu. Du antwortetest auf der Stelle und nach demselben Muster, den Kopf gegen die Schulter geneigt, die Zungenspitze zwischen den Lippen, versunken lächelnd und kritzelnd. Meine eigenen Zeilen habe ich vergessen (habe es vorgezogen, sie zu vergessen, nehme ich an); Deine weiß ich noch. Sie lauteten: »Hier ist zu sehen und zu lesen, was alte Leos sind für Wesen. Sie bewegen sich wenig, denken viel und haben erstaunlichen Sexappeal. Drum sind sie gefährlicher als man denk, und trotzdem ihnen alles schenk.« (Das ist ganz getreu, auch die Verstümmelung der beiden letzten Reimwörter.) Mit diesen Versen, mit ihren Kindlichkeiten und Insuffizienzen drang zum ersten Mal die Gerührtheit in meine Zuneigung zu Dir ein, die ich dann nie mehr ganz zu unterdrücken vermochte. Die Altersdifferenz von vollen zwanzig Jahren zwischen Dir und mir war mir bloß als eine Tatsache bewußt gewesen, die ein erotisches Verhältnis nicht unbedingt beeinträchtigen muß. Jetzt fühlte ich ihr Gewicht, und es schien mir im selben Moment noch größer zu werden, vergrößert um eine Infantilität, die ich an Dir zu entdecken begann, und die auch Dein wahres Alter (siebenundzwanzig Jahre damals) noch zur Vortäuschung

machte. Damals werde ich wohl auch zum ersten Mal »Kleene« zu Dir gesagt haben, eine Anrede, die ich später oft wiederholt habe. Du sträubtest Dich immer ein wenig gegen sie, sagtest einmal mit traurig nörgelnder Stimme: Immer, wenn du Kleene zu mir sagst, weiß ich, daß du nichts von mir willst. So wie Du es meintest, hattest Du wohl recht. Rührung wirkt gewiß nicht erotisch befeuernd, und wenn sie sich gleich am Anfang oder noch vorher einstellt (ich kann mich immer noch nicht entschließen, was ich als Anfang ansehen soll) wenn sie sich also zu früh einstellt, kann Rührung prohibitiv wirken. Ich vertraute jedoch darauf, daß ich nicht nur dieses, sondern auch das andere bedenkliche Moment, die Berührungsscheu, in meiner Zuneigung zu Dir würde aufheben können; wenn das aber gelang, dachte ich, so würde sie dadurch nur um so stärker, um so reicher werden. Übrigens nannte ich sie bereits Liebe.
Du hieltest eins Deiner langen, starken Haare in ganzer Länge zwischen den Händen ausgespannt. Wie eine kleine Perle hing ein Speicheltropfen daran. Du hobst die eine Hand, und der Tropfen rollte nach der anderen Seite, hobst die andere Hand, und der Tropfen rollte zurück. Ich sah Dir zu. Es schien eine Bedeutung zu haben, etwa so wie das bekannte Blumenorakel, aber ich fragte Dich nicht. Plötzlich ließt Du das Haar fallen, und die Puppe sprang wieder einmal aus dem Kasten. Aber diesmal zitterte und kreiselte Dein Kopf nicht, hielt von selbst vor meinem Gesicht still, und Du sagtest: Du hast mich ja schon so gut wie sicher.
Fast im selben Augenblick kam Korfiz herein. Nicht unwahrscheinlich, daß er es gesehen und daß er gehört hat, was Du sagtest.

Er war ein glänzend aussehender Mann von dreißig Jahren, und zusammen bildetet Ihr ein ungewöhnlich dekoratives Paar, obgleich er Dich dann doch immer ein wenig überstrahlte. Ich kann mir aber überhaupt kaum jemand vorstellen, der durch seine Gegenwart nicht in den Schatten gedrängt würde. Es ist nicht seine buchstäblich überragende Erscheinung allein, die das bewirkt, nicht bloß seine blonde und blauäugige Riesenhaftigkeit. Ihr verdankte er es, daß sich ihm bei einer Biennale in Venedig einige der weiblichen Zaungäste, die sich das Phänomen nicht anders, denn als Aufgang eines neuen Filmsterns zu erklären wußten, mit Autogrammbitten genähert hatten. Er erzählte es mit unbefangener Eitelkeit, und ich konnte den jovialen Lulatsch in dieser Szene, umringt von den Fräulein Körmendy und Löwenstamm und ihresgleichen, ebenso anschaulich vor mir sehen wie in einer anderen Episode, die er zum Besten gab, und in der er liegend zu sehen war, an einem Strand und ebenfalls irgendwo im Süden, während eine Klasse dunkelhaariger Schulmädchen ihn singend umtanzte. So schwer schon dieses Erscheinungsbild es für andere machen muß, neben ihm zu bestehen – seine von solchem Erfolg angestachelte Vitalität steigert sich zuweilen zu einer dermaßen raum- und luftabsorbierenden Gewalt, daß alles sonstige Leben in seiner Nähe jäh zu schrumpfen und welk zu werden scheint. Doch ist an dieser Kraftentfaltung selbst viel Schein, ihre Basis ist nicht stabil. Porös, brüchig. Zuviel Gefühlsweichheit einerseits, melancholischer Scharfsinn anderseits. Wenn das durchschlägt, verwandelt er sich auch für das Auge, und anstelle des vitalen Mannes sieht man einen extrem empfindlichen Adoleszenten vor sich. Und wenn er diese Gestalt annahm, fiel es mir, ohne daß sich daraus ein Widerspruch zu seinem außerordentlichen Scharfsinn ergeben hätte, leicht zu glauben, was Du mir einmal gesagt hast. Er ist ganz arglos, hast Du gesagt, er wird immer viel argloser sein als du. Doch genug, es ist nicht seine Geschichte, die ich hier schreibe.

Es ist auch nicht Eure, und ich werde nicht mehr über den Charakter Eurer Verbindung sagen als mir unerläßlich zu sein scheint. Ich habe wohl auch nie viel mehr davon gewußt als ich unbedingt wissen mußte, um meine eigenen Chancen zu kalkulieren und meine Maßnahmen zu treffen. Es entsprach meiner eingefleischten oder richtiger nie überwundenen Teilnahmslosigkeit für die Angelegenheiten anderer, daß ich mich kaum bemühte, Euer Verhältnis zueinander tiefer zu verstehen. Die erotische Komponente war schwach darin und die manifest sexuelle so gut wie gar nicht oder vielmehr als negative Spannung vorhanden. Du wolltest das nicht von ihm, und in dem verpuppten Zustand, in dem Du Dich nach achtjähriger Ehe und als Mutter zweier Kinder immer noch befandest, hast Du vielleicht sogar lange geglaubt, Du wolltest es überhaupt nicht. In Wahrheit branntest Du vor Verlangen nach der noch nicht erfahrenen Lust; der Reiz, der von Dir ausging, bewies es. Denn ebenso wie die Erfahrung selbst prägt ihre verlangende Antizipation dem Gesicht, dem Habitus der Frau diese reizenden Züge auf. Lag aber so, wie sie an Dir in Erscheining traten, nicht etwas von der Begierde des Kindes in ihnen, das Käfer schindet, Frösche aufbläst, um sie zu stillen? War das die Roheit, in die Dein Gesicht mir zurückgefallen zu sein schien an jenem »viktorianischen« Abend, den ich dann freilich gründlich mißdeutet hätte, als ich ihm diesen Namen gab? Nachträgliche Fragen. Ich begann sie mir erst zu stellen, als alles vorbei war, überstanden, und als es mir allmählich aufging, daß die Differenz zwischen Dir und mir, die ich in der schönen Langeweile unserer Ostertage an der Oste so hoffnungsvoll erwogen und abgeschätzt hatte, tatsächlich eine unüberwindbare Distanz gewesen ist.

Fragen können einen weiterbringen, darum vermied ich sie lange Zeit. Ich hatte es nicht eilig, weiterzukommen, hinaus aus dem schimmernden Nebel von Anfangsversprechungen, und in das auf jeden Fall härtere Gefüge der Klarheiten einzudringen, welcher Art sie auch immer sein mochten. Nicht einmal in Gedanken mochte ich den Gründen für Korfiz' fast ständige Abwesenheit nachfragen. Jetzt suchte er ein Haus, das genügte mir, obgleich es doch eine etwas schwache Begründung dafür war, daß er selbst an den Feiertagen bis in den späten Abend ausblieb. Aber das war etwas ganz Alltägliches, das sah ich seit ich bei Euch wohnte. Nachmittags, wenn die anderen die Agentur verließen, schien er erst richtig mit der Arbeit zu beginnen, und es war meist tiefe Nacht, oft auch schon früher Morgen, wenn er nach Hause kam. Es war akzeptabel, wenn er sagte, während des Tagesbetriebs fände er nicht die Ruhe, sein Pensum zu schaffen, und die Termine drängten. Nichts konnte verständlicher sein, und tatsächlich sind viele seiner Layouts bei Nacht entstanden. Auffallend war nur die Regelmäßigkeit dieser Nachtarbeit. Du schienst jedoch keinen Anstoß daran zu nehmen, es hatte keinen merkbaren Einfluß auf die etwas träge, reptilische Anmut Deines Lebens (der man die nahe Verwandtschaft mit der ostentativen Gelassenheit anmerken konnte, die damals seit einigen Jahren der bevorzugte Stil jüngerer Leute war) und ich begnügte mich damit, es als eine Gegebenheit zu registrieren, die mir zustatten kam. Ich hatte nicht gefragt, als er mir sagte, daß er die größere Zahl dieser Abend- und Nachtstunden keineswegs in seinem Arbeitszimmer in der Agentur, sondern mit Streifzügen durch die Nebenstraßen der Reeperbahn und die etwas weiter abseits gelegenen Lokale von Sankt Pauli verbrachte. Abend für Abend und Nacht für Nacht? Ja. Ich nahm es zur Kenntnis und nickte dazu. Ich hätte es nicht gedacht, wenn ich überhaupt darüber nachgedacht hätte, aber es war keine interessante Eröffnung, nichts weniger als sensationell. Ich kannte das Revier ein wenig, hatte nie viel daran gefunden. Ach das, bloß das, dachte ich, wie trübselig, wie langweilig, langweilig auf die falsche Art.

Spätabends am Ostersonntag bestand der soeben von der Suche heimgekehrte Korfiz darauf, daß ich noch mit ihm in den Dorfkrug ging. Nichts als Jugendliche oder fast noch Jugendliche im Raum, und ich merkte, daß sie ihn kannten, obwohl niemand ihn begrüßte. Ihre Art, den Gruß zu unterlassen, kam mir nur wie ein anderer Gruß vor. Meine Anwesenheit schien sie für einen Moment irritiert zu haben, dann nahmen sie sie hin, vergaßen sie vielleicht ganz. Auf ihren Wegen zwischen der Musikbox und den anderen Tischen hin und her mußten sie immer an dem unseren vorbei, einem der ländlichen Kneipentische, die durch jahrzehntelange Benutzung ein Aussehen gewonnen haben und sich auch so anfühlen, als bestünden sie nicht aus Holz, sondern aus einer erstarrten, versteinerten Flüssigkeit, altem braunem Wachs oder petrifiziertem Sirup. Ich hatte den Eindruck, daß sie alle ohne Ausnahme im Lauf der Zeit mindestens einmal zu dem Apparat gingen, und daß die Titel, die sie wählten, ausnahmslos geheime Botschaften, versteckte Huldigungsadressen an Korfiz darstellten. Das wird wohl Einbildung gewesen sein. War es auch Einbildung, wenn ich auf ihren über das bunte Lichtgewoge der Vitrine geneigten einfältigen Gesichtern den beinahe feierlichen Ausdruck des Bewußtseins las, daß sie da unter seinen Augen agierten? Ganz gewiß bildete ich es mir nicht bloß ein, daß dasselbe Bewußtsein verändernd auf die Bewegungen der Ab- und Zugehenden einwirkte. Das ergab kleine Unsicherheiten, winzige Hilflosigkeiten, ein kurzes Stocken oder Eilen der Füße, die plötzliche Ratlosigkeit eines Arms, einer Hand in der Luft. Es war, als hätte sich diese schwere, dunstige Schenkenluft in Korfiz' Nähe in eine andere, weniger bekannte und verläßliche Substanz verwandelt, mit inkalkulablen Verdichtungen und Verdünnungen, in denen die reflektorische Zuverlässigkeit der Gliedmaßen verlorenging. So ein Rattenfänger bist du also, dachte ich wenig originell.

Das ist das Wild, sagte er etwas schwerzüngig. So wie hier sei es ihm gerade recht, Jungwild, nicht weit über achtzehn, das »gut im Fleisch steht«, wie er sagte. Der Ausdruck erschreckte mich ein wenig, verwandelte ihn für einen Moment vor meinen Augen in einen greisenhaften Roué und sogar in einen feinschmeckerischen Menschenfresser, wie er da saß, die locker geschlossenen, großen Hände rechts und links und in weitem Abstand vom Glas auf die Tischplatte gelegt, in Erwartung der dampfenden Schlachtschüssel, auf der ihm das kesse kleine Trampel serviert werden würde, das gerade seine Schwierigkeiten mit dem Vorbeigehen hatte. Er lächelte ihr nicht zu, er lächelte niemand zu, sein Lächeln war diffus, passiv, ein gleichmäßig und gleichmütig ausgestreuter milder Schein. Manchmal taucht es im Revier auf, das ist gar nicht selten, sagte er, und ich verstand, daß er weiterhin vom Wild, vom Jungwild sprach, und daß mit dem Revier nur dasjenige gemeint sein konnte, das er üblicherweise von der Agentur aus aufsuchte. Da ist es dann manchmal etwas verwirrt, wenn es mir zuläuft, und weiß gar nicht recht, wie ihm geschieht, sagte er, und es klang zu gleichen Teilen spöttisch und zärtlich.

Kinderfänger, Gourmet, dachte ich, nun meinerseits etwas verwirrt durch seine Mitteilungen; ich hatte mir seine Nächte mehr nach dem Muster derer vorgestellt, die ich gelegentlich als sehr auf Distanz bedachter und meist ziemlich angeödeter Zuschauer im selben Revier zugebracht hatte, und ich sagte ihm das. Ach du, antwortete er, dir läuft es genauso zu wie mir. Das Jungwild? fragte ich verblüfft. Er schwenkte langsam den Kopf hin und her, er meinte es allgemeiner. Aber du machst immer von weitem schon so, sagte er dann und hob die Handflächen zu einer abwehrenden Geste. Ich aber, fuhr er mit gerülpstem Anlaut fort, ich mache so. Und dabei kippte er die Handflächen seitwärts nach außen, so daß sie sich wie zwei Torflügel vor der Einfahrt in seine Arme öffneten; ich dachte aber auch an das aufgesperrte Maul eines riesigen Fisches, in das das kleine Seegetier in Scharen hineinströmt, ohne recht zu wissen, wie ihm geschieht. Abend für Abend und Nacht für Nacht? fragte ich. Ja, sagte der Gourmand.

Ja, nicht nur ein sexueller Feinschmecker, sondern auch ein Vielfraß, und dies offenbar noch mehr als jenes; er gab mir eine Vorstellung davon, die fast über die Grenzen der Glaubhaftigkeit hinausging. Wahrhaftig Scharen, um so mehr, als er die Fortsetzungen, die Wiederholungen verschmähte, so daß das erste fast immer zugleich auch das letzte Mal war. Jedesmal ein geschlossener Kreis; Begegnung, Vereinigung, Trennung; es schien kein Rest zu bleiben, vielleicht weil es bereits alles, vielleicht weil es gar nichts gewesen war. Ich hatte keine Lust, mir Gedanken darüber zu machen, nahm einfach hin, was er mir sagte. Auch das Bekenntnis, daß es ihm nicht darauf ankomme, welchen Geschlechts das Wild sei. Ich hatte das weder vermutet noch setzte es mich in Erstaunen, es interessierte mich kaum noch, ich meinte auch ohne das schon genug erfahren zu haben, und es war bloß Konversation, daß ich ihn fragte, ob er nicht doch eins von beiden bevorzuge. Er erwog es, verneinte es, erwog es noch einmal und sagte dann, mit den Jungen sei es vielleicht etwas leichter, weniger kompliziert. Ich verstand das nur vage oder gar nicht. Es gab nur noch eins, was ich wissen wollte, nämlich ob Du das alles wußtest; und ich erfuhr auch das, ohne danach fragen zu müssen.

Du wußtest es so genau wie nur möglich, hattest ihm vor ein paar Jahren selbst einmal aus einer peinlichen Sache herausgeholfen. Er erzählte es mir, eine Geschichte mit einem Jungen, einem Stück Jungwild, minderjährig, »gut im Fleisch«. Er erzählte noch mehr, Altes, Neues und Neuestes, langweilig wie derlei Erzählungen sehr bald zu werden pflegen. Du aber, sagte er, hieltest das alles für vergangen, bloßes Vorleben, das Deiner Vorstellung nach mit dem Tag Eurer Hochzeit geendet zu haben schien; das war denn doch erstaunlich zu hören.

Dann begann jenes triste, formlose Versickern der Zeit, die letzte Phase überdehnter Kneipenabende. Korfiz schob sein Glas auf der Tischplatte hin und her, es hinterließ eine Spur wie eine Schnecke. Er sah auf sie nieder als sei sie die Fährte seiner nächtlichen Wege, der Gourmand verwandelte sich in den Adoleszenten, und der sagte mit dem bei solchen Bekenntnissen unumgänglichen, verlegenen Pathos, ich solle mir aber keine falschen Vorstellungen machen, manchmal sei es nur ein langer Kuß, und jedesmal hoffe er von neuem, die Liebe zu finden, die Liebe, was immer das sein möge. Eigentlich sei es Onanie, er sei nicht erwachsen geworden, er sei ein Onanist. Ich hörte ihn das damals zum ersten Mal sagen, ich verstand es nicht ganz, ließ es dahingestellt sein.

Auf mein Betreiben blieben wir einen Tag länger in dem kleinen Ort; wenn es nur nach mir gegangen wäre, wären wir überhaupt nicht so bald in die Stadt zurückgekehrt. Dieser Aufenthalt draußen erschien mir in der Tat wie ein Draußensein, eine Zeit, die nicht recht zählte, ein Aufenthalt zwischen dem Anfangen und dem Weitermachen, den ich gern in infinitum ausgedehnt hätte. Immer habe ich das hoffnungsvolle Zögern dem Anfang, die Vorstellung der Verwirklichung, den Plan der Ausführung vorgezogen. Das Weitermachen aber ist die Verderbnis selbst, in ihm verkommen die Möglichkeiten; vom zweiten Takt an ist die Musik, vom zweiten Satz an das Buch, vom zweiten Atemzug an das Leben verloren. (War das nicht vielleicht auch der Grund dafür, daß Korfiz immer wieder von neuem anfing, Abend für Abend und Nacht für Nacht, und niemals weitermachen mochte?)

Aber aufhören durfte es auch nicht.

In diesem ausweglosen Spannungsfeld zwischen meinem zögernden Wunsch anzufangen, meinem Abscheu vor dem Weitermachen und meiner Angst vor dem Aufhören begann unsere Geschichte in diesen ersten Wochen bereits in eine Unzahl einzelner Momente zu zerfallen, die zwar durch Art, Ansammlung, Anhäufung eine Einheit bildeten, Einheit bis zur Monotonie, aber keine Entwicklung ergaben, nicht einmal die des Weitermachens, es sei denn die gänzlich trostlose eines Weitermachens ohne Weiterkommen. Entwicklungslose Momente; ich kann auch sagen, lauter Anfänge, die nicht über sich hinauskamen, verpatzte Anfänge. (Das klingt fast, als setzte ich dazu an, dasjenige meiner alten literarischen Projekte, das ich die »Hauptsache« nannte, zu erläutern, ein Buch, das aus nichts als Anfängen bestehen sollte, aus dreihundertunddreiunddreißig verschiedenen Versuchen, anzufangen, genau gesagt, Versuchen, denen das Versagen schon eingeboren ist. Darum, aber nicht nur darum, sollte das Buch »Ver« heißen, nach dem Präfix, das ich immer besonders geliebt habe. Das Manuskript ist mir verlorengegangen, sowohl die Rohfassung wie die dreißig Seiten Reinschrift, auf die ich es zuletzt gebracht hatte. Alle meine alten Manuskripte sind mir inzwischen verlorengegangen, und ich trauere ihnen nicht nach, nicht sehr jedenfalls. Aber wenn es tatsächlich noch ein Weiterleben – nein, so weit versteige ich mich nicht – ein Weitermachen für mich geben sollte, so werde ich vielleicht doch noch einmal versuchen, die »Hauptsache« zustande zu bringen, allerdings ohne sie noch so zu nennen.)

Es ist klar, denke ich, daß unter diesen Umständen (ich rede nicht mehr von dem Buch, für das das zwar auch gelten würde, sondern von unserer Geschichte) nicht viel an der Einhaltung einer bestimmten Reihenfolge gelegen sein kann. Nehmen wir an, es sei die Sache mit den Handgelenken gewesen, die nun kam. Die Handgelenke waren Deine und die Sache die, daß ich versucht habe, sie zu lieben. Ein tollkühner Versuch.

Der bloße Anblick von Handgelenken – ich meine die Innenseiten – übt eine abstoßende Wirkung auf mich aus. Es ist ein schmerzlicher Ekel, gemischt mit einem Schauder anderer Art. Wo dieses verzweigte Aderndelta sichtbar wird, tritt das Innere, die Innerei, die Häßlichkeit nackten Lebens aus der ästhetischen Verhüllung, die die Haut sonst dichter darüber breitet. Mit dem Ekel vor dem Leben par excellence aber verbindet sich das Grauen vor dem Tod, und wenn ich nicht schnell genug wegsehe, wegdenke, so ist die Imagination des Eingriffs unabwendbar, mit dem man ihn herbeiführen kann, ein kurzer, dünner, messerscharfer Strich durch das Geflecht, durch das Leben. (Ich verziehe das Gesicht, verkneife die Augen, ziehe die Luft laut zwischen den Zähnen durch.) Doch der Ekel vor dem Leben überwiegt den Schauder vor seiner Hinfälligkeit bei weitem.

Wir saßen in einem Restaurant, das uns für immer teuer geblieben wäre, wenn unsere Geschichte den erträumten Verlauf genommen hätte. Wir hatten dort gegessen. Wir aßen oft in den Restaurants unseres Stadtviertels, und ich empfand es immer als eine Erleichterung, mit Dir in der Öffentlichkeit zu sein, die mich vor Deinem Drängen nach der vollen Vereinigung schützte, das nun von Tag zu Tag stärker wurde. Ich wollte Dich hinhalten, ungewiß wie lange noch; aber natürlich durfte es nicht aufhören oder auch nur abflauen, ich verwandte im Gegenteil viel Phantasie darauf, es zu steigern, zu steigern und zugleich den Ausbruch hinauszuschieben, ein agogisches Kunststück mit einem übermäßigen Einsatz retardierender Momente. (Aber auf so etwas verstand ich mich bis zur Virtuosität, die ständige Furcht, daß die Verwirklichungen hinter meinen ausschweifenden Entwürfen zurückbleiben würden, hatte es mich gelehrt. Solcher Enttäuschung hätte ich jederzeit den Verzicht vorgezogen, vor dem mir doch graute als vor einem Totsein bei lebendigem Leibe. Mit derart maßlosen Forderungen zu leben war im Lauf der Zeit immer schwieriger geworden. Was namentlich meine Beziehungen zu Frauen betraf, so verlangte ich nicht weniger, als daß jede neue nicht nur anders, sondern auch stärker, nicht nur stärker, sondern auch anders als alle vorhergegangenen sein sollte. »Die Wiederholung«, hatte ich einmal notiert, »ist die schwächste Form des Weitermachens«. Und dann hatte ich noch dahintergeschrieben: »Die verächtlichste Form«. Du magst daran ermessen, welche Erwartungen ich mit Dir zu verknüpfen wagte; ich widerspreche Dir nicht, wenn Du sie unsinnig nennen willst.)

Wieder lagen unsere Hände beieinander auf einem Tisch, dem noch unabgeräumten Tisch des Restaurants, über dem unsere oder wenigstens meine Hoffnungen im Zenit standen an jenem Nachmittag, so daß ich mich später immer nur mit abgewandten oder niedergeschlagenen Augen an ihm vorbeigedrückt habe, wie ein säumiger Schuldner, der seinem Gläubiger begegnet. Helleres Licht nun, weniger gelb, weniger mild, und in ihm begnügte ich mich nicht mehr damit, meine Hand auf die Deine zu legen, meine linke auf Deine rechte, sondern drehte Deine Handgelenke nach oben, ich meine die Innenseiten, beide, drehte sie ins Licht und begann sie mit den Fingern zu traktieren, zu karessieren, mit planmäßiger Zärtlichkeit, gegen den Strich meines gewohnten Ekels, bis dieser sich wahrhaftig in eine extreme Sucht umkehrte, die mir in alle Fingerspitzen fuhr und ihnen eine zügellose Erfindungskraft verlieh. Das dauerte lange, die Kellnerin kam und ging, kam und ging wie ein Zug Wolken vor dem Licht, sie wagte nicht, an den Tisch heranzutreten und abzuservieren.

Das ist Wahnsinn, sagtest Du mit aufgerauhter, vergehender Stimme, und als es endlich zu Ende war, brachst Du in Tränen aus und klagtest in der wiederkehrenden Erinnerung an Korfiz fassungslos: So betrogen, so betrogen zu werden.

Er hat später gesagt (denn auch das habe ich ihm zuletzt verraten, als es nichts mehr gab, was ich nicht verraten haben würde) es sei die Klage darüber gewesen, daß es auf diese irreguläre Weise geschehen sei. Du hast aber nicht nur die Art und Weise gemeint, sondern auch das Ausmaß, dessen bin ich sicher.

Unsere Hände trennten sich langsam, zögernd. Dann ein langes, unbestimmtes, schamanenhaftes Beschwörungsgemurmel, in das ich die Ekstase ausklingen ließ.

Es war ein großes Versprechen, das ich da abgegeben hatte, und Du drängtest mit Deinem ganzen Körper auf die Einlösung, indem Du ihn mir auf dem dunklen Korridor vor meiner Tür entgegen und in den Weg warfst. Ein harter Anprall, wie von einem heftigen Windstoß ging mein Bademantel auf, und dann fühlte ich einen erschreckend und lächerlich rabiaten Griff nach meinem Schwanz. Auf die gleiche Weise mißlingt den Kindern oft das Zärtlichsein; sie wollen einem die Wange streicheln, und es wird ein Backenstreich daraus. Gut daß es dunkel war, Du hättest sonst die Überraschung, den Unwillen und einen leichten Schmerz von meinem Gesicht ablesen können, hättest auch gesehen, daß der Laut, den ich ausstieß, ein erschrockenes Auflachen war, das von diesen Empfindungen sowohl hervorgerufen wie entstellt wurde. Mit einem leisen, geflüsterten Schrei fuhrst Du mich an: Ich will von dir gefickt werden, ich will von dir gestoßen werden. Nun lachte ich wirklich im Dunkeln, lachte wie erwachsene Leute manchmal über den verblüffend unangemessenen Ausspruch eines Kindes lachen, aber lautlos. Ich bereute es sofort, erschrak über meine Verfehlung und beging in der Verwirrung gleich noch eine, indem ich Dir ein paarmal begütigend den Rücken tätschelte, gutes Tier, braves Tier, brach in abermaligem Erschrecken ab und ließ dann ratlos und resigniert die Arme hängen.

Es gab einen Tag, an dem hätte es geschehen müssen, einen bestimmten, quasi vorbestimmten Tag. Ich glaube, daß es in jedem Verhältnis einen solchen Tag gibt, und wenn man ihn versäumt – gleichgültig, ob durch Verspätung oder Vorwegnahme – so ist das nie wieder ganz gutzumachen, und es kann nicht mehr so werden, wie es hätte werden können.
Ich merkte ihm die Prädestination schon am Morgen an, merkte auch, daß Du ihn erkannt hattest. An ihm traf eine Anzahl von Umständen zusammen, die zunächst keineswegs besonders günstig erschienen. Ihr hattet Euch für den Tag mit einer befreundeten Familie verabredet, das würde sicher bis in die Nacht dauern, und ich würde unterdessen allein in der

Wohnung bleiben. Die Kinder setzten ihren Wunsch durch, bei den Freunden zu übernachten, und vielleicht würdest Du das auch tun. Korfiz hatte gesagt, er müsse am Abend noch in die Agentur, es sei da wieder einmal ein knapper Termin einzuhalten, und das war ja nur das übliche. Er hatte hinzugefügt, er werde die Kinder dann am Vormittag wieder abholen; falls Du doch vorher nach Hause wolltest, brauchtest Du deswegen nicht in aller Frühe aufzustehen und noch einmal hinauszufahren. Das war an sich alles nebensächlich, wir waren auf keine besonderen Konstellationen angewiesen. Und doch kam es mir sofort bedeutsam vor, als ob sich der Tag durch diese unbeträchtlichen Abweichungen von anderen Tagen mit ein paar zusätzlichen Merkzeichen für unsere Erinnerung schmücken wollte, so daß wir immer sagen könnten, es geschah an dem und dem Tag, an dem das und das so und so war.

Die geahnte Bedeutsamkeit des Tages erregte mich, aber es war eine eher angstvolle Erregung. Der Tag war bereit, Du warst es längst, aber ich war es immer noch nicht. Und obwohl ich wußte, daß das ein möglicherweise irreparabler Fehler sein würde, nahm ich mir vor, mich in scheinbarer Ahnungslosigkeit um diesen Fälligkeitstag herumzudrücken. Gleich nach dem Frühstück begann ich zu trinken und trank dann den ganzen Tag weiter; nicht nur, weil ich mir die Wohltat einer abstumpfenden Wirkung auf meine Erregtheit davon erhoffte, sondern vor allem, um diese Abstumpfung Dir gegenüber als Alibi zu verwenden. (Ich habe es später noch einmal – mindestens noch einmal – so gemacht; ich werde auch das erzählen.)

Schon am Nachmittag ergab sich die Gelegenheit, eine gewisse Begriffsstutzigkeit vorzutäuschen. Du hattest Euren Aufbruch so lange verzögert, daß Korfiz schließlich mit den ungeduldigen Kindern vorausgefahren war. Du solltest so schnell wie möglich nachkommen, trödeltest aber immer weiter in der Wohnung herum, während Du vom Flur und von Deinem Zimmer her durch die offenen Türen mit mir sprachst. Ich bemühte mich, mit heiterer Einfalt und mit der Aussprache eines leicht Angetrunkenen zu antworten. Es war ganz klar, was ich zu tun gehabt hätte, es gab nur das eine. Dich auf Dein noch ungemachtes Bett werfen, voller Gier und mit einer Ungeduld, die mich zwang, Dich gerade jetzt zu nehmen, wo Du Dich doch bereits für den Ausgang zurechtgemacht hattest und auf dem Sprung warst, das Haus zu verlassen. Der Anschein von Überwältigung hätte die Erinnerung daran noch schöner gemacht; Du hättest dann immer sagen können: An dem und dem Tag, als das und das so und so war, hast du mich überwältigt. Ich konnte es Dich sagen hören, konnte das, was ich zu tun gehabt hätte, sehen als täte es ein anderer, und das alles erschien mir absurd, lächerlich, unmöglich.

Völlig angezogen, im Mantel, kamst Du zu mir herein. Ich sah demonstrativ, mit lächelndem Vorwurf auf die Uhr; ich wollte einen kurzen Abschied daraus machen. Aber Du ließt es nicht dabei bewenden, sondern setztest Dich auf meine Knie. Ich wollte Dich daran hindern, aber es gelang mir nicht. Ich will mich jetzt auf dich draufsetzen, sagtest Du eigensinnig, und diese Redeweise verstärkte noch die Kindlichkeit der Handlung. Daß du dich immerzu wie ein Kind benehmen mußt, dachte ich mit nervöser Wut und hätte es beinah laut gesagt. Es war eine traurige Gerührtheit in dieser Wut (ich habe nie jemand enttäuschen mögen, am wenigsten ein Kind oder einen Kindskopf). Das machte mich vollends ohnmächtig; Trauer und Rührung sind passive Gemütsbewegungen. In meiner Hilflosigkeit unterlief es mir, daß ich mit den Füßen, den Beinen zu wippen begann, als wärst Du wirklich ein Kind, das ich auf meinen Knien reiten lassen wollte. Hoppehoppe, sagte ich, um es durch die Parodie wieder gutzumachen. Schließlich blieb Dir nichts anderes mehr übrig, als mit guter Miene hinauszutrödeln. Als Du an der Tür warst, sagte ich, Du möchtest nicht allzu spät nach Hause kommen. Du drehtest Dich im Türrahmen um, ich lächelte Dir zu, und Du gabst mir den vollen Widerschein meines Lächelns zurück.

Ich trank nun mit Eifer und Konzentration, als handelte es sich darum, rechtzeitig mit einer wichtigen Arbeit fertig zu werden. Womit ich fertig zu werden hatte, war eine schwer erträgliche, ruhelose Verzagtheit; und da ich wußte, daß ich mein Alibi als Betrunkener noch brauchen würde, dachte ich, es wäre am besten, mich womöglich gleich richtig fertigzumachen, so daß ich bei Deiner Rückkehr bereits im tiefsten Schlaf läge. So weit brachte ich es jedoch nicht, ich lag noch schlaflos im Bett, als ich Dich an der Wohnungstür hörte. Sofort erkannte ich, daß Du nun Deinerseits einen Rausch spieltest. Ja, mindestens zur Hälfte war es gespielt, das Kichern, Lallen, Taumeln schon im Flur, ein ständiges leichtes Ausgleiten der Worte und Bewegungen. So hörte ich Dich kommen, so kamst Du zu mir herein und ließt Dich halb fallend auf dem Teppich nieder, sankst mit dem Oberkörper schief gegen die Schranktür. Schleppender Austausch gleichgültiger Fragen und Antworten. Ich spürte, wie die Maske argloser Freundlichkeit auf meinem Gesicht allmählich starr wurde. Ich wollte Deine Hoffnung austrocknen, wollte sie an der Anachoretengeduld zuschanden werden lassen, mit der ich darauf wartete, daß Du in Dein Zimmer gingst. Das zog sich hin. Du warst offenbar entschlossen, standzuhalten und mich zu überbieten, stelltest Dich halb schlafend und ganz unfähig, Dich ohne Hilfe von der Stelle zu rühren. Ich merkte, wie Du mich hinter den halbgeschlossenen Lidern belauertest. Es war ein stiller, verbissener Kampf, und ich sah ein, daß ich ihn nicht durchstehen konnte. Ich mußte etwas tun, mußte dich hinausschaffen. Ich versuchte, Dich vom Boden hochzuziehen, aber Du machtest Dich schwer. Ich war nackt, und Dein Kopf fiel nach vorn zwischen meine gespreizten Beine und pendelte dort hin und her. Ich gab noch ein wenig weiter nach und sagte: Ich helfe dir beim Ausziehen. Es wunderte mich nicht, daß es damit erheblich leichter ging. Ich machte mir Luft, indem ich sieben unartikulierte Knurrlaute ausstieß; sie standen für die sieben Silben des Ausrufs: Verdammte Komödie. Bald hattest Du nur noch einen schmalen Slip an, und nun gelang es mir auch, dich auf die Beine zu bringen. Deine Augen waren nun ganz geschlossen, die Wimpern zitterten. Ich versuchte Dich auf die Tür zuzuschleppen. Aber da wurdest Du wieder schwer, schwerer noch als zuvor, und plötzlich machte Dein Körper eine halbe Drehung und fiel aus meinen Armen in mein Bett. Einen Augenblick blieb ich stehen, knurrte wieder, viermal und dreimal (das hieß: Ja natürlich, dacht ichs doch) und setzte mich dann auf den Bettrand. Darauf kam es nun auch nicht mehr an.

Der Gott des Schlafs – oder welche Gottheit es gewesen sein mochte – hatte Dich in eine günstige Position gebracht, aber es half nichts. Der zweite Anblick Deines nackten Körpers ließ mich so kalt wie der erste. Die weiße und blaue Haut, wie gewässerte Milch. Meine Kälte schien auch die Luft im Zimmer abzukühlen. Ich legte mich neben Dich und zog die Decke über uns. Doch mit einer heftigen Bewegung, wie man sie manchmal im Schlaf macht, einem großen, zornig wirkenden Ausschlagen des Beins stießt Du sie wieder weg.

Ich fühlte mich nun sehr müde, und mit müder, trauriger Zärtlichkeit machte ich mich daran, Deinen Körper zu streicheln. Wieder war es gut, daß Du mein Gesicht nicht sahst; ich war selbst froh, daß ich es nicht sehen konnte. Du rekeltest Dich, wandest Dich, dehntest Dich unter meinen Händen wie im Traum, mit geschlossenen Augen, zitternden Wimpern. Ich machte weiter, vergaß keinen Quadratzoll. Ich genoß es nicht, mir fiel bloß nichts anderes ein. Du lächeltest, Dein Mund ging auf, und dann gab es auf einmal Laute im Zimmer, leise Laute, lautere, und eine jähe Wendung Deines Körpers, wie man sie manchmal im Traum macht, spielte mir Deine Fotze in die Hand. Düster, kalt, mitleidig vollendete ich den Sieg zweiten Grades, der meiner Niederlage noch abzugewinnen war, und den Du mir mit einem jubelnden Aufschrei bestätigtest, bei fest geschlossenen Augen und plötzlich stillstehenden Wimpern.

Aber die durch diesen trübseligen Triumph kaum kaschierte Niederlage ließ den Zweifel in mir zurück, ob ich überhaupt noch zu einem uneingeschränkten Sieg fähig wäre. Und nur um mir darüber Klarheit zu verschaffen, ließ ich mich auf die Offerte einer Frau ein, die mir irgendein alltäglicher Zufall zuführte.

Später hast Du einmal verächtlich gesagt, so was sei ja kein Kunststück; »wie Hunde auf der Straße«, hast Du gesagt. Doch die Hunde, soviel ich weiß, parieren nur einem Zwang, es ist der schiere Zwang, der sie zusammenstöpselt. Mich dagegen stieß kein Zwang, zog keine Lust, einzig der Vorsatz, meinen Zweifel loszuwerden, stand mir bei. Er muß stark genug gewesen sein, denn es gelang. Dabei hatte sich kurz vor dem Ende eine Schwierigkeit ergeben, derer ich nur dadurch Herr wurde, daß ich es beschleunigt herbeiführte, indem ich mir hinter den Zähnen als letzte Anfeuerung den Trostspruch einsagte: Es ist ja bald soweit, es ist ja gleich vorbei.

Ihre Brüste waren ziemlich klein, hatten aber große umbrabraune Höfe, und auf diese sah ich immerfort nieder, weil ich ihr Gesicht nicht sehen wollte. So sah ich, wie sie zuerst in eine unbestimmte, schütternde Bewegung gerieten, dann allmählich in ein Kreisen einschwangen, das immer gleichmäßiger, immer mechanischer wurde. Sie wurden unter meinem Blick zu rotierenden Scheiben, die ein wenig »eierten«, wie man das nennt.

Es half mir nicht, daß ich die Augen zusammenkniff, ja das machte es vielleicht noch schlimmer. Der Plattenspieler lief. Auf beiden Tellern drehten sich kleine Platten, deren schwarzer, nicht gerillter Mittelteil besonders groß war. Sie liefen leer und eierten ein wenig. Es war nichts zu hören als ein ungegliedertes Rauschen, ein Regengeräusch, das Verrinnen unerfüllter, unerfüllbarer Zeit. Es gelang mir nicht, den Apparat abzuschalten, Vielleicht machte ich etwas falsch, vielleicht war er defekt. Angst ergriff mich vor diesem leeren Kreisen und seinem Geräusch und machte mich für eine unbekannte Zeitspanne völlig bewegungsunfähig. Erst der Ein-

tritt des Mannes, auf den ich gewartet hatte, löste den schauerlichen Bann. Das war mir vor kurzem in der Agentur passiert. Und der Spielautomat? Der Spielautomat in dem kleinen Lokal, das ich vom Büro aus manchmal aufsuchte, schaltete sich nicht mehr ab. »Außer Betrieb«, stand auf einem Zettel über den Einwurfschlitzen für die Münzen. Aber gerade das schien den Kellner gereizt zu haben, den Apparat anzuschließen. Es hat ihn sichtlich amüsiert, den drei mit allerlei Symbolen bedeckten Scheiben zuzusehen, die sich ohne Halt drehten. Vor diesem Bild der in Ewigkeit leerlaufenden Zeit, von dem ich die gebannten Augen trotz aller Anstrengung nicht abwenden konnte, hatte mich zum erstenmal diese Angst befallen, die man vielleicht ebensogut als Angst vor dem Tod, meinem Tod bezeichnen könnte wie als Angst vor einem Leben, das nicht das meine war, sondern abstrakt an mir entlanglief und nicht anders weiterlaufen würde ohne mich. Ich hatte mich gerade noch retten können, indem ich hastig zahlte und ging. Eine regelrechte Panik, sage ich Dir. Es ist nicht besser geworden seither.
Damals war diese Schwierigkeit noch verhältnismäßig neu für mich. Aber auch, wenn ich mich in den Anblick des fremden Frauengesichts zu retten versucht hätte, um mich davon zu überzeugen, daß die fleischgewordene Mechanik unter mir immerhin eins hatte, wenn es auch nicht das Deine war – ich hätte es nicht vermocht, das mechanisch gewordene Fleisch bannte meinen Blick, und es blieb mir nichts anderes übrig, als es schleunigst zur Ruhe zu bringen.

Das trug sich zwei oder drei Abende nach Deinem Abflug nach Ibiza zu. Es war ein kurzer Ferienaufenthalt mit den Kindern, Korfiz und ich hatten nicht mitkommen können, da wir gerade mitten in einer der zähflüssigen Entwicklungsarbeiten für neue Zigarettenmarken waren, die uns damals vorwiegend beschäftigten. Es ist nicht nötig, mehr über die Zeit Deiner Abwesenheit zu sagen.

Als Du zurückkehrtest, hing Dir von jeder Schläfe ein kleiner dünner Zopf herunter. Wir gingen aufeinander zu, Du mit den Kindern, ich neben Korfiz, und die Halle des Hamburger Flughafens schien sich mit jedem Schritt weiter und leerer um uns auszudehnen. Schon daran hätte ich erkennen können, wieviel ich mir aus Dir machte, denn ich kannte diesen täuschenden Eindruck gut. Er war noch jedesmal entstanden, wenn ich jemand, an dem mir gelegen war, nach einer Zeit der Trennung zum erstenmal wiedersah. Der Schauplatz der Wiederbegegnung (ein Bahnhof, ein Flugplatz, die Wiese vor unserem Haus in Ehrwald) leerte und weitete sich; die nahen Dinge (Gepäckschalter, Zeitungskioske, Häuser und Zäune) wichen an den fernen Horizont zurück. Deine grauweiße Haut war sehr braun geworden in den wenigen Tagen, und Du kamst daher wie die Verkünderin eines Lebens, in dem es nur Luft und Sonne gab und Wände und Dächer ein für allemal abgeschafft waren.
Dann sah ich die Zöpfe, und im selben Moment spürte ich, wie die glatte Einheit, als die ich mich in Erwartung Deiner Rückkehr den ganzen Vormittag gefühlt hatte, einen Riß bekam, und während ich mich weiter auf Dich zu bewegte, löste sich irgendein kleiner, aber wichtiger Teil der inneren Gestalt hinter meiner äußeren schmerzhaft von mir los und strebte in entgegengesetzter Richtung davon, weg von Dir. Ich unterband den Fluchtversuch, und wir tauschten den offiziösen Wangenkuß.
Ich hatte diese Haartracht noch nie an Dir gesehen, und was mich vor ihr zurückscheuen ließ, mag bloß das vage Unbehagen an einer Veränderung gewesen sein, die in einer Lebensspanne mit Dir vorgegangen war, die Du fern von mir verbracht hattest, so daß ich sie weder für alltäglich anzusehen noch nach Bedeutung oder Bedeutungslosigkeit einzuschätzen vermochte. Ich konnte nicht wissen, daß sie tatsächlich ein Signal war und was sie signalisierte, doch scheint es mir jetzt, daß mich nur jemand hätte zu fragen brauchen, Du selbst oder Korfiz oder ein Interviewer mit Fragebogen am

Ausgang der Halle, und ich hätte die Antwort gewußt: Oh, es ist ein Beutezeichen, man hat Beute gemacht auf dem Inselchen, zwei Zöpfe zwei Männer, es ist so klar als ob es ihre Skalps wären.
Leicht und lachend hätte ich diese Antwort hingeworfen, oder vielleicht hätte ich nur gelacht und sie für mich behalten. Da aber niemand fragte, blieb ich im Stande der Ahnung bis zu Deiner letzten Rückkehr, der von Hamburg nach Santa Cruz. (Korfiz war Dir entgegen gegangen, mit den Kindern, während ich im Restaurant zurückgeblieben war, unter dem Vorwand, ich wolle uns den Tisch freihalten. Deine Haut, die sich im Klima der Insel sanft gebräunt hatte, war sehr weiß und grau geworden in der Zeit in Hamburg. Wir absolvierten den Wangenkuß, und Du setztest Dich. Da sah ich, daß Du wieder einen Schläfenzopf trugst. Einen nur, und er war genau so klein und dünn wie die zwei anderen zwei Jahre vorher, obgleich die Beute diesmal doch soviel gewichtiger gewesen war als die von damals. Nun wußte ich, was ich geahnt hatte, und ich erinnere mich, wie mich dort neben Dir, an einem der Tische des Flughafenrestaurants von Los Rodeos, Verwunderung erfaßte, weil Du nach diesem glorreichen Jagdausflug nicht die ganze Fülle Deines Haars zusammengeflochten hattest.)

Du warst schweigsam und müde und zogst Dich am frühen Nachmittag schon zurück, um Dich auszuruhen. Daß dies nicht nur die übliche Abgespanntheit nach einer Reise war, begriff ich auch erst ganz bei Gelegenheit des späteren, gewichtigeren Falles, als Dein Bedürfnis nach Ruhe und Zurückgezogenheit nicht nur ein, zwei Tage währte, sondern wochenlang anhielt, so daß Korfiz mir gegenüber bemerkte, das sei die Höhe, wie Du uns nun auch noch dazu brächtest, Deinen »Liebesschmerz« (so sagte er) mit Dir zu teilen.
Es war eine Phase des Nachgenusses, das eine wie das andere Mal, und natürlich entsprach dieser nach Intensität und

Dauer dem Genuß selbst; beim ersten Mal war also noch nicht viel Auffälliges daran. So sehr Du Dich aber auch mit Deinen Erinnerungsräuschen (oder Rauscherinnerungen) in eine temporäre Einsamkeit zu verkriechen liebtest (woran ich rasch die Frage knüpfen möchte, ob Du Dir vorzustellen vermagst, daß Erinnerungen ein so monströses Format anzunehmen vermögen, daß die Einsamkeit, in die sie einen treiben, nur noch mit dem Leben selbst zu enden vermag) so wenig neigtest Du dazu, Dich über Deine Erlebnisse einfach auszuschweigen. Nicht daß Du sie uns blankhin aufgetischt hättest, wobei womöglich die Dürftigkeit offenbar geworden wäre, die so etwas oft genug an sich hat. Du zogst es im allgemeinen vor, nur so en passant das eine oder andere durchschimmern zu lassen, nur so ein Geflimmer, bei dem man nicht sicher war, ob man es für etwas mehr oder etwas weniger halten sollte, als es zu sein schien, das Dich aber jedenfalls schmückte.

So ergab sich aus Deinen Andeutungen nach und nach, daß es sich bei den beiden ibizenkischen Beutestücken um einen Amerikaner und einen Franzosen gehandelt hatte, beides junge, muntere Herren. Von dem Amerikaner hörte man nicht viel, man kam nicht viel weiter als bis zu der Vorstellung von einem etwas kumpelhaften Burschen, der sich mit derjenigen Art von Unverschämtheit, die man Unbefangenheit nennt, in Deinem Zimmer breitgemacht und unermüdlich mit den Kindern gespielt hatte. Gar nicht ungünstig, unter Umständen, da er Dir die Last abnahm, Dich groß mit ihnen beschäftigen zu müssen, und sie zugleich von Dir und dem Franzosen ablenkte, der Dich beschäftigte. Nicht daß Du das auch nur angedeutet hättest, aber man konnte es denken, und nur das ist mir undenkbar, wie man es hätte nicht denken können. Der Franzose jedenfalls war der Favorit, und so abgelenkt waren die Kinder nun auch wieder nicht, daß sie nicht wenigstens mitgekriegt hätten, wie er Dich einmal geküßt hat, am Strand. Und ich sah das vor mir, zwei schlanke braune Gestalten vor einem blauen und gelben Hintergrund, ziemlich weit weg, so daß ich mir auch die, die ich nicht kenne, ganz gut vorstellen kann, und plötzlich verschwindet der Zwischenraum zwischen ihnen, so daß man sie auf die Entfernung für eine Person halten könnte, wenn man es nicht besser wüßte und sie nach einiger Zeit jäh auseinanderspritzen sähe, und die eine, die rehbeinige, gnubeinige, rennt auf das Meer zu und ist schon weg, und die andere rennt hinterher, und schon ist auch sie weg. So macht man das doch, nicht wahr, anders kann man es doch gar nicht machen, immer wird es so gemacht, und ich bin vollkommen sicher, daß meiner Imagination nicht der kleinste Fehler unterlaufen ist, ein lächerlich genauer Abklatsch der Realität. Du hast Dich ziemlich lustig gemacht über den Franzosen, über das, was Du seine Naivität nanntest, seine Durschnittlichkeit, doch dann gabst Du Deinem Lächeln von den Mundwinkeln her eine bemerkenswerte kleine Wendung und sagtest: Aber dieser Körper. Auch darunter konnte man sich etwas vorstellen, wenn man mit so weibischen Hüften geschlagen ist wie ich, oder mit so schmalen Schultern wie Korfiz; ich konnte mir das Bild dieses Jungen weiter ausmalen, ohne sein Gesicht zu kennen. Ein Südfranzose sei er, sagtest Du und ließest ein bißchen Völkerpsychologie vom Stapel, und zwar der Art, daß dieses Genre nun mal etwas hitzig sei, was sich zum Beispiel darin äußere, daß sie unversehens eine Prügelei anzettelten. Das mißbilligtest Du sehr und kommentiertest die Sache in diesem Sinne, wodurch diese Episode Dir in Deinen bruchstückhaften Erzählungen am ausführlichsten geriet. Es hatte also eine regelrechte Prügelei gegeben, hart auf hart, denn Gaston war nicht der einzige von seiner Sorte gewesen dort am Strand. Diese Kampfhähne, sie waren aufeinander losgegangen, lauter solche Kerle wie Gaston in einer jähen und hitzigen Aktion, von der man nur darum so ausführlich berichtet, weil man das Widerliche und Lächerliche des Vorgangs gehörig darlegen möchte. Und ebenso plötzlich, wie es angefangen hatte, hatten sie sich dann wieder vertragen und miteinander gelacht und getrunken, so waren sie eben. Ja, worum ging's denn? Was war's denn, worum sie sich geprügelt haben? Das war nicht eindeutig festzustellen, ich meine, nicht für Korfiz und mich. Du zucktest vielmals mit Deinen hübschen, breiten, braunen Schultern. Worum die sich eben so prügeln, das sind doch alles solche Gockel. Es sprach nichts dagegen, doch manches dafür, daß sie sich um Dich geschlagen hatten, daß diese hitzige männliche Jugend Deinetwegen handgemein geworden war unter der südlichen Sonne. Und warum auch nicht? Es fiel mir nicht schwer, Dich als umkämpften Bissen zu sehen. Ob aber um Dich gekämpft worden ist oder nicht, und ob Gaston gesiegt hatte oder es gar nicht nötig hatte zu siegen, jedenfalls schien es, als hättest Du die Zeit auf der Insel zum größten und besten Teil mit ihm verbracht. Offenbar war er es gewesen, dem Du eine zeitweilige Vorliebe für ein violettes Gesöff namens »Parfait d'Amour« und für die Liedchen des Georges Moustaki verdanktest, von denen Du Dir sehr bald nach Deiner Rückkehr eine Platte voll kauftest, die Du noch bis in unsere letzten gemeinsamen Tage ziemlich oft aufgelegt hast, und deren sanft säuselndes Getön jedesmal eine Sehnsuchtssubstanz im Haus verbreitete, die ich wie eine vorwurfsvolle Mahnung an meine Adresse wahrnahm, denn ich war nicht einmal wie Gaston, den ich doch übertreffen sollte. Please make me happy, hat er in dem Englisch zu Dir gesagt, auf das Ihr angewiesen wart, das hast Du uns wörtlich so zitiert, worauf Korfiz mit einem Mal ganz mobil geworden war und mit fast schreckhaftem Erstaunen nachgefragt hatte: Was? Du? Ihn? Du hast eine Nacht mit ihm verbracht, in einem Hotel in der Stadt Ibiza, das ich kenne, wenn ich Deine Beschreibung richtig verstanden habe (ich habe da einmal mit B gesessen, vor langer Zeit, und wir haben von dort aus zu dem Standbild des Vara de Rey hinübergesehen und ein paar jungen Männern zugehört, die irgendwo in der Nähe, aber unsichtbar, Gitarre spielten und sangen). Na schön, Du bist also mit ihm ins Hotel gegangen. Ja, aber es habe nichts auf sich gehabt damit, er habe Dich halt so sehr darum gebeten, aber es sei nichts gewesen, und dann

habe er geweint. Das mit dem Hotel hattest Du nur mir gesagt, Korfiz erfuhr es erst viel später, als nicht mehr nur ich der Verräter, sondern es bereits soweit gekommen war, daß wir uns alle gegenseitig verrieten. Aber du glaubst doch nicht, sagte Korfiz zu mir, du glaubst doch nicht, daß die sich da die ganze Nacht in dem Hotelzimmer hübsch konversierend gegenüber gesessen haben. Die sind miteinander ins Bett gegangen und haben es probiert, und wenn sie jetzt sagt, ach das war doch nichts (und er wedelte verächtlich mit der Hand und zog die Mundwinkel nach unten, wie Du das getan haben magst, als er Dich danach fragte) dann heißt das, daß er es eben nicht fertiggebracht hat, es ihr richtig zu besorgen, so wie dieser Hans-Heinrich oder Fritz-Peter da in Hamburg, und daß sie nicht zu ihrem verdammten Fotzenrecht gekommen ist.
Dazu konnte man natürlich nur Ja und Amen sagen, und ich hätte einer solchen Rede auch früher nicht widersprochen, wenn sie mir gehalten worden wäre; aber ich hatte über diese Sache, als Du sie mir damals erzähltest, so gut wie gar nicht weiter nachgedacht. Du hattest mir dies und das gesagt, ja, und Du hattest Dir diese Platte angeschafft, ja, aber im übrigen warst Du zu mir zurückgekommen als ob Du gar nicht weggewesen wärst, und jeden Morgen kamst Du an mein Bett, beugtest Dich zu mir herunter und sagtest: Guten Morgen, schöner Mann.
Ich lachte und sagte: Aber ich bin doch nicht schön, Gigi.
Doch, du bist ein schöner Mann, sagtest Du, und dann botest Du mir feierlich und mit geschlossenen Augen Deinen Mund an.

Weitermachen ohne weiterzukommen. Du drücktest es anders aus. Alles machst du mit mir, nur das eine nicht, sagtest Du. Überall steckst du mir deinen Schwanz rein, nur nicht in die Fotze.
Du saßt vor mir auf dem Tisch, und ich ergriff Deinen nack-

ten Fuß und drückte ihn von oben dagegen und dann nach unten, so wie man ein Motorrad anwirft. Als das Ding klatschend gegen meinen Bauch zurückschnellte, schriest Du entzückt auf.
Ich sah eine andere Szene ablaufen. Das war lange her, ich mag dreizehn oder vierzehn Jahre alt gewesen sein. Meine Mutter saß am Tisch und las. Wahrscheinlich war es eins der Gedichtbücher von Tagore, Rabindranath Tagore, deren rote Einbände mit dem gelben Monogramm mir so deutlich in Erinnerung geblieben sind. Sie saß sehr ruhig da, das Gegenlicht der Tischlampe umgab sie mit einer Aureole, und in ihr leuchtete sie in dem halbdunklen, stillen Zimmer wie das Sinnbild alles dessen, wonach man sich sehnen konnte in der Welt. Ich erschrak davor und erschrak sogleich noch heftiger, als ich merkte, daß mir der Schwanz hart geworden war. Ich fühlte etwas darin wie das summende Vibrieren in den hölzernen Telegraphenmasten, die ich auf den Wegen um unser Haus anzufassen pflegte. Und noch eine Vorstellung ist für immer mit diesem Moment verbunden, nämlich daß mein Kopf von einer rostfarbenen, dunstig glühenden Staubwolke umgeben war, die ich aus Beschreibungen oder Illustrationen von Karawanen zu kennen glaubte, die bei Sonnenaufgang oder im Abendrot durch die Wüste ziehen. Leise wie ein Raubtier sprang ich mit wenigen Sätzen hinter die ruhig lesende Frau, und dann schlug ich, trommelte ich in einer kurzen Raserei mit dem harten Ding neben dem Buch auf die polierte, im Licht glänzende Tischplatte. Danach war es wieder ganz still im Zimmer. Ich stand zitternd und wartend neben ihr. Nichts konnte erregender sein als die fast schläfrig wirkende Ruhe, mit der sie darauf niedersah und es dann langsam mit dem Unterarm vom Tisch schob. Was soll denn das, sagte sie leise und ernst, ohne jede Spur der empörten Zurechtweisung, auf die ich gefaßt gewesen war, ohne mit Bestimmtheit auf sie zu rechnen.
Ich bin sicher, daß sich das einige Zeit nach einem anderen Vorfall zugetragen hat, der mir nun auch wieder einfiel. Ich

hatte sie belauscht. Nicht mit Absicht; ich war unbemerkt in das dunkle Nebenzimmer eingetreten und wollte eben Licht machen, da sah ich sie durch die halboffene Tür auf dem Sofa liegen. Sie trug ein dünnes ärmelloses Kleid, und wie sie so dalag, waren ihre sehr weißen Beine fast ganz zu sehen. Sie war schön, das ganze Viertel rühmte ihre Schönheit und wie unnahbar stolz sie sei. Ich sah sie an, und dann sah ich die dunkle, gekrümmte Gestalt meines Vaters. Er kniete am einen Ende des Sofas und küßte und leckte ihre nackten Füße. Es sah aus, als zöge eine innere Macht seinen Körper gewaltsam zu einem dunklen, häßlichen Knäuel sklavischer Ergebenheit zusammen. Und sie lächelte, lächelte verächtlich, fast angewidert vom anderen Ende des Sofas her auf diesen unwürdigen Sklaven hinunter. Der Anblick erschreckte mich, benahm mir im ersten Moment den Atem, aber im zweiten schon war es ein freudiger Schreck geworden, eine schreckhaft große Freude, und ich weiß, daß ich triumphierend gelächelt habe, als ich das Nebenzimmer, ebenso unbemerkt wie ich gekommen war, wieder verließ. Ich denke, daß mein im Dunkel verstecktes Lächeln dem ihren, wie ich es gesehen hatte, sehr ähnlich gewesen sein muß. Vielleicht war es dieser Triumph, ihr Triumph und meiner, der mir die sonderbare Antwort eingab, die ich damals einem Mitschüler auf eine Frage nach meinen Eltern erteilt habe. Meine Mutter ist schön, mein Vater Buchhalter, habe ich gesagt.

Soll ich erzählen, wie das weiterging? Denn es ging weiter. Das Sofa verschwand, wir lagen auf der neu angeschafften Couch (dieses Möbelstück kam damals gerade in Mode hierzulande) und sie gab mir ihre schönen, sahnigen Brüste zum Spielen, während mein Vater, der das vergeblich mißbilligte, auf der anderen Seite neben ihr lag. Dann wurde es Sommer, und es kamen viele lange Sommernachmittage, an denen ich mit ihr allein war auf der Couch. Ich weiß nicht einmal, ob ich das schön fand; unvermeidlich war es. Doch, ich habe es wohl auch schön gefunden.

Ich weiß nicht, ob man sagen kann, das alles gehöre nicht hierher, gehöre nicht zu unserer Geschichte. Ich habe es erzählt, weil ich das nicht zu entscheiden wage, und weil es mindestens insofern hierher gehört, als ich mich in der Zeit mit Dir so lebhaft daran erinnert und Dir auch davon erzählt habe (so daß Du Dir einen Spaß daraus machtest, auf die nach Deinen Worten »weltbekannte Geschichte« anzuspielen, wobei Du meine Mutter nur »die alte Sau« und meinen Vater abwechselnd den »biederen Buchhalter« und den »braven Kolonialwarenhändler« nanntest).

Weitermachen. Seit dem frühen Sommermorgen saß ich über meinen Manuskripten und versuchte einen Ansatzpunkt für die Weiterarbeit an ihnen zu finden. Manche Sätze, Seiten, Abschnitte las ich laut. Es war erschreckend, wie fremd sie klangen, selbst die, die ich noch kurz vor B's Tod geschrieben hatte. Ich fand nicht einen an diesem Morgen, an den ich hätte anknüpfen können. Aber das Begonnene aufgeben und etwas ganz Neues anfangen, der Gedanke war mir unerträglich. Ich hatte so vieles aufgegeben oder aufgeschoben, Jahr um Jahr; ich mußte endlich etwas festhalten und fertigmachen, um mir nicht selber völlig verlorenzugehen und alle Selbstachtung zu verlieren. Ich hätte auch gar nicht gewußt, was ich Neues hätte anfangen sollen. Die »Hauptsache« blieb die Hauptsache, etwas anderes hatte ich nicht. Jedenfalls mußte ich wieder schreiben. Ich war zu dem Schluß gekommen, daß ich mit dem Schreiben anfangen müßte, nicht mit dem Leben. Das Leben würde schon kommen, wenn ich nur erst wieder schrieb. Ich saß über meinen alten Manuskripten, tausend fragmentarischen Seiten, glaubte zu wissen, daß das Leben, das ich ersehnte, davon abhing, daß ich wieder schrieb, weiterschrieb, meine Arbeit wieder aufnahm, und zwar auf der Stelle, am selben Morgen noch, und fühlte zugleich, daß ich es nicht vermochte. Ich rührte mich kaum, aber mein Gesicht war mit Schweiß bedeckt, und wenn ich es abwischte, überzog es sich sofort aufs neue. Mehrmals sprach ich mit wütender, verpreßter, zischender Stimme die Devise aus, zu der ich mich entschlossen hatte: Primum scribere, deinde vivere. Und indem ich mir wieder einmal den Schweiß meiner Schwäche vom Gesicht wischte, sagte ich laut und mit absichtlicher Anstrengung der beteiligten Gesichtsmuskulatur: Nulla dies sine linea. Aber das war schon verzweifelter Hohn, ich wußte genau, daß ich dem schönen Vorsatz schon am ersten Tag untreu werden und keine einzige Zeile schreiben würde.

Primum vivere, deinde scribere, würdest Du gesagt haben, nicht nur an diesem Morgen, aber an ihm ganz besonders; und im Grunde gab ich Dir darin vollkommen recht, das weißt Du wohl. Ich war weit davon entfernt, dem Schreiben den Vorrang vor dem Leben einzuräumen; nur um des Lebens willen, zu dem ich eben durch das Schreiben wieder fähig zu werden hoffte, hatte ich mich zu dieser befremdlichen Losung bekannt.
Du kamst herein, schobst die Mappen und verstreuten Blätter achtlos zur Seite und setztest Dich wieder auf den Tisch; das war fast schon so etwas wie Dein Platz geworden. Du konntest nicht wissen, daß Dein plötzlicher Eintritt in diesem Moment ein brutales Eindringen war, aber es ist nicht das einzige Mal gewesen, daß ich denken mußte, wir hätten nicht viel mehr Aussicht, zum Einklang miteinander zu kommen, wie zwei Tiere sehr verschiedener Art, sagen wir eine Katze und ein Tintenfisch.
Ich war gestört, verstört, und als ich Deine Augen sah, sprang ich in Erwartung einer weiteren Belästigung verärgert auf.
Du weinst? Weinst Du?
In der Hoffnung, mit ein paar läppischen Bekundungen der Teilnahme davonzukommen, begann ich an Deinem Gesicht herumzuwischen. Du stießt mich ein wenig weiter von Dir weg, hieltest mich dann aber mit ausgestreckten Armen an

den Schultern fest und sahst mich mit geröteten Augen starr und ernst an. Ich hörte die Wohnungstür ins Schloß fallen, hörte die Stimmen der Kinder, Korfiz' Stimme sich entfernen, ihre auf der Treppe verklingenden Schritte, und in der folgenden Stille ganz nah die Worte: Wir fahren jetzt ein bißchen weg. Vielleicht bleiben wir irgendwo über Nacht.
Gut, Du würdest ihnen also nachgehen und sie irgendwo einholen, ich würde Ruhe haben, die Ruhe, die ich jetzt brauchte, ich mußte nur noch wissen, warum Du geweint hattest, mich davon überzeugen, daß es nicht allzu schlimm war und noch ein wenig Teilnahme zeigen. Ich glaubte, alles verstanden zu haben, nur Deine Tränen nicht. Aber da stiegen sie von neuem in Deinen Augen auf, und Du zeigtest mit ungelenker, schwer beweglicher Hand zuerst auf mich, dann auf Dich selbst. Du und ich? Ach, ich sollte auch mitkommen? Ich sprach diese Fragen nicht aus, setzte vielleicht bloß zu einem Kopfschütteln an, da ich mir ja gerade etwas vorgenommen hatte für den Tag. Doch in den überstürzten Bemühungen meines Denkens war dessen Weg vom naheliegenden Mißverständnis über das vollkommene Aussetzen des Verstehens und die betäubende Ahnung zum Begreifen selber ein Sturz, dessen Phasen in der Geschwindigkeit für mich kaum besser wahrnehmbar waren als für Dich. Als ich begriffen hatte, mußt Du es mir freilich angesehen haben, denn ich sah Dich nachdrücklich und bedeutsam nicken und hörte Dich sagen: Ja, du und ich, allein. Es war ein Sturz, und ich werde wohl ausgesehen haben, als sei ich da im Zimmer buchstäblich hingefallen, verblüfft, wütend, mindestens unwillig, so daß Du fragtest: Oder willst du jetzt kneifen?
Ich hätte ja sagen sollen, ganz leise, das hätte genügt. Innerlich schrie ich es, schrie Dich an, Du wüßtest es ja, sonst fragtest Du doch nicht. Aber Du konntest es eben nicht erwarten, weiterzumachen, weiterzukommen oder auch endlich anzufangen, wie mans nimmt. Mußtest unbedingt heute noch gefickt werden, gestoßen werden, statt morgen, übermorgen oder übers Jahr, während ich überhaupt noch nicht lebte,

noch nicht wieder am Leben war oder nicht mehr, wie mans nimmt. Ich lag am Boden und schrie Dich an, als hättest Du mir ein Bein gestellt.
Aber als ich den Mund aufmachte, brachte ich nur eine Entschuldigung vor, ich sei so verwirrt, und fragte dann: Und er? Und Korfiz?
Ich habe es ihm gesagt, antwortetest Du. Deine Augen waren nicht mehr rot, fast gar nicht mehr.
Was hast Du ihm gesagt?
Du warst wie ein Stein, aus dem eine Stimme tönte. Alles, sagte die Stimme. Daß ich dich liebe, sagte sie. Daß wir uns lieben und daß ich mit dir allein sein will, sagte sie.
Ich wiederholte meine Frage, und die Stimme aus dem Stein antwortete: Er ist dein Freund und liebt uns.

Wir fuhren nach Travemünde, dann nach Lübeck, wo wir die Nacht miteinander verbrachten. Sie verging wie die des vorbestimmten Tages, dessen versäumtes Glück dieser nur von Dir erwählte Tag nicht noch einmal zu gewähren vermochte. Ich hatte versucht, an seine Macht zu glauben, hatte versucht, ihn mit einer Heiterkeit zu begehen, die ich nicht fühlte. Schon auf der Strandpromenade in Travemünde kam ich mir vor, als sei ich von unten bis oben mit Steinen, mit Schotter gefüllt, so daß ich kaum noch die Beine heben konnte, während wir uns zwischen den unablässig in den immer gleichen vorbestimmten Bahnen dahinrieselnden Saisongästen durchwanden. Und dann hatte ich dem Verhängnis, das über diesem Tage waltete, direkt in die Augen sehen müssen, Fleurs Augen, die mich von einer Caféterrasse her anstarrten. Es war nichts Erstaunliches daran, daß sie dort war, an einem Wochenende im Sommer, das war seit vielen Jahren ihre Gewohnheit. Aber daß es eine Lücke gab im Strom der Menge, und daß sie sich eben in dem Moment öffnete, in dem wir uns so genau einander gegenüber befanden, daß unsere Blicke uns verbinden konnten, verbinden mußten wie eine straffgespannte Schnur, die die lange Zeit zwischen unserer letzten Nacht und diesem Tag ebenso überbrückte wie die geringe räumliche Entfernung, die uns trennte – das war es, was mir die ohnehin künstlichen, angedrehten Hoffnungen dieses Tages verdarb. Starre, starrende Augen, mit denen mich die ferne Zeit anblickte, in der ich gelebt hatte, und aus denen ich ablesen konnte, daß ich nun tot war. Es galt nur noch, diesen Tag zu überstehen und neue Kraft zu gewinnen für eine kaum glaubliche Auferstehung. Ich sagte Dir nichts davon, als Du mich fragtest, was ich denn hätte mit einem Mal. Ich schützte etwas anderes vor und begann im übrigen wieder zu trinken, um noch einmal ein Alibi zu haben. Am Morgen sagte ich dann, ich hätte an B denken müssen, aber ich hatte fast gar nicht an sie gedacht. Nur einmal, in der Nacht, nachdem ich Dir wieder mit den bloßen Händen den Jubelschrei abgepreßt hatte und Du eingeschlafen warst. Mit aller Kraft hatte ich mir vorzustellen versucht, daß sie noch einmal hereinkäme und ihre langen, roten, dichten Haare über mein schlafloses Gesicht fallen ließe als wollte sie mich unter ihnen ersticken, mir den ewigen Frieden geben.

Aber es endete nicht, wir gaben nicht auf, obgleich es nicht weiterging. Ich ersann immer neue Pläne, um das Leben wiederzugewinnen. Ich nahm mir vor, wieder zu malen, was ich schon seit zwanzig Jahren nicht mehr getan hatte, auch das sollte jetzt wiederkommen, und auf meine Anregung hin mieteten wir ein Zimmer in einer alten Villa am Rondeel, das unser »Malzimmer« werden sollte, wie wir es nannten, um das prätentiöse Wort »Atelier« zu vermeiden, und von dem wir hofften, daß wir in ihm endlich ganz zueinander finden würden. Du maltest dort für Deine erste Ausstellung, maltest auch mich, ein großes Potrait. Ich liege da mit nacktem Oberkörper auf dem Bett, den Kopf mit geschlossenen Augen auf dem rechten Oberarm, die rechte Hand am erhobenen Unterarm über dem Kopf wie ein Dach. (Es war eine

Haltung, die B oft beim Schreiben einnahm, am Küchentisch unserer Ehrwalder Wohnung; aber das konntest Du nicht wissen.) Ich nannte das Bild den »sterbenden Schwan«, aber als Korfiz es sah, sagte er: Oh, der Schriftsteller bei der Arbeit. Der Titel traf, denn ich schrieb nicht, schrieb nicht und malte nicht, auch dieser Anfang oder Wiederanfang mißlang mir.

Im Herbst fuhren wir für vier Wochen gemeinsam nach Spanien, wohnten in Cadaqués, badeten in Castelldefels, besuchten Barcelona und mieden Puerto de la Selva, wo ich mit B gewohnt hatte. Auch diese Reise, auf die wir einige Hoffnung gesetzt hatten – oft erhofft man sich ja von einer Ortsveränderung zugleich eine Belebung stagnierender Verhältnisse – zerfiel in eine Serie entwicklungsloser Momente, an die ich Dich nicht erinnern will. Korfiz sagte, es sei während dieser Wochen immer »eine Atmosphäre wie von feuchten Tüchern« um uns gewesen. Er machte nun überhaupt von Zeit zu Zeit Anspielungen auf uns. Einmal sagte er: Es macht mir nichts aus, wenn du deinen Schwanz in ihre Fotze schiebst. Und ein andermal, wenn Du Dich von ihm scheiden lassen und mich heiraten wolltest, wolle er bei uns bleiben. Ich sagte nur etwas unbestimmt Abwehrendes dazu.

Entwicklungslose Momente, vereinzelte Erinnerungsbilder. Das »Malzimmer« mit dem Rosengeschling aus Stuck an der Decke. Ich komme herein, Dein kleiner Kopf auf dem langen dünnen Hals dreht sich mir zu. Zuerst lächelst Du noch mit offenem Mund (als wär's für »Elle«). Ich sage etwas über das entstehende Bild, das kann ich, mir fällt immer was ein, ich bin ein fabelhafter Schwätzer. Manche Deiner Bilder gefallen mir. Ein ganz kleines, etwas wie ein Nachklang von Runge, von den Hülsenbeckschen Kindern. Ein größeres, ein ovaler Tisch auf einer Wiese, und in der polierten Platte spiegeln sich

Wolken und eine Schar weißer Vögel, die sehr hoch fliegen müssen, so klein ist ihr Spiegelbild; mir gefällt der poetische Nonsense des Arrangements bei gleichzeitiger Wahrung der Möglichkeit. Ich finde an jedem Bild etwas Gutes, ohne andererseits meine Pflicht zur Kritik zu vergessen. Ich glaube, ich mache das wirklich gut, und fast ganz ohne mich zu verstellen. Manchmal trumpfst Du mit tollkühnen Maximen gegen mich auf, die Du mit dem anmutigen Ungeschick Deiner Hände aus der Luft greifst, und dann – willst Du es mir verzeihen? – dann konnte es dahin kommen, daß ich Deine schwerfälligen Sätze gar nicht mehr hörte, hingerissen von der Eloquenz dieser Hände. Meistens jedoch hörst Du mir zu, und zuweilen nehmen Deine Augen dabei einen fast unterwürfigen Ausdruck an. Ich ziehe meine Jacke aus und gehe zum Bett. Wenn es warm ist, ziehe ich mich ganz aus. Mit mutlosen Strichen machst Du weiter, während ich mich in schildkrötenhafter Lethargie ausstrecke und die weißen Stengel, Blätter, Blüten über mir ins Auge fasse. Ich merke, daß Du von Zeit zu Zeit zu mir herübersiehst; ich brauche mich nur zu räuspern, und schon kommt ein Blick, den ich nicht auffange. Jetzt läßt er mich hier einfach malen, denkst Du, das weiß ich, und ich versuche Dir etwas vorzutäuschen, in dem ich ein wenig stöhne, seufze, mich ein bißchen wälze und strecke. Es kommt sogar vor, daß ich in scheinbarer Selbstvergessenheit leise zu pfeifen beginne. Das soll Dir vorspiegeln, es wäre alles in Ordnung so, Du wüßtest es nur nicht. Hinter meinem Gesicht wirkt ein ständiger Druck nach außen; wenn ich ihm nachgäbe, zerginge es, und ein tränenüberströmtes Monstrum bräche aus mir hervor, ein Caliban mit fassungslosen Kinderaugen. Vielleicht drehe ich mich zur Wand, der grünen Seidentapete mit dem weißen Blumenmuster zu. Während ich die Drehung ausführe, siehst Du besonders lange herüber. Vielleicht spüre ich nun wirklich eine starke Müdigkeit. Trübe Müdigkeit. Ein paarmal bin ich tatsächlich so eingeschlafen. Andere Nachmittage enden mit einer dieser tristen Szenen, auf deren Höhepunkt, den ich nicht mit Dir teile und auf dem wir beide sehr verlassen sind, Du mir von oben her versicherst, daß Du mich liebst.

Unsere Heimwege vom »Malzimmer«. Rondeel, die Straße und in ihr das Lokal gleichen Namens, in dem wir ein paarmal gegessen haben. In dem Du mir diese Geschichte erzählt hast, in der kein Wort fiel. Diese Geschichte in San Remo oder Ventimiglia. Schweigend hatte ein fremder Junge Dich bei der Hand genommen, schweigend warst Du ihm gefolgt. Dann, in einem dunklen Winkel ein langer betäubender Kuß, und die wortlose Trennung als sein Zug kam. Das war alles. Jeder nahm das Gegenstück zur Erinnerung des andern mit sich fort. Ich war verstimmt, weil ich nicht hoffen konnte, daß wir uns jemals eine Erinnerung verdanken würden, die gegen diese aufkommen könnte.
Nach links in die Maria-Luisen-Straße. In ihr ein anderes Lokal, in dem wir manchmal gegessen haben. Da müßten noch Erinnerungen drinstecken, Erinnerungen noch und noch. Aber ich mag nicht nach ihnen suchen. Der flüchtige Gedanke daran genügt mir schon, er hüllt mir plötzlich den Kopf ein wie eine dichtgeballte weiße Wolke, duftende Knasterwolke aus einer altväterischen Pfeife, die ich vielleicht geraucht hätte, wenn ich der Student vergangener Zeiten gewesen wäre, als den ich mich dort immer gefühlt habe an Deiner Seite am Tisch, ich weiß nicht warum, so lächerlich hochgemut und ganz in Dein Lärvchen verlöffelt und niedergedrückt vom Bewußtsein der Unsinnigkeit dieses Anflugs. In der Nähe der Kanal, über dem Du stehenbliebst und sagtest: Gib mir hundert Mark, dann spring ich rein. Nicht nötig, sagte ich. Gib mir hundert Mark, und ich springe, sagtest Du. Ich will nicht, daß das Geld naß wird, sagte ich, und wenn ich dir sage, ich gebe es dir nachher, dann traust du mir nicht, nehme ich an. Stimmt, sagtest Du, denn du bist ein Schuft, du hast etwas Schuftiges an dir.
Und nun nach rechts. Eppendorfer Baum. Das ziemlich ver-

wahrloste Eis-Cafe, das dann, noch bevor wir die Stadt verließen, abgerissen wurde, war wohl das Lokal, das wir am häufigsten aufgesucht haben. Hier können wir noch was trinken, sagtest Du. So drücktest Du Dich aus, und ich fand diese Feststellung etwas sonderbar, denn es ist ja selbstverständlich, daß man in einem Lokal etwas trinken kann. Versonnen sah ich der jungen Wirtin zu. Schmächtiger Oberkörper, dünne Arme, dünne Unterschenkel, aber die Oberschenkel stark und gewissermaßen dreist geschwungen, das alles war genau auf die Art nicht in Ordnung, die geeignet war, einige Erregung in mir auszulösen. Es konnte sogar zu einem kurzen Anklopfen an der Innenseite meiner Hosentür kommen (so nannte ich das im stillen und hatte es auch irgendwo so notiert). Aber alle meine Erregungen damals waren nur flüchtig und schwach, sie hatten etwas Düsteres, und das achselzukkende Sichabwenden, auf das es fast immer hinauslief mit ihnen, schien schon in ihnen selber angelegt zu sein. Ich fragte mich, wie das wohl wäre, wenn mich mit einem Mal ein geradezu unbändiges Verlangen nach dieser so attraktiv deformierten Venus befiele. Ich dachte wahrhaftig die Worte »unbändiges Verlangen«, um mich zu verhöhnen. Würdest du gern deinen Schwanz in ihre Fotze schieben? fragtest Du. Ich antwortete wahrheitsgemäß mit einem Nein und hatte das Gefühl, daß ich es eigentlich in abbittendem und bedauerndem Ton sagen müßte; entschuldige bitte, daß ich das nicht möchte, arme Kleene. Denn das war ja das Malheur, daß mir von den zwei Bedürfnissen, die es nach Mercier oder Camier oder beiden gibt (»das Bedürfnis, das man hat, und das Bedürfnis, es zu haben«) nur noch das zweite geblieben zu sein schien. Da geschah etwas Bestürzendes. Von einem Augenblick zum anderen überkam Dich etwas wie ein starker Schüttelfrost. Du glichst einem schönen, schwachen, jungen Baum, den ein plötzlicher Windstoß erfaßt, und ich sah, wie das ruhige Nachmittagslicht auf Deinem Gesicht, Deinem Hals, Deinen Armen zersplitterte und nach allen Seiten von Dir wegsprühte. Und auch Deine Stimme war aufgebrochen

und sprach nicht, sondern versprühte die Worte: Du bist so wunderschön, du bist so wunderschön. Du sagtest noch mehr, es war eine ganze kindlich-hinreißende Litanei der Anhimmelung. Es hätte mich freuen sollen, und vielleicht freute es mich auch. Aber wenn ich das auch noch nicht anerkennen wollte, so war es doch wohl bereits ein Gesetz, daß alle Freude sogleich naß wird in mir, sie erlischt und wird schwer und klumpig vor Nässe. (Ich erinnere mich, wie ich Dich am Abend dieses Tages im Stich ließ und die Tür meines Zimmers hinter mir zumachte, um ein gewisses Buch aufzuschlagen und eine gewisse Zeile zu suchen. »Deine Arme sind wie Bäumchen ohne Borke«, oder so ähnlich. Ich fand sie bald und dachte an Dich und wieder einmal stieg mir eine meiner pervertierten Freuden in die Augen.)
Nicht weit vom Cafe die Buchhandlung, eine der drei oder vier Buchhandlungen, in denen ich damals immerfort Bücher kaufte. Sie begrüßten mich da schon wie die Kneipenwirte einen zahlungskräftigen Säufer begrüßen. Ich kaufte in diesem einen Jahr mehr Bücher als in den zehn Jahren davor. Ich las kaum etwas davon und glaubte es mir auch selbst nicht recht, wenn ich mir sagte, ich würde sie später lesen. Manchmal stapelte ich abends ein paar Dutzend neu erworbener Bücher neben meinem Bett auf, legte mich hin und verbrachte mehrere Stunden damit, einen Band nach dem anderen aufzuschlagen, am Papier zu riechen, hier und da ein paar Worte zu lesen. Am Anfang empfand ich immer ein gewisses Behagen bei dieser Beschäftigung, und ich legte meine Füße unter der Decke sorgfältig aufeinander und schmatzte ein bißchen, um es noch zu steigern. Doch nach einiger Zeit schlug meine Stimmung um. Ich schmatzte nicht mehr, sondern verzog die Lippen wie vor einer widrigen Kost, und meine Füße rieben sich unruhig aneinander. Tatsächlich hatte ich dann einen Geschmack im Mund, als hätte ich die ganze Zeit gedankenlos und unmäßig von einer faden Speise gegessen, etwas wie in Wasser aufgeweichter Schiffszwieback. Ich machte das Licht aus und schaffte es manchmal, mich in den Schlaf zu räsonnie-

ren, indem ich zur Wand hin und hinter festgeschlossenen Zähnen etwa folgende Rede hielt: Beschissen, beschissen, beschissen. Ist es denn menschenmöglich, daß keiner diese Beschissenheit merkt. Diese dreimal, dreiunddreißigmal, dreihundertunddreiunddreißgmal beschissene Beschissenheit des Beschissenen. Beschissen, beschissen, einmal der Beschissenheit des Beschissenen gefolgt, es ist nie wieder gutzumachen. Und so weiter. Aber am nächsten Tag kaufte ich noch mehr Bücher. Längst ist mir klargeworden, was es mit dieser Sucht in Wahrheit auf sich hatte. Sie gehört zum Syndrom eines Abgestorbenen meiner Art, der sich vormachen will, er habe noch das Leben. (Ich befürchte nicht, daß Du aus meinem besonderen Fall aufs Allgemeine schließen wirst, besonders deswegen nicht, weil es mein Fall ist, und weil es sicher bekömmlicher ist, ihn für so besonders wie möglich zu halten. Im übrigen hätte ich gegen diesen naheliegenden Schluß jedoch durchaus nichts einzuwenden, nach dem denn also alle, ausnahmslos alle Phänomene des Lebens, wie wir es kennen, zu einem Lemurensyndrom gleich dem meinen gehören, weil Kürnberger recht hat und dieses Leben nicht lebt, ohne aber solcher dreitausenddreihundertdreiunddreißigfach beschissenen Beschissenheit seines Beschissenseins innezuwerden.) Um jedoch auf meinen eigenen beschissenen Fall zurückzukommen, so gab ich mich eben auf jede Weise dem Wahn hin, ich hätte B überlebt. War mir nicht alles noch einmal zugefallen, was ich brauchte? Mein alter Job warf mir das Geld ab (aber ich war nahe daran, ihn wieder zu verlieren). Mein Bücherbestand vermehrte sich mit großer Schnelligkeit (aber ich konnte nicht mehr lesen). Meine angefangenen Manuskripte lagen auf dem Tisch bereit, ich brauchte mich nur hinzusetzen und sie fertig zu machen (aber ich setzte mich nicht hin und machte sie nicht fertig). Und Du warst da, gingst neben mir her, meine Hand lag in Deinem Nacken, und es war eine ausgemachte Sache, daß wir uns liebten (aber unsere Liebe blühte nicht).

Das war unser üblicher Weg vom »Malzimmer« nach Hause; über die Curschmannstraße, die dann noch kam, habe ich nichts zu sagen. Je näher wir dem Haus kamen, desto munterer wurde ich. Die Müdigkeit, die ich im »Malzimmer« so schwer gespürt hatte, verflog, und wenn wir in der Curschmannstraße waren und den Abendrothsweg überquert hatten, war sie meist schon ganz weg. Ich freute mich auf die Abende, die mir gefielen, weil von ihnen nicht viel mehr zu erwarten war als die Hoffnung auf den nächsten Tag. Die besten von ihnen glichen einander so sehr, daß sich ebenso schlecht von ihnen erzählen ließe wie von einem ganz und gar schattenlosen Glück. Zwanzig Jahre hätte ich so gehen lassen mögen, »eine Reihe, völlig schön«. Bedenkenlos genoß ich, was mir beschieden war. Das Fernsehen zum Bier, das Bier zum Fernsehen. Kein Film, der mir zu öde gewesen wäre. Der Handlung zu folgen, wie man das nennt, hatte ich mir ohnehin seit langem abgewöhnt, ich wußte nie so recht was da vorging. Auch im Kino oder im Theater hielt ich es so. Meine Aufmerksamkeit richtete sich darauf, wie die Akteure etwas machten; was sie machten, war mir gleichgültig. Vermochte auch das mich nicht zu fesseln, so konzentrierte ich mich aufs ganz und gar Nebensächliche. Ein aufgebogenes Kalenderblatt an der Wand der Bauernstube. Ein halbes Firmenschild jenseits des parkenden Autos. Die Ziehharmonikafalten in einer Kniekehle. Eine zusammengeknüllte Serviette auf dem Teppich. Wenn ich so dasaß, fett und nichtsnutzig und schaler als das Bier vor mir, sagtest Du oft: Sei doch nicht so zufrieden, du, sei doch nicht immer so zufrieden. Das traf mich, weil es nicht zutraf. Ich war nicht immer so zufrieden wie ich es an diesen Abenden zu sein schien, denn es gab ja auch die Tage, die Tage mit Dir, dieses täglich wiederholte Ausholen zum Fehlschlag, das mich erschöpfte, so daß ich nun wie ein Trumm Teig war in meinem kurzen blauen Bademantel zwischen den drei Stuhllehnen, schlapper, bleicher Teig, der sich wehrlos festwerden fühlte in einer häßlichen, breiten Schüssel. Vollends ließ ich mich gehen, wenn Korfiz kam, er kam jetzt manchmal früher heim. Zuweilen habe ich den Drang gefühlt, mich ihm entgegenzuwälzen wie ein Hund seinem heimkehrenden Herrn, weil er mich vom Alleinsein mit Dir erlöste. Er hatte einen sitzen und spendete uns das Lächeln eines gütigen Gottes, und auch seine Bewegungen waren nicht irdisch, er bewegte sich wie die Leute im Weltraum oder unter Wasser, in den fadesten Szenerien des Fernsehens. Na ihr Schnurzelpurzelchen, sagte er. In seiner Gegenwart konnte ich die Deine oft ganz vergessen. Dann bemerkte ich Dich erst wieder, wenn Du hinausgingst. Unsere lärmende Eintracht vertrieb Dich, die unangestrengte Lebhaftigkeit unseres Umgangs miteinander, die, als eine Art Abfallprodukt, jene verabscheuungswürdige Jovialität zeitigte, mit der wir uns denn doch auch hin und wieder an Dich wandten, wenn uns irgend etwas an Dich erinnerte, ein Knarren des dritten Stuhls, ein lauter Atemzug des dritten Mundes, die flüchtige Irritation durch eine Unruhe, eine fremde Bewegung im Grenzbereich unserer Wahrnehmung. Ich war keineswegs unempfindlich dafür, mit Dir und in Deinem Namen empfand ich es als unerträglich in seiner Diskrepanz zu den flügellahmen Stunden des vergangenen Tages und aller Tage, den Stunden mit Dir, die uns doch wirbelnd hätten verfliegen müssen, nach allem was man von der Liebe weiß. Hin und wieder habe ich versucht, mich zusammenzunehmen, den Ausdruck meiner aufatmenden Erlöstheit zu dämpfen oder zu widerrufen, indem ich unvermittelt mit ernster Miene vor mich nieder oder seitwärts in Dein Gesicht sah oder auch nur leer und großäugig zu dem schwarzen Fenster hinüber. Oder ich wandte all meine Histrionenkünste auf, um Dir zu verstehen zu geben, Du könntest mir diesen Anfall von Aufgekratztheit ohne Ekel und Besorgnis durchgehen lassen, es sei alles in Ordnung zwischen mir und Dir, unsere Liebe werde blühen und ich würde alles an Dir gutmachen. Dann begann ich mitten in der Unterhaltung mit Korfiz oder durch die laufende Fernsehsendung mein Bierglas zu streicheln und zu betasten als sei es ein Teil Deines oder ein gewisser Teil meines

Körpers und meine Hand die Deine. Ich legte einen sehr variantenreichen Ausdruck von Laszivität und Genußsucht in diese scheinbar entrückte Aktivität meiner Hand, führte auch mehrmals den Zeigefinger rund um den Rand des Glases, wobei ich dann jäh und mit einem ganz leisen und kurzen Geräusch die Lippen öffnete. Diese ganze Vorführung hatte ich schon oft in Gegenwart von Frauen vom Stapel gelassen, sie gehörte seit langem zu meinem Repertoire, ich nannte sie »Gläserwichsen«. Sie schloß immer mit einem leichten, halbverheimlichten Wegzucken der Hand, als sei ich mir plötzlich ihres verräterischen Treibens bewußt geworden. Und dann, nach einer kleinen Pause, feuerte ich sehr rasch nacheinander eine Serie kurzer Blicke – blitzender und kitzelnder Blicke, wie ich hoffte – auf Dich ab, auf den Mund, die Schultern, den Mund, die Brüste, die Arme, die Brüste, den Mund, die Schultern, den Hals, den Mund, und zuletzt einen längeren in Deine Augen. Ich sah das kaleidoskopisch wechselnde, von unverstandenen Worten, Schreien und anderen Klängen begleitete Widerspiel der Fernsehszene, die hinter meinem Rücken ablief, auf den nackten und bekleideten Flächen Deines Körpers und versuchte mich zu dem Glauben zu bekehren, es müsse doch eine Lust sein, diesem reizenden und gelangweilten Körper zu der Lust zu verhelfen, nach der er so sichtbar verlangte. Worauf meine dritte Stimme prompt und süffisant antwortete: Aber gewiß, gewiß, gewiß doch. Jedenfalls gingst Du dann nicht ganz ungetröstet zu Bett, während Korfiz und ich unverdrossen auch noch die Neige des Abendprogramms schlemmten, bis der Kasten nichts mehr hergab als ein flimmerndes Pfeffer- und Salzmuster, das wir in einem Zustand leichter Betäubung noch eine Zeitlang anstarrten, bis Korfiz sich mit einer unirdischen, schwebenden Langsamkeit aufrichtete, um das Gerät abzuschalten.

Nicht alle Abende hielten sich auf dieser Höhe, oft genug wurde die völlig schöne Reihe unterbrochen.

Wenn Korfiz für uns kochte – man hörte ihn in der Küche singen – befiel Dich alsbald jene leichte Starrheit, die in Momenten dieser Art die erwartungsvolle Bereitschaft einer Frau ausdrückt. Ich ließ dann das herkömmliche Zeremoniell von Berührungen und Küssen ablaufen, immer in der Hoffnung, daß der Gesang in der Küche abbrechen und Korfiz mit einer seiner Spülwassersuppen daherkommen möge. Manchmal stellte ich mich so, als hätte ich ihn oder eins der Kinder auf dem Gang gehört, und nahm hastig eine duckmäuserich harmlose Haltung ein. Es gab auch Stunden, in denen es schon genügte, das Korfiz nur für zwei Minuten das Zimmer verließ, und sofort drängtest Du mir Deinen Körper auf. Ich sah den winzigen Leberfleck mitten über Deiner Oberlippe auf mich zuschweben wie ein Flöckchen Staub oder eine rostrote Mücke, sah Deine Schulter in einer zuckenden Wellenbewegung herankommen als näherte sich mir eine weiße Schlange. Es fehlte nicht viel, und ich wäre, bei Gefahr, mit dem Stuhl umzukippen, davor zurückgewichen.
Wenn Korfiz ausblieb, konnte ich nur auf die Unberechenbarkeit der Kinder bauen. Es geschah immer wieder, daß ich plötzlich eins von ihnen stumm am Türrahmen lehnen und mit großen, unbewegten Augen ins Zimmer blicken sah. Diese Gefahr hielt Dich jedoch nicht davon ab, irgendwann im schleppenden, breiigen Verlauf der Stunden, mit einer raschen, entschiedenen Wendung aufzustehen und die Fenstervorhänge zu schließen, damit niemand von der anderen Straßenseite zu uns herübersehen konnte. Dann setztest Du Dich wieder hin, den Rücken zu mir, und entblößtest mit wenigen Griffen Deinen Oberkörper, nahmst auch die Haare nach vorn, um den Nacken freizulegen. Das alles hatte etwas Geschäftsmäßiges, war wie die zweckvoll nüchterne Vorbereitung zu einer bestellten Handlung, etwa so, als wärst Du bei Deiner Friseuse, die eine Haarwäsche an Dir vornehmen sollte. Ich hatte diese Anstalten wahrgenommen, ohne den Blick von der anderen Szene, der im Fernsehen, abzuwenden. Ich hielt mich an ihr fest als ob mir zwei lange, dünne, geister-

hafte Arme aus den Augen hervorgewachsen wären, die sich mit kleinen, kralligen Idiotenhänden an das Gerät klammerten, während andere, zornig vor Ungeduld und ebenso idiotisch, sie von der Seite, Deiner Seite her loszureißen versuchten. Auch dort vor mir lief eine erotische Szene ab. Der Tambourmajor war gerade eingetreten. Er trug eine weiße Hose und blieb eine Weile regungslos an der Tür stehen. »Mann«, sagte Marie espressionistisch. Du wandtest Deinen kleinen, nichtigen Kopf ein wenig zur Seite und sagtest: Was ist denn da? Nicht da, sagtest Du, hier, hier spielt die Musik. Ich mußte mich Dir zuwenden, mußte die Hände nach Dir ausstrecken, wenigstens eine, benutzte sie aber, nachdem ich sie die notdürftigste Pflicht an Dir hatte tun lassen, nur dazu, Dich in die Zuschauerposition zu dirigieren. Es ist der Woyzeck, sagte ich entschuldigend. Marie sank nach rechts dem unteren Bildrand zu. Dieses stumpfnasige, schläfrig-lüsterne Gesicht. Von links oben senkte sich der Tambourmajor auf sie herab. Zack, rein, das ist Liebe, sagtest Du als hättest du Maries zweite Stimme übernommen. Knapper als Du und Marie konnte man nicht sagen, was Liebe ist.
Von Zeit zu Zeit rief Deine Mutter Dich abends an, hielt Dich stundenlang am Telephon fest. In unserer ersten Phase hatte mich das sehr aufgebracht, weil sie Dich mir so lange entzog; später war es mir ganz lieb, weil sie Dich mir abnahm. Einmal – ich war gerade nach Hause gekommen und, mit einem Gefühl großer Zuneigung für Dich, das ich tagsüber und fern von Dir, in mir herangezüchtet hatte, sofort in Dein Zimmer gegangen – fand ich Dich mitten im Gespräch mit ihr. Du warst ganz nackt und hattest es Dir halb liegend in einem der kleinen geblümten Sessel bequem gemacht, die Füße auf einem niedrigen gepolsterten Schemel. Du lächeltest mir zu, und ich ging leise zu Dir und küßte Dich. Es war das einzige Mal, daß ich den Eindruck hatte, als empfingst Du mich mit einer fast mütterlichen Geste. Es war eine Geste, die alles zu gewähren und nichts zu fordern schien. Mit einer langsamen, seltsam ruhevollen Bewegung aus dem Ellbogengelenk zogst

Du meine Hand an Deine linke Brust, die mir ebenso ruhevoll, breit und warm entgegenzuwachsen schien. In dieser Minute hätte ich Dir fast tonlos vor gelassener Aufrichtigkeit sagen können, daß ich Dich liebte, hätte es aber wohl auch dann nicht gesagt, wenn Deine Mutter mich nicht hätte hören können. Die Minute verging. Du löstest Deine Hand von meiner, schobst mit einem Ruck Dein Gesäß ein paar Zentimeter weiter vor und spreiztest zugleich Deine Beine so weit auseinander, daß Du mit dem rechten Knie hart gegen das Bücherregal schlugst. Dann zeigtest Du mit scharf abgewinkelter Hand und hart ausgestrecktem Zeigefinger mehrmals heftig zustoßend auf Deine Fotze. Dabei sahst Du mir mit aufgerissenem Mund ins Gesicht und nicktest mit dem Kopf, ein Nicken, das zugleich Dein Ja aussprach und nach dem meinen fragte. Ich dachte allerlei Worte in diesem Moment. Zuerst, mit Bezug auf Deine Hand, das Wort »gotisch«. Dann, beim Anblick der von einem ungewöhnlich starken und dunklen Haarkranz umgebenen Fotze, eine Anzahl von Bezeichnungen für ihre Beschaffenheit, ihre Form, ihre Maße, ihre Farben. Dann Worte für das, was ich mit ihr, in ihr tun sollte. Dieser Exzeß stummer, aber vor Überdeutlichkeit gleichsam knackender Artikulation in meinem Kopf sollte mich anstacheln, bewirkte aber das Gegenteil, und als mit knackend getrennten Silben das Wort »herumstochern« in mir laut wurde – du sollst in ihr her-um-sto-chern – da war ich am Ende. Ich weiß nicht mehr genau, wie es dann ablief. Ich nehme an, daß ich mit einem vagen Lächeln, einer unbestimmten Handbewegung in Richtung auf das Telefon hinausgegangen bin.

Die kleinen Leute machen die größten Worte. Hör Dir das an, alle Augenblicke sagen sie »ich liebe dich«, »ich bin unglücklich«, »du bringst mich zur Verzweiflung«. In diesem grandiosen Alltagsstil hätte es damals wohl heißen müssen, ich sei »ein unglücklicher Mann«. Aber was warst Du inzwischen? Du warst nicht unglücklich, aber auch nicht glücklich, weder diesen noch jenen Weg warst Du gegangen. Du warst ein Vakuum, das gefüllt, ein Loch, das gestopft werden wollte. War es da zu verwundern, wenn ich Dir Bier hineingoß und sagte, etwas anderes wüßte ich nicht damit anzufangen, ich wüßte überhaupt nichts mit Dir anzufangen? Ich war betrunken gewesen, total besoffen und so gut wie bewußtlos, Du hast es mir später erzählt, und ich habe es Dir glauben müssen. Ebensogut oder besser hätte ich sagen können, Du wüßtest nichts mit mir anzufangen. Dazu hättest Du Dich auf den Boden werfen müssen, auf dem ich lag. Mir entgegenrobben, statt wippend vor mir herzuschreiten. Wohl hatte ich eine Ahnung von diesem Stand der Dinge, aber wenn sie sich dunkel vor mir erhob, klatschte ich in die Hände, um sie mit hellem Klang zu verscheuchen. Ganz entschieden übernahm ich mich. Wie es scheint, wollte ich nicht nur ein Leben von der Art wieder aufnehmen und fortsetzen, wie ich es zuletzt gehabt hatte, sondern ein Leben, das ich spätestens zehn Jahre vorher schon verloren und, genaugenommen, selbst damals nie recht besessen hatte. Aber ich war doch immerhin so gewesen, daß ich nun dieses einstige Selbst, das den Roman mit Fleur erlebt hatte, von weitem anrief: »Zu sein wie du!« Es war hoffnungslos, und ich hätte das wissen müssen, wußte es auch, sprach es sogar aus, von Zeit zu Zeit, in den wechselnden Verkleidungen meiner vielen Worte. Aber dann klatschte ich wieder rasch in die Hände, und unter dem Anschein, als läge ich keineswegs für immer am Boden, sondern bewegte mich noch oder wieder so herrlich aufrecht wie einst, versuchte ich weiter auf Dich zuzukriechen. Doch kam ich nicht näher an Dich heran, denn Du gingst nicht zu Boden um meinetwillen. Mit offenem Mund und leeren Augen, begehrlich und wippend, gingst Du langsam rückwärts vor mir her und wartetest so, im unveränderten Abstand zwischen einem »unglücklichen Mann« und einer Frau im Stande der Leere, darauf, daß ich Dich einholte. So war diese Geschichte und blieb so, solange sie dauerte, gut zwei Jahre lang. Manchmal denke ich, daß sie von den paar Geschichten, die ich erzähle, und allen, die ich erzählen könnte, am meisten die meine ist. Voll zappelnder Bewegung ohne je vom Fleck zu kommen.

Weil ich Dich nicht »aß«, aßen wir oft zusammen. Deine spitz vorgewölbten, gekrausten Lippen beim Essen. Die langen Käsefäden zwischen der Tasse und Deinem Mund, die ganze Zeit während Du die Zwiebelsuppe gegessen hast. Das war im »Kamin« mit dem albernen Klavierspieler, der immer gleich loslegte: Wer kommt denn da, wer kommt denn da. Deine Eierbrote am Morgen, weiches kaltes Ei, das über die Ränder tropfte, auf den Teller und zwischen Deine Finger. Bevor Du anfingst, redetest Du erst lange in Deiner langsamen, stockenden Art, und alles wurde kalt. Oft in der Haltung des »artigen Kindes«, im Schoß gefaltete Hände, gesenkter Blick. Dann das hilflose Überlaufen des Gefühls in mir, eine Art Weinen hinter den Augen.

Deine unerlöste Lüsternheit. Einmal auf dem Weg nach Othmarschen, in die »Lupe«, um »Jules und Jim« zu sehen oder »Ein Mann und eine Frau«, gleichviel, irgendein Film dieses Genres. Du trugst den hellgrauen, engen Mantel, in dem Du so gut wie keine Brust hattest. Schulmädchen, aus gutem Hause. Die Beine staksig, Beine, die die Schwelle noch nicht überschritten hatten. Die Hände, denen man keine andere Befleckung als die mit Tinte zutraute. Ich malte Dir aus, wie das wäre, wenn Du so als Striptänzerin auf der Reeperbahn auftreten würdest. In diesem Mantel. Der Überraschungseffekt, wenn sich die höhere Tochter schließlich entpuppen würde. Dein Lächeln, als Du sagtest: Das könnte ich eigentlich machen. Ich sah Dir an, daß Du die Männerblicke auf Deiner Haut zu fühlen versuchtest. Vielleicht gelang es Dir. Sicher lief eine ganz rasche Überlegung in Dir ab, was Dich eigentlich hindere, Dich ernstlich zu bewerben. Die in mir aufblitzende Vorstellung der in Dir aufblitzenden Vorstellung, wie Du es einem bleichen Molch von Barbesitzer vormachst, einem dieser Typen aus Filmen. Und wenn Du geständig gewesen wärst, so wäre bestimmt herausgekommen, daß es Dir in diesem Moment viel verlockender erschien, die Abende in seinem Etablissement zu verbringen als mit Korfiz oder mir, was ich übrigens ganz in der Ordnung fand. Es fällt mir schwer, mir eine Frau zu denken, die sich niemals in diese Richtung verlockt fühlte. Von Männern mit erhobenen Schwänzen umgeben sein wie eine Heilige von Stifterfiguren und Kerzen. Keine schönen Männer, knorrige, wurzelgestaltige Kerle aus der Schmiede des Vulkan. Solche, die einer die Ehre antun, nur ihren Körper zu wollen. Wie in allen Unterdrückten ist in den Frauen viel Hohn, Wut, Mißtrauen, verachtungsvoller Haß gegen den »Überbau« gespeichert. Und nun gar eine wie Du, mit Deiner Infantilität, Deiner unerlösten Lüsternheit, Deinen Inferioritätsgefühlen. Manchmal, wenn ich so neben Dir her ging zwischen den anderen Passanten, wurde es mir bis zur Lächerlichkeit klar, daß es nicht ein Mann war, was Du brauchtest, nicht ein bestimmter Mann, dieser oder jener, und schon gar nicht einer wie ich.

Ich wußte es und vergaß es wieder, wußte es wieder und vergaß es wieder. Wie sollte man weitermachen, wenn man nicht alle Augenblicke wieder vergäße, was man weiß. Manchmal, wenn ich so neben Dir her ging zwischen den anderen Passanten, erschrak ich vor der Materialisation roher Lebenskraft in Deiner erbarmungswürdigen käsigen Hübschheit. Furchtbare Materialisationen des élan vital, oder so ähnlich, glaube ich, nannte Proust die »jeunes filles en fleurs«. Die Wahrheit über die Zartheit der Blüten.

Streifzug durch die Nebenstraßen der Reeperbahn, auf der Suche nach irgendwelchen verruchten Dessous. Das Schulmädchen wollte pantalons ouverts oder dergleichen kaufen. Oh, für mich. Die Auslage eines Geschäfts, das Berufskleidung für die Damen vom »Salambo«, »Lido«, »Tabu« feilhielt. Der Raum hinter dem Fenster dunkel, verlassen. Das Ganze so abgeschabt und armselig wie die Läden, die sich unbegreiflicherweise davon zu erhalten scheinen, daß ab und zu ein Kind kommt und Lakritz kauft und Schokolade stiehlt. Das scheppernde Klingeln, wenn es die Türen aufstößt, der grelle Lichtkeil, der dann plötzlich in die Dämmerung des Ladens vordringt, die aufgestörten Staubteilchen in der Helle und das bärtige Gesicht der alten Frau, zu dem sich der Hintergrund verdichtet. Beinahe wäre ich ins Träumen geraten, raffte mich aber zu der Bemerkung auf, daß das Zeug zu teuer sei. Wir gingen weiter. Hinter mir ging ich noch einmal und pfiff auf den Fingern und lachte mir nach.

Du brachtest es fertig, mich zu fragen: Bin ich verrucht? Sag, ob du mich jetzt verrucht findest. Oh Donnerwetter, und wie, sagte ich vielleicht oder lachte nur. Und Du sagtest: Ich möchte so gern verrucht sein, für dich.

Eine Luft, als ob sie einem eine Lehre in Unternehmungslust erteilen wollte. Auch die Sonne ohne Schwere, helles Kadmiumgelb. Eine der Gegenden, die erotisierend auf Dich wirkten, wie Du sagtest. Fürs Auge nichts als ausgedehnte Grauflächen, die liegenden der Straßen, die aufrechten der Häuser. Alles besudelt mit Nassem, Feuchtem, Trocknendem und Trockenem aller Art. Eisenteile, sagen wir zwei Prozent, durchweg rostig. Ich sah mich nach Spuren von Email um, nach Resten von Email, es mußte sie geben, sie gehörten hierhier. Sonst war alles da. Das dünne Weiß da und dort in den langen Reihen der Wohnungsfenster. Die reparaturbedürftigen Fenster der Reparaturwerkstätten. Die Einfahrten, die Höfe, der Schrott in den Höfen. Das Öl. Ich versuchte die Wirkung zu spüren, die Du bezeugtest, und es gelang mir so halb und halb, indem ich eine ungenaue Erinnerung aus Zola zur Verstärkung aufbot. Die Gattin eines Fabrikanten sucht und findet die höchste Lust in den von Schweiß und Öl triefenden Armen des Letzten unter seinen Arbeitern, auf einem Liebeslager aus Werg und stinkenden Lappen. So ähnlich war es, glaube ich, und so ähnlich glaube ich es Dir erzählt zu haben. Die Straße, auf der wir gingen, gabelt sich an ihrem Ende. Ich sehe den kleinen Platz mit dem Pissoir dort in dem pißgelben Licht von damals vor mir liegen und höre Dich träumerisch sagen: Manchmal stelle ich mir vor, ich wäre irgendwo weit weg, allein, ohne Geld, und ich müßte mich irgendwelchen Männern anbieten, um am Leben zu bleiben. Ich glaube, das könnte mir gefallen. Das Schaudern vor Deinen Möglichkeiten, den Möglichkeiten einer beliebigen Frau. Und vor der Einsicht, daß gerade in ihnen etwas von ihrem innersten, wahrsten Leben beschlossen liegt. Ja, das denkst du, sagte ich, und ich möchte fast sagen, ich könnte es dir nachfühlen. Aber zugleich ist dir klar, daß das doch nichts für dich wäre. Es würde dir nicht gefallen. Du sagtest: Ja natürlich, ich weiß. Aber das war eine von unseren täglichen kleinen Heucheleien. In Wahrheit wußten wir es ganz anders und wußten voneinander, daß wir es wußten. Und die Sonne schien, und ich bedachte, wie doch diejenigen, die uns zu lieben behaupten, immer darauf aus sind, uns das Leben auszutreiben.

Unsere Ausflüge, allein oder mit den Kindern, für deren Vater man mich dann hielt, nach Manhagen, Jesteburg, Worpswede. Einer so trostlos wie der andere. Die stummen Runden um den Manhagener Teich, eingedickte Stille und der an mich verpulverte Bann, wenn ein Vogel im Flug das Wasser ritzte, ein Fischmaul Ringe warf. Da, da, und dort, dort. So viele Fische und die taumelnde und zuckende Insektenplage im Sommerdunst über der grützigen Fläche. War da nicht ein Boot, ein grün und schwarz vermoderndes Boot? Ich sah es doch, eben noch. Manchmal setzte es sich in Bewegung, glitt unbemannt, ungerudert, bei vollkommener Windstille durch das regungslose, breiige Wasser und moderte an einer anderen Stelle weiter. Ein weißes Pferd stand am Ufer, das gehörte zum Hotel. Fliegen nippten von seinen Augenrändern. So, von jetzt an liebe ich dich nicht mehr, verkündete ich. Es war meine feste Absicht, und aufatmend lehnte ich mich zurück. Ungeheurer Radau in dem Schuppen, in dem die Jesteburger Dorfjugend Dampf abließ. Es war eine Täuschung, sagte ich heiter. Ach halt doch die Klappe, du dummes Schwein, sagtest Du. Die gute Stimmung hielt sich bis zum nächsten Frühstück, dann ging es in gewohnter Trostlosigkeit weiter. Nicht einmal Dein kleckerndes Ei hat Dir geschmeckt, bis ich wieder in sie eingelenkt hatte. Wie besessen klapperten wir die Worpsweder Galerien ab, besuchten auch ein keramisches Atelier. Wir wohnten bei einer Tochter von Heinrich Vogeler. Möbel nach Entwürfen des Vaters. Überall seine Bilder, impressionistische, fast expressionistische und solche im Jugendstil, flexibles Talent. Der blinkende kleine Schrank mit den Büchern, die er seinerzeit für diesen snobistischen Verlag aufgeschmückt hat. Alles in allem ganz die Sphäre eines ungültigen, in Abgestorbenheit fortwesenden Lebens, in die ich gern hineinsumpfen möchte. Ich begann Defoe zu lesen, nicht den »Robinson«, den »Singleton« oder den »Jack«. Wenn die Kinder an meine verschlossene Tür kamen, fand Deine Stimme erstaunlich prompt zur klaren Artikulation zurück: Geht spielen, ich habe etwas mit Leo zu besprechen. In der Abenddämmerung wurde die Gegend zur Mordlandschaft, in der Irre Irre töteten und von Irren getötet wurden. Aus ihren in Lust und Qual kreisrund geöffneten Mündern stieg der Nebel auf, den wir durchwateten. Jeden Abend fädelte ich mehr oder weniger ungeschickt meinen Abgang ein. In den Nächten hielt ich meine Verlassenheit in den Armen.

Morgens sah das Bett so aus, als wäre ich mit Dir darin gewesen.

Ich, zögernd: Wenn du mich liebst. Du: Ich liebe dich. Ich, entschlossen: Dann liebst du eine Leiche. Ein Dialog, der sich mit diesen, ähnlichen und ganz anderen Worten desselben Sinns jedesmal wiederholte, wenn ich mich am Ende fühlte, sehr oft also. Und jedesmal wartete ich vergebens auf die Antwort: Na gut, dann ist das eben so, dann liebe ich eben eine Leiche, denn was du auch bist, ich muß dich lieben. Ich wartete darauf wie auf einen Zauberspruch, der mich mit einem Schlag verwandeln und erlösen würde. Du hast es nie gesagt. Statt dessen hast Du immer nur versucht, mir auszureden oder einfach zu ignorieren, was ich war. Das kam mir so vor, als wolltest Du mich sozusagen unter Umgehung meiner selbst lieben, nicht weil, sondern trotzdem ich es war. Als wichest Du mir gerade indem Du Dich mir anbotest, hartnäckig aus. Aber ich ließ nicht ab, ich war zu schwach, um meine Hoffnung von Dir abzuziehen. Ich redete mit Dir, machte alles zu Worten, deren jedes mir zugleich treffend und ganz verfehlt schien, weil seine Gültigkeit sich im Partikularen erschöpfte, und so war ich gezwungen, immer mehr Worte zu machen, die aber mit jeder neuen Klarheit, die sie bringen mochten, unfehlbar eine bereits gewonnene wieder trübten. Ich redete mir Dir, lag Dir mit meiner schändlichen Histrionenstimme in den Ohren, aber zugleich waren auch die anderen Stimmen los, die Du nicht hören konntest, meine zweite und dritte, und alle drei verhandelten pausenlos und mit mörderischer Eloquenz über meinen Fall, und je länger es dauerte, desto weiter rückte jede Entscheidung außer Sicht, es sei denn die der Aussichtslosigkeit selbst. Doch fiel auch diese nicht, oder sie fiel alle Augenblicke, wurde aber ebensooft widerrufen, so daß also Urteil und Einspruch fast völlig ineinander übergingen und zu einem einzigen Diktum verschmolzen. Man könnte es sich leicht verkörpert denken in der Jammerfigur eines Lebewesens meiner Art, das sich unablässig mit dem Versuch abmüht, nach zwei oder mehr verschiedenen Richtungen zu fliehen und daher in dauernder zitternder Bewegung auf der Stelle verharrt. Und eine ähnliche und ebenso beklagenswerte Figur bildeten wir beide zusammen, Du in Deiner Erwartung, ich würde Dir endlich, überwältigt von Deiner gepeinigten Gegenwart verstummend in die Arme sinken, ich in meiner Hoffnung, Du würdest mich doch einmal, jetzt oder im nächsten Augenblick, erlösen vermöge einer Art bedingungsloser Kapitulation der Liebe vor ihrem Gegenstand. Was für ein Paar, was für ein Pärchen. Unterdessen ging das vielstimmige Palaver unaufhaltsam weiter, all meine Atemluft schien dafür drauf zu gehen, ich glaubte keine Sekunde mehr so durchstehen zu können, und ich war nicht nur einmal nahe daran, Dir einen erschreckenden und widerlichen Anblick zu bieten, den ich in der Vorstellung bereits genoß, ja genoß – meinen Anblick, also den eines ziemlich fetten, bleichen Mannes zwischen Fünfundvierzig und Fünfzig, der, nachdem er stundenlang im schönsten Fluß geredet hat, mitten in einem Satz, seinem letzten vielleicht, abbricht, sich langsam, wie in einer tiefen Trance, im Sessel, einem kleinen geblümten Sessel, zurücklehnt und dann, den Kopf über der Lehne, die Kehle preisgegeben, die schwimmenden Augen zur Decke, in ein langes, jämmerliches, mühseliges Glucksen ausbricht: Gl-gl-gl-gl-gl-gl-gl-gl-gl-gl . . . Damit hätte ich dann endlich mit dem wohlgesetzen Gestammel Schluß gemacht und der ganzen Wahrheit, meiner ganzen Wahrheit klipp und klar zum Wort verholfen. Ich habe es Dir erspart, wenigstens das. Aber ich könnte es ja jetzt machen, jetzt, in dieser Minute. Mich hochrappeln und hinausgehen, die zwanzig, dreißig Meter nach links bis zur nächsten Kreuzung, und mich da aufbauen, neben der Litfaßsäule, in ihrem Schatten, dann die Arme ausbreiten, Kopf zurück, Kehle frei, und: Gl-gl-gl-gl-gl-gl-gl-gl-gl-gl . . . Vielleicht, daß mich jemand bei der Hand nähme. Oh, sogar zwei. Und an beiden Händen. Und ab dafür.

Einmal hatte ich es so weit getrieben, daß Du nach Korfiz schriest.
Korfiz war nicht da, er war in München.
Dein Gesicht war explodiert, ganz zerfetzt schrie es: Ich will zu meinem Korfiz.
Da geschah es, daß ich ihn verriet.
Er kommt ja morgen, sagte ich. Ich spürte die Worte im Mund wie weiches Blei.
Ich will zu ihm, riefst Du, ich liebe ihn.
Oder übermorgen, sagte ich. Das Blei war schwer zu bewegen.
Glaubst du, daß er mich liebt?
Ich weiß nicht, was ich antwortete, es ist auch ganz gleichgültig. Ich war in einem Theaterstück, einem von der Art, die man well-made-plays nennt. Die simple Folgerichtigkeit in diesen Stücken war mir immer albern erschienen. Indem aber nun die Realität das Theater wahrmachte, machte dieses sie zum Theater. Freilich nicht ganz und gar, sie blieb quälend genug. Es kam auf ihr Konto, daß sich irgend etwas Schweres, Klumpiges in mir losgerissen hatte, das nun irritierend hin und her trieb. Von Zeit zu Zeit prallte es dumpf gegen irgendwelche Wände. Auch hatte die Dämmerung draußen diesmal ein Plus an Bedeutung, so als werde die kommende Nacht nicht bloß das übliche Intermezzo sein, sondern etwas Endgültiges. Es bricht herein, sagte ich mir, deutlich, deklamatorisch, es ist hereingebrochen. Von diesem Punkt aus brachte ich das Handlungsschema auf lauter Formeln mit »brechen«. Das ging ganz schnell, ungefähr so: Es gebrach ihr an etwas, da versuchte sie auszubrechen. Sie hat sich einen Liebhaber genommen und ist mit ihm aufgebrochen. Er enttäuscht sie, und sie bricht zusammen. Sie will zurück zu dem andern und hat einen großen Ausbruch. Und nun hatte meine Szene zu kommen, und während ich zögernd ein paar Worte mit Dir wechselte, die ich nicht mehr weiß, bereitete ich mich

auf sie vor. Ich ahnte, daß ich ihn verraten würde, scheute aber noch davor zurück, unter anderem deswegen, weil ich noch nicht wußte, wie ich dem Dialog die entsprechende Wendung geben sollte.

Aber ich weiß ja, daß er mich liebt, ich weiß es ja ganz genau, sagtest Du mit einer durchtriebenen, triumphierenden Miene, als hättest Du ihn mittels eines gemeinen kleinen Tricks in der Hand.

Für Dich unverständlich knurrte ich das Wort »Dienstmädchen«, ich spürte es wie ein kurzes Schaben im Hals, es vertrat das bekannte Beiseitesprechen. Oh, wir hatten ihn intus, diesen Stil, und jetzt fand ich auch den Übergang zur nächsten Phase des Dialogs.

Breit und spöttisch sagte ich: Ah, wie edel ich bin. Ich bin ja so edel.

Es war schlecht, also gut, weil solche Stücke eben schlecht sind.

Du schienst nichts gehört zu haben. Träumerisch ergingst Du Dich in Betrachtungen über die Liebe, die Vertrautheit zwischen Dir und ihm, es fehlte nur noch ein Arrangement aus Birken und kleinen weißen Wolken hinter Deinem zur Schulter geneigten Kopf.

Also noch einmal, ich war jetzt entschlossen, diesem Kitsch mit gleichen Mitteln ein Ende zu machen. Ich sagte: Du ahnst gar nicht, wie edel ich bin, die ganze Zeit. Aber jetzt will ich nicht mehr edel sein.

Diesmal hattest Du etwas gehört und fragtest ein wenig ungeduldig, gestört, verächtlich, was das eigentlich heißen solle.

Da rückte ich damit heraus. Ich sprach hastig, ungenau, stokkend, von Wort zu Wort weitergetrieben von dem Wunsch, mit dem nächsten schon wieder aufhören zu können. Die Worte fielen in kleinen Gruppen, wie Würfel aus dem Becher, Worte von quälender Lächerlichkeit, und vor jedem neuen Wurf zögerte ich, als stünde es mir noch frei, auf ihn zu verzichten. Ich sprach von seinen »Amouren« und nannte sie

»zahllos und wahllos«, und nie war mir eine Sprache so leer und floskelhaft vorgekommen, so hilflos weit verschlagen von der Wirklichkeit. Da Hekatomben nun einmal wenig Eindruck machen, mußte ich Einzelfälle anführen, kleine Farbtupfer aufsetzen. Ich erwähnte »eine aus der Agentur«, noch »eine aus der Agentur«, diese Geschichte mit dem jungen Schweizer, »einem Melker, weißt du«, und dem Bauern, der morgens plötzlich in die Kammer geglotzt hatte, eine Geschichte mit einem anderen »Epheben«, die sich vor kurzem erst an irgendeinem stillen Seeufer zugetragen hatte, dann auch Carola, und daß sie ihm ein bißchen zu laut wäre dabei. Nach und nach erfaßte mich ein gewisser Eifer bei dieser Zerstörungsarbeit, aber zugleich wuchs auch mein Entsetzen vor dem, was ich da tat. Was tat ich denn? Mit atavistischer Wut trampelte ich auf einem Gesicht herum, das unter mir lag, mit angehobener Fußsohle drehte ich die nackte, besudelte Ferse in seinen Augenhöhlen hin und her. Das Gesicht trug nicht seine Züge. Die hätte es vielleicht getragen, wenn ich mir irgendeinen Vorteil von diesem Verrat hätte erhoffen können. Es war irgendein Gesicht, aber es hatte eine Ähnlichkeit mit dem meinen, und je mehr ich es zermalmte, desto größer wurde sie.

Für Stunden hatte der schlecht-dramatische Geist die Wohnung jenseits meiner Zimmertür in Unruhe versetzt. Das Unwesen war, meiner Wahrnehmung zufolge, mit wilden Sprüngen zwischen dem Bad und Deinem Zimmer hin und her gehetzt, wobei es obendrein ständig heftige Kreisbewegungen mit seinen Armen oder Flügeln ausgeführt hatte, ich hatte das Sausen deutlich gehört. Plötzlich hatte das Wasser im Bad zu laufen angefangen. Nach einiger Zeit hatte ich gedacht, es würde nie wieder aufhören. So was macht mich immer halb verrückt, ich hatte aber nicht rausgehen wollen, um nachzusehen. Mehrmals hatte ich nackte Füße mit großer Eile an meiner Tür vorbeigehen hören. Einmal, ganz kurz, war

Deine Stimme bis zu mir gedrungen, schrill, laut, unverständlich, jäh wieder weg, und die Stille hatte danach geradezu ein Loch gehabt vor lauter Tiefe, so wie es unmittelbar, nachdem man das Licht ausgemacht hat, für einen Moment besonders dunkel ist. Dann war das Sausen wieder hörbar geworden, wie von im Kreis geschwungenen Fackeln. Du hattest ihn sofort in München angerufen, hattest ihn, wie der Ausdruck dafür lautet, zur Rede gestellt, ohne die Informationsquelle preiszugeben; nein, Du hast den Verräter erst viel später verraten, als es wirklich nicht mehr darauf ankam. Er habe geweint am Telephon, hast Du mir dann gesagt, und so hatte auch er seinen kleinen Zusammenbruch weg. Und damit war es auch schon ausgestanden, sozusagen. Ein paar Tage danach beklagtest Du Dich schon wieder darüber, daß ich Dich zu wenig zu beachten schien und schenktest mir eine Rose, die Du auf einem Rummelplatz geschossen hattest; oh, für mich. Das süß qualmende Feuer brannte weiter, ohne je aufzulodern und je zu erlöschen.
Ich hatte mich also getäuscht hinter meiner Tür, als ich, düster lauschend, das Ende für gekommen hielt. Ich hatte also recht gehabt, als ich, ungläubig lauschend hinter meiner Tür, an der Ernsthaftigkeit dessen zweifelte, was jenseits von ihr vor sich ging. Wie hatten meine Enthüllungen Dich dermaßen erschüttern können? Der lächerliche Text von seinen »zahllosen und wahllosen Amouren« war ja eine altbekannte Geschichte für Dich. Ich hätte besser gesagt, eine bekannte alte Geschichte, denn Du hattest sie offenbar für abgeschlossen gehalten, ein Stück versteinerter Vergangenheit, und nur daß sie das nicht war, war Dir unbekannt gewesen. Nur das. Dieses »Nur« in meinen Überlegungen schien mir so gerechtfertigt wie Deine Aufgebrachtheit unrecht, da Du doch selber Deine laufende Geschichte hattest, oder zumindest maßlos, wenn man diese Geschichte mit mir nicht ganz für voll nahm und überdies für soeben beendet, sozusagen frischvergangen ansah. Dein plötzlich hervorbrechendes Gefühl für ihn konnte nichts weiter gewesen sein als der Ausbruch eines Er-

kältungsfiebers, das Du Dir bei mir geholt hattest, und Deine Erschütterung, als ich ihn denunzierte, war nicht die einer Liebenden angesichts der Untreue ihres Geliebten, sondern rührte nur – wieder ein »Nur« – davon her, daß der Boden ins Wanken geraten war, auf dem Du Dich bis dahin einigermaßen sicher gefühlt hattest. Diese beiden »Nur« und noch ein paar andere, die sich aus ihnen ableiten lassen, ergeben eine ziemlich schäbige Summe. Es war die schockartige Erfahrung Deiner Machtlosigkeit, was Dich umgeworfen hatte. Nur das. Die Macht, die Du über mich nicht gewonnen hattest, hattest Du über ihn nie besessen; nicht die Art von Macht jedenfalls, an der allein Dir gelegen war; und so warst Du in dem panisch anwachsenden Gefühl Deiner erotischen Inferiorität, das Du ohnehin noch nie ganz losgeworden warst, fast zergangen. Es war der ganz gewöhnliche Zusammenbruch einer ganz gewöhnlichen Frau gewesen. Irgendeiner kleinen Frau, die ein Paar leidlicher Titten und eine halbwegs geschmalzene Fotze ihr eigen nennt und manchmal durchtrieben, triumphierend lächelt, als verfüge sie außerdem noch über einen gemeinen kleinen Trick, und die mit einem Mal gewahr werden muß, daß das alles nicht zieht. Damit ist sie erledigt, so rasch und restlos als wäre sie in der Luft gesprengt worden. Es war so menschlich, daß es Korfiz zum Weinen gebracht hatte. Und auch ich hatte geweint, aus demselben Grund und aus einem anderen. Und unter dieser Bewässerung richtetest Du Dich alsbald wieder auf und nahmst einen neuen Anlauf; oh, zu mir, wieder zu mir. Wie menschlich wir waren, damals, wir drei.

Aber kurz vor Weihnachten floh ich. In aller Frühe, es war noch ganz dunkel, nahm ich ein Taxi und ließ mich in die Heide fahren. Die Alte war mit Sanna in die Schweiz gereist und hatte mir die Wohnung zur Verfügung gestellt. Beim Morgengrauen ging ich ins Bett. Ich gehe ins Bett, wenn ich verzweifelt bin; ich gehe ins Bett, wenn ich mich wohl fühle;

ich gehe ins Bett, wenn ich mich in meiner Verzweiflung wohlfühle. Jedes Problem treibt mich ins Bett. Und so habe ich fast mein gesamtes Leben im Bett verbracht. Das stimmt zwar nicht ganz, aber es ist etwas daran.
Ich verhielt mich so regungslos still wie ein Tier in seiner Höhle, wenn es sich bedroht fühlt. Draußen vor dem Fenster sah ich das Nichts, das vor mir lag. Die zunehmende Helligkeit machte es nur noch sichtbarer. Ich versuchte mir etwas vorzustellen, was mir gefallen würde, irgendwas. Ich machte verschiedene Ansätze, aber es gelang mir nicht, alles blieb abstrakt, begrifflich. Es war, als ob ich mich da im Bett mit dem komplizierten Versuch abquälte, mir einen abzuwichsen, indem ich mir vorstellte, ich sei einer, der sich vorstellen könnte, er sei einer, der sich etwas vorstellen kann, was ihm einen so hohen Grad von Lust bereiten würde, daß er, wenn er sich ordentlich ranhielte, etwa um die Mittagszeit soweit sein könnte, daß es ihm kommt.
Den Nachmittag verbrachte ich in irgendeinem Lokal. Ich aß etwas, lustlos, zur Lustlosigkeit entschlossen. Ein altes Paar nahm an meinem Tisch Platz, abgewrackte Zwergengestalten, denen die Kümmerlichkeit ihres langen gemeinsamen Lebens die Ähnlichkeit von Geschwistern verliehen hatte. Sie hatten große, prallgefüllte Plastiktaschen bei sich, Weihnachtseinkäufe offenbar, aus einer der Taschen ragte eine Schachtel Lametta hervor. Schwer ausatmend setzten sie sich nieder und begannen sogleich mit dem starren Lächeln der Schwäche und vollkommen schweigend in zwei verschienene Richtungen zu blicken. Ich fühlte die Verlockung, diese längliche Schachtel zwischen dem anderen Zeug herauszuziehen und die beiden ausgemergelten, starr lächelnden Köpfe rundum mit Lametta zu behängen, Lametta über die Stirnen, die Ohren und wie Heu zwischen die Lippen. Und dann ein dreifaches Hoch, er sie es lebe.
Bei meiner Rückkehr fand ich einen Zettel an der Wohnungstür. Du seist auf der Suche nach mir, wolltest jetzt nach Bedestorf und Jesteburg, und wenn Du mich auch da nicht fändest, wolltest Du wieder herkommen. Deine Gigi. Meine.

Ich hatte mich, nicht zum ersten und keineswegs zum letzten Mal, für immer von Dir zurückziehen wollen. Du warst so wunderschön, hattest Du zum Abschied gesagt, und das Imperfekt schien meinen Plan zu ratifizieren. Ich wollte endlich aufhören mit diesen Lebensfaxen, nichts mehr sein was ich nicht war, und die Heide sollte meine Stoa sein, ein mehrtägiger Kursus, um mich in die Erstarrung, die Versteinerung einzuüben, von der ich so oft schon, als von meinem letzten Ziel, zu Dir gesprochen hatte, voller Mitleid und ohne Erbarmen mit Deinen kleinen, schonungsbedürftigen Ohren.

Deine Nachricht brachte mich sofort aus der Fassung. Ich erwartete Deine Ankunft wie ein Ereignis von pathetischer Größe. Bleich, schwankend, schweratmend hattest Du vor der verschlossenen Tür gestanden, mit zitternden Händen nach einem Fetzen Papier gesucht, um ihn mit diesen maßlosen Worten zu bedecken (»Deine Gigi«). Dann noch die ungemeine Schwierigkeit, das Blatt an der Tür zu befestigen, und schon hattest Du Dich wieder in den Schlitten geworfen, den glitzernden schwarzen Schleier vor dem weißen, weißatmenden Gesicht, und kopfschüttelnd und seufzend hatte der Kutscher die Pferde angetrieben, weiter, weiter auf der Suche nach mir, in der Dunkelheit, im Schnee. Eine schöne bleiche Frau aus der fernen Stadt würde heute abend in den Dörfern gesehen werden, und zwar überall fast zur selben Zeit, sie taucht auf und verschwindet wieder, sie sucht jemand, man weiß nicht wen, aber gewiß ist es eine Liebesgeschichte in dem hohen Stil von einst, eine von denen, die nie gut ausgehen.

Als ich die Tür aufmachte, standest Du an der Schwelle wie eins der armen, anämischen, frierenden Mädchen in den nordischen Märchen. Du hattest nichts anzubieten, Deine Hände waren leer. Du hättest höchstens sagen können: Helfen Sie mir, lieber Herr, schöner Herr, ich tu auch alles, was Sie wollen. Ich weiß nicht, ob ich Dich an der Hand hereingezogen habe, ich hätte es tun sollen, aber vielleicht war meine Verlegenheit zu groß dazu. Wir waren beide verlegen, glaube

ich. Hölzern wie sie saßen wir auf den Stühlen herum. Du redetest mir zu, mit Dir zurückzukehren, das sei doch schrecklich so allein hier draußen. Ich weigerte mich, ich wollte es ja so, es konnte gar nicht schrecklich genug sein. Das war Verstellung, ich hätte gern nachgegeben, doch dazu war es nötig, irgend etwas aus mir herauszuheben, das viel zu schwer war, soviel ich auch daran rüttelte, es rührte sich nicht. Schließlich ließ ich mich damit aufs Bett sinken, und Du legtest Dich zu mir. Ich zog die Decke über unsere Gesichter, in dem Wunsch, mich oder uns vor dem Geist des Zimmers zu verstecken, wie ich mir sagte. Was ich darunter verstand, weiß ich nicht genau, irgend einen genius loci, den ich durch Verstoß oder Unterlassung gekränkt haben mochte. Die Decke war rosa, flockig-durchsichtig, so daß das elektrische Licht zu uns hereinsickern konnte. Ich sah die ganze Zeit, die es dauerte, in diese dicke fleischfarbene Helle hinein, ohne das geringste von ihr zu erwarten.
Da ich Dich nicht »aß«, gingen wir essen. Dann fuhrst Du ab. Ich hatte versprochen, bald zu kommen.
Die traurige Ratlosigkeit der folgenden Tage. Oder die ratlose Trauer; ja, das ist besser gesagt, wenn auch nicht gut. Manchmal gebe ich es auf und mache einfach so weiter, ein lasches Schreiben, die Worte nur noch ein fortdauerndes Achselzucken, ohne Hoffnung, irgend etwas von dem allen zu fassen zu kriegen. Ach, nicht die Spur. Ich ordnete die Bücher in der Wohnung, Sannas Bücher und die der Alten, die die besseren von ihnen nie las, weil immer so viel schlechtere ins Haus kamen, und die gingen vor. Ich sage nichts dagegen, es sind die besser gelungenen, wenn man es recht bedenkt, weil sie sich nicht anstrengen irgend etwas zu fassen, und das schafft man natürlich. Dann ging ich durch die Zimmer, griff nach irgendwelchen Gegenständen und ließ sie stehen, setzte mich abwechselnd auf alle vorhandenen Sitzmöbel. Lange fuhr mir aus dem Fernsehgerät ein Auto entgegen, am Steuer irgendein albernes Frauenzimmer, neben ihr ein Hund, den sie Herr Schmitz nannte. Sie wiegte sich mit gezügelter Aus-

gelassenheit hin und her und sang ein Lied über die an Herrn Schmitz gerichtete Frage, ob dies nicht ein wunderschönes Leben sei. Oder ein wundervolles, oder ein wunderbares.

Nun begann ein langer, langsamer Zusammenbruch. Die Welt zerfiel in riesige, weiche, taumelnde Brocken. Denn der Zusammenbruch des Scheins geschieht natürlich auf unwahrscheinliche Weise, und selbst ein gebeuteltes Bewußtsein hat seine Mühe, sich gegenwärtig zu halten, daß es Wirklichkeit ist, was sich da abspielt. Ich sah nur zu, ein etwas beklommenes Zuschauen, obwohl es meine Brocken waren und der Kopf, um den sie flogen, mein Kopf.

Die Agentur teilte mir mit, sie sehe leider keine Möglichkeit für meine weitere Mitarbeit, da ich auf ihre Wünsche nicht eingehen wolle und mit der vorgesehenen – nein, beschlossenen – beschlossenen Umstrukturierung im Hause nicht einverstanden sei; gezeichnet Fred.
Ich will mich nicht darauf besinnen, worin diese Veränderung eigentlich bestehen sollte, es war ein ausgeklügeltes System von wahnhafter Stimmigkeit, paraphiert in einer fast prunkvollen, roten Enzyklika de rerum novarum, in der eine derart verwirrende Nomenklatur für diese neuen Dinge, die neugeschaffenen, neuorganisierten Kompetenzen aufgeboten war, daß der kommentierte Katalog der Abkürzungen im Anhang das Namenverzeichnis des auf sie verteilten Personals an Umfang weit zu übertreffen schien. Es war ein babylonischer Managertraum, ein grotesker Unfug, und wenn ich auch nicht gerade diese Worte gebraucht hatte, so hatte ich doch deutlich genug gesagt, daß es das war.
Entscheidend für meinen Niedergang ist aber meine Weigerung gewesen, den Status eines freien Mitarbeiters aufzugeben und in ein reguläres Angestelltenverhältnis einzutreten. Ich sollte also hinfort, wenn nicht um halbneun, so doch we-

nigstens zwischen neun und zehn Uhr morgens an meinem Arbeitsplatz erscheinen und dort die gehörige Zeit ausharren. Möglicherweise hätte man mir für dieses Entgegenkommen stillschweigend jegliche weitere Leistung erlassen. Denn meine ständige ostentative Nichtbeachtung aller Usancen des Erwerbssklaventums, durch die ich mir die tiefgefühlte »Schmach des Geldverdienens« etwas erträglicher zu machen versuchte, war denen, die sie nicht wahrhaben wollten, auch wenn sie hoch oben in der Direktionsetage residierten, seit jeher ein Ärgernis gewesen, und ich begriff wohl, wieviel es ihnen bedeutet hätte, mich jetzt, da ich durch mein Alter und die verschlechterte Wirtschaftslage beruflich geschwächt war, endlich domestiziert zu haben und mich täglich in meinem komfortablen Verlies besichtigen zu können. Doch gönnte ich ihnen diesen Triumph nicht, und das allein hätte schon ausgereicht für meine Weigerung. Ich hatte aber noch andere Gründe für sie, einen wahren Überfluß an Gründen, es sind nur die gewichtigsten, die ich hier namhaft mache. Ich wollte mir die relativ freie Verfügung über meine Zeit nicht nehmen lassen, um sie mit Dir verbringen zu können, wollte nicht verzichten auf die ergebnislos schwelenden Stunden im »Malzimmer«, unsere ausgedehnten Ersatzmahlzeiten in den Restaurants, unsere Spaziergänge an der Alster und im Martinipark; das war der eine. Der andere war, daß ich mir die Zeit und die Kraft zum Schreiben nicht verkürzen lassen wollte, denn den so mühsam aufrecht erhaltenen Glauben zu quittieren, daß die Arbeit an meinen vergilbenden Manuskripten nur aufgeschoben, nicht aufgegeben war – das wäre mir beinahe wie ein Surrogat für den Selbstmord vorgekommen, der mir vielleicht nur deshalb mißlungen war, weil der alte Wahn mich heimlich zurückgehalten hatte.

Ich lehnte also ab, und Fred reagierte betroffen, ungläubig, enttäuscht, mit einer Gebärde der Abwehr. Junge, sag mir das morgen nochmal, sagte er. Das tat ich jedoch nicht, wir sprachen nicht mehr darüber, er hatte mich ja verstanden.

Am Abend hatte Korfiz in sein Bier geweint, denn es war ihm

so klar wie mir, daß das eine Abdankung gewesen war, da ich nach den geltenden Kriterien für unsere Branche so gut wie tot war und nicht nur keine vergleichbare, sondern wahrscheinlich überhaupt keine Rolle mehr in ihr würde spielen können. Wir einigten uns aber sogleich darüber, daß meine Tage bei der Agentur auch im perfekten Sklavenstande gezählt gewesen wären, daß im übrigen auch sein Ende bereits beschlossene Sache sei, und daß nur sein günstiger Vertrag ihm noch zu einer Schonfrist verhelfe, während ich zum Hohn auf die gesamte Sphäre und im Vertrauen auf meine so geheimnisvolle wie bewährte Attraktivität jede schriftliche Fixierung meines Arbeitsverhältnisses verschmäht hatte.
Wie Du weißt, haben wir recht behalten. Die Assistenten wurden entlassen, ihr Arbeitsraum, der als eine Art Vorzimmer fungiert hatte, wurde mit überzähligen Möbeln aus dem ganzen Haus vollgestellt, ein Affront, an dem man sich wundstoßen konnte, und eine Zeitlang war der Weg zu Korfiz eine Art Schneise durch einen Möbelwald; dann erhielt er – keine Minute zu früh, um einen Rest von Arbeitseifer, den man noch bei ihm vermutet zu haben scheint, nicht vorzeitig zu lähmen – die Kündigung.

Im Frühjahr hatte er die Frau eines kranken Freundes nach Teneriffa begleitet, um ihr bei der Suche nach einem Haus zu helfen; die Ärzte hatten ihrem Mann zum Umzug in eine wärmere Zone geraten. Und da auch wir seit einiger Zeit mit dem Gedanken umgingen, irgendwohin in den Süden zu ziehen – einem Gedanken, der fast unmerklich und sozusagen über meinen Kopf hinweg aus einem unverbindlichen Spintisieren über ein halbrealistisches Entwurfsstadium bis zum festen Vorsatz herangewachsen war – hatte er kurzerhand die Gelegenheit ergriffen und ein Haus im Orotavatal gemietet, billig, geräumig, in halbwegs günstiger Lage, die Casa Tafuriaste – was wollten wir mehr, was konnten wir mehr wollen?

Er rief an und sprach mit Dir, während ich nichts als das Rauschen des weiten Raums, der uns von ihm trennte, zu uns hereinklingen zu hören meinte wie die Ovation einer fernen Volksmenge. Ich erschrak über den jähen Schritt zur Verwirklichung eines Projekts, mit dem es mir insgeheim nie recht ernst gewesen war, jedenfalls nicht im Hinblick auf eine nahe Zukunft. Es war ein reizvolles Gesprächtsthema gewesen, und natürlich hatte es den Reiz erhöht, wenn man so tat, als ob da von greifbaren Möglichkeiten und ernsthaften Absichten die Rede wäre. Ich hatte mich diesem Vergnügen ohne große Bedenken überlassen, hatte mich darauf verlassen, daß Korfiz jeden unvernünftigen Realisierungsversuch verhindern würde. Hatte er nicht immer wieder darauf hingewiesen, wie bald unsere Mittel erschöpft sein und daß wir dann auf der Insel kaum eine Chance haben würden, unseren Lebensunterhalt zu verdienen? Und nicht bloß so allgemein, sondern bis in die konkretesten Einzelheiten hatte er das Bedenkliche an der Sache namhaft gemacht. Und nun hatte gerade er, auf dessen Widerstand gegen unsere Phantasterei ich heimlich vertraut hatte, sie zum Faktum gemacht, so daß nun ich es war, der nicht recht mitschwang und von Zeit zu Zeit Einwände hinstreute wie kleine Kiesel. Er sah sie und erkannte sie wieder, schien sich aber für eine Art fatalistischen Übermuts entschieden zu haben, den er in die Formel zusammenzog, das sei nun eben eine »Begebenheit«. Nimm es einfach als eine Begebenheit, sagte er wiederholt zu mir.

Ein ganzer Knäuel von Strebungen und Widerstrebungen war die Ursache dieser dubiosen »Begebenheit«, und ich begnüge mich damit, ihn in seine Hauptstränge aufzulösen, drei Hauptstränge, soviel ich sehe, die sich aber ihresteils wieder aus vielerlei Fäden wirr zusammensetzten.
Der eine war daraus entstanden, daß wir (Du und ich) die Hoffnung auf die Vollendung unseres halbrealen, buchstäblich halbrealen Liebesverhältnisses mehr und mehr mit der

Idee des halb irrealen Lebens verknüpft hatten, das wir auf der Insel führen würden, fern von dort, wo wir angefangen hatten, und näher an der Sonne. Ein unmögliches Leben, unglaublich noch in seiner Verwirklichung. Was aber ihm fehlen würde an Realität, das würde laut unserer Hoffnung der Realität unserer Liebe zuwachsen. So ungefähr.
Von dieser Hoffnungsmathematik wußte Korfiz natürlich nichts, doch wurde auch seine Vernunft durch die Liebe geschwächt, durch seine Liebe zu uns; entschuldige den Plural, er ist gerechtfertigt. Er hatte mit der Zeit eine merkwürdig väterliche Liebe zu uns entwickelt, und sie bildete den zweiten Hauptstrang im Knäuel. Es genügte ihm, zu sehen, wie lieb uns, und besonders Dir, diese Insel-Idee war, und wie ein guter, aber schwacher Vater, der sich die Freude nicht versagen kann, seinen Kindern eine Freude zu machen, verstieß er gegen die bessere Einsicht, die ich stillschweigend mit ihm geteilt hatte, und mietete die Casa Tafuriaste. Das war die vollendete »Begebenheit«, vor die er mich dann stellte; und weil ich ihm die Freude an der Freude, die er zu spenden gehofft hatte, nicht ganz verderben wollte, aber auch, weil ich in puncto Fatalismus auf die Dauer kaum zu übertreffen bin, hielt ich die Bedenken, die ich hie und da äußerte, klein wie Kiesel, so daß sie im Ernst nichts zu blockieren vermochten.
Der dritte Hauptstrang aber, den ich erst viel später in der Wirrnis des Knäuels entdeckte, war das genaue Komplement zum ersten. Die Sache war die, daß seine Liebe zu Dir eben doch nicht nur von der Art war, wie er sie auch mir entgegenbrachte, und daß diese Liebe ebenso buchstäblich nur halb realisiert war wie die unsere (Deine und meine), nur war es die andere Hälfte, die zu ihrer Vollendung fehlte. Ja, und auch er, auch er war schließlich dahin gelangt, seine Hoffnungen für diese Liebe auf das projektierte neue, unglaubliche Leben zu setzen. Als sie erloschen waren, diese Hoffnungen, hat er sie mir gestanden; ich nehme an, daß sie Dir die ganze Zeit bewußt gewesen sind.

»Ich saß in einer Ecke meines Zimmers und blickte in die andere.« Diesen Satz aus einem der knapp dreißig Bücher, auf die die Literatur für mich zusammengeschrumpft ist – womit ich nicht sagen will, daß ich sie auch besitze, oh keineswegs – diesen Satz und ein paar andere Sätze in seiner Nachbarschaft lese ich mit einem Gefühl, als sei da unmittelbar von mir die Rede. Er würde beinahe schon ausreichen, um mein Leben während der letzten vier, fünf Monate vor unserem Abflug zu beschreiben. Nur ein paar spezielle Abweichungen bleiben mir nachzutragen.

Ich saß nicht, ich lag. Ich blickte nicht in irgendeine Zimmerecke, sondern sah die Wand mit den Büchern an oder zur Decke hinauf, wo es weniger zu sehen gab als im »Malzimmer«, kein Rosengeschling aus weißem Stuck. Der Zerfall der Welt war in vollem Gange, oder er war schon perfekt. Ich spürte mein Herz als ob es jeden Schlag gegen eine zäh widerstehende Masse zu führen hätte, war so erregt als ob der vollkommen ereignislose Zustand tatsächlich eine ununterbrochene Folge ungeheurer Vorgänge wäre. Ich fühlte mich bedroht, als könnten sie jeden Moment hereinkommen, um mich festzunehmen. Innerlich sprang ich dauernd auf, schreiend sogar, bewegte aber nur manchmal den Kopf hin und her, eine Zeitlang, eine Bewegung, die ich einmal bei einem gefangenen Bären gesehen habe, und ich hielt mir bewußt, daß ich ihn imitierte. Immer wieder versuchte ich nachzudenken. Moment mal, sagte ich mir, Moment mal, wie ist das denn? Aber ich hatte schon alles gedacht, oder vielmehr, es gab gar nichts zu denken, es war alles ganz klar. Was soll man machen, viel mehr dachte ich nicht, was soll man machen, und die Gedankenstimme hatte den Tonfall vollendeter Resignation. Ich wollte das ändern und jagte sie hoch zu der Frage: Was soll ich bloß machen? Und dann ließ ich sie aus einem anderen meiner rund dreißig Bücher zitieren: »Auf Ehre und Gewissen, ich weiß es nicht«. Wenn ich zitierte, fühlte ich mich etwas wohler, weniger allein. Ab und zu kamst Du herein und setztest Dich zu mir aufs Bett. Ich lächelte Dir zu und sagte mir dabei: Das ist jetzt das sogenannte wehe Lächeln, was ich da aufsetze. Was meinst du wohl, wie schrecklich das für mich ist, dich tagelang so herumliegen zu sehen, sagtest Du. Dann ließ ich mich einen Impuls fühlen, als ob ich mich rühren wollte, ein kleines vergebliches Zucken in den Schultermuskeln, in der Muskulatur um Hüfte und Arsch, wie ein Amputierter, der seine Glieder gebrauchen will. Das endete mit einem schweren, lauten Ausatmen. Mein Aschbecher füllte sich. Fumo, ergo sum, sagte ich. Ein paarmal brachtest Du irgendeinen Prospekt, ein Zeitungsblatt oder das neue Monatsprogramm der »Lupe« mit herein. Du legtest Dich quer über meine Beine und martertest mich, indem Du mir ein detailliertes Angebot metrischer Schrauben mit allen Maßen und Bestellnummern, die diversen Todesanzeigen der Vorstände, Belegschaften und Familienangehörigen für irgendeinen ihrer Bonzen und Patriarchen oder das gesamte Kinoprogramm mit den Namen der Regisseure, den Entstehungsjahren und Herkunftsländern vorlasest, Blech mit blecherner Stimme geredet. Ich hätte Dich schlagen mögen. Die Kinder kamen Dir nach, und Amanda bestieg mich wie einen Berg, während Deine Blechstimme eine weitere Serie von Durchmessern, Verdiensten, Titeln und Zeiten verlas. Ich gelangte zu der ganz unmetaphorischen Überzeugung, in der Hölle zu sein. Um mich aufzumuntern, ließt Du die Katze zu mir herein. Sie durchquerte sofort wie ein Projektil, ein schwarzer, gleich wieder verlöschender Strich das Zimmer und verkroch sich in einen nahezu unzugänglichen Winkel hinter meinem monströsen Arbeitstisch (Arbeitstisch ist gut). Es war äußerst schwierig, sie da wieder herauszubringen, und ich litt unter der Vorstellung, daß sie sich, mir zum Tort, einfach weil ihre Lebenskraft sie zwang, mich zu hassen, dort verschanzen könnte, nur als ein unerklärliches Unbehagen gegenwärtig, da ich sie mit der Zeit vergessen würde, bis ich eines Tages auf ihr kauerndes Skelett stieße, mit immer noch lebendigen Augen, gelben kreisrunden Scheiben mit ganz schmalen schwarzen Ellipsen in der Mitte.

Plötzlich beschloß ich etwas, ich beschloß etwas. Ich, inmitten der zusammenbrechenden oder bereits zusammengebrochenen Welt, ohne Job und bald auch ohne Geld, mit meinem fetten, vernachlässigten, beschämenden Körper, fast bewegungsunfähig und doch erfüllt von einer kaum noch erträglichen stagnierenden Erregung im Bett liegend, ins Bett gebannt, ich entschied mich, da mir nichts anderes mehr übrig zu bleiben schien, für einen heroischen Lebenslauf. So nenne ich das jetzt, damals hätte ich mir solchen Hohn nicht leisten können. Ich glaubte mich entschieden zu haben. Ein neuer Regieeinfall. Nie, der ständigen Fehlschläge ungeachtet, habe ich den Versuch aufgegeben, mein Leben in Regie zu nehmen, so oder so. Wenn es denn also nicht anders sein konnte, in Dreiteufelsnamen, dann sollte es eben einen tragischen Hauch haben, einen tragischen Hauch. Auch das hätte ich damals so weder sagen, noch auch nur denken dürfen, ich hatte das Lächerliche an der Wahrheit zu scheuen. Es war schwer genug zu übersehen, als handelte es sich nur um eine nüchterne, vernunftgemäße Konsequenz, ohne alle Drapierung. So jedenfalls trug ich es Dir vor, und das Lächeln, mit dem ich es tat, durfte auf keinen Fall das sogenannte wehe sein, sondern nur ein Ausdruck meiner Gelassenheit, einer düsteren Gelassenheit allenfalls.
Ich wünschte Dir Glück, Dir und Korfiz, aber ich würde nicht mitkommen nach Teneriffa. Auf der offenen Hand hielt ich Dir vor Augen, wie unmöglich es wäre. Es war meiner Ansicht nach nicht nötig, das mit vielen Worten zu begründen. Es handelte sich auch nicht darum, ob ich die Konsequenzen ziehen wollte oder nicht, selbstverständlich wollte ich das nicht. Ich hatte sie auf mich zu nehmen, so finster wie sie waren. Ich würde alles, was ich hatte, zu Geld machen und nach Frankfurt gehen. Die Werbeagenturen sind zahlreich

dort, und vielleicht würde mir die eine oder andere von ihnen doch noch was zu verdienen geben, die Aussichten waren allerdings gering. Ich würde allein sein, unter ziemlich schäbigen Verhältnissen. Und ich sah den sitzenden Schatten eines Mannes in einem nur wenig helleren Zimmer, umkreist, aber nie getroffen von den Lichtern vorbeifahrender Autos, die Geräusche eines fremden, widerlichen und beneideten Lebens dringen aus nächster Nähe zu ihm herein, und es wird langsam Nacht, aber da er tagsüber keinen Grund gehabt hat, wach zu sein, hat er jetzt keinen zu schlafen. Es gibt keine Bücher in diesem Zimmer, die sind verkauft, aber ein Stapel von Manuskripten liegt auf dem Tisch, wieder einmal ein anderer Tisch, aber immer noch dieselben Manuskripte, die etwas modrig riechen. Es hatte sich herausgestellt, daß ich nicht mehr zu leben verstand, also würde ich nur noch das Übel sein, das notwendig wäre, damit die Worte aufs Papier kämen, die da überall noch fehlten, weil ich mich auf diese Täuschungen eingelassen hatte, diese Epiphanien meines erloschenen Lebens, deren trügerischste Du gewesen warst. Ja, so würde es sein, so würde es kommen müssen, und lag nicht sogar eine Art schauerlichen Sinns darin, sahst Du das nicht?
Nein, Du sahst es nicht, behauptetest jedenfalls, etwas ganz anderes zu sehen, nämlich daß ich hart sei. Wie hart du sein kannst, sagtest Du stöhnend. Wiederholt stöhntest Du laut auf, es klang auf unbestimmte Weise tierhaft, nach einem großen offenen Maul, aus dem ein tief unterer Ton herausdringt, ein breiter, nicht näher beschreibbarer Klangstrahl. Damit begleitetest Du meine Worte, mein Gerede, das wieder daraus entstanden war, wie immer. Dann fragtest Du: Was soll denn aus mir werden ohne dich? Das ist eine Frage, die nicht darauf eingerichtet ist, beantwortet zu werden, sondern als schwere Vorhaltung zu wirken. Du wurdest konkreter; Du könntest ohne mich nicht malen. Wenn ich aber mitkäme, würdest Du malen und damit den Lebensunterhalt für uns alle bestreiten, man brauche ja dort nicht so viel. Ich wollte

Dir Dein neugewonnenes Zutrauen nicht schmälern, das auf dem Erfolg Deiner ersten Ausstellung beruhte, die soeben zu Ende gegangen war, einem erstaunlichen Erfolg in der Tat, aber es war ganz ungewiß, ob er sich wiederholen würde. Dieses leise Aber brachte ich denn doch an. Und Korfiz? fragtest Du. Er brauche mich, Du seist nicht genug für ihn. Auch etwas, worauf sich kaum antworten ließ. Dann aber holtest Du mit einem Wort von der Sorte nach mir aus, die Oblomows Sachar die »kläglichen« nannte, und denen ich ebensowenig standzuhalten vermochte wie er, ein Wort, das einen ansieht wie ein Kind, ein Hund, ein rührendes Märchen. Du sagtest: Du kannst mich doch nicht einfach verstoßen. Sofort spürte ich, wie sich etwas flau gegen meine Kehle aufstülpte. Verstoßen, das ist wirklich ein klägliches Wort, so daß es einem die eigene Stimme verschlägt wie Sachar und man sich wegdrehen muß wie er. Ich brachte noch einmal vor, daß es alles andere als meine freie Wahl sei, mich von Dir und Korfiz zu trennen, ich könne überhaupt nicht meine Entscheidung darin sehen, sondern nur ein Unglück. Schließlich sagtest Du, dann solle ich aber gleich gehen, sofort, morgen, übermorgen. Das gab mir erst recht zu spüren, wie sehr mir vor der Trennung graute. Ich machte geltend, daß ich vorher doch noch einiges zu erledigen hätte, die Bücher verkaufen und dies und das. Ich merkte, daß ich den Abschied jedenfalls noch so lange wie möglich hinauszögern wollte, denn wenn zwar die Zeit bis dahin verschattet sein würde von dem, was danach käme, gegen dieses selbst mußte sie wie das reine Licht sein.

Von Korfiz hatte meine tragisch gestimmte Vernunft keinen Zuspruch zu erwarten. Er war inzwischen ganz und gar vom schönen Wahn seiner »Begebenheit« umfangen – ein Wort, das ich nun täglich mehrmals zu hören bekam, als wollte er mich damit impfen. Das mußte anschlagen und mich mindestens in den Zustand der Unentschlossenheit zurückwerfen. Was für ein rosiger Fatalismus. Dann sagte er noch, wenn ich nicht flöge, flöge er auch nicht. Aber da hatte ich meine Ge-

genreden bereits eingestellt und mich auf ein vorsichtiges Schweigen verlegt.
Und die Alte, der ich alles eingehend vortrug, sagte: Du darfst ihn nicht im Stich lassen, er braucht dich. Ein wenig wunderte mich das doch. Warum sagte sie nicht: Sanna braucht dich, du hast ganz recht, du mußt dir einen neuen Job suchen, für dich und das Kind. Aber meine Verwunderung war nur gering.

Während der Zeit, seit ich mit Euch, meiner Ersatzfamilie, zusammenwohnte, hatte ich mich darauf beschränkt, allmonatlich Geld für Sannas Unterhalt zu überweisen und an den Wochenenden zu ihr und der Alten hinauszufahren in die Heide. Nicht an allen Wochenenden, es mögen fünfunddreißig von fünfzig gewesen sein. Ich fuhr Samstagmittag hinaus und blieb bis Sonntagnachmittag, die Nacht verbrachte ich in einem Gasthof in der Straße. Etwas Besonderes geschah so gut wie nie. Ein paar Nachmittage verbrachte ich mit Sanna in der Stadt, einmal warst Du dabei und führtest uns in ein kleines Lokal, das ihr sehr gefiel, eins von denen, in denen die dröhnende Rauschmusik der Glücklosen niemals aussetzt. Dreimal oder viermal kam sie zu uns und schlief in Ledas Zimmer. Auch waren wir einmal mit ihr in der Oper, Ravel und Orff, »L' heure espagnole« und »Die Kluge«. Es drückte auf meine Stimmung, wenn ich mit ihr zusammen war, sie erinnerte mich damals stark an B, der Gang, die Haltung, der oft etwas vorhängende Kopf, das erschreckend sich zerlösende Gesicht, wenn sie aus einem der Anlässe, die die Erwachsenen nichtig finden, in Weinen ausbrach. Ich wußte mich nicht recht zu ihr zu verhalten. Ich hätte gern etwas getan, unklar was, aber sicher wäre es etwas Hemmungsloses, Erschreckendes geworden, eine unverständliche Ersatzhandlung dafür, daß ich sie nicht, gemäß einer wolkenhaft dampfenden und wirbelnden Phantasie, die mich manchmal bedrängte, an mich riß und mich mit ihr aus der Welt stürzte, vielleicht durch das nächste Fenster oder mitten durch die Wand.

Ich habe mich oft gefragt, ob ich sie eigentlich liebe, ich meine, so liebe, daß es etwas mehr bedeutet als die mühelose Zuneigung eines Vaters zu seinem Kind. Und habe ich B geliebt? Dich? Vielleicht habe ich B in den letzten zehn oder acht Jahren geliebt, in den ersten vier oder sechs aber nicht. Als ich ihr die Heirat antrug, im Sommer nach dem Frühjahr, in dem wir miteinander zu schlafen begonnen hatten, geschah es in einer der ordinären Kneipen, die wir damals mochten, und es war ein überaus spontaner Entschluß. Ich muß sagen, daß ich ein paar Schnäpse in mir hatte. Plötzlich empfand ich das dringende Bedürfnis, ihr auf der Stelle eine ganz große Freude zu machen. Ich wäre in diesem Augenblick bereit gewesen, das Äußerste dafür aufzubieten, was immer das sein mochte. Fast kam es mir noch zu geringfügig vor, was ich dann tat, aber es war zweifellos die größte Freude, die ich ihr damals machen konnte. Ich sah sie ein paar Minuten lang von der Seite an, mit einem Vorgefühl, als setze ich dazu an, wie eine Rakete durchs Dach zu schießen. Dann sagte ich es ihr. Ah, das war noch was, und die Sonne hinter ihrem erschütterten Gesicht schien nicht durchs Fensterglas herein, sondern durch lauteren Schnaps. Keinesfalls war es bloß der Schnaps, was mir diesen gewaltigen Wunsch, sie zu erfreuen, eingegeben hat, nein, womöglich war es doch Liebe, obwohl ich immer gedacht habe, ich hätte sie, wenn überhaupt je, erst viel später zu lieben begonnen. Andere Frauen haben so einen Wunsch nie in mir ausgelöst, ich meine, nicht in diesem Grad, ach nicht annähernd. Ich habe ihr übrigens nie gesagt, wie das gewesen ist, damals; es ist mir nie in den Sinn gekommen, ihr das zu sagen, und das wundert mich jetzt. In den späteren Jahren, als ich mich meiner Liebe zu ihr sicherer glaubte, schien sie mir oft in einem Gefühl hilfloser Erschütterung zu kulminieren. Diese Liebe – wenn es denn Liebe war, was ich durchaus nicht weiß – machte mich nahezu ausdrucksunfähig, während ich zugleich meinte, das nicht Ausdrückbare müsse mich durch seinen Druck von innen her auftreiben wie einen monströsen Ballon. Es war ein trauervoller Zustand, in dem ich darunter litt, daß sie nicht das Leben haben konnte, das ich ihr wünschte. Nicht meiner Unzulänglichkeit wegen, für sie war ich nicht unzulänglich. Sondern weil es überhaupt nicht zu haben ist. Und so war es schließlich dasselbe, als trauerte ich darum, daß sie statt dessen das Leben haben mußte, das zu haben ist – also darum, daß sie lebte. Das war es, dieses Ballongefühl. Wenn es sich artikuliert hätte, so allenfalls in den Worten: Ich liebe dich, und du mußt leben. Man muß ja wohl verschiedene Arten von Liebe konzedieren, und dies wäre dann also meine und ist jedenfalls das stärkste Gefühl, das ich kennengelernt habe. Wenn man es aber Liebe nennen darf – ich glaube die Frage keineswegs beantwortet zu haben – dann liebe ich auch Sanna, zwar nicht im gleichen Maß, nein das nicht oder noch nicht, doch mit der gleichen Hilflosigkeit. Für den Schund, der ihr zuteil werden wird und ihr vielleicht gut genug sein mag, ist sie mir zu gut. Das lähmt mich, und weil ich nichts gegen den Schund zu tun vermag, tue ich so gut wie nichts für sie. Wenn ich danach wäre, würde ich sagen, der Herr sei mit ihr. Ich hatte froh zu sein und war es, daß die Alte sich um das Mädchen kümmerte, da ich es nicht tat, nicht tun wollte, nicht tun zu können glaubte. Es war erstaunlich, wie sie das schaffte, diese alte Frau, die von Gleichgewichtsstörungen und sonstigen Gebrechen geplagt war, während ich nur hin und wieder zu Besuch kam und Geld springen ließ, solange es mir locker saß. Aber eines Tages erzählte mir die Alte, daß Sanna sie gefragt habe, ob sie mich lieben dürfe. Und sie habe geantwortet: Du darfst ihn lieben soviel du willst. Ich könnte die ganzen Gespräche zwischen den beiden erfinden, die dem vorangegangen sein müssen, und ich sage Dir, ich würde es treffen, zuverlässig. Sie liebt das Kind natürlich, sie liebt es, die Großmutter die Enkelin, das versteht sich. Bewies sie denn diese Liebe nicht tagtäglich? Was tat sie nicht alles für das Kind; das war Liebe (mit betontem »das«, um sie gegen andere Liebesarten, die solche Leistungen jedenfalls nicht für sich in Anspruch nehmen können, gehörig abzugrenzen). Meine Bewunderung gehört ihr, ich könnte es nicht. Und ihre beiden Töchter, B und E, die andere in Brasilien, hat sie die nicht immer geliebt? Am liebsten wäre sie pausenlos zwischen beiden hin und her gewetzt, hin und her zwischen Brasilien und Europa, um hier wie dort helfend einzuspringen, Nöte zu lindern, Ordnung zu schaffen, das heißt, wieder Ordnung zu schaffen, denn die ging natürlich sofort wieder flöten, sobald sie den Rücken kehrte. Und das soll keine Liebe sein? Gewiß. Ich begnüge mich damit, zu sagen, daß es bestimmt nicht nur Liebe ist, nicht ausschließlich Liebe, sondern noch einiges andere mehr. Sie gefällt sich so sehr darin, Hilfe zu bringen, Nöte zu lindern, Ordnung zu schaffen, daß sie durchaus imstande wäre, die Hilfsbedürftigkeit, Not und Unordnung selbst zu erzeugen, um sie dann wieder beseitigen zu können. Denn sie muß was zu retten haben, was zu reparieren, ohne sie soll es nicht gehen, und wie steht sie dann da, wenn sie sich in irgendeinem akuten Fall wieder einmal bewährt hat. Triumphal, glorios. An dieser ihrer Gloriole arbeitet sie unausgesetzt, das arme Frauenzimmer. Am ergiebigsten sind aber, versteht sich, die chronischen Fälle, und so muß sie Abhängigkeiten züchten, psychische Deformationen also immerhin, komplementär zu ihrer eigenen, damit es ihr nicht an Objekten fehle für ihre Liebe, ihre Art von Liebe.

Da ich das wußte, war mir die Verwunderung darüber, daß sie mir sogar noch zuriet, mich nach Teneriffa abzusetzen, rasch vergangen. Eine Stunde später begriff ich schon nicht mehr, wie ich mich überhaupt hatte wundern können. Was konnte sie sich denn besseres wünschen, als daß ich mich in solche Ferne zurückzog und Sanna ohne Einschränkung ihr überantwortete? Ich übertrug ihr vorm Notar alle Vollmachten über sie, das schien mir nichts weiter zu sein, als die fast läppische Formalisierung eines ohnehin bestehenden Zustandes. Wir verständigten uns kurz darüber, daß Sanna zu mir kommen würde, zu uns, Weihnachten schon, oder in den Osterferien, oder in den Sommerferien. Daß sie dann nicht kam, wunderte Dich und besonders Korfiz mehr als mich.

Ich war noch immer unentschlossen, ungläubig. Als Du mir eines Nachmittags überraschend mit den Tickets vorm Gesicht herumwedeltest, die Du besorgt hattest, war das wohl ein leichter, huschender Schrecken, ich dachte aber nicht wesentlich mehr, als daß man das meine ja zurückgeben könnte. Sie waren auf einen Tag im Dezember datiert, da war ja noch Zeit.

Ich ließ sie verstreichen, indem ich viel in der Stadt herumging. Das hatte den Vorteil, daß ich weniger mit Dir zusammensein mußte. Zweimal gab es ein paar Stunden mit Frauen, Momente einer etwas fiebrigen, dunstigen Lust, von denen gleich danach nur noch ein Duftrest wie nach dem Händewaschen in einem ungewohnten Gasthaus, ein paar ausschnittartige Bilder von wildfremdem Fleisch in gleichgültigen Interieurs übriggeblieben waren und die Erinnerung daran, daß die eine, als ich mich über ihr in Position brachte, mir ein paarmal von unten her hart mit der Handkante gegen den Schwanz geschlagen hatte. Im übrigen saß oder stand ich nur in den erbärmlichsten Kneipen herum und richtete meine ganze Aufmerksamkeit auf irgendwelche festen oder beweglichen Details der Umgebung, als gelte es, ihren heimlichsten Sinn zu entschlüsseln. Ich glaube, ich erwartete auf irgendeine rätselhafte Weise Hilfe, Hilfe in letzter Minute, derart, daß mir plötzlich etwas klärend beispränge, ein Mensch, ein Ding, eine unerhörte Einsicht, etwas immer Wahrgenommenes, nie Beachtetes, das auf einmal vor mir auseinanderginge und sich zu erkennen gäbe.

Ein paar Männer kamen und gingen und trugen die Bücher fort. Sie sahen aus, als wüßten sie nicht, was das für Gegenstände waren, die sie da in ein paar Dutzend Säcke stopften und mit polternden Schritten die Treppe hinuntertrugen. Ich hatte alle in Bausch und Bogen an ein Antiquariat verkauft, nur etwa fünfzig behielt ich, die wollte ich mitnehmen nach Teneriffa (oder nach Frankfurt, wie ich mir immer noch heimlich zu denken erlaubte). Ich versuchte, etwas Passendes zu empfinden, ohne Erfolg, ich empfand überhaupt nichts Passendes in diesen Tagen.

Auch nicht als die Antwort von meinem Vater kam, auch nicht als sie per Einschreiben kam. Ich hatte ihm einen langen Brief geschrieben und ihn um das Geld gebeten. Denn da mußte Geld sein für mich, keine gewaltige Summe, aber groß genug, gemessen an dem, was ich hatte. Ich sollte es zwar erst nach seinem Tod bekommen, und es war mir klar, daß man eigentlich nur über seine Leiche daran kommen konnte, aber er starb nun schon seit fünfzehn Jahren und war noch immer nicht tot, und ich brauchte es jetzt. Er hatte wiederholt damit geprahlt, was ich da zu erwarten hätte, und daß die Summe ständig noch wachse, denn er habe einen langfristigen Sparvertrag für mich gemacht. Er soll B das Sparbuch gezeigt haben, ich soll sogar dabeigewesen sein als er's tat, und das ist schon möglich, aber ich habe wohl weggesehen, weil mich seine aufschneiderische Art genierte. Der Brief war nicht von ihm, das verstand sich, er konnte nicht mehr schreiben, nur noch zittrige Zeichen malen; aber auch sie hatte ihn nicht geschrieben; ein fremder Herr, dessen Stand nicht angegeben war, hatte ihn diktiert und war »nach Diktat verreist«. Er sei beauftragt, mir mitzuteilen, daß nichts Nennenswertes mehr vorhanden sei, die lange Krankheit meines Herrn Vaters habe alles aufgezehrt. Im übrigen sei mir mein Erbteil ja schon vor neun Jahren ausbezahlt worden, dann und da und so und so. (Das stimmte nicht, da hatte ich nur meine Mutter beerbt, nicht ihn.) Sodann hatte der Mann mir vorzuhalten, daß ich mich nie sonderlich um meinen Herrn Vater gekümmert hätte. (Das stimmte, ich konnte nicht, ich konnte ihn nicht ertragen.) Offenbar erinnerte ich mich nur an ihn, wenn ich in Schwierigkeiten wäre. (Das stimmte nicht, ich hatte mich sehr oft an ihn erinnert, immer wieder, und wie.) Abschließend wurde ich ersucht, von weiteren Briefen oder gar Besuchen Abstand zu nehmen. Nur keine Bange, dachte ich, ich wäre sowieso nicht gekommen. Aber du hättest mir doch einfach durch sie schreiben lassen können, es ist nichts mehr da, alle alle, und überhaupt, ich habe genug von dir, und so weiter. Warum mußt du nur immer so lächerlich sein. Wie damals, als du deinen Laden aufgabst und deinen Kunden diesen gedruckten Zettel schicktest, warte mal, ja so: Ich habe mich nunmehr entschlossen, mein Geschäft in jüngere Hände zu übergeben, und so weiter. Man konnte es sich nur ins Mikrophon gebrüllt denken, über eine riesige Menschenmenge hin, unter einem Wald von Fahnen. Daß es alle ist, glaube ich euch selbstverständlich nicht, du könntest ruhig zugeben, daß sie es hat, ohne Gefahr, das müßtest du eigentlich wissen. Du hättest mir schreiben, vielmehr durch sie schreiben lassen können, du hast dich immer einen Dreck um mich gekümmert, und sie plackt sich ohne Pause mit mir ab, und nun kriegt sie's, da hast du's, mach was dagegen. Nicht mucksen würde ich mich. Aber so seid ihr eben, du, sie und euresgleichen, lächerlich, feige und ahnungslos.

Am Vorabend vor dem Abflug zog ich mich mit Sanna in eine kleine Bar zurück. Ich empfand nichts passendes, sagte, was man so sagt, jeder könnte es erraten. Es war kein schwerer Abschied, ich spürte ihn kaum, ich glaube, sie auch nicht, obwohl sie mir auf einmal sagte, ich solle keinen Selbstmord begehen. Ich dachte wirklich nicht daran, ich dachte nichts Passendes. Ich parierte bloß, etwas unsicher zuweilen, aber dann schubste man mich sanft in die Richtung, und so würde das noch eine ganze Weile gehen, in dem einen Flughafen, in der Maschine, in dem anderen Flughafen und so weiter. Eine Stimmung schläfriger Neugier erfüllte mich. Sieh einfach zu, was daraus wird, sagte ich mir. Das Wort »unverbindlich« fiel mir ein, und ich dachte mir den Satz zurecht: Leben ist immer ganz unverbindlich, mit dem Tod ist es etwas anderes. Toood, sagte mein Gedanke, mit einem ganz langen, langsam absinkenden Vokal, wie ein laaanger Hals, der sich biegt.

Als ich heimkam, gab es einen kleinen Wirbel, mein Ticket war nicht zu finden, ich mußte es verlegt haben. Es gab gar nicht mehr soviel in meinem Zimmer, wohin ich es hätte verlegen können. Aber Du hattest es mir gegeben, gleich als Du es mir zeigtest, ich erinnerte mich. Ich sah es für ein Omen an, ich sollte doch nach Frankfurt gehen, der Vernunft folgen, die nun jäh wie ein schwarzes Netz auf mich niederfiel. Aber er fand sich, der Flugschein zur Unvernunft, Korfiz fand ihn, und das schwarze Netz verschwand nach oben.

Es verschwand nicht ganz, es hing in halber Höhe über mir in dieser Nacht. Ich packte, aber ich machte immer wieder lange Pausen dabei, setzte mich hin, legte mich hin, rauchte. Mir war gar nicht zumute wie einem, der einen neuen Abschnitt seines Lebens beginnt, alle Regungen schwach, schlapp. Du kamst herein und lagst neben mir, in einem braunen Hosenrock, braunem Pullover. Du mußtest mir zureden, aber daß ich mich dem Ablauf überließ, war das Äußerste, was ich vermochte. Ich weiß nichts mehr von dem, was Du mir sagtest, nicht ein Wort finde ich wieder. Wie immer kurz vor Antritt einer Reise wurde ich dann sehr müde. Das half mir, und ich konnte Dir etwas vorträumen davon, was vielleicht kommen würde, fern von hier, dort, in der Sonne, im Gelben und Blauen, vielleicht würde sich dann endlich doch noch alles erfüllen, der Süden hatte immer schon viel über mich vermocht. Dabei langte ich immer mühsamer mit dem linken Arm über Dich weg, um die Zigarette im Aschbecher abzustreifen, wenn meine Finger den Rand der Schale gefunden hatten, die ich nicht sehen konnte. Für kurze Zeit schlief ich ein, wachte ganz zerschlagen wieder auf, mit dem fast verzehrenden Wunsch, weiterschlafen und von einer südlichen Insel träumen zu dürfen, statt hinfliegen zu müssen. Korfiz hatte einen Kaffee von ungenießbarer Stärke gemacht, man glaubte, er sei gar nicht aufgelöst, ein dick angerührter Brei. Carola kam, um uns zum Flughafen zu begleiten. Ihr Gesicht sah aus wie gepellt, und ich dachte sehr langsam, Wort für Wort: Sie hat sich nicht gewaschen, sondern gehäutet heute morgen. Das war der erste Gedanke seit langem, der mir nicht zu wakkeln, einen festeren Stand zu haben schien, deshalb erinnere ich mich so genau an ihn. Als ich die Hose anzog, klemmte der Reißverschluß, ich zog heftig daran und da riß er an der Seite und ließ sich nicht mehr ganz schließen. Das schien mir im ersten Moment ein derart schwerwiegendes Warnzeichen zu sein, daß ich zu zittern anfing. Ich bezwang mich aber sofort. Nein, jetzt wollte, jetzt wollte ich in die Sonne, was immer daraus werden würde, ich wollte in der Sonne sitzen, in der Sonne sitzend wollte ich es erwarten. Meine anderen Hosen waren alle verpackt, die Koffer verschlossen und verschnürt. Ich zog den Pullover weiter herunter, und er bedeckte die klaffende Stelle. Na also. Ich war jetzt fast übermütig. Ich wollte in der Sonne sitzen, auf einer Bank, einem Stuhl, einem Stein, irgendwas würde schon da sein für mich, und mit klaffender Hose machte ich mich auf den Weg.

Die Maschine warf ihren Schatten auf eine weiße sanftgewellte Wolkenebene, einen präzis konturierten Schatten, und ebenso makellos war der Regenring, der ihn mit den Farben des Spektrums umgab. Ein Regenring, ich hatte so etwas noch nie gesehen. Was für ein hübsches Signet für eine Fluggesellschaft, dachte ich.

Der Schatten und sein bunter Ring glitten auf den Teide zu, dann stürzten sie plötzlich weg, und die Ebene ging ins Vorgebirge über. Wir sind abgestürzt, sagte ich mir in träumerischem Einverständnis. Das Lautkontinuum, das mich umgab, schien wie auf einen Knopfdruck verändert, dichter und leiser jetzt. Ob das mit meinen Ohren wieder anfängt? fragte ich mich gleichmütig. Ich wiegte mich leicht hin und her. Das war alles unwirklich. Ich spürte die Unwirklichkeit in den Schläfen, zwischen den Zähnen.
Der Bergkegel mit den Wolken darunter bot das oft gesehene Bild der großen Explosion, aber auf den Kopf gestellt, das Unterste zuoberst, ein ausgerissener, umgestülpter, versteinerter Explosionspilz. Unwirklichkeit, das zwanzigste Jahrhundert als Fossil.
Ein Zittern durchlief uns, die Maschine und mich. Die Aussicht verwirrte sich tumultuös, graue, grüne, braune Fetzen, weißpunktierte blaue Durchblicke. Das floß alles nach links unten ab, kam wieder, floß ab. Bis mir auf einmal das Land entgegenschlug und das ganze Fenster füllte.

Momente aus der Zeit, die wir dort zusammen waren, Dezember bis März. Ich kann nicht erwarten, daß du Dich an dieselben Momente erinnerst, das habe ich mir nicht verdient. Es sind also meine, aber nur solche, die unsere hätten werden können.
Fahrt zum Hotel Altavista. Ich: Como se llaman las flores con las hojas rojas? Der Taxichauffeur: Flor de pascua, señor. Wir sind da.
Schwimmbad des Hotels. Du liegst sehr weiß in der Sonne und küßt die Luft für mich. Korfiz: Ein Leben wie im tiefsten Frieden. Du: Soll ich euch mal zeigen, wie ein richtiger Hecht geht? Du springst, schwimmst eine Runde, Dein kleiner Kopf auf dem Wasser, Dein Lächeln, das die ganze Welt anstrahlt.
Mole von Puerto de la Cruz. Riesige Brandungswellen an die-

sem Morgen. Du, erregt: Komm, wir müssen ganz nah ran. Wir stehen mit den Schuhspitzen dicht an dem nassen Teil des Pflasters und warten auf die nächste. In einem Moment steigt sie fünfzehn Meter hoch vor uns auf, man kann nicht anders als sie anstarren. Weil ich nicht so schnell bin, erwischt sie mich noch am Hosenboden, während ich auf Dein schon weit entferntes, lachendes Gesicht zuspringe.
Lido San Telmo. Du duschst Dich ab, und ich sehe den Bewegungen des Wassers über Deinem Bauch, Deines Bauches unter dem Wasser zu. Du siehst meinen Augen zu und strahlst. Dann setzen wir uns an einen Tisch, und Du holst allerlei Tapas für uns heran, Fisch, Bohnen, Salate. Abends ein Zettel von Dir in meinem Zimmer. Wörtlich: »Der Tag war so schön und Du – durch Dich.« Wie dankbar Du dafür bist, wenn ich mich ein wenig um Dich kümmere.
Casa Iriarte. Ich sitze am Fenster und schreibe. Du kommst herein und sagst: Willst du denn jetzt immer nur schreiben?
Ebendort. Ich liege auf dem Bett und lese einen französischen Kriminalroman aus dem vorigen Jahrhundert. Du kommst herein, setzt Dich und siehst mich lange stumm an. Du wartest, ich weiß es. Ich, als ob nichts wäre: Da schimmert sogar noch etwas von Balzac durch. Weiter wie vorher, lange, dann gehst Du, und ich atme laut aus, wie nach einer Anstrengung.
Casa Tafuriaste. Es ist sehr kalt, und es regnet. Ich liege, angezogen, zugedeckt, mit frierenden Händen im Bett und lese Horkheimer, Egoismus und Freiheitsbewegung. Die Fenster sind undicht, vom nächsten Fensterbrett spritzt der Regen waagerecht weg und trifft das Bett am Fußende. Ich habe die Füße ein Stück herangezogen. Du kommst herein und legst Dich zu mir. Du, klagend: Du hast immer so viel an. Ich, contre coeur lachend: Du gehst auch mit einem Wollkleid ins Bett. Hilft nichts, ich muß mich wieder einmal an das traurige Geschäft machen, Dir eine Lust zu verschaffen, die ich nicht teile. So neu ist das Leben hier gar nicht, nur noch schlimmer.

La Orotava. Ich habe einen Laden gefunden, wo es die Filme gibt, die Du haben willst, Marke Ilford. Ich begleite Dich hin, und nachher sitzen wir in der »Mosaikbar«. Aber ich will allein sein mit meinem Notizbuch, ein bißchen schreiben. Ich sage es Dir. Du nimmst es schwer und gehst mit trauernden Bewegungen langsam hinaus. Kurze pantomimische Vision, in der ich mich zwischen Dir und mir sehe, mit weitausgestreckten Armen. Du drehst Dich um und wirfst Dich mir entgegen, kippst auf mich zu, und von da an ist alles gut. Aber nein, ich bleibe sitzen, ich kann nicht aufstehen, um die Vision wahrzumachen, kanns nicht, und Du gehst nach links ab.
Casa Tafuriaste. Du malst für die geplante Ausstellung in Hamburg, hältst mir ein Bild hin, noch naß: Sag was dazu, sonst kann ich nicht weitermachen. Ich applaudiere, übe Kritik, erteile Ratschläge. Wie willig Du alles hinnimmst.
Ebendort. Du malst. Ich setze mich zu Dir und lese Dir einige von den kleinen Texten vor, die ich gerade mache. Noch während ich lese, bereue ich es, mit dem Gefühl, daß Dich das kaum etwas angehen kann, daß ich Dich nur behellige. Ich weiß nicht, ob Du zuhörst. Du äußerst Dich beifällig, aber das bedeutet mir nichts.
Ebendort. Tagelang immer wieder die »Gurrelieder«. Wie unter einem Zwang lege ich sie immer wieder auf. Auch die dubiosen Passagen, in denen die Operette mitklingt, halten mich fest, gerade sie (»So tanzen die Engel vor Gottes Thron nicht«, »Nun sag ich dir zum erstenmal«). Allmählich wirst Du aufmerksam, beginnst hinzuhören. Einmal zitierst Du die Stelle »wie Waldemar stolz nun und königlich ist«, und dann äußerst Du sogar den Wunsch, Dir das Ganze einmal genau anzuhören. Ich weiß nicht, ob mir das recht ist. Doch, ja, es ist mir recht.
Ebendort. An mehreren Abenden lese ich die »Lotte in Weimar« vor, die ich hier in einer Taschenausgabe gekauft habe. Auch Du bist dabei, aber eigentlich lese ich es Korfiz vor, der große Freude an dem Buch hat. Das Ironische, Parodistische

namentlich gefällt ihm. Er sieht bemerkenswerter Weise eine Art von Bescheidenheit darin.
Ebendort. Das Vorlesen bürgert sich ein, und ich genieße es. Nach der »Lotte« lese ich Proust, den ersten und etwa die Hälfte des zweiten Bandes der »Recherche« in der Übersetzung von Eva Rechel-Mertens (mit meinen kleinen Korrekturen, also zum Beispiel mit den von ihr ausgelassenen Hilfszeitwörtern). Viele Abende, und wieder ist es eigentlich Korfiz, für den ich lese. Er ist klug genug, gerade die Mängel des Buches zu preisen. Mir scheint es auch diesmal wieder das Buch der Bücher zu sein, das unabhängigste Buch, das ich kenne.
Ebendort. Du sonnst Dich im Patio, Dein Oberkörper ist nackt. Als Du mich in der Tür stehen siehst, klopfst Du ein paarmal einladend mit der Hand neben Dich auf die Matte, so ähnlich wie man einen Hund heranlockt. Ich beuge mich über Dich, küsse flüchtig Deine linke Brust. Ich mache Dich darauf aufmerksam, daß die Nachbarn uns von ihrem Dach aus sehen können. Sie sind oft auf dem Dach. Im selben Augenblick sehe ich Frau Gonzalez am Dachrand erscheinen. Sie wirkt ganz schwarz, wuchtig, drohend vor dem sehr hellen Himmel. Es ist nur ein Moment, dann tritt sie wieder zurück. Sehr theaterhaft, ihr prompter Auftritt, wie in einer Tragödie.
Ebendort. Das strahlende Wetter hält an, und Du bist mit Korfiz im Patio, während ich wieder einmal die »Gurrelieder« höre. Du kommst herein, bleibst im Türrahmen stehen. Du trägst den Bikini aus taubenblauer Wolle, den Carola Dir geschenkt hat. Zu Deiner Haut, die jetzt mildbraun ist, paßt er sehr gut. Die Brustteile lassen sich beiseite schieben wie ein Vorhang. Ich schiebe sie beiseite. Meine Hände tun so, als liebten sie Dich, und ein wenig lieben sie Dich auch. Du brauchst so viel tätliche Bewunderung. Wir machen dann einen langen Spaziergang, die von mir so getaufte »Wildweststraße« hinunter und dann linksab weiter bis an den Rand von Puerto de la Cruz. Von dort fahren wir mit einem Bus zu-

rück. Einmal lächelst Du mich auf eine Art an, die mich nach dem Grund zu fragen zwingst. Du: Weil ich dich so schön finde. Meinem Eindruck nach ist eine Spur von Spott in Deinem Lächeln. Ganz langsam lasse ich meine Hand an Deinem rechten Arm entlanggleiten, in den Gedanken versunken, daß die Ellbogen die schwachen Stellen Deiner Arme sind, zu wenig modelliert. Du: Wenn du das machst könnt es mir schon fast kommen. Mir ist flau zumute, weil Du in wenigen Tagen nach Hamburg fliegen wirst, um Dich um Deine Ausstellung zu kümmern. Ich spüre, wieviel mir daran liegt, Dich in meiner Nähe zu haben. Aber vielleicht ist Deine bloße Anwesenheit auch schon fast alles, was ich von Dir will. Ich denke das sehr gegen meinen Willen.
Ebendort. Du: Willst du denn auch noch alles von mir? Ich sage etwas Bejahendes, bei gleichzeitigem abweisendem Verhalten. Ich küsse Dich, aber flüchtig. Du sitzt vor Deinem Frisiertisch, ich stehe seitlich hinter Deinem Stuhl. Du brichst in ein wildes Weinen aus und rufst: Ich liebe dich doch, ich liebe dich doch, ich will alles von dir. Es ist kaum noch zu ertragen. Ich fühle mich, als sei alles, woraus ich bestehe, zu einem einzigen dicken Kokon zusammengeleimt.
Ebendort. Neunundzwanzigster März, abends. Morgen, am Vormittag, wirst Du fliegen. Wir sitzen zu dritt in der Küche und halten die Bildertaufe ab. Stück für Stück stellen wir Deine neuen Bilder auf und versuchen, Titel für sie zu finden. Ich bin ziemlich betrunken und trinke weiter, Kaffee mit Kognak. Ich sage: Wie wär's mit »Züchtigung«? Ein anderes Bild. Ich sage: »Vor der Katastrophe«.
Flughafen Los Rodeos. Wir haben uns verabschiedet, wir stehen schon am Auto. Da kommst Du noch einmal aus dem Portal und winkst. Wir winken. Du siehst sehr schlank aus in deinem hellen Trenchcoat, und wie lang Dein Haar ist, das mir noch einmal winkt, als Du Dich umdrehst, um wieder hineinzugehen.

Und wie schön war es dann, an Dich zu denken, ferne Geliebte, ungestört von Deiner ständig fordernden, ständig enttäuschten Gegenwart, Deinen schwachen Stellen, Ellbogen, Handgelenken, Deiner sonst so reizenden Stimme, wenn sie blechern wurde und Kataloge und Anzeigen herleierte oder Filme und Bücher fade nacherzählte, so daß ich Dich hätte schlagen mögen, ungerührt auch von allem Rührenden an Dir, dem Kindlichen, Kindischen, das mich lähmte, Deinem Elevinnen-Status, in ungetrübter Vorfreude auf Deine Rückkehr zu mir, oh zu mir, auf den ungeheuren Augenblick, der dann endlich kommen mußte, wenn Du Dich mir entgegenwerfen, auf mich zu kippen würdest, in bedingungsloser Kapitulation der Liebe vor ihrem Gegenstand, und von da an würde alles gut und mithin auch alles Gewesene gut gewesen sein.

Ich war so hingenommen von diesem imaginierten Leben, daß ich es nicht einmal unterbrechen mochte, um Dir zu schreiben. Ich habe denen, die ich liebte, ohnehin selten geschrieben, viel seltener als den anderen; ich mutete ihnen zu, auch ohne das zu wissen, wie ich zu ihnen stand. So konnte es geschehen, daß ich drei Briefe von Dir bekam, bevor ich mich dazu aufraffte, Dir zu antworten. Ich hätte auch schreiben können, daß ich Deine drei Briefe bekam, denn mehr hat es ja nicht gegeben. Du schriebst sie im Lauf der ersten zwei Wochen, während ich schwieg. Im Lauf der folgenden vier Wochen schrieb ich an Dich, ebenfalls dreimal, meine drei Briefe, während Du schwiegst. Danach, während der letzten sieben Wochen Deiner Abwesenheit, schwiegen wir beide. Du schwiegst nicht vollständig, schriebst an Korfiz, die Kinder, nur mir gegenüber schwiegst Du.
Im ersten Brief teiltest Du mit, daß Du bei Carola wohntest, in ihrem zweiten Zimmer. Daß Du in der Heide gewesen warst und mit Anette in den Zirkus gehen würdest. Daß die Alte geredet hatte wie sie halt immer redete, »die alte Schlange«. Daß alles sehr öde sei dort, ohne mich und die Sonne.

Zweiter Brief. Unverändert öde, und zudem sei die Ausstellung auch noch verschoben, erst Anfang Juni solle die Vernissage sein. Immerhin hättest Du ein paar Portraits in Auftrag. Aber es sei kaum auszuhalten. Schlußsatz: »Du fehlst mir sehr. Deine Gigi«. Sensationell aber war ein beigelegtes Blatt, anderes Papier und mit Bleistift beschrieben. Es war mehr als ein Jahr alt, war in den Weihnachtstagen entstanden, als ich in die Heide geflohen war. Vielleicht hattest Du es mir damals schicken wollen, aber dann war ich wohl schon wieder zurückgekommen. Ich kann es fast genau zitieren, glaube ich: Seit zwei Tagen muß ich immerzu an die schönen und traurigen Minuten denken, als wir in dem fremden kahlen Zimmer beieinander lagen und Du die rosa Decke über uns gezogen hast. Nie haben meine Finger das warme weiche Tal in Deiner Brust so sehr geliebt wie in diesen Minuten, nachdem ich Dich so lange gesucht und endlich doch noch gefunden hatte. So ungefähr, so fast genau lautete es und brach dann ab, vielleicht weil Dir nichts mehr eingefallen war. Das Schreiben ist Dir ja immer schwer gefallen, und wenn ich das bedachte, konnte ich diese Zeilen nur als das Ergebnis einer außerordentlichen Inspiration ansehen.
Der dritte Brief war eigentlich keiner. Ein paar rasch hingeworfene Worte auf einem Blatt mit Carolas Briefkopf. Warum ich nicht schriebe? Jeden Morgen liefst Du hinunter an den Briefkasten, und nie sei etwas von mir da, Du könntest heulen. Du brauchtest doch auch bald meinen Text. Jetzt könntest Du nicht weiterschreiben, Du erwartetest eine Dame, die Du malen solltest.

Ja, stimmt, ich hatte Dir einen Text versprochen, etwas in der Art, wie ich es für Deine erste Ausstellung gemacht hatte, ein paar stimulierende Sätze über Deine Arbeiten, zwanzig Zeilen etwa, die auf die Einladungen gedruckt worden waren. Aber wenn die Ausstellung um einen Monat verschoben war, konnte das ja nicht so eilen, und ich brauchte mich durch

diese Bagatelle nicht aus meinen narkotischen Träumen reißen zu lassen, meinen Träumen von einem künftigen Leben mit Dir.
Das unglaubliche, unwirkliche Leben, in der Imagination war es natürlich zu haben. Eine sanfte Heiterkeit erfüllte mich ganz. Ich bastelte jeden Tag ein paar Stunden an meinen kleinen Texten. Mir schwebte ein gewisser Abschluß für sie vor, es sollte ein kleines Bündel werden, und das wollte ich Dir bei Deiner Rückkehr überreichen, sieh, das habe ich für Dich gemacht, nimm es in Gnaden. (Obwohl ich doch kurz zuvor noch das Gefühl gehabt hatte, daß Dich das kaum etwas angehen konnte. Aber das, auch das, würde natürlich anders werden.) Nachmittags ging ich oft in Orotava umher, von der »Mosaikbar« zur »Parada«, dann in den »Schlauch«, in die »blaue Kneipe«, dann, auf dem Heimweg, schon fast zu Hause, in die »Playita«. Ich betrank mich nicht, sah nur den Leuten zu oder blätterte in den spanischen Illustrierten, die ich damals zu kaufen pflegte, weidete mich an den schwachsinnigen Gesellschaftsreportagen in ihnen. Es war um die Zeit, als die Enkelin des Staatschefs heiratete, dieses groteskschauerlichen jefe del estado. Die Abende, die halben Nächte mit Korfiz in der Küche, vollkommene Stunden, wie Du Dir denken kannst, denn Du mußt – manches Mal wohl mit innerlicher Mißbilligung – gemerkt haben, wie wohl ich mich in seiner Gegenwart immer gefühlt habe, fast immer.
Damals sprachen wir nicht oft über Dich. Wenn er einen Brief von Dir bekam, las er ihn auf der Stelle laut vor. Er wisse genau, daß er das unbedenklich tun könne, in Deinen Briefen an ihn stehe nie etwas Intimes. Es waren überraschend farbige Briefe, das sei ganz ungewöhnlich, sagte er, und es könne nur meinetwegen so sein, denn Du rechnetest darauf, daß er sie vorlesen würde. Er sagte: Ich glaube wirklich, sie liebt dich, und gewiß könntest du die Briefe nicht vorlesen, die du von ihr bekommst. Aber, setzte er amüsiert hinzu, aber deswegen brauchst du sie nicht immer so eilig in dein Zimmer zu tragen, oder denkst du, ich würde sie lesen, wenn du sie hier liegen

läßt? Das dachte ich keineswegs, ich trug sie in mein Zimmer, um sie dort in aller Stille noch einmal zu lesen.
Ab und zu gab ich den Kindern eine Stunde Unterricht in deutscher Sprache, und einmal ließ ich sie kurze Briefe an Dich schreiben, ein paar Sätze nur und in beiden Briefen dieselben, bloß in je einem Satz wichen sie voneinander ab. Amanda ließ ich schreiben: Korfiz kocht den ganzen Tag, und der fette Leo frißt fast alles ganz allein auf. Und Leda: Korfiz malt den ganzen Tag, so daß es fast nichts zu essen gibt, und der fette Leo immer heimlich nach Orotava geht, um sich dort vollzufressen. Du antwortetest ihnen: Was für einen klugen Lehrer Ihr doch habt.
Er malte die Serie seiner gelben Stühle, mit der er in Hamburg bereits angefangen hatte. Ein Düsseldorfer Galerist hatte sie haben wollen, ließ sich dann aber nicht daran erinnern, auf Briefe antwortete er nicht. Es waren vierzehn Bilder, immer wieder derselbe gelbe Polsterstuhl in wechselnden Perspektiven. Wie gewöhnlich trank Korfiz viel bei der Arbeit, jetzt war es spanischer Kognak, »Ciento y tres«. Er malte offenbar ziemlich lustlos, durchaus nicht durchdrungen von dem, was er da trieb, und das glaubte ich den Bildern anzumerken. (Es schien überhaupt nichts zu geben, was er in vollem Ernst hätte machen wollen. Ich habe ihn einmal gefragt, womit er sich beschäftigen würde, wenn er keinen Brotberuf auszuüben brauchte. Malen? Nein nein. Dann, nach einer langen Pause, er wisse es einfach nicht. Ich ließ nicht locker, etwas müsse ihm doch einfallen. Noch längere Pause. Und plötzlich strahlte er auf und sagte, er würde sich vielleicht dreimal am Tag rasieren.) Ich hielt Deine Bilder für besser als seine. Nicht daß ich sie für gelungene Werke angesehen hätte, das waren sie meiner Ansicht nach nicht, aber sie schienen mir ein Versprechen zu sein. Er hingegen verstand nicht, was ich in ihnen sah, er sah nichts davon, meinte aber: »Gigimuse« – diesen Namen hatte ich Dir angehängt, nach dem Muster des Musenkränzchens in der »Lotte in Weimar«, mit seiner »Tillemuse«, »Museline« et cetera – »Gigimuse« liegt einfach

richtig mit ihren Sachen, wie es scheint, sie hat ganz von selbst Erfolg, und die Nachricht von den Portrait-Aufträgen, die Du erhalten hattest, bestärkte ihn in dieser Ansicht.

Ich schrieb nun endlich doch den versprochenen Text, der diesmal noch kürzer ausfiel als der erste, zwölf Zeilen, fünfzehn Zeilen vielleicht, etwas auf elegante Weise Nichtiges über Dein spezielles Verhältnis zum Surrealismus, eine heuchlerische Hilfe für das Verständnis, abschließend mit der suggestiven Versicherung des unmittelbaren Reizes und der enigmatischen Bedeutung Deiner Bilder. (Er war amüsant, wie widerstandslos die bestallte Rezensentenschaft sich durch diese Schaumschlägerei anregen ließ, ganz wie beim ersten Mal, als ich ihr immerhin etwas mehr geboten hatte.) Ich schickte Dir den Text, begleitet von einem Brief, von dem ich nichts mehr weiß.
Aber wenige Tage später schon schrieb ich den zweiten, und von ihm weiß ich mehr. Ich schrieb ihn in der »Mosaikbar« und benutzte die neueste Illustrierte als Schreibunterlage. Es war ein sonniger, durchdufteter Tag, und ich war unversehens von einer wilden, fast betäubenden Gier nach Dir oder vielleicht auch nur nach einem lüstern verklärten Erinnerungsbild von Dir erfaßt worden, wie ich sie während all unserer Zeit bis dahin nie erfahren hatte. Eine rote Dunstwolke schien zwischen meinen Augen und dem Brief zu lagern, während ich ihn schrieb, und danach war auch der Wortlaut, eine ekstatische Beschreibung Deines Körpers, ekstatisch und systematisch von oben nach unten fortschreitend, wo sie dann jäh und tief in die dritte Dimension vorstieß, in ihre dunkelste Tiefe. Ein einigermaßen feuchtes, hechelndes Stückchen Prosa. Ich trug es sogleich zur Post, und als ich wieder herauskam, begegnete ich Korfiz. Wir kauften eine einheimische Zeitung, daher weiß ich, daß es entweder der Tag war, an dem der bundesdeutsche Regierungschef gestürzt werden sollte, oder, was wahrscheinlicher ist, der Tag

danach, denn eine der Headlines des Blattes lautete: »Brandt vencedor en le Bundestag«. Wir gingen in die »Bar Fariña«, um das zu feiern.

Und auch Du, ferne Geliebte, hattest Dich darüber gefreut, du schriebst es, schriebst es seltsamerweise den Kindern. Die Post von Hamburg nach Orotava braucht, via aerea, zirka fünf Tage, und so kam der Brief innerhalb der ersten Maiwoche an. Du schriebst: Ich freue mich so darüber, daß Brandt gewonnen hat. Oder schriebst Du: Wir freuen uns so darüber? Das ist unwahrscheinlich, aber nicht ausgeschlossen. Denn in demselben Brief teiltest Du den Kindern mit, daß Du einen Journalisten kennengelernt hattest, der einem Verlagsunternehmen angehörte, in dem auf keinen Fall Freude geherrscht haben kann über den Sieg des amtierenden Kanzlers, aber er sei sehr sympathisch. (Ja, warum auch nicht?) Und übrigens übtest Du nun auch wieder das Autofahren, und – es sprudelte nur so aus Dir heraus – und er, dieser intelligente und sympathische Journalist werde meinen Text (meine zwölf oder dreizehn oder vierzehn oder fünfzehn schaumgeborenen Zeilen über Dich) in einem der Blätter des großmächtigen Hauses unterbringen, das uns allen zwar weniger sympathisch sei, aber das sei schließlich egal, wenn er nur veröffentlicht würde. (D'accord.) Mehr war es nicht, aber es war viel. Es entsprach Deiner Praxis, Möglichkeiten durchblicken zu lassen, eine Attraktivität (womöglich gar »Verruchtheit«?) zu demonstrieren, an die Du selbst nicht recht zu glauben vermochtest, und andererseits der Mutmaßung völliger Unschuld Raum zu lassen. Denn das wäre ja noch schöner, wenn man niemand mehr kennenlernen dürfte, der zufälliger und glücklicher Weise Journalist ist, ohne geradenwegs mit ihm ins Bett vermutet zu werden. Oho, rief Korfiz, der den Brief auf der Stelle vorlas, oho, die Mama hat einen Freund, er bringt ihr das Autofahren bei.
Lauter Lappalien was da stand, und auch die Anmerkungen,

die Korfiz dazu machte, unterstellten kaum mehr, zur Mutmaßung Deiner Unschuld blieb Raum genug. Aber etwas hatte mich getroffen, etwas war herausgeflogen aus Deinen Worten, wie ein winziges Geschoß, nicht größer als ein Staubkorn, aber spitz, spitz, und hatte mich ins Schwarze meines Herzens getroffen, und dort hatte es sich eingekapselt und wuchs ganz langsam heran.

Wir hatten uns etwas vorgenommen, wollten etwas machen zusammen, ein Buch – was denn sonst, da die Anregung von mir ausgegangen war – ein Buch über die Werbung wollten wir schreiben. Du warst erst ein paar Tage weg, und wir hatten bei bester Laune in der Küche gesessen und Kognak getrunken und die Sache sogleich gründlich durchgesprochen, und Korfiz hatte im Handumdrehen einen prächtigen Titel parat, »Presentation« sollte es heißen (ein Pseudonym hatten wir auch schon, K & L). Ich hatte mir nur ausbedungen, zuvor meine kleinen Texte fertig zu machen, und das was mir rasch gelungen, das Bündel, mit dem ich Dich bei Deiner Rückkunft zu erfreuen gedachte, lag bereit. Und so setzten wir uns eines Morgens in meinem Zimmer an den Tisch, auf dem die Schreibmaschine aufgebaut war, meine alte, jetzt verschollene »Erika«, mit eingespanntem Bogen, eine große Kaffeekanne, eine Flasche Ciento y tres, eine wuchtige Messingschale als Aschbecher und der Plattenspieler. Zur Einstimmung legten wir die »Histoire du soldat« auf, und sie trompetete los: »Entre Denges et Denezy«.
Bis zum frühen Nachmittag hatten wir die ersten drei Seiten fertig, eine Art Aufmarsch des typischen Agenturpersonals, in einer typischen Kulisse, einem typischen Moment, dem entscheidenden Augenblick, da sie einem Auftraggeber ihre Vorschläge präsentierten. Es hatte uns Spaß gemacht, wir hatten uns häufig unterbrechen müssen, um uns von einem Lachen zu befreien, das uns von innen her bedrängte, die Flasche war fast leer, die Schale dicht ausgelegt mit weißen und

gelben Zigarettenstummeln, aber unsere Aufgekratztheit hing ein wenig durch, etwas zog an ihr. Ich spürte die Gegenwart dieses kleinen Parasiten, der in mich eingedrungen war wie ein Geschoß. Was ich auch tun und unterlassen mochte, er nährte sich von mir, sog sich voll an mir, schon war er wie ein Reiskorn, und er würde aller Vorraussicht nach weiterwachsen, und wenn er platzte, konnte es mich das Leben kosten. Zwischen allen Zeilen dieser drei Seiten hatte ich wie eine Interlinearversion den kaum gedachten Gedanken gelesen: Was soll denn das, du hast dieses Ding in dir und gibst dich mit sowas ab. Und auch in Korfiz mußte etwas zurückgeblieben sein, ich kann auch für ihn sprechen.
Wenn Korfiz betrunken war, schien sein Hals dünner zu werden, ein Stengel nur, ein Halm, an dem sein Kopf baumelte, ein holzgeschnitzter, aber sorgfältig geglätteter Kopf mit spitzer Nase, spitzem Kinn, und das lange, dünne, gelbe Haar sah aus als hätte er sich einen spinnwebfeinen Puppenrock aufgestülpt. Jetzt sah ich zudem ein ungewöhnlich zartes, luftblau schattiertes Lächeln in seinem Gesicht erscheinen, und alles in allem glich er einem ergebenen, erdenfernen Clown, den ich wiederzuerkennen glaubte, ohne mich entsinnen zu können, wo ich ihn je gesehen haben sollte.
Er heißt Waldmann, sagte er.
Wer?
Gigis neuer Freund. Ich nenne ihn so, der Name würde gut zu ihm passen.
Waldmann?
Nein, sagte er, eine Oktave tiefer und sehr gedehnt, in einem fast entrüsteten Ton, nein, Waid, nicht Wald, Waidmann heißt er.
Ich spürte das Ding in mir, es pumpte sich voll, wobei es sich in einem engen Spielraum abwechselnd ausdehnte und zusammenzog, während ich mir ein Lachen abzugewinnen versuchte, als ob nichts wäre, unbekümmert. Er sah zu Boden oder auf die Stiefelspitzen an seinen weit vorgestreckten Beinen (blaue Hosenbeine, rote Stiefel) und entwarf ein Portrait

des intelligenten und sympathischen Journalisten Waidmann.

Demnach war er nicht mehr ganz jung, doch immerhin jünger als ich. Er war nach einem Vorbild geschaffen, einem Architekten, Ingenieur oder Bauunternehmer, der einmal Eindruck auf Dich gemacht habe. Ein knackiger Bursche, sagte Korfiz. Ich kannte ihn nicht, hatte ihn nie gesehen. Für mich war er ein anderer, den ich auch nicht kannte, aber einmal gesehen hatte. Kräftiges, selbstsicheres Gesicht, sagte Korfiz, und in diesem Gesicht die Pfeife oder in der nervigen Hand (zu dem Adjektiv lachte er) und sein Hemd Oxford mit Untertritt, und seine Jacke Tweed, das ist klar. Tweed, das war klar. Der Bursche, zehn Jahre älter als Du, zehn Jahre jünger als ich, meiner Schätzung nach, hatte sich mit rascher Gewandtheit gebückt und Dir, schon wieder halb aufgerichtet, etwas hingehalten, einen schwarzen Gegenstand, in dem ich mit einer kleinen Verspätung eine Handtasche erkannte. Sie war also von der Polsterbank, auf der wir saßen, zu Boden gefallen, wenn er sie nicht im Fall schon aufgefangen hatte, das war ihm zuzutrauen. Erfolgreich, sagte Korfiz, Aufsteiger, wenn auch nie über die mittleren Ränge hinaus, du weißt schon. Ich wußte schon, ich sah ihn wieder vor mir, in mir, und ich zweifle nicht, daß er dem anderen glich, dem, den Korfiz sah, seinem Modell. Aber der Teufel mag wissen, wie die Tasche zu Fall gekommen war, durch seine oder durch Deine Geschicklichkeit, das ist die Frage. Du hattest ihm für seine behende Mühe gedankt, hattest seinem noch halb geneigten Erfolgsgesicht entgegengelächelt, eine limonadenhafte Röte war Dir von unten herauf in die Wangen gestiegen, Himbeersirup in magerer Milch, eins zu zehn, und eine kurze, blitzende Welle des Schreckens überspülte meine Augen, wie die ballistische Kurve meines aufprallenden und zurückschlagenden Blickes selbst, als ich Dich ganz unvorbereitet eben jenen approbierten, filmischen Ausdruck verführender

Verführtheit annehmen sah, den Du früher, im Anfang, für mich aufgeboten hattest. Ich hatte ihn seither nicht wiedergesehen, diesen Verheißungsglamour, sei's weil ich mich an ihn gewöhnt hatte, sei's – und das ist ja die wahrscheinlichere Möglichkeit – weil Deine Kraft, ihn an mich zu verschwenden, inzwischen erlahmt war. Jetzt erst, da er einem anderen galt, glaubte ich ihn ganz zu ermessen, und es ist wohl seine Disponibilität gewesen, was mich erschreckt hatte.
Das hatte sich bei einer Vernissage abgespielt, zu der ich Dich lustlos, nur auf Dein wiederholtes Drängen hin, begleitet hatte (man sah die Bilder eines Wiener Malers mittlerer Bekanntheit, von dessen Arbeiten Du selbst eine erworben hattest, ein ziemlich blödsinniges Opus, das Du dann vergeblich wieder loszuschlagen versuchtest). Die jähe Erinnerung daran war wie eine Eruption, die eine Lichtung in meine dunkle Vorstellung von Deinem fernen Leben sprengte, und auf dem kleinen hellen Fleck richtete sich sogleich die halbe Gewißheit ein, daß Du ausgerechnet dem Mann wieder begegnet sein müßtest, der damals diese schwarze Tasche aufgehoben oder aufgefangen und womöglich auch hinuntergestoßen hatte (falls Du das nicht selbst besorgt oder sie ihm in den Weg geschoben hast, so daß er sie hinunterstoßen und auffangen oder aufheben mußte, vorausgesetzt daß das alles kein Zufall gewesen ist, ein günstiger Zufall, Begünstigung durch den Zufall). Das waren so Spekulationen, und die unwahrscheinlichste von allen (oder vielmehr die einzige ganz unwahrscheinliche unter ihnen, ausgelöst durch einen plötzlichen Lichtschein, einen Schein nur im Dunkel) war die auf Deine Wiederbegegnung mit ihm. Unwahrscheinlich, höchst unwahrscheinlich. Ja, aber wäre einem denn das viel wahrscheinlicher erschienen, was sich später, als alles ans Licht kam, als bezeugte Wahrheit herausstellte? Daß es nämlich in eben derselben Galerie und bei einer ganz ähnlichen Gelegenheit geschah, daß der Mann des Schicksals, der schicksalhafte Waidmann (es hat merkwürdig lange gedauert, bis ich begriff, daß Korfiz ihm einen sprechenden Namen gegeben

hatte) vor Dir aufstand, der echte und rechte, der freilich keinem der drei anderen glich, weder dem, den Korfiz entworfen hatte, noch seinem Vorbild, jenem Architekten, Ingenieur oder Bauunternehmer, den ich weder kannte noch gesehen hatte und also auch nicht wiedersehen konnte, noch, drittens, dem, der da dicht vor mir gewesen war (und der mir übrigens gefallen hatte, auch mir) in männlicher, selbstsicherer Anmut fast zu Deinen Füßen, dem, den ich nun in der gleichen Position und am selben Ort in mir wiedersah und der vielleicht tatsächlich Waidmann heißt (warum nicht) und ein intelligenter und sympathischer Journalist ist (warum nicht, auch das war ihm zuzutrauen, und offenbar bringt die stockdumme Realität zuweilen Muster hervor, die einen dazu verleiten könnten, lange und aussichtslos auf sie hinzustarren, als müßte da doch noch eine Spur von Sinn zu entziffern sein; gestehe, daß es frappierend ist). Doch so oder so – hiermit entziehe ich ihm, dem Verboten, dem Verkünder, den Namen (falls er ihn, entgegen aller Wahrscheinlichkeit, nur vermöge der Vexierkünste der Realität und um das Maß voll zu machen, tatsächlich trägt) und übertrage ihn auf den Verkündeten, der keineswegs so heißt, aber so ist oder jedenfalls so war, als es darauf ankam (die Profession hingegen mag jenem unbenommen bleiben, sei er Architekt, Ingenieur, Bauunternehmer oder Journalist, denn Waidmann, der wahre Waidmann, der einzig wahre Waidmann ist nichts von alledem). Nichts von alledem, auch das hat sich herausgestellt zu seiner Zeit, er besitzt keine der Eigenschaften, die ihm von denen zugeschrieben wurden, die ihn nicht kannten; er ist nicht nur zehn Jahre jünger als ich, sondern fünfundzwanzig und mithin sogar noch etwas jünger als Du, er ist kein knackiger Bursche, nicht erfolgreich, beileibe nicht, kein Aufsteiger, sei's auch nur innerhalb der mittleren Ränge, nicht einmal mit der Intelligenz scheint es seine Richtigkeit zu haben, jedenfalls haben die, die die beste Gelegenheit dazu gehabt hätten, kaum eine Spur von ihr an ihm entdeckt (und die könnte er meinetwegen besitzen, noch und noch, ich habe nie viel von ihr gehalten, das wüßtest Du vielleicht noch, wenn Du wolltest). Nein, wie es scheint, besitzt oder besaß er nur eine einzige Eigenschaft, aber das war auch die einzige, auf die es ankam, so daß es kein großer Verlust war, wenn er die anderen nicht hatte, gar kein Verlust, meiner Meinung nach; und es erheitert mich jetzt ein wenig, zu denken, daß er diese Meinung vermutlich nicht mit mir teilt, und, was noch erheiternder ist, auch Du wahrscheinlich nicht. Als ob es nicht mehr als genug wäre, ein Mannsbild, ein Weibsstück zu sein, nichts weiter, bloß nicht, und sich so, in mythischer Simplizität, zur kolossalen Figur des Lebens zu vereinigen, des Lebens par excellence, das verdammt keiner Intelligenz oder sonstiger sekundärer Errungenschaften bedarf, auch der besseren nicht, und vor dem so ein neidischer Wortemacher und klügelnder Versager wie ich einfach nicht zählt. (Und so, in mächtig zusammengeklumpter Einheit mit ihm, habe ich Dich dann später, nach empfangener Belehrung durch die oben angeführten Fakten, oft gesehen, mit den Augen, die mir dafür gegeben sind, daß ich sehend werde; aber in dieser Konstellation warst Du fast nicht mehr zu erkennen, glichst eher Fleur als Dir selbst und eher noch meiner Mutter als Fleur, und selbst sie, meine Mutter, deren Fleischesbild mich jedesmal beinahe blendet, wenn ich die innersten Räume meiner inneren Galerie betrete, konnte nicht aufkommen gegen die fabelhafte Urschlampe, in die Du Dich verwandelt hattest unter dem Bock, was sage ich, dem Waidmann, der nichts war als das und daher soviel mehr als ich. Keinen Augenblick verkannte ich, daß Deine und seine Realität die Monumentalfigur, die ich da errichtet hatte, nicht entfernt zu füllen vermochte; aber um wieviel weniger noch hätte die meine das vermocht, vor deren plötzlich bloßgestellter Dürftigkeit ich die Mundwinkel verzog, in jedem Sinne, in dem man die Mundwinkel verziehen kann. Und wenn es, sagte ich mir, damals Momente gegeben hat, in denen Du Dich meiner erinnertest – und es hat sie gegeben, es hat sie gegeben, das versteht sich – so müßten sie von Rechts, von Lebensrechts wegen so stimulierend für Dich gewesen sein wie, sagen wir mal, die Nachricht, daß in demselben Bett, in dem er, Waidmann, Dir den Triumph verschaffte, den Du von mir erhofft hattest, kurz zuvor ein alter Mann krepiert sei.)

Korfiz hatte Dir geschrieben. Er hatte auf den Busch geklopft, indem er die imaginierte und so ganz verfehlte Personalbeschreibung Deines »Günstlings und Fahrlehrers«, so wie ich sie aus seinem Munde kannte, für Dich zu Papier brachte, und auch den sprechenden Namen fügte er hinzu. So beiläufig und scherzhaft sich das auch ansehen mochte, es war doch darauf angelegt, Dich zu provozieren, Dir genauere Angaben zu entlocken, Korrekturen, Auskünfte, Marginalien, womöglich ein Geständnis oder ein Dementi. In weltentrückter Konzentration hatte er am Küchentisch gesessen und Seite um Seite, Blatt um Blatt einer Schulkladde mit seiner großen, klaren Einzelhändlerschrift bedeckt, sehr viele Seiten, viele Blätter. (Ich hatte an B denken müssen, als ich ihn so sah; er erinnerte mich überhaupt manchmal an B, auch bei ganz anderen Gelegenheiten, von denen ich nicht unnötig sprechen will; ich mochte es nicht, es schockierte mich ein wenig, wenn ich mir dessen bewußt wurde. Auch sie hatte diese Vorliebe für die Küche gehabt; wenn sie es besonders nett haben wollte, verließ sie ihre schönen Zimmer und ließ sich in unseren armseligen Küchen nieder, überall wo wir waren im Lauf der Zeit. Wie er schrieb sie dort auch ihre Briefe, wobei sie die Entrücktheit allerdings noch etwas weiter zu treiben schien, indem sie beim Schreiben den linken Oberarm auf den Tisch legte mit dem Kopf, mit der Wange darauf, während der Unterarm erhoben war und die abgewinkelte Hand an ihm wie ein kleines Dach über dem Kopf hing, Dach mit weißem Schornstein, aus dem es rauchte. Viele lange Briefe an eine Tante, Tante Aninha oder einfach Anna, in ihrer großen chaotischen Schrift. Ich dachte dann oft gegen den Augenschein an; sie ist nicht glücklich, dachte ich, nein, sehr glücklich ist sie nicht. Und er, dachte ich, er ebensowenig, trotz der fast ständig rot und weiß blitzenden Heiterkeit in seinem Gesicht. Ihre stürmischen Anfälle von Lebenslust hatten auch nichts zu besagen gehabt. Auch sie benutzte ganz ähnliche Hefte wie er, und genau wie er riß sie dann die beschriebenen Blätter heraus und stopfte sie, so wie sie waren, mit zerfetzten Rändern, und nicht ohne Schwierigkeit, wegen ihrer Menge, in die Umschläge. Ich besaß eine ganze Anzahl solcher aus der Kladde gerissener Briefe von ihr; sie sind mir verloren gegangen. Doch sage ich das alles nur nebenbei, so wichtig es mir auch scheint.)

Er hatte mir den Brief vorgelesen, aber ich hatte kaum zugehört, weil ich den Text ja schon kannte, soweit er ein Steckbrief, eine Art Steckbrief war, und weil ich nur immer dachte, das ist gut, das wird gut sein, da muß sie doch mit der Wahrheit herausrücken, oder mit einer durchschaubaren Lüge, mit irgend etwas, das Klarheit schaffen wird, so oder so, da bleibt ihr doch gar nichts anderes übrig. Diese Gedankenrede hatte mir zugesetzt wie die Rede eines Klinkenputzers, der einem eine windige Sache aufschwatzen will, und unterdessen muß mir eine überleitende Passage, eine Gelenkstelle des Briefes entgangen sein, denn ich war völlig überrumpelt, als ich plötzlich gewahr wurde, daß da, wer weiß wie lange schon, von einem ganz anderen Mann gesprochen wurde, einem, von dem ich noch nie gehört hatte. (Es ist jedoch durchaus möglich, daß es gar keinen Übergang von dem einen zum anderen gab, und daß diese Stelle des Briefes Dich nicht weniger in Erstaunen versetzt hat als mich, denn es mag keineswegs nur der hellichte Verstand gewesen sein, der Korfiz geleitet hatte beim Schreiben, er trank viel damals; auch ich trank viel, aber nicht so viel wie er.) Der unbekannte Mann war da als wäre er schon lange da gewesen, nur unsichtbar, wie auf einer dunklen Bühne, bis jemand alles Licht auf ihn kommandiert hatte, und nun begann er sich zu bewegen, begann mit langen Gliedern und in träumerischer Versunkenheit eine Anzahl seltsamer, narzistischer Faxen vorzuführen, ohne Zweck,

nichts als Ausdruck, und wenn er etwas sagte – und er sagte etwas, ich weiß nicht mehr, was – so war auch das nur zweckloser Ausdruck, und schließlich, auf dem Höhepunkt der Vorführung, machte er sich daran, sich selbst, wie ein Verlorener einen Verlorenen, zu streicheln und zu küssen, alle oder vielleicht doch nicht alle diejenigen Partien des eigenen Körpers, die die beklagenswert engen Grenzen unserer Anatomie ihm zu erreichen gestatteten. Es war höchst eindrucksvoll, obgleich es nur eine nicht einmal sehr detaillierte Beschreibung war, schwerfällige Worte in den Ketten der Syntax, und während ich dem Vorleser zugesehen, dieses fast regungslos, blauschattig lächelnde Gesicht eines fremdartigen, trauervollen Clowns angesehen hatte, war es mir allmählich aufgegangen, daß es niemand anders als er selbst war, den er da auftreten ließ vor Dir, Korfiz selbst, in einer Gestalt, die gemeinhin verborgen blieb unter seiner sichtbaren, bloß sichtbaren, und von der diese sonst nur hin und wieder, in gewissen Stadien der Betrunkenheit, etwas durchblicken ließ, vermittels jener halb schwebenden Unterwasserbewegungen, die man dann an ihm beobachten konnte.
Na schön. Da hatten wir, Korfiz und ich, Dir nun also drei Personalbeschreibungen vorgelegt, und alle drei gleichermaßen, wenn auch in unterschiedlichem Sinne, in provokatorischer Absicht. Ich hatte Dir Dich selbst beschrieben, Deinen eigenen Körper, doch nicht so, wie Du ihn im Spiegel sehen konntest, nicht wie er war, sondern so, wie er mir in einem Moment des Verlangens erschienen war, deformiert durch meine Gier wie später durch meine Eifersucht auf Waidmann und ebensowenig korrigierbar am lebenden Modell, und natürlich hatte ich Dich damit zu einer ähnlich hemmungslosen Kundgebung für mich anstacheln wollen, für mich, dessen Bild Dir auf die Entfernung in nicht minder fälschender Verklärung vor Augen stehen mochte wie mir das Deine. Korfiz hatte Dir das hypothetische Portrait Waidmanns vorgehalten wie der Kriminalist dem Verdächtigen eine vielleicht nur vorgebliche Hypothese des Tatverlaufs. Das heimliche Selbst-

bildnis aber, das er auf so überraschende Weise damit verbunden hatte, schien mir ein ingeniöses Kunststück subliminaler Werbung zu sein, Werbung um Dich.

Die Angeln waren ausgeworfen, wir warteten darauf, daß eine von ihnen sich endlich straffen würde, und bekanntlich schließt inständiges Warten jede andere Tätigkeit aus, jede ernsthaftere jedenfalls. Ein paarmal noch haben wir versucht weiterzuschreiben, unser fertig aufmarschiertes Agenturpersonal in Bewegung zu setzen. Nein, ich glaube nicht, daß wir es ernstlich versucht haben. Es kam der Tag, an dem ich die Schreibmaschine mit dem eingespannten vierten Bogen an den hinteren Rand der Tischplatte schob, um mehr Platz zu schaffen für die Tassen, die Gläser, die Kanne, die Flasche und die große Schale, die gut geeignet gewesen wäre, um irgendein rituelles Feuer darin zu entzünden, aber nur unser Aschbecher war. Wir fügten den höheren Rausch zum Suff, indem wir eine Platte nach der anderen auflegten, fast ausschließlich Hochromantik, das Violinkonzert von Brahms, Fragmente aus dem »Tristan«, dem »Ring«, dem »Parsifal«, die Wesendonck-Lieder, vor allem »Im Treibhaus«, Bruckners Neunte, Mahlers Neunte, die Mörike-Lieder von Wolf. Manchmal verbrachten wir ein paar Nachmittagsstunden auf der Plaza von Orotava, vor der Tür des kleinen runden Pavillons, im Angesicht der monumentalen himbeerfarbenen Fassade, hinter der dem Vernehmen nach irgendeine einsame Marquesa wohnte, ohne daß wir je auch nur den geringsten ihrer Domestiken zu sehen bekamen, während die unermüdlich promenierende Bevölkerung uns umkreiste wie die Zeiger einer Weltenuhr. Ich weiß nicht, warum es mir so schien, als müsse sich aus ihrem so gesitteten Vergnügen eine vage Hoffnung auf die Möglichkeit von Glück ableiten lassen, es war gewiß lächerlich. Und seit kurzem gab es noch etwas anderes, aus dessen Anblick ich die Kraft bezog für einen nicht näher bestimmbaren, freundlichen Wahn. Es war eine Pflanze, ein einzelner Stengel nur, ein dünner, runder, hellgrüner Halm, der in einem Winkel unseres Klosetts zum Vorschein gekommen war und erstaunlich rasch heranwuchs. In wenigen Tagen hatte er Kniehöhe erreicht und bog sich wie eine Kinderpeitsche, eine Kinderangel bis zum Rand des Beckens vor. Ich dachte, daß man ihn stützen, ihn hochbinden müßte, hätte es aber nicht getan, meiner Gewohnheit gemäß, es bei der bloßen Feststellung dessen, was zu tun wäre, bewenden zu lassen. Korfiz tat es, schlug Nägel in die Wand und band den Stengel fest, der rapide weiterwuchs. Wir glaubten schon, wir würden ihn noch die Decke erreichen sehen, doch dann, etwa in Mannshöhe, hielt er ein und verdorrte; aber es wäre gar nicht in Frage gekommen, daß einer von uns diesen dürren, schwarzbraunen Stecken ausgerissen hätte, nicht einmal die Kinder. (Meine omina; zu jeder Zeit meines Lebens habe ich mir meine omina geschaffen, welche Lächerlichkeit; und alle haben sie getrogen. Das heißt – ich weiß doch nicht. Denn daß es am Ende immer schiefgeht, daß jede Geschichte sich schließlich als eine traurige Gesichte entpuppt, ausnahmslos jede, wenn man lange genug wartet, das ist nur unvermeidlich.) Nicht gerade zu den omina, aber zu meinen bewährtesten Stärkungsmitteln gehörten seit geraumer Zeit gewisse Seiten aus der Literatur obersten Ranges, Seiten aus der »Recherche«, der »Berliner Kindheit«, den »Minima«, dem »Finnegan«, Seiten von Kafka, von Beckett. Ich weiß nicht – doch, ich könnte es vielleicht erklären, will aber jetzt davon absehen – warum ich aus ihrer Lektüre so oft den mehr oder weniger schwachen Glauben ziehen konnte, daß es, im Widerspruch zu allem Anschein, doch noch nicht ganz aus sein könne mit mir, daß ich noch nicht ganz und gar verloren sein könne. Er hielt allerdings selten lange vor, dieser vermutlich doch schlecht begründbare Glaube; manchmal schien schon das Geräusch, das entstand, wenn ich das Buch zuklappte, das eines in der Ferne, im Nebel, mit Schalldämpfer abgegebenen Schusses zu sein, der ihn tötete. Ich las Korfiz die »Mummerehlen« und »Das bucklichte Männlein« vor, den »Landarzt« und »Eine kleine Frau«, »Das Beruhigungsmittel«, »Das Ende« und den Anfang von »Molloy«, und es wirkte, jedenfalls auf mich. Ich las, wie immer wenn ich vorlas, mit heimlicher Scham und Angst, als ob ich mich da zutiefst lächerlich machte und einen schweren Lebensdefekt, ein fundamentales Manko offenbarte, für das ich nichts anderes als Hohn und Abscheu ernten würde, und das mit Recht. Ich wußte wohl, daß ich von Korfiz nichts dergleichen zu befürchten hatte, aber das half mir nicht viel, denn wenn niemand zugegen war, dem ich die Rolle des angewiderten, höhnischen Zuhörers zuschieben konnte, so übernahm ich sie selbst, im Namen aller Welt. Korfiz hörte mit rückhaltloser Aufmerksamkeit zu, ohne jedes Reservat. Er kannte keinen der Texte und hätte sie von sich aus auch nie kennengelernt. Nun aber war er wie ein anderer Kaspar Hauser, der diejenigen, die schon immer im Licht der Welt gelebt haben, durch die überlegene Erfahrung des Dunkels beschämt. (Und wieder erinnerte er mich an B, die eben dieselben und ein paar andere, verwandte Bücher niemals selbst gelesen hätte, sondern sie sich von mir vorlesen ließ; dies nur in margine.) Gut, das war das Vorlesen; und was trieben wir noch, um die Zeit zu verjagen? So wie ich die Schreibmaschine ans Ende des Tischs geschoben hatte, so räumte Korfiz nun seine zuletzt entstandenen Bilder beiseite, drei überlebensgroße Köpfe, die von fern ebenso an Bacon erinnerten wie dieser an Soutine, und zu denen ihm ein Imbezill von wüstem Aussehen, einer der Hirten, die ihre Ziegen an unserem Haus vorbei durch den Barranco trieben, Modell gesessen hatte. Dann machte er sich ein paar Tage lang mit einem großen Topf Silberbronze zu schaffen, indem er die Gittertür am Hauseingang anstrich, dann die Beschläge der großen Truhe im Flur und dies und das andere noch, alles, was ihm für eine solche Behandlung halbwegs geeignet erschien. Eine Zeitlang beschäftigte er sich auch mit der Verschönerung der Küche, reihte die unglaublich große Zahl von Pfannen, Töpfen, Löffeln und Kellen, die er für seine primitive Kocherei zu brauchen behauptete, in dekorativer Anordnung über dem Herdplatz auf und verteilte ein paar illuminierte Stiche auf die übrigen Wände, altfränkische Genreszenen, ungetrübte Idyllen und milde Katastrophen. Man konnte nur denken, daß das alles zu Deiner künftigen Freude dienen sollte. Währenddessen wußte ich nichts anderes zu tun, als mich auf den Boden zu legen und der vielversprechenden Maserung und Vernarbung der alten Dielen einige Frottagen in der Art derer von Maß Ernst abzugewinnen und einen Roman von Jules Verne, die läppische Geschichte von den Millionen der Begum, auseinanderzureißen und die kuriosen xylographischen Illustrationen, die er enthielt, zu einem Bilderbogen zusammenzukleben, in der nie ausgeführten Absicht, später einmal eine ganz andere Geschichte dazu zu erfinden. Oder ich saß nur stundenlang in der Küche und sah durch die offene Tür auf die weiße Silhouette der Stadt Orotava hinaus, eine langgestreckte, schräge Silhouette, die jeden Augenblick im Begriff zu sein schien, sich vom Boden loszulösen und ins Meer zu rutschen. So verging der erste, vergleichsweise erträgliche Teil der Wartezeit, zu der unser Leben auf der Insel geworden war.

Er endete eines Morgens, schon tief im Mai, mit einem leise klatschenden Geräusch und dem undeutlichen Ruf: Correos. Nein, das war noch nicht sein Ende, es brach nur an damit. Der Postbote hatte einen Brief zwischen den in der Schäbigkeit ihres frischbronzierten Zustandes blinkenden Gitterstäben der Tür hindurch auf die Treppe geworfen. Einen Brief nur, nur einen, und er war nicht an mich gerichtet, obwohl Du inzwischen mehr als genug Zeit gehabt hättest, mir zu antworten, via aerea, mit fünf Tagen Postweg, das hatte ich mir nicht nur einmal ausgerechnet. Immerhin, eine unserer Angeln hatte gezuckt, die Schnur war straff geworden, und es war eine Auslegungsfrage, ob man den Fang als dürftig bezeichnen wollte oder nicht. Meiner Ansicht nach war er es nicht. Der Brief war schwer von dem, was ihm fehlte, und unter der Last dieses Fehlenden schleppte ich mich, in der äußersten Anstrengung noch lächelnd wie ein Akrobat, gleich nach der Vorlesung in mein Zimmer. Dort ergriff ich im Gehen irgendeins meiner wenigen Bücher und setzte mich damit an den Tisch.

Das hatte ich nicht einkalkuliert. Mit keinem Wort warst Du auf den provokatorischen Steckbrief eingegangen, keine Bestätigung, keine Berichtigung, kein Dementi, nichts. Man hätte annehmen können, Du hättest ihn noch nicht bekommen; ich hätte das gern geglaubt; das Fehlende wäre dann wieder so leicht geworden wie es sich gehört für etwas, was nicht da ist. Doch war mir diese Erleichterung nicht gewährt, denn Du hattest den Brief quittiert, wenn auch nur durch ein etwas fades Lob für die Selbstdarstellung des sozusagen von innen nach außen gestülpten, gewendeten Korfiz. »Was Du nicht alles kannst«, hattest Du geschrieben, als ob es sich dabei um so etwas wie eine hübsche literarische Beilage gehandelt hätte. Im übrigen war Dein Brief nichts weiter als ein Lamento über die mannigfachen Pannen bei der Vorbereitung Deiner Ausstellung, Pannen beim Druck der Plakate und Einladungen, Schwierigkeiten mit dem Rahmenmacher, bei der Herrichtung der Galerieräume und so weiter, und um alles müßtest Du Dich selbst kümmern, überall selbst mit Hand anlegen. Soviel Beredsamkeit rings um das zentrale Schweigen, ein massiveres Geständnis ließ sich kaum denken; jedes ausgesprochene wäre mir, so dachte ich, milder erschienen. Von dem betäubenden Einschlag der Gewißheit zitterten die Zeilen des achtlos aufgeschlagenen Buches vor meinen Augen nach. Ich sah in den Patio hinaus, seine Mauern zogen sich um meinen Blick zusammen, dehnten sich aus, zogen sich zusammen, im Takt meines Pulsschlags. Ich ging hinaus, auf mit Sand gefüllten, rieselnden Säulenbeinen, und setzte mich auf die Steinbank. Der Sand vor mir bewegte sich wie eine Armee von Ameisen auf etwas ungeheuer Verknäultes in der Mitte des Mauervierecks zu. Ich hob die Füße vom Boden, nahm die Hände von der Sitzfläche, auf die ich mich gestützt hatte, denn auch der Stein rieselte. So saß ich eine Zeitlang, ohne Halt unter den Füßen, an den Seiten, im Rücken, leicht schwankend, und diese etwas närrische Art zu sitzen, als wüßte ich nicht wie man das macht, gefiel mir. Es gefiel mir auch, daß ich fror, obwohl es ein warmer Vormittag war, warm, bedeckt, gelblich grau. Die Knochen in meinem Hintern begannen zu schmerzen, ich glaubte sie knirschen zu hören. Ich ließ die Füße auf den Boden sinken, die Hände auf die Bank, der Stein rührte sich nicht mehr, auch der Sand nicht, weder auf dem Weg noch in den Beinen, und die Mauern, die ich jetzt erst wieder ansah, blieben trotzdem auf ihrem Platz. Ich spürte die Wärme. Das ungeheure Knäuel hatte sich zu dem gewohnten Beet wildwachsender Pflanzen geklärt, das Korfiz kurz nach unserem Einzug angelegt hatte. Mit den Augen löste ich irgendein einzelnes Blatt aus dem Dickicht heraus, ließ es nicht aus dem Blick, sah mich an ihm fest. Ach meine schönen Zweifel, sagte ich leise. Sie waren ganz weg gewesen, verflogen, zerstäubt. Aber während ich das Blatt ansah – einen dunklen, mattschimmernden Kris mit braunen Flecken – gelang es mir, sie wieder heranzulocken, nicht sehr nahe, nicht ganz heran, aber immerhin nahe genug, um mich zu dem Beschluß zu ermutigen, Dir noch einmal zu schreiben. Der Brief, den Korfiz Dir geschrieben hatte, war nicht bestimmt genug gewesen, das hatte ja alles wie die pure Spielerei ausgesehen, mit diesem überflüssigen Exhibitionisten und korfizischen Narziß, der am Ende den ebenfalls viel zu spaßhaften Steckbrief ganz hatte verschwinden lassen mit seinen Faxen. Du hattest das einfach nicht ernstgenommen. Jetzt würde ich Dir noch einmal schreiben, und zwar ganz anders, nämlich so, daß Du sagen mußtest, was war, nicht mehr, nicht weniger, statt zuviel, nämlich alles mögliche, mit diesem allessagenden, allesbrüllenden Schweigen. Ach meine schönen Zweifel, ich würde Dir eben noch einmal schreiben, meinen dritten Brief, obwohl ich aus einem womöglich nur allzu leicht erklärlichen Grunde noch immer keine Antwort auf meinen zweiten bekommen hatte, diesen triefnassen Niederschlag einer plötzlichen Gier, die ich vielleicht besser in aller Stille weggeschwitzt oder einer der strammen Ferienschneppen vom Lido San Telmo zum Angebinde gemacht hätte, statt (wer weiß) ein erheiterndes und (wer weiß) auch auf andere Weise ermunterndes Lesestück für Dich und irgendeinen Waidmann daraus zu verfertigen.

Den dritten Brief schrieb ich in einer der Kneipen der »Wildweststraße«, an einem Tisch aus Rost und gesprungenem Marmor, seitlich vor mir einen dieser Vorhänge aus Perlen oder anderen Ketten, die immerfort in kaum merklicher Bewegung sind, wie der Rocksaum einer Tänzerin, die noch nicht tanzt, deren verborgener Körper nur bebt vorerst (aber was heißt da »noch nicht« und »nur« und »vorerst«) oder als stünde Polonius dahinter oder, im Gegenteil, das leibhaftige Glück, Fatima oder Suleika mit Namen. Und wenn dann auch nur der Wind hereinkommt und der Staub, der schwer parfümierte Staubwind des Südens, was heißt da »nur«. Ich stellte Dir keine Fragen, schrieb wie einer, der vollkommen im Bilde ist, Du seist ja nun durch Deine neue Liebe sozusagen in ein anderes Kraftfeld eingetreten, und ich könnte zwar darüber klagen, darüber, aber nicht dagegen, denn das Glück sei immer im Vorrecht, vielmehr über jedem Recht, und wenn es, das seltene, sich zu uns neige, so hätten wir es zu ergreifen, uns von ihm ergreifen zu lassen, ohne Rücksicht und Rückhalt, et cetera. Ich sagte nur, was ich dachte (das wüßtest Du vielleicht noch, wenn Du wolltest) aber ich fühlte, daß ich mich höchst anachronistisch im Ton vergriff, so daß es zum Lachen sein mußte für diejenigen, um deren keineswegs seltenes, ganz zeitgemäßes Glück es sich schließlich handelte, und um mich ein bißchen besser angepaßt zu zeigen, habe ich vielleicht »Vorfahrt« geschrieben, statt »Vorrecht« (das Glück hat Vorfahrt) aber ich weiß es nicht mehr, und das konnte es ja auch nicht besser machen. Dann schrieb ich, es sei mir auch wohlbekannt, daß die Glücklichen grausam seien gegen die anderen (und »grausam« war wieder ein Fehlgriff, nicht nur in dem Sinne, in dem, sagen wir mal, eine Klapperschlange verkannt würde, wenn man ihr diesen Anthropomorphismus anhinge, sondern auch, weil jeder hergelaufene und rechtschaffene Waidmann unserer Zeit es nur für einen Witz ansehen, den Kopf in den Nacken werfen und in den Ruf ausbrechen würde: Das ist ja grausam – nicht wahr, nicht wahr – und Du würdest mit einem bewundernden Blick auf seine zuckende Kehle in sein Gelächter einstimmen; aber ich ließ das Wort stehen). Ich bat Dich nur – und es mag sein, daß ich »inständig« schrieb, ich bäte Dich inständig darum – mich eines klaren und aufrichtigen Wortes zu würdigen und mir zu sagen, wie Du es nun mit mir zu halten gedächtest, in Zukunft, unter so veränderten Umständen, damit ich mich schon ein bißchen darauf vorbereiten könne; ich meinesteils sei ganz bereit zu einem freundschaftlich-zivilisierten Verhältnis, auch das könne schließlich der Mühe wert sein, et cetera et cetera (ja, ja, es war genau die in solchen Fällen übliche Rede von der guten Freundschaft, die bestehen bleiben solle, und es wäre eigentlich an Dir gewesen, sie anzustimmen, so wie es stand, aber ich schnappte sie Dir weg und erschlich mir damit den Anschein einer Überlegenheit, über die ich durchaus nicht gebot, während mir zugleich bewußt war, wie peinlich es gegen die Würde meiner Jahre verstieß, noch solchen Schnickschnack zu verzapfen). Das war der Brief, und ich warf ihn wenige Schritte weiter abwärts auf der Straße in einen der tonnenförmigen Briefkästen, die es dortzulande gibt; ich hätte es später vielleicht nicht mehr über mich gebracht, ihn abzuschicken.

Ich bin dann auf dem bekannten Weg weitergegangen, im duftenden Wind, duftenden Staub, an den Hotels »Taoro« und »Belair« vorbei und zur Mole hinunter, wo ich, mit geringem Erfolg diesmal, »jenen gewissen Chlor-Brom-Jod-gemischten Hauch von Himmel und Freiheit« einsog, von dem Gadda an einer Stelle gesprochen hat. Dann rechts ab, zum »Cafe de Paris«. Hoi-polloi rings um mich her, auf dem Weg wie am Ziel, hoi-polloi, das war es, was ich nun haben wollte. Ich setzte mich an die Bar, in die Ecke, neben die große Vase mit dem Strelitzienstrauß, und einer der »Laubfrösche«, wie Korfiz die Kellner dort nannte wegen ihrer grünen Jacken, schob mir mein gewohntes Bier, Marke San Miguel, und die Gratis-Oliven hin. Vielleicht war es der, an dem Korfiz Gefallen gefunden hatte, plötzlich, intensiv und flüchtig, nach seiner Art. (Dieser Laubfrosch mit dem verwehten Gesicht, hatte er gesagt. Das war einer seiner verblüffend treffsicheren Ausdrücke, das Gesicht sah tatsächlich aus, als hätte ein Wind alle Erhebungen darin auf der einen Seite abgetragen.) Vielleicht war er es nicht. Ich sah mich an einer dieser vogelköpfigen Blumen fest, am Kamm, am Schnabel. Ich merkte, daß es mir gut tat, mich an irgendwelchen Einzelheiten festzusehen, egal was es war; ich hätte ebensogern eine Fußleiste ins Auge gefaßt, ein schönes, abgestoßenes Stück Fußleiste. Die »Kuchentante« trat ihren Dienst an, in einem sehr kurzen, fliederfarbenen Kittel hantierte sie hinter dem Büffet, auf dem die üppig verzierten Torten ausgestellt waren wie das Geschmeide in der Vitrine eines Juweliers. Sie hatte ein falbelhaftes Untergestell, mit Einzelheiten, die einem möglicherweise denn doch noch sehenwerter vorkommen konnten als eine abgestoßene Fußleiste oder die unnütze Schönheit einer vogelköpfigen Blume. Mit einem Mal durchströmte mich ein Verlangen, wie ich es nie gekannt zu haben meinte, ein regelrechter Schüttelfrost von Gier. Ich versuchte, den Quell oder die Mündung dieses Stroms (oder beides, beides) in diesen vielfältig bewegten, beinahe brodelnden Arschbacken zu sehen. Aber nein, das war es nicht, es kam von Dir her. Doch Du warst es auch nicht, ach was. Es kam von Dir her, und doch warst Du es nicht. Ich habe mich wahr und wahrhaftig damit auf den Lokus zurückziehen müssen, ich alter Sack, in diese feenhaft gekachelten Räumlichkeiten. Man meint, auf dem Pfauenthron platzzunehmen; man konnte das meinen, wenn man in günstiger Stimmung war, meine ich. Und dort, salva venia, habe ich mir einen abgewichst; was sage ich, einen; mindestens dreimal habe ich mich dorthin stehlen müssen, stündlich, wie ein Quartaner in den Pausen; ich dachte schon, man müßte es mir ansehen können, ich kannte mich nicht mehr, nicht mehr wieder an diesem Tag. Was willst Du, die Geschichte meiner Liebe zu Dir wäre nicht vollständig ohne das (noch unvollständiger, heißt das, als sie sowieso sein wird, denn es gibt keine vollständigen Geschichten, absolut keine, sage ich Dir). Es war eine der wenigen Reverenzen, die ich Dir erwiesen habe (so wie die andere, ähnliche, bei einer gewissen Taxifahrt von Barcelona nach Castelldefels, als ich Dir erlaubte, mir einen von der Palme zu schütteln, in Deckung hinter dem Buch über Gaudí, daß ich Dir gerade gekauft hatte, im Anschluß an die Besichtigung der Sagrada Familia, dieses Bündels verrückter Maiskolben). Aber was, aber nein, aber ach nein, Du warst es nicht, obwohl es von Dir herkam. Keine Rede davon, daß ich mich in einsamer Gedankenfreiheit an Dir vergnügt hätte hinter der klickend verriegelten Lokustür (seidigglänzender, fliederfarbener Schleiflack, falls diese Farbe, dieser Glanz nicht bloß von der vibrierenden Rückansicht der »Kuchentante« her in meinen Augen hängengeblieben war) nein, so leicht hatte ich es nicht einmal in Deiner Abwesenheit mit Dir. Sondern ein fast fremdes Paar (nämlich der Mann aus der Galerie, der knackige Bursche, den ich für Waidmann hielt, vorerst noch, und die Frau, die Dich bei mir, will sagen in mir, vertrat, wenn Du weg warst, obgleich sie gewissen anderen eher glich als Dir) hatte mitten in meinem Kopf sein fliederfarbenes Bett aufgeschlagen und hätte mich glatt zu seinem Voyeur gemacht, wenn es mir nicht gelungen wäre, diese Rolle einem anderen zuzuschieben, der zwar durchaus meine Kreatur (oder meine Kreation) aber eben doch nicht ganz mit mir identisch war, und von ihm, einem Dritten also, empfing ich

(Voyeur des Voyeurs) eine doppelt und dreifach fremde Lust, die mich aber, so schien es mir, merkwürdigerweise nur vermöge dieser Distanzierung, dieser Entferntheit von mir, so mächtig ergreifen konnte, daß ich (der Vierte, das fünfte Rad, der Kiebitz des Kiebitzes) in die Lage kam, den simpelrealen Niederschlag der komplizierten imaginären Ausschweifung in nassen, klebrigen Papierknäueln unter mich ins Becken schleudern zu müssen, und das nicht nur einmal. Nie, mußte ich denken, nie hätte ich an Dir (ich selbst an Dir selbst) eine Lust finden können wie die, die zwar von Dir herkam, aber nur über diese Staffel von stellvertretenden Ausgeburten (durch die hindurch ich Dich liebte, Dich fickte, in hochmütiger, erbärmlicher, keuchender Ausgeschlossenheit) zu mir gelangen konnte. Ich mochte das nicht; das ist zu wenig gesagt, es war mir zuwider; auch das ist noch zu wenig. Die Hände zitterten mir davon, und während ich, mit dem Gefühl, gerade noch einen Anfall von Agoraphobie zu bezwingen, auf die Bar zuging, auf die Fensterfront hinter ihr, sah ich, daß nun auch das Meer und der Himmel über ihm diese Fliederfarbe angenommen hatten, und ich dachte, ich sagte, so eine Biesterei, es dämmert schon, als ob es ein besonders schwerwiegender Vorwurf gegen mich gewesen wäre, daß es schon dämmerte. Wie dieser »Laubfrosch« mich ansieht. Es ist ein anderer, es ist die andere Schicht; eine andere Schicht »Laubfrösche«. Und eine neue Ladung Gratis-Oliven. Rechts von mir die Vase, die Wand; der Platz links neben mir war frei, als ein Mädchen, eine junge Frau hereinkam, die ich vom Vorübergehen an den Fenstern eines der vielen deutschen Immobilienbüros kannte, in dem sie angestellt war; eine von denen, die um einen Schritt zurückgeblieben zu sein scheinen in der Evolution mit ihren quasi vorgeschichtlichen Körpern und diesen Physiognomien, in denen sich etwas vom Lurch gehalten zu haben scheint, und denen eben das eine höhere oder eigentlich tiefere, niedrigere Macht verleiht als die Schönheit. Ja, die. Aber wenn es die war, dann muß es woanders gewesen, dann muß ich inzwischen in ein anderes Lokal gegangen sein; ich bin verwirrt, ich war etwas verwirrt damals. Also links von mir die Wand, ja die mit dem Gruppenbild einer berühmten spanischen Fußballmannschaft, die einer Meute von Rassehunden glich; der Platz rechts neben mir, die ganze Bar rechts von mir war frei. Aber sie schob sich zwischen meine Knie und den leeren Hocker und blieb so stehen, mit eingeklemmten Hüften, denn die Hocker sind dort mit dem Boden verschraubt, aus dem sie hervorgewachsen zu sein scheinen wie Fliegenpilze. Es gab keine Eingebung, die mir schnell und hell wie ein Blitz klargemacht hätte, dieses Tier aus der Arche, das mir zugelaufen war und sich an meinen Knien rieb, daß ich es geradezu schnurren zu hören meinte, wäre mir buchstäblich gesandt, um mich hinauszugeleiten aus der Erniedrigung, in die ich gefallen war; nein, dieser Gedanke trägt das Mal der Nachträglichkeit. Im Augenblick war es nicht mehr und nicht weniger als die plötzliche Bildung eines neuen Organs in meinem Inneren, dessen rasche und raumverdrängende Entwicklung mein Körper mit einem sich selbst zugewandten Lauschen, Staunen, auch einer leichten Betäubung und Übelkeit verfolgte, so daß ich ganz still saß, regungslos, während es von unten her mit unablenkbarer Kraft auf meinen Hals zu wuchs, wobei es alles andere in mir sozusagen an die Wand, die Wände zu drücken schien. Dann bog es sich wie eine starke Feder nach rechts und zwang meinen ganzen Oberkörper, der sich, ohne eigentlich Widerstand zu leisten, vor purer Überraschung ein wenig zu versteifen schien, mit in diese Richtung, das heißt in einer etwas verdrehten Neigung auf die neben mir stehende Frau zu, die dieser vergleichsweise langsamen Annäherung, die sie offenbar sehr wohl bemerkte und mit einem lauernden, starren Echsenblick aus den Augenwinkeln überwachte, weder nach der Seite noch rückwärts auszuweichen versuchte, sondern sie mit einer gefaßten Spannung erwartete, die ich von der Stelle am Knie oder kurz hinter dem Knie her, an der ihre Hüfte oder ihr Oberschenkel mich berührte, auf mich übergreifen zu fühlen glaubte. (Vielleicht und sogar wahrscheinlich ist es eben diese, solcherart auf mich – auf das gedemütigte, verwundete, nach Rehabilitation lechzende Ich, das ich zu diesem Zeitpunkt war – übertragene Spannung gewesen, die den phasenreichen Vorgang ausgelöst hat, den ich hier so umständlich beschreiben zu müssen glaubte, und der nichts anderes war als das, was in einem Filmdialog oder einem der zweispaltig gedruckten Romanhefte, die gerade von den Frauen gelesen werden, zu denen, ungeachtet ihres prähistorischen Körpers, auch die aus dem Immobiliengeschäft zählen mochte, mit der Formel abgetan werden: Es war stärker als ich; beziehungsweise mit derselben in der dritten Person.) Ich tat also wohl kaum mehr als sie erwartet hatte und jedenfalls immer noch zu wenig für ihre Wünsche, indem ich meinem Mund etwas von der quappigen oder gekrösehaften Form des ihrigen gab und ihn in den Raum zwischen ihrem Hals und dem weiten Kragen ihres Pullovers drängte (es war einer dieser Kragen, weißt Du, die aus dem weichen Material so etwas wie die Halsberge einer mittelalterlichen Rüstung nachzubilden scheinen). Für einen langen Moment ließ ich meinen vorsintflutlichen Mund auf dem schön hingewölbten Höhenzug aus Muskeln, Fleisch und Haut ruhen, in dem es unterirdisch pochte, und währenddessen empfing ich oder eigentlich mein Körper den Eindruck, daß sie, daß ihr Körper sich gewissermaßen immer entschiedener hinstellte, ich meine, daß dieses Stehen immer betonter zum Stehen, zu einem Standhalten wurde, in dem sich mit einem fast unmerklichen Beben die Entschlossenheit dieses Körpers ausdrückte, was auch geschehen möge, nicht zu weichen noch zu wanken. Aber dann sprach sie. Ich hörte die Stimme, links, dicht über, dicht neben meinem Ohr und spürte sie zugleich als eine Folge rauher, stoßweiser Erschütterungen unter meinen Lippen. Rasch hob ich den Kopf und legte den Zeigefinger an den Mund. Aber sie verstand das nicht, verstand nicht, daß ich keine Worte wollte, keinerlei Artikulation, verstand jedenfalls nicht, wie ernst es mir damit war. Sie lächelte mich an, breit, entzückt, in pauschalem, antizipierendem Einverständnis mit allem, was ich mir nun weiter einfallen lassen würde – aber sie redete; so vorgeschichtlich war sie nicht, daß sie das für entbehrlich hätte halten können; nur ihr Körper war so, der also sozusagen an die Falsche geraten war bei ihr, die darum auch die Falsche für mich war, in der Verfassung, in der ich mich befand. Was sie sagte, hätte ebenfalls in einem der bewußten Romanhefte stehen können, die für ihre Leserinnen vielleicht zugleich als eine Art Briefsteller und Konversationsbücher fungieren, und wo es denn an dieser Stelle etwa heißen würde: Es war stärker gewesen als er. Sie lächelte: Machen Sie das immer so? Er sah ihr in die Augen: Es war stärker als ich. Ich sah vor mich nieder und sagte: Nein. Ich hatte nicht reden wollen, aber nun kam es schon nicht mehr darauf an. Sie glaubte mir dieses Nein nicht ganz, nahm auch das nicht ganz ernst, sondern legte den Kopf auf die bekannte Weise schief, um einen Zweifel auszudrücken, der mir wahrscheinlich schmeicheln wollte. Ich versprach, sie in ihrem Büro abzuholen, bald, am nächsten oder übernächsten Tag, und habe von da an einen Bogen um die Fenster gemacht, hinter denen sie saß.

Die schmähliche Wunde, die ich an diesem Tag empfangen hatte, schloß sich nicht von selbst, heilte nicht über Nacht. Sie entstellte das Bild, das ich mir von mir selbst gemacht und ohnehin nur durch eine unablässige, wahrscheinlich auch im Schlaf nie ganz aussetzende Restaurationsarbeit so lange vor dem völligen Zerfall zu bewahren vermocht hatte, mit einem Mal (mit ihrem Mal) zur Fratze. Ich begriff, daß es diesmal eines besonderen Mittels bedurfte, eines Gewaltmittels, um es, wo nicht wiederherzustellen, so doch wenigstens in seiner notdürftigsten, kahlsten Form zu retten; ich hatte das sofort begriffen (nicht mit dem Kopf, mit dem Körper) aber diese Vorzeitliche, die sich eingestellt hatte wie gerufen, wie heraufgerufen – sie hatte die Partie mit einem einzigen, allzu zeitgemäßen Eröffnungszug verpatzt. Ein paar Tage später geschah das, wofür sie mir von so weit her prädisponiert erschienen war, mit einer ganz anderen, die ich eher für die Verkörperung all meiner Idiosynkrasien gehalten hätte; aber es half mir nicht viel, vielleicht weil mir überhaupt nicht mehr recht zu helfen war.

Correos.
Eine Sendung Unterhosen, zwei sehr dekorative für Korfiz und zwei für mich, von denen sich nur sagen ließ, daß sie zweckmäßig und überaus geräumig waren. Immerhin schien mir diese unscheinbare, kurios hausmütterliche Gabe ein Indiz dafür zu sein, daß Du, wenn auch resignierend vielleicht, wie soll ich sagen, zu Heim und Herd zu halten gedachtest. Was mir womöglich genug gewesen wäre. Was mir genug gewesen wäre. Mir lag gar nicht soviel an Deinen Ekstasen.

Correos.
Es war die Nachricht, bei der Post von Orotava, in diesem im imperialen Stil von etwa neunzehnhundertsechs, aber erst fünfzig Jahre später errichteten Gebäude (Monarchie bleibt Monarchie) lagere ein an mich, eigens an mich adressiertes Paket von Dir. Es war eine flache Schachtel, man hätte ein Buch darin vermuten können, sie enthielt aber ein offenbar morgenländisches Hausgewand, in das ich mich trotz meines massigen Wanstes zweimal hätte hineinwickeln können, wie Oblomow in seinen Chalat. Kein Brief fiel aus seinen weiten Falten, nur ein winziger Zettel mit der Adresse eines Verlages, die ich Dich festzustellen gebeten hatte, weil ich »Presentation« dort anbieten wollte, unser Buch (von dem es immer noch nicht mehr als drei Manuskriptseiten gab). Ich hatte schon fast an meine Rettung geglaubt, da ich endlich wieder Post von Dir bekam, und nun war es also nichts weiter als dieser bestickte Fetzen und das Blättchen mit der Adresse, die Du durch die Verwendung aller möglichen Abkürzungen auf

die dürrste Form gebracht hattest, die man ihr geben konnte, eine halbe Zeile aus Wörterstummeln und Nummern, ohne den geringsten Zusatz, ohne Gruß und ohne Unterschrift. Daß aber selbst diese fehlten, die Du ja allenfalls auch noch auf einen Schnörkel und ein Initial hättest herunterkürzen können – das erschien mir so unbegründbar, daß ich im ersten Moment überhaupt nichts mehr dabei denken zu können meinte. Dann dachte ich, Du wolltest mir auf diese Weise dartun, daß Du fortan, da Du nun einmal nicht hoffen konntest, ganz aus meinem Bewußtsein zu verschwinden, womöglich nur noch als ein nahezu eigenschaftsloses Bestandstück in ihm vorzukommen wünschtest, während Du mir zugleich zu verstehen gabst, ich selbst sei für Dich nichts anders mehr als ein Zweizenterklumpen unnützer Existenz, eine groteske Drohne des Lebens, einzuwickeln, einzuschlagen, einzusargen in die beiliegende Quietistenkutte, die Du wahrscheinlich mit höhnischem Lachen und vielleicht unter Mitwirkung Deines neuen Geliebten (sowohl beim Packen wie beim Lachen) versandfertig gemacht hattest. Und dann erinnerte ich mich auch wieder Deiner beinahe kriegerischen Abneigung gegen die Usancen der Höflichkeit, Freundlichkeit, und wie Du mir zuweilen mit einem ganz leisen Unterton, als ob das ein bedenkliches und lächerliches Manko wäre, bescheinigt hattest, ich sei »ein höflicher Mann«. (Ich meinte, in diesem Ressentiment einen jugendlich-linkischen, dabei tief unheimlichen Zug zu erkennen, den Du weniger mit den anderen Angehörigen Deiner Alterklasse als mit den etwas Jüngeren gemein hattest, nämlich einen gewissen Rigorismus, der in der Glättung der Umgangsformen nur die Verschleierung, die Lüge, nicht den Humanisierungsversuch zu sehen vermag und sich gegen das Überflüssige, Indirekte solcher Formen richtet, vielleicht aus Angst, damit abgespeist und um den Kern der Sachen geprellt zu werde. Doch – wie immer, wenn sie der schlechten Welt zu widerstehen glauben – machen sie sich damit gerade umgekehrt zu ihrer ärgsten Hilfstruppe. Denn eben die Abschaffung des Überflüssigen ist ja das Geschäft, das diese Welt mit aller Macht betreibt, und der Inbegriff alles Überflüssigen ist das Menschenwesen. Und das, indirekt wie es ist, tötet die Truppe, die seine Avantgarde sein möchte, in sich selbst bereits ab, indem sie es exerziert, als sei es unmittelbar, und derart, sagen wir mal, die Liebe zum puren Tauschgeschäft läutert. Was sonst könnte sie noch sein, wenn man ohne Umschweife auf das hinaus will, »was Sache ist« an ihr? Immer wollen sie geradenwegs auf das hinaus, »was Sache ist«, diese großmäuligen Dialektiker, deren schicksalhaft verengte Gehirne doch nur die sturste Einsinnigkeit vertragen. Ich habe das vor kurzem erst wieder an einem Buch gesehen, das im Namen der Truppe spricht; ein freilich schon etwas älterer Mann, der viel zu ihrem Liederschatz beigetragen hat und übrigens Jurist ist, Rechtsanwalt, hat es geschrieben. In ihm wird man in aller Freundschaft angeherrscht, man solle »ganz schnell« sagen, »was Sache ist« und worauf man hinaus will. Hab' ich mich da erschreckt. Ich habe gleich tief unten im Hals angefangen, nach Worten zu würgen, aber nicht eins, nicht eins hätte ich herausgebracht, wenn es ernst gewesen wäre. Furchterregender habe ich die Stimme der Welt, gegen die jener jahrelang ruhmreich gedichtet und gesungen hat, selten dröhnen hören. Sie könnte direkt noch was lernen von ihm, und sie wird's vermutlich auch tun. Ich aber werde mich hüten, hier einen ganzen, langen Exkurs über Höflichkeit, Freundlichkeit, das Überflüssige und das Direkte abzuspulen, eine von Trauer, Wut und Grauen entstellte Rede, nicht an, sondern über und gegen die Nachgeborenen, ohne Hoffnung auf ihre Einsicht und ohne Bitte um ihre Nachsicht.)

Ich ging zu Korfiz, baute mich mit ausgestreckter Hand vor ihm auf, und er gab mir wie üblich tausend oder zweitausend Peseten. Seit Monaten schon lebte ich ganz auf seine Kosten. Mein bislang einziger finanzieller Beitrag hatte in meiner Mitwirkung an der Gestaltung eines kleinen Prospekts für

eine Urbanización bestanden, die bei Candelaria entstehen sollte; doch hatten wir uns diese Arbeit, auf meinen Vorschlag hin, nicht mit einem Scheck, sondern mit dem Ticket für Deinen Flug honorieren lassen, ida y vuelta, mit einer Chartermaschine, die die prospektiven Käufer der projektierten Appartments beförderte. Meine vorerst einzige Hoffnung, mich einmal dafür revanchieren zu können, daß Korfiz mich am Leben erhielt und mir obendrein noch bares Geld zusteckte, hing an dem Buch, das durchaus nicht über die dritte Seite hinauskam, an »Presentation«. Das lag allein an mir. Korfiz war bereit, die Arbeit wieder aufzunehmen, er hatte schon einige Male versucht, mich zur Rückkehr an den Schreibtisch zu bewegen. Aber ich hatte Ausflüchte gemacht; mich jetzt mit dieser Sache zu beschäftigen, wäre mir ungefähr so irrsinnig vorgekommen, wie wenn Scott, in seiner Eiswüste krepierend, sich um die Optimierung der Lebensbedingungen in Kalifornien gesorgt hätte. (Ich muß sagen, daß Korfiz mich in Erstaunen setzte damals; kein Gedanke an Dich und den vermuteten Waidmann schien ihn noch zu drücken. Zwar war er ein wenig ungehalten über den Aufschub Deiner Ausstellung und die dadurch bedingte Verzögerung Deiner Rückkehr, doch nichts sprach dafür, daß ihm die für meine Begriffe schon ostentative Harmlosigkeit der Briefe, mit denen Du ihn und die Kinder bedachtest, verdächtig vorgekommen wäre. Das mochte sich daraus erklären, daß Du ihm, wie er sagte, zu keiner Zeit mehr als derlei Belanglosigkeiten geschrieben hattest.)
Mit einer Nonchalance, die ich mehr mir selbst als Korfiz vorspiegelte (wobei ich mich fühlte wie der arme Lump verjährter Witzblätter, der sich ohne Hemd und Strümpfe, aber mit Kragen, Krawatte, Manschetten, Gamaschen und unter allerlei zappeligen Bewegungen, die über Schäbigkeit und schlechten Sitz seines Anzugs hinwegtäuschen sollen, in die feine Gesellschaft einzuschleichen versucht) nahm ich mein Taschengeld entgegen, ein oder zwei grüne Scheine, und begann den kurzen, doch beschwerlichen Aufstieg nach Orota-

va. Ich bin nicht ganz hingelangt an diesem Tag. Habe auf halbem Weg haltgemacht und bin in die kleine Bar neben der »Playita« gegangen. (Manchmal könnte man meinen, mein Lebensweg wäre streckenweise nur der Weg von einer Kneipe in die andere gewesen.) Diese war ein enger, etwas düsterer Raum im Blockhausstil, und sie hieß denn auch »Cabaña«, wie ich glaube. Waren wir da mal drin, Du und ich? Ich entsinne mich nicht. Aber vielleicht bist Du später mit Waidmann hineingegangen, und vielleicht war da noch derselbe Mann hinterm Tresen, einer dieser tierhaft hübschen Burschen, die nicht rar sind unter Südländern, Zähne und Haare von ungebrochenem Weiß und Schwarz, aber die Augäpfel als wären sie ganz leicht angesengt. Er konnte ein bißchen Deutsch, war eine Zeitlang in Hamburg gewesen und dort sogar manchmal in einem spanischen Lokal, das ich kannte, so daß wir uns natürlich gar nicht genug darüber wundern konnten, daß wir uns nicht da und damals schon begegnet waren. Wie widerlich. Aber da war nichts zu machen, und er nahm es sogar zum Anlaß, mich mit herrischem Gastgeberpathos zu verschiedenen bebidas einzuladen, die ich sonst immer fast angstvoll gemieden hatte, und alsbald bekam ich auch die Wirkung zu spüren, die ich diesem verdächtigen Zeug zugetraut hatte. Mit schlichten Worten, die er zum Ausgleich mit der Emphase eines Sandstrahlgebläses von sich gab, versicherte er mir, er habe sich sehr wohlbefunden in Hamburg, und er begründete das auch, und zwar damit, daß es eine gute Stadt zum »Fieken« sei. Ja, ich konnte mir schon denken, daß diese reizende Bestie da gut angekommen war. Konnte es mir direkt ausmalen. Und er setzte mich noch direkter ins Bild, indem er die Arme anwinkelte, als drücke er, mit eingekrallten Fingern, jemand an sich, einen anderen Körper, größer als seiner, meiner Vorstellung nach, und dann viele Male heftig mit seinem Unterleib auf jenen einstieß, presto, prestissimo, wobei er diese Luftgestalt, vor Anstrengung zitternd, in der Position hielt und immerfort »fieken, fieken« krähte, »fieken, fieken«. Estupido, completamente estupido;

ich glaubte einen dieser Spielzeugaffen vor mir zu sehen, die in ein rasendes Hopsen und Zymbelschlagen verfallen, wenn man sie aufzieht. Man konnte sich aber auch fragen, ob er nicht vielmehr ein beherzigenswertes Beispiel gebe. Denn das, das allein war es doch, »was Sache ist«, er sagte es mit vorbildlicher Deutlichkeit und Kürze, war offenbar auch der Mann, es ohne Umschweife ins Werk zu setzen, und wer es anders hielt, der kam damit hoffnungslos ins Hintertreffen. In meiner Lage konnte man schon geneigt sein, es sich zur Lehre dienen zu lassen. Ich nahm ein eigenes Stück Dämmerung mit mir hinaus in die Dämmerung draußen, ein etwas dunstigeres Graublau um den Kopf, das so wenig von mir wich wie ein Mückenschwarm, wenn er erst einmal angefangen hat um einen herumzutanzen, oder wie die Aura der Heiligkeit von einem Heiligen. Und der Duft in der Luft sprach sich gleichfalls im Sinne der empfangenen Lehre aus; er kam in einem schweren dumpfen Schwall von der anderen Straßenseite, von dieser Blumenmauer her, an die Du Dich vielleicht noch erinnerst, und die schon anfing schwarz zu werden, für die Nacht. Während ich am Straßenrand herumzögerte, unschlüssig, ob ich noch nach Orotava gehen sollte oder bloß in die »Playita«, schien ich ein Auto anzuziehen, schien es tatsächlich vom Weg ab und an mich heranzuziehen, denn es folgte mir als ich einen Schritt zurücktrat, als wollte es mir durchaus über die Füße fahren. Ich wich noch ein paar Schritte zurück, und es kam mir langsam rollend nach, bis es ganz auf dem kleinen Platz vor den zwei Kneipen war, da hielten wir an, und ich öffnete mit einer laschen Portiergebärde den Schlag. Sie blieb aber sitzen. Die Lichter aus der »Playita« und der »Cabaña« vereinigten sich zu einem schwachen Schein, der ein vulgäres Idol beleuchtete, eine weißrotgoldene Gestalt mit riesigem, lautlos und starr lachendem Mund. Ich vergrößerte die einladende und hinweisende Bewegung meines linken Arms, und sie stieg aus; Blumen öffneten, Blätter entfalteten, Stengel streckten sich vor meinen Augen, indem sie sich aufrichtete. Ein Blumenmädchen, eins der stämmigen Blumenweiber aus dem »Parsifal«, heißt das, die ich einst einen Tenor hatte umbuhlen sehen (Steland oder Stehland hieß er, war mindestens so fett wie ich jetzt, und er hatte sich ratlos und täppisch hin und her gedreht unter ihrem Zudrang). Wir waren schon an der Schwelle, als sie sagte, sie habe mich eigentlich nur nach dem Weg fragen wollen. Das könne sie ja drinnen tun, sagte ich, und ich sei ein erfahrener Tinerfeño und werde ihr ganz zu Diensten sein, sagte ich, indem ich die Versicherung meiner Erfahrenheit und Dienstbereitschaft mit einem Timbre von weitläufiger Bedeutung auflud, das sie sofort erfaßte und mit einem langen Blick, wenn auch leider keinem Echsenblick quittierte. Offenbar hatte ich es sachlich und kurz genug gesagt, auf meine Weise. Sie war einfach zum Kotzen. Fuhrwerkte sogleich im größten Stil mit ihren nackten Armen los, an deren Macht allerdings kein Zweifel sein konnte. Jedesmal wenn sie sie senkte, schlug links ein schwerer Goldreif auf, rasselte rechts eine dicke goldene Kette. Augen, die Fleur »krall« genannt hätte (ich dachte an sie und dieses Wort) Augen, die ergreifend warum nur in dem Sinne, in dem Krallen es sind und in dem sie sie nicht von mir ließ. Und dabei diese lange, schräge Abfahrt vom Kinn zur Gurgel. Ich war neugierig gewesen, ob dieser bestialisch hübsche »Fieker« sie nicht von mir ablenken und auf sich ziehen würde, aber das geschah nicht, die war nicht abzulenken, die nicht, die sagte sich höchstens, eins nach dem andern, und einen nach dem anderen würden diese Augen ergreifen, die kein Geheimnis hatten, weder hinter sich noch vor sich. Sie hat mich dann übrigens nicht nach dem Weg gefragt, nicht als ich sie, die Hand an ihrem gelassenen Arm, an der nun völlig schwarzen Blumenmauer vorbei in die Bananenplantage dirigierte, und auch später nicht, als ich sie, den anderen, schon wieder gelassenen Arm in der anderen Hand, zum Auto zurückbrachte, auf den stockdunklen Platz, auf dem wir uns ohne Kuß und faßt ohne Abschied trennten. Hatten wir uns überhaupt geküßt? Nein, nur ich sie, und nicht auf den Mund, bloß auf die Brüste, den Bauch, markierte Zielpunkte über und unter dem in der Mitte zusammengeschobenen Blumenkleid, und auch das nur wie eine hastige Vergewisserung und Bestätigung, eine Bestimmung von Koordinaten sozusagen. Dann war alles nur noch das stumpfsinnige Werk von Stößel und Mörser gewesen, ein blindes, besessenes Wüten, in dem ich mich riesenhaft anwachsen fühlte zur schwarzen Verkörperung von irgendwas unter dem dumpfen, schweren Nachthimmel, etwas wie die Silhouette einer über Mammutmaß aufgeschossenen Spinne, deren bewußtloser, sich selbst fremder Leib sich hebt und senkt zwischen Beinen, die nicht zu ihm zu gehören scheinen. Bist du wahnsinnig, bist du wahnsinnig, hörte ich sie ein paarmal wie aus großer Tiefe heraufrufen; anscheinend dachte sie noch, ich sei ein Mensch. Ich dachte das nicht von ihr, machte mir einen Dreck aus ihr und weniger als das, aber es gab auch keine, aus der ich mir mehr gemacht hätte jetzt, falls Du Dir das einbilden solltest, keine unter den Lebenden. Das Auto entschwand so schnell und restlos in die dichte Schwärze, als führte die Straße hinter der nächsten Bodenwelle senkrecht zu den Antipoden, und ich ging nach Hause, nur noch müde jetzt, aber als einzige Empfindung, die ich noch hatte, war das ein hoher Genuß. Ich schlief sofort ein, erwachte noch einmal und machte hastig Licht, aber B war nicht da. Sie hatte sich in enormer Vergrößerung über mich gebeugt und ihr Haar über mein Gesicht gebreitet wie sie das so oft getan hat, und ich hatte daran zu ersticken gemeint. Ganz deutlich hatte ich das Echo ihres Namens gehört, in der bei uns gebräuchlichen Lautumkehrung – ´iba, ´iba – noch als das Licht schon brannte; vielleicht hatte ich sie im Schlaf gerufen, aber sie war nicht da. Ich erinnere mich, daß ich das mit Befriedigung feststellte, nicht mit Kummer, und als auch das Echo verklungen war, nach dem ich an der Zimmerdecke gesucht hatte, als müßte es dort zu sehen sein, womöglich in ihrer Gestalt, bin ich wieder eingeschlafen. Dann war es auf einmal ganz hell, das volle Tageslicht erwischte mich wie ein Polizeischeinwerfer, und mein aufgescheuchtes Herz schlug einen wilden Wirbel.

Ich stützte mich auf, das Laken unter meiner Hand war naß, ich sah eine kleine Lache neben dem Bett, dicke klebrige Flüssigkeit, ich fühlte und sah es im selben Augenblick, fühlte es auch am Arm als leichte, rinnende Kühle. Ich habe mir nie ganz klarmachen können, was es war. Es drang aus meinem rechten Ellbogen, an dem sich eine weiche, verschiebbare Beule gebildet hatte, mit einer winzigen Öffnung in der Mitte, und da kam es heraus in durchsichtiger Honigfarbe. Es drang durch die Ärmel meiner Hemden, Jacken, Pullover, durch alle rechten Ärmel, die ich hatte, und zeichnete sie mit krustigen Flecken. Ich wickelte einen Waschlappen um die Stelle, und wenn ich zu Bett ging, legte ich mich so hin, daß der Ellbogen an der Seite oder am Kopfende in die Luft ragte. Jeden Morgen fand ich eine frische Lache auf dem Fußboden und verrieb sie unter den Bastsohlen meiner Alpargatas, wie die Cremefüllungen der Spinnen. Die Spinnen waren nicht auszurotten in dem alten Haus, und der Quell in meinem Arm begann erst viele Wochen nachdem Du mich – will sagen, mich und Korfiz – aus dem höllischen Paradies vertrieben hattest, allmählich zu versiegen. Ich hielt die Heimsuchung geheim wie eine schändliche Krankheit, dachte mir aus, daß ich eigentlich eine Klapper, eine Rassel zu schwingen hätte wo ich ging und stand, um die Leute vor meiner verpesteten Nähe zu warnen, war aber im übrigen zu einer ergebenen Hinnahme der Plage gestimmt, meinte auch darin schon wieder einen Sinn zu sichten und bestätigte ihn mit einem gedachten Kopfnicken. Es schien mir durchaus seine Richtigkeit zu haben, wenn ich nun so langsam wegfaulen, auslaufen, bei lebendigem Leibe verwesen würde. Eingefleischte Neigung, dem schusseligen Walten und Wirtschaften der Realitäten irgendeine höhere (oder tiefere) Logik zu unterstellen. (Möglicherweise hat dieser Tick mich jetzt auch dazu verleitet, den Besuch der Toten und das Aufbrechen, die Entdeckung des Stigmas an meinem Körper auf diese Nacht, diesen Morgen, die Nacht und den Morgen nach der erbitterten, paroxystischen Ausschweifung in Bananenhain zu datieren, obwohl diese drei oder vier Vorkommnisse wahrscheinlich an zwei oder drei verschiedenen, vielleicht sogar weit voneinander entfernten Punkten der erbarmungslos sich hindehnenden zebrastreifigen Strecke von Tagen und Nächten einzutragen wären, die ich zu durchmessen hatte, während Du schwiegst, daß es dröhnte.)

»Man legt«, so heißt es im dritten Band der Recherche, den ich mir kürzlich ausgeliehen habe, »Schweigen gern als Stärke aus, in einem ganz anderen Sinne stellt es sogar eine furchtbare Macht in den Händen derjenigen, die geliebt werden, dar.« (Der Erzähler spricht da von den Leiden Saint-Loups, doch ist es ganz so, als spräche er von mir und für mich, so daß ich nur in meiner eigenen Geschichte fortfahre, indem ich für ein paar weitere Sätze noch das Wort an ihn abgebe.) »Man hat auch gesagt«, sagt er, »daß Schweigen eine Qual bedeute und imstande sei, denjenigen, der im Gefängnis dazu verurteilt ist, um den Verstand zu bringen. Doch welche Qual – noch größer als Schweigen – besteht darin, es von der Seite des geliebten Wesens ertragen zu müssen! Robert fragte sich: ›Was tut sie wohl, daß sie so beharrlich schweigt? Sicher betrügt sie mich mit anderen?‹ Oder er wiederholte sich: ›Was habe ich denn getan, daß sie sich derart in Schweigen hüllt? Sie haßt mich vielleicht für immer.‹ Dann aber gab er sich selbst die Schuld. So machte ihn das Schweigen tatsächlich in gewissem Maße verrückt vor Eifersucht und Reue. Schlimmer übrigens als das Schweigen im Kerker, kann ein solches Schweigen selbst zum Kerker werden. Wie eine Mauer, wenn auch immateriell, so doch undurchdringlich, liegt eine Zone leerer Luft vor dem Verlassenen, die der Strahl seines Blicks nicht zu überwinden vermag. Kann eine Abwesende überhaupt in einem fürchterlicheren Licht erscheinen als in dem des Schweigens, das sie uns in tausend Gestalten zeigt, die alle eine andere Art von Verrat an uns üben? Manchmal meinte Robert in einem plötzlichen Gefühl der Entspannung, das

Schweigen werde auf der Stelle enden, ein Brief sei unterwegs; er sah ihn ankommen, lauschte dann auf jedes Geräusch, er war schon halb beschwichtigt und murmelte: ›Der Brief! Der Brief!‹ Nachdem er dann ahnend eine imaginäre Liebesoase vor sich gesehen hatte, fand er sich wieder, wie er nur die ihn wirklich umgebende Wüste endlosen Schweigens durchmaß.«

Wüste, sagt er. Auch gut. Wüstenei ist ein gutes Wort. Aber ich bestehe auf dem schwarzweißen Streifenmuster der in solcher Einöde erstarrten Tageszeiten; das ist etwas, was ich sehe. Und dann sehe ich die ganze wüste Strecke sich plötzlich verziehen wie eine Stoffbahn, an der von beiden Enden her gezerrt wird; ein Test, den sie nicht bestehen kann, sie wird reißen. Übermäßig gedehnt, gespannt zwischen Vergangenheit und Zukunft riß sie mit dem ohrenbetäubenden Kreischen eines dünnen, seidenartigen Gewebes. Der Lärm mußte die Küche gesprengt haben.
Doch in der anschließenden Stille zeigte es sich, daß alles auf seinem Platz, die Idylle der Bilder und Küchengeräte unversehrt geblieben war. Auch die verdämmernde Silhouette von Orotava hatte sich auf ihrem abschüssigen Boden gehalten, das Licht hinter den Fenstern zitterte nicht anders als an anderen Abenden. Korfiz lächelte, wenn es auch ein vorsichtiges Lächeln war, als sei er nicht ganz sicher gewesen, ob das verwundbare Gesicht es denn aushalten würde. Er schien nichts gehört zu haben. Ich hatte geschrien, ich muß geschrien haben, der Schrei hatte reinweg die Luft aus der Welt verdrängt, so daß sie beinahe an ihm, also an mir erstickt wäre, aber man hatte es nicht bemerkt. Man würde sagen, ich hätte es mir nur eingebildet, daß meine Stimme über dem fernen Ehrwald eine Lawine ins Rollen gebracht habe; und ich hatte sie aufstäuben sehen als wär's ein Atemstoß aus meinem Munde. (Immer, wenn meine Sache zur Sache der ganzen Welt wird, stellt sie sich – statt ihren Lauf zu ändern oder wenigstens unterzuge-

hen – auf den Standpunkt, es handle sich um meine Privatangelegenheit.)
Korfiz lächelte, und ich spürte sein Lächeln in meinem Gesicht. Da Du Dein Schweigen nicht gebrochen hattest, hatte ich das meine brechen müssen. Ich hatte das seit langem kommen sehen und mich vor dem Moment gefürchtet, der nun da war. Auch Du hättest wissen müssen, daß er kommen würde, wenn Du nicht rechtzeitig aufhörtest zu schweigen. Du mußtest wissen, daß ich nicht der Mann bin, der unter der Folter stumm bleibt. Daß ich von dem Recht des Gemarterten Gebrauch machen und schamlos reden, singen, wimmern, winseln und brüllen würde. (Inzwischen bin ich soweit, es für das einzig Akzeptable an meinem Leben zu erachten, daß ich geredet, gesungen, gewimmert, gewinselt, gebrüllt haben werde, was das Zeug hielt.)
Wir saßen einander gegenüber wie an irgendeinem anderen Abend, über den schmalen Küchentisch hinweg spiegelte mein lächelndes Gesicht das seine wider, oder umgekehrt, und ich redete im Plauderton; oh ja, zivilisiert, trotz der strudelnden Bewegung in meinem Kopf, die die Worte, meine wie seine, in die Vergessenheit hinabgerissen zu haben scheint, während sie noch erklangen. Nur wenige stiegen später wieder auf und wurden angespült. Die ersten, an die wir uns so gern erinnern wie die Nachgeborenen an unsere letzten, sind jedoch nicht unter ihnen. Höchst wahrscheinlich, daß es seine waren. Es kann geschehen, daß einer leichtsinnig oder unachtsam, nur so obenhin mit dem Ellbogen, an einen Schalter rührt, und augenblicklich geht, aufs äußerste geladen, wie sie ist, die Welt in die Luft. Ich schrie in aller Stille und plauderte gellend. Ich will für gewiß nehmen, was wahrscheinlich ist, nämlich daß er eine Bemerkung darüber machte, wie lange ich nun schon keinen Brief mehr von Dir bekommen hatte. Die Stadt hing wie immer am Hang, abendblau, und eine beschissene Baritonstimme sang »die Post bringt keinen Brief für dich«, ganz verquollen vor lauter antiquarischer Kultiviertheit, aber schön, schön. Wie lange wohl

habe er mich mit keinem Brief mehr nach nebenan schleichen sehen? »Was schlägst du denn so wunderlich, mein He-herz, mein Herz«, sang jener.
Vier Wochen, fünf Wochen, sagte ich und wunderte mich, daß es sich so maßvoll ausdrücken ließ. Jetzt also, jetzt, hörte ich mich denken, jetzt ist es soweit, jetzt wirst du singen, mach schon, los. Ja, ich hatte es jetzt eilig damit. Wenn das lange Gefürchtete schließlich eintritt, läuft man ihm das letzte Wegstück entgegen, als wäre es etwas Ersehntes.
Wirkungen eines Waidmanns, sagte ich. Ich versuchte die schwer heraufgepumpten Worte möglichst leicht hinzuwerfen und gestikulierte zu diesem Zweck wie ein Franzose, der que voulez-vous sagt. Sein Lächeln – und vielleicht war es auch darin noch das Spiegelbild der Verzerrung meiner Lippen, die ich spürte – schien nun aus der Tiefe einer Trance aufzusteigen.
Es gibt ja gar keinen Waidmann, sagte er als handle es sich um eine Gewißheit, die ihm aus mystischen Quellen zugekommen wäre.
Sofort antwortete ich: Im Gegenteil, es gibt ihn so sehr, daß es mich nicht mehr gibt. Für einen Moment stand ich tatsächlich unter dem Eindruck, in einem Schattensee abzutreiben, der mir schon bis an den Mund reichte. Ich empfand eine flüchtige Dankbarkeit dafür, daß Korfiz mir die Gelegenheit zu einer so formelhaften Replik gegeben hatte (eine Formulierung gibt immerhin ein Minimum von Halt, ich habe mich oft genug nur mittels meiner Formulierungen aufrecht gehalten).
Korfiz rief mir vom Ufer her zu: Das kannst du doch nicht so wichtig nehmen. Bloß weil sie dir ein paar Wochen keinen Brief geschrieben hat.
Los, sing schon, jetzt ist es soweit, wiederholte mein Gedanke immerfort als ostinate Begleitstimme zu unserem zivilisierten Wortwechsel, und während ich mehr auf jene hörte als auf diesen, muß ich Korfiz wohl zu bedenken gegeben haben, er wisse eben nicht, was Du mir geschrieben hattest als

ich noch existierte, vor einer rasch gezählten Anzahl von Tagen noch, und nur wenn man wisse, was jemand gesagt habe, könne man die Bedeutung seines Schweigens ermessen. So ungefähr, vielleicht sogar genau so. Er sollte mich jetzt über diese Briefe ausfragen, so wollte ich es, und er, immer mit diesem somnambulen Lächeln, tat, was ich wollte. (Ja, es ist schon eher gewiß als bloß wahrscheinlich, daß es genau so ablief. Denn bei fast allen Dialogen meines Lebens habe ich insgeheim Regie zu führen versucht, und in den meisten Fällen ist es mir gelungen. Es war beinahe so, als ob diese Unterhaltungen, Unterredungen, Aussprachen gar nicht meine Sache, als ob sie überhaupt weniger eine Sache des Lebens als eine der Form gewesen wären. Tatsächlich erinnere ich mich auch nur an wenige, fast könnte ich sagen, an gar keine, die mir viel mehr bedeutet hätten, und ganz gewiß war meine überwachende Aufmerksamkeit für das Formale an ihnen so gut wie nie ausgeschaltet. Ich glaube, ich wiederhole das gleiche nur mit anderen Worten, wenn ich hinzufüge, daß ich mir selbst immer dann besonders fremd und fern erschienen bin, wenn mir etwas, wie man so sagt, nahe ging. Ich weiß nicht, ob das der Anmerkung wert ist, aber es läßt auf ein elendes Leben schließen.)
Korfiz war also, meinem heimlichen Regiekonzept zufolge, an der Reihe, einen bestimmten Zug zu tun, und er zog wie gewünscht. Ich zierte mich nicht länger, als es nach demselben Konzept unerläßlich war. Gegebenenfalls hätte ich es sogar umgestoßen, hätte die Briefe unaufgefordert herbeigeholt und unterdessen ein anderes entworfen.
Ich hielt ihm die wenigen Blätter hin wie ein intriganter Sekretär, aber obwohl nur der sehr schmale Tisch zwischen uns war, so daß ihm ein Volltreffer sicher gewesen wäre, wenn er mir ins Gesicht gespuckt hätte, war's doch, als reichte mein ausgestreckter Arm nicht bis zu ihm hin, er schien in eine rauchblaue Weite entrückt zu sein. Ohne daß die geringste Bewegung außer der allernotwendigsten, dafür allerdings überdeutlichen der Lippen an ihm wahrzunehmen gewesen wäre, sagte er: Lies es mir vor.

Er hat später gesagt, er erinnere sich nicht, ich weiß aber genau, daß ich ihm die Briefe vorgelesen habe, wenn nicht in extenso, so doch die beweiskräftigsten Stellen, mindestens das Beiblatt zum zweiten, aus dem hervorging, daß wir einmal miteinander unter einer gewissen rosaroten Decke gelegen hatten. Ich habe ihm das Beweisstück gezeigt, ich habe es ihm vorgelesen, es war getan, der Stein war im Rollen.

Mag sein, daß er schon ziemlich hinüber war, weiter hinüber als ich, da er mehr und schneller getrunken hatte. Diese Differenz blieb auch während der Zeit bestehen, die auf jenen Abend folgte, einer langen Reihe von Tagen, an denen wir so viel tranken, daß wir kaum eine von all ihren Stunden (den Tag zu vierundzwanzig gerechnet) in dem Zustand mittlerer (oder auch mittelmäßiger, mediokrer) Geisteshelle erlebten, der als vorbildlich gilt. Der Unterschied bestand nun, wenn ich ihn nach meinem Eindruck bemesse, darin, daß sich die Dunkelheit in mir gleichmäßig erdrückend über das Helle gewölbt hatte, während dieses in ihm intermittierend und kraftlos gegen das Dunkel drückte. Es kommt vielleicht nicht sehr darauf an, unsere wahrhaft kolosalische Besoffenheit derart abzustufen, aber es war nun einmal nicht das gleiche.
Wenn das Dunkel, von dem sich leichter reden läßt, nämlich das draußen, sich zu lichten begann – ein kontinuierlicher Übergang von schwarzer Bläue zu blauem Grau – taumelten wir hoch, um uns hinzulegen. Ich sehe dieses Grau aus den Mauern des Patio vor meinem Fenster dringen wie eine Absonderung, eine Ausscheidung des Steins, denn wir saßen jetzt wieder oft an dem Tisch in meinem Zimmer, ich mit dem Blick nach draußen (hinweg über die staubbedeckte Maschine mit dem eingespannten Blatt, der gilbenden Seite vier unseres Buches) während er ins Innere des Raumes sah. Ich sehe die große Gestalt auf die Tür zu schwanken, diesen langen Lulatsch, in schwieriger Balance, wie ein Stab auf der Stirn eines Jongleurs, die Lampe schwingt seinen Schatten langsam um

ihn herum über die Wände, die Decke. Ich weiß, daß auch sein abgewandtes Gesicht noch lächelt. Wir hatten dann so unsere zwei Flaschen Ciento y tres oder Fundator geleert, das war unsere durchschnittliche Ration nach Eintritt der Dunkelheit, also ohne das, was wir bis dahin schon getrunken hatten, tagsüber (bei ihm waren's Schnäpse, ich hielt mich ans Bier). Wir hatten losgelegt, sobald die Kinder im Bett waren. Hatten im mittleren Konversationston geredet, dann eifernd (aber das war vielleicht nur ich) mit erhobenen Stimmen (aber das war vielleicht nur meine) dann murmelnd, dann nicht mehr. Dann hatte die Musik den Boden unter meinen Füßen erschüttert (so daß mir ein gewisser Automat in einem gewissen Hamburger Bahnhof eingefallen war, ein Apparat für Fußmassage, mit dem ich mir einmal eine Wartezeit vertrieben habe). Wir hatten eine Siegfried-Platte aufgelegt, Finale des ersten Aufzugs, die »Zwergenmusik«, wie Korfiz sagte, dann das Waldweben (dieses »ich mag ihn nicht mehr sehn«, mit dem Ton jugendlich unwilligen Sichabwendens auf dem »mag«) die Tristan-Vorspiele, zumal das zweite, und Wotans Abschied, den ich wieder hören mochte, so wie George London ihn sang, und dasselbe noch einmal (»so küßt er die Gottheit von dir«, mit sehrender Süße, wahrhaftig) und noch einmal, das ganze Programm. Korfiz hatte dirigiert, mit eckigen und irrigen Marionettenbewegungen, die ihren Schatten auf die bebenden Bretter warfen. Und einmal ist ein großer Vogel hereingeflogen, und wir jagten ihn, und da waren die Schatten ganz entfesselt, als ob wir von einem schwarzen Feuer eingeschlossen wären, in dem wir in zuckender Raserei vergehen mußten, er und ich und der Vogel. (Das wäre dann ein öffentliches Autodafé gewesen – wenn anders das Gefühl in meinem Nacken recht hatte, das ich die ganze Zeit bis zu Deiner Rückkehr nicht abzuschütteln vermochte, daß Gefühl, daß Korfiz und ich während ebendieser ganzen Zeit ununterbrochen vor den Augen der Welt agierten, daß diese Insel nichts weiter als die angemessene Bühne sei, auf der wir der gesamten Menschheit zur Schau gestellt waren, wenn die auch so tat, als sähe sie gar nicht hin und ginge unterdessen ihren eigenen Angelegenheiten nach, ich spürte doch ihre verstohlenen Blicke.)

Aber jetzt will ich ihn wieder auf die Tür zu balancieren sehen. Dieses unvergessene Wegschwanken meines Freundes war damals regelmäßig der letzte Eindruck, den ich empfing, bevor ich mich zum Schlafen niederlegte, den tropfenden Ellbogen außerhalb des Bettes. Es war der Abschluß eines Programms, das sich Tag für Tag wiederholte von dem Abend an, an dem ich ihm Schwarz auf Weiß bewies, wie es stand zwischen Dir und mir, nämlich so, daß Du – um der Entschiedenheit willen wagte ich es, den Sachverhalt so einfach und ungenau auszudrücken – daß Du mich geliebt und verlassen hattest (woran ja zumindest soviel richtig war wie diese Worte, geliebt und verlassen, von dem Bewegungsablauf enthalten, der da stattgefunden hatte, und dessen ich jetzt in einer beklemmenden Vergrößerung innewurde, eine meerhafte Bewegung auf mich zu, eine atlantische Brandung, die das Herz wiederholte, und eine von mir weg, die Zurücknahme, mit der auch der Herzschlag stockend verebbte). Aber vielleicht täte ich besser daran, Korfiz' Abgang (manchmal durch die Flurtür meines Zimmers, manchmal durch die Küchentür) nicht als Abschluß eines Tagesprogramms, sondern bloß als Ankündigung einer Unterbrechung innerhalb eines Programms zu bezeichnen, das kein Ende finden konnte, etwa so, wie dieses Fräulein im Variete über die Bühne geht und einem mit erstarrtem Lächeln eine Tafel entgegenstreckt, auf der das Wort »Pause« geschrieben steht.
Sie war kurz, und ich verschlief sie. Dann zog ich meinen Chalat an, verrieb die frische, gelierende Lache neben meinem Bett (Spur meiner fortschreitenden Verwesung) und sogleich fing es mit derselben Nummer wieder an, mit der es ein paar Stunden zuvor aufgehört oder eben nicht aufgehört hatte, mit der Zwergenmusik zum Beispiel; sie lag noch auf dem

Teller, ich brauchte nur den Tonkopf darauf zu setzen (diesen Natternkopf). Der Boden bebte. Es kam vor, daß ich Korfiz im Nebenzimmer schluchzen zu hören glaubte. Vielleicht täuschte ich mich, bei dem Lärm der Schmiedelieder. Es war so wie mit dem Schluchzen des sterbenden Boris, gesungen von Schaljapin, das ich »hinter dem Knistern« der alten Aufnahme vernahm, ohne je ganz sicher zu sein.
Wahrscheinlich täuschte ich mich nicht. Aber wenn Korfiz dann wieder auftrat, wenn er wieder hereinkam durch die Tür, durch die er gegangen war, oder durch die andere, dann hätte man meinen können, das Haupt des Sonnengottes selbst werde einem auf einer Stange entgegengetragen. Die zentrifugale Kraft der Protuberanzen zog ihm das Gesicht auseinander und öffnete ihm den Mund zu dem Ruf: Ich hab eine Idee. Dem folgten mehrere wuchtige Beckenschläge der großen Hände und die Worte: Was für ein Wetter, was für ein Tag. Jetzt gibts erst mal ne orntliche Portion Schpiegeleier mit Schpeck und nen Topp Kaffe (mit einem e) und dann gehn wir baden. Nach diesem Wort erstarrte die Sonnenfratze in ihrer äußersten Breite zu einem beständigen Leuchten, während er ostentativ lärmend am Herd zu hantieren begann. Stell dir vor, stell dir bloß vor, sagte er freudig, ich habe ins Bett gepißt, da machste was mit. Aber das kommt bloß davon, wenn der Suff zu sehr nachläßt. So. Beckenschlag zum Platznehmen, langes Händereiben über der dampfenden Pfanne und die übliche Feststellung, das dies »ein Leben wie im tiefsten Frieden« sei. Das Zittern, das ihn nun ergriff, war auch nichts besonderes, ich hatte es schon oft an ihm beobachtet. Es schien vom Hals und von den Händen auszugehen und sich von dort über den ganzen Körper zu verbreiten. Es sah aus, als ob das Zerteilen der Eier, das Brotschneiden, das Anheben der Tasse ihn große Anstrengung kosteten. War es eine Krankheit, ein Überschuß von Kraft, ein Übermaß an Lebensintensität, heftige Gier, oder war es am Ende nur gespielt? Wahrscheinlich alles miteinander, dachte ich und sah weg, bis der Beckenschlag zum Aufbruch erscholl. Und dann

kam das, dann das, dann das, das Programm lief. Die Kinder explodierten ins Freie, schienen sich zu verzehnfachen, zwanzig Kinder, die die Schale des dämmerigen Hauses sprengten und ins Licht hinaus wimmelten. Dann die Hitze, die einen anfiel wie ein riesengroßes Tier mit staubigem Fell, das uns in dem Barranco vor unserer Tür aufgelauert hatte (dem Barranco Tafuriaste, der seinen Namen mit einem anderen, noch unbescholtenen tauschen und fortan Barranco de las animas heißen sollte, zur Erinnerung an unser aller Untergang, der nun in vollem Gange war). An der Brücke nahmen wir ein Taxi. Der Fahrer stellte die übliche Frage: Plaza o playa? A la playa, lautete die übliche Antwort, der die übliche Fahrt folgte. Die Kinder, nun wieder zwei und nicht mehr, sangen im Fond: Solo tu-u-u-u-u mi amo-o-o-o-or . . . Das war erst seit kurzem üblich, ich weiß nicht woher sie das hatten. Wir stiegen an der Ecke beim Hotel San Felipe aus und trennten uns dann bald. Während er mit den Kindern am Lido San Telmo badete, setzte ich mich an der Bar des Café de Paris fest, nach Möglichkeit ganz rechts, in der äußersten Ecke, die eigentlich die innerste war, neben der Vase mit den Strelitzien. (Korfiz hatte Dir von dieser Gewohnheit berichtet, und Du hattest ihm geantwortet, Du seist froh zu hören, daß ich so in meinen »geliebten Cafés« herumsäße. Ich nahm das für eine Äußerung mitleidigen Wohlwollens, das Du, schwelgend in der Fülle des Lebens, wie ich's mir denken konnte, für mich aufbrachtest, und das sich wahrscheinlich in dem flüchtigen Gedanken erschöpfte: Ich gönn's ihm, was hat er schon sonst, der Tropf der.) Irgendwann im Lauf des späteren Nachmittags entstand dann in meinem Rücken ein kleiner, rasch sich nähernder Wirbel, die Kinder kamen hereingelaufen, und welches von ihnen zuerst am Ziel war, schlug mit der Hand gegen dic Metallsäule meines Hockers. Bald darauf kam auch Korfiz. Die Kraft der Sonne begann nachzulassen, schon war der prahlerischen Farbe des Himmels eine Prise Dunkelheit dämpfend beigemischt, und zugleich schien auch das Sonnenhafte in Korfiz abzunehmen. Er hatte entschieden etwas von einer welkenden Pflanze, wenn er so mit hängendem Kopf neben mir saß. Aber die vollen, leeren, vollen Schnapsgläser vor und unter diesem Kopf wechselten in rascher Folge, während ich mich ans langsamere Biertrinken hielt. Das waren unsere heures bleues damals. In diesen Stunden sprachen wir selten von der Sache, gaben uns Mühe, von etwas anderem als dem einen zu sprechen, das doch das einzige für uns geworden war. Wenn es uns nicht gelang, verstummten wir lieber, aber zuweilen gelang es uns ganz gut.

(Zum Beispiel, als Korfiz – angeregt vermutlich durch diesen aufdringlichen Strauß neben mir – die Idee entwickelte, serienweise Strelitzien zu malen, um die immer bedrohlicher werdende Finanzlage zu verbessern; ein Vorhaben, das dann ebensowenig ausgeführt wurde wie »Presentation«, unser Buch. Schnell zusammengehauene Aquarelle sollten es sein. Wir rechneten uns einen massenhaften Absatz aus, zweihundert Stück allein für die im Bau befindlichen Apartamentos Tamara, deren Manager wir kannten. Ein prächtiger Einfall, auf den hin der diensttuende Laubfrosch, der mit dem verwehten Gesicht oder ein anderer, ihm erst mal einen neuen Doppelten servieren mußte, un otro doble, der ihn dazu befähigte, eine reizende Mystifikation zu ersinnen. Diese blöden Blumenstücke sollten für das Werk einer Frau ausgegeben werden, einer Spanierin, versteht sich, einer Tinerfeña, und sie würden also dementsprechend zu signieren sein. Nun lachten wir schon. Der Name? Populär natürlich, penetrant spanisch, also Carmen natürlich. Ich schlug die Zunamen Jorge und Bizete vor, Carmen de Jorge y Bizete. Davon wollte er nichts wissen. Schön, dann Bizeta oder Bizeto. Nichts da, überhaupt kein Zuname, Carmen und fertig, bastante. Un otro doble, por favor. Ich glaubte ihm die Heiterkeit so wenig wie mir selbst, sie war ein Überzug, der durchsichtig blieb auf etwas anderes, das ich hinter dem Glanz seiner Augen liegen sah wie einen stumpfen, lichtlosen Kern, und das der festgekeilte Gedanke an Dich sein mußte, an Dich und mich, vielleicht auch an Waidmann, aber gewiß an Dich und mich. Und weißt du, was sie ist? fragte er. Wer? Seine Frage hatte mich nicht überrascht, aber erschreckt. Carmen, sagte er beruhigend, Carmen. Oh, das ist einfach, antwortete ich, sie arbeitet bei der Tabakregie, Malen ist nur ihr Hobby, das sieht man sofort. Das schon, sagte er, aber sie ist eine Nonne, eine hübsche, junge Nonne. Otro doble. Otra cerveza también.)

Aber dann hatten wir an einem der hinteren Tische ein Pärchen sitzen sehen. Die aßen etwas und saßen dabei so dicht aufeinander, daß sie sich kaum rühren konnten. Vor lauter Einigkeit schoben sie sich gegenseitig die Bissen in den Mund. Aufgesperrte Münder unter halbgeschlossenen Augen. Jetzt, zum langen Wochenende, ist sie mit Waidmann ins Alte Land hinausgefahren, sie essen irgendwo an einem Tisch mit rotkarierter Decke. Er sagte es langsam, genießerisch, väterlich, gönnerhaft, von allem etwas.
Ich wollte Zigaretten kaufen, es gab in der Nähe einen Laden. der meine Marke führte. Als ich aufstand, senkte er seinen Kopf noch ein Stück tiefer und sagte: Laß mich nicht zu lange allein. Das war so nach unten weggemurmelt.

Sobald die Kinder im Bett waren, kam dann wieder unsere tägliche oder eigentlich abendliche, nächtliche pièce de résistance, die zäh kreisende Verhandlung über das eine, einzige, die jedesmal in unveränderlicher Reihenfolge dieselben Stationen durchlief, dieselben Wendepunkte passierte, die durch wenige refrainartig wiederholte Formeln markiert waren. Sie wurden von Korfiz gesprochen, nur von ihm, und gehören sowohl der lakonischen Form wie der ständigen Wiederkehr wegen (aber wohl nicht nur deswegen) zu den verhältnismäßig wenigen Dialogstellen, die sich mir im Wortlaut eingeprägt haben. Soviel ich sehe, gab es drei oder vier solcher Formeln. »Sie ist eine Schneppe.« »Ich verstehe es nicht.« »Ich glaube es nicht.» »Sie liebt dich.« So lauteten sie, der Reihe nach. Drei oder vier, habe ich gesagt, weil die beiden letzten einander ergänzten und jedesmal in so enger Verbindung miteinander auftraten, daß man sie ebensogut als eine Einheit ansehen kann. Sie besagten dann: Ich glaube es nicht (nämlich, daß ihre Bekanntschaft mit Waidmann das ist, was man eine Affäre nennt, oder, sententiös, »es gibt ja gar keinen Waidmann«) und daher bin ich davon überzeugt, daß sie dich liebt (das heißt, noch, immer noch liebt). Oder aber: Weil sie dich liebt, glaube ich es nicht (scilicet das mit Waidmann). Damit war dann jeweils der Kreis wieder geschlossen, bis wir zum nächsten Umlauf antraten, auf der gleichen Bahn im Zirkel der Verdammnis, der wir verfallen waren.

Demnach und nach all dem erscheint es mir nicht nur erlaubt, sondern fast schon geboten, so zu verfahren, als habe es sich um ein einziges, über Wochen erstrecktes Gespräch gehandelt, während alles sonst bloß Unterbrechung, Pause, Erschöpfungspause und allenfalls, da ich es mir nun einmal habe einfallen lassen, von einem Programm zu sprechen, nur eine Art Rahmenprogramm gewesen ist, die Stunden des Schlafs, die Frühstückseuphorien, die heures bleues im Café de Paris, die anderen Stunden, die ich ebendort, Korfiz mit den Kindern am Lido San Telmo verbrachte, und die hochromantische Musik als quasi metaphysische Dimension unseres langen Wahnsinns, lauter Beiwerk, von dem nicht länger die Rede sein soll.

Korfiz hat es später so dargestellt, als habe er mich zum Trinken gedrängt, genötigt, habe mich regelrecht besoffen gemacht, um so viel wie möglich aus mir herauszuholen, alle Einzelheiten über Dich und mich. Vielleicht hat er mit dieser Darstellung nur meine hemmungslose Verräterei beschöni-

gen wollen. Es war durchaus nicht nötig, mich zu stimulieren. Ich war entschlossen, alles preiszugeben. Selbst wenn er mir die Hand auf den Mund gepreßt hätte, um mich daran zu hindern, hätte ich es herausgewürgt. Andererseits hätte es mir womöglich genügt, wenn ich mit Dir hätte sprechen können, das weiß ich nicht. Oder wenn es eine dritte Person gegeben hätte; ja, eine dritte Person hätte da sein sollen. Da sie fehlte, habe ich mich an Korfiz halten müssen. Denn sagen mußte ich es nun, ich war ganz aufgequollen davon, nicht nur der Mund, der ganze Körper, überall saß es mir hinter der Haut und spannte sie bis zum Platzen an. Ja, ich habe alles gesagt, auch das Geheimste, in Worten, syntaktisch, sukzessiv, habe mich der Sprache bedient, aber das Sprechen war nur eine Verlegenheit, Artikulation der Gipfel der Hilflosigkeit, da es doch aus mir hätte hervorbrechen müssen wie aus einem Geschwür, aus einer enormen Wunde, pulsend, nachdrängend, vielfach verschlungen und verknäuelt, mephitisch stinkend und dampfend und schillernd in allen Farben der Schändlichkeit, rosig und seegrün und himmelblau, und über allem von Horizont zu Horizont ein einziger wildfremder Klagelaut, den kein Wort mehr einzuholen, keine Musik mehr zu verklären vermocht hätte.
Ich redete. Ich schwieg. Ich hörte ihn reden.
Und sie hat gestrahlt und sich gewunden vor Lust, sagte er einmal.
Und ich darauf, registrierend: Das ist vorgekommen. Aber ich sprach gegen ein Gefühl der Übelkeit an, fühlte mich schlecht, weil es vorkommen kann, daß jemand strahlt und sich windet vor Lust.
Und dann ging es so weiter, als beugte ich mich über einen vollgestopften Sack, aus dem ich alles Stück für Stück hervorholte, immer tief von unten herauf mit bis zur Schulter eingetauchtem Arm, blindlings gründelnd und zugreifend. Und wenn ich den Arm wieder heraufzog, kam natürlich so allerlei mit herauf und heraus, wonach ich gar nicht gegriffen, wovon ich gar nicht oder nicht mehr gewußt hatte, daß es drin war im

Sack. Das lag nun alles im Licht. Aber es war mir nur recht, daß es herauskam, alles sollte jetzt herauskommen.
Sie ist ein Schneppchen, sagte Korfiz nun mit Entschiedenheit, aber immerhin noch im Diminutiv.
Ich widersprach, ohne viel Nachdruck noch, proportional zum Diminutiv.
Sie ist eine Schneppe, sagte er.
Da war denn also die erste Formel in ihrer unverzierten, lapidaren Gestalt, und von da an entfaltete sich auch mein Einspruch gegen sie erst ganz zum Plädoyer. Ich kann sagen, daß ich Dich mit großem Schwung verteidigt habe, mit einer quälenden und gequälten Eloquenz. Nein, umgekehrt, gequält und quälend.
Ich hielt ihm das im doppelten Sinne billige Argument entgegen, es komme ihm nicht zu, Dir Einschränkungen zuzumuten, die er sich selbst keineswegs auferlege. Wieder mußte ich, ganz wie damals, als ich ihn an Dich verraten hatte, mit vor Verlegenheit verspanntem Mund, murmelnd, nuschelig, von seinen »zahllosen und wahllosen Amouren« sprechen. Wieder drangen diese Worte und die, die sie nach sich zogen, aus mir hervor wie ein Zug grotesker Krüppel, in fratzenhaft gezierter Gangart. Ich spürte die belachenswürdige Krankheit, die die Rede beim Eintritt in diesem Themenkreis augenblicklich zu befallen pflegt, wie einen schmerzenden Knoten mitten über der Nasenwurzel. Es wäre ja nicht besser gewesen, wenn ich »Liebesaffären« oder »Abenteuer« oder »Fickereien« gesagt hätte; ein Wort so falsch wie das andere. Und ich war gezwungen, noch mehr von der Sorte nach vorn zu schicken; »Treue«, »Betrug«, »Verrat«, aber auch »gleiches Recht«; diese ganze bresthafte Riege stürzte, sobald ich sie mit der sterilisierten Gelassenheit eines Kodex herbeizitierte in meiner Not, mit tollen Zuckungen und Verrenkungen auf die lächelnde Gestalt vor mir los, die allen Grund gehabt hätte zu dem zusätzlichen Gekräusel in ihren Mundwinkeln, nach dem ich ausspähte, während der Knoten hinter meiner Stirn sich immer schmerzhafter zusammenzog.

Der andere Mann sagte nichts. Es wäre an ihm gewesen, mir ohne weiteres zuzustimmen, dachte ich. Ich dachte, daß ich das sofort getan hätte, in seiner Lage. Ich sprach ja kein Urteil über ihn, im mindesten nicht, wollte ihn nur von dem abbringen, das er gesprochen hatte. Aber er, er sagte nichts, er hatte gesprochen.

Unterdessen verstieg ich mich bis zu dem Postulat, daß es überhaupt keine Schneppen gebe, und dabei erhob ich wahrscheinlich schon die Stimme und begann, in der Küche (oder in meinem Zimmer) hin und her zu gehen. Könne es nicht geben, sagte ich, denn das heiße doch, die sittlichen Meßlatten am falschen Ort aufrichten. Und nun, bereits geschwächt durch das Adjektiv »sittlich« mußte ich auch noch das Substantiv »Lust« über die Lippen bringen, um den Spruch zu fällen, daß jenes eine im Kraftfeld dieses anderen nichts herumzuqualifizieren habe, ein für allemal. Jawohl, ich erkannte auf Trennung von Tisch und Bett zwischen ihnen. Was jemand, den man gern für sich in Beschlag (und Beschlaf) nehmen möchte, anderweitig treiben mag in besagtem Kraftfeld, das habe man demzufolge ohne Rechten und Richten hinzunehmen, und wenn es einen noch so hart treffe, einen am Ende gar zerstöre. Klagen aber, klaaagen (ich ließ das Wort beim zweitenmal andeutungsweise hallen von Horizont zu Horizont) das sei jenseits solcher Zulässigkeitserwägungen. Darauf ließ ich auch noch »Liebe« und »Glück« los, die zwei Prachtstücke des Vereins konnten nicht länger fehlen. Und als somit der ganze Haufen beisammen war (ich habe bei weitem nicht alle genannt, bin zu aufgeregt jetzt, um einen Katalog zu machen) da kam, zunächst noch etwas zuckend und geziert, das Karussell meiner einschlägigen Räsonnements in Gang, das einen (mindestens einen, nämlich mich selbst) in jenen immerhin gehobenen geistigen Zustand versetzen konnte, in dem die Dämmerung nicht endet, weder auf die eine noch auf die andere Art, und in dem man zwar ausmachen kann, was etwas nicht ganz und was es auch noch sein mag, aber nicht, was es ist und nicht ist. Nein, ich werde hier

nichts mehr davon auftischen, habe genug davon, für immer. Es bringt mich nicht weiter, brachte mich auch damals nicht weiter, die Wirrnis lichtet sich nicht, tat es auch damals nicht, sie ist zuständlich, und auch damals schon nahm ich mir vor, damit aufzuhören, öfter als einmal. Und jetzt? Selbst wenn es nicht nur Schein, nicht bloß scheinbar wäre, daß Du es bist, der ich das alles erzähle, würde ich keinen Wert mehr darauf legen, Dir etwas klar zu machen, da es mir zur rechten Zeit, nämlich während das geschah oder eigentlich bevor das geschehen konnte, was ich nun nur noch erzählen kann, nicht gelungen ist, die andere Klarheit von Dir zu nehmen, die Dir den Weg erleuchtet hat, der Dich wegführte von mir.
Sie ist eine naive Glückssucherin, sagte ich, sagte jedenfalls etwas ähnliches, indem ich aus der Grenzenlosigkeit wirrer Perspektiven zu der schmächtigen Gestalt zurückkehrte, die sie eröffnet hatte. Zugleich spürte ich, wie der Schmerzensknoten in meinem Kopf sich zu lockern begann, woraus sich auch eine Erleichterung für meine linke Hand ergab, deren Finger ich alle Augenblicke mit gebündelten Spitzen auf die Stelle hatte drücken müssen, dicht über der Nase. Und da sie das ist, sagte ich, zweifelt sie nicht, kennt die Richtung und schlägt den direkten Weg ein. Die sind doch jetzt alle so. (Ich glaubte, kein Wort darüber verlieren zu müssen, wen ich mit dem plötzlichen Plural meinte.) Die haben alle den Direktsheitsfimmel. »Sag mir ganz schnell, was Sache ist.« »Was der Fall ist«, sagt Wittgenstein. Eine Sache, sagte ich, eine Sache ist da, dazusein ist ihr wesentlich, man muß nur wissen, wo, und dann stracks darauf zu gehen und sich ihrer bemächtigen, dann hat man sie. Was soll man denn von einem denken, der sich, sobald er sie vor sich sieht, auf dem Absatz umdreht, um sie in der entgegengesetzten Richtung zu suchen, wo ihr Gegenteil ist oder womöglich gar nichts? Das Glück beim Unglück suchen oder im Leeren? Was da ist, vor der Nase, das muß es sein, sonst müßte man ja am Ende annehmen, es wäre gar nicht mehr da oder noch immer nicht, nicht Sache, nicht der Fall.

Ich merkte, daß ich schon wieder angefangen hatte, setzte mich schnell hin und sagte: Aber ich will nicht wieder anfangen. Ich will nur sagen, bei dir hat sie es nicht gefunden, bei mir auch nicht. Ich habe sie nur auf unabsehbare Umwege geführt, in die entgegengesetzte Richtung sogar. Er dagegen, der Waidmann – tableau. (Das war ein Ausdruck, den ich mit Vorliebe verwendete, wenn ich das umstandslose Einschnappen eines erotischen Kontakts andeuten wollte.)
Korfiz machte eine weite, segelnde Armbewegung, eine quasi liturgische Gebärde: Lassen wir das mit dem Waidmann, davon weiß man nichts. Nur daß ich ihn erfunden habe, und das ist vielleicht schon alles.
Der Beweis für seine Existenz ist meine Nichtexistenz, und die ist durch die Briefe bewiesen, die sie mir nicht geschrieben hat, in ihnen kannst du es lesen.
Erneute Segeltour des Arms, etwas kürzer diesmal: Bleiben wir bei dir und ihr, bei eurer Geschichte.
Das mußt du doch gewußt haben, fast von Anfang an. Sie hat es dir gesagt.
Nicht so.
Nicht so, ohne Einzelheiten, aber doch. Denk nur, wie du geredet hast, vor zwei Jahren schon und dann immer wieder. (Ich versuchte ihn zu imitieren.) Macht mir nichts aus, wenn du deinen Schwanz in ihre Fotze schiebst. Ich hab schon an die bürgerlichen Konsequenzen gedacht. Wenn ihr heiraten wollt, will ich jedenfalls bei euch bleiben. Deine Worte. Da hast du es doch wissen müssen.
Nicht so. (Worte und Gebärde mit der gleichen Beharrlichkeit. Er trank sehr schnell, kippte.) Hab nur auf den Busch geklopft.
Und als ich mit ihr – oder eigentlich, als sie mit mir über Nacht weggefahren ist, nach Travemünde und Lübeck.
Ich hab es gewußt und nicht gewußt, sagte er störrisch und schwieg dann lange. Sein Kopf hing tief herunter und an seinem Kopf, noch tiefer herunter, hing ein sehr langer Schatten, so kann ich es jetzt noch sehen.

Ich sagte irgendwas, nicht neues, oder nichts.
Darauf er: Sie hat mich nie gewollt. Sogleich fiel eine Singstimme ein und fuhr fort in der bekannten Arie (»nein, ihr Herz blieb kalt«) und rauf mit der Stimme und weiter im Text (»sie hat mich nie geliebt«) und runter mit der Stimme und nochmal mit Gefühl. Daran war ich schon lange gewöhnt, ein Ramsch aus Reminiszenzen, Laute und Bilder aus aller Ferne des Raums und der Zeit, die die gegenwärtigen durchtränken, oft auch ganz überschwemmen, so daß ich nicht weiß, ob sie ihr Leben von mir haben oder ich das meine von ihnen und was mir denn bleibt (ich meine, mir, mir) im einen oder anderen Fall. Es nahm überhand in der letzten Zeit, fand ich. Einmal drang die nahe Solostimme durch, der Tenor, Korfiz, um zu singen oder zu sagen: Du kennst ihre kakaofarbenen Brustwarzen. Der ganze Chor jauchzte auf, daß es ein Hohn war. Ich konnte mich an die Farbe nicht so erinnern, er hätte ebensogut eine andere nennen können.
Korfiz hatte weitergesprochen, in den Schatten hinein, der von ihm herunterhing, und in dem von Zeit zu Zeit ein kleines bewegliches Licht aufgeblitzt war, sein feuchter Mund. Ich hatte nur gesehen, daß er sprach. Dann hörte ich es wieder. Ein Wort hatte kraft seiner sonderbaren Gewähltheit den weichen, wattigen Wall, der mich umgab, durchschlagen, und mit seiner Hilfe gelang es mir, in einem nachträglichen Hören des eben Verklingenden sozusagen, augenblicklich den Kontext zu rekonstruieren, in dem es gestanden hatte. Ich liebe deine Hängebrust, habe er zu Dir gesagt, doch Du hättest Dich ihm »mit einer kundigen Bewegung« entzogen. »Mit einer kundigen Bewegung« Dich entziehend hättest Du gesagt, man kann sich doch auch so lieben, ohne das. Ich sah Dich unter seinen Armen wegtauchen. Dann seist Du eine Tür weitergegangen oder zwei, zu mir. Oh, zu mir. Es kann also ebensogut in der Hamburger Wohnung gewesen sein wie in der Casa Tafuriaste. Es kann überall gewesen sein, wo wir

je waren, auch bei der alten »Tortuga« in Cadaqués, in der Pensión Juventus in Port Bou.
Ich weiß nicht, ob ich etwas sagte, es wäre damals schon nur so gleichgültig gewesen wie jetzt.
Das insektenhaft bewegliche Licht war nicht mehr zu sehen; das Tier, es könnte auch ein Kolibri gewesen sein, der im Baumschatten schwirrend vor einer Blüte steht, schien davongeflogen zu sein, oder weiter hinein ins Gezweig. Korfiz hatte den Kopf im Reden immer tiefer geneigt, so daß die hängende Schattenmasse sich weiter nach vorn geschoben und sein Gesicht schließlich ganz verhüllt hatte. Umso heller lagerte das konzentrierte Licht auf den wenigen erhöhten, herausgehobenen Punkten, dem Scheitel, der leicht beperlten Schläfe. Es blendete beinahe und zitterte ein wenig, während er weitersprach. Nun hörte ich es nur noch und hörte nur noch das. Es war ein stockendes Sprechen, wie ich jetzt bemerkte, doch traten die Stockungen nicht zwischen den Wörtern ein (wie sonst so oft, bei Dir zum Beispiel) was dann die Rede schwer oder auch schwerfällig erscheinen läßt, sondern zwischen den Sätzen, die dafür in beschleunigtem Tempo abliefen, auf ihr Ende, den Punkt, die nächste Stockung zuhetzten, und dabei trat in der Überstürzung nun sogar mehrmals eine sonst so gut wie ganz überwundene Hemmung ein. Korfiz stotterte, in seiner Kindheit soll es ziemlich schlimm gewesen sein. Ich hörte zu, so übertrieben aufmerksam jetzt, wie ich kurz vorher abgelenkt gewesen war. Der Zusammenhang zwischen den Sätzen war nicht zerrissen, das wäre weitaus zuviel gesagt, doch so geweitet, zerdehnt, daß er (Korfiz) sie nicht immer in der gewohnten Weise zivilisierten Redens zu verbinden vermochte. Die Diskrepanzen seines aufgestörten Bewußtsein, denke ich, verpatzten ihm den Dressurakt sukzessiver Mitteilung, und damit würde ich mir, wenn mir überhaupt daran gelegen wäre, auch das Stocken, die Hast, das Stottern erklären. Ich hörte zu, er redete.
Sie kommt nur zu mir ins Bett, um sich zu wärmen. Sie ist eine Bratpfanne. Warum hast du immer diesen blöden Stän-

der, sagt sie zu mir. Ich würde blau anlaufen, wenn ich sie nochmal anfassen würde. Sie soll endlich zurückkommen. Ich will eure Tante sein, dir für euch kocht, die Betten müßt ihr euch aber selber machen. Du machst es gut, du, aber du bist ein bißchen zu fleißig, wie du es mir beibringst, wie ein gelernter Psychologe, ein Arzt. Wie eine Bratpfanne liegt sie im Bett, findest du nicht auch? Würdest du zweimal hinsehen, wenn sie eine von den Touristenschneppen im Café de Paris wäre, die du nicht kennst? Ich liebe sie. Ich will nur, daß sie endlich wieder hier ist. Sie will immer die wilde Maus sein, eine der großen Liebenden des Jahrhunderts, Mata Hari. Habt ihr das eigentlich so verabredet? Hat sie dir gesagt, bring es ihm bei, wenn ich weg bin? Du mußt einfach weiterlesen, wenn sie wieder da ist, abends Proust, als ob gar nichts gewesen wäre. Sie ist einfach zu wenig, hat einfach zu wenig, von allem. Ich hab manchmal gedacht, spinnt der, wenn du so ein Theater gemacht hast wegen ihrer Bilder. Diese Dinger hab ich drüberziehen müssen, Präservative, Präservative, das hat sie von mir verlangt. Das war so eine Atmosphäre wie von feuchten Tüchern um euch, als wir in Cadaqués waren und in Castelldefels. Ich habe euch schon im Verdacht gehabt, ihr hättet es so verabredet, daß du es mir beibringst, während sie nicht da ist, wie ein Psychiater. Du machst es gut, du treibst es mir aus, aber du bist mir ein bißchen zu fleißig dabei. Ich kann nicht lieben. Ja, du. Du baust das so auf. Ich kann nicht eure Tante sein. Du quälst mich, ich kann dir gar nicht sagen, wie du mich quälst. Du bist der guteste Mensch (sic) den ich kenne. Man kann es dir nicht übel nehmen, wenn du einen quälst, weil du selbst so gequält bist.

Ich kann einstehen für die Authenzität dieser Sätze, bei einigen sogar für die wörtliche (»sie ist eine Bratpfanne«, »ich würde blau anlaufen«, »ich will eure Tante sein«, »sie will immer die wilde Maus sein«, »Mata Hari«, »Präservative, Präservative«, »eine Atmosphäre wie von feuchten Tüchern«, »du bist mir ein bißchen zu fleißig dabei«, »ich kann nicht lieben«, »ich kann nicht eure Tante sein«, »du bist der guteste Mensch« (sic)). Für die Abfolge kann ich freilich nicht einstehen, sie ist in Wahrheit vermutlich noch um einiges wirrer gewesen. Was hier wiedererscheint von seinen Reden zwischen der ersten und der zweiten Formel (also während des zweiten Akts dieses Zweipersonenstücks, gewissermaßen) ist übrigens der Masse nach nicht mehr als ein Eimer Wasser aus einem See, enthält aber wie dieser die Komponenten des Ganzen und stellt somit ebensowohl eine fast verschwindende Verkleinerung wie im Gegenteil eine Vergrößerung dar, weil sich an der handlichen Probe, der »angeschauten Zelle« mehr erkennen läßt als an der abstumpfenden Ausgedehntheit der Totale. (Der Vergleich ist freilich so mangelhaft wie jeder, es gibt keine vollkommenen Vergleiche, und wenn Du willst, kannst Du Dich daran freuen, daß das immerhin für die Welt spricht.) Es endete auch nicht so, weder der zweite Akt noch der Teil von ihm, mit dem ich hier fertig zu werden versuche, noch irgend etwas, denn das Ende der Teile wie des Ganzen verlor sich in der diffusen Ausgedehntheit. Ich habe ihn (Korfiz) nur nicht unterbrechen wollen, tat das auch in Wirklichkeit nicht, um zu sagen, was ich jetzt anhängen kann, daß ich nämlich bei den Sätzen, die ich an den Schluß des Absatzes gerückt habe, den Impuls verspürte, den Arm auszustrecken und ihm ins Wort zu fallen mit dem Ruf: Hör auf, du sollst das nicht sagen, denn ich bin ein Verräter, ich habe dich an sie verraten. Und so weiter. Ich habe es nicht getan, bin ihm damals so wenig ins Wort gefallen wie heute, will jetzt nur nachtragen, daß ich es wenigstens gewollt habe, einen Moment lang, und zwar im allergrößten Stil, mit ausgestrecktem Arm. Genug davon.

Was wirklich geschah und sozusagen die Szene verwandelte, war etwas Erstaunliches, Erschreckendes. Der nach und nach immer tiefer in sich zusammengesunkene, in Schatten versunkene, in eine unkenntliche dunkle Erhebung an der anderen Seite des Küchentischs (es war der Küchentisch diesmal, das weiß ich bestimmt) verformte Mann richtete sich plötzlich wieder auf (nein) warf die Schattenlast ab (nein) sprengte die Schattenhülle (ja) wie das Leben die Kruste, den Kokon, den Stein (ja, ja) und ward wiedergeboren (ja) als ein anderer, den ich wiedererkannte nach der Beschreibung, die Korfiz in einen gewissen Brief an Dich aufgenommen hatte, denselben Brief, in dem auch das Signalement des imaginären Waidmann enthalten ist. Das nicht ganz geheure Wesen, von dem dort so überraschend berichtet, aber eben bloß berichtet worden war, hatte nun, weit bestürzender noch, vor meinen Augen fleischliche Gestalt angenommen, diejenige meines Freundes Korfiz, der aber jetzt bis in die äußersten Muskeln und Fibern nichts mehr zu sein schien als das Medium dieses anderen, in dem ich doch trotz seines exzentrischen Gebarens (oder vielleicht gerade daran) schon nach der Beschreibung zweifelsfrei ihn selbst erkannt hatte. Nur jünger, schlanker war jener mir vorgekommen. Auch das bestätigte sich jetzt. Die weggesprengten Schatten (man hätte sie eigentlich, entsprechend ihrer scharzen Schwere, kollern hören müssen) waren, ich weiß nicht in welcher Tiefe versunken, und als er sich dann, befreit von ihnen, langsam gegen die Rückenlehne des Stuhls sinken ließ, sah ich, daß ein beträchtlicher Teil seiner ohnehin geringen Breite weggeschmolzen war, und glaubte auch sehen zu können, wie er in dem Licht, das von oben her über ihn hinrieselte wie Wasser über einen Abhang, immer noch weiterschmolz. Ich hatte aber nicht erwartet, nun auch die im Brief geschilderte narzistische Pantomime in aller Leibhaftigkeit vor mir ablaufen zu sehen. Doch eben das geschah jetzt.

Mit der feierlichen Langsamkeit (jenen Unterwasserbewegungen, die mithin auch unterirdisch waren, aber wie außerirdisch wirkten, und die zu den untrüglichen Anzeichen seiner Betrunkenheit gehörten, die seit Wochen so gut wie nie mehr von ihm wich, so daß einer, der ihn noch nicht länger kannte, es wohl für seine einzige Bewegungsart halten mußte) streifte er seinen Hausmantel an der einen Seite von Schulter und Brust zurück. Die Schulter sah in ihrer Schmalheit und Dürftigkeit beinahe verwachsen, verkümmert aus. Er blickte lange mit angehaltenem Lächeln auf sie nieder; angehalten, meine ich, wie jemand vor lauter Vorsicht den Atem anhält, wenn er sich über eine besonders zarte Pflanze, einen Falter beugt. Das in diesem Sinne angehaltene Lächeln selbst aber kann man auf gewissen Bildern heiliger oder profaner Mütter mit ihren saugenden, schlafenden, genesenden Kindern sehen, an die ich mich nun erinnert fühlte. Auch die teilweise Entblößung, die da vor mir stattgefunden hatte, war genau die gleiche wie auf manchen dieser Bilder. Man hätte meinen können, man brauchte nur noch einmal genau hinzusehen, um doch noch den Kinderkörper, die Frauenbrust zu entdekken hinter der großen Hand. Doch dann begann diese sich zu bewegen, glitt auf und ab, hin und her über die braunrote, vom täglichen Sonnenbad angegriffene Haut. Er streichelte sich. Er küßte sich auch. Mund und Schulter näherten sich einander, berührten sich, nicht ohne ersichtliche Schwierigkeiten, und die zitternd vorgewölbten Lippen strichen unersättlich über die Erhöhung hin, die so spärlich war wie der Knauf eines Stocks. Es hatte auf die Dauer etwas hypnotisch Einschläferndes, ihm dabei zuzusehen.

In meiner halben Entrückung bemerkte ich die Veränderung, die ihr ein Ende machte, erst als sie sich bereits vollzogen hatte. Als meine Wahrnehmung sie einholte, saß er schon mit ausgebreiteten Armen da, die Unterarme angewinkelt und erhoben (so daß einem schon wieder die Erinnerung an allerlei heilige und profane Bilder kommen mußte) den Hausmantel, unter dem er nur eine schmale, schwarze Badehose trug, weit geöffnet, und sah an sich hinunter. Dabei drehte und bog er ein Bein hin und her wie eine Frau, die den Sitz ihrer Strümpfe prüft. Auch das geschah in völliger Stille und dauerte seine Zeit. Dann war es vorbei mit den lebenden Bildern und der pantomimischen Lautlosigkeit.

Zuerst hörte ich ein paarmal das kurze, rauhe Geräusch, das entsteht, wenn einer einen Andrang in der Kehle, der Nase abstoppt, und das immer ziemlich gleichartig klingt, ob es nun ein Lachen, ein Niesen oder ein Weinen ist, was da unterdrückt werden soll. Dann sprach er wieder. Im Tonfall eines tröstlichen Zuspruchs (an das sich drehende und biegende Bein, den ab und zu rasch zusammenzuckenden Bauch, gleichviel) sagte er: Sie mag meinen Körper nicht. Sie mag meinen Körper nicht, wiederholte er und fügte dann hinzu: Aber das macht nichts, ich mag ihn, ich bin ein Onanist. Er verstand es, dem letzten Wort etwas von jener Klangfarbe zu verleihen, die den Stimmen von freundlichen Sagengeistern eigen sein mag, wenn sie ihren Günstlingen ein Geheimwort verraten, das sie feit und erlöst. (Mir fiel ein, daß er sich schon einmal so genannt hatte, vor langer Zeit, als er mir eine Erklärung geben wollte für seine erotische Rastlosigkeit. Das war in einem kleinen Gasthaus an der Oste, noch ziemlich am Anfang dieser Geschichte. Es war freilich sehr anders herausgekommen damals.)

Er wandte mir den Kopf zu, sah mich mit rötlich eingedunkelten Augen an und nickte ein paarmal geisterhaft langsam. Das erinnerte mich wieder an B, der Blick, das Nicken, es war ihr Gesicht in gewissen, seltenen Momenten, in denen ich nicht wußte, was sie sah, was sie sann, indem sie mich ansah, und ob ihr Lächeln nicht ein Hinterhalt war, aus dem etwas völlig Inkalkulables hervorbrechen konnte. Mir blieb nichts übrig als in wirr kreiselnder Unruhe auf das zu warten, was da aus dem Dickicht unbekannten, gefährlicher Möglichkeiten, zu dem einst sie, jetzt er für mich geworden war, nach mir auszuholen schien. Es war dann doch nie etwas gewesen, oder es hatte sich zurückgezogen, hatte sich nicht gezeigt. Vielleicht hatte sie mich geschont, vielleicht würde er mich schonen. Trotz der beruhigenden Erfahrung, die ich bisher mit diesen gefahrvollen Augenblicken gemacht hatte, und

obwohl ich Korfiz denn doch wohl nicht in demselben Maße preisgegeben war wie einst B, hatte sich das Vorgefühl in unverkennbarer Weise aufs neue eingestellt. An ihm gemessen war es auch diesmal nichts. Ohne den Blick von mir zu wenden, zog er den Hausmantel langsam immer enger um sich zusammen, bis er schließlich nahe am Zerreißen gewesen sein muß, und sagte: Ich habe die Hoffnung gehabt, daß es hier anders werden würde zwischen Gigi und mir, jetzt noch, jetzt endlich, nach zehn Jahren und zwei Kindern. Ich habe auf diese große Umschaltung gesetzt, das andere Leben, am anderen Ort. Ich habe sie gefragt, kurz vor dem Flug noch, ob es uns schaden könnte, daß du dabei sein würdest. Er verstummte für einen Moment – vielleicht in der Erwartung, daß ich ihn nun nach Deiner Antwort fragen würde, aber ich fragte nicht, sagte nichts, wartete nur, ob das Gefährliche doch noch hervorbrechen oder sich wieder einmal zurückziehen würde – dann sagte er: Sie hat mir keine klare Antwort gegeben, eigentlich gar keine.
Wenn das schon alles war, das konnte mich nicht umwerfen. Als Neuigkeit war es allerdings bedeutend. Ich hatte nicht geahnt, daß Korfiz sich zu den gleichen Hoffnungen verstiegen hatte wie ich. (Gleich wie Bild und Spiegelbild, was bei dem einen rechts ist, ist bei dem anderen links, eine Umkehrung, die die Gleichheit nicht aufhebt.) Es überraschte mich, daß er seine Verbindung mit Dir noch für derart entwicklungsfähig gehalten hatte. Und daß er dabei auf dieselben Bedingungen gesetzt hatte wie ich, hatte mir also erst recht nicht einfallen können. Er hingegen hatte, nach seinen Worten, von meiner Beziehung zu Dir »gewußt und nicht gewußt«. Nur Verschwommenheiten jedenfalls, bestimmt nichts von der Spiegelhaftigkeit unserer beiderseitigen Erwartungen bezüglich der »Aktion Teneriffa«, wie ich jetzt in Gedanken sagte. Genaugenommen hatten wir überhaupt nichts voneinander gewußt, er und ich, so vertraute Freunde wir auch zu sein glaubten und behaupteten. Du hast natürlich alles gewußt, Du mußt ja alles gewußt haben. Aber ich nahm es nun noch

genauer und gelangte zu der Auffassung, daß keiner von uns dreien etwas von den anderen gewußt und diesen Zustand auch gar nicht zu ändern versucht hat. Denn das tut man nicht. Im Gegenteil, man versperrt sich gegen solche Wissenschaft, wie man nur kann. Nur so kann man es mit den anderen aushalten, es ist die Grundlage menschlichen Zusammenlebens, daß man einander nicht kennt.

Ich trank meine Tasse leer, einen Rest schwarzen Kaffee, mit Kognak gemischt und längst kalt, goß wieder ein, puren Kognak jetzt, aber in die verschmierte Tasse, und sagte munter: Ich finde, es wird allmählich Zeit, daß wir beide miteinander zum Standesamt gehen.

Er hatte sich von mir abgewandt, seinen Blick von mir abgezogen, und die Gefahr war vorüber, hatte sich aber immerhin gezeigt, vage und spielerisch nur.

Statt ihrer brach etwas anderes aus dem Dickicht hervor, die zweite Formel, die die dritte Phase unseres Umlaufs im Zirkel der Verdammnis einleitete.

Ich verstehe es nicht.

Er hat sie nicht herausgeschrien, diese Formel, auch nicht beim ersten Mal, er war nicht laut geworden, ich glaube, es war tatsächlich nur meine Stimme, die sich von Zeit zu Zeit zu größerer Lautstärke erhob, und ein paarmal auch bis zum äußersten Fortissimo, dessen ich fähig bin. Er hatte es sehr gedämpft, fast leise hingesprochen, aber so, daß ich das ganze Ausmaß verwirrten, ratlosen Leidens heraushören konnte, das ihm diese Worte abgepreßt hatte. (Nein, soviel konnte ich natürlich nicht heraushören, das ganze Ausmaß nicht, denn es war ja nicht mein Leiden.)

Ich verstehe es nicht. Er wiederholte es, und es war sein Part während der dritten Phase, es unablässig zu wiederholen. Dabei bewegte er sich auf seinem Stuhl wie einer, der unter einer plötzlichen Hitze oder Kälte, einer jähen Einsicht oder sonst etwas erschauert, dem er nicht standhalten zu können

meint, aber auch nicht zu entgehen weiß, so daß er nichts weiter zustande bringt als diese Art von Bewegungen, in denen der Impuls sich immerfort selbst widerruft. Gefangene bewegen sich so, und sie sehen auch so zur Decke hinauf, wie er es nun tat. Sein Kopf ging in einem qualvollen Bogen nach hinten, während das Licht der Deckenlampe (nackte Birne) sich im gleichen Tempo nach vorn über sein Gesicht bog. In der Geschwindigkeit sah ich nur das rasche, heftige Aufglänzen einer breiten nassen Fläche.
Da habe ich geschrien. Verflucht nochmal, dieser Jammer. Das ist mir zuviel, ob sie kackbraune oder rotzgrüne Wärzchen hat, das halt ich nicht aus. Wenn ich bedenke, daß wir uns hier anstellen wie ein Pärchen Idioten, und sie läßt es sich vielleicht gerade jetzt von Waidmann besorgen. Ist gerade die schönste Zeit dafür. Aber vielleicht machen sie im Moment auch ein Schwätzchen über dich und mich. So ein kleines Pausengespräch ist eine feine Sache.
Es war nicht schwer zu erkennen, wieviel die täglichen Dobles und die nächtlichen Wassergläser voll Kognak dazu beigetragen hatten, ihn in diese Verfassung zu bringen. Er hat das heulende Elend, hätte die Alte bloß gesagt, als wäre das schon alles gewesen, was dazu zu sagen war. Aber damit war doch nur das an seinem Zustand erklärt, was allenfalls mit Hilfe der Bouillon zu regulieren gewesen wäre – die sie ihm ohne Zweifel auf der Stelle verordnet und zubereitet hätte – das Heulen also, nicht das Elend. An solchen Erklärungen war mir nicht gelegen. Ich war wütend, nein, stärker, von Wut erfüllt. Litt ich nicht auch, auch ich? (Ich bitte Dich, mir das Alltagspathos dieses eine Mal durchgehen zu lassen.) Ich litt, aber jetzt spürte ich es kaum. Die Wut war aufgeschossen in mir wie ein ziegelroter Turm, und in dessen unterster Tiefe war das Leiden bis auf weiteres eingeschlossen, weggesperrt. Ich aber (Jupiter tonans) riß die Dachluke des Turms auf und fuhr den da draußen an: Was, was, was verstehst du nicht? Jammerlaute aus der Tiefe. Von der Ebene des Leidens herauf, die die gleiche war draußen wie drinnen. Ich hätte eben-

sogut in den Turm hinunterrufen können. Ich hätte dann auch ungefähr die gleiche Auskunft bekommen, die ich von draußen bekam: Das weißt du doch.

Ich war aufgestanden und ging in der Schräge zwischen meinem verlassenen Platz und einer Ecke des Zimmers hin und her, einem Winkel aus zwei bis in Augenhöhe braun gestrichenen Wänden, nahe bei einer großen grünen Tür (wir waren also noch oder wieder in der Küche, das weiß ich bestimmt). Ich ging auf diese Ecke zu und sah sie, das spürte ich, mit einem aufgebrachten Blick an, weil sie so schnell groß wurde vor meinen Augen wie irgendein großes Lebewesen, das sich plötzlich aufrichtete, um mir den Weg zu verstellen. An einer Stelle war die Farbe abgeblättert, und ich hätte gern irgend etwas in den hellen Fleck hineingedeutet, aber Du warst mir zuvorgekommen und hattest Deine Deutung mit dem Kugelschreiber fixiert, eine läppische galante Szene, glaube ich. Das brachte mich noch mehr auf. Es kam mir vor, als hättest Du – während ich mich, meinen tiefsitzenden Schmerz bezwingend, in Deiner Sache, einer schwerwiegenden Sache immerhin, aufs äußerste abmühte – nichts anders im Sinn als solche Dummheiten vor Dich hin zu kritzeln. Ich sah Dich in einer der Schulbänke meiner Kindheit sitzen, den Kopf gegen die Schulter geneigt, die Zungenspitze zwischen den Lippen, versunken lächelnd und kritzelnd. Ich hatte im Gehen die Hände hinter dem Rücken zusammengelegt, in der Manier von Leuten, die sich nicht erschüttern, nicht irremachen lassen wollen. Vor meinem Stuhl stutzte ich jedesmal einen Augenblick, um mich mit einer kurzen, stürmischen Anstrengung darauf zu besinnen, wieso er leer war und wer dort gesessen hatte.

Das alles weiß ich noch, und es erscheint mir wichtiger als der vergessene Wortlaut meiner eifernden Rede, in der ich gewiß nichts vorgebracht habe, was ich nicht schon einmal und öfter gesagt hatte. Ich entfaltete das Thema nun in einer Fülle von Variationen, und in dieser Hinsicht schienen meine Möglichkeiten durch ihre Anwendung nur zu wachsen. Ich staunte

selbst darüber, spürte mit Genugtuung, daß ich in Ewigkeit so würde weitermachen können. Doch diente dieses ganze Aufgebot nur dazu, mit unwidersprechlicher Schlüssigkeit darzutun, daß an der verhandelten Sache durchaus nichts unklar und unverständlich sei, und ganz gewiß nichts an Deinem Anteil an ihr, dem Korfiz so hartnäckig das Verständnis verweigerte. Das sei doch schon bis zur Simplizität klar und verständlich. Es kam mehrmals vor, daß ich eine Hand vom Rücken nahm und sie als ein Sinnbild schattenloser Klarheit flach unters Licht hielt. Tableau, sagte ich dann wieder, und mindestens einmal habe ich die Hand sogar im Licht hin und her gewendet wie der Zauberkünstler ein Requisit, wenn er demonstrieren will, daß nirgendwo etwas verborgen ist und alles mit rechten, das heißt unrechten Dingen zugeht.
Aber ich verstehe es nicht, sagte er wieder. Was für klägliche Worte, und sie schienen mir mit jeder Wiederholung immer kläglicher zu werden. Nun klangen sie schon wie der Notruf eines Kindes, dessen noch nicht völlig abgerichtetes Hirn sich im Bemühen um eine unerbittlich geforderte Leistung heillos verwirrt und verkrampft hat. Ich vertrage es schlecht, der Zeuge solcher Qualen zu sein, gerate dann jedesmal in Versuchung, mich haltlos blökend mit ihnen zu solidarisieren, da dieses Opfergeblök, aufs Ganze gesehen, ja doch der einzig angemessene Ausdruck menschlichen Lebens ist. Du bist ein Jammerlappen, sagte ich im Stil einer Verachtung, die ich nicht empfand. Mag sein, daß ich sogar mit den Füßen aufgestampft habe. Er wehrte sich nicht dagegen, stimmte mir vielmehr mit einem gewissen Eifer zu: Ja, ein Jammerlappen, eine Heulsuse, ein Wurm. Und so weiter, mehr davon; ich konnte den freieren, fast befreiten Atemzug heraushören, der der Lohn der Selbsterniedrigung ist. Ich sah nicht hin zu ihm, nicht auf von meinem Weg, an dessen Rand er saß, ich sah ihn auch so.

Dann vergaß ich ihn. Er verlor sich für die unermeßliche Dauer einiger Minuten aus meinem Bewußtsein, und mit ihm das gesamte Interieur, der bestimmte Ort, der feste Punkt, an dem wir uns befanden. Ich bewegte mich in einem Raum, der nichts als meine eigene Emanation zu sein schien, ging nicht länger auf den braunen Fliesen des Küchenbodens oder den alten zernarbten Bohlen meines Zimmers hin und her, sondern auf einem Boden dahin, den meine Schritte erst schufen. Einen sichereren konnte es nicht geben; es war sein Gesetz, zur Stelle zu sein, sobald ich einen Fuß niedersetzte. Ich merkte, wie er jedesmal prompt meinen Sohlen entgegenwuchs. Diese luzide Art von Besoffenheit hatte etwas für sich. Von Zeit zu Zeit erklang ein langer, dunkler Streicherakkord, den nur ein ganzes Corps von Celli hervorgebracht haben konnte, und der mit der Schräge der gleichmäßig geführten Bögen als weicher Schnitt in meinen Körper eindrang, in das Weiche über der Hüfte, um es genau zu sagen. Es war eine höchst annehmbare, gewissermaßen festlich schöne Metamorphose des Schmerzes, den mir Deine Abwendung von mir bereitete. Gespannt lauschend sah ich seinem Eindringen zu, horchte auf seine Wiederkehr. Plötzlich wurde alles anders. Ein kleines Quantum meiner Aufmerksamkeit löste sich und flog in einer makellosen Kurve davon. Ich sah ihm nach, bin beinahe sicher, daß ich tatsächlich den Kopf gehoben und seine Bahn mit leiblichen Augen verfolgt habe. Ich hatte in diesem Moment ein starkes Gefühl für die Weite, die zu durchmessen, die Massen von Land und Wasser, die zu überfliegen waren. In überdunkelter, verwischter Plastizität drehten sie sich tief unten weg. Das kann kaum länger gedauert haben als ein Traum braucht für den Sprung von einem Kontinent zum andern, dann ging es schon nieder, und wo es niederging, da wuchs ihm – ganz so wie meinen Füßen der Boden, auf dem sie gingen und nun wahrscheinlich anhielten – ein Bett entgegen, ein winziges fliederfarbenes Bett, in dem eine winzige weißleuchtende Frau sich einem winzigen braunen Mann hingab. Ja, er war ganz braun, sein

Schwanz (oder mentulus oder bengala, um es doch endlich einmal wieder in anderen Sprachen zu sagen) war fast schwarz, und sie ganz weiß, ihr Arsch, den sie ihm à la anopheles claviger entgegenhob, leuchtend weiß. So sah ich es mittels dieser Partikel, die sich von mir abgespalten und im Traumtempo ein Meer und mehrere Länder übersprungen hatte, um mir die Gleichzeitigkeit Deiner Bettfreuden (für die es, wie ich gesagt hatte, gerade die schönste Zeit war) mit Korfiz' Jammerreden und meinen Celloschmerzen in ihrer brutalen Lächerlichkeit vor Augen zu führen.
Es gelang mir gerade noch, den Verheerungen eines schweren Anfalls von Scham zu entgehen, indem ich einen Vers der »Penthesilea« aus meinem Repertoire heraufholte, der mir ganz unfehlbar zu einer weiteren Überhöhung und Stilisierung verhelfen mußte. »Das Glück, gesteh ich, wär mir lieb gewesen«, sagt sie. Es wirkte. Ich war mit einem Mal ganz gefesselt von einem unerhörten Einfall. Am liebsten hätte ich mich sogleich niedergesetzt, um ihn auszuführen; ein Sitz wäre ohne Zweifel ebenso prompt zur Stelle gewesen wie der Boden, das Bett. Aber ich scheiterte an meinem schon oft beklagten Manko, kein Komponist zu sein. Mir schwebte eine Komposition für eine oder mehrere Solostimmen mit oder ohne Chor und Orchester vor, deren Text ausschließlich aus diesem einen Vers bestehen sollte. Darüberhinaus wußte ich nichts weiter und versuchte auch – meiner Ohnmacht eingedenk – weiter nichts zu wissen, als daß im Verlauf des Stücks jedes dieser acht (ich zählte sie hinter dem Rücken an den Fingern ab) acht Wörter der Reihe nach oder auch in irgendwelchen Permutationen mit allen geeigneten Mitteln betont werden sollte. Von da an beschäftigte mich, solange es dauerte, nur noch die unverzüglich angestellte Probe, bei der es sich zu meiner wahrhaft stürmischen Freude erwies, daß jede Betonung einen Sinn ergab, der es wohl wert sein mochte, in Musik gesetzt zu werden. (»Das« Glück, nämlich dies und kein anderes. Das »Glück«, und nicht etwa das, wonach Nietzsche stattdessen getrachtet zu haben behauptet. Das »gesteh«

ich, mag's auch eine Schwäche sein. »Ich« gesteh's. Es »wär«, es »wär« mir lieb gewesen. »Mir« schon, was andere sagen mögen, kümmert mich nicht. »Lieb«, in aller Bescheidenheit, mit allem Glanz dieses kindlichen Wortes. Aber »gewesen«, jetzt ist es vorbei damit, ich erkläre meinen Verzicht.) Ja, es ging auf, und das machte mich munter wie ein gutes Omen, ein Zeichen für das Nahen meiner Erlösung.

Solche Munterkeit aber macht hungrig wie eine gesunde Arbeit, und mit dem Hunger war auch sofort die Küche wieder da, und ich machte mich daran, mir ein paar Eier in die Pfanne zu schlagen.
Du auch? Willst du auch? Ob du auch willst.
Er wollte nicht, sondern machte nur eine Bemerkung darüber, daß meine traurige Verfassung mir offenbar nicht den Appetit nehme. Es lag keine Mißbilligung darin, vielleicht Befremdung, gewiß aber ein Einschlag von Erleichterung, als wäre damit eine Sorge von ihm genommen.
Ach Fizi, sagte ich, halb gedeckt durch die ersten Geräusche aus der Pfanne, ach Fizi, ich werfe ihr nichts, gar nichts vor, als daß sie mich unter der Einwirkung von Waidmanns bengala, um in der Sprache der Wolof zu reden, wer immer die sein mögen, einfach als nichtexistent, also gar nicht behandelt. Daß sie mich einfach fallen läßt wie einen bunten Kiesel, der einem in der Hand trocken geworden ist und darüber seinen Glanz verloren hat. Man wirft ihn nicht einmal weg, macht nur die Hand auf, verliert ihn aus der Hand.
Ich glaube es nicht, sagte er. Und bald darauf sagte er dann auch: Sie liebt dich.
Das war – ich habe es schon gesagt, aber Du wirst es wohl inzwischen vergessen haben – das Signal für die letzte Etappe der schamlosen Selbstquälerei zu zweit, zu der wir verdammt waren. Das heißt die letzte eines Zyklus, der nur wieder in seinen eigenen Anfang mündete und nach kurzer Pause von neuem begann. Es schien keinen Ausweg aus diesem Zirkel

zu geben, und ich glaube fast, wenn Du nicht zurückgekommen, wenn Du einfach ausgeblieben wärst – wir wären ihm heute, drei Jahre danach, noch immer nicht entronnen.
Ob er tatsächlich nicht glaubte, was auf der Hand lag? Ob er tatsächlich für gewiß hielt, was die Wucht Deines Schweigens entschiedener widerlegt hatte als jedes Wort? Es wäre am Ende nicht viel schwerer an- und hinzunehmen als die Tatsache, daß ich mich – obwohl ich weder glaubte noch nicht glaubte, sondern wußte – durch sein lange fortgesetztes Zureden (eine Art gesprochenen Wiegenlieds, dachte ich) in eine halbe Hoffnung einspinnen ließ, die weniger »über den Glauben« als gegen das Wissen ging, und die ich nicht einmal so, die ich überhaupt nicht hätte benennen dürfen, da sie auch die geringste Berührung mit dem klaren Bewußtsein nicht ausgehalten hätte. Mit ihrem wahren Namen, den ich ihr jetzt geben kann, war sie eine Hoffnung auf Gnade. Nicht daß ich, selbst im Bereich des Uneingestandenen, in dem ich mich zu halten versuchte, auf Gnade von Dir gehofft hätte (die hätte ich ja nicht einmal annehmen können, wie jeder weiß) sondern auf eine, die über Dich hinweggegangen wäre und Dich zu ihrem Werkzeug gemacht hätte um meinetwillen. Uneingestandenes; ich hätte ebensowenig davon wissen dürfen wie Du; und auch jetzt noch scheint es mir viel zu plump, wie es da geschrieben steht. Es muß aber stehen bleiben. Und ist es auch zu plump, was ich nun sagen muß? Und was ich mir damals allerdings auch weder hätte eingestehen können noch dürfen. Daß es nämlich weniger der Verlust Deiner Person war, was mich derart traf – jede andere hätte an Deiner Stelle sein können, fast jede – als vielmehr die Ahnung, daß dieser Verlust meine seit langem befürchtete Unfähigkeit besiegeln würde, noch teilzunehmen am Leben und mir mein Teil zu nehmen von dem, was es zu bieten hatte. Ich ahnte es, wußte es, aber »man kann nicht aufgeben, kann's nicht, solange nicht auch noch das Wunder ausgeblieben ist«. (Meine Worte, meine eigenen Worte, als von einem ganz anderen Verlust die Rede war, von B's Tod; und daß ich sie an dieser Stelle

wiederhole, muß allen denen, die ich verachte, den braven Leuten und den anderen Schuften, als die schiere Blasphemie erscheinen; darum verachte ich sie ja. Nicht nur darum.)

Einmal aber ging es anders aus. Das war schon kurz vor Deiner Rückkehr. Ich redete aus meinem Turm hinunter, war selbst der Turm, turmhoch verstiegen in die erhabensten Gesichtspunkte, trunken von einer folie de grandeur, in der die Anmaßungen meiner Besoffenheit aufgegangen waren. Aber ich verstehe es nicht, ich verstehe es doch nicht, winselte diese erbärmliche Stimme der Tiefe. Vielleicht hatte sie auch wieder einmal gesagt, daß ich der »guteste« aller Menschen sei, und es war gerade jetzt, daß sie mir das ebenso beschämende Zeugnis ausstellte, ich benähme mich in dieser ganzen Sache »so großartig, daß einem die Ohren abfallen« (denn auch das hat der Arglose gesagt). Ich bemerkte gerade noch die Absonderlichkeit dieses Ausspruchs – und bewahrte sie, wie Du siehst, im Gedächtnis – aber dergleichen scheint meinen Höhenrausch nur noch verstärkt zu haben wie irgendwelche Byzantinismen, und nicht einmal die »Kläglichkeit« des mißratenen Superlativs vermochte mich, der doch sonst immer so anfällig war für das Rührende solcher Insuffizienzen, noch zu zügeln. Jupiter schnappte über, die Stimme schnappte mir über, und auf einmal merkte ich, daß ich Korfiz aufgefordert hatte, niederzuknien.
Vor mir? Sollte er vor mir auf die Knie fallen?
Aber ich war ja nicht mehr einfach bloß ich. Ich vertrat etwas, stand für etwas ein, das erhöhte mich. Ich stand hier auf dieser Insel, die in der Mitte der Welt lag, den Augen der Menschen, die ich auf uns ruhen fühlte, so exponiert wie allen Winden, und die nur ein dunkler Hügel war, damit man uns besser sehen konnte, von allen Seiten, genau auf seiner Höhe, die wir ganz in Anspruch nahmen mit unserer kathartischen Farce. Mit weit ausgreifenden Gesten durchschnitt ich die Luft, zerteilte sie in mächtige Segmente. Die Erniedrigung des Glücks,

das Fiasko des Lebens, der Schauder der Einsicht – nicht nur meines Glücks, meines Lebens, meiner Einsicht – die ich demonstrierte wie sie an mir demonstriert worden waren, ergriffen mich wie einen Seher die mystische Botschaft. Ich zitterte. Es war die Ergriffenheit eines erleuchteten Märtyrers. Und unterdessen versuchte eine rasende Rechenmaschine hinter meiner Stirn die katastrophale Summe meiner Verluste und Unterlassungen zu ziehen. Unablässig wiederholte sie mir, daß B tot war (ver-reckt, klapperte sie) daß mein Vater mich ver-stoßen, daß ich meinen Job ver-loren hatte, daß Du mich ver-lassen hattest, und zählte mir meine nicht geschriebenen Bücher auf, auch diejenigen, die ich aus guten Gründen aufgegeben hatte, klapperte die Titel herunter, »Das Reservat«, »Bekannte Vorgänge«, »Ver«, und dann repetierte sie nur noch diese schreckliche Silbe und die Wörter, die mit ihr begannen, ver-reckt, ver-stoßen, ver-lassen, ver-loren.
Korfiz lächelte nun stumm, träumerisch, hartnäckig.
Knie nieder. Hör auf zu grinsen und knie, schrie ich.
Ein paarmal zog eine Trübung zwischen ihm und mir vorüber wie Regen über eine Fensterscheibe. Dann sah ich, daß er aufgestanden war. Ohne sich anzulehnen stand er in voller Länge neben seinem Stuhl. Er schwankte, natürlich schwankte er, und mit einem kurzen Erschrecken dachte ich, er wird hinfallen, wird so lang er ist hinschlagen. Er knickte ab und zu ein wenig in den Knien ein und schwankte mit einer ganz kleinen Kreisbewegung des ganzen Körpers weiter, hielt sich aber, als wäre er mit den Füßen an den Boden genagelt. Und lächelte, natürlich lächelte er.
Es steht dir nicht, wenn du so schreist, sagte er leise.
Hinter ihm schien die Wand in Bewegung zu geraten, die braune Wand, die Nische mit dem Spülbecken, der kolorierte Stich, den er daneben aufgehängt hatte, eine häusliche Szene aus dem Biedermeier. Das Ganze neigte sich vor, wenn er nach hinten schwang, kippte zurück, wenn er wieder nach vorn einschwenkte.
Deine Stimme wird dann so hell und schnappt über, das paßt

nicht zu dir, Leo, sagte er und schüttelte langsam den Kopf, bedächtig mißbilligend, wie man ein wohlerwogenes ästhetisches Urteil abgibt.

Warum kniest du nicht, schrie ich.

Ja, warum kniete er nicht? Dann wäre es doch erledigt gewesen und ich hätte aufhören können. Er brauchte sich nur hinzuknien, statt so herumzuschwanken und übrigens ohnehin schon dauernd in den Knien einzuknicken. War er nicht imstande, zu begreifen, daß ich von mir aus nicht mehr mit dem Unfug aufhören konnte, den ich angezettelt hatte? Oder war es möglich, daß auch in ihm etwas von diesem komischen Würdefimmel steckte, von dem die kleinen Leute besessen sind? Alles kann man mit ihnen machen, bloß anfassen zum Beispiel darf man sie nicht. Da werden sie gleich wild, besonders wenn sie einen sitzen haben. Rühren Sie mich nicht an. Mir fiel eine Szene ein, die es einmal mit der Alten gegeben hatte. Ich hatte ihr das gar nicht zugetraut. Wir feierten irgendwas, B war noch dabei, und ich hatte gerade wieder zu einem meiner hohen Gedankenflüge angesetzt. Das ging in alle Weite mit unaufhaltsamen Schwung. Da merke ich, wie die Alte sich auf irgendwelche erdenschweren Ansichten zu versteifen beginnt, die ich soeben weit überflogen zu haben glaubte. Ich stoße mir die Flügel daran und will das wegräumen. Aber ich kann auf sie einreden soviel ich will, sie bleibt stur. Das bringt mich allmählich in Rage, und schließlich gerate ich ganz aus der Fassung. Es packt mich wie ein Schwindelgefühl, ich schnelle vor, und schon habe ich ihre Nase zwischen Daumen und Zeigefinger und schüttle diesen alten, unerleuchteten Kopf ein paarmal hin und her. Sie zischt mich nur so an: Nicht anfassen. Du kennst mich, du darfst alles, nur das nicht. Ganz so hatte ich sie denn doch nicht gekannt, dieser Aufschrei aus der Tiefebene des Ehrgefühls erniedrigte sie in meinen Augen viel mehr als mein unbeherrschter Angriff auf ihre Nase. Ach, rief ich, ist das vielleicht eine heilige Nase, ein geheiligter Zinken, ein sakrosankter Erker? Wir waren alle ziemlich angetrunken, und ich hatte Lust, ihr meine Beobachtungen über vergleichbare Regungen des Ehrgefühls beim Publikum kleinbürgerlicher Kneipen vorzutragen, aber B gab mir heimlich ein Zeichen. Und sollte nun etwa auch mein großer, nobler Freund nicht frei sein von solcher unwürdigen Würde?

Ich kann nicht sagen, wie viel oder wenig dieser Zweifel dazu beigetragen hat, daß ich den ersten Schlag gegen ihn führte; gar nichts vielleicht. Gewiß ist die Faust, als sie ihn zum ersten Mal traf, auch für mich überraschend aus einer plötzlich aufkochenden Masse von Motiven vorgeschnellt, und nur die Ratlosigkeit, die mich in diesem Moment erfüllt haben muß, kann die nötige Hitze dazu geliefert haben. Sie traf ihn genau am Kinn.

Sie sei vorgeschnellt, habe ich gesagt, habe von Kochen und der dazu nötigen Hitze gesprochen; es kann aber nicht allzu weit her gewesen sein damit, denn es ließ Raum für eine gewisse Bedachtsamkeit. Ich zielte genau, »telephonierte«, wie es (glaube ich) im Boxerjargon heißt, er muß den Schlag kommen gesehen haben, den ich übrigens auch maßvoll zu dosieren versuchte, ich wollte ihn keineswegs zu hart treffen.

Er blieb stehen, schwankte nach meinem Eindruck kaum um einen Grad mehr als vorher.

Auf die Knie, schrie ich und schlug noch einmal zu.

Er stand, schwankte, lächelte wie vorher. Seine Arme hingen herunter wie vorher. Er hat sich weder gewehrt noch sich zu decken versucht.

Es steht dir nicht, Leo, sagte er, mit deinen kleinen Fäusten.

Er stand einfach da und ließ mich machen. Blick und Lächeln zuerst vielleicht etwas erstaunt, ungläubig, aber das gab sich bald, er schien sich daran zu gewöhnen. Er hatte Zeit, sich daran zu gewöhnen, ich schlug und schlug, immer genau auf dieselbe Stelle, die sich schnell rötete. Und die Stelle war immer am selben Ort, er versuchte nicht, sie mir zu entziehen, hielt sie mir geradezu hin. Zeitweise schien er gar nicht mehr darauf zu achten, was ich da mit ihm trieb, er sah mit nachdenklichem oder abwesendem Ausdruck seitwärts zu Boden, ein wenig schläfrig sogar zuweilen, aber das täuschte vielleicht. Er schien keinen Schmerz zu fühlen, das mag die anästhesierende Wirkung des Alkohols gewesen sein, auch ich fühlte keinen Schmerz in der Hand, die doch an eine Arbeit wie diese keineswegs gewöhnt war.

Warum kniest du denn nicht, so knie doch endlich, rief ich. Es fehlte nicht viel, und ich hätte ihn angefleht; vielleicht habe ich es sogar getan. Wie lange sollte das denn noch so weitergehen? Ich schlug und schlug wie ein Pendel, mechanisch exakt und bald auch so gut wie ganz ohne Affekt. Was von diesem noch übrig war, ließ ich gegen den Tisch, den Teewagen los. Beide zeigten Wirkung, eins der alten, etwas morschen Bretter der Tischplatte brach splitternd ein, die obere Kunststoffplatte des Teewagens knickte zusammen. Das erschreckte mich, ich hatte nicht erwartet, daß die toten Objekte weniger standfest sein würden als Korfiz, und ließ sofort von ihnen ab.

Ich war schon gar nicht mehr darauf gefaßt, da drehte sich Korfiz mit einemmal um sich selbst und fiel schwer und laut mit dem Oberkörper über das Spülbecken hin. Damit war es zu Ende. Ich hatte nichts anders mehr zu tun als ihm auf seinen Stuhl zu helfen und dann auch selbst wieder meinen Platz einzunehmen. Es war verrauscht. Meine Erinnerung zeigt mir nur noch ein mattes Bild, auf dem wir uns in einer etwas unfesten, quasi zerflossenen Haltung gegenübersitzen. Ein paar resignierte Griffe nach Gläsern, Tassen, kaum Worte oder gar keine mehr. Dann sehe ich nur noch die Nische mit dem Spülbecken vor mir. Ich habe ihn nicht hinausschwanken sehen. Es war ganz still jetzt. Über Orotava wurde es schon hell. Eine Ecke war aus dem Becken herausgebrochen. Alle Achtung, dachte ich; ich weiß nicht, ob diese Reverenz Korfiz oder mir selbst galt. Ich beugte mich vor und sah das Bruchstück wie einen Gigantenzahn auf den Fliesen liegen. Das kann man vielleicht wieder einsetzen, überlegte ich und hob es auf.

Ich habe dann noch eine Zeitlang mit aufgestützten Armen am Tisch gesessen und das Gefühl meiner Schwere genossen, die ich ganz in meine Unterarme sacken ließ. Die Berührung des Morgens, der sich plötzlich über die Galerie zu mir hereindrängte, entfesselte sogar eine kleine Reserve von Heiterkeit in mir, und ich blickte fast belustigt auf die Zerstörungen der Nacht, am Tisch, am Teewagen, am Spülbecken. Da hatte ich nun also wahrhaftig auf meinen Freund eingeschlagen. Er hatte sich fabelhaft gehalten. Irgendeine atavistische Vorstellung von rituellen Freundschaftskämpfen stimmte dem Vorfall zu, eine in den seichten Randzonen des Bewußtseins rasch versickernde Welle, morgendlicher Ausläufer einer nächtlichen Aufwallung. Dieser Bursche, ich hoffe, er schläft jetzt gut, dachte ich. Ich war nicht schläfrig, oder es war jener zweite Grad von Müdigkeit, bei dem man noch endlos weitermachen zu können meint, aber wenn man sich dann hinlegt, fällt man augenblicklich in tiefen Schlaf.
Ich suchte und fand eine Rolle besonders breiter und starker Klebestreifen, die noch aus der Hamburger Agentur stammte, und machte mich daran, den Teewagen damit zurechtzuflicken. Ich arbeitete geduldig, konzentriert, mit dem Behagen, das meiner Vermutung nach die Handwerker vergangener Zeiten zuweilen empfunden haben. Ich betastete die Materialien, redete mit ihnen, na komm schon, ja du bist schon recht, so, so.
Leda kam heran und fragte, was ich da mache. Teewagen reparieren, sagte ich. Es gefiel mir, das so zu sagen, Teewagen reparieren. Das schien mir eine besonders befriedigende Beschäftigung zu sein, glücklich der Mensch, der sein ganzes Leben mit dieser Art von Beschäftigungen hinbringen könnte. Sie sah mir eine Weile zu, präraffaelitisch und verschlafen, dann ging sie wieder.
Aber auf einmal war es aus. Das ruhig glimmende, altväterische Handwerkerfeuer erlosch als hätte jemand mit einem

nassen schwarzen Fetzen daraufgeschlagen. Ich ließ die Hände sinken, sah auf die nun schon helleuchtende Stadt hinaus, und meine Augen deckten den blendenden Strich ihrer Morgensilhouette langsam von links nach rechts mit dem banalen und unerträglichen Satz zu: Aber wie soll ich leben ohne Hoffnung auf dich. Ich meinte Dich, gewiß meinte ich Dich, aber zugleich auf eine unbestimmte Weise alles, was sich hoffnungsvoll anreden läßt. Ich sah hinaus. Langsam, von rechts nach links, trug ich den Satz wieder ab, wischte ihn Stück für Stück weg. Aber wie soll ich leben ohne Hoffnung auf. Aber wie soll ich leben ohne. Aber wie. Aber der blendende Strich. Blendend weiß, Farbe und Glanz waren geblieben, aber ihr Sinn hatte sich umgekehrt. Und dann dachte ich zum ersten Mal als vollendete Gewißheit, was ich bis dahin immer noch mit einem allerdings ziemlich mutlosen Vorbehalt gedacht hatte. Daß es keine Hoffnung gibt. Ich meinte nicht die Hoffnung auf Dich, die gewiß nicht, und auch nicht die auf sonst etwas, was sich hoffnungsvoll anreden ließe. Sondern alle Hoffnung. Sie war abgeschafft worden. Es war eigentlich kein Gedanke, es war eine Evidenz (eine von den Evidenzen, die mir von Zeit zu Zeit zuteil werden). Jetzt ging sie ganz gedankenlos aus dieser blendenden Silhouette hervor, aus der ich sonst vielleicht eins jener trügerischen Glücksversprechen herausgelesen hätte, von denen ich nun wußte, daß sie bloß Lichteffekte sind, die die Gefängnismauern und Gaswolken auf Impressionistenmanier verklären. Ich atmete auf, es war eine große Erleichterung, ich fühlte mich wie einer, der etwas hinter sich gebracht hat, etwas losgeworden ist.

Doch auch die Wahrheiten, die wir ergreifen, von denen wir ergriffen werden, bleiben nicht bei uns; der nächste Moment in der unaufhaltsamen Flucht der Momente nimmt sie uns wieder. Nichts kann mehr gegen die Hoffnung sprechen, die sich doch eben davon nährt.

(Ich will nichts davon hören, daß das alles doch nur Projektionen und diese untereinander gleichwertig, eben Projektionen seien. Damit schafft man sich schließlich jede Wahrheit aus den Augen. Schließt ein Glücklicher aus seinem Zustand auf die Vortrefflichkeit der Welt, so gibt er sich einem leicht durchschaubaren Wahn hin. Die Projektionen der Unglücklichen aber spiegeln durch alle Verzerrungen hindurch das wahre Bild. Keine Diskussion.)

Korfiz kam herein. Mühsamer, verlegener Wortwechsel. Ich habe den Teewagen repariert, sagte ich und zeigte flüchtig hin. Den Tisch bringen wir mit irgendeinem Stück Holz in Ordnung, das nageln wir einfach unter die Stelle. Und den Zahn kann man vielleicht auch wieder festkleben. Er hob die Augenbrauen. Den Zahn? fragte er. Es sieht aus wie ein gigantischer Zahn. Ich zeigte es ihm. Sieh mal, sagte er und richtete den ausgestreckten Zeigefinger von weitem auf sein Kinn. Ein blaugrauer, spitzer Hügel war daraus hervorgewachsen. Am meisten wunderte mich, daß er so spitz war; ich dachte ungenau an die Stirnen irgendwelcher jungen Tiere, aus denen ein Horn zu sprießen beginnt. Ich hielt ihm meine rechte Hand hin. Sie war zu einem dicken Kissen aufgeschwollen, wo die Knöchel hervorgestanden hatten, war eine Reihe von Löchern entstanden, das erinnerte noch mehr an gewisse Polsterstücke. Es muß doch komisch gewesen sein, wie wir uns da gegenseitig unsere Blessuren zeigten, aber wir lachten nicht. Auch nicht über die bemüht sanfte Art, in der wir miteinander sprachen; wenige, weich eingewickelte Worte.

Ob ich mitkommen wolle in die Stadt, es sei kein Tag zum Baden, fange schon an sich zu bewölken vom Meer herauf, da wäre ein Kneipenbummel das gegebene, und so weiter.

Alles weich eingewickelt. Aber es traf mich wie ein Hieb, ein Schlag, der mir keineswegs vorher telephoniert worden war. Mit ihm wurde mir klar, wie unerträglich das alles geworden war, die tägliche Wiederaufnahme dieses Lebens, diese Wege, dieses Wetter, das Reden über dieses Wetter, das Protestgeschrei dieser Kinder, die durchaus zum Baden wollten und sich dann doch so rasch damit zufrieden gaben, stattdessen mit den Nachbarkindern zu spielen. Und die Aussicht auf Deine nahe bevorstehende Rückkehr. Die war das ärgste. Ich wollte Dich nicht wiedersehen, nicht von Dir wiedergesehen werden. Der schlagartige Gedanke daran reichte schon hin, um mir den Atem zu rauben. Ich riß den Mund auf, und es traf mich noch einmal wie ein Windstoß in den Hals. Fast besinnungslos stieß ich mit Worten zurück, die ich erst erfuhr als ich sie hörte. Es war eine wilde, allumfassene Ablehnung, was ich hervorstieß, voller Aggression, denn ich brachte unter allem anderen und neben dem einen, daß ich es nicht aushalten könne, Dich wiederzusehen, wiedergesehen zu werden von Dir, auch vor, daß ich sein ewiges Wehklagen nicht mehr ertrüge. So besinnungslos war ich übrigens nicht, daß ich nichts bemerkte von der eitlen Scham des Mannes, der sich von einem besseren Waidmann hatte übertreffen lassen müssen; nicht bemerkte, wieviel von ihr enthalten war in meiner panischen Furcht vor der Wiederbegegnung mit Dir; ich trage das nicht erst jetzt, aus meiner gegenwärtigen Gelassenheit nach. Es war mir bewußt, aber es wurde natürlich nicht besser dadurch, daß ich es wußte. Kurzum, ich wollte verschwinden, bevor Du kamst, ich konnte die Füße schon kaum mehr ruhig halten. Ich sah mich schon irgendwo in einer zugigen Weite stehen, die nichts anderes als die Geographie meiner ratlosen Verlassenheit war; soeben gelandet, in Hamburg, oder in Frankfurt, oder in Zürich. Aber ich hatte doch kein Geld, Geld für einen Flug von viertausend Kilometern, da ich mir doch schon ein Taschengeld bei Korfiz holen mußte, um bloß in die Playita oder die Cabaña zu gehen. Kurzum, er sollte es mir geben, auch das für den Flug. Ich hatte schon Fortschritte gemacht in der Erniedrigung, der ich bald ganz verfallen würde. Sie war bereits ein überwindbares Gefühl für mich, nichts weiter.

Er sagte nein. Er erlaube es nicht. Was dächte ich denn, weshalb er mir immer nur einen von den grünen Scheinen gebe,

oder zwei? Damit ich nicht ausreißen könne. Ich müsse bei ihm bleiben. Er wolle bei mir bleiben.
Bin ich denn dein Gefangener?
Ja.
Ach, sieh mal an.
Ja.
Ich weiß nicht mehr wie es weiterging. Nur daß er ging, daß ich ihn gehen ließ. Ich sah ihm nach. Was für ein beleidigter Hintern, dachte ich höhnisch.

Ich hörte den Lärm der Kinder. Dann hörte ich ihn nicht mehr, er war zu einer anderen Form von Stille geworden. Ich warf mich so wie ich war ins Bett, zog mir die Decke über den Kopf, nahm den Lakenzipfel zwischen die Zähne. Ich hätte jetzt gern geschlafen, und eigentlich hätte mir das auch sofort gelingen müssen, übernächtigt wie ich war. Wenige Minuten später jedoch saß ich auf der Bettkante, hielt mich mit beiden Händen an ihr fest, um einem Schwanken und Schlingern zu widerstehen das mich erfaßt hatte: Eine besondere Art von Wind schien mit heißen Stößen durch alle Wände auf mich einzudringen. Ich war naß von einem Schweiß, der in mehrmaligem schnellem Wechsel kalt wurde und sich wieder erhitzte. Ich atmete schwer, es hörte sich sehr laut an, und ich dachte, daß das Geräusch mich noch verraten würde, ich wußte nicht, wem. Ich habe Angst, sagte ich, flüsterte ich. Wovor? fragte ich und antwortete sofort: Vor dem Tod. Ja, vielleicht sterbe ich jetzt. Auch das sagte ich laut, irgend etwas zwang mich zu reden. Ich stand schnell auf. Nun hörte ich den Lärm wieder, die Kinder, sie schrien, es war der Applaus für etwas, was eins von ihnen vollbracht hatte, nehme ich an, nahm es aber im ersten Moment für die jubelnde Bestätigung meiner Worte, daß ich nun vielleicht sterben würde. Sie können mich nicht gehört haben, sagte ich nicht sehr laut und mit dem Bewußtsein, wie unsinnig es war, diese Überlegung anzustellen. Sie beruhigte mich denn auch nicht.

In großer Hast, mit jagendem Atem und zitternden Händen begann ich mich anzuziehen. Ich wußte, daß ich übertrieb, daß ich meinen tatsächlichen Zustand zusätzlich noch spielte, da mir etwas an ihm gefiel. Ein Wunder wär's nicht, sagte ich; wenn ich jetzt sterben würde, meinte ich. War ja ruinös (ich redete immerzu weiter) war ja ruinös, die letzten Wochen, diese Räusche und so weiter. Ich stand einen Augenblick still, um das mit besonderem Nachdruck auszusprechen und zu wiederholen. Diese Räusche. Dabei hatte ich weniger die alkoholischen und die verbalen meiner Dispute mit Korfiz als die musikalischen, denen wir uns ebensosehr hingegeben hatten, im Sinn, so als wären diese die eigentlich todbringenden gewesen. Ich machte mir auch das sogleich bewußt, vermerkte mit einer gewissen Befriedigung, daß ich diese Rangordnung aufgerichtet hatte. Schade um mich, dachte ich und mußte auch das sagen, zwang mich aber, darüber zu lachen, und lachte gleich noch einmal, um auch ein anderes Gefühl von Stolz noch abzubüßen, daß ich mir eingestand, Stolz auf diese gewissermaßen ungezähmte, gewissermaßen lebensvolle Art zu sterben. Ein Vers von Dylan Thomas fiel mir ein, dann noch einer. Zugleich fuhr ich mit wachsender Eile fort, mich anzuziehen. Es schien mir unerträglich lange zu dauern, weil ich immer wieder etwas falsch machte und kaum mit der Schwierigkeit fertigwerden konnte, die Knöpfe in die Knopflöcher zu zwängen. Mich trieb der Wahn, es käme darauf an, wer schneller wäre, der Tod oder ich. Wenn es mir gelänge, aus dem Haus und ins Freie zu kommen, bevor er bei mir anlangte, wäre ich vielleicht gerettet. Nein, dann noch nicht. Erst wenn ich Korfiz wiedergefunden hätte. Ich verlangte mit einer Ungeduld danach, ihn wiederzusehen, als handelte es sich um die Versöhnung mit einer Geliebten, die ich gekränkt hätte, eine Lebensfrage, oder vielmehr die Frage, wie man denn sterben soll, ohne sich mit ihr ausgesöhnt zu haben. Maßlose Übertreibungen, das alles, aber ich konnte mich nicht von ihnen freimachen, wollte es wohl auch nicht.

Während ich durch die Galerie zur Treppe ging, hatte ich

noch einmal den Eindruck, in meiner Eile gehemmt zu werden, diesmal durch eine ungewohnte Enge, die den alltäglichen Weg solange fast unpassierbar machte, bis ich erkannt hatte, daß sie nur die Projektion der Verengung meiner Brusthöhle war, die mein Herz zu behindern schien. Die Luft draußen war ein weiterer Anschlag, und sekundenlang meinte ich, ihm erliegen zu müssen. Dick von Staub war sie und überdies entstellt von jenem opulenten Duft mancher südlichen Tage, den man eher einer exzessiven Parfümfabrikation zutrauen würde als der Natur. Es dauerte lange, bis ich eine Taxe fand, die mich nach Orotava brachte; alles dauerte viel zu lange für meine verzweifelte Ungeduld. Der helle, doch rauchig graue Tag versetzte mich in bestimmte Tage meiner Kindheit zurück, an denen mich regelmäßig eine lähmende Trostlosigkeit überkommen hatte, die Waschtage meiner Mutter, wenn es mir (während ich widerwillig die heiße, laugig riechende Milch trank, die sie mir mit ihren aufgeweichten, erschöpften Händen vorgesetzt hatte) vor allem Denken oder über alles Denken hinaus klar wurde, wie schlecht eine Welt sein mußte, in der sie gezwungen war, eine solche Arbeit zu verrichten. In der Urbanización San Miguel waren irgendwelche Bauarbeiten im Gange, eine sehr weiße Staubwolke lagerte über den Häusern, und ich glaubte den Saurierhals einer Baggermaschine hinter ihr aufragen zu sehen. Diese Anblick steigerte die erinnerte Trostlosigkeit auf der Stelle bis nahe ans Entsetzen. Es war die Häßlichkeit, die mich so plötzlich traf wie ein Schlag, die Häßlichkeit dieser Maschine, die zugleich mit einer Legion von ihresgleichen in unaufhaltsamer, häßlicher Tätigkeit war, um die ganze Erde in ein einziges häßliches Grundstück für eine einzige häßliche Ansiedlung zu verwandeln. Besoffen bin ich, das ist es, dachte ich, wußte aber, daß es das nicht war.
Soy totalmente borracho, sabe usted, sagte ich in meinem unbezähmbaren Drang zu reden. Der Fahrer tat so als hätte er nichts gehört, und ich sagte etwas anderes. An der »Mosaikkneipe« ließ ich ihn halten. Als ich ausstieg und mich aufrich-

tete, sah ich die Mauer mit dem üblichen Plakatanschlag vom Liceo Taoro plötzlich nach links wegrutschen. Ich trat schnell auf sie zu, um sie – und mich an ihr – festzuhalten. Es gelang mir; ich vermochte sogar das Plakat zu lesen. Ich stellte mir vor, was ich sagen würde, wenn mich jemand fragte, ob mir übel wäre. Ja, ich habe nämlich eine Baggermaschine gesehen, einen tätigen Bagger in seiner Staubwolke, und das am Waschtag meiner Mutter.

Korfiz war nicht drin. Ich bog in die schmale Straße ein, die zum Café Aleman führt. Noch hatte ich nicht alle Schrecknisse meines Weges hinter mir. Jetzt teilte ich mit jedem Schritt einen ununterbrochenen Strom grauer Gestalten. Sie sahen mich an. Einige kannte ich, andere nicht; hatte versäumt, die kennenzulernen oder erkannte sie nicht wieder; und ich sah auch solche, die ich gekannt und vergessen hatte; die ich verlassen hatte oder von denen ich verlassen worden war. Sie aber kannten und erkannten mich alle, daran ließen ihre Blicke keinen Zweifel, mißbilligende und drohende Blikke. Doch waren sie keineswegs so zudringlich wie die Elenden, an die sie mich anfangs erinnerten, die Bettler und Aussätzigen, deren Quartiere ich in einem meiner häufig wiederkehrenden Träume durchqueren muß. Solange ich unbeirrt weiterging, versuchten sie nicht, mich aufzuhalten, sondern gaben nach beiden Seiten nach; ich fühlte nur ein weiches, weichendes Streifen, als bahnte ich mir meinen Weg durch eine Anhäufung von Schaumstoffiguren oder luftgefüllter Puppen. Das erregte mich, und wenn es auch nicht ganz geheuer war, so war doch auch ein ausgefallener, sensationeller Genuß damit verbunden. Nicht daß ich lange gebraucht hätte, um die Sache zu durchschauen; aber als die durchschaute Täuschung verging, bedauerte ich es beinahe ein wenig. Ich merkte, daß ich an der Tür des Cafés vorbeigegangen war und ging zurück. Auch dort war er nicht. Ich kehrte um, ging bis zum Zentrum des Orts und, nachdem ich ihn auch in der Bar Parada vergeblich gesucht hatte, nach rechts weiter.

Sofort sah ich ihn aus der Gegenrichtung herankommen. Er sah mich nicht gleich, glaube ich. Die Straße wird dort breiter und läuft über eine erhöhte Stelle hin, auf der die Autobusse, die aus Santa Cruz und den weiter südlich gelegenen Ortschaften kommen, ihre Endhaltestellen haben. Wir gingen aus genau entgegengesetzten Richtungen auf den höchsten Punkt dieser Erhebung zu, und genau auf ihm, kalkulierte ich, würden wir zusammentreffen, genau auf der Höhe, weder davor noch dahinter, so wollte ich es, danach versuchte ich meinen Gang zu regulieren, und wieder hatte ich die Vorstellung von einer Bühne, die eben für dieses Zusammentreffen so aufgebaut worden war. Damit verbunden war das Gefühl eines enormen Größenunterschiedes zwischen uns und den Menschen, die uns umgaben und uns ausweichen mußten, da wir selbstverständlich die Linie unseres Weges präzise einzuhalten hatten. Giganten, Giganten waren wir. Nun konnte ich bereits seine Füße sehen, die Spitzen seiner roten Stiefel, konnte den schmerzlich entrückten Ausdruck seines Gesichts wahrnehmen. Dann sah er mich und lächelte, aber es war ein gewissermaßen heiseres Lächeln, wenn Du verstehst wie ich das meine.

Wir sind einander auf offener Straße, auf ihrer höchsten, exponiertesten Stelle genau, weinend und stammelnd in die Arme gefallen, und nicht im geringsten habe ich mich dieses öffentlichen Gefühlsausbruchs geschämt, der ja nicht mehr und nicht weniger war, als ein notwendiger Teil der Handlung, in der wir den Menschen die jammervolle Wahrheit ihres Lebens vor Augen führten, und in der unser eigenes Leben eine Art von Verklärung erreichte.

Wir haben dann lange in der »blauen Kneipe« gesessen, an einem Tisch an einem Fenster. Immer noch in Tränen, stell dir das vor. Ich wischte sie nicht weg, ließ sie auf der Haut kalt werden und trocknen. Die anderen Gäste, der Bursche, der uns bediente, alle gaben sich sichtlich Mühe, nicht hinzusehen, wenn ich ihnen ohne Scham und sogar ein wenig herausfordernd, triumphierend, mein nasses, trocknendes Gesicht zuwandte. Nach und nach ebbte das Schluchzen ab, das ihm wie mir zuerst noch die Artikulation schwergemacht hatte. Was war es denn, was wir uns unter solchen Schwierigkeiten zu sagen hatten? Schonende, lindernde Worte, Versicherungen unserer gegenseitigen Zuneigung und Treue, zerdehnte, entstellte Worte mit aufgeweichten, verwischten Konsonanten, während wir einander flüchtig und mit niedergeschlagenen oder abgewandten Augen die Schultern, die Hände, das Haar streichelten. Auch er trank diesmal Bier, und bald schon stand eine große Anzahl leerer Flaschen dicht zusammengedrängt zwischen uns auf dem kleinen Tisch. Es kam nun doch noch eine schwache gelbe Tönung in das Licht, das sich wie eine dünne Lasur über das Pflaster, die Mauern vor dem Fenster verteilte. Indem ich diese Aussicht und den Tisch mit den kühl schimmernden Flaschen und Gläsern und der großen braunen Hand zwischen ihnen (Korfiz' Hand mit den kräftigen, stark gewölbten, gelben Nägeln, die mir immer eher wie Zehennägel als wie Fingernägel vorgekommen sind) mit einem Blick zusammenzufassen, zusammenzuhalten versuchte, fühlte ich mich gehoben von einem sozusagen gelassenen Enthusiasmus, der entgegen meiner Erwartung nicht gleich wieder verging. Worauf er sich gründete, da es doch angesichts des traurigen Laufs der Dinge kaum einen vernünftigen Grund für ihn geben konnte? Ich kann es nur mit einer trivialen Redensart sagen: Darauf, daß noch nicht, daß immer noch nicht aller Tage Abend gekommen war. Ohne damit irgend etwas Bestimmtes, Bestimmbares zu meinen. Einige unerhebliche Schwankungen abgerechnet, verließ mich diese so schlecht begründete Gehobenheit bis zu dem Morgen nicht mehr, an dem wir Dich im Flughafen abholten, bis zu dem Augenblick, in dem ich Dich am Ende der Halle erscheinen sah.

Die braune Hand zwischen den Gläsern, den Flaschen rückte vor, legte sich für einen Moment über die meine, die sie ganz bedeckte, und zog sich dann schnell von der Tischplatte zurück. Mit gefestigter Stimme sagte er: Ich habe ein Telegramm aufgegeben, sie soll mit der nächsten Maschine kommen, du seist sehr deprimiert. Wahrscheinlich habe ich ihn bloß angestarrt. Was für eine Geschichte. War es möglich, daß er, er, meine Sache führte? Du willst, daß sie dir allein gehört, und sie gehört dir allein, sagte er. Ich werde für euch kochen. Er wiederholte mir den genauen Text des Telegramms. Er endete mit den Worten: Leo sehr deprimiert. Ich sagte nichts, dachte kaum etwas. Was für eine Geschichte.

Er hatte gemeint, Du solltest einfach den nächsten Linienflug buchen. Ich erinnerte ihn daran, daß Du eine bestimmte Chartermaschine benutzen mußtest, um den kostenlosen Rückflug zu haben, den wir für Dich ausgehandelt hatten, und daß diese Maschine wohl nicht alle zwei oder drei Tage fliegen würde, sondern vielleicht nur einmal in der Woche, wenn nicht noch seltener. Gab ihm auch zu bedenken, daß Deine Ausstellung kein Erfolg geworden war, und daß Du daher kaum das Geld haben konntest für einen normalen Flug. Das war ihm nun alles ganz gleichgültig, er erledigte es mit einem raschen Hieb der Hand, des Arms, der die Luft zwischen seinem und meinem Gesicht beinahe pfeifend zerschnitt.

Die Maschine flog sogar nur alle zwei Wochen, und während dieser Zeit gingen noch mehrere Telegramme zwischen Dir und ihm hin und her. Zwei oder drei habe ich für ihn schreiben müssen, weil seine Hand zu sehr zitterte. Meine Hand zitterte auch, aber immerhin etwas weniger. Zuletzt wollte er es nicht mehr zulassen, daß ich seinen Gruß und seinen Namen unter den Text setzte, dieses übliche »Kuß Korfiz«, und nur mit Mühe konnte ich ihn dazu überreden, es bei der gewohnten Floskel zu lassen.

Es gab noch einmal eine Verzögerung. Du hattest Deine Ankunft für den neunundzwanzigsten Juni angekündigt, aber am achtundzwanzigsten kam ein weiteres Telegramm, der Flug sei um einen Tag verschoben worden. So trafst Du auf den Tag genau drei Monate nach Deinem Abflug wieder ein.

Korfiz ging Dir mit den Kindern entgegen, während ich im Restaurant zurückgeblieben war, um den Tisch freizuhalten. Das war nur ein Vorwand. Noch einmal hoffte ich alles und fürchtete die Gewißheit. Du trugst eine Jacke, die ich nicht kannte; weißblaue schmale Längsstreifen; ich nannte sie schon von weitem die Metzgerjacke. Deine Haut, die sich im Klima der Insel sanft gebräunt hatte, war sehr weiß und grau geworden in der Zeit in Hamburg. Wir haben den Wangenkuß getauscht, Du hast Dich hingesetzt, und ich habe den Schläfenzopf gesehen. Er gab mir die Gewißheit, die ich gefürchtet hatte.

Hier die letzten Momente, die letzten Bilder, in denen ich mir das Ende unserer Geschichte vergegenwärtigen kann.

Beim Verlassen der Halle gehst Du mit den Kindern voraus. Du scheinst weder sie noch sonst etwas in Deiner Umgebung recht wahrzunehmen, es ist ein Voraus- und Davonschreiten wie über einen elastischen Boden, den nur Deine unbekannte Imagination selbst erzeugt haben kann, obwohl ich ihn sehe. Zwischen Dir und mir geht Korfiz. Plötzlich hebt er einen Arm und ruft laut aus: Sie ist es nicht, sie ist nicht gekommen.

Das nächste ist, daß ich sehr lange allein an meinem Tisch sitze, während Du in einem anderen Zimmer mit Korfiz sprichst. Ich trinke, rauche, und sehe dem Lichtwechsel auf den Mauern des Patio zu. Ich fühle mich so unbewegt wie sie, und diese Unbewegtheit ist eine Art von Bewußtsein der Abwesenheit von Bewußtsein. Einmal kommst Du für kurze Zeit herein, setzt Dich an den Tisch und sprichst. Ich weiß, was Du sagst, aber ich achte kaum auf Deine Worte. Nur ein paar Sätze sind mir noch erinnerlich. Sie lauten: Du hast mich hier wochenlang schmachten lassen. Ich habe gar nicht mehr gewagt, dich anzufassen. Es waren die schönsten Monate meines Lebens, weil ich zum erstenmal gesehen habe, daß ich auch was kann.

In der Nacht große Ausbrüche in der Küche. Ich weiß kaum etwas davon, habe nur eine Erinnerung an heftige diagonale Bewegungen, ein wiederholtes farbiges Aufsteigen und Niederfahren. Korfiz sagt mir, ich hätte Dich an den Haaren durch die Küche gezerrt. Hätte mich stundenlang darüber aufgeregt, daß Waidmann den kleinen Text, den ich für Deine Ausstellung geschrieben hatte, bei der Vernissage verlesen hat, ohne daß ich um die Erlaubnis gebeten worden war.
Ich beginne wie besessen zu schreiben, schreibe in wenigen Tagen die einundzwanzigste bis dreißigste Seite der »Hauptsache«. Zähle immer wieder alle Seiten, die ich auf Teneriffa geschrieben habe, hundertfünfundzwanzig. Immer wieder sage ich Korfiz die Zahl. Du warst regelrecht verrückt, hat er später zu mir gesagt, bist immerzu auf der Galerie hin und her gegangen und hast die Zahl vor dich hin gesagt.
Auch Du arbeitest wie besessen, rodest den Patio mit einer Sichel, bis er ganz kahl ist. Auch im Haus beginnst Du auf eine wütende, radikale Weise Ordnung zu machen. Das ist leicht zu verstehen. Aber daß Du die Pflanze, diesen Stengel, der während Deiner Abwesenheit im Klo gewachsen und verdorrt war, und den Korfiz aufgebunden und gehegt hatte, sofort entfernst, erscheint mir als die unmenschlichste Handlung, die mir je bekannt geworden ist.
Auf dem Höhepunkt der Auseinandersetzungen forderst Du Korfiz und mich auf, die Insel zu verlassen. In äußerster Raserei schreist Du: Schwirrt ab. Ihr sollt abschwirren.
Danach tritt eine melancholische Ruhe ein, in der wir uns gegenseitig schonen. Du ziehst Dich immer wieder für viele Stunden in Dein Zimmer zurück. Korfiz macht die Bemerkung, es sei doch die Höhe, daß Du uns auf diese Art an Deinem »Liebesschmerz« teilzunehmen zwingst.
Einen ganzen Nachmittag lang lese ich Korfiz alles vor, was ich auf der Insel geschrieben habe. Er erträgt es nur mir Mühe, ich merke es deutlich, lasse aber nicht ab.
Ich muß wieder Schlafmittel nehmen. Habe eines Mittags plötzlich eine heftige Herzattacke. Ich schreie, vielleicht

mehr vor Schreck, laut auf, und Korfiz beginnt sofort zu zittern und zu weinen. Es ist wirklich ein starker Schmerz, aber ein paar Minuten lang übertreibe ich, mache eine erschrekkende Vorführung daraus. Die Sache wiederholt sich nicht. Die dumpfe Ruhe der letzten Tage, dann der fast stumme Abschied im Flughafen. Ich gehe auf die Maschine zu, drehe mich nicht um.

Während des Flugs, über dem Meer, höre ich eine dünne hochmütige Stimme langsam Chateaubriands Satz sprechen: »Il n'est de bonheur que dans les voies communes«.

Vierter Teil

Diese Leute, nein, Chateaubriand muß sich geirrt haben. Oder sein Satz war schlecht geworden, faul geworden im Lauf der Zeit. Oder ich hatte ihn nicht richtig verstanden. Ich wollte eine andere Stimme sprechen lassen, auch sie dünn, splittrig vor Trockenheit. Ich wußte nicht mehr genau, was sie zu sagen hatte. Daß es nichts anderes gibt auf Erden als Dreck und noch etwas, das auch nicht besser ist, man möge sich beruhigen. So ungefähr. Leopardi.

Wache Betäubung? Wacher Schlaf? Immer wieder versuchte ich, den Zustand namhaft zu machen, in dem ich mich befand, seit ich G in dieser Metzgerjacke auf mich hatte zukommen sehen. Oder seit ich den Zopf an ihrer Schläfe gesehen hatte, einen nur, nicht zwei, wie seinerzeit, als sie von Ibiza gekommen war, aber der eine war mehr gewesen. Oder seit ich ihre Antwort auf Korfiz' Frage gehört hatte, wer sich denn nun um die Bilder kümmere, die sie in der Galerie zurückgelassen hatte. Wer wohl? hatte sie zurückgefragt, und dabei war ein dreistes, auftrumpfendes Lächeln in ihrem Gesicht erschienen, das ich auch schon einmal gesehen hatte, und mit dem sie anzuzeigen schien, daß sie über einen ganz besonders gemeinen kleinen Trick verfüge. Seitdem ständig ein Gefühl, als bebten alle Innenwände meines Körpers, die blauen, die grauen, die rosigen, wie die Flanken eines nervösen Tiers. Oder auch seit dem anderen Dialog, in dem er sie gefragt hatte, warum sie auf keinen meiner drei Briefe geantwortet habe. Ich habe mich so geschämt, nein, »gescheemt« hat sie gesagt und dabei wahrhaftig mit Mund und Stimme gezittert und die Augen niedergeschlagen. Eigentlich hörte ich, sah ich es erst jetzt, in der Erinnerung, mit aller Genauigkeit.

Bewußtsein der Abwesenheit von Bewußtsein?
Daß die Leute nicht über mich lachten, wenn sie an mir vorbeigingen auf ihren glückhaften Wegen, das wunderte mich. Sie gingen vorbei ohne mich zu beachten und verloren sich in der Tiefe des Tunnels. Sie tauchten auf, wurden unglaublich rasch groß, ebenso rapide wieder klein und verschwanden. Der gesteigerte perspektivische Effekt war mir neu.
War es wirklich ein Tunnel? Sicherer bin ich schon, wenn ich sage, daß ich an einem Maschengitter stand, das mich von den Vorübergehenden trennte, aber ich erinnere mich nicht, diesen Teil des Hamburger Flughafens je vorher gesehen zu haben. Ich stand mitten zwischen unseren Koffern, und neben mir stand eine dicke mannshohe Rolle, die Leinwände, die Korfiz auf der Insel bemalt hatte, die Serie der gelben Stühle und die wenigen anderen Bilder. Wir waren vor einer halben Stunde gelandet, und er war zum Zimmernachweis gegangen, um eine Unterkunft für mich zu finden. Er selbst wollte bei einer Freundin wohnen, die ihm übrigens, wie er hoffte, auch Geld leihen würde.

Tiefe Dämmerung und Regen. Wir fuhren über die Elbchaussee, weit hinaus, und ich sah in das triefende Dunkel und dachte, das ist der Rückstand des Glücks, das ihr hier zuteilgeworden ist, das hat sie für mich zurückgelassen. Ich leistete es mir, mich in diesen weinerlichen Gedanken zurücksinken zu lassen wie in den Polstersitz des Wagens. Wir hielten vor dem kleinen Hotel, in dem ich wohnen sollte, und Korfiz fuhr gleich weiter zu Bella, seiner Freundin, die ganz in der Nähe wohnte.

Ich hatte die warmen, wärmenden Lichter eines Lokals gesehen, gleich gegenüber, auf der anderen Seite der Straße, ich wollte nur die Koffer ins Zimmer stellen und dann hinübergehen. Das habe ich immer so gemacht; wenn ich in einem

Hotel ankam, habe ich das Gepäck ungeöffnet stehenlassen und bin weggegangen. Ich machte nicht einmal Licht. Da stand sie vor dem Schrank, ihr kleiner Kopf auf dem langen Hals war wie eine geballte Faust am drohend erhobenen Arm, und sie schrie mich an: Schwirrt ab, schwirrt ab, ihr sollt endlich abschwirren. Sind abgeschwirrt, sagte ich leise und demütig und machte, daß ich hinauskam.

Gelbes Holz, gelbes Licht und eine riesige gelbe Frau, die mir das Bier serviert. Das Geld in meiner Tasche reicht für zwei große Gläser, die ich sehr langsam trinken will. Der erste Schluck ist eine Welle von Wohlgefühl, das mich zu dem erstaunten und bewundernden Ausruf veranlaßt: Sie sind aber groß. Schön, was? Sie sagt es nicht abweisend, doch abfertigend, die blauen Augen in dem hellhäutigen Gesicht sind so klar, als hätte sie die Gewohnheit, sie jedesmal herauszunehmen und gründlich zu spülen, wenn sie sich wäscht. Kommen Sie doch zu uns, Herr Pfarrer, ruft eine kräftige Männerstimme und wird sofort von einem mehrstimmigen Lachen eingehüllt, einem gemischten Chor. Ich gehe auf den Tisch, auf die glitzernden Augen, glänzenden Wangen, glühenden Gesichter zu, die hin und her schwanken, während man zusammenrückt, um für mich Platz zu machen. Die Aussicht auf das Bier, das ich mir nicht mehr hätte leisten können, macht mich übermütig. Das ist ein Empfang, den ich nicht erwartet hätte, die Menschengemeinde nimmt mich in sich auf. Meine dunkle Kleidung, sage ich, sei ein Zeichen der Freude, die Trauerfarbe sei bei mir weiß. Ich sei nämlich soeben meiner Frau davongeflogen, einfach abgeschwirrt, viertausend Kilometer weit über Land und Meer, und glücklich gelandet. Und daran knüpfe ich dann eine fabelhaft frivole Stegreifgeschichte, die großen Beifall findet. Nur die kläräugige Riesin, die mir in immer kürzeren Abständen das Bier vorsetzt, lächelt ernst und argwöhnisch, meinem Eindruck nach.

Ich reihe die Bücher auf dem Schrank auf. Eins fehlt, ein Band Kafka. Immerhin der, den ich am ehesten entbehren zu können glaubte, der mit den Tagebüchern. Einen Moment muß ich mich besinnen, dann fällt mir ein, daß ich ihn G geschenkt habe. Und noch einen Moment brauche ich, um mich zu erinnern, warum ich das getan habe. Sie hatte mir ein biedermeierlich verziertes Schnapsglas mitgebracht von ihrer Glücksreise. Hatte vor mir gestanden und mir das Glas hingehalten und kaum ein Wort hervorbringen können. Schließlich hatte sie mit dem Finger in das Glas gezeigt und stockend gesagt: Da kannst du dann irgendwas reintun. Vielleicht hat sie Angst gehabt, ich würde es ihr an den Kopf werfen. Sie hatte wieder ausgesehen wie eins der armen, anämischen, frierenden Mädchen in den nordischen Märchen. Das war mir nachgegangen, in dem Karussell in meinem Kopf hatte sich auch dieses Mädchen mitgedreht und war in seiner starren Dürftigkeit mit ausgestrecktem Arm wiederholt an mir vorbeigezogen. Gleich hinter dem bestialischen Weibsstück her, das sich mit stampfenden Schritten zum Klo begeben hatte, um dort die verdorrte Pflanze aus den Schlaufen zu reißen, die Korfiz in ihrer grünen Zeit für sie angebracht hatte. Du Biest, du Biest, habe ich geschrien, und Korfiz sagte mir, ich hätte sie an den Haaren durch die Küche gezerrt (heftige diagonale Bewegungen, wiederholtes farbiges Aufsteigen und Niederfahren von irgend etwas). Aber einmal wollte ich auch so vor ihr stehen wie sie vor mir gestanden hatte und womöglich ebenso als wiederkehrende Figur in den Kreislauf ihrer Erinnerungen eingehen. Und so hatte ich mich, als ich daranging, meine Koffer zu packen, vor sie hingestellt und ihr das Buch hingestreckt und gesagt: Da kannst du dann drin lesen, wenn du willst.

Erinnerungen, Erinnyen.

Korfiz behandelte mich so behutsam wie einen Kranken. Er brachte mir etwas Geld, aber seine Hoffnung, Bella werde ihm einen größeren Betrag leihen, erfüllte sich nicht. Ich solle mir jedoch keine Sorgen machen, er werde das Nötige schon auftreiben. Wir sollten nur bald darangehen, das Buch zu machen, unser Buch, »Presentation«. Ich weiß nicht, ob er wirklich auf diese Sache zählte oder nur Erbarmen hatte mit meiner wachsenden Ratlosigkeit.
Und dann erzählte er mir etwas, was ich zunächst kaum zu glauben vermochte.

Er hatte Waidmann gesehen. Bella hatte ihn ihm gezeigt, als er in einen Bus einstieg, in dem sie saßen. Er sei genau an der Straße zugestiegen, in der er wohnte. Du, hatte sie gesagt, mit dem habe ich Gigi da und da tanzen sehen. Oh, mit dem hat sie nicht bloß getanzt, habe er gesagt, eh er sich noch besinnen konnte, sonst hätte er es nur gedacht. Da hatte sie fast geschrien: Doch nicht mit dem. Und dann beschrieb er ihn mir. Ein Junge Mitte der Zwanzig. Weit auseinanderstehende helle Augen (»weiter, heller, schlaffer Blick«, sagte er). Dünnes, blondes Haar (»noch dünner als meins«, sagte er). Alles etwas teigig, und ein Mund wie eine »pubertierende Kröte« (sagte er). Gesamteindruck »permanent unterschichtig« (was wohl »penetrant« heißen sollte, er verwechselte das immer). Der sei nie und nimmer ein Journalist, vielleicht eine untere Hilfskraft im Archiv, seiner Schätzung nach, alles Übrige habe er ihr nur vorgespiegelt. Schließlich nannte er ihn eine Klobürste, einen Staubwedel. Es war eine ausgesprochen gehässige Schilderung, und ich äußerte mein Mißtrauen gegen sie. Er blieb aber bei seiner Darstellung, bekräftigte sie noch und gestaltete sie weiter aus.

Einen Tag später liefert er einen Nachtrag. Er hat ihn von einer Freundin Bellas, die, um das Maß der Kuriosität voll zu machen, in unserer alten Agentur angestellt ist. Sie kennt W von einem Tanzlokal her, wo ihn alle Mädchen kennen. Sie haben ihm einen Namen angehängt, nennen ihn den »Säuseler«. Es sei seine Art, sich ihnen sozusagen schleichend zu nähern und ihnen allerlei süßes Zeug vorzuschwatzen. Die meisten weisen ihn gleich ab. »Schnall ab, du Säuseler«, sagen sie, »dich kennen wir schon«. Aber hin und wieder gehe ihm natürlich doch eine auf den Leim, wenn auch vielleicht bloß, weil es ihr im Moment egal sei.

Mit einem Schlag kannte ich die ganze Geschichte, in einer Sekunde übersah ich sie von einem Ende zum anderen, ich mußte sie nur über Gebühr auseinanderfalten, um sie Korfiz zu erzählen, der sie auch sofort erkannte. Eine Geschichte von der allerdümmsten Sorte. Ihr Grundmuster ist etwa die von dem Mann, der irgendeinem dummen Ding vorfabelt, er habe mit der Filmbranche zu tun, um sich auf diese Art eine Attraktivität zu leihen, die er sich selbst nicht zutraut, und der am Ende gar so weit geht, ihr eine Rolle oder gleich eine ganze glanzvolle Karriere in Aussicht zu stellen, die niemand anderer als er ihr eröffnen werde. Genau nach diesem Schema war Waidmann zu Werke gegangen, nur war's bei ihm nicht der Film, sondern die Presse gewesen. Natürlich war er dann auch gleich Journalist, und zuletzt machte er sich dann noch anheischig, meinen kleinen Text zu lancieren, was aber über seine Kraft ging. Und so weiter, wie solche Geschichten eben sind. Es gab keinen Zweifel daran, daß meine Erfindung die genaue Wahrheit war. Nichts befähigt uns so sehr, sie zu erkennen wie Eifersucht und Neid, dieselben Kräfte, die uns instandsetzen, die nie gelüfteten Geheimnisse unserer Eltern zu schauen. Ja, zu schauen; es ist ein Moment der Offenbarung, in dem sie sich uns enthüllen. Die Geschichte verlieh nun auch dem Bild, das Korfiz mir von W gegeben hatte, große

Überzeugungskraft. Wenn er der »knackige Bursche«, der »flotte Hirsch« gewesen wäre, als den jener ihn sich vorgestellt hatte, so hätte er wahrscheinlich auf alle Vorspiegelungen verzichtet. Also mein Waidmann ist das nicht, sagte Korfiz. Ich sagte: Meiner auch nicht. Aber er ist es, sagte er, er ist ihr Waidmann. (Es war das letzte Mal, daß er ihn so nannte; von da an sprach er nur von »diesem Hans-Heinrich oder Fritz-Peter«.)

Und wir sprachen noch oft von ihm und von ihr in den folgenden Wochen, während sie ihn auf der Insel erwartete. (Drei Monate hatte sie zu warten, bis er seinen Urlaub nehmen und zu ihr fliegen konnte; Korfiz verkaufte zwei seiner Bilder und schickte ihr Geld, »ihre Fickrente« nannte er es. Aber als W die Insel wieder verlassen hatte, hielt auch sie nichts mehr dort; sie kehrte zurück, zog mit den Kindern nach München, so daß sie sich nun alle paar Wochen gegenseitig besuchen konnten. Viel später erfuhr ich von Korfiz, daß sie dort als Verkäuferin in einer Boutique arbeitete; es war das letzte, was ich von ihr hörte.)
Vielleicht hat es Augenblicke gegeben, in denen mir die Armseligkeit dieser Affäre Genugtuung bereitete. Ich erinnere mich, einmal zu Korfiz gesagt zu haben, ich wünschte ihr »alles Unglück der Welt«. Das muß in der ersten Zeit nach unserer Rückkehr gewesen sein. Ich sah damals in den Momenten des Einschlafens oder Aufwachens manchmal einen Mann vor mir stehen, der ein schwarzes Tuch über dem Kopf trug, das sein Gesicht verdeckte. Der Mann stand ganz allein in einem dürren Feld, er war ein Aussätziger aus einer Geschichte, die ich einmal gelesen hatte. In dieser Geschichte war eine schöne weiße Frau auf ihn zugegangen, hatte ihn (in bedingungsloser Kapitulation der Liebe vor ihrem Gegenstand) umarmt und geküßt und war mit ihm davongezogen aus der Welt. Aber ich sah sie nicht kommen, sie ließ mich stehen, bis ich mich schließlich umdrehte und langsam auf den Horizont

zuging. Ich hob die Beine sehr hoch bei jedem Schritt, und jedesmal, wenn ich einen Fuß niedersetzte auf das dürre Gras, wurde das Bild um einen Grad dunkler, bis es am Ende eine einzige schwarze Fläche war.

Der böse Wunsch verging mir bald, und einmal versuchte ich mir auszumalen, wie ich mich verhalten würde, wenn ich plötzlich Waidmann begegnete. Ich stand vor ihm, und er sah mich mit seinen wasserhellen Rindsaugen an. Da neigte ich den Kopf wie ein greiser Diener und sagte leise und fragend: Junger Herr? Ich fühlte ein heftiges Verlangen nach dieser Begegnung, ich hätte es genau so gemacht, wie ich es mir vorgestellt hatte.

Erstaunlich oft sah ich auf den Straßen und in den Lokalen junge Männer, auf die die Beschreibung, die ich empfangen hatte, vollkommen zu passen schien. Doch diese Männer waren ausnahmslos Brillenträger, und Korfiz hätte es mir doch gesagt, wenn Waidmann eine Brille trug. Einmal wollte mich ein Mann, irgendein Mann mittleren Alters, zu einem Bier einladen. Da beugt sich ein anderer neben ihm vor, schüttelt den Kopf und sagt zu ihm: Der macht sich doch schon selbst kaputt, siehst du das nicht? Ich erschrecke, es ist Waidmann; aber er trägt eine Brille.

In einem nahegelegenen Park gibt es ein Café für ambitionierte Gäste, und in ihm lernte ich in der ersten oder zweiten Woche Hilde kennen, eine junge Frau leicht östlichen Typs, ein Gesicht von einer gewissermaßen gelassenen, vernünftigen Schönheit, die schwarzen Haare so frisiert wie die der Ägypterinnen auf den alten Bildern. Sie nahm mich sofort in ihre Augen auf, als ich eintrat; ich verbeugte mich mit den meinigen vor ihr, und sie lächelte ruhig und offen. Ich setzte mich an einen günstigen Platz, und wir hielten die angebahnte Verständigung aufrecht. Ein kleiner glatzköpfiger Herr meines Alters war bei ihr, sie selbst war meiner Schätzung nach etwa so alt wie G. Es dämmerte rasch, und das Weiß ihrer Augen und ihrer Zähne blitzte stärker zu mir herüber. Doch auch das Licht auf der Glatze des Mannes gefiel mir; es gefiel mir, daß er da war; sie hat ein Faible für die älteren Semester, sagte ich mir mit diesen Worten. Ich machte den Rücken rund, schob die Schultern vor und dachte mir, daß die Dämmerung uns jetzt verbinde wie ein Gazeschleier, den ich fester um mich zog. Dann sind sie aufgestanden und an mir vorbeigegangen in einen Nebenraum, und ich habe gesehen, daß auch andere Gäste dort hineingingen. Ich fragte die Kellnerin, und sie sagte: Da drin findet jetzt unser offenes Gespräch statt, das machen wir jede Woche an dem Tag, Sie können auch daran teilnehmen, wenn Sie wollen. Ich habe also teilgenommen, und ich habe es wieder so einrichten können, daß ich das Blitzen in ihren Augen und auf ihren Zähnen vor mir hatte an dem großen runden Tisch. Jetzt war es das Licht mehrerer großer Kerzen, das sich in ihnen spiegelte. Ich war mit einem Mal ganz entfesselt und legte es darauf an, allen anderen Glanz im Raum zu überstrahlen durch den Glanz meiner Rede. Lange hatte ich mich nicht mehr so als Disputant produziert; jede Äußerung der andern wurde zur Lunte für mein Feuerwerk. Das ist ein Fieber, ich habe Fieber, dachte ich. Ich bewegte meine Hände gegen meine sonstige Gewohnheit in schnellen, übertriebenen Gestikulationen, dann wieder verschränkte ich sie unterm Tisch ineinander, preßte sie zwischen den Knien zusammen. Ich wollte nicht, daß man sah, wie sehr sie zitterten. Ich merkte, wie sich Hildes innere Gestalt weit aus ihr hinaus und über den Tisch lehnte, sie berührte mich mit ihr, und meine nervös gestikulierenden Hände streichelten sie in der Luft, und ich sah, wie sie es spürte. Dann sah ich, wie der kleine glatzköpfige Herr aufstand; sie wandte ihr lautlos lachendes Gesicht rasch nach der Seite, an der er gesessen hatte, da ging er schon hinter ihrem

Stuhl vorbei; sie warf den Kopf nach der anderen Seite herum, da ging er schon hinaus, ihr lautloses Lachen prallte gegen seinen Rücken, und fast im selben Augenblick war es schon wieder ganz mir zugewandt. Er kam nicht zurück, und als die Tischrunde sich auflöste, gingen wir zusammen hinaus. Als wir an ihrem kleinen Auto auf dem kiesbedeckten Parkplatz standen, machten wir alles zu einer Selbstverständlichkeit. Ich glaube, keiner von uns hat eine Frage ausgesprochen, und während der ganzen zwei Wochen, die es dauerte, haben wir einander kaum etwas gefragt. Ich sagte zum Beispiel: Ich kann morgen kommen. Dann antwortete sie: Ich bin ab sechs zu Haus. Oder ich sagte: Ich glaube nicht, daß ich kommen kann. Dann sah sie mich an und sagte nichts. Auch nach dem kleinen Herrn mit der Glatze habe ich sie nicht gefragt, und sie hat mir nichts über ihn gesagt.

Sie wohnte nur ein paar Straßen von Bella entfernt, und ich bin nie mit ihr zusammen aus dem Haus gegangen, weil ich befürchtete, wir könnten Korfiz und seiner Freundin begegnen; ich hatte es ihm gesagt, aber es wäre mir unangenehm gewesen, wenn sie mich wieder mit einer Frau gesehen hätten, die nicht älter war als G. Sie hatte eine kleine Wohnung, an der nichts Auffälliges war außer den Büchern; es waren nicht viele und fast ausschließlich Bücher in französischer Sprache, darunter die »Recherche«, aber auch die »Thibaults« und ein mehrbändiger Roman von Duhamel; sie war Dolmetscherin in einem Institut. Sobald ich eingetreten war, ging ich zu dem kleinen Regal und nahm einen Band Proust in die Hand. Sie stand etwas abseits und lächelte, dann ging sie in die Küche, machte einen Teller mit Broten zurecht, ging hin und her und deckte auf einem niedrigen Tisch vor ihrer Couch. Ich versuchte, meine Hände zur Ruhe zu bringen, aber das Buch zuckte hin und her, als ob irgendwelche unsichtbaren Wesen im Zimmer wären, kindische Geister, die sich von hinten und von allen Seiten an mich heranmachten und mich gegen die Arme, die Ellbogen stießen. Es war aber mein ganzer Körper, der zitterte, nicht nur die Arme, die Hände; ich spürte das unausgesetzte Anschlagen der Hose gegen meine Beine; wie eine Fahne bei schwachem Wind, dachte ich. Wenn ich neben ihr saß, war es etwas besser, ich hielt meine Hände in unübersichtlicher Bewegung oder preßte sie zwischen die Knie und wippte mit den Beinen, um das Schlimmste zu kaschieren. Nur selten aß ich eins der Brote, trank nur, wenn sie aus dem Zimmer gegangen war; es war nicht mit anzusehen, wenn ich mit meinen unbeherrschbaren Armen und Händen eine Tasse, ein Glas an die Lippen hob. Wenn wir uns ansahen, lächelten wir, aber ich glaube nicht, daß wir je miteinander gelacht haben, und auch unser Lächeln war ernst. Nein, ihr Lächeln mag ernst gewesen sein, das meine war tot; ich spürte, daß es tot war, eine Tracht meines Gesichts, die ich ihretwegen anlegte. Mit der Selbstverständlichkeit, die zwischen uns eingeführt war, gab sie sich mir hin. Sie nannte mich »Fick-Dur«, sprach das aber französisch aus, so daß es nicht nur wie die Bezeichnung einer Tonart klang, sondern zugleich eine Anspielung auf die Dauer unserer Vereinigungen war. Ich hatte das Gefühl, daß ich überhaupt nicht mehr aufhören müßte, wie ein Wanderer auf einem verhexten Weg, der sich mit jedem Schritt, den er tut, um die gleiche Strecke verlängert, so daß er immerzu weitergehen kann ohne je ans Ziel zu kommen. Der Schweiß tropfte mir aus den Haaren, von der Nase, vom Kinn als wäre der Kopf auf meinem Hals eine schlecht zugedrehte Brause. Manchmal drehte sie ihren Kopf hin und her und fing die Tropfen mit offenem Mund auf. Sie war es, die ein Ende machte, indem sie die Arme ausstreckte, die Hände hinter meinem Nacken ineinanderschlang und mich mit den wie Stangen ausgestreckten Armen ins Schwanken brachte, bis ich mit ihr nach der Seite kippte.

In der nächsten Zeit werde ich nicht kommen können, habe ich gesagt, und um zu verhüten, daß sie mich fragte, habe ich gleich hinzugefügt, es handle sich um eine Arbeit, die sich nicht länger aufschieben lasse und auf die ich mich nun ganz konzentrieren müsse. Vier, fünf Wochen, sagte ich. Sie sagte: Ruf mich dann an.

Ich schloß mich in meinem Hotelzimmer ein und machte mich mit desperater Entschlossenheit an die Arbeit, die Arbeit an »Presentation«. Binnen zwei Tagen brachte ich das Manuskript von drei auf etwa zwanzig Seiten. Und das, obwohl ich keine Spur von Interesse für diese Sache mehr in mir wiederzuerwecken vermochte. Jeden der Sätze, die sich mit solcher Leichtigkeit aneinanderfädelten, begrüßte ich mit einem Stöhnen des Entsetzens. Ich saß auf dem Bett, den Tisch mit der Schreibmaschine vor mir, die während mehrerer Jahre gesammelten Notizen neben mir auf der Bettdecke. Das konnte nicht ich sein, der das schrieb, nicht der, der ich war; nur der, der ich einmal gewesen war; nichts verband mich mehr mit dem alten Material, dem alten Themenkreis, der alten Fähigkeit, ihn abzuhandeln. Diese Arbeit, die sich mit derart gespenstischer Reibungslosigkeit von selbst machte, erschien mir wie die eines Verdammten, dessen furchtbare Buße in der immerwährenden Wiederholung seines einstigen Lebens besteht. Angst befiel mich, das viele Weiß in dem engen Raum erschreckte mich, das weiße Bett, das weiße Waschbecken, das weiße Papier, das weiße Licht in der Gardine. Ich brach in Tränen aus, glaubte mich erbrechen zu müssen und taumelte zum Waschbecken, aber ich hatte mich getäuscht. Lange habe ich mein Gesicht im Spiegel angestarrt. Meine Augen kamen mir stark vergrößert und ungewöhnlich hell vor, geweitete und gebleichte Augen, und ich sah, daß mein Gesicht abgemagert war. Am Nachmittag des zweiten Tages ergaben sich Schwierigkeiten mit dem Tippen; alle Augenblicke gerieten mir die Finger zwischen die Tasten; die

Typen verhakten, verkrallten sich; wenn ich die Wörter auf dem Papier ansah, waren sie entstellt, unvollständig, auseinandergerissen; viele fehlten auch ganz; es gab Zeilen, in denen kaum eine Silbe erkennbar war. Ich versuchte, mit der Hand weiterzuschreiben, aber meine Hand fuhr nach allen Seiten aus, oder sie kam nicht von der Stelle, schrieb den neuen in den vorigen Buchstaben hinein, oder sie rutschte plötzlich weit aus, und ich konnte nicht verhindern, daß die Zeilen aufwärts und abwärts aufeinander zuliefen, sich kreuzten. Vergeblich versuchte ich, die rechte Hand mit der linken zu stützen. Ich sah dem Zucken und Taumeln der Hände auf der Tischdecke zu, die sich immer wirrer unter ihnen zusammenschob.

Ich nahm jetzt andere Schlafmittel als auf der Insel und in größeren Mengen. Nicht mehr zwei, sondern vier, fünf Tabletten, seit den ersten Tagen schon. Ich lag unablässig rauchend mit nassen Augen, nassem Gesicht im Bett und wartete mit verzweifelter Ungeduld auf die Wirkung. Ich zögerte, die Dosis noch weiter zu erhöhen. Es kam aber vor, daß ich es um keinen Preis länger mit einem Bewußtsein aushalten zu können glaubte, das mich mit den Rekapitulationen aus der Vergangenheit ebenso folterte wie mit der Wahrnehmung der Gegenwart und den Ausblicken auf die Zukunft, und dann griff ich fast rasend nach der Tablettenschachtel, dem Wasserglas. Endlich kam die Trübung, die Besänftigung, die innere Bandage. Ich sagte mir dann, der Mörder schießt so lange, bis das Opfer tot ist, und ich schieße mich mit den Tabletten in den Schlaf; wenn es nicht reicht, muß ich eben noch eine auf mich abfeuern.

Ich erwache weil etwas im Zimmer ist. Es ist tiefe Nacht, unmöglich etwas zu erkennen. Ich mache Licht. Da sehe ich, daß die ganze gegenüberliegende Wand mit Ziegenköpfen bedeckt ist, wie manche Wände in herrschaftlichen Häusern mit Jagdtrophäen. Sehr erschrecken kann mich das nicht. Gleichmäßig über die Fläche verteilt strecken die Ziegen ihre Köpfe durch die Wand. Und gleichmäßig wie die Pendel ebensovieler genau eingestellter Uhren gehen ihre Zungen über die Lippen hin und her, hübsche, rosarote, dicke Zungen. Ihre vorgewölbten Pansaugen sehen mich an. Na ihr, sage ich. Ja, ich rede mit ihnen. Wir bleiben lange zusammen, lassen kein Auge voneinander.

Der gebogene Körper einer Frau, wie eine Galionsfigur vor dem Hintergrund der Nacht. Die Frau muß auf den Treppenstufen rechts von meinem Fenster stehen, ich sehe nur den gebogenen Rumpf, den Kopf mit wehendem Haar und den rechten Arm, den sie nun langsam hebt und ausstreckt. Sie trägt ein hellblaues Schleiergewand, der weiße, füllige Arm ist nackt, und in ihrer Hand glaube ich ein dünnes Tuch flattern zu sehen. Sie ist eine Schönheit aus dem vorigen Jahrhundert. Jetzt höre ich ihre Stimme, eine schöne und starke Stimme. Hooo Idahooo, ruft sie, hooo Idahooo.

Beim Frühstück setzte ich mich nach Möglichkeit an einen abseits stehenden Tisch, damit die anderen Gäste mich nicht beim Kaffeetrinken beobachten konnten. Ich nahm die Tasse in beide Hände und beugte mich, krümmte mich ihr entgegen, damit ich sie nicht so hoch anheben mußte. Aber sie klirrte mir dennoch gegen die Zähne, und die braune Flüssigkeit dicht unter meinen Augen tobte erschreckend ringsum an der Wandung hoch. Wenn ich mich dann ein wenig nach der Seite hin umsah, fühlte ich mich fast jedesmal von einer sanftäugigen alten Dame ertappt, die mir die »Frankfurter Allgemeine« hinhielt und fragte: Wollen Sie meine Zeitung? Ihre Stimme war so sanft wie ihr Blick.

Das Frühstück war im Zimmerpreis enthalten, es war an den meisten Tagen meine einzige Mahlzeit. Ich aß nicht alles, nur ein Ei und ein halbes Brötchen mit Butter. In den ersten Tagen hatte ich oft abends bei der Riesin noch eine Suppe gegessen, dann hatte ich auch das eingestellt. Ich machte einen Sport daraus, meinen Hunger zu überwinden; die Überwindung des Hungers war meine tägliche Leistung, auf die ich stolz war. Korfiz redete mir zu, wenigstens einmal am Tag »etwas Reelles« zu essen, aber da vermochte ich es schon nicht mehr. Der Geruch der Speisen widerte mich an, und dieser Ekel war schwerer zu überwinden als der Hunger. Der milde Duft des Frühstücks war zwar erträglicher, doch habe ich den Versuch, mehr als ein halbes Brötchen zu mir zu nehmen, nach dem zweiten oder dritten Mal als undurchführbar aufgeben müssen. Meine Verzichtleistungen, die ich schon gar nicht mehr spürte (den Verzicht auf Hilde eingeschlossen), waren das einzige, was mir noch einigen Respekt verschaffte vor der richtenden Instanz in mir. Ich begann allerlei Sprüche vor ihr zu klopfen, und sie zeigte sich spöttisch beeindruckt, wenn ich sagte: Essen und ficken sind demütigende Zugeständnisse an das Leben. Ich bemühte mich, das Wort im Stil äußerster Geringschätzung zu denken, als spuckte ich es in den schmutzigsten Winkel meines Kopfes (Leben, Leben, und schließlich so wie es in gewissen Dialekten klingt, »Lehm«). Das »Lehm« ist mich nicht wert. Unermüdlich wandelte ich bekannte Redensarten ab. Lerne leiden ohne zu essen. Lerne atmen ohne zu leben. Lerne schreiben ohne zu sein. Lerne schreien ohne zu schreiben. Lerne sterben ohne geschrieben zu haben.

Lerne weinen ohne zu, ohne zu, ich weiß nicht was. Ich lag ganz still auf der rechten Seite, sah durch den gewohnten Nässeschleier zu den zwei blauen Büchern auf dem Schrank hinauf, in denen das irgendwo stehen mußte, und summte mir wie ein Wiegenlied die Verse vor, in denen es heißt, daß

April und Mai und Junius ferne sind, und so weiter. Ich blickte ein wenig weiter nach rechts, zu den braunen Büchern, in denen irgendwo die Haltung beschrieben sein mußte, die ich nun einnahm, Arme gekreuzt, Hände auf den Schultern, um mich, wie es dort hieß, schwer zu machen, schwer genug, um in den Schlaf zu fallen. Doch gerade dieser Band war nicht dabei, mir fiel wieder ein, daß ich ihn G geschenkt hatte. Sie stieg aus dem Schrank und begann mit heftigen Sensenschwüngen den tropischen Pflanzenwuchs in der Mitte des Zimmers niederzumähen. Ich saß am Fenster und sah ihr zu, wie sie den Patio rodete. Sie trug einen sehr knappen Bikini, und ich versuchte vergeblich, an dem bleichen Körper irgendwelche Spuren der Beglückung zu entdecken, die ihm zuteilgeworden sein mußte in den schönsten Monaten ihres Lebens, in denen sie endlich erfahren hatte, daß sie auch was konnte. Ich hatte sie das sagen hören, und dann hatte sie sich entschuldigt, sie wolle allein sein, und war in ihr dunkles Zimmer gegangen, zum Nachgenuß. Auch ich machte nun dunkel und summte ohne Artikulation: »April und Mai und Junius sind ferne.« Ich drehte mich ein bißchen hin und her, als würde ich schwach geschaukelt, gewiegt, und wiederholte lange immer wieder summend: »April und Mai und Junius, April und Mai und Junius.« Ich lud die ganze Schar meiner alten Bekannten ein, ans Bett zu treten und mich zu sehen in meiner Jämmerlichkeit. Ah, wie sie mich verachten würden. Das heißt, eigentlich würden sie sich fürchten, die Verachtung war auf meiner Seite. Oh, zweifellos würden sie sich meine Schwäche als Beweis für ihre eigene Kraft auslegen, ihr Glaube, des Lebens mächtig zu sein, würde gestärkt werden, erstrahlen würden sie in meiner Verfinsterung. Aber ich kannte ihre heimliche Angst vor der Wahrheit, die bei mir war und besagte, daß sie sich nur vermöge der Tatsache aufrecht erhielten, daß ihrem dämmerigen, schlammig schwappenden Hirn jede Ahnung fernblieb und immerdar fernbleiben würde, was das ist, das Leben, das »Lehm«, das Leben, das sie so leichthin schwer nennen, weil sie nicht gewahrwerden, wie unerträglich es ist, wenn es ihnen leicht wird. Ich sagte es ihnen. Ich sagte ihnen noch viel mehr.

Ja, richtig, das begann damals, daß ich mir angewöhnte, sie anzureden, mal den, mal jenen, mal die, mal jene, manchmal bewegte ich sogar die Lippen dabei, lautlos und zuweilen auch laut, halblaut, wie ich von Zeit zu Zeit merkte, und wenn genügend Lärm um mich war, bei starkem Verkehr, lautem Wind oder Regen, schreiend. Alles, was ich dachte, mußte ich in Gedanken irgend jemand sagen, was immer mir durch den Kopf ging, wurde Teil eines endlosen Vortrags vor dem Gremium aller, die ich kannte oder gekannt hatte, und die ich abwechselnd beim Namen rief oder bloß mit einem Du oder Sie, je nachdem, und manchmal wandte ich mich auch mit einem Sie oder Ihr an mehrere oder alle zugleich. Zeitweise ging ich sprunghaft von einer Anrede zur anderen über, tauschte mitten in einem gedachten Satz die Adressaten aus, und es kam vor, daß ich des Wechsels erst nachträglich mit Verblüffung gewahr wurde. Nicht weniger wandelbar waren Charakter und Tonfall dieser inneren Rede, die sich auch in meinen Träumen fortzusetzen schien; sie changierte andauernd zwischen Verteidigung und Angriff, Bericht, Klage und Anklage, Selbstbezichtigung, demütigem Flehen, Haßausbruch und Verhöhnung. Das hatte in seiner Unaufhaltsamkeit etwas Beängstigendes, und in manchen Stunden, wenn ich mit diesem beständigen Reden in mir umschlossen, eingeschlossen war von der Stummheit des Zimmers, umstellt von seinen starren, wildfremden Gegenständen (seinen, nicht meinen Gegenständen) wurde die Angst schrill, alarmierend, ein unausgesetztes schrilles Läuten der Angst. Ich versuchte vergeblich, das abzustellen und in mir die gleiche Stummheit zu erzeugen, die mich umgab. Ich versuchte, mir durch eine Formulierung Überlegenheit zu verschaffen. Das ist ja die galoppierende Rhetorik, was ich habe, sagte ich. Aber schon wieder mußte ich jemand anreden und fragen: Können Sie mir sagen, was das bedeutet, diese galoppierende Rhetorik?

Keine Antwort. Ich habe nie eine Antwort zu hören bekommen, doch das überraschte mich nicht. Es wurde nie zum Dialog, war immer nur ein Monolog, was in mir ablief, ich hörte immer nur meine Stimme, aber ich erwartete es auch gar nicht anders. Und schließlich gab ich nach, hörte ihr wie gebannt in wehrlosem Entsetzen zu, während ich, ebenso unaufhaltsam wie sie sprach, wie ich atmete, dreierlei Feuchtigkeit aus mir ausschied, aus mir herauspumpte, eine, die mir aus den Augen, eine, die mir aus den Poren, und die dritte, die mir aus dem rechten Ellbogen drang. Ich hatte ihn in einen Waschlappen eingebunden, den ich jeden Morgen auswusch, und hatte mir angewöhnt, ein Handtuch über das Kissen zu breiten, bevor ich mich hinlegte, um es vor meinem Schweiß zu schützen. Mehr konnte ich nicht tun. Ich konnte überhaupt nichts tun. Könnt ihr mir sagen, wie das weitergehen soll? fragte ich. Sie antworteten nicht, selbstverständlich antworteten sie nicht. Ich will es euch sagen, sagte ich, hört gut zu. Ich werde krepieren. Ich werde auslaufen, verrinnen, versickern. Außerdem werde ich verfaulen. Verfaulen, verwesen. Vertrocknen, verwittern. Außerdem werde ich verhungern. Außerdem – nein, vorher – vorher werde ich verrückt werden. Da habt ihr es.

Da hast du's, mir kann nichts mehr geschehen. Ihr könnt mir nichts mehr anhaben, auch Sie nicht, keiner. Daß ich mich immerzu bedroht fühle, gehört nur zu meinem Zustand. Übrigens fühle ich mich im Moment sogar sehr wohl, du Trottel, du hast ja keine Ahnung, blöder Hund. Ich werde mir bessere Schimpfworte für euch ausdenken, ich habe Zeit dazu. Denn es wird noch eine ganze Zeitlang dauern, Sie werden es erleben. Nein, du wirst es natürlich nicht erleben, ich werde es erleben, und ich freue mich darauf, bin richtig neugierig darauf und mache es mir im Behagen der Erwartung bequem. Angenehm kühlend ist die Feuchtigkeit jetzt, in der ich liege, will sagen, die Nässe, um euch keine falsche Vorstellung zu geben, das ist schon Nässe, klatschnasse Nässe. Sobald es mir etwas besser geht, das heißt, wenn das Gefühl von Schwäche und Ergebenheit zunimmt, verliert diese Nässe an Temperatur und schenkt mir Kühlung. Vielleicht werde ich mich außerdem erkälten, werde außerdem an einer veritablen Lungenentzündung eingehen, bei der wundervoll verringerten Widerstandskraft meines hinschwindenden Körpers. Unterm Gesang eines grandiosen Fiebers dahinfahren, das könnte mir so passen, ich habe immer schon gern Fieber gehabt. Du, ich glaube, ich spüre es schon. Ich strecke mich, mache mich lang, zittere meiner ganzen Länge nach in der nassen Kühle, will sagen, der Kälte, um Ihnen keine falsche Vorstellung zu geben, das ist schon Kälte. Ich ziehe die Knie ein wenig an und beginne leise zu singen: »Es weiß es und rät es doch keiner, wie mir so wohl ist, so wohl.« Unsichere, umflorte Stimme. Ihr wißt ja, daß ich nicht singen kann, aber diese Unfähigkeit paßt jetzt gerade dazu, findest du nicht? Ich versuche mich so zu bewegen, als stünde ich mit meinem mißratenen Gesang auf der Straße. Stünde knickebeinig mit hängenden Armen irgendwo auf einer nassen, kalten Straße und knickte außerdem noch im Takt des Liedes (sagen Sie, ist das nicht Schumann?) zusätzlich in den Knien ein. Der Anblick ist zum Heulen, und ich heule, flenne in hemmungsloser Seligkeit: »Ach wüßt es nur eine, nur eine.« Was du dir einbildest, ich meine doch nicht dich.

Ich hätte mich aber gefreut, wenn sie mich einmal besucht hätte in diesem Zimmer, das ich nicht »mein Zimmer« zu nennen vermochte (sagte immer »das Zimmer«, wenn ich es erwähnen mußte, »ich gehe ins Zimmer«, »ich bin im Zimmer«, was dann so klang, als gäbe es überhaupt kein anderes mehr in der Welt). Sie hätte ohne weiteres einmal kommen können, sie kam ab und zu nach Hamburg, zu ihrem Waidmann, ihrem Hans-Heinrich oder Fritz-Peter, Korfiz sagte es mir. Einmal blieb sie eine ganze Woche oder länger, ging dann während seiner Arbeitszeiten stundenlang ziellos in der Stadt herum, Carola hatte es Korfiz so gesagt. Natürlich langweilte sie sich dann, sie langweilte sich immer, wenn sie mit sich allein war, das glaubte ich zu wissen, schlief fast ein vor Langeweile mit sich selbst. Hätte sie da nicht auf eine Stunde zu mir kommen können? Ich hätte ihr gewiß nichts weiter zugemutet, als ein bißchen bei mir zu sitzen und mit mir zu reden, eine Art Krankenbesuch. Ich verlangte sehr danach, ein friedliches, freundliches Verhältnis mit ihr herzustellen, friedlich und freundlich, nichts weiter. Sie hätte mir erzählen können, was sie wollte, auch von sich und Waidmann hätte sie erzählen können, ich fühlte mich imstande, es mit mildem Lächeln anzuhören. Danach wäre sie dann in die Stadt zurückgefahren, ein paar Stationen mit der S-Bahn, und wäre noch rechtzeitig vor dem großen Tor eingetroffen, an dem sie ihn nach Büroschluß erwartete, wie Carola gesagt hatte. Ich stellte mir vor, wie sie da auf der Straße stand – einer der Hamburger Straßen, die in meiner Vorstellung immer regennaß sind, und in der sich infolgedessen die Lichter spiegelten, die um diese Zeit bereits brannten, denn es dämmerte dann schon, es war ja schon Herbst – und das Tor im Auge behielt, aus dem die Masse oder Unmasse von Angestellten, zu der er gehörte, hervorströmte, herausfloß als würde sie über die Treppenstufen ausgegossen.

Hätte ich nicht ohnehin unablässig am ganzen Körper gezittert, so wahrscheinlich vor Verlangen danach, daß sie endlich doch einmal käme, an die Tür klopfte, die Klinke bewegte und sich mit leiser Stimme meldete. Ich hätte ihr aufgeschlossen und sie gebeten, noch einen Moment mit dem Eintreten zu warten, bis ich wieder im Bett wäre. So, hätte ich dann mit zweifellos etwas unsicherer Stimme gerufen, jetzt komm herein und sei willkommen. Ich hätte meinen miserablen Zustand nicht zu bemänteln versucht vor ihr, hätte ihn vielleicht sogar ein wenig zur Schau gestellt, um mir eine Regung des Erbarmens von ihr zu erschleichen, wenn das für mich zu haben gewesen wäre. Das wäre ihr schließlich nur zugute gekommen, hätte die nachfolgenden Ekstasen mit Waidmann nur gesteigert, besonders wenn sie ihm am Abend davon erzählt hätte, ihm erzählt hätte von mir und meinem elenden Zustand. So etwas wirkt stimulierend, und ohne Zweifel hatte auch jene Begegnung mit einem fremden jungen Mann, von der sie ein paar Tage nach ihrer Rückkehr berichtet hatte, diese günstige Wirkung gehabt; ich hatte das sofort denken müssen, noch während sie davon sprach, und der Gedanke war wie ein leichter Anfall von Schüttelfrost gewesen.

(Wenn ich mich recht erinnere – ich habe nicht sehr aufmerksam zugehört, wenngleich aufmerksam genug – war das in einem Laden gewesen, den ein Bekannter von Carola betrieb, marokkanische Lederwaren und dergleichen. Der junge Mann war hereingekommen, hatte sich hereingedrückt, hereingewunden durch die kaum geöffnete Tür, ich kann mir schon denken, wie. Man hatte gleich sehen können, daß er nicht in Ordnung, daß er schon so gut wie fertig war, ein Fixer oder etwas in der Art, aber schon im letzten oder vorletzten Stadium, ganz nahe am Ende. Dieses erschütternde, träumerische, verlorene Lächeln in seinem ausgezehrten Gesicht. Und wie er zitterte; die schäbigen Klamotten, denen ein Körper wie seiner natürlich keine Form geben konnte, denke ich mir, waren vom Kragen bis zu den Säumen der Hosenbeine in Bewegung wie eine Fahne bei schwachem Wind. Er hat kaum sagen können, was er wollte, konnte nicht sprechen oder wagte es nicht, lenkte nur mehr oder weniger stumm ihre Aufmerksamkeit auf einen kleinen Hund, den er auf dem Arm trug und der gleichfalls zitterte, sei es aus eigener Kraft, das heißt eigener Schwäche, oder bloß wegen der seines Herrn. Es war ein rührendes Genrebild, schimmernd im Ölglanz der Menschlichkeit. Dafür hatten sie gesorgt, hatten den Hund gefüttert, hatten ihm ein Halsband angepaßt, ein Prunkstück im marokkanischen Stil. Das war es, was der Mann gewollt hatte, er war ganz außer sich geraten angesichts solcher Pracht. Sie hatten es ihm geschenkt; der kleine Köter war alles, was er noch hatte. Er war fast vergangen vor Dankbarkeit, die Augen waren ihm naß geworden, glaube ich; es ging sichtlich zu Ende mit ihm, da war nichts mehr zu retten. Und ich würde eine Wette eingehen, daß die folgende Nacht ihnen besonders gut geraten ist, fremder Jammer ist eine feine Würze.)

Es wäre zu wenig, nur zu sagen, daß ich ihr (oder ihm, oder ihnen beiden) gern den gleichen Dienst erwiesen hätte wie der junge Mann mit dem Hund. In gewissen Phasen der Schlaflosigkeit wuchs sich der Wunsch, auf so vertrackte Weise zu ihrer Lust beizutragen, zu einer Obsession aus, gegen die ich mich nur durch den rasenden Griff nach den Tabletten, dem Wasserglas zu retten wußte. Ich zögerte nun kaum noch, die Dosis, die für mich inzwischen zur normalen geworden war, in derart dringenden Fällen kurzerhand zu verdoppeln. Acht oder zehn der kleinen weißen Scheiben, die mir geradezu verächtlich harmlos vorkamen, nicht bloß ihrem Aussehen nach, sondern auch, weil sie ohne ärztliche Verschreibung käuflich waren, wie Pfefferminzbonbons, schienen mir nicht zuviel zu sein für einen, der fast die doppelte Zahl giftig funkelnder Todeskolibris immerhin überlebt hatte. Ich lag regungslos ausgestreckt, die Hände ins untere Bettlaken verkrallt, und wartete. Die Wirkung kündigte sich zunächst dadurch an, daß die Guckkastenbühne vor meinen geschlossenen Augen von den Seiten her kleiner wurde, so als würden die Vorhänge (blaue, leicht phosphoreszierende Vorhänge) ein Stück weiter zusammengezogen. Zugleich nahm das Licht ab, verlor seine weiße und gelbe Kraft, und die Bühne lag eine Zeitlang in einer milden, rauchfarbenen Helligkeit leer da. Ich sah mit gesammelter Aufmerksamkeit hin, mein Atem ging ruhig, gleichmäßig, und dann begann sich allmählich eine weiße Gestalt in dem dunstigen Raum abzuzeichnen. Es war kein reines, krasses Weiß, war die Perlmuttfarbe, die manche Maden haben, die man manchmal beim Umgraben in der fetten Gartenerde findet. Ich wußte sofort, daß es Waidmann war, der da sichtbar werden würde, und zwar so sichtbar, wie ich ihn neuerdings zu sehen gelernt hatte, nicht mehr als den braunen oder schwarzen Faun, als der er mir seinerzeit auf der Insel einmal erschienen war, winzig klein auf viertausend Kilometer Entfernung und in einem fliederfarbenen Bett. Das Bett war jetzt nur noch eine undeutliche, dunkle Erhebung im Zentrum der Bühne, und seine Haut hatte dieses madige oder perlmutterne Weiß angenommen. Ich sah ihn nun besser. Er kniete aufrecht auf dem Bett, Hände auf den Hüften, Arme wie Henkel abgewinkelt, den Kopf weit in den Nacken zurückgelegt, eine stolze Haltung. Und vor ihm auf dem Boden lag sie auf den Knien und betete ihn an. Wie die Feder mit dem Puppenkopf aus dem Kasten stieg ihr Oberkörper vor ihm auf, schwankte, taumelte vor ihm hin und her, ihr Kopf kreiselte vor seinem aufgerichteten »robinet d'amour«, und ihr extrem vorgewölbter Mund schnappte nach der artischockenförmigen, artischockenfarbigen Spitze des bleichen Schafts. Das ging lange so. Ich sah ihnen zu wie eine übergeordnete Gottheit dem Kult eines geduldeten regionalen Idols. Dann schlief ich ein.

Ich habe diese Szene, nachdem ich sie einmal gesehen hatte, nach Belieben heraufbeschwören konnen, und sie hat sich während der folgenden Nächte mehrmals als Hilfsmittel beim Einschlafen bewährt. Von ihr aus glitt ich in Träume hinüber, von denen ich nicht viel mehr sagen kann (und auch schon damals kaum viel mehr hätte sagen können) als daß sich da irgendwelche sehr grauenhaften und zugleich sehr lustvollen Vorgänge abspielten, arrangiert allesamt in den dunkelglühenden, sadistischen Farben alter Kirchenfenster oder gewisser Bilder und Dekorationen des Fin de siècle, der letzten großen Epoche der Lust. Nur einer von ihnen ist mir in Erinnerung geblieben. Sein Schauplatz war ein tropischer Strand. Eine schlafende Frau liegt auf einer sehr flachen Düne, auf die ein Mann von weither zuschwimmt. Er kommt sehr langsam heran, man sieht den Kopf auf den kaum bewegten Wellen. Es kann nicht sein Kopf sein, denn es ist ein dunkler Kopf mit schwarzen Haaren. Auch die Frau ist nicht sie; irgendeine Frau, die ich nicht kenne. Sie liegt mit gespreizten Beinen und angezogenen Knien da und rührt sich nicht, während er schnurgerade auf sie zuschwimmt. Nur sein Kopf ist zu sehen, auch als er schon ganz nahe ist, kein Arm, kein Rumpf, keine Schwimmbewegung im Wasser, der Kopf scheint ganz von selbst auf sie zuzutreiben. Und dann hebt er sich ein Stück weiter aus dem Wasser, eine letzte, sanfte, weißgesäumte Welle spült ihn auf den Sand, und er rollt, ohne Körper, wie ein Ball die schwache Steigung hinauf zwischen ihre geöffneten Schenkel wie in ein Tor, durch das er verschwindet. Die Farben dieses Traums: Ein tiefes Rosa (ihr Körper); eine rötliche Sandfarbe (die Düne); ein dunkles Violett (das Meer); ein fahler Olivton (sein Kopf) und das Schwarz seiner Haare.

Träume wie dieser und die anderen, von denen ich nicht mehr über die schreckstarre Schwelle des Erwachens bringen konnte als ein lustvolles Nachschaudern und farbiges Nachleuchten, gaben meinen Nächten zuweilen einen gewissen Glanz. Aber auch die qualvollen Nächte, in denen es mir nicht gelang, mich aus dem wirren, geängstigten Bewußtsein der katastrophalen Wirklichkeit meines Lebens in dieses Traumtheater davonzustehlen, waren den Tagen bei weitem vorzuziehen. In der Nacht, hinter der zweimal verschlossenen Zimmertür, fühlte ich mich wenigstens einigermaßen geschützt vor den unabsehbaren Bedrohungen des Tages, und der Schmetterling, dieser dickleibige Falter, der in mir eingeschlossen war und mich von morgens bis abends mit den hoffnungslosen Vibrationen seiner Flügel, einem Fliegen auf der Stelle sozusagen, gepeinigt hatte, kam für ein paar Stunden zur Ruhe. So weit würde man wohl nicht gehen, mitten in der Nacht an die Tür zu schlagen, erst zu klopfen, dann zu schlagen, erst mit der flachen Hand, dann mit der Faust, mit zwei oder mehr Fäusten, während noch eine dritte, fünfte oder siebente Hand wie verrückt an der Klinke rüttelt, da ich mich selbstverständlich schlafend stelle. Aber da müßte ich mich schon tot stellen. Aufmachen, aufmachen, ruft man, machen Sie auf, es ist aus. Kein Entrinnen, am Ende müßte ich doch gehorchen, man tritt ein, dringt ein, stößt gegen mich vor. Wer? Ganz gleich wer, irgendwer, es kann jeder sein, ein Menschenkeil, fremde oder bekannte Gestalten oder beides, jeder kann dabeisein, die Alte könnte dabeisein oder Alberich, auch Gigi, und an der Basis des Keils, auf der Schwelle oder ein Stück jenseits von ihr, stünde die Inhaberin des Hotels mit ihrem wohlgeordneten blonden Gesicht und hätte ihre auf Papier geschriebenen Forderungen in der Hand, ein Bündel Papier, das sie von Zeit zu Zeit gegen mich schüttelt und das dann knattert wie Blech. Ja, so ähnlich mochte es kommen, es hatte alle Wahrscheinlichkeit für sich, nur daß es nicht bei Nacht geschehen würde.

Bei Tage dagegen konnte es geschehen, es stand immerzu bevor, dies und anderes, wahrhaft unabsehbare Bedrohungen. Meine Brieftasche wurde dick von unbezahlten Hotelrechnungen. Das Geld, das Korfiz für mich erübrigte und das ich mit einer ostentativen Schamlosigkeit entgegennahm, die ich als verdoppelte, zu einem zweideutigen Genuß pervertierte Scham fühlte, deckte zuletzt kaum noch mehr als meinen stetig steigenden Bedarf an Schlafmitteln und Zigaretten. In den ersten Wochen hatte Korfiz noch die Kosten für meinen Aufenthalt im Hotel aufbringen können, und einmal war es ihm gelungen, einer Person, von der ich mir keinesfalls mehr Hilfswilligkeit als von Alberich versprochen hätte, dessen Clan sie angehörte, zu einer Geldsendung an mich zu überreden, von der ich fast einen ganzen Monat bestreiten konnte. Im übrigen aber hatte er seine Möglichkeiten, Geld herbeizuschaffen, weit überschätzt, und da es ihm trotz seiner unbestreitbaren Qualifikation und des günstigen Alters, in dem er stand, nicht gelang, einen neuen Job zu finden, wurden seine Zuwendungen an mich immer kleiner und unsicherer. Vom dritten, dem vorletzten Monat meines Hotelaufenthalts an befand ich mich in einem hoffnungslosen Zahlungsrückstand. Es versteht sich, daß ich mich so wenig wie möglich innerhalb des Hotels sehen ließ und mir im übrigen, soweit das mit dem unbezwinglichen Beben meines Körpers überhaupt vereinbar war, einen Anschein von Unbefangenheit zu geben suchte. Dabei empfand ich jeden meiner Schritte durch die Gänge und an der Rezeption vorbei als eine hochstaplerische Dreistigkeit, spürte in jedem Moment schon die Hand auf meiner Schulter, die mich doch einmal stoppen mußte in meinem Treiben. Keineswegs aber mußte es jemand vom Hotel sein, der als erster gegen mich einschritt; jeder konnte es sein, ich hätte keinem die Berechtigung dazu bestritten. Vielleicht würde die sanfte Dame, die mir so beharrlich ihre Zeitung anbot, die ich ebenso beharrlich ablehnte, den Anfang machen. Der Schnitt ihres Gesichts, ihre ganze Erscheinung hatte einen unbestimmt orientalischen Einschlag, ich hatte mich zuerst sogar darüber gewundert, daß sie deutsch sprach und daß es eine deutsche Zeitung war, die sie mir hinhielt. Die kultivierte, selbstsichere Ruhe, die ihr eigen zu sein schien, eine fast schon träge, genießerische Altersgelassenheit, konnte einen wie mich direkt neidisch machen. Jetzt wurde ich die Vorstellung nicht mehr los, wie sie eines Morgens die abgelehnte Zeitung langsam vor meinen Augen zerreißen und mit leiser, zorniger Stimme sagen würde: So geht es nicht weiter, er will und will meine Zeitung nicht nehmen. Das würde das Signal sein, auf das hin sich alle im Hotel, die Gäste, das Personal und die Eigentümerin, vereinigen und mich erledigen, liquidieren, ausmerzen würden.

Nach dem Frühstück – es ist noch nicht, ist wieder einmal nicht geschehen – trachte ich so schnell wie möglich wieder in mein Zimmer zu kommen (nein, es ist nicht mein Zimmer). Manchmal ist das Mädchen noch drin, um es wieder herzurichten, die Spuren meiner Nacht zu verwischen; dann warte ich in einem kleinen Seitengang, in dem ich mich etwas weniger bedroht fühle. Sobald sie das Zimmer verläßt, gehe ich mit scheinbar ruhigen Schritten hinein, drehe aber hinter mir sofort zweimal den Schlüssel im Schloß und bleibe, die Hand auf der Klinke, für ein paar Augenblicke aufatmend hinter der Tür stehen. Wenn jetzt jemand kommt, werde ich sagen können, ich sei krank (nein, weniger, ich fühlte mich nicht ganz wohl), man möge sich bis morgen gedulden; dann habe ich einen Aufschub, eine Nacht und einen Tag, das habe ich auf jeden Fall, das kann man mir nicht verwehren. Diese Gewißheit erschüttert mich wie eine plötzliche große Freude. Ich kenne das schon, es wiederholt sich jedesmal, ein hysterischer Anfall von Glück, der rasch vergeht, und danach ist es um so schlimmer. Ich stütze mich mit gestreckten Armen auf den Rand des Waschbeckens und sehe in den Spiegel. Wieder magerer geworden, magerer als gestern. Zuerst ging es langsam, jetzt scheint das Fleisch von Tag zu Tag in Klumpen von mir abzufallen. Immerhin etwas, das vorwärtsgeht, etwas, das ich fertigbringe. Wenn ich nicht hungern müßte, ich hungerte freiwillig. Übrigens tue ich das ja, ich will hungern; daß ich es außerdem muß, zählt demgegenüber nicht. Ich sehe mein Gesicht an, wende es hin und her; auf einmal bin ich ganz hingerissen von diesem Gesicht, es überwältigt mich, und mit G's Worten sage ich zu ihm: Guten Morgen, schöner Mann. Und dann erinnere ich mich an etwas anderes, was sie gesagt hat, und sage auch das zu ihm: Ein Gesicht wie eine Landschaft aus Honig. Daraufhin schleudere ich den Vorwurf des Narzißmus gegen mein Spiegelbild, verkommener eitler alter Sack, sage ich; aber damit komme ich bloß einer leeren Verpflichtung nach, die ich nicht fühle. Es ist auch schon vorbei, es muß ein anderes Gesicht gewesen sein, oder dasselbe, bewundert mit anderen Augen. Jetzt sehe ich sie naß werden, und es sind wieder meine. Ich beeile mich mit den notwendigen Vorbereitungen, Handtuch über das Kissen breiten, Ellbogen frisch einbinden. Ich werde bis zum nächsten Frühstück im Bett liegen, einen ganzen Tag, eine ganze Nacht, niemand wird mich daran hindern können. Ich werde mich zu beruhigen versuchen, werde versuchen, in Ruhe über meine Lage nachzudenken. Damit das Nachdenken nicht zu lange dauert, nehme ich erst mal eine Ladung Tabletten ein.

Immer wieder habe ich mir vorgenommen, über meine Lage nachzudenken, aber ich habe es nie vermocht. Nie, auch zu den Zeiten meines Lebens nicht, von denen hier nicht die Rede ist. Sobald ich dazu ansetzte, geriet ich in eine Aufregung, die mir fast das Bewußtsein raubte, ich konnte die Gedanken nicht beim Thema halten, in wirrer Flucht vor ihm stoben sie nach allen Richtungen davon. Es war also nichts Neues, wenn es auch jetzt so ging. Im Grunde war der Zustand, in dem ich mich befand, überhaupt nicht neu für mich. Ich hatte das schon immer in mir gehabt, nur kam es jetzt auch von außen, das war der einzige Unterschied, ein schrecklicher Unterschied allerdings. Was ich gewußt hatte, wurde mir bewiesen, wurde an mir begangen, an mir vollstreckt. Es konnte mich vernichten, überraschen konnte es mich nicht. Ich hatte immer gehofft, es würde mir in seiner äußersten Brutalität erspart bleiben. Nicht daß ich mir eingebildet hätte, mich aus eigener Kraft davor schützen zu können; das sind andere, die sich das einbilden; ich hatte nur auf ein wenig Milde gehofft. Ich war mir klar darüber, daß ich keinen Anspruch auf sie hatte, so etwas gibt es nicht; aber ich fand doch, diese krasse Behandlung hätte mir erspart bleiben können, da ich doch immerhin mit dem dauernden Schrecken des Wissens gelebt hatte. Es gab andere, die mir weit eher der Belehrung bedürftig zu sein schienen, und die sich nun mit der Grausamkeit der Ahnungslosen hinstellen und den vulgären Nachruf sprechen würden: Er war selber schuld.

Stimmt ja, Schimpfnamen hatte ich mir für sie ausdenken wollen, vielleicht wäre das eine Beschäftigung für die Zeit, die ich noch wach sein muß, weil das Mittel noch immer nicht wirkt. Wütende, keifende, schäumende Beschimpfungen. Aber auch aus der Ecke ist nichts zu holen, alles viel zu dünn. Eine kurze Wut, auch der Haß läßt sich nicht lange halten, am besten hält sich noch die Verachtung. Aber wie leicht kann auch sie sich in der alles aufweichenden Trauer verlieren, die immer da ist. Sie und die Angst, die in jedem Moment die Gestalt des puren Entsetzens annehmen kann. Eine Gestalt, die genau meine Proportionen hat und sich seitlich meiner ganzen Länge nach aus mir herausdreht und sich auf mich wälzt. Dreht sich in einem einzigen Schwung aus mir heraus und wälzt sich auf mich, um mich zu erdrücken, zu ersticken. Sie deckt mich ganz genau, vom Haar bis zu den Zehen, als wären wir zwei aus derselben Hohlform hervorgegangene Körper.

Eine langgestreckte Welle, die aus mir aufsteigt und auf mich niedergeht. Ein anderer Versuch, es zu sagen. Einmal wird sie alles aus mir herausspülen, alles aus mir herauswaschen und mich als leere Hülse zurücklassen. Nicht verrückt werden, verblöden werde ich. Verblöden. Da ich nicht sicher bin, ob ich diese Lösung ersehne, fürchte ich sie.

Gut, mehr davon. Ich will noch mehr Sätze von dieser Sorte bilden. Solange der Kopf noch nicht leergespült und ausgewaschen ist, kann man sich manchmal damit behelfen, das man Sätze bildet. Diesen zum Beispiel: Da sie das Leben immer schon zu besitzen glauben und daher nie versuchen, es zu erlangen, wissen sie nicht, daß es nicht zu haben ist. Das Leben, das man weder hat noch entbehrt, läßt sich allenfalls aushalten. Ihr habt es leicht, mein Leben zu ertragen. Die einzige Form, es zu haben, ist, es zu entbehren. Nein, es nicht zu ertragen. Aporie. Ich bin keineswegs davon überzeugt, daß etwas von all dem stimmt, was ich mir da aufsage. Die Sätze machen die Sache unter sich aus, auch sie haben es nicht. Ich schreibe das Wort »Aporie« mit dem Finger in die Luft und sehe es an. Eins von diesen noblen Wörtern, die die bodenlose Falle mit einer Rosette tarnen. Ich strecke die Hand aus und wische es weg.

Erträglich jetzt, fast wie in der Nacht; das Tagpfauenauge meiner Angst hat sich geschlossen, die Flügel ruhen. Da kann auch ich die Augen schließen. Weiche, dichte Schwaden ziehen an ihnen vorbei, immer weichere, dichtere, in die ich einsinke, meinen Augen nach. Es ist kein Abwärtssinken und schon gar kein Stürzen, es ist ein horizontales oder vielleicht diagonales Wegsinken, immer weiter durch weiche und weichere, dichte und dichtere Schichten, bis ich in der äußersten Verdichtung des Weichen lande und endgültig zur Ruhe komme, während es, dieses Weiche, mit mir weiterschwebt in einem nun völlig richtungslosen Schweben, in das ich ganz eingebettet, ganz eingelassen bin. Ich fühle, wie mein Herz seine Kraft verliert, jetzt kann es wirklich nicht mehr weiter, denke ich mit freudiger Angst, so ist das also, seine Schläge verlieren sich wie der Seufzer, mit dem eine empfindsame Dame in die Ohnmacht sinkt, endlich hat mich die Krankheit befallen, die allem ein Ende machen wird, ich werde sterben. Wenn es auf die Art vor sich geht, ist es eine leidliche Sensation. Aber auch wenn sie kommen, wenn sie sich über mich beugen, mich mit sanften Armen wieder heraufheben, wird es schön sein, eine lange, langsame Rettung und Rekonvaleszenz. Stille weiße Gestalten, die mich mit milder, behutsamer Aufmerksamkeit ansehen. Eine tritt ganz nahe heran, das Gesicht, ein offen ausgebreitetes Gesicht ohne Verstecke, ist genau über meinem. Wir wollen uns nichts vormachen, Doktor, sage ich, Sie wissen, daß ich nicht krank bin, das sind nur meine idiotischen Bekannten, die das sagen. Wir wissen ja beide, daß gerade sie die Kranken sind, deshalb können sie ja alles aushalten, was der Gesunde nicht übersteht, die Krankheit macht sie immun. Wenn Sie mich retten wollen, müssen Sie mich von meiner Gesundheit kurieren. Kurieren Sie mich von meiner Gesundheit, Doktor, damit ich leben kann. Manchmal hat man Glück und kann so einen einwickeln. Er stimmt mir nicht zu, aber er lächelt, das genügt, manchmal tun sie in falscher Meinung das Richtige. Etwas legt sich fest und warm um meine Schultern. Sein Gesicht zergeht in seinem Lächeln.

In der Nacht kommen die Ziegen wieder. Diesmal erscheinen sie als Tapetenmuster, Dutzende von Ziegenböcken mit Perpendikelzungen und rollenden Augen. Sie erinnern mich an eine Wand voller kleiner Schwarzwälder Uhren. Ihre Zungen gehen im Takt zu einem Lied, das von einer leicht versoffenen Stammtischstimme vorgetragen wird und in diesem Vortrag vage an den Dialekt ihrer Herkunftslandschaft anklingt. Belustigt und ein wenig angewidert höre ich den immerzu wiederholten Singsang: »Keschperle, Keschperle, du sollst doch die Frauen, die reizenden Frauen nicht immer verhauen.« Etwas fällt in Tropfen von ihren Zungen, aus ihren Bärten.

Ich kann nicht viel Erstaunliches finden an derartigen Erscheinungen. Ich bin es gewohnt, Dinge zu sehen, die nicht da sind. Und wieso sind sie nicht da, wenn ich sie doch sehe? Was ich sehe, ist da; ich lasse mir nichts mehr vormachen, lasse mir keine falschen Kriterien mehr aufschwatzen. Die Meerfrau neulich, diese Galionsdame vor dem Fenster habe ich sogar riechen können, salziger Seegeruch, was auch seine Richtigkeit hatte, da das Fenster einen Spalt weit geöffnet war in der milden Nacht. Wenn es jetzt ein bißchen überhandzunehmen scheint mit solchen Phänomenen, so ist auch das nicht verwunderlich; es ist ja doch ein Ausnahmzustand, in dem ich mich befinde, das erklärt alles.

Da ich weder krank noch tot noch sonstwie gerettet bin, gehe ich ins Frühstückszimmer hinüber, ein kurzer Weg, der mir lang und schwer wird. Noch länger und schwerer als bisher, wie es scheint. Ich zittere nicht mehr bloß, jetzt schwanke ich auch. Taumele durch den kleinen Flur dahin als ginge ich nicht auf den breiten Sohlen meiner Schuhe, sondern auf schmalen Kufen. Aber die Wände sind beruhigend nahe auf beiden Seiten, außerdem kann ich mich auf die Klinken zweier Türen stützen, die an meinem Weg liegen, die Tür der Telephonkabine und noch eine, nicht für Gäste bestimmte. Ausnahmezustand, das erklärt alles. Mag noch eine gewisse Schwäche hinzukommen, weil ich vielleicht doch allzuwenig esse, auch eine gewisse Benommenheit, weil ich nun auch am Tag Schlafmittel nehme und außerdem vielleicht allzuviel rauche (ich rauche ja, als hätte ich alle Aschbecher, die in die Reichweite meiner langen Arme kommen, in Akkordarbeit mit Zigarettenstummeln zu füllen). Mag sein, mag alles sein, aber es ist nicht nötig, meinen Ausnahmezustand auf so profane Ursachen zurückzuführen. Das hieße ihn geradezu um seine Würde bringen. Ich habe auch ohnedies Anlaß genug zu taumeln in der Welt, das will ich doch meinen.

Sie streckt mir die Zeitung hin. Wollen Sie? Oh ja, gern, danke sehr. Das entwaffnet sie. Diesmal kann sie sie noch nicht zerreißen, noch nicht den Stab brechen über mich.

Wieder entkommen, noch einen Aufschub erreicht. Den Schlüssel drehen, einmal, zweimal. Stehenbleiben, aufatmen, die Zunge blecken gegen die geschlossene Tür.
Aber daß ich Gigi unter meine Verfolger versetzt habe, ist nur ein schöner Wahn. Wie sollte sie mich verfolgen, für sie bin ich ganz verdunstet aus dem Ensemble des Seienden. Wahrscheinlich bedenkt sie nicht einmal, daß ich zumindest noch eine Hand bin, die ihre Briefe entgegennimmt und an den Adressaten weitergibt. Korfiz hat ihr Bellas Adresse nicht geben wollen, und so gehen die Briefe zu meinen Händen an das Hotel. Zu den Händen jedoch gehört ein gepeinigter Kopf, der sich mit schwachen Augen (das scheint auch zu meinem Ausnahmezustand zu gehören, eine überraschend verminderte Sehkraft) über die Umschläge beugt, ob nicht doch einmal einer an mich selbst adressiert ist.

Das kam nicht vor. Was hätte sie mir denn schreiben sollen? Das weiß ich nicht, das wußte ich nicht, egal was, nur daß es wieder Worte zwischen uns gegeben hätte, ein Zeichen dafür, daß sie mir nicht länger das Dasein abstritt, dessen Konturen ich nur noch wie die Spur einer ätzenden Lösung zu fühlen meinte, mit der sie sie übergossen zu haben schien, um sie zum Verschwinden zu bringen. Da sie so große Macht über mich hatte, blieb mir nichts anderes übrig als um Gnade zu flehen. Ah, die kleine Gans, dachte ich, ich selbst habe ihr die Macht verliehen, vor der ich mich nun im Staub wälze; da wird sie erst recht vergessen, daß sie ein Gänschen ist und sich vor dem Wurm ekeln, der sich da vor ihr krümmt. Aber das half nichts, noch einmal mußte ich zu Boden vor ihrem Schweigen, mußte ihr noch einmal drei Briefe schreiben, auf die ich keine Antwort bekam (manchmal könnte man meinen, ein Briefkasten sei nur die Verkleidung, hinter der sich ein Reißwolf verbirgt).

Auch wenn ich es wollte, könnte ich kaum noch sagen, was ich ihr geschrieben habe, nur daß es eine schamlose Bettelei um einen Rest von Gunst gewesen sein muß, und daß jede Zeile, wie immer sie gelautet haben mag, unsichtbar grundiert war von einem ostinaten Text, der einzig aus den zwei Worten »ich versinke« bestand. Ich hörte sie wie ein beständiges süßes Summen aus der Tiefe, und sie gefielen mir außerordentlich, es schien mir, als hätte ich nie schönere vernommen und als ob sie eigentlich die einzigen wären, die ich noch zu schreiben hätte, um alles zu sagen, alles mitzuteilen, »ich versinke, mit bestem Gruß«; und wenn man diese vier Silben mit dem gleichmäßigen Wechsel ihrer zwei Vokale in ihrem vollen, sanft und unerbittlich niederziehenden Gewicht nahm, so mußte man mir doch, wer man auch sein mochte, augenblicklich mit langen, schwebenden Sprüngen zu Hilfe eilen. Es ist möglich, daß ich die herrlichen und genauen Worte einmal oder mehrmals in den geschriebenen Text übernahm, oder vielmehr, daß sie von unten her in ihn aufstiegen; da es mir aber seit jeher bewußt war, daß kaum jemals auch nur eine Silbe in ihrem vollen Gewicht aufgenommen worden ist in der Welt, füllte ich viele Seiten mit allen möglichen anderen Wörtern, einem letzten Aufgebot der Kommunikation, dessen Schwächlichkeit ich mir nicht verhehlen konnte.
Eine Zeitlang ging ich mit dem Gedanken um (und es war mir ganz ernst damit, wenn ich schließlich auch darauf verzichtete), mich an Waidmann zu wenden und ihn um seine mächtige Fürbitte bei ihr zu ersuchen. Hör mal, sollte er zu ihr sagen, schreib doch diesem Blindgänger, diesem Tapergreis ein paar Worte, irgendwas, ist doch egal, dem scheint es ziemlich schlecht zu gehen. Der Gedanke berauschte mich geradezu, die Erniedrigung war mein Element geworden, ein fabelhaf-

tes Schlammbad, und ich senkte den Kopf und flüsterte mit ersterbender Stimme: Junger Herr. Wenn er auch ein »Staubwedel« und grüner Junge zu sein schien, so war er doch immerhin ein Mann, also vermutlich eher fähig und geneigt, Großmut walten zu lassen gegenüber dem Unterlegenen, während die Frau ihm grausam heimzahlt für das Gefühl der Nichtigkeit, das sie neben dem erdulden muß, der ihr das eine, einzige Mittel vorenthält, das es von ihr nehmen kann. (Mir fiel wieder ein, wie sie, ganz im Stil der einschlägigen Literatur, gesagt hatte, sie habe sich durch jenen »zum ersten Mal ganz als Frau bestätigt gefühlt«.)

Ja, ich versinke. Ihr könnt mich doch nicht vor Euren Augen versinken lassen. Nicht um mich zu retten; das weiß ich selbst, daß es nicht um meinetwillen wäre, wenn Du mir zu Hilfe kämst; sich das einzubilden, wäre eher Deine Sache. Der Retter springt, um sich selbst zu retten, das weiß ich und darauf spekuliere ich. Wenn ich auch, freilich nicht mit ungebührlicher Zuversicht, einige Rettungsversuche von Euch erwarte, so tue ich Euch doch die Ehre an, nichts von Euch zu halten. Nichts oder jedenfalls sehr wenig, denn ich weiß, was für ein Schuft ich bin. Weil ich weiß, was für einer ich bin, halte ich so wenig von Ihnen, mein Lieber. Und nun rühr Dich ein bißchen, wenn Du magst, springen Sie, wenn es Ihnen gefällig ist, setzt Euch in Bewegung, wenn es Euch nicht zuviel Mühe macht, ich versinke ja.

Ich schrieb noch mehr Briefe, an andere Adressaten, auch an Alberich, obgleich ich doch schon meine Erfahrungen mit ihm gemacht hatte. Ich versank ja. Auch von diesen Briefen weiß ich nur noch wenig, habe wohl nie viel von ihnen gewußt; ich klagte, wütete, bettelte bedenkenlos, fast gedankenlos. Alle Barrieren der inneren Zensur in mir waren niedergelegt, versunken, mir vorausgesunken. Ein neues Gefühl vollkommener Rücksichtslosigkeit erfüllte mich. Es war eins mit dem des völligen Preisgegebenseins. Aber was sind das für Worte. Eine dünne, umwehte Trunkenheit war es. Doch so kann ich auch nicht davon sprechen. Ich kann nur davon sprechen wie von etwas, was ich zugleich hörte, sah und roch.

Ich sah es als eine weite, wahrscheinlich sogar grenzenlose Fläche von hellem, weiß überschäumtem Grün, eine Substanz an der Grenze zwischen dem Flüssigen und dem Gasförmigen, und dieser Zwischenzustand, der dauernde Übergang vom einen zum anderen war das, was ich hörte. Oder umgekehrt, das Zischen oder Fauchen, das ich hörte, ein Geräusch gleich dem, das aus dem anmutig aufgesperrten Maul einer Katze dringt, war der Ursprung dessen, was ich sah. Und beides, das Gehörte wie das Gesehene, kam vielleicht nur von dem her, was ich roch und was der Geruch meiner Schwäche war (denn man kann seine Schwäche riechen, das weiß ich seit meinen Kindheitstagen, an denen ich es immer im voraus gerochen habe, daß ich bald ohnmächtig werden oder Nasenbluten bekommen würde). Es war nicht ganz derselbe Geruch, aber sehr ähnlich.

Er wich den ganzen Tag nicht, und auch dieses Geräusch blieb mir dauernd im Ohr, während ich mit dem Rücken zur zweimal versperrten Tür mitten in der flach schäumenden Weite saß und Brief um Brief schrieb, obwohl ich eigentlich gar nicht schreiben konnte.

Wie sollte ich denn meinen im Grenzenlosen herumzuckenden, ins Grenzenlose ausschlagenden Arm und die Finger an seinem Ende, die vor meinen Augen flimmerten wie die Beine des verwandelten Gregor Samsa vor den seinen, dazu zwingen, wieder wie einst die gelassenen, kleinen Buchstaben meiner Handschrift hervorzubringen oder die ziellos hin und her fliehenden Tasten meiner Schreibmaschine anzuzielen und mitten in der Flucht zu treffen? Und war die andere Schwierigkeit etwa geringer? Ich meine die Schwierigkeit, die darin bestand, daß ich mich zu einer syntaktischen und

kommunikativen Gesittung zwingen mußte, die im äußersten Widerspruch stand zu dem, was ich zu sagen hatte, ohne die ich aber auch die ohnehin minimale Chance noch eingebüßt hätte, die ich allenfalls haben mochte bei dem kümmerlichen, weggezüchtigten, durch Angst und Unwillen verengten Fassungsvermögen der Adressaten, das vor der Sprache der Wahrheit, wenn es sie gäbe, vollends erlöschen würde.
Es gibt sie nicht. Was sollte es denn schon heißen, wenn ich mich an die gegebene hielt und schrieb: Es geht mir ziemlich schlecht? Da war doch jedes Wort eine Fälschung, außer dem ersten. »Es«. Damit man »es« nicht sagen kann, ist die Sprache da, die nach der Prokrustesmethode alles kappt, was über oder unter ihr ist. Denn »es« soll keine Stimme haben. Ich hätte es wohl etwas kräftiger sagen können; aber wie wäre es dann herausgekommen? Gegen dieses Pathos sind wir abgestumpft oder animos, je nachdem ob wir es als das hyperbolische Alltagsgerede passieren lassen oder als Kitsch refüsieren, es sei denn, drittens, daß es Kunst und dann also aus diesem Grunde nicht ganz für voll zu nehmen ist. Oder hätte ich die Artikulation verlassen und mich in geschriebenen Schreien äußern sollen oder einem geschriebenen Lallen? Gl-gl-gl-gl-gl-gl-gl-gl-gl-gl? Das wäre nicht unangemessen gewesen, wäre mir auch verhältnismäßig leicht gefallen mit meiner schwer regierbaren Hand. Aber die Klagen der Tiere finden erst recht kein Gehör bei ihnen, sofern es sich nicht gerade um das Klein- und Schoßvieh handelt, die Hätschelgötzen ihres bestialischen Kults der Unschuld. Und aus den anderen Lauten, gl-gl-gl-gl-gl-gl-gl-gl-gl-gl, hätten sie nicht auf meine Gesundheit und ihre Krankheit geschlossen, sondern umgekehrt, gerade umgekehrt, und ab dafür. Nein, »es« hat keine Stimme; ich hatte keine.
Ich schrieb: »Es es es geht mir sehr schelcht.« Ich bedeckte das zweite und dritte »es« mit einem Gewirr von Strichen oder, falls ich mit der Maschine zu schreiben versuchte, mit einem acht- bis zehnmal hingehämmerten X. Dann verfuhr ich ebenso mit dem »sehr« und schrieb »ziemlich« darüber,

strich aber auch das wieder, weil es mir ganz unleserlich geraten zu sein schien mit meiner Handschrift eines kranken, vielleicht sterbenden Greises, oder weil ich »zoenlich« getippt hatte oder etwas ähnliches. Ich machte mich daran, das Wort »schelcht« zu reparieren, indem ich eine Schleife um das e zog, aber als ich sie unter dem l her nach oben führen wollte, strich ich es versehentlich durch. Daraufhin tilgte ich den ganzen Satz und schrieb mit großer Anstrengung von Kopf und Hand: »Es geht mir jetzt ziemlich schlecht schlecht.« Das letzte Wort strich ich wieder.

Ein paar Tage lang schien es mir besser zu gehen. Oh, ganz gut, hätte ich gesagt, wenn mich jemand gefragt hätte, ganz gut, nur ein bißchen zittrig, ein bißchen schwach, nur daß ich schlecht schlafen, schlecht gehen, schlecht schreiben, schlecht sprechen kann, das ist alles.

Ich hatte die Briefe zur Post gebracht, ein Weg von zehn Minuten mit einer kaum merklichen Steigung, aber ich hatte eine halbe Stunde gebraucht, hatte mich an den Gittern der Vorgärten vorwärtsgezogen und häufig, die Hand auf ihren morgenfeuchten Stäben, anhalten müssen, damit mein Atem mich einholen konnte, und seine Rückkehr war wie das schwere Schluchzen gewesen, unter dem der Körper sich aufbäumt und erbebt, wenn das Weinen aussetzt. Ich nahm mir vor, das Postgebäude bis auf weiteres zu meiden; die Freitreppe hatte mir Angst gemacht, jemand hatte mir hinuntergeholfen, die Angst nistete in den Kniegelenken. Die wenigen Stufen zur Riesin hinauf hatten immerhin ein Geländer, je eine dicke Stange, ein Rohr zu beiden Seiten, etwas um mich daran hochzuziehen und mich beim Abstieg darauf zu stützen. Die Tür war offen gewesen, und sie hatte meinem Aufstieg aufmerksam und gelassen zugesehen mit ihren überblauen, überklaren, frisch gespülten Nordlandsaugen. Ich war mit Korfiz verabredet gewesen bei ihr, und er hatte mir zugesetzt, endlich wieder einmal »was Reelles« zu essen, eine Suppe wenigstens, na gut, aber ich mußte den Teller halbvoll stehenlassen. Angewidert sah ich den sonnengelben Spiegel in ihm blind werden und erlöschen unter der rauhen Haut, die sich über ihm zusammenzog. Ich kann schelcht essen, sagte ich, und Korfiz bewegte langsam, als setze die Luft ihm einen starken Widerstand entgegen, den Kopf hin und her. Ich sprach nun so wie ich schrieb. Ich kann schelcht speschen, sagte ich, hörst Du nicht, daß ich ganz flasch spelche. Nein, wieso? fragte er mit einem selber unglaubwürdigen Staunen in den Augen.

Und wieso ging es mir besser?
Ich hatte einen kleinen Auftrag bekommen, ein paar Texte für den Werbefunk, man hatte mir das auf eine Weise, die mir nicht recht klar wurde, vermittelt. Ich hatte mich der Aufgabe mit der Routine entledigt, über die ich noch immer verfügte (während mir jede Fähigkeit, über sie hinauszugehen, abhanden gekommen zu sein schien). Das Tippen war das schwierigste an der Sache gewesen, einer lächerlich geringfügigen Sache; aber die Agentur, ein kleines Unternehmen, dessen Namen ich nicht einmal gekannt hatte, stellte mir sogleich einen größeren Auftrag in nahe Aussicht, »eine große Mode-Konzeption« hatten sie gesagt. Und da es meine Art war, in jedem dahintreibenden Zweig sogleich das rettende Floß zu sehen, sah ich auch jetzt bereits genug, um wieder einmal ein neues Zukunftsbild daraus zu machen. Wieder anfangen. Noch einmal wieder anfangen. Das ganze Leben noch einmal wieder anfangen.

Noch einmal habe ich Hilde angerufen, bin zu ihr gefahren. Es machte mir Freude, ihr vorzuspiegeln, ich hätte es nicht länger ausgehalten. Übrigens würde ich es nun bald geschafft haben. Was, das sagte ich ihr nicht, und sie hat mich auch nicht gefragt, es sei denn mit den Augen, also auf eine überhörbare Art. Ein langer, zweifacher Strahl dunklen Lichts, der mich aus ihnen traf. Dann der zögernde Aufgang eines Lächelns in ihrem Gesicht, ihre starr ausgestreckten Arme um meinen Hals, ein jäh aufflackerndes Gefühl trunkener Anbetung für die sanfte, unversehrte Dichte ihrer Haut. Plenus venter non amat libenter; ich hatte immer schon gefunden, daß sich's besser fickt, wenn man hungrig ist. Ich verkniff die Augen, der Schweiß zwischen meinen Wimpern ließ viele kleine, ruhelose, neblige Sonnen vor ihnen auf- und untergehen. Ich war weniger auf Verschleierung des Blicks, Verwischung der Konturen als auf Verwechslung des Objekts mit einem anderen aus. Ich wollte G sehen, wollte G in H erscheinen sehen, und ich sah sie. Ich habe sie gesehen.

Als Korfiz kam, lag ich bei zugezogenem Vorhang im Bett. Ich hatte ihm gesagt, daß ich nun die Arbeit wieder aufnehmen wolle (die Arbeit, hieß das, an »Presentation«, unserem Buch). Nun brachte ich irgendeine fadenscheinige Entschuldigung vor, irgendeinen Vorwand, der mir geeignet schien, den wahren und unaussprechlichen Grund dafür, daß ich, statt an der Maschine zu sitzen, im halbverdunkelten Zimmer im Bett lag, zu verdecken. Jetzt will ich ihn nennen.

Ich hatte das Bett besudelt. Eine Diarrhöe. Eine weitere Art – ich meine, zu den nie versiegenden Ausscheidungen meiner Haut, meiner Augen, meines Ellbogens eine weitere Art und Form, in der mein Elend aus mir hervorbrach, ohne mich zu verlassen. Die Entladung war mit der Plötzlichkeit einer Explosion erfolgt, so daß die Besudelung auch dann kaum zu vermeiden gewesen wäre, wenn mir das fassungslose Lachen, mit dem ich auf diese Überrumpelung reagierte, nicht die Kraft geraubt hätte für den rechtzeitigen Sprung aus dem Bett. Recht so, oh ganz recht so, hatte ich lachend gesagt und dann weitergebrabbelt, während das Lachen mir nach und

nach ausgegangen war wie ein Vorrat, der sich erschöpft.
Recht so, wie aus einer Gießkanne, aus einem Zerstäuber, ei-
ner Spraydüse, wie eine blumenreiche Wiese, wie ein Blüten-
dessin, kleine ockerfarbene Blüten auf dem schneeigen Lin-
nen, oder wie Spritzer von Hundepisse im Schnee, im Schnee
des Schloßparks von Amras, weit verteilt, oh ja, weit verteilt.
Ich hatte sie mit Wasser und Seife herausgerieben so gut es
ging, hatte ein Handtuch daruntergelegt und mit einem ande-
ren daran herumgerieben, gebeugt, mit schmerzendem Rük-
ken und wie eine Wolke regnend vor Schweiß. Dann hatte ich
den Vorhang zugezogen und mich erschöpft und schwer at-
mend auf das nasse Laken gelegt, um es mit meinem fast
ebenso nassen Körper zu trocknen.

Eine nebelweiße, halb durchsichtige Erscheinung beugte sich
tief zu mir herunter und fragte mit lautloser Stimme: Und wie
geht's uns denn heute? Ganz gut, gab ich ebenso zur Ant-
wort, nur ein bißchen zittrig, ein bißchen schwach, nur daß
ich schlecht schlafen, schlecht gehen, schlecht schreiben,
schlecht sprechen, schlecht lesen kann, und daß ich zum er-
sten Mal seit unvordenklichen Zeiten wieder ins Bett geschis-
sen habe, das ist alles.

Daß ich schlecht lesen konnte, bezog sich nur auf die vermin-
derte Tauglichkeit meiner Augen; ich hätte eigentlich sagen
müssen, daß ich schlecht sehen konnte, während die Fähig-
keit zu lesen, die ich schon für immer eingebüßt zu haben
glaubte, mir im Gegenteil überraschend zurückgegeben wor-
den zu sein schien. Ein Zeichen wiederkehrenden Lebens?
Ach, es war nur ein flüchtiger Trug, eine Nacht und einen
Vormittag nur hielt es an. Statt nach den Tabletten zu greifen,
hatte ich zaghaft und ohne viel Hoffnung, daß ich es ver-
möchte, die »Dialektik der Aufklärung« zu lesen begonnen.
Das erste Drittel kannte ich; ich las es zum dritten oder vier-

ten Mal, jetzt aber mit dem freilich nicht sehr festen Vorsatz, weiterzulesen und das Buch, wenigstens dieses Buch noch, ganz kennenzulernen. Die in Nonpareille gedruckten Fußnoten, Anmerkungen oder Literaturnachweise (was immer es gewesen sein mag) gab ich gleich auf, sie waren nichts als der schiere Letternstaub für mich. Auch im Haupttext konnte ich viele Wörter nur erraten, alle auch nur entfernt ähnlichen Zeichen wurden vor meinen Augen vollkommen gleich, und alle Augenblicke schlossen die Buchstaben sich zu den rätselhaftesten Ligaturen zusammen. Das störte mich kaum, ich ließ mich vielmehr davon belustigen, wie diese kleinen, sonst so steifen Figuren lebendig wurden, wimmelnd lebendige Tier- und Menschenfiguren, die sich unablässig vereinigten, trennten, auf der Stelle hüpften, sich hintereinander versteckten und plötzlich mit verschränkten, verschlungenen Gliedern in undeutbaren allegorischen Posen erstarrten. Laßt nur, laßt nur, gebt euch keine Mühe, sagte ich und las und riet mich weiter durch den Text, ohne mein Fassungsvermögen übermäßig strapazieren zu lassen. Ich hätte mich mit dieser laxen Lektüre durchaus zufrieden gegeben, aber als ich zu der ingeniösen Passage über Odysseus und den Gesang der Sirenen gelangte, stellte sich die gleiche hochgestimmte Erregung wieder ein, die mich in meinen besseren Zeiten an ebendieser Stelle zu befallen pflegte. Ich hatte dann jedesmal innehalten müssen, bis Atem und Herzschlag sich halbwegs gemäßigt hatten; es war eine freudige Erschöpfung, jetzt wie einst, als wäre ich über diese Sätze hinweg mit aller Kraft einem herrlichen Ziel entgegengelaufen. Diesmal bezwang ich mich und las gleich weiter, doch war es von nun an keine laxe Lektüre mehr, es war ein hochberauschtes Lesen, war die stärkste Beglückung, die mir seit langem zuteil geworden war.

Ich nahm das Buch mit ins Frühstückszimmer, fühlte mich geschützt durch das Buch, geschützt selbst vor den Anschlägen der Orientalin, die ich in meiner Vorstellung inzwischen zur Mörderin ihres Mannes gemacht hatte, von dessen nachgelassenem Vermögen sie nun ihr beneidenswert absterbendes Leben bestritt.

»Das Glück enthält ein Moment von Wahrheit; es entfaltet sich am aufgehobenen Leid.« Ich kann nicht nachschlagen, habe auch dieses Buch bald darauf verkauft oder bei meiner Flucht im Hotel zurückgelassen, aber so oder so ähnlich las ich es an diesem Morgen, und der Satz zog sogleich einen Vorhang von wallender Nässe hinter sich zu. Meine Augen können das Wasser nicht mehr halten, formulierte ich hinter der aufgefächerten Hand, meine Augen das Wasser und mein Arsch die Scheiße nicht, die auch wie Wasser ist.

Eine leicht olivgrün getönte, zarthäutige, dickliche Pfote schlich sich neben meinen Teller und glitt mit einer seichten Wellenbewegung wieder weg. Wo sie gewesen war, blieb die Zeitung zurück. Die Zeitung; ihre Zeitung; die ewige Zeitung. Sie hatte nicht gefragt, hatte sie wortlos auf den Tisch gelegt und war mit unhörbaren Schritten hinausgegangen.

Aber wenn diese Mörderin eines Nabobs mich gefragt hätte, wie es mir denn jetzt gehe – was hätte ich ihr geantwortet? Nichts. Oder ich hätte »gut« gesagt. Oder ich hätte »sehr gut« gesagt. Sehr gut, nur ein bißchen zittrig, ein bißchen schwach, nur daß ich schlecht schlafen, schlecht gehen, schlecht schreiben, schlecht sprechen, schlecht sehen kann und eine Diarrhöe habe, eine Dauer-Diarrhöe, eine Di-Da-Dauer-Diarrhöe, das ist alles.

Das Klosett benutzte ich nur bei Nacht, wenn die Flure leer und still lagen; tagsüber schiß ich ins Waschbecken, indem

ich mich seitlich an seinem Rand in eine vertrackte, schwer haltbare Position brachte, die es nicht zu sehr belastete.
Große Schwierigkeiten mit der Reinigung. Oft mußte ich mit den Fingern oder dem Stiel meiner Zahnbürste nachhelfen. Fast ununterbrochen ließ ich das Wasser laufen, wusch und roch und wusch wieder an meinen Händen herum.
Das Bewußtsein meiner einsamen Entwürdigung verzog, verspannte mir dauernd den Mund, und ich versuchte von Zeit zu Zeit mit lockernden Grimassen, denen ich im Spiegel zusah, dagegen aufzutrumpfen, vollführte auch hin und wieder ein paar grandios erledigende Gestikulationen, ein schwungvolles Abwinken des ganzen Arms oder einen weit ausholenden Schlag aufs Knie als könnte ich mich vor heimlicher Ausgelassenheit gar nicht mehr halten. Verlor aber ganz buchstäblich beinah den Halt dabei und griff schwankend nach dem Becken vor oder der Lehne des Sessels hinter mir. Blieb so, bis eine halbdunkle Erscheinung von unerkennbarer Konsistenz und Ausdehnung (die graue Flanke einer fernen Armee schwarzer Geister) vorbeigezogen war.
Einmal fiel etwas, die Zahnbürste, der Waschlappen, gleichviel was. Als ich mich bückte, um es aufzuheben, gaben meine leicht gebeugten Knie plötzlich (aber was für ein langsames Wort ist das, wenn's drauf ankommt) vollends nach, ich bekam einen doppelten Fußtritt in den Hintern, es waren meine eigenen Fersen, die ich so spürte, dann rollte ich auf die Seite, und dann sah ich den zu Boden gefallenen Gegenstand auf derselben borstigen, von aufgeflogenem Staub überwölkten Ebene, auf der ich selber lag, nicht weit von mir vor meinen Augen liegen. Im selben Moment schien er einen ganz kleinen Luftsprung zu machen, dann lag er blinkend still. Eine Zeitlang blieb ich ruhig neben ihm liegen, machte es mir bequem neben ihm, streckte mich, rieb die Wange am Teppich, zog seinen traumträchtigen Vergangenheitsgeruch ein (Geruch der Kindheit, in der man ja in näherem, vertrauterem Umgang mit Fußböden und Teppichen gelebt hat), schloß minutenlang die Augen, öffnete sie wieder und sah das blin-

kende Ding mit einem Gefühl von Zärtlichkeit an, lächelte es an, lachte es an (ich glaube, es war die Seife).
Doch dann, als ich mich endlich daranmachte aufzustehen, vergingen mir die Späße. Ich hatte es auf die gewohnte Art machen wollen, die Art, von der man nichts weiß (irgendein vielfältig und zweckmäßig zusammenwirkendes Beugen und Strecken von Muskeln und Gliedmaßen). Aber so ging es diesmal nicht zu. Mein Körper schien sich in ein fremdes steinschweres Gebilde verwandelt zu haben, das »der große Liegende« oder »der große Gestürzte« hieß, und die vergebliche Anstrengung, diese Monumentalfigur vom Boden zu heben, trieb mir in einem einzigen Schwall die Nässe aus der Haut, es war nicht viel anders als wäre sie von außen über mich gegossen worden.
Ich habe schließlich alle untauglichen Versuche aufgegeben, bin ans Bett herangekrochen und habe mich mit dem Oberkörper so weit als möglich über den Bettrand geworfen. Dann habe ich die hintere Seitenwand des Betts ergriffen, die Finger fest um die Kante verkrallt und so allmählich, mehrmals pausierend, den Unterkörper, die Beine nachgezogen.

Meine Verblüffung hielt mein Entsetzen über das, was mir da zugestoßen war, vorerst noch in Grenzen. Ich vertraute darauf, daß sich dergleichen nicht wiederholen würde. Ich hatte schon andere Schrecknisse folgenlos überstanden. Ich lag ohne mich zu rühren mit der Vorderseite meines Körpers nach unten auf dem Bett, die Kante seiner hinteren Seitenwand noch in den Händen, und dachte an einen schauerlichen Moment zurück, in dem ich gefürchtet hatte, ich sei blind geworden. Es muß kurze Zeit vor unserem Abflug nach Teneriffa gewesen sein, wir hatten beim Frühstück gesessen, und plötzlich war mir das Tageslicht ausgeknipst worden. Die Dunkelheit hatte sich von vorn auf mich gestürzt, und ich hatte schnell zur Seite gesehen, aber auch dort war es schwarz gewesen. Ich wußte noch, wie ich die Hand vor die Augen gehalten hatte, um sie vor dieser Schwärze zu schützen als wäre sie ein zu grelles Licht. Dann hatte ich gerufen: Ich kann nichts sehen. Es war ganz still. Die konnten das gar nicht begriffen haben, hatten es vielleicht für einen Scherz gehalten. Ich sehe nichts, hatte ich noch einmal gerufen. Ich konnte sie nichts sagen hören, aber ich hörte sie gewissermaßen denken. Na klar, wenn er die Hand vor die Augen hält, dachten sie. Ich hatte die Augen weit offen, fühlte das Sehen zum ersten Mal als eine sehr anstrengende Tätigkeit, konnte aber bei aller Anstrengung nichts weiter erkennen, als daß es viel dunkler war als sonst hinter einer vorgehaltenen Hand. Dann war es heller geworden. Ich hatte noch einen Moment gewartet, und als ich es endlich wagte, die Hand herunterzunehmen, war das Licht wieder dagewesen, alles war wieder dagewesen. Aber als es noch ganz dunkel gewesen war hinter der Hand, hatte ich gedacht: Wie soll ich denn schreiben von jetzt an? Diktieren? Und wem? Auf ein Tonband vielleicht? Wie lächerlich, die ganze Zeit hatte ich nicht geschrieben, und dann war das meine erste Sorge. Jetzt lachte ich darüber. Ich drehte mich auf den Rücken, um besser lachen zu können. So schlimm ist es ja jetzt nicht, sagte ich mir. Ich kann mich an den Tisch setzen und schreiben, ich muß nur aufpassen, daß mir nichts auf den Boden fällt, was ich aufheben müßte, sonst bleibe ich am Ende daneben liegen. Doch auch diese Überlegung war lächerlich, weil ich jetzt ebensowenig schrieb wie damals. Übrigens war es ja vorbei, nichts als ein Anfall, der sich nicht wiederholen würde. Ich fühlte mich nun sonderbar leer und leicht, ich machte mir dieses Gefühl bewußt und suchte einen Vergleich dafür. Es war ein Gefühl wie nach einem mäßigen Blutverlust oder nach einer Ohnmacht. Ich meinte das als Kind zuletzt gehabt zu haben, in meinen ersten Schuljahren, vielleicht als Quartaner noch, später nicht mehr. Jetzt war es ein Gefühl des Verjüngtseins, aber gerade das machte es traurig, und wieder einmal hielten meine Augen das Wasser nicht.

Ich lag auf dem Bett, das ich zu hassen begann, in dem Zimmer, das ich zu hassen begann, und sah zur Decke hinauf, um meine Augen an ihrer weißen, narkotischen Leere zur Ruhe zu bringen. Aber dort, wo ich hinblickte, quollen sogleich Bilder aus ihr hervor. Es waren Bilder wie aus sehr alten Filmen, mit einem hellen Zentrum und Rändern, die wie versengt aussahen, als ob jemand sie ins Feuer geworfen hätte, aber er oder ein anderer hätte sie im letzten Augenblick wieder herausgerissen. Es waren nie gemachte Aufnahmen aus meinem früheren Leben. (Wieso früheren? Ich meine, aus meinem Leben.) Momente, die ich leibhaftig so nie gesehen haben konnte, denn ich sah mich selbst in ihnen agieren wie ein Kinobesucher den einstigen Filmdarsteller. Einmal trug ich eine Schülermütze und stand mit meiner unglaublich großen Mutter am Rand eines lichtlosen exotischen Urwaldes, der ungeheuer verwirklichten Tapete eines damaligen Wohnzimmers oder eher Schlafzimmers. Meine Mutter beugte sich tief zu mir herunter und sagte: Ah, mein Prinz, mein Prinz, mein bleicher Prinz. Ich sah mit leicht geschrägtem, leicht geneigtem Kopf und im Schatten des Mützenschirms etwas nach oben verdrehten Augen zu ihr auf, und mein Blick rutschte immer wieder von den mild belichteten Höhen in die schattigen Schluchten ihres ausgedehnten Gesichts ab. Doch dann fielen ihre fast schwarzen Haare über das Bild (falls ich nicht besser sagen würde, daß ich es war, der sie über das Bild fallen ließ, ich kann das nicht entscheiden) und als sie darübergefallen waren (oder als ich sie hatte darüberfallen lassen), wurden sie ein wenig heller (aufgehellt vielleicht von mir) und waren nun B's Haare, der friedenspendende, erstikkende Vorhang ihrer Haare (und meine Mutter war B oder B meine Mutter, von mir zu meiner Mutter gemacht, was nur die Konsequenz aus einer geheimen Identität gewesen wäre, die ich immer geahnt hatte). Im Schatten dieses Vorhangs aber lagen wir selbst, B und ich, unsere aus einer eigenen, inneren Lichtquelle leuchtenden Körper. Es war eine ganz bestimmte Nacht, eine bestimmte Dezembernacht, die damals, wie ich mir sogleich ausrechnete, sechzehn Jahre zurücklag. (Vielleicht wollte ich das Bild vertreiben, indem ich ihm seine hochgradige Vergangenheit vorrechnete, vorsubtrahierte, zweiundsiebzig minus sechsundfünfzig, aber das schlug mir fehl.) Ich war von Fleur gekommen, tief in der Nacht, tief aus der Nacht mit Fleur, sie hatte mich bis zur letzten Straßenecke vor unserer Wohnung gebracht, dort, vor den mattblau erleuchteten Fenstern eines Frisiersalons, hatten wir uns voneinander gelöst (doch nein, es war allein meine Gewalttat gewesen, die Verbindung zwischen uns zu zerreißen wie man ein Stück Stoff der Länge nach durchreißt, wobei der gellende Laut, der ausblieb, obgleich er dazugehört hätte, tatsächlich der Schmerzensschrei gewesen wäre, dem er ähnelt, denn der Stoff, der uns verbunden hatte, war ja lebendig wie eine Haut, die lebendige Membrane der Nacht, des Teils der Nacht, den wir miteinander verbracht hatten), und sie war weinend vor Schmerz, mit vor Schmerz verkrümmtem, schief nach vorn gezogenem Körper über die Straße zurückgeflohen, während ich die kurze Strecke vom einen Teil dieser Nacht in den anderen durchmaß, in dem B mich empfangen hatte wie ich es nun wiedersah, es nun wiedersehen mußte, als könnte mich der verebbte Strudel noch einmal ergreifen. Das konnte er nicht, es war wie ein fremder, von einem fremden, aber glaubwürdigen Zeugen, der behauptete, ich zu sein, erlebter Vorgang, in dem er in einer früheren Inkarnation, die seiner Behauptung nach ebenfalls ich gewesen sein sollte, von B empfangen oder vielmehr fortgerissen, von allem fortgerissen und in sie hineingesogen worden war wie in einen Strudel, eine um die zentrale saugende Leere unwiderstehlich sich erhebende, ständig sich erneuernde und verwandelnde Aufwallung von Fleisch, während ein Samum von hingebenden und fordernden Worten und Lauten über seinen, also meinen gebogenen Rücken hinwegpeitschte. Es war so gewesen, es war bezeugt, es wurde mir gezeigt, und dennoch war es ganz unwahrscheinlich, all diese Bilddokumente aus meiner Vergangenheit, die ich da zu sehen bekommen hatte, die brutale

Trennung von Fleur, die betäubende Vereinigung mit B, die überschwengliche Szene mit meiner Mutter, bewiesen nur, daß ich mich einst in Sphären bewegt haben mußte, die mir nun verschlossen waren und fast schon unwirklich, phantastisch erschienen. Mir schauderte vor dem Verlust, dessen ich mir jetzt schockartig bewußt wurde, ich fror als ob es sich ganz buchstäblich um einen Wärmeverlust gehandelt hätte. Nun ja, es war das Leben, sagte ich mir, und wenn man es verliert, wird es kalt. Ich sagte es mir mit aller Sachlichkeit, aber es war ein tiefer, bodenloser Schrecken. War dieser Verlust eben jetzt eingetreten, in dem Moment, in dem ich ihn so eisig und vereisend spürte? Oder doch, wie ich es eigentlich erwartet hatte, vor mehr als dreißig Monaten schon, als B gestorben war? Oder noch ein paar Monate früher, als sie begonnen hatte zu sterben? Nein, noch früher, mit einem Schlag ging mir auf, daß er noch viel früher eingetreten war, jahrelang hatte B ihn mir nur verdeckt mit ihrem Leben, hatte die Ahnung, die mich gleichwohl zuweilen berührt hatte, durch ihre Gegenwart gemildert. Die Bodenlosigkeit meines Schreckens war die meiner eigenen Leere. Ich wußte zwar, daß auch diese Einsicht mich wieder verlassen würde (daß unsere schrecklichsten Einsichten sich nicht halten, das allein verleiht uns die Schwäche, uns weiterzuschleppen), aber ich rief dennoch nach G, und sie kam, in meiner Imagination gehorchte sie mir und kam. Doch wie sollte sie mir helfen, sie hatte mir nie helfen können. Sie vermochte nicht mehr als vor meinen Augen mit mir eine Straße entlangzugehen, die in Hamburg begann und nach wenigen Schritten in die Mole von Puerto de la Cruz mündete, an deren Ende sich sogleich das Meer vor uns aufrichtete als würde es von einem unausdenkbaren Arm aus der Horizontalen in die Senktrechte gekippt. Schon als ich es leibhaftig so vor mir gesehen hatte, hatte es nichts anderes in mir gegeben, was mit ihm korrespondierte, als eine faszinierte Trauer.

Je weiter man auf einem abschüssigen Weg gelangt, um so schneller geht es bekanntlich bergab. Von einem gewissen Punkt an hat man es nicht mehr in der Gewalt, das Tempo zu regulieren. So einen kritischen Punkt gab es nun auch, wenn ich über der Klobrille in die Hocke ging. Ich beabsichtigte mich ganz langsam auf sie niederzulassen, aber wenn ich diesen Punkt erreicht hatte, der ungefähr eine Handbreite über dem Ziel zu liegen schien, verließ mich die Kraft, und ich fiel auf den schwarzen Kunststoffring nieder, der unter mir knackte als wäre er bereits zu Bruch gegangen. Ich lachte dann jedesmal auf wie wenn da jemand zugegen wäre, vor dem ich mein Versagen herunterspielen wollte. Derselbe Punkt – aber es scheint mir besser, von einer Linie zu sprechen –, dieselbe magische Grenzlinie also bereitete mir neue Schwierigkeiten, wenn ich daranging, mich wieder zu erheben, wobei ich sie mithin in der umgekehrten Richtung, nach oben überwinden mußte. Wieder wandte ich mich mit einem Lachen und einer Komikergeste an den nichtvorhandenen Zeugen. Dann begann ich mich an einem Leitungsrohr hochzuziehen, das sich in der linken Ecke hinter mir befand. Ich mußte mehrmals von neuem ansetzen, ich war unglaublich schwer, obgleich ich gewiß bereits ein Sechstel oder Fünftel meines alten Gewichts verloren hatte, und manchmal spielte ich mir oder dem Zeugen vor, daß ich aufgäbe, indem ich in der verdrehten Haltung, zu der ich genötigt war, innehielt, den Kopf zwischen meinen zum Ziehen erhobenen Armen an das Rohr legte und mit einem Lächeln, das ich selbst im Stillen demütig, ergeben und selig nannte, die Augen schloß wie für immer. Es dauerte unendlich lange unter diesen Umständen, also wohl mehrere Minuten. Wenn ich aber endlich doch die vertrackte Linie passiert hatte, schoß ich plötzlich taumelnd und mit einem Gefühl gefährlicher Schwerelosigkeit vollends empor. Ich war dann sekundenlang völlig verwirrt. Ich kam mir so unsinnig groß vor, als ob ich mit dem Kopf schon in ganz unzuträgliche Höhenregionen hinaufragte. Aus dieser maßlosen Höhe aber hatte ich mich nun der untersten Tiefe zuzuwenden, um meine Hosen heraufzuholen, die ich dort in einer dicken, verknäulten Achterschleife um meine Füße liegen sah wie einen Haufen gelöster Fesseln. Oft fielen sie, kaum daß ich sie oben hatte, wieder in die Tiefe, denn ich war inzwischen derart abgemagert, daß es nicht mehr genügte, den Bund zuzuhaken, ich mußte erst die Hosenträger daran befestigt oder den Gürtel so weit zusammengezogen haben, daß das lose Ende mir bis an den Rücken reichte, sonst rutschten sie mir, ohne sie auch nur zu streifen, über meine einst so weibisch ausladenden Hüften. Das brachte mich abermals zum Lachen, aber dieses Lachen drückte tatsächlich eine flüchtige Freude, eine kurze Befriedigung aus; es war schon eine Leistung, dieses Fett losgeworden zu sein.

Im Verlauf der sich beschleunigenden Abwärtsbewegung meines Lebens (ich kann dieses hochstaplerische Wort nun einmal nicht immer vermeiden) kam nun auch bald der Morgen, an dem ich nicht aufstehen, ich meine, nicht auf die gewohnte Weise aufstehen konnte. Ich saß auf dem Bettrand und schickte Ströme von Anstrengung in die Beine, die aufgestützten Arme. Ich fühlte sie, diese Ströme, sie flossen von oben durch meinen Körper, aber es war keine Kraft in ihnen, sie strömten so weg, begleitet und gefolgt von den Nebenflüssen meines Schweißes, ohne mich im geringsten vom Bett zu heben. Das war nun doch ein Schrecken gleich dem, der mich seinerzeit befallen hatte, als ich plötzlich nichts mehr sehen konnte. Ich ließ ab, die kraftlosen Ströme meiner Anstrengung versiegten, nur der Schweiß floß weiter, während ich suchend im Zimmer umherblickte wie ein Bergsteiger an einer schwierigen Steilwand.
Es ist mir nachträglich fast wie eine hohe Eingebung erschienen, was ich dann tat. Ich schob mich seitwärts den Bettrand entlang bis ans Fußende vor. Von dort aus konnte ich mit ausgestrecktem Arm einen kleinen Sessel erreichen und ans Bett heranziehen. (Seit diesem Tag haben sich sehr kleine

Zimmer für mich immer wieder als besonders günstig erwiesen, weil in ihnen alles dicht beisammen und daher auch bei verminderter Beweglichkeit des Bewohners noch verhältnismäßig leicht erreichbar ist. So kann ich jetzt, ohne mich von dem Platz, an dem ich dies schreibe, erheben zu müssen, mit Hilfe meines Krückstocks das Fenster öffnen oder schließen. Ich kann auch mit demselben Krückstock vom Bett aus das Feuerzeug heranholen, wenn ich es auf dem Tisch liegengelassen habe, ich fege es einfach vom Tisch und ziehe es über den Boden ans Bett heran, alles mit diesem fabelhaften Verlängerer meines Arms, wahrhaftig, es könnte einen um den letzten Rest von Lebenslust bringen; ich sagte schon, daß ich solche hochstaplerischen Wörter nicht immer vermeiden kann.)

Der Sitz des Sessels hatte etwa die gleiche Höhe wie das Bett (ich spreche wieder von dem Bett von damals, dem Zimmer von damals), und es fiel mir (damals) nicht besonders schwer, von der Bettkante auf den Sessel hinüberzugleiten, von dessen Armlehnen ich mich schließlich mit einer letzten Anspannung abstoßen und hochstemmen konnte. Ich bin dann zunächst bei dieser Methode geblieben. (Später reichte sie nicht immer aus.)

Nicht später, am selben Tag oder höchstens einen Tag später bin ich zum ersten Mal auf die Knie gefallen, es ging jetzt wirklich viel schneller mit mir. Ich bin einfach niedergebrochen, hingesunken, auf beide Knie zugleich, wie in ekstatischer Anbetung von irgendwas. Oder wie ein Stück Rindvieh, dem man mit einem Stock in die Kniekehlen der Vorderbeine schlägt. Wo und wann hatte ich das eigentlich gesehen?

Diese Frage begleitete meine Überlegung, wie ich nun wieder hochkommen sollte. Ich kniete draußen auf der Schwelle des von mir bevorzugten Nebeneingangs zum Hotel. Wahrscheinlich war ich von der Apotheke gekommen oder vom

Tabakladen, und als ich die Türklinke ergriffen hatte, nicht bloß um sie zu öffnen, sondern um mich zugleich auf sie zu stützen und an ihr festzuhalten, hatte sie etwas zu leicht nachgegeben, um als Stütze und Halt dienen zu können, und ich war ebenso langsam wie unaufhaltsam in die Knie gegangen. Der Viehtreiber hatte nicht zugeschlagen, sondern nur ganz sanft seinen Stock an meine Kniekehlen gelegt und mich dann, mit allmählich sich verstärkendem Druck, unter die magische Grenzlinie meiner Kraft gedrückt, dagegen war nichts zu machen gewesen, mit einem halb geseufzten Lachen hatte ich nachgegeben. Ich sah sein unbewegtes, gesammeltes oder schläfriges Gesicht, er war der Zeuge meiner Schwäche, für den ich lachte. Es mußte vor langer Zeit gewesen sein, daß ich ihn zum ersten Mal gesehen hatte, in einem Kino, wie ich nun glaubte, in einem Film, der in Indien spielte oder sonstwo in Asien.

Dann bemerkte ich, daß es noch andere Zeugen gab, zwei oder drei Männer in fleckigen Overalls, die in einiger Entfernung am Straßenrand standen. Sie standen regungslos nebeneinander und beobachteten meine vergeblichen Bemühungen, mich aufzurichten, augenscheinlich mit gelassenem Interesse. Vielleicht schlossen sie kleine Wetten ab, ob ich es schaffen würde. Ich versuchte mich an der Klinke hochzuziehen, aber das erwies sich als aussichtslos. Vielleicht hätte ich die Männer zu Hilfe rufen können, aber damit hätte ich womöglich zugleich jemand vom Hotel auf mich aufmerksam gemacht, was ich durchaus vermeiden wollte, der Gedanke, daß plötzlich jemand an die Tür kommen oder sich aus einem der Fenster beugen und mich da knien sehen könnte, ängstigte mich ohnehin schon die ganze Zeit. Und wären sie denn überhaupt meinem Hilferuf gefolgt, diese interessierten Zeugen? Was wäre denn dann aus ihrer Wette geworden? Es war ein sonniger Herbsttag, später Vormittag, und für einen Moment versank ich ganz ins Staunen darüber, daß ich da im strahlenden Sonnenlicht an einer belebten, von Augenzeugen belebten Straße und sozusagen mitten im Zentrum der Zivilisation nicht viel weniger verlassen zu sein schien als ich es in irgendeiner der letzten Einöden der Erde gewesen wäre. (Ich merke nur noch an, daß ich es schließlich geschafft habe, indem ich auf den Knien bis an die Verkleidung für die Mülltonnen herangerutscht bin, die hatte die richtige Höhe und Festigkeit. Als ich stand, sah ich mich, nicht ohne ein Gefühl des Triumphes, nehme ich an, nach den Männern im Overall um. Ich sah gerade noch, wie sie sich abwandten und auseinandergingen.)

Vermutlich haben sie mich für betrunken gehalten, haben wohl gedacht, ich wäre gerade von gegenüber gekommen, vom Frühschoppen bei der Riesin. Und die Passanten, die mich einen Tag oder höchstens zwei Tage später mitten auf dem Bürgersteig auf die Knie fallen sahen – wieder auf beide Knie zugleich, als gehörte ich einer Sekte an, die Laternenpfähle oder Briefkästen anbetet oder sonstwas, was da gerade in der Nähe sein mochte – mögen wohl ähnliche Vermutungen gehegt haben (denn den Treiber mit dem Turban, der jetzt immer neben mir herging und jeden Augenblick, wenn es ihm so gefiel, seinen Stock an meine Kniekehlen legen konnte, haben sie wahrscheinlich nicht sehen können).

Die Alte jedenfalls ließ nicht von der Überzeugung, daß ich sie und Sanna nur noch im Zustand schwerer Trunkenheit auf- oder eher schon heimsuchte, und das war ja insofern keineswegs verfehlt, als ich trunken war von Hunger und Schlafmitteln, wenn ich mich zitternd und schwankend die Treppe zu ihrer Wohnung hochzog, sie aber bestand darauf, daß es vom Saufen kommen müsse. Es entsprach ihrer Art, nur die schlichtesten Erklärungen gelten zu lassen und alle anderen für pure Finten und Firlefanz zu halten. (Das ist das Manko aller sogenannten patenten Leute, der Schatten ihrer und womöglich jeder Tüchtigkeit, die »Vorstellungslosigkeit«, die nach Hermann Broch nur ein anderes, besseres Wort für die Dummheit der »Schuldlosen« ist. Eben diesem Defizit jedoch verdanken solche Menschen eine Beliebtheit, die ihnen ihre Vorzüge allein nicht verschaffen könnten. Denn in ihrer durch keine Reflexion gebrochenen Deutung erscheinen alle Sachverhalte wohltuend einfach, und sie sind auch imstande, sehr einleuchtende und entschiedene Ratschläge zu geben.) Wer aber derart beliebt und als Ratgeber gesucht ist, der hat immer auch viele Zuträger. Ich hätte fast meinen können, ein ganzer Ring von Geheimagenten sei unablässig tätig, die Alte mit Nachrichten über mich zu versorgen. Wer hatte ihr hinterbracht, daß man mir einmal unter Beteiligung mehrerer Bahnbediensteter und Passagiere hatte aus dem Zug helfen müssen und dazu noch an der falschen Station? Ich hatte es nicht fertiggebracht, mich von meinem Sitz zu erheben, als ich an der richtigen angelangt war, erst an der nächsten hatte man mich soweit, daß man mich behutsam wie ein sperriges und zerbrechliches Frachtgut auf den Bahnsteig und in vier auffangbereite uniformierte Arme hinunterlassen konnte. Ich erinnere mich an das gefährliche Glitzern des Weges zum Stationsgebäude, an den abgestoßenen Tisch im Zimmer des Vorstehers, die ausgebeulte schwarze Tasche auf dem Fensterbrett, das Erscheinen eines großen, tropfenden Wasserglases zwischen der Tasche und meinen Augen und den mehrmals über meinen Kopf hin- und herschwingenden Satz: Der Herr ist krank. Ach was, krank, besoffen war er, lautete die Auslegung der Alten, die unbeirrbar die Welt in ihrer schlichten Ordnung hielt. Ich hatte nichts getrunken, war nur wieder einmal unfähig gewesen, das ungeheure Gewicht meines mageren Körpers über die verhexte Grenze zwischen meiner zunehmenden Schwäche und meiner schwindenden Kraft zu heben. Und wer konnte das nur gewesen sein, der gesehen und ihr gesteckt hatte, wie Korfiz mir in einer gewissen Nacht in einer Kneipe an der Eppendorfer Landstraße weinend in die Arme gesunken war? Ich fand keinen Anhaltspunkt dafür, daß die Alte oder jemand aus unserem gemeinsamen Bekanntenkreis jemals diese »Bürger-Stuben« betreten hatte. In dieser Nacht – es muß eine der letzten vor meiner Flucht gewesen sein – war ich übrigens tatsächlich betrunken. Viel mehr habe ich eigentlich nicht dazu sagen wollen, aber ich sehe schon, daß ich nicht um den Spaß herumkomme, es etwas ausführlicher zu erzählen. Wahrhaftig, diesmal ist es ein Spaß für mich.

Wir waren nämlich alle drei schon am frühen Abend betrunken gewesen, Korfiz, ich und die Alte. Seit dem Mittag war ich bei ihr und Sanna gewesen, und nachmittags war überraschend Korfiz vorgefahren, um mich abzuholen. Vorgefahren, ja, der Narr der, mit einer Taxe, dreißig Mark von Hamburg, dreihundert Zigaretten, ungefähr, hundertfünfzig Schlaftabletten, ungefähr, genug für eine Woche, nicht ganz. Und er war gesonnen, auch wieder zurückzufahren mit einer Taxe, das machte ungefähr zwei Wochen, nicht ganz. Er rief: Wir sind reich, wir sind reich. Der Narr der, er hatte er weiß woher zweihundert Mark bekommen, von denen bereits ein gutes Drittel – ungefähr genug, um mir die Lebensmittel für nicht ganz zwei Wochen zu kaufen – verloren oder so gut wie verloren war. Nicht daß es mich groß gewundert oder gar entrüstet hätte, und es wunderte oder entrüstete mich schon gar nicht, daß er nun auch noch darauf bestand, wir sollten in einem nahegelegenen kleinen Gasthaus etwas trinken. Es war unklug, närrisch, aber ich verstand es gut genug, daß er sich nicht bedachte, Tage seines oder auch Wochen meines Lebens für ein paar Stunden einzutauschen, die zwar schnell vergangen sein, aber auf weniger unerträgliche Weise vergehen würden als die längere Zeitspanne. Was tat er denn? Nicht weniger, als daß er sein Wort, wir seien reich, da es zu mehr doch nicht reichte, wenigstens für den Augenblick wahrmachte. Die Alte schüttelte den Kopf über soviel Narrheit, war aber entzückt von dem Narren, der der Greisin die Cour machte, daß ihr die Luft zum Lachen knapp wurde. Auch das gehörte zum momentanen Reichtum. Was für einen Charme er hat, sagte sie hingerissen, nannte ihn einen »Hoppdiquax« und brach in den Ruf aus, daß es (oder er) unglaublich sei, wobei sie den Diphthong fast wie vor Schmerz hinausjaulte. Zu diesem Zeitpunkt war sie zweifellos am betrunkensten von uns dreien; ich hatte es im Lauf der Jahre ermessen gelernt, wann sie soweit war; ihr dunkelhäutiges Gesicht schien dann eine Spur heller zu werden, was daher kommen mochte, daß es etwas starrer, weniger beweglich und somit flächiger geworden war, und zugleich trat ein leichter Ausdruck von Trotz und Kampfbereitschaft in ihre Augen. In dieser Verfassung regredierte sie auf einen sturen Durchsetzungswillen, der ihr wohl auch bei nüchternem Kopf als das einzig wahre Grundprinzip des Lebens galt (ich habe an anderer Stelle en passant erzählt, wie sie mich damit einmal in solche Raserei versetzt hat, daß ich sie ganz buchstäblich bei der Nase genommen habe). Korfiz aber hatte sich inzwischen an das Stadium herangetrunken, in dem er regelmäßig zum Allgütigen, Allerbarmer, Alliebenden wurde. Er schloß das alte Mädchen ohne Umstände in die Arme, drückte sie an sich und küßte sie wiederholt auf den von vielen senkrechten Falten wie von Abnähern umgebenen Mund. Verrückter Kerl, sagte sie, verrückter Kerl, in einem aus Zurechtweisung und Beifall fragwürdig gemischten Ton, gab auch von Zeit zu Zeit einen burschikosen Baßlaut von sich, der wie der Anfang eines rauhen, gleichwohl überaus damenhaften Lachens klang. Ein harmonischer Abend soweit, an dem ich aber ebensoweit nicht recht beteiligt war, ich saß nur so dabei. Korfiz und ich sind dann tatsächlich mit einer Taxe in die Stadt zurückgefahren, konnten uns aber dort noch nicht gleich trennen, und dann war es zu der Szene in den »Bürger-Stuben« gekommen, bei der uns irgendein Spitzel beobachtet hatte. Ich hatte Korfiz gesagt, wie es mit mir stand, hatte ihm von der magischen Grenzlinie erzählt, von meinen Schwierigkeiten beim Aufstehen, hatte ihm meine Furcht gestanden, daß ich mich bald überhaupt nicht mehr würde rühren können, und daraufhin war er in

Tränen ausgebrochen und hatte gerufen: Ich liebe dich, ich will nicht, daß du kaputtgehst. Ja, es traf zu, daß ich den Weinenden in meinen Armen gehalten hatte, das dunkle, glänzende Gesicht so dicht an dem meinen, daß es für einen Spitzel wohl so aussehen konnte, als küßten wir uns, und es kann wohl sein, daß wir uns wirklich geküßt haben, während wir flüsternd über die Lage berieten.

Sie war heillos. Wir waren nicht mehr reich; Korfiz besaß kaum noch mehr als ich, er schlug sich mit kleinsten Beträgen von einem Tag zum andern durch, konnte auch G, die er nur noch selten sah, nicht mehr unterstützen; die letzten Zuwendungen, die ich von ihm und von anderer Seite erhalten hatte, zwei- oder dreimal ein Schein von geringem Wert, ein Streifen stärker knisternden Papiers, der einem mit hilflosen und stereotypen Kundgebungen des Bedauerns beschriebenen Briefblatt beigegeben war, waren fast augenblicklich für die notwendigsten »Lebensmittel« draufgegangen; meine Hoffnung auf den rettenden Auftrag, die »große Mode-Konzeption«, war nicht länger zu halten, die kleine Agentur stellte sich tot, wahrscheinlich hatten sie mir bei meinem letzten Besuch etwas angemerkt, als ich mich mit der Anstrengung eines Gewichthebers aus dem Sessel hochgestemmt und mit der Hand, dem Arm, der Schulter die Wand streifend auf die Ausgangstür zugeschleppt hatte; seitdem hatte die Sekretärin, deren hübsche, dunkeläugige Aufmerksamkeit als zusätzliches Gewicht fühlbar an jeder meiner Bewegungen gehangen hatte, nur noch ausweichende Auskünfte für mich gehabt; das Floß war also doch nur ein Zweig gewesen, er war vorübergetrieben, ich versank, und sie ließen mich versinken.

Die meisten meiner klagenden, wütenden, bettelnden Briefe waren ganz unbeantwortet geblieben, der Reißwolf im Briefkasten schien sie verschlungen zu haben. (Eine Zeitlang hatte ich mir wahrhaftig eingebildet, daß Alberich seine Abweisung zumindest in ein paar fadenscheinige Worte kleiden würde.) Nur an eine einzige Antwort kann ich mich überhaupt erinnern, obwohl es noch eine oder zwei andere gegeben haben muß. Auch jener einen war ein knisternder Schein beigefügt, aber von ihrem Schreiber war mehr zu erwarten gewesen als ein paar der Hilflosigkeit, Ahnungslosigkeit oder auch Gleichgültigkeit abgerungene Stereotypen. Ich hatte Beweise dafür, daß er weder hilflos noch ahnungslos noch gleichgültig war; ein Buch, das ich gelesen, ein paar Briefe, die ich erhalten, ein paar Gespräche, die wir miteinander geführt hatten. Vor allem jedoch waren mir noch gewisse Passagen des Buches gegenwärtig, und zwar vermöge ihrer eigenen vergegenwärtigenden Kraft, mit der der Taumelweg eines aus dem Gleis Geratenen in ihnen nachgezeichnet war. Und was schrieb der Autor mir nun? Ich hatte seine Fähigkeit zur Identifikation mit jener unglückseligen Figur seines Romans bewundert, und nun schrieb er mir, meine Mitteilungen seien ja erschreckend (oder fürchterlich, oder grauenhaft) aber so etwas interessiere die Leute einfach nicht, sie wollten sehen, daß einer alle Anstrengungen unternehme, um sich selber zu helfen, sonst wendeten sie sich ab. So ähnlich stand es in seinem Brief, und noch mehr von der Art.

Was hätte er dir denn sonst schreiben sollen, sagte Korfiz. Ja gewiß, es war ja auch richtig, was er geschrieben hatte, das erkannte ich wohl. Und gerade ich hatte wenig Berechtigung, dagegen aufzubegehren, ich, der ich keinen rette, freilich auch mich selbst nicht. Es hatte mich nur einen Moment lang empört, daß er, gerade er dem Desinteresse der Leute recht zu geben schien (das übrigens viel mehr und anderes und unter diesem anderen auch Neid und Haß ist, so wie sie den Verbrecher mit neidvollem Haß verfolgen, weil er mehr lebt als sie). Ich hatte einen Moment lang daran gedacht, daß es sich gar nicht darum handelte, interessiert oder gar mitleidig zu sein und zu helfen, sondern darum, am eigenen Ort zusammenzubrechen, wenn ein anderer an dem seinen zusammenbricht, weil dies, zusammenzubrechen, die gemeinsame Wahrheit und Mitverzweiflung die einzig mögliche Rettung ist. Was für ein Wort, Mitverzweiflung, ich hörte es in irgendeiner Ferne pathetisch nachhallen, und in der Angst, der gedankenvolle Moment könnte mich schon zu weit geführt haben, dieser Angst, die uns jedesmal befällt, wenn unser Denken plötzlich an seine Konsequenz stößt, lenkte ich rasch ein und sagte: Du hast recht, was hätte er mir schreiben sollen.

Ich sträubte mich nun nicht länger gegen die Einsicht, daß es der übermäßige Tablettenkonsum war, der mich in den ruinösen Zustand gebracht hatte, in dem ich mich befand. Das und daß ich fast nichts aß. Wenigstens ließ ich nun gelten, daß dies die unmittelbaren Ursachen waren, bloß die unmittelbaren, wie ich ausdrücklich dachte, um sie gegenüber den anderen, tieferen, weiteren und würdigeren, von denen sie selbst verursacht waren, nicht zu groß werden zu lassen. Ich will nicht, daß du kaputtgehst, hatte Korfiz unter Tränen gesagt, und ich hatte ihm versprochen, wenigstens versuchsweise auf die Tabletten zu verzichten.
Gut, das hatte ich versprochen, aber das allein, eine Unterlassung allein würde nicht genügen, um dem Untergang zu entgehen, es würde ihn allenfalls hinauszögern. Es stand nun fest, was ich lassen, nicht aber, was ich tun sollte.
Essen, sagte Korfiz, du mußt wieder essen.
Auch das wollte ich versuchen. Aber welcher Art meine künftigen Lebensmittel auch wären, ich würde bald kein Geld mehr haben, sie zu kaufen.
Das Hotel ist zu teuer, sagte er.
Und wie soll ich es verlassen, ohne die Rechnungen zu bezahlen, die ich in der Brieftasche habe? Es ist schon ein ganzes

Bündel, sagte ich, wenn man es schüttelt, knattert es wie Blech.

Die Alte hatte sich erbötig gemacht, mir mit der Miete für ein billiges Zimmer bis auf weiteres auszuhelfen.

Und selbst wenn ich nun, sagte ich, in eine der miesen, melancholischen Buden einzöge, die man für wenig Geld haben kann – ich kann dir nicht sagen, wie mir davor graut, bestimmt tropft da nebenan immerzu ein Wasserhahn, und das wird mich ebenso unfehlbar wahnsinnig machen, als wenn er mir in einer Tour direkt auf den Kopf tropfte, immer genau auf dieselbe Stelle – aber selbst wenn es mir gelänge, mich selber und die Hotelwirtin zu überwinden und aus dem Hotel aus- und in die Bude einzuziehen, würde ich in dieser ebensowenig die Mittel zum Leben haben wie in jenem. Es gibt auf der ganzen Welt keinen Job, den ich kriegen könnte, so wie ich jetzt bin. Die Leute weichen vor mir zurück wie vor einem Aussätzigen, sagte ich und griff mir an den Ellbogen, der seit einigen Tagen nicht mehr näßte.

Du mußt dich ein bißchen erholen, sagte er, dann wird es wieder besser gehen.

Nein, sagte ich, ich werde gehen, werde einfach die Hände in die Taschen stecken und langsam weggehen.

Ich steckte die Hände in die Taschen und ging langsam in südlicher Richtung davon. Es war ganz einfach, war das einfachste überhaupt. Was tut man, wenn man irgendwo nicht bleiben kann oder will? Man geht weg. Das war eine ganz alte Vorstellung von mir. Wenn mich etwas quälte, was es auch gewesen sein mochte im Lauf meines Lebens, eine Schule, mein Elternhaus, das Militär, ein Lebens-, Liebes-, Arbeitsverhältnis, eine Wohnung, eine Stadt, ein Land, oder alles, »bloß alles«, einfach alles, begann ich mir alsbald auszumalen, daß ich es hinter mir lassen würde, indem ich die Hände in die Taschen steckte und langsam davonging, ohne mich umzudrehen und zurückzublicken. Aber genau so und nur so, die Hände in den Taschen und sehr langsam, schlendernd, anders konnte ich es mir nicht vorstellen. Ich hatte also nichts bei mir, ich brauchte und wollte nichts mehr, denn ich beabsichtigte, unterwegs umzukommen, irgendwo zu verrecken, wenn ich nicht mehr weiterkonnte vor Erschöpfung, Hunger, Durst, Hitze oder Kälte, ja, auf diese wilde und urtümliche Weise wollte ich krepieren. Ich meinte, daß es mir gelingen würde, einen Wald von ausreichender Ausdehnung und Verlassenheit zu finden, oder eine lange, wenig benutzte Straße in einer öden Gegend, oder sonst einen menschenleeren Fleck, wo ich ungestört verenden würde, ungestört und ungehört, falls ich es zuletzt doch nicht unterlassen könnte, um Hilfe zu rufen. Aber die Straße gefiel mir doch am besten, eine unabsehbare Straße, die durch einen unabsehbaren Wald führt. »Ich werde«, hatte ich einmal gelesen, »in einem Straßengraben voll dürrer Blätter und fauligen Wassers sterben« (ich zitiere es vielleicht nicht ganz wörtlich). Bis auf die dürren Blätter war das genau meine Vorstellung, die Blätter aber sollten dick, grün und saftig sein. Ich vertraute darauf, daß ich schon an die richtige, vollkommen geeignete Stelle gelangen würde, wenn ich nur immer in der eingeschlagenen Richtung weiterging. Um mich her wechselten sich die Jahreszeiten im Zeitraffertempo ab, einmal war alles, auch ich, weiß von Schnee, einen Augenblick später brach der Sommer aus, aber im nächsten Moment war alles kahl und grau, es regnete heftig, dann kam ein starker Wind auf, der mir das Gehen erschwerte, ich setzte meinen Weg aber unaufhaltsam fort, und gleich darauf war wieder alles verwandelt, es war Frühling geworden.

Ich sah mir vom Bett aus zu, wie ich da so ging auf meinem langen, letzten Weg. Ich ließ links von mir die Sonne aufgehen, ließ sie in einem großen, schönen Bogen über meinen Kopf dahinziehen und dann zu meiner Rechten versinken. Seit ich keine Tabletten mehr nahm, schlief ich fast gar nicht mehr; um genau zu sein, ich schlief etwa zwei Stunden von fünfzig. In den achtundvierzig schlaflosen Stunden rauchte ich zirka hundertfünfzig Zigaretten. Wenn ich frühstücken ging, schritt eine sonderbar wallende Gestalt vor mir her, die vom Scheitel bis zu den Fersen in ein schwarzweißkariertes Schleiertuch gehüllt war, ich sah das Karomuster ganz deutlich, die Umrisse der Gestalt dagegen waren nicht genau zu erkennen, vielleicht hatte sie keine. Wenn wir an der Tür des Frühstückszimmers angekommen waren, griff ich durch sie hindurch nach der Klinke, und sie verschwand. Das Frühstück war immer noch meine einzige Mahlzeit; ich hatte mir eine kleine geräucherte Wurst und etwas Brot gekauft, aber bei dem Versuch, davon zu essen, war mir beinahe übel geworden, und ich hatte die angebissene Wurst zuhinterst in die Nachttischschublade gelegt. Wahrscheinlich war sie nicht ganz das Richtige gewesen für den Anfang nach so langer Entwöhnung. Jedenfalls war das die Meinung von Korfiz. Er kam mit Carola, der Riese und das lange Mädchen standen mit besorgten Gesichtern an meinem Bett und packten den Inhalt einer großen Einkaufstasche aus, verschiedene Fruchtsäfte, ein Paket Zwieback, Obst und vor allem eine Anzahl Dosen mit Säuglingsnahrung, verschiedenen Sorten von Brei, grünem, gelbem und rötlichem Brei, das sei das Gegebene für einen, der erst wieder lernen müsse, zu essen. Es schmeckte sehr fade, schmeckte abscheulich, schmeckte gar nicht, aber ich löffelte es nach und nach in mich hinein, ich glaubte es denen, die mir das Zeug gebracht hatten, schuldig zu sein für ihre Fürsorglichkeit, und ich leierte stilgerecht vor mich hin: Einen Löffel für den lieben Korfiz, einen Löffel für die liebe Carola, einen Löffel für den lieben Korfiz. Dann setzte die Musik ein.

Sie begleitete alle Stunden meiner letzten Tage in diesem Hotel, setzte auch bei Nacht nicht aus. Ungeheuer laut war sie, das vor allem. Riesige Orchester mußten das sein, die da in

Tätigkeit waren. Was für Tutti, und immer nur forte und fortissimo, etwas anderes schien es nicht zu geben bei denen. Manchmal erkannte ich ein paar Takte, Hochromantisches, Spätromantisches, seit jeher Geliebtes. Dann schlug es plötzlich um und war nun etwas in der Art jener Hervorbringungen, die nur noch Arrangement sind, das Arrangement an sich, »Wirkung ohne Ursache«, Moody Blues, Pink Floyd oder dergleichen. Jemand redete hinein, stammelte, seufzte, keuchte hinein, in maßlos verstärktem Flüsterton oder schreiend, eine Stimme, mehrere, viele, eine Volksmenge oder ein Parlament in der Auflösung, es wurde auch gelacht, eine Frau lachte als hätte ihr unversehens einer an die Titten oder an die Fotze gegriffen, und einmal schien es mir, als hätte sich irgendwo seitlich im Vordergrund eine kleine Gruppe abgesondert, die unter konspirativem Gewisper irgend etwas Spaßhaftes oder Gefährliches ausheckte. Das Ganze war eine monströse Collage, in der einfach alles vorkommen konnte. Auch Tierstimmen, zum Beispiel, kamen vor, lange, hallende, jeden anderen Laut verdrängende Tierschreie, denen eine kurze, schreckhafte Stille folgte. Sie waren aber auch danach, nur Tiere alter, magischer Zeiten, mythische, heilige Tiere, Opfertiere und tierische Götter konnten sie ausgestoßen haben, und die Schreie hatten all die Jahrtausende, die seit ihrem Ende vergangen waren, gebraucht, um an mein Ohr zu gelangen. An mein Ohr oder vielmehr auf die Tonbänder des Neffen der Wirtin, der sie da mit der Musik und den anderen, neuzeitlichen Stimmen und Geräuschen zusammenmontiert hatte. Ich konnte gar nicht wissen, ob sie einen Neffen hatte, aber ich dachte immer wieder: Er muß ihr Neffe sein, bestimmt ist er ihr Neffe.

Gesehen hatte ich ihn auch nicht. Ich hatte es allein mit mir selbst ausgemacht, daß er links über mir wohnte, hinter der Tür genau gegenüber der kurzen Treppe, die wenige Schritte neben meiner (nein, nicht meiner) Zimmertür begann. Von Zeit zu Zeit sah oder hörte ich die Wirtin hinaufgehen, und es sah oder hörte sich an, als machte es der rüstigen, keineswegs

alten Frau Mühe, da hinaufzugehen, als ginge sie widerstrebend, furchtsamen Herzens, doch getrieben und gezogen von einem übermächtigen Zwang. Das trieb und zog aber auch meinen Gedanken zum nächsten weiter, daß sie ihn liebte, daß sie ihren Neffen liebte (denn das war er, er war ihr Neffe, basta, es paßte mir so). Sie war ihm verfallen, fiel ihm, kaum daß sie die Tür, diese Tür da links über mir, hinter sich geschlossen hatte, dumpf aufstöhnend in die Arme. Braune, hagere Arme, sehr weißes Hemd mit hochgekrempelten Ärmeln, aber nicht weißer als das Gebiß in dem dreist lächelnden, dunklen Gesicht, mit dem er sie empfing. Und dazu der betäubende Lärm von den Tonbändern, die er niemals abschaltete, niemals. Er war Student, Wirtschaftswissenschaften oder so was ähnliches. Die Tonbänder waren sein Tick, wahrscheinlich nannte er es sein Hobby. Das Gerät stand mitten auf dem Tisch, es drängte alles andere an den Rand, ein paar Bücher und Hefte, eine große Tasse, halb voll kalten, schwarzen Kaffees, ein Teller mit Frühstücksresten und einem Kugelschreiber mitten zwischen den angebissenen Wurstbrosten. Und was noch? Ein Aschbecher? Zigaretten? Pfeifen? Nein, er war Nichtraucher, basta, er hatte nur zwei Laster. Und da die Wirtin gegen das eine wehrlos war, konnte sie ihm die Ausübung des anderen nicht untersagen. Er bleckte einfach sein Gebiß, und sie sank ihm mit einem übertönten, überdröhnten Stöhnen in die Arme. Die Gäste schienen es hinzunehmen, und ich, mit meinem Bündel unbezahlter Rechnungen, die nur deswegen noch nicht vergilbt waren, weil ich sie im Dunkel meiner Tasche verborgen hielt, mußte zu allem schweigen. Ich hätte ja aber ohnehin geschwiegen, es war mir ja gerade recht so.
Das Unwesen, das ich mir da ausgedacht und so schlüssig zurechtgelegt hatte, daß ich fast so fest daran glaubte als wenn es vor meinen Augen (den leiblichen und nicht irgendwelchen anderen) geschehen wäre, war die Voraussetzung für das, was ich in der Tat Tag und Nacht hörte, ohne im mindesten daran zu zweifeln, daß es meine leiblichen Ohren waren, vor denen

sich dieses akustische Pandämonium ausbreitete. Es unterhielt mich, ich konnte sowieso nicht schlafen, es begleitete die schleppenden, ungelenken Bewegungen meiner Gedanken, die sich damit abmühten, doch noch einen anderen Ausweg für mich zu finden, einen womöglich etwas weniger endgültigen als mit den Händen in den Taschen wegzuschlendern. Er trieb es aber wirklich ziemlich toll, dieser Junge, ließ da auf einmal mit wer weiß wieviel Phon eine gigantische Düsenmaschine von seinem Band starten. Ich konnte doch nicht wegfliegen. Ich erwog, ob ich mich nicht zu Hilde flüchten und ihr alles sagen sollte, alles das über mich, wonach sie mich nie gefragt hatte. Nein, das wagte ich nicht, ich glaubte plötzlich zu begreifen, warum sie mir nie Fragen gestellt hatte, sicher hatte sie etwas geahnt, die ungewisse Witterung von etwas empfangen, womit sie lieber keine genauere Bekanntschaft machen wollte. Es war ganz sinnlos, in dieser Weise an Hilde zu denken. Und an Fleur zu denken, wie ich es nun tat, war eine Dreistigkeit. Ich hatte sie im Stich gelassen, wie der zahme Ausdruck lautet, es war nicht viel besser gewesen als ein Mord; wie konnte ich da bei ihr Rettung suchen und den Rest von Leben, der ihr geblieben war, noch einmal in Unordnung bringen? Aber mußte es denn durchaus eine Frau sein? Gab es nicht noch andere Adressen für mich? Keilgraf? Ich malte mir die ängstliche Verwirrung aus, in die ich ihn stürzen würde. Und Puika? Und Oskar? Alte Bekanntschaften, alte Freundschaften, die ich jahrelang auf die unqualifizierbare Art, die die meine war, vernachlässigt hatte, so daß mir bei dem Gedanken an sie sogleich eine Filmszene einfiel, in der einer, der mir gar nicht so unähnlich war, sich plötzlich aufrafft und wie besessen Briefe zu schreiben beginnt. »Ich beziehe mich auf unser Telephongespräch von vor zwei Jahren«, beginnt er, bricht ab und fängt einen anderen an, mit einer ähnlichen Wendung, bricht wieder ab. Keinen einzigen brachte er zu Ende und schließlich hörte er auf. Ich nickte ihm zu und hörte ebenfalls auf. Es war mir auch klargeworden, daß es tatsächlich durchaus eine Frau hätte sein müssen.

Ich bin dann mit einem kurzen Entschluß nach Frankfurt aufgebrochen, zu Pip. War Pip eine Frau? Zumindest war sie es gewesen, sie war meine erste Frau gewesen, dieselbe mit der sogar mein alter Vater »es nochmal gekonnt hätte«, wie er meinte; es war fast zwanzig Jahre her, daß wir uns voneinander getrennt hatten, und ich dachte kaum noch an sie, wie ein Mann an eine Frau denkt, was freilich auch daran liegen konnte, daß ich keiner mehr war, will sagen kein Mann mehr, sondern irgend etwas schwer Bestimmbares, das nun zwar in beschleunigtem Tempo, aber immer noch langsam genug, quälend langsam absank, absackte, verrottete.
Ich bin einfach geflohen, habe mich mit Korfiz' Hilfe mit dem kleineren meiner beiden Koffer und der Schreibmaschine durch die seitliche Tür aus dem Hotel davongemacht, wobei ich mich mit dem freilich auf nichts gegründeten Vorsatz beschwichtigte, meine Schulden in nächster Zeit zu begleichen. Den größeren Teil der Kleidungsstücke ließ ich zurück, viele Hemden und Pullover und einige Jacken, deren rechte Ärmel ungefähr in der Mitte eine gewisse Versteifung und Verkrustung aufwiesen; der nicht geheure Quell in meinem Ellbogen aber, von dem das herrührte, war unterdessen endgültig versiegt. Auch ein paar Bücher waren auf dem Schrank stehengeblieben; die besseren, den Proust, den Kafka, hatte ich einem Antiquariat in der Nähe des Dammtorbahnhofs verkauft.
Die folgende Nacht verbrachte ich noch bei Sanna und der Alten, die mir das Geld aushändigte, von dem ich die erste Monatsmiete für ein billiges Zimmer in der Stadt hätte zahlen sollen. Es war ihr ganz recht so, sie war nicht zum ersten Mal froh, mich verschwinden zu sehen. In der Dunkelheit des frühen Novembermorgens bestieg ich einen Autobus, der mich zum Hauptbahnhof brachte. Was sage ich da; ich bestieg ihn nicht, ich mühte mich ohne den geringsten Erfolg damit ab, die zwei hohen Stufen hinaufzukommen. Der

Schaffner hat mich mit rabiater Hilfswilligkeit emporgezogen; mein Geschrei, das die Schlafenden in den noch dunklen ländlichen Häusern erschreckt haben muß, als meine Schienbeine ihrer ganzen Länge nach über die Kanten der eisernen Trittflächen geschleift wurden, quittierte er nur mit einem ermunternden Lächeln: Ach was, es geht schon, geht schon.

Am frühen Nachmittag kam ich in Frankfurt an, fand aber den Mut nicht, Pip sofort anzurufen und bin dann bis abends in einer Gegend herumgelaufen, die meiner Meinung nach mitten im Zentrum liegen mußte, die ich aber nicht kannte, obwohl ich einige Zeit in dieser Stadt gelebt hatte.
Ich bin jetzt beinahe überzeugt davon, daß es diese Gegend, in der ich doch leibhaftigen Leibes umherging oder vielmehr umherschwankte – denn ich schwankte nur noch, wenn ich ging – überhaupt nicht gab. Das heißt, doch, es gab sie schon, sie war sehr wirklich; aber sie lag weder in Frankfurt noch sonst irgendwo draußen in der Welt, sondern in mir; in mir selbst stolperte ich mit meinen eigenen fleischlichen und beschuhten Füßen einher, also immerhin in der Welt, und sogar in der wirklichsten Welt, die es für mich geben konnte. Es war schon eine Gegend zum Stolpern, auch für einen, der besser zu Fuß gewesen wäre als ich. Ein weites, hügeliges Gelände aus festgestampften Lehm. Wenige regellos verstreute, verwahrloste Häuser und Hütten mit schiefen Fassaden. Hier und da zwischen den Lehmhügeln kleine, stark qualmende Reisigfeuer, über denen schwarze Kessel hingen oder Fische am Spieß gebraten wurden; ein Gewirr würziger Düfte drang durch die mit Rauch und Nebel dick vermischte Luft zu mir. Ein Leben von anarchischer Glückseligkeit spielte sich um diese Feuerstellen ab. Das war ein einziges beschwingtes Hin- und Herlaufen, Rufen, Lachen, Singen und Tanzen. Es war wie der Vorabend eines Festes, der unversehens selber zum Fest geworden war; aber ich war überzeugt, daß es für diese

Leute überhaupt nichts anderes geben konnte als Festtage, so daß jeder von ihnen zugleich der Vorabend des folgenden war. An die Frauen erinnere ich mich kaum, nur an die Polyphonie ihrer lachenden und singenden Stimmen, die nicht einen Augenblick verstummte und deren klingende Dichte nicht geringer zu sein schien als die Dichte der Luft, in der sie sich ausbreitete. Die Männer kann ich deutlicher sehen, wenigstens einige von ihnen. Sie trugen lange, dunkle Bärte und waren in Kaftane gekleidet, alle in die gleichen Kaftane von unbestimmter graugrüner Farbe. Sobald sie mich sahen, wandten sie sich mir zu und tanzten für mich, indem sie mit emporgereckten Armen in die Hände klatschten und abwechselnd die Beine hochwarfen, so daß ich die riesengroßen Sohlen ihrer plumpen Schuhe zu sehen bekam. Ich erinnere mich auch an ein paar Hunde, die schattenhaft um die Feuer schlichen, die Schnauzen am Boden, der dort mit mancherlei Nahrhaftem besät sein mochte.

Ich wunderte mich nicht über das, was ich sah; ich war zu dieser Zeit anscheinend nicht imstande, mich über irgend etwas zu wundern; vielleicht war das nur eine Komponente meiner Schwäche. Aber selbst in meinem reduzierten Zustand war ich noch Manns genug, dies und das Passende zu denken. Chagall, dachte ich, Judenviertel, dachte ich, das war ja berühmt in dieser Stadt. Ich dachte sogar: Ich hätte nicht geglaubt, daß es das noch gäbe und daß es jemals so gewesen wäre. Aber dann dachte ich nur noch: Sieh mal an, sieh mal an.

An dem Viertel, in das ich dann geriet, war nichts Besonderes, irgendwelche grauen Straßen irgendeiner alten Stadt in der Dämmerung eines Novembertages. Ich fand einen kleinen Laden, in dem ich mir zwei Unterhosen kaufte, die ich dringend nötig hatte, weil die, die ich trug, mir viel zu weit geworden waren, sie hingen mir nicht nur unnütz, sondern hinderlich in die Hosenbeine hinunter.

Zwei Frauen, die mir entgegengekommen waren, sagten hinter meinem Rücken zueinander: Hast du gesehen? Na, das war doch nicht zu übersehen. Daß manche Männer so stolz auf ihr Ding sind. Nicht zu fassen sowas.
Ich bemühte mich, meinen Pullover weiter herunterzuziehen. Mein Hosenschlitz ließ sich nur bis zur Mitte schließen; in der feuchten Kammer der Casa Tafuriaste, in der meine Sachen gehangen hatten, waren alle Reißverschlüsse verrottet. Mein Mantel aber hatte nur einen Knopf, den obersten.

Ich kann für nichts von dem einstehen, was ich an diesem Tag und in der auf ihm folgenden Nacht gesehen und gehört habe, kann nur sagen, daß mir in meinem ganzen Leben nie irgend etwas wirklicher vorgekommen ist und daß ich nicht den leisesten Zweifel daran hatte, daß alles das von solidester Realität war.
Die beiden Frauen und ich waren in entgegengesetzten Richtungen auseinandergegangen, ihre Stimmen hinter meinem Rücken waren verhallt. Aber gleich darauf waren sie umgekehrt, oder es waren andere, die mir nun folgten, mir auf den Fersen blieben, die Stimmen immer ungefähr im gleichen Abstand hinter meinem Rücken. Es waren nun auch mehr als zwei, und es schienen immer noch mehr dazuzukommen. Als ich mich einmal umdrehte, sah ich gerade wieder eine von der anderen Straßenseite quer über die Fahrbahn gehen und sich den anderen anschließen. In dem alles einhüllenden Grau erschienen ihre Gestalten gleichmäßig farblos, dunklere Einsprengsel, die sich abwechselnd dicht zusammenschlossen und in eine lockerere Formation auflösten. Sie folgten mir wie ein Rudel gleichermaßen zudringlicher und feiger Wesen. Wie Wölfe, dachte ich. Meiner Schätzung nach war es ein

Rudel Huren, aber ich mochte mich irren, es scheint mir schon seit einigen Jahren immer schwieriger zu werden, die Huren von den anderen Frauen mit bloßem Auge zuverlässig zu sondern. Auf die Entfernung, die sie einhielten, konnte ich nicht verstehen, was sie sagten, obwohl sie sehr laut sprachen und mir auch oft irgend etwas nachriefen. Mir war nun klar, daß sie mich verhöhnten, daß ich ein Rudel höhnender Weiber hinter mir herzog, ob es nun Huren waren oder nicht. Nur einmal kamen zwei oder drei von ihnen näher heran, sie liefen, ich hörte ihre schnellen Trippelschritte und dann plötzlich einen Ruf, der so laut war, daß ich ihn verstand: Können wir denn nicht feststellen, ob er vielleicht wirklich krank ist, Sonja? Es klang jedoch weniger wie eine Frage als wie ein anfeuernder Zuspruch an die andere, ihre Feigheit zu überwinden und sich ganz an mich heranzuwagen. Aber sie waren stehengeblieben, blieben zurück, und dann wurde es bald still hinter mir. Ich habe mich nicht umgesehen.

Ich kehrte zum Bahnhof zurück und schritt (schritt?) die Front der schäbigeren Hotels ab, die ihn flankiert. Wieder Stimmen hinter meinem Rücken, diesmal die der müßigen Taxifahrer, die mich flüsternd, wispernd von Tür zu Tür weiterdirigierten: Weiter, nicht das, weiter, noch weiter, noch eins weiter, das nächste, ja, das, das ist genau das richtige, da hinein. Die Treppe hinauf. Auf einmal hing ich über der Halle in der Luft. Ich glaube, der Läufer war unter meinen Füßen weggerutscht, und ich hing, die Füße auf der Treppe, mit meinen kraftlosen Armen am Geländer, der offene Mantel hing von mir herunter und zog an mir, ich sah es zugleich vor mir wie eine alberne Filmszene. Ich fühlte, daß ich mich nicht länger halten könnte, fühlte die Leere unter mir, in die ich abstürzen würde. So umzukommen, dachte ich und rief gedämpft und ein bißchen lachend um Hilfe (ich glaube, noch in meiner Todesstunde werde ich dieses begütigende, abbittende Lachen ausstoßen). Der Portier sprang mir bei und brachte mich wieder auf die Füße. Ich gab ihm kein Trinkgeld, und er murmelte etwas Mißbilligendes; ich hätte ihm gern etwas gegeben. Mit dem Hochgefühl wiedergeschenkten Lebens ging ich ins Bett (meine ultima ratio, ins Bett zu gehen). Stundenlang, meinem Eindruck nach, versuchte ich die Schrift zu entziffern, mit der die Tapete bedeckt zu sein schien. Es war eine zugleich exotisch fremde und sehr vertraute Schrift, aber ich konnte nicht herausbringen, was da stand, obgleich ich der Entzifferung in jedem Augenblick ganz nahe zu sein glaubte. Ich meinte auch, daß es sich um einen überaus wichtigen Text handeln müsse; nein, so wichtig nun auch wieder nicht. Ich ging aufs Klo, und während ich dort saß, hörte ich mehrmals jemand an die Tür kommen und mit den Fingern ein neckisches Zeichen darauftrommeln. Bei meiner Rückkehr durch den kurzen Flur standen alle Zimmertüren spaltbreit offen, und aus jedem Spalt erklang ein freundlich lockendes Zischen, wenn ich in seine Nähe kam. Dann lag ich wieder da und plagte mich mit dieser Tapetenschrift ab, es war aber eine sanfte, fast heitere Plage. Plötzlich sah ich die Schranktür aufgehen, ein Kopf bog sich heraus und sah nach mir hin, dann wurde die Tür wieder zugezogen. Ich stand auf und schloß sie ab, worauf hinter allen Wänden ein leises, klirrendes Kichern erklang. Mühelos fand ich eine Erklärung für das alles, die mir vollkommen einleuchtend, geradezu selbstverständlich erschien. Ich war in eine Artistenherberge geraten, Zauberkünstler, Illusionisten frequentierten sie, und sie hatten versucht, sich einen Spaß mit mir zu machen. Aber nun merkten sie, daß ich sie durchschaut hatte, das nahm ihnen die Lust, sie gaben Ruhe, und ich kam doch noch zu einem kurzen Schlaf.

Am Morgen rief ich Pip an. Ich war sehr im Zweifel gewesen, wie sie meinen Anruf aufnehmen würde. Sie meldete sich nur mit dem Nachnamen, der immer noch der meine war, und ich antwortete: Hier auch. Sie verstand es zuerst nicht, aber dann

brach sie zu meiner Überraschung in einen Jubelruf aus: Leo, Leolein. Sie holte mich sofort mit einem schicken roten Fiat im Bahnhof ab. Ich hatte sie in der sogenannten Cafeteria erwartet. Sie mußte mir vom Stuhl aufhelfen. Ich sagte ihr gleich alles, aber es stieß sie nicht ab. Sie sagte: Du kannst natürlich so lange bei mir wohnen wie du willst. Wir fuhren gleich zu ihr.
Es war die übliche kleine, komfortable Wohnung einer alleinstehenden Frau ihrer Art. Seit unserer Trennung hatte sie es ziemlich weit gebracht in der Werbung, ich hätte ihr das gar nicht zugetraut. Ich bat sie, ihre guten Beziehungen zu den Agenturen der Stadt dafür einzusetzen, daß ich womöglich doch noch einmal einen Job bekäme. Sie sagte: Ja, aber zuerst mußt du dich ein bißchen erholen, eine Woche mindestens. Wir saßen den ganzen Tag zusammen und redeten. Ich erzählte ihr viel, aber nicht alles. Die Geschichte hat dich ganz schön mitgenommen, sagte sie. Aus ihren Erzählungen ging hervor, daß sie einen Freund hatte, der um viele Jahre jünger war als sie. Er kam dann auch, und als sie mich ihm vorstellte, sagte sie einfach, mein Mann, als ob ich es noch wäre. Er war, wie sagt man, sehr relaxed, hatte die etwas einsilbige, barsche Art, die in Mode war. Ich sagte mir, daß er bestimmt ein netter Bursche wäre, aber aus meinem Eindruck von ihm hätte ich weder diesen noch den gegenteiligen Schluß ziehen können, ich verstand mich überhaupt nicht auf diesen neuen Typ des jungen Mannes. Er ging bald wieder. Ich spürte die Mühe, die ich mir gemacht hatte, besonders freundlich zu ihm zu sein, und ich hätte gern gewußt, ob es gewirkt hatte; ich hatte es nicht erkennen können, auch das nicht, ich konnte überhaupt nichts erkennen an ihm; aber das war natürlich nicht wichtig, für keinen von uns dreien, ich hätte gar nicht davon sprechen sollen.
Ich will nur noch sagen, daß ich ungefähr drei oder vier Wochen bei Pip gewohnt habe und daß sich mein Zustand in dieser Zeit tatsächlich erheblich gebessert hat. Gleich in der ersten Nacht schlief ich mehrere Stunden; wir hatten im Lauf

des Tages eine Flasche Whisky miteinander geleert. Ich erwachte von einer lauten spanischen Stimme. Sie rief immerfort: Veinte y dos, veinte y dos, veinte, veinte, veinte. Zugleich kollerte eine schwere Last in großen Brocken von mir herunter. Es sind die Kinder, rief ich, und die heruntergekollerten Brocken bekamen Beine und liefen von mir weg über einen weiten Strand auf irgendein Meer zu. Ich war hellwach, und mit hellwachen Ohren hörte ich im nächsten Moment und in voller Lautstärke die bekannte Musik wieder ertönen, ich meine die Collage aus Musik, Stimmen und anderen Geräuschen, die ich zuletzt in dem Hotel gehört hatte, aus dem ich drei Tage zuvor geflohen war. Es war ganz oder fast dasselbe. Der Neffe, dachte ich, der verfluchte Neffe ist mir nachgefahren. Aber nein, der ist bei der Tante; es ist einfach so, daß es mehr Narren von der Sorte gibt. Mußten sie aber durchaus dort sein, wo ich war? Das Haus, in dem Pip wohnte, war ein großes Miethaus, so ein Haus mit drei oder vier Dutzend Parteien, und auch die schienen es sich seltsamerweise gefallen zu lassen, daß sich da mitten in der Nacht – es war etwa vier Uhr früh – einer dieser maßlosen Tonorgie hingab. Ja, es war seltsam, ich fand es seltsam, aber es war unbezweifelbare, dröhnende Wirklichkeit. Ich habe es bis in den hellen Mittag gehört, einen Sonntagmittag, wie ich mich entsinne, und je heller, mittäglicher, sonntäglicher es wurde, desto weniger verwunderlich erschien mir die Sache. Eine Zeitlang war es weniger laut, aber nicht minder deutlich. Es mußte aus einer der nächstbenachbarten Wohnungen kommen. Wieder eine Musik, die ich liebte, vielleicht eine Rundfunksendung. Ich schaltete das Radio ein, aber ich fand das Gesuchte auf keiner Station. Komisch, sagte ich, da hört einer deiner Nachbarn die Vierte von Mahler, aber ich finde es nicht, welcher Sender kann das denn sein. Sie stand am Fenster und zuckte die Achseln. Es kann natürlich auch eine Schallplatte sein oder ein Tonband, ihr habt ja hier so einen Besessenen im Haus, der hat das Ding schon heute morgen um vier laufen lassen. Ich habe nichts gehört, sagte sie. Beneidenswert, was für einen Schlaf du hast. Ich wundere mich nur, daß sich keiner beschwert. Ich weiß nicht, was du meinst, sagte sie. Hörst du auch jetzt nichts? Es war die Vierte von Mahler, aber jetzt sind es schon wieder die Moody Blues oder sowas, der hat das alles auf seinem Band zusammengemixt. Es ist absolut nichts zu hören, sagte sie. Plötzlich brüllte wieder eins dieser heiligen Tiere auf, »el celeste toro en tierra«. Und das, dieses Brüllen muß du doch gehört haben. Ich höre nur die Autos, sagte sie, es ist viel Verkehr hier. Dann habe ich Halluzinationen, sagte ich. Ich sagte das im Scherz, aber indem ich das Wort aussprach, das ich vielleicht jahrelang nicht mehr gedacht, gelesen, gehört oder selbst gebraucht hatte, und das mir in diesem Moment nur von der unwillkürlichen Mechanik dieses Gesprächs eingegeben worden zu sein schien, erkannte ich sogleich mit einem kleinen, erlösenden Schrecken, daß ich die Wahrheit gesagt hatte. Ach so, sagte ich. Ich wußte nun, daß ich seit einigen Tagen Halluzinationen gehabt hatte, und sobald ich das erkannt hatte, war ich sie los. (Ich hatte aber bloß die Täuschungen meines Gehörs erkannt, den Schluß auf diejenigen meiner Augen, unter denen ich seit längerer Zeit litt, zog ich keineswegs. Ich will hier anmerken, daß es, wenn ich nach der Erfahrung urteilen darf, die ich an mir selbst gemacht habe, nicht so ist, daß man ein für allemal gegen diese Täuschungen gefeit wäre, wenn man sie einmal durchschaut hat. Sobald sie wieder auftreten, verfällt man ihnen von neuem, so groß ist die Kraft ihrer Vorspiegelungen, so mächtig der Schein von Realität, der von ihnen ausgeht.)

Auch im übrigen ging es erstaunlich rasch aufwärts mit mir, obwohl es in den ersten Tagen gerade umgekehrt ausgesehen hatte, als stünde es schlimmer als je zuvor. Um mich aufrichten zu können, hatte ich jeden Morgen auf allen Vieren von der Couch, auf der ich schlief, zu einem der Sessel kriechen müssen, an dem ich mich dann unter dermaßen vielfältigen und komplizierten Anstalten emporwand, daß ich auf den Versuch einer genaueren Beschreibung verzichten muß. Die

kurzen Wege in der kleinen Wohnung waren anstrengende und gewagte Wanderungen für mich. Zumindest war ich auf einen vollkommen ebenen Boden angewiesen. Jeder Schritt aufwärts oder abwärts war ein inkalkulables Wagnis. Öfter als einmal bin ich auf den Treppen des Hauses weich und lautlos niedergesunken als ob mir das Knochengerüst von einem Augenblick zum anderen aus dem Körper gehext worden wäre. Wenn Pip dann merkte, daß ich wieder einmal zurückgeblieben war, drehte sie sich um und sah aus ihrer fernen Höhe oder Tiefe kopfschüttelnd zu mir hin. Ich hatte ihr beigebracht, daß sie es mir überlassen müsse, mich wieder hochzurappeln, man konnte mir nicht behilflich sein dabei, ich brauchte eine festere Stütze als es ein menschlicher Arm sein konnte, und ich kroch so lange am Boden herum, bis ich das Geeignete gefunden hatte.
Aber es dauerte nur wenige Tage, bis Pips Freund sagen konnte: Na, gehen können Sie ja nun schon wieder. Er sagte es mit starker Betonung des Wortes »gehen« so daß seine Bemerkung im Hinblick auf den Umstand, daß ich die meiste Zeit mit seiner Freundin (die mich ihm ja obendrein einfach als ihren Mann vorgestellt hatte, als ob ich das noch wäre) in deren Wohnung allein war, einen unüberhörbar anzüglichen Sinn bekam.
Ach, wie er mich verkannte. Ich ließ mich von ihr hochpäppeln, das war alles. Ohne jede Schwierigkeit hatte ich mir wieder angewöhnt, regelmäßig zu essen, und ich aß sogar mit einer Lust wie seit Jahren nicht mehr. Solange ich mit Pip zusammengewesen war, hatte ich wenig bemerkt von ihren Kochkünsten, vielleicht hatte sie sie erst später erworben.
Ich nahm ihre Wohltaten bedenkenlos an. Ich ließ mich sogar von ihr einkleiden, sie bestand darauf, sie konnte es nicht ertragen, mich in meinen verwahrlosten, schlotternden Jacken und Hosen herumgehen (oder -taumeln, oder -kriechen) zu sehen. Auch müsse ich ja erst wieder einigermaßen ansehnlich sein, wenn ich mir Hoffnungen auf einen neuen Job machte.

Groß waren meine Hoffnungen nicht, ich wußte, daß mein Alter (ich war seit drei Monaten fünfzig) ein kaum überwindbares Hindernis war, und so traf es mich nicht besonders schwer, daß sie sich nicht erfüllten, ich nickte nur wissend und beinahe auch zustimmend mit dem Kopf dazu.
Ich hatte schon wieder ganz andere Vorstellungen davon, wie es weitergehen sollte mit mir. Nämlich gar nicht. Es waren schon wieder Visionen meines Endes. Jetzt dachte ich es mir so, daß ich nach München fahren und dort vor G's Haus, genauer dem Haus ihrer Mutter, in dem sie lebte, sterben würde. Da ich das Haus nicht kannte, konnte ich es mir ausdenken wie es mir beliebte, ich hatte nur zu fürchten, daß es am Ende doch nicht so sein würde. Davon hing aber alles ab; wenn es nicht so oder wenigstens so ähnlich wäre, ging es nicht. Ein altes grauschwarzes Haus im herrschaftlichen Stil mit Sopraporta, Ziergiebel und sonstigem Zierat. Es liegt ein gutes Stück von der hohen Einzäunung und dem Tor mit den zwei wuchtigen steinernen Pfeilern entfernt. Sonst geht es nicht, denn ich will nicht, daß sie oder sonst jemand vom Haus mich sieht, wenn ich da herumschleiche und zu den erleuchteten Fenstern hinübersehe. Erleuchtet, denn ich werde nur an den Abenden hingehen, an vielen Abenden, bis ich soweit bin, mich neben einem der Pfeiler in den Schnee zu legen. Natürlich müßte dort ein Gebüsch sein, das mich versteckt, sonst ginge es nicht. Wegen des Schnees machte ich mir keine Sorgen, er würde bestimmt da sein, um diese Jahreszeit und in dieser Gegend. Er war nicht nur unentbehrlich, um in ihm zu erfrieren, sondern auch um ihn auf dem Dach, auf den Gesimsen und Zieraten des dunklen Hauses liegen zu sehen, bis mir die Augen zufallen und alles mit mir erlöschen würde.

(Lächerliche Stilisierung? So kann man es nennen, ich nannte es selbst zuweilen so. Aber das Verlangen, seinem Leben, und sei es auch erst zu allerletzt, einen Stil zu verleihen, entspringt dem Bedürfnis, ihm einen Sinn zu geben, und das schwächt den Einwand gegen die Stilisierung im gleichen Maße ab, in dem es den Verdacht gegen den Sinn verstärkt.)

Ich bin hingefahren. Ich habe das Haus gesehen. Ich bin hineingegangen, bin hineingegangen. Ich habe sie gesehen. Korfiz war gerade gekommen, es war einen Tag vor Weihnachten. Die sensationslüsternen Kinder freuten sich über mein unerwartetes Erscheinen. K ging sofort in die Küche, um Kaffee zu kochen. Wir haben Kaffee getrunken und miteinander gesprochen. Später kam auch ihre Mutter. Was weiter? Nichts, ich habe sie gesehen. Das Haus war nicht ganz so, wie ich es mir vorgestellt hatte. Aber es wäre allenfalls geeignet gewesen. Der Schnee war da.

Mit Erleichterung, fast freudig hatte ich von Pip Abschied genommen. Auch sie hatte aufgeatmet, sie hatte mich schon nach vierzehn Tagen ziemlich satt gehabt, meine düster brütende Gegenwart hatte sie bedrückt. Sie hatte mir etwas Geld mitgegeben, auch Keilgraf, den ich angerufen hatte, hatte mir Geld geschickt, und damit war ich losgefahren. Es konnte nur für wenige Tage reichen, aber ich dachte auch gar nicht über eine solche kleine Zeitspanne hinaus, ich kann kaum sagen, daß ich überhaupt dachte. In meinem Kopf war nichts als eine vage, dunkelflutende Erregung, in der die Möglichkeit eines über diese wenigen Tage hinaus fortgesetzten Lebens nur als die einer wunderbaren Rettung erschien, eine Erscheinung, die sich vor jedem klareren Gedanken sogleich hätte verflüchtigen müssen. Dann hatte ich das Haus gesehen, war sogar hineingegangen und hatte sie gesehen, auch der Schnee war dagewesen, der Sterbensschnee, der todesfarbene Schnee, aber weiter war es nichts gewesen. Dumpf ließ ich die Festtage, diese blödsinnige Akkumulation von Festtagen verstreichen, ich wohnte in einem Hotel der unteren Mittelklasse, in unmittelbarer Nähe des Bahnhofs, und wenn ich es verließ, so nur, um mich in einen der Räume des Bahnhofsrestaurants zu setzen (meist in den sogenannten Europasaal, den ich immer bevorzugt hatte) und der Fluktuation des Publikums zuzusehen. Ich war wie eine unbewegliche Kamera, die ein Regisseur dort aufgebaut hatte, um die Trostlosigkeit dieser unausgesetzten massenhaften Lebensbewegung durch ihre bloße, kommentarlose Aufzeichnung zu demonstrieren.

Aus Schwäche, sagte ich mir, aus Schwäche mache ich weiter. Diese Schwäche ist die Kraft, die Pips fabelhafte Steaks und Suppen mit verliehen haben.

Ich trat in das neue Jahr ein, indem ich zum Pfandhaus ging und meine Uhr versetzte.

Das änderte natürlich nichts daran, daß ich wieder einmal meine Hotelrechnung nicht bezahlen konnte. Ich rief Augustus an. Soll ich ihn einen alten Freund nennen oder nur einen guten alten Bekannten? Ich begnüge mich damit, zu sagen, daß er ein vorbildlicher Mensch ist, ein Mensch von niederschmetternder Vorbildlichkeit, den ich damals schon an die zwanzig Jahre kannte. Als ich ihn kennenlernte, war er noch Volontär, aber bereits in derselben großmächtigen Firma, in der er unterdessen bis zur zweit- oder mindestens dritthöchsten Stufe der Hierarchie aufgestiegen war, bis in die fast feierlich stille Region des zentralen Verwaltungsgebäudes dieses Weltunternehmens, in der die finsteren Machenschaften ausgeheckt werden, denen solche Häuser ihren Glanz verdanken. Babyface Augustus, so hatte ich ihn genannt, und so war er geblieben, das Face war zwar merklich gealtert, hatte aber seine Babyhaftigkeit bewahrt, denn ein so vorbildlicher Lebenslauf wie der seine, nimmt seinen Weg irgendwo jenseits aller prägenden Erfahrungen. Und so sah ich denn kurz nach meinem Anruf bei ihm (er hatte mich zu sich beordert, in die Residenz, und ein leisetreterischer Assistent hatte mich in der Empfangshalle abgeholt und zu ihm geführt) in eins der irritierenden und immer ein wenig unangenehmen, ja eigentlich unheimlichen Gesichter, in denen alle Merkmale im Widerstreit miteinander liegen, kindliche Greisengesichter oder greisenhafte Kindergesichter von Menschen mittleren Alters, Gesichter wie die der Liliputaner, die ich einmal beim Oktoberfest gesehen und von denen ich gehört hatte, ihre durchschnittliche Lebenserwartung liege bei etwa fünfunddreißig Jahren.

Augustus ist zwar das genaue Gegenteil eines solchen Zwerges; ein hochgewachsener soignierter Mann wies mir armem Schlucker mit der gleichen Geste, die er für einen der respektablen Herren gehabt hätte, mit denen er sonst Umgang haben mochte, den Besuchersessel vor seinem Schreibtisch an. (Er muß es genossen haben, o ja, er machte sich einen Genuß daraus, er hatte es sich nie träumen lassen, daß ich einmal so vor ihm sitzen und ihn in mühevoll leichtfertigem Ton um einen kleinen Pump angehen würde.)

Er lehnte sich lächelnd zurück und schüttelte den Kopf. Du wirst mich wohl sehr hart finden, sagte er, aber ich werde dir keinen Fünfziger über diese Tischplatte zuschieben.

Ich lächelte zurück, legte sogar ein amüsiertes Glucksen in meine Stimme und antwortete: Das wäre allerdings auch ein bißchen wenig. (Es strengte mich an, mein Mund war etwas verspannt beim Lächeln, ich war den ganzen Vormittag in den sehr winterlichen Straßen Schwabings und Bogenhausens herumgelaufen, bis ich mich endlich dazu aufgerafft hatte, ihn von einer Telephonzelle aus anzurufen, bevor ich meine letzten Münzen für ein paar trockene Semmeln ausgegeben haben würde.)

Keinen Pfennig wirst du von mir bekommen, sagte er.

(Ich erinnerte mich, dem Volontär, der sich unterdessen so prächtig entpuppt hatte, gelegentlich mit kleinen Beträgen ausgeholfen zu haben, damit er von irgendeinem Zwanzigsten bis zum nächsten Ultimo käme; erinnerte mich daran, nicht ihn; ich sah ein, daß man das nicht in Vergleich ziehen konnte.)

Ich habe das kommen sehen, sagte er.

(Wieso denn? Was wußte er denn von den neuesten Wandlungen meines Lebens?

Du bist selbst schuld an deiner Lage, sagte er.

War das nicht fast so, als ob er gesagt hätte, ich sei schuld an B's Tod? Ich machte einen Einwand in diesem Sinne.

Das beirrte ihn nicht im mindesten. Er sagte: Du hast einfach alles laufen lassen.

Das war freilich ein Vorwurf, den ich nicht zum ersten Mal hörte und der mich noch jedesmal getroffen hatte. Alles laufen lassen, einfach geschehen lassen, was geschah, das war schon immer meine Neigung gewesen. Sie beruhte auf einer gewissen mißtrauischen Verachtung für die Sphäre des Geschehens überhaupt, und darüber ließ sich gewiß streiten. Unbestreitbar aber schien es mir, daß man es niemand als Schuld ankreiden kann, wenn ihm, aus welchen Gründen auch immer, die Kraft ausgeht, sich aufrecht zu halten (vorausgesetzt, was ich sehr bezweifle, daß man die eingepeitschte Fähigkeit der Leute, ihr Leben zu ertragen und sogar damit einverstanden zu sein, eine Kraft nennen darf, es sei denn eine pervertierte und unheilvolle). Nicht daß ich ihm etwas dergleichen entgegengehalten hätte, dazu war ich viel zu müde, begriff auch, daß es ihn wohl kaum angefochten haben würde. Für einen wie ihn konnte so etwas nur eine faule Ausrede sein. Ich sagte nichts, ich sah ihn nur an, er war ein Monstrum. Einen Augenblick lang taten mir seine Kinder leid, obwohl sie doch mit ihm soviel besser daran waren als Sanna mit mir. Er ist gar nichts Besonderes, das habe ich keineswegs sagen wollen; es ist nichts Besonderes, ein Monstrum zu sein. Die zur vollkommenen Verständnislosigkeit erblühte monströse Unschuld ist nichts als die Norm; eben das macht die Gesamtheit derer, die ihr entsprechen, diese harmlosen, braven Leute, einer verheerenden Naturkraft gleich, und mit dem Appell an weniger blinde Prinzipien ist gegen jene nicht mehr auszurichten als gegen diese. Ich widersprach ihm also nicht länger, spiegelte ihm sogar so etwas wie demütige Zerknirschung vor, um vielleicht auf diese Art doch noch eine Kleinigkeit für mich herauszuschlagen, während ich in Wahrheit eher von einem Gefühl des Hochmuts erfüllt war.

Er hielt mir eine regelrechte Moralpauke, mir fiel ein Mann aus einer Erzählung ein, von dem es dort hieß, er habe das Leben schlichtweg für eine Abfolge von Belohnungen und Bestrafungen angesehen, und ich begann darüber nachzudenken, wer das geschrieben haben konnte.

Plötzlich hörte ich ihn sagen: Ich finde es auch nicht richtig, wenn du deiner Tochter den Anblick ihres betrunkenen Vaters zumutest.

Nun wurde es mir klar, woher er etwas von mir wußte, das ihn befähigt hatte, kommen zu sehen, was gekommen war; die Alte hatte ihn informiert, und sie hatte es in ihrer Weise getan, nur ihre Informationen konnten ihn zu seiner Bemerkung inspiriert haben. Und wenn sie Babyface Augustus informiert hatte, so zweifellos auch alle anderen gemeinsamen Bekannten. Lene, die auch hier in der Stadt lebte, und mir immer sehr wohlgesonnen gewesen war. Ich hatte mir bereits vorgenommen, sie aufzusuchen; sie verfügte über Verbindungen zu Verlagen und Redaktionen, die mir früher schon einmal nützlich gewesen waren. Und die anderen. Rike. Und Schäfchen. Und Oskar. Vermutlich hatte sie alle gegen mich aufgestachelt, vielleicht nur aus Schwatzhaftigkeit, weil sie es nun einmal nicht über sich brachte, einen ergiebigen Stoff auszulassen. So wie mir ihre Spitzel überall auf den Fersen waren, so daß ich schon all meine Wege in Fußhöhe von ihren wendigen Augen gesäumt sah, so schienen mir nun überall auch noch ihre warnenden Nachrichten über mich vorauszulaufen. Auf einmal waren meine Ohren überfüllt von dem aufreizenden Ticken eines ganzen Chors altmodischer telegraphischer Apparate. Das machte mich rasend. Biest, schrie ich, widerliches altes Biest. Nicht genug damit, daß sie meine Rausch- und Schwächezustände in absichtsvoller Verkennung, wie ich annehmen mußte (denn so dumm war sie nun auch wieder nicht, daß sie es nicht anders hätte wissen müssen) auf nichts als simple Besoffenheit zurückführte, sie ging nun offenbar auch noch soweit, den Nachweis meiner Verworfenheit daraus abzuleiten und sich selbst und andere als die reinen Temperenzler darzustellen. Mein Aufschrei war stumm gewesen, nur ein heftiger Druck in meinen Stirnadern. Aber ich war aufgebracht genug, diesem ahnungslosen Musterknaben doch noch einmal in die Parade zu fahren.

Aha, sagte ich nicht so höhnisch und gelassen wie ich es gern gewollt hätte, du findest es nicht richtig, daß ich meiner Tochter den Anblick ihres betrunkenen Vaters zumute. Ich auch nicht. Und es ist tatsächlich vorgekommen. Aber sie hat auch ihre Mutter betrunken gesehen. Sag jetzt bitte nicht de mortuis nihil nisi bene. Und ihre Großmutter hat sie auch schon so gesehen, die ihr das wahrscheinlich noch öfter zumuten wird, denn sie lebt ja mit ihr zusammen.

(Und ich gab ihm eine knappe Darstellung, wie die Alte sich einmal in Sannas Gegenwart dermaßen besoffen hatte, daß sie – die Alte, das war so ein Tick von ihr – immerfort schrill nach ihrem Vater geschrien und sich dabei mit den gekrümmten Fingern beider Hände von oben auf dem Kopf herumgehackt hatte, ein wahrhaft erschreckender Anblick, den aber weder ich noch Sanna an diesem Abend zum ersten Mal geboten oder zugemutet bekommen hatten, solche Anfälle waren nicht selten bei der Alten. Ich machte ihm die Sache mit zitternden Händen und kreischender Stimme anschaulich. Papiii, Papiii, schrie ich in ihrem Stil und ließ mit diesem Schrei ersatzweise doch noch etwas von dem unterdrückten lautwerden.)

Eine Freundin, setzte ich, mich mäßigend, hinzu, eine Freundin (es war Gigi gewesen) hat die total besinnungslose Alte und Sanna in ihre Heidewohnung begleiten und die

Nacht bei ihnen verbringen müssen. Und siehst du, wenn sie dir auch das erzählt hätte, sagte ich, dann hätte ich zu deinem Urteil, daß es nicht richtig sei, und so weiter, bloß mit dem Kopf genickt.

Mich interessieren nur Tatsachen, sagte er kühl.

Nun ja, ich bereute es bereits, daß ich mich zu meiner Entgegnung hatte hinreißen lassen. Ich wußte doch längst (und dieses alte Wissen gehörte zu den Quellen meiner Neigung, »alles einfach laufen zu lassen«), daß die Monstren ein unerschütterliches Regiment führen – ich hätte auch, einen bekannten Ausspruch mehr oder weniger wörtlich zitierend, sagen können, »daß die Canaille Herr ist und Herr bleibt in der Welt«, aber dieser Spruch hat mir nie recht gefallen, ich bestehe darauf, daß sie unschuldig sind. Das wußte ich doch, und ich wußte auch, daß ihre Unerschütterlichkeit darauf basiert, daß sie nur ein Kriterium haben, und dies nur für andere, nicht für sich, denn sie sind es selbst, das Kriterium nämlich.

Mit dieser Erwägung, die ich keineswegs so explizit anstellte, wie sie hier steht – das hatte ich nicht mehr nötig – hatte ich zu meinem resignierten Hochmut und seiner demütig zerknirschten Fassade zurückgefunden und ließ ihn weiterreden, während ich mich wieder auf den Autor jener Erzählung zu besinnen versuchte, an die Babyface Augustus mich erinnert hatte.

Er sagte, und das hörte ich immerhin: Dir hilft man am besten, wenn man dir nicht hilft.

Ja ja, das paßt dir so, dachte ich rasch und fuhr dann in meinen eigenen Gedanken fort.

Noch einmal unterbrach er mich mit einem bemerkenswerten Satz, der anscheinend eine Schlußfolgerung und jedenfalls äußerst konsequent war. Dann mußt du eben vor die Hunde gehen, hörte ich ihn sagen.

Ja ja, das paßt euch so, dachte ich, und während ich ihn plötzlich nach dem Telephonhörer greifen und dann sprechen sah mit seinem gealterten Babymund, hielt ich ihm eine stumme

Rede. Wenn du ermessen könntest, was du da eben gesagt hast, sagte ich ihm, dann könntest du die Brutalität mit der Aufrichtigkeit verbinden und gestehen, daß du nichts anderes meinst, als den wütenden Todeswunsch für einen, der sich untersteht, den ruchlosen Gesetzen der Welt, deren vorbildlicher Vertreter du bist, die Unterwerfung zu verweigern und dein Kastratenglück zu verschmähen. Im übrigen ist es allemal unmoralisch, mein Lieber, auf die Vortrefflichkeit einer Verfassung zu pochen, deren Funktionär und Nutznießer man ist. Aber wenn du das ermessen könntest, fügte ich in aller Eile hinzu – denn ich glaubte hinter meiner Rede den vergessenen Autorennamen auftauchen zu sehen –, wenn du es ermessen könntest, hättest du nicht gesagt, was du gesagt hast, und somit bist du unschuldig.
Er telephonierte immer noch, als mit einemmal der gesuchte Name vor meinen Augen erschien. In sauberer Antiqua, so wie ich es vor Jahren in einer Anthologie amerikanischer Erzähler gesehen hatte, stand er zusammen mit dem Titel der Erzählung vor mir.
Theodore Dreiser, Neger Jeff.
Eine Geschichte vom Lynchen, die ich damals ein paar Tage lang nicht wieder loswerden konnte, obwohl sie mir nicht gerade wie ein Meisterwerk vorgekommen war.

(Ich habe so genau von dieser Begegnung mit Augustus berichtet, um die vielen ähnlichen, die ihr in den nächsten Monaten gefolgt sind, um so kürzer abtun zu können. So die mit Lene. Sie gab mir Geld, soviel Geld wie sie entbehren konnte, davon bin ich überzeugt. Aber schon an der Tür sah ich dieses besondere Zurückweichen der Augen, als flöhen sie vor mir in die Tiefe des Kopfes zurück. Immerhin hat Lene mich noch eingelassen. Schäfchen dagegen reckte ihre kleine Gestalt mit dem hübschen Schafskopf wie ein Wachengel vor der Pforte des Paradieses und schleuderte mir den Bannspruch entgegen: Nicht über diese Schwelle. Das war ein paar Monate später, als ich bereits an zwei Krücken ging, und ich bin nachher auf der Straße gefährlich ins Schwanken geraten zwischen ihnen vor Lachen über diese Szene, denn in meiner Lage konnte ich ebensogut lachen wie irgend etwas anderes tun. Diese Beispiele mögen genügen.)

Es stellte sich heraus, daß Augustus mit einem Beamten des Sozialamts telephoniert hatte. Der Mann, sagte er, erwarte mich nun, er werde mich beraten und mir helfen.
Ich bin gleich hingegangen, habe ihn aber nicht zu sehen bekommen, sondern nur seine Hand, die mir durch den Türspalt einen Zettel hinreichte, die Einweisung in ein berüchtigtes Obdachlosenasyl.
An dessen Tür aber wurde ich von einem Mannweib in weißem Kittel abgewiesen, es sei noch geschlossen, ich solle dann und dann wiederkommen.
Ich sagte, es sei sehr kalt und ich wisse nicht wohin.
Sie schloß wortlos die Tür.
Ich fing an, auf der Straße hin- und herzugehen, es waren noch mehrere Stunden, bis sie wieder öffnen würde. Dann ist mir eingefallen, daß ich noch ein paar Briefmarken in der Tasche hatte, und ich habe sie in einem Blumenladen verkauft. Briefmarken kann man immer mal brauchen, sagte die Frau und gab mir den genauen Gegenwert als wär's ein Geschenk. Davon habe ich mir eine Packung Zigaretten gekauft.
Zur bestimmten Stunde bin ich wieder auf das große gelbe Haus zugegangen. Ich bin aber nicht mehr bei ihm angekommen, habe es nie betreten. Denn ich sah eine Gruppe von Gestalten vor ihm stehen, die ich aus meinen Träumen, vielmehr einem bestimmten Traum, kannte, der mich seit Jahren immer wieder heimsuchte, und in dem eben diese Gestalten, und noch andere von der gleichen Art, sich von beiden Seiten eines langen Weges, den ich gehen muß, an mich herandrängen und mit bedrohlichem Lächeln nach mir greifen. Jetzt sah ich sie leibhaftig vor mir, und bei diesem Anblick bin ich auf

der anderen Straßenseite stehengeblieben, habe den Einweisungszettel aus der Tasche geholt und ihn, indem ich die Arme in ihre Richtung ausstreckte, langsam in viele kleine Stücke zerrissen, die ich dann auf die Straße geworfen habe.
Ich hatte das Gefühl, einen großen Sieg errungen zu haben, und bin mit einer Beschwingtheit davongegangen, die mir regelrecht eingeheizt hat in der Kälte des hereinbrechenden Abends.

Die nächsten Nächte verbrachte ich in abgestellten Zügen. Ich saß in einer Fensterecke, den Blick auf eine der erleuchteten Bahnsteiguhren gerichtet, in tiefem, fast gefühllosem Staunen darüber, daß ich diesen Platz einnahm in der Welt, in der Nacht. So versaß ich die ersten Nachtstunden. Später in der Nacht wurde es warm im Wagen. Ich streckte mich auf der Bank aus und schlief dann manchmal für kurze Zeit ein. Wenn ich aufwachte, war meist nur der große Uhrzeiger ein kleines Stück vorgerückt. Gegen Morgen kam das Reinigungspersonal in den Wagen. Wir taten dann so, als sähen wir einander nicht.

In einer dieser Nächte wurde mir meine Brieftasche gestohlen. Ich kann eben erst eingeschlafen gewesen sein, denn als ich mit einem Schrecken erwachte, der von dem Gefühl herrührte, als sei ein ganz leichter Druck von mir gewichen oder als habe etwas ganz schwach an mir gesaugt, war der Zeiger noch kaum von der Stelle gekommen. Ich kann nicht sagen, was mich dazu veranlaßte, die linke Seite meiner Jacke abzutasten, aber ich tat es sofort. Sie fühlte sich dünn an, leer, und ich klappte sie hastig nach außen, so daß das Licht der Bahnsteiglampen darauffiel. Das Futter war an der Tasche aufgeschlitzt und hing dort wie der Rand einer breiten, klaffenden Wunde herunter. Dann, beim ersten ratlosen Rundblick, sah ich etwas Weißes am Boden liegen; es waren ein paar zusammengefaltete Blätter mit Notizen (denn ich hatte meine Gewohnheit, allerlei Notizen zu machen, keineswegs aufgegeben). Ich tastete den Boden ab, fand aber sonst nichts. Die Brieftasche enthielt meinen Paß und ein paar Photographien, Bilder von B und von Sanna und zwei Aufnahmen, die G von mir gemacht hatte, als wir seinerzeit zu Ostern an der Oste gewesen waren.

Ich klappte den Fenstertisch herunter, legte die wiedergefundenen Notizblätter darauf und machte eine Eintragung über meinen neuesten Verlust, von der ich nur noch weiß, daß das Wort »Demontage« in ihr vorkam.
Dann erstattete ich die Anzeige.

Jemand, der mich müßig und unschlüssig in irgendeiner Ecke des Bahnhofsgeländes herumstehen sah, gab mir die Adresse einer Hilfsstelle. Es war eine gute Adresse. Man verhalf mir zu einem billigen Pensionszimmer, zahlte meine Hotelrechnung und half mir mit Geld und Lebensmitteln über die nächsten Tage. Ein paar Wochen habe ich im Büro einer Viehgroßhandlung ausgeholfen, die nach Italien exportierte. Ich tippte Frachtbriefe, Rechnungen, Gewichtslisten, Schecks, arbeitete an manchen Tagen zehn bis zwölf Stunden. Ich kann sagen, daß ich eine hochgeschätzte Bürokraft war, solange es dauerte. Auf Vermittlung des Arbeitsamtes bewarb ich mich um den Posten eines Portiers in einer Kinderklinik. Ich hatte mir vorgestellt, daß ich während des Nachtdienstes vielleicht sogar etwas schreiben könnte. Aber ich bekam die Stelle nicht, ein anderer Bewerber, der so etwas schon einmal gemacht hatte, wurde mir vorgezogen. Auf eine Portierstelle bei einer Versicherung verzichtete ich, weil sie mit der Auflage verbunden war, eine Uniform zu tragen, eine dieser üblichen Admiralsuniformen, und weil es da keinen Nachtdienst für mich gegeben hätte. Dann hatte das Arbeitsamt nichts mehr für mich, und ich wurde für ein paar Tage Spüler in einem Schnellrestaurant in der Bayerstraße. Ich hielt es nicht aus, neun Stunden täglich am Spülbecken zu stehen und Tabletts und Geschirr abzuwaschen, es machte mir heftige Rükkenschmerzen. Sie und meine Wut über den außerordentlich geringen Lohn steigerten einander gegenseitig, und eines Mittags warf ich die Arbeitsjacke, die man mir gegeben hatte, mitten zwischen die mit Speiseresten bedeckten Tabletts und verabschiedete mich mit den Worten, für diesen Lohn belle kein Hund auch nur eine Stunde, aber die Schmerzen, die man sich da hole, könnten einen Tag und Nacht zum Heulen bringen.

Es waren aber nicht diese, sondern die Wiederkehr der alten Schrecken, worunter ich eines Nachts zusammenbrach. Seitdem meine Hoffnungen auf eine Portierstelle mit Schreibgelegenheit zerronnen und zugleich auch meine vorläufigen Einnahmequellen versiegt waren, hatte ich wieder angefangen, Schlaftabletten zu nehmen, die gleichen wie früher und bald auch wieder in den gleichen Mengen, und in der Nacht, die ich meine, hatte sich meine Einsicht, daß das, was ich schon für einen neuen Aufbruch gehalten hatte, in Wahrheit nichts als eine Folge nutzloser Bewegungen auf der Stelle gewesen war, zur Panik gesteigert. Ich erinnere mich, mich in dem kleinen, im idyllischen Stil einer überladenen Puppenstube eingerichteten Zimmer gebärdet zu haben, als sei es die mitten im Untergang begriffene Welt und jeden Augenblick müsse es geschehen, daß sein Boden sich unter mir auftat, seine Decke, seine Wände über mir zusammenbrachen. Ich war wahnsinnig, kein Zweifel, ich war wahnsinnig, und mit einer letzten Anstrengung meiner vergehenden Vernunft gestand ich es mir ein.
In den letzten Stunden dieser Nacht schrieb ich mit mühsam errungener und festgehaltener Fassung einen langen Brief

über meinen Zustand und meine Lage. Er war für den Münchner Arzt bestimmt, mit dessen Mutter die Alte befreundet gewesen war (ich habe ihn schon einmal erwähnt, vor vielen Tagen und Seiten). Ich habe ihm den Brief nicht mit der Post geschickt; die Zeit, die sie gebraucht hätte, hatte ich nicht mehr zu verlieren; ich habe ihn am selben Morgen noch selbst überbracht; hatte ihn überhaupt nur in der Voraussicht geschrieben, daß es mir nicht gelingen würde, meine Gedanken oder meine Worte oder beides in ausreichender Ordnung zu halten, um meinen Fall mündlich vortragen zu können. Während er den Brief las, reichte er mir, ohne aufzusehen, ein Papiertuch nach dem anderen über den Schreibtisch zu, denn sobald ich das Ordinationszimmer betreten hatte, war aus meinen Augen, meiner Nase ein Delta von Strömen hervorgebrochen, das ständig nachquellend mein Gesicht überschwemmte und am Kinn zusammenfloß.

Doktor B überwies mich sogleich zur stationären Behandlung in eine Nervenklinik. Ich selbst war es, der sie nach drei Wochen wieder abbrach, da sie als die bloße Entziehungskur, die sie war, meine vielleicht allzuhohen Erwartungen enttäuschte. Der Drogenmißbrauch, den ich getrieben hatte, war doch nicht die Ursache meines Verfalls oder konnte allenfalls für eine Ursache zweiten Grades, eine ihrerseits hochgradig verursachte Ursache gelten. Ich hatte nicht weniger erwartet als eine Art Gehirnwäsche, die mich, wie ich das nannte, von meiner abnormen Gesundheit erlösen und auch mir endlich jene kranke Normalität bescheren würde, die es den Leuten (den Monstren) möglich macht, sich mit der unzumutbaren Welt zu arrangieren. Aber statt mich mit irgendwelchen zauberkräftigen Dekokten zu traktieren oder sonstwie in der erhofften Weise auf mich einzuwirken, hatte man mir im Lauf der ersten Tage ein paar Spritzen verpaßt und mich dann in ein ziemlich verwahrlostes altes Haus verlegt, in dem nur einmal die Woche ein Arzt erschien, und wo ich meine Tage mit zwei oder drei Dutzend anderen Patienten in einem kahlen und abgewohnten Saal verbrachte, der einen, dem es noch unbekannt gewesen wäre, wohl hätte lehren können, was Melancholie ist.

Ich würde kein Wort mehr über meinen Aufenthalt in dieser Klinik verlieren (hätte ihn vielleicht sogar, wie manches andere in dieser vierten und letzten Etappe meines Untergangs, ganz mit Stillschweigen übergehen können) wenn sich nicht gerade dort während der letzten Tage in dem trostlosen Saal zweierlei mit mir zugetragen hätte, eine zweifache innere Wendung, die sich, wie eine doppelte Kehrtwendung, selber wieder aufzuheben schien. Aber eben nur schien; es kann nur scheinbar sein, daß sich mit einem, der sich ganz um sich selbst gedreht hat, nichts geändert habe. Kurz gesagt lief die verwirrende Sache darauf hinaus, daß ich so gut wie gleichzeitig das Schreiben aufzugeben und ein Buch zu schreiben beschloß, dieses hier, und daß dieser zweifache Entschluß durchaus keinen Widerspruch enthielt. Die zweite Wendung hob die erste nur in dem doppelten Sinn auf, demzufolge etwas aufheben auch es aufbewahren bedeutet.
Das Schreiben war das letzte, was ich noch aufzugeben, das einzige, woran ich, wenn auch mit schwankender Kraft, bis dahin festgehalten hatte. Nun ließ ich auch das los, aber es gab keinen harten Fall, keinen jähen Sturz, es war ein sanftes Sinken und Niedergleiten, ähnlich wie das des Schnees draußen vor den Fenstern des trübseligen Hauses. Gerade in dieser letzten Februarwoche hatte es wieder eingesetzt, gerade rechtzeitig für mich, um in diese tagelange, helldunkle Abwärtsbewegung von einer Dämmerung zur anderen hinauszublicken, ein Ausblick, der mir zugleich wie ein Blick nach innen, ein Einblick in mich selbst erschien. Auch in mir schien sich eine Schneedecke über das letzte zu breiten, was ich aufzugeben gehabt hatte, und es mit aller Sanftheit unter sich zu begraben.

»Langsam fallend deckte der Schnee das blache Feld«, und ohne Unterlaß repetierte mein Kopf diesen Satz, den Anfang einer Erzählung, einen der schönsten Anfänge, die ich kannte. Wiege dich, Kopf, wiege dich und laß dich einwiegen von diesen weich sich senkenden Wogen aus a und e, nichts als a und e in helldunklem Wechsel, Schneefall der Silben, Silbenfall des Schnees. Gib nach, Kopf, gib auf, es gibt nichts Schöneres als aufzugeben, und der Schnee, in Silben und Flocken fallend drinnen und draußen, wird dich wärmen wie dich noch nichts gewärmt hat.
Oh, es war eine Lust, ich war ja immer schon anfällig gewesen für die unvergleichliche Faszination des Aufgebens. Aber gerade als der Schnee über dem Grabhügel im Innern meines Kopfes die letzte Dichte erreicht zu haben schien, zerriß die Decke, und aus dem Verzicht auf das Schreiben brach paradox und als scheinbarer Widerruf, in Wahrheit als seine innerste, eingeborene Konsequenz der Entschluß zu einem Buch hervor, diesem hier, keinem anderen als diesem. In dem verrückten Enthusiasmus, der mich augenblicklich erfüllte, ließ ich mir die gleichwohl registrierte Naivität der Vorstellung eines Schreibens wie zum letzten oder zum ersten Mal durchgehen, eines Schreibens, das gewissermaßen noch kein Schreiben oder schon kein Schreiben mehr sein würde.
Der Entschluß hatte sogleich die Gestalt eines fertigen Plans angenommen, und ich schrieb auf der Stelle den ersten Satz: »Ihr wißt ja alle, daß sie vor drei Jahren gestorben ist.« Ganz von selbst hatte ich ihm die Form einer Anrede gegeben, die Form, die alle meine Gedanken seit einigen Monaten angenommen hatten, und die ihnen allen den Charakter hilflos fuchtelnder Rechtfertigungsreden gab, obwohl ich doch für die meisten von denen, die ich da anredete, nichts als eine mitleidige Verachtung empfand und weit davon entfernt war, ihnen einzeln oder in ihrer Gesamtheit etwa die Würde einer richterlichen Instanz zuzubilligen. Aber niemand hat mehr Gesprächspartner als der, der allein ist; alle, die nicht da sind, versammeln sich um ihn, und er redet und redet auf sie ein;

und in seinen Gedanken läßt er sie zuweilen antworten, das steht in seiner Macht, und er gibt seinem Verlangen nach Rede und Antwort, für das er sich zugleich verlacht, zuweilen hemmungslos nach; das ist so die Art dessen, der allein ist, auch wenn er, wie ich, nicht erst lernen muß, was von den Beschwörungen von Kommunikation und Verständigung, mit denen die Welt sich selbst pausenlos in den tauben Ohren liegt, zu halten ist, nämlich nichts, nichts; es ist seine Art und bleibt seine Schwäche, auch wenn er so gut wie ich weiß, daß er nicht gehört wird und, würde er es, keine Chance hätte, erhört zu werden. Ich beschloß, es bei der Anrede, die mir unterlaufen war, zu lassen und in dieser Form weiterzumachen, aus der ich auch gleich den Arbeitstitel ableitete, den ich an den oberen Seitenrand setzte: »Rundschreiben«.
Ich hatte angefangen, strich aber nun den ersten Satz und ersetzte ihn durch einen, den ich vor mehreren Jahren und in anderem Zusammenhang geschrieben hatte. Ich brauchte ihn nicht nachzuschlagen, Wort für Wort fiel er mir ein, und ich hatte auch fast nichts an ihm zu ändern, um ihn für den neuen Anfang tauglich zu machen, dessen Niederschrift von einem jähen Tränensturz jubilierender Trauer oder trauervollen Jubels begleitet war: »Oft – wir sagten ›oftermals‹ – habe ich mir gewünscht, daß sie nicht nur so in mir beschlossen wäre, wie die Lyrik es meint, sondern es leibhaftig wie eine kleine russische Puppe in der größeren.«
Ich schrieb sofort weiter, hatte den Eindruck als hinderte mich nur die beklagenswerte Begrenztheit, die ich mit der gesamten physischen Welt teilte, daran, alle Sätze des Buches gleichzeitig zu schreiben (und das, denke ich, wäre dann freilich ein anderes und wahrscheinlich auch besseres Buch geworden als das, das ich in den drei Jahren, die seit diesem Anfang vergangen sind, tatsächlich zustandegebracht habe).
Der große Schwung des ersten Anlaufs erlahmte aber sehr bald; in der Atmosphäre dieses Hauses, die mir eher geeignet schien, seine Insassen in allerlei psychische Krankheitszustände hineinzutreiben, als sie von ihnen zu befreien, stockte er noch am selben oder spätestens am zweiten Tag.

(Fast hätte ich etwas vergessen, was mir nun doch erwähnenswert erscheint, weil es der Intention, mit der ich das Buch zu schreiben begonnen hatte, für einen Moment eine andere Wendung zu geben drohte. Die Monstren gaben laut. Kurz bevor ich die Klinik verließ, wurde mir ein Gerichtsbeschluß zugestellt, der mir auf Antrag der Alten das »Sorgerecht« für Sanna entzog (als ob die Sorge um jemand, dessen Leben man verschuldet hat, nichts weiter als ein Recht wäre, das einem entzogen werden kann, und als ob eine Instanz, die nicht richtig zu sprechen versteht, gleichwohl befähigt wäre, Recht zu sprechen). Aber es war nicht das krude Faktum dieses Beschlusses, was die Stichflamme entzündete, die stechende Flamme, die ich bei seinem Anblick in mir hochschießen fühlte, sondern der Wortlaut und mehr noch der Tonfall der Begründung, denn aus ihnen war nicht nur das Diktat, sondern auch noch die diktierende Stimme der Alten herauszuhören. »In keiner Weise«, hieß es da, kümmerte ich mich um meine Tochter, und dieses »in keiner Weise« war ihre Sprache, von der ich schon einmal gesagt habe, daß sie keine mittlere Ausdruckslage kennt, daß in ihr nichts einfach heiß oder kalt sein kann, sondern entweder »glühheiß« oder »eiskalt« sein muß, so daß es in diesem Fall eben auch »in keiner Weise« heißen mußte und nicht etwa einfach bloß »nicht«. Und ich hörte sie diese verstärkenden Worte, wie das ihre Art ist, mit einem gehörigen Überdruck hervorstoßen. Natürlich hatte sie auch wieder angegeben, daß ich dem »übermäßigen Genuß von Alkohol« verfallen sei; ich las es. Als krönender Abschluß aber stand da, daß ich mich mittlerweile in einer »Nervenheilanstalt« befände – offenbar hatte Doktor B sie davon unterrichtet – und dieser letzten Angabe, dem Vernichtungsschlag sozusagen, glaubte ich noch die ganze triumphierende Mißachtung anzumerken, mit der sie ihn geführt zu haben schien, und die sich durch nichts unterschied von der Mißachtung des Pöbels für den, der in der »Klapsmühle« gelandet ist. Das war der Moment, in dem das eben erst und so ganz anders begonnene Buch in meiner Intention zu einem Racheakt, einer Racheakte zu werden drohte. Aber einen Augenblick später erlosch die Flamme, die stechende und aufstachelnde Flamme schon wieder, und als ich das juristische Papier in die Mappe legte, zu den anderen Papieren, die ich damals noch besaß, war es mir bereits vollkommen gleichgültig geworden, vollkommen gleichgültig, wie ich versichern kann.)

Sie gaben mir etwas Geld und ich ging. Es schneite immer noch. Nachdem ich Zigaretten gekauft und etwas gegessen hatte, reichte es nicht mehr für eine Übernachtung. Ich setzte mich in den Warteraum des Hauptbahnhofs, an einen der bunten Kunststofftische, und schrieb ein paar Stunden ohne Stockung und mit einer Gelassenheit, die in krassem Gegensatz zu meiner Lage stand. Als ich aus dem Warteraum vertrieben wurde, weil ich keine Fahrkarte hatte, begann ich in der Halle umherzuschlendern. Ich war von einem tiefen Gleichmut erfüllt; die Unwirtlichkeit der Welt prallte an den beschriebenen Blättern in meiner Tasche ab als wären sie ein Panzerhemd. Dann wurde die Halle geschlossen, und ich mußte meine Promenade in den zugigen Durchgang vor den Gleisen verlegen. Es war so kalt, daß ich mich zeitweise in eine der Telephonzellen flüchtete, bis ich schließlich meine Scheu überwand und zu den abgestellten Zügen zurückkehrte; ich hatte nichts mehr bei mir, was sich zu stehlen lohnte. Wieder saß ich in der dunkelsten Ecke eines Abteils und starrte auf das gelbleuchtende Zifferblatt einer Bahnsteiguhr. Aber ich war nicht müde, in hellwacher Spannung erwartete ich den Morgen. Ich war entschlossen, etwas zu tun, was nach Maßgabe jeder Vernunft als kompletter Unsinn erscheinen mußte. Ich würde mit den wenigen handgeschriebenen Seiten in der linken Innentasche meiner Jacke (der ersten Fassung des Anfangs bis zu der Stelle, an der von Doktor O's

Unterarm die Rede ist, dessen »helle Haut dicht mit rötlichen Haaren bewachsen war«) bei den Verlagen antichambrieren. Diese erste Fassung war erheblich kürzer als die vorliegende, meiner Erinnerung nach umfaßte sie sieben Seiten, in meiner kleinen Handschrift. Welche Wirkung konnte ich mir von dieser winzigen Probe erhoffen? Das war eine Frage, die ich mir gar nicht erst stellte. Ich hatte entschieden, daß ich nur noch dafür dasein wollte, dieses Buch zu schreiben; etwas anderes zu tun, nur um mich am Leben (was für einem Leben?) zu erhalten, kam für mich nicht mehr in Betracht. Niemals hatte ich mich damit zufriedengeben wollen, mein Leben an seine bloße Reproduktion zu verschwenden, dazu war es mir zu nichtig; und jetzt, da es bereits zu zerrinnen begann, hatte ich keine Zeit mehr zu verlieren. In der Verborgenheit des dunklen Abteils schürte ich meine Empörung gegen die vernichtende Übermacht der Welt, die draußen auf der Lauer lag, um jedes Leben (auch das meine, vor allem das meine) unter ihrer resignativen Vernunft zu ersticken, der ich nun endlich mit der Entschlossenheit dessen, der nichts mehr zu verlieren hat, das höhere Prinzip meiner Unvernunft entgegensetzen wollte. Wohl möglich, eher schon wahrscheinlich und fast gewiß, daß ich keine Chance hatte; doch das schreckte mich nicht, ich zuckte nur die Achseln dazu in meiner dunklen Ecke. Meine fröhliche und verzweifelte Aufsässigkeit hielt mich munter, wärmte mich, stillte meinen Hunger, ließ mich meinen Durst vergessen. Und wenn ich nichts mehr zu rauchen haben würde, dann würde ich eben die Zigarettenstummel von der Straße aufheben, all die schönen langen Zigarettenstummel die ganze Ludwigstraße und dann die Leopoldstraße hinunter; ein Stromer mit einem Manuskript in der Tasche, der sich im Strom der Passanten nach den Kippen bückt; ich hatte alle Scham vor den Glotzaugen der Welt verloren; fand vielmehr, daß sie ihrerseits Grund hätte, sie beschämt vor mir niederzuschlagen.

Am Odeonsplatz fand ich einen kleinen silbernen Hammer mit schwarzem, poliertem Stiel. Der Fund machte mich beinahe glücklich. So ein hübsches silbernes Hämmerchen hast du gefunden, sagte ich mir, wenn das kein gutes Omen ist. Und ich sang vor mich hin: Ah, ça ira, ça ira, ça ira.

Trotzdem ging ich zuerst zu einem Verlag, dessen wahrscheinliche Uninteressiertheit nicht viel zu bedeuten haben würde. Es war eine Art literarischen Bijouteriegeschäfts, auch die Einrichtung der Räumlichkeiten trug diesen Charakter. Der Chef verwies mich an den Lektor, der aber erst am Nachmittag im Hause sein würde. Ich vertrieb mir die Zeit mit einem langen Spaziergang an der Isar, durch die Thomas- und Heinrich-Mann-Alleen. In einem der Abfallkästen fand ich mit dem ersten Griff ein sauber verpacktes, noch ganz frisches Butterbrot, Leberwurst erster Qualität, ein vorzügliches Bogenhausener Schulfrühstück. Immerhin, die Welt säumte meine Wege mit Nahrungsmitteln, neckisch versteckt und doch leicht auffindbar wie Ostereier. Ich war bester Laune. Mit dem Fortschreiten des Nachmittags wurde es mir aber doch etwas zu kühl, und ich stellte mich im Flur eines großen Miethauses unter, bis eine Abordnung strengblickender Hausfrauen mich vertrieb. Das machte mir jedoch auch nicht viel aus, es war inzwischen ohnehin Zeit geworden, zum Verlag zurückzuschlendern. Wie erwartet, der Lektor hatte kein Interesse für mein Projekt, ließ sich aber immerhin darauf ein, daß ich meine paar Manuskriptseiten vor ihm entfaltete und den kurzen Text vorlas. (Ich erheiterte ihn sogar einleitend mit einem ungefähren Heine-Zitat, die Deutschen seien eine gefährliche Nation, sobald man einen von ihnen kennenlerne, verwickele der einen entweder in ein Gespräch über Metaphysik oder ziehe gar ein Manuskript aus der Tasche. Diese auflockernde Vorbemerkung habe ich dann jedesmal wiederholt, wenn ich den doch immer ein wenig peinlichen Griff nach der Tasche tun mußte.) Es ist sogar lesbar, sagte er mit einem reservierten Lächeln, während ich die Blätter wieder einsteckte. Dann empfahl er mir einen anderen Verlag, äußerte aber gleichzeitig seine Meinung, daß mein Vorgehen jeden Sinn für meine reale Lage vermissen lasse, die ich ihm rückhaltlos eingestanden hatte. Ich entgegnete ihm, daß ich mich gerade umgekehrt einem Realismus höchsten Grades ergeben hätte, es sei denn, daß Realismus nur ein Synonym für eine grenzenlose, wahrhaft verächtliche Anpassungsbereitschaft wäre. Sei es denn realistisch, sich immer nur biegen und niemals brechen zu wollen? Selbst wenn man vom Tod, vor dem man sich ja schließlich doch nicht würde wegbiegen können, nach alter, übrigens wenig realistischer Manier absähe, würde ich für mein Teil mich für nicht weniger gebrochen ansehen, wenn ich mich beispielsweise zu einem aussichtslosen Portier in Admiralsuniform oder sonst einem verbitterten, verzweifelten Faktotum der Welt zusammenbiegen würde, als wenn ich auf irgendeine andere Weise umkäme, über die es sich gar nicht nachzudenken lohne. Er lächelte auch dazu, und als ich ihn in aller Schamlosigkeit um ein Abendessen anschnorrte, lächelte er nur weiter und schüttelte den Kopf. Wahrscheinlich hielt er es wie die meisten Leute für seine ethische Pflicht, einen wie mich nicht der Chance zu berauben, durch den Hunger zur Raison gebracht zu werden.

Wieder am Kunststofftisch im Warteraum des Hauptbahnhofs. Weitergeschrieben bis zu der Stelle, an der der unbekannte Arzt den günstigen Ausgang von B's erster Operation auf so seltsam beunruhigende Art verkündet. Die Nacht verlief fast genauso wie die vorhergehende in dieser wenig abwechslungsreichen Welt.

Ich ging durch die Ludwigstraße, die Leopoldstraße (wo ich die ansehnlicheren Zigarettenstummel aufhob, ich war jetzt soweit) bog dann in die Martiusstraße ein, durchquerte den

Englischen Garten, überquerte die Brücke, deren Namen ich mir nicht merken konnte. Bei dem Verlag, dem ich diesmal ins Haus fiel, erging es mir nur insofern besser als beim ersten, als die Lektorin meinen nun schon etwas längeren Text mit hohem Lob und mich selbst mit einem grünen Geldschein bedachte. Gerade mit der Qualität aber, die sie meinen Seiten nachrühmte, begründete sie ihre Ablehnung; das sei zu gut für dieses Haus; während ich von der Annahme ausgegangen war, daß es für ebendieses Haus gerade noch schlecht genug sei, da ich mich beim Schreiben (das ja meinem Vorsatz gemäß ein Schreiben wie zum letzten oder zum ersten Mal und also gewissermaßen noch kein Schreiben oder schon kein Schreiben mehr sein sollte) über alle literarischen Skrupel hinweggesetzt hatte.

An diesem Tag schrieb ich nicht weiter. War zu müde. War ein Stromer mit einem Manuskript in der Tasche, der eine Bratwurst gegessen, ein paar Biere getrunken und sich eine Packung Zigaretten gekauft hatte, als ob das gar nichts wäre. Ein Stromer, der, bereits halb schlafend, im Europasaal der Bahnhofsrestauration saß, bis dieser geschlossen wurde, und dann hinüberging zum Holzkirchner Flügelbahnhof, wo er den abgestellten Frühzug nach Lenggries bestieg, in dem er, in die finsterste Ecke irgendeines Coupés gedrückt, alsbald in tiefen Schlaf fiel.

Der dritte Verlag; der dritte Lektor (ich will ihn Dreier nennen); der dritte Einführungsvortrag über meine Lage; zum drittenmal das Heine-Zitat; die dritte Vorlesung. Ich beeilte mich mit dem Lesen; der sehr junge Mann (Dreier) schien immerfort eine intensive Ausstrahlung von äußerster Presiertheit, von einem schon geradezu katastrophalen Zeitmangel von sich zu geben, die durch eine auffallende Art, im Sitzen der Beine umeinanderzuwinden, als ob er sich dadurch gewissermaßen selber fesseln und zum Ausharren zwingen wollte, noch beunruhigender wurde. Er äußerte sich nicht ungünstig, wennschon mit aller Zurückhaltung, wie es für einen Lektor wohl geboten ist, wenn ihn ein unbekannter Autor für eine Sache zu interessieren sucht, an der fast alles noch kaum absehbare Planung, beinahe nichts verbindliche Ausführung ist. Ja, das sollte geschrieben werden, sagte er und brachte mich damit wieder auf die Ungunst meiner Lage zurück, die ich ihm nun mit ein paar weiteren Bemerkungen noch etwas dichter vor Augen rückte. Mann, Mann, rief er, das ist ja grauenvoll. Er sprang auf. Konnte es denn weniger als der Trick eines Entfesselungskünstlers gewesen sein, was ihn befähigt hatte, seine Beine so schnell auseinanderzuwinden? Er verlor sich in der halbdunklen Tiefe eines sehr schmalen Flurs, und als er aus ebendieser Tiefe wieder ans Licht kam, trug er einen großen Packen Papier unter dem Arm. Hier, sagte er, korrigieren Sie das und bringen Sie mir's dann wieder zurück, ich versuche Ihnen inzwischen Geld zu beschaffen. Und dann legte er, als wollte er das grauweiße, vom Druck besudelte Papier damit schmücken, einen blauen Schein auf den Packen und schob mich zur Tür hinaus. Sie finden selbst hinunter, sagte er, müssen nur immer nach links abbiegen, immer nur nach links.

In der Tat, Dreier beschaffte mir Geld; die Anträge, die er und eine Verlagssekretärin bei mehreren Hilfsfonds für mich einreichten, hatten Erfolg; wieder einmal glaubte ich an meine Rettung; es war ja nie viel nötig gewesen, um diesen Glauben in mir zu erwecken.

Aber ebenso leicht verlor ich ihn wieder. Die schnelle erste Hilfe, die mir zuteil wurde, täuschte mich; von da an ging es in um so schleppenderer Gangart weiter. Fast täglich strapazierte ich die Geduld der Sekretärin mit meinen telephonischen Anfragen, ob diese oder jene Entscheidung schon gefallen wäre, ob schon Geld für mich da sei. Solange ich noch et-

was hatte, wohnte ich in irgendwelchen billigen Pensionen der Innenstadt. Das war viel teurer als wenn ich mir ein möbliertes Zimmer gemietet hätte, aber ich hatte nie soviel Geld, daß ich den Betrag für eine Monatsmiete ausgeben und zugleich noch etwas für meinen Lebensunterhalt erübrigen konnte. Ich machte die Feststellung, daß man um so mehr Geld ausgeben muß, je weniger man hat, da das Wirtschaften von einem Tag zum andern, auf das man dann angewiesen ist, in der Summe zu viel höheren Ausgaben führt als das normale. So war ich bald wieder ganz ohne Mittel, und bei der düsteren Nervosität, mit der mich dieses abermalige Absinken erfüllte, vermochte ich auch nicht mehr zu schreiben.
Frau W (die Sekretärin) vermittelte mir eine Unterkunft in einem Männerheim, aber das hielt mich auf meinem Weg nach unten nicht auf, brachte mich vielmehr eines Nachts so buchstäblich zu Fall, daß ich mir ein Bein brach.
Von der ersten Stunde an habe ich mich in diesem Haus verloren gefühlt. Es gab keinen Raum in ihm, der sich nicht binnen weniger Minuten mit Wänden und Decken um mich zusammengezogen hätte, bis ich meinte, der Atem werde mir aus dem Leib geschnürt. Ich teilte das mir zugewiesene Zimmer mit einem krankhaft geschwätzigen Greis, der mir schon am zweiten Abend, als ich mich der Wand zugekehrt und schlafend gestellt hatte, um seinem Geschwätz zu entgehen, mein letztes Geld stahl, und einem jüngeren Mann, einem einfältigen Burschen, der sich mit kaum geringerer Schwatzhaftigkeit rühmte, einer im ganzen Lande verbreiteten, höchst geheimen und überaus gewalttätigen Bande anzugehören.

Eines Abends überkam mich ein so wildes Verlangen nach Stille, Traum oder Traumlosigkeit, daß ich mich, von diesem Verlangen vorwärtsgepeitscht, fast rennend zum Waschraum begab und dort meine letzten Tabletten einnahm, alle auf einmal, vierzehn Stück. Ich nahm sie, da ich keinen Becher hatte, unterm Wasserhahn aus der hohlen Hand, ich schlang,

fraß, soff sie in mich hinein wie ein Tier an der Traufe schlingt, frißt, säuft. Dann warf ich mich ins Bett, hüllte meinen Kopf in beide Hände und bettelte hinter zusammengebissenen Zähnen um eine rasche Betäubung.
Die wurde mir auch zuteil, aber irgendwann in der Nacht mußte ich noch einmal durch den langen Flur gehen, diesmal zum Klo, das neben dem Waschraum gelegen war, noch eine Tür weiter. Ich merkte, daß ich wie ein schwer Betrunkener dahintaumelte, immer wieder mußte ich mich von den Wänden abstoßen, die mir abwechselnd von links und rechts in den Weg geschwenkt zu werden schienen. Ich war es zufrieden, es stellte mir eine mühelose Fortsetzung des Schlafs in Aussicht. Auf dem Rückweg schienen die Wände es noch ein wenig toller zu treiben. Von Zeit zu Zeit sah ich mich in der spiegelnden Glastür am Ende des Flurs erscheinen, ich sah den Trenchcoat, die nackten Unterschenkel und die zu breiten Knie unter seinem Saum. Dann verschwand das Bild, das Glas wurde schwarz, und ich mußte mich wieder von einer dieser Wände abstoßen, um auf meinen Weg zurück zu gelangen. Das alles sah ich, es war mir sogar halbwegs erklärlich, und unter dem einzigen Gesichtspunkt, der für mich zählte, fand ich es geradezu erfreulich, es dauerte mir nur zu lange, unglaublich lange dauerte es.
Was ich dann noch gesehen habe, ist mir hingegen nie ganz klar geworden. Hatte sich die Wand neben mir – diejenige der beiden Wände, die gerade neben mir gewesen war – plötzlich aufgerichtet? Das ist ein zu langsames Wort; die Frage muß lauten, ob sie plötzlich hochgeschnellt war. Ich meine so, daß sie plötzlich ihre Länge mit ihrer Höhe vertauscht hatte. Oder wie? Und dann war es eine Weile ganz still gewesen, oder nicht? Auch sie, die Wand neben mir, hatte sich ganz still verhalten, glaube ich. Ich war vielleicht sogar neben ihr eingeschlafen, aufgerichtet wie sie, meine Länge an ihre Länge gelehnt. Dann erschienen irgendwelche Köpfe, ich wußte nicht, woher. Es waren mehrere, aber ich erkannte nur den eines jungen Mannes, den ich schon oft gesehen hatte, ich

wußte nicht, wo. Sein langes, blondes Haar leuchtete fast verklärt, und wir lächelten uns an. Dann wurde ich gewiegt, und die Wand neben mir wiegte sich mit. Das war gut, es war, als ob jetzt alles gut werden würde.

Als ich erwachte, stand das Bandenmitglied mitten im Zimmer, sah zu mir herüber und ließ die Muskeln seines entblößten linken Arms spielen. Der rechte Arm war bedeckt, er war verkümmert; der linke aber war enorm muskulös; wegen dieser ungleichen Arme hatte ich ihn heimlich auf den Namen »Winkerkrabbe« getauft. Als ich ihn sah, wäre ich am liebsten gleich wieder eingeschlafen; ich glaube, ich hätte es gekonnt. Was ist los, sagte er, die haben dich heute nacht reingetragen, und jetzt liegst du da in deiner Pisse.

Ich habe versucht aufzustehen, aber es ging nicht, obwohl ich keinen sehr starken Schmerz spürte. Dann ist die Heimleiterin gekommen. Ich hatte unterdessen begriffen, daß ich auf dem Rückweg vom Klo hingefallen und dann ins Bett getragen worden war. Auch das war etwas Erklärliches. Ich sagte, es werde wohl nicht so schlimm sein, ich hätte mir wahrscheinlich den Hüftknochen gestoßen bei meinem Fall, ich würde wohl bald wieder aufstehen können. Aber ich lag in meiner Pisse, und sie sah es. Ich gab zu, daß ich diese Tabletten genommen hatte. Ich gab sogar an, daß es sechzehn gewesen seien, ich weiß nicht, warum; ich erinnerte mich genau, daß es nur vierzehn waren. Sie ging, und ich brachte es nach einiger Zeit fertig, mich auf die Bettkante zu setzen und Hosen, Strümpfe und Schuhe anzuziehen; aber hinstellen konnte ich mich nicht.

Als ich im Krankenhaus war, gleich nach dem Röntgen, holte mich der Schmerz ein. Der Raum war mit einer verwirrenden Menge von Menschen in weißen Kitteln angefüllt. Ich rief irgendeinem von ihnen zu: Können Sie mir sagen, warum das so weh tut? Er lächelte und sagte leichthin: Weil's gebrochen ist. Nicht einen Augenblick hatte ich an diese Möglichkeit gedacht. Die Demontage, sagte ich mir, die Demontage geht weiter.

Nein, es kommt nicht in Frage, daß ich nun auch noch in aller Breite über die Operation berichte. Sie verlief ohne Komplikationen, und auch an meinem weiteren Aufenthalt im Krankenhaus war nichts Besonderes.
Das einzige, wovon es sich allenfalls zu sprechen lohnte, waren die Tage, die der Operation vorhergingen. In diesen Tagen setzten nämlich – zweifellos als Nachwirkung der Tabletten, die ich an meinem letzten Abend im Männerheim in mich hineingeschlungen, hineingefressen, hineingesoffen hatte – meine Halluzinationen wieder ein, und wieder ließ ich mich von ihnen täuschen, obwohl ich doch eigentlich schon hätte wissen müssen, woran ich mit ihnen war. Sie servierten mir ein paar sensationelle Neuigkeiten. Zum Beispiel eine sehr üppige Wiese, die sich senkrecht durch das Fenster neben meinem Bett hereindrängte. Und eine sehr tückisch blickende Zwergin in altspanischer Hoftracht, die ich aus einem gewissen Bild von Velasquez kannte. Sie ging vom Fenster her an meinem Bett vorbei und sah zu mir herüber. Ich rief ihr etwas Freundliches zu (na, da bist du ja, Kleine, oder so etwas ähnliches), aber es half nichts, sie hatte etwas gegen mich. Am vorletzten Abend vor der Operation entdeckte ich dann, daß irgendeine Bande einen Anschlag auf das Krankenhaus plante. Einer von ihnen war bereits, als Patient getarnt, in das Zimmer geschmuggelt worden, sein Bett stand dem meinen gegenüber. Seine linke, mit einem blutigen Verband umwickelte Hand ragte senkrecht in die Luft, aber ich wußte, daß die andere, unter der Bettdecke verborgen, ein geladenes Schießeisen umklammerte, und daß er das Zeichen zum Angriff geben würde. Eine Zeitlang hörte ich eine kindlich helle, zweifellos verstellte Stimme. Vorsicht, Papi schießt, Vorsicht, Papi schießt, hörte ich sie sagen. Hört ihr das nicht? fragte ich die anderen im Zimmer. Ich weiß nicht, ob sie mir

geantwortet haben, jedenfalls schienen sie gelassen zu bleiben. Es machte mich verrückt, daß sie nicht an die Gefahr glaubten, die uns allen drohte. Die Stimme sagte: Wir kommen, wir kommen, dann ficken wir euch erst mal alle und dann machen wir euch kalt. Dann wandte sie sich an mich allein und sagte: Du da hinten, du eingebildeter Pinsel, dich nehmen wir uns ganz besonders vor, wir drücken dir ein Kissen auf deine eingebildete Fresse und ersticken dich so langsam, daß du zwanzig Minuten was davon hast, genau zwanzig Minuten, du kannst dich doch überhaupt nicht wehren mit deinem Streckverband. Ich wollte nicht sterben und wiegelte das ganze Personal auf, aber offenbar waren sie insgeheim mit dem Feind im Bunde. Eine Schwester, die ich weder vorher gesehen hatte noch nachher wiedersah, trat an mein Bett und zupfte an der Schlinge, an der mein Bein hing. Tut das weh? fragte sie und dann lächelte sie bestialisch und sagte: Ja ja, das ist die Harfe der Schmerzen. Ich tobte, versuchte mich aus dem Streckverband zu befreien, wollte fliehen. Sie haben mich dann mit dem Bett in eine Kammer gefahren, mitten in einen Wald von weißlich schimmernden Galgen (viel später erst habe ich mir klargemacht, daß das wahrscheinlich eine Anzahl jener Gestelle gewesen ist, an denen man die Infusionsflaschen aufhängt). Ich habe da in diesem Galgenwald gelegen und zwei Pfleger haben mich festgehalten, während ein winzig kleiner Arzt, eine Fliege von einem Arzt sich mit einer großen Spritze an mich heranschlich. Mörder, habe ich geschrien, ihr wollt mich umbringen, ihr Mörder. Aber dann habe ich schon die Spritze gespürt, und ich habe nachgegeben. Ja, dann ist das eben so, dann sterbe ich eben jetzt, habe ich gedacht. Ich glaube, ich habe auch an das Buch gedacht, das ich nun nicht mehr schreiben würde. Und dann habe ich schon gefühlt, wie ich abgesackt bin, ganz schnell und tief wie mit einem Fahrstuhl, und wie ich unten angekommen bin, habe ich schon die anderen gesehen, lauter Tote, alle ganz schwarz und in der Haltung von Embryos aufgeschichtet wie Mauersteine in fugenlosem Verbund, und ich kannte diese

Leichenmauer von irgendwoher, und dann bin ich mit großer Geschwindigkeit auf eine Lücke in dieser Mauer zugeglitten, und ich paßte so genau in diese Lücke hinein, daß es einen ganz leisen, kosenden Laut gab, als ich in sie eindrang. Das ist das, was ich selbst gesehen, gehört, gefühlt habe, niemand hat mir etwas gesagt.

Fünf Wochen später verließ ich das Krankenhaus an zwei Krücken und wieder zwei Wochen später rückte ich an einer Krücke in ein anderes Krankenhaus ein; aber das war ein Hamburger Krankenhaus.
Was war denn in den zwei Wochen zwischen meiner Entlassung aus dem einen und meiner Aufnahme in das andere Krankenhaus geschehen? Zunächst gar nichts, das war es eben. Kaum war ich wieder draußen, da stand ich auch schon mit beiden Krücken mitten in derselben Wüste der Stagnation, in der ich mir das Bein gebrochen hatte. Ich kehrte nicht zu dem Heim zurück, das nicht, aber ich nahm wieder in einer Pension von der Art derer Quartier, in denen ich schon vorher gewesen war. Ich überstand ein Wochenende in ihr. Dann war ich soweit, daß mich nur noch der sofortige Einzug in ein Zimmer zu retten vermocht hätte, in dem ich wenigstens für ein paar Wochen in Ruhe hätte leben und schreiben können. Aber dazu fehlte mir nach wie vor das Geld. (Der Rest der Zuwendungen, die ich während meines Aufenthalts im Krankenhaus erhalten hatte, ließ mir wieder nur die Wahl zwischen den zwei Unmöglichkeiten, zu wohnen ohne zu leben oder zu leben ohne zu wohnen.) Ich fühlte mich wund, als hätte ich mich an meinem während des Wochenendes in der Pension ständig repetierten alten Fluchtgedanken, dem lieben Gedanken an das einfache Weggehen, den schlichten Abschied, wundgestoßen, weil er nun auch nichts mehr wert war und mir meine verschlimmerte Lage erst recht zum Bewußtsein brachte, da ich mit meinen Krücken ja nicht mehr imstande war, die Hände in die Taschen zu stecken und weg-

zuschlendern (und anders konnte ich es mir nun einmal nicht vorstellen). Und nun kann ich nur noch sagen, daß ich auf einmal im Bahnhof gewesen bin und ohne Zögern eine Fahrkarte nach Hamburg gelöst habe. Es ist keine bloße Redewendung, wenn ich sage, daß ich den nächsten Zug kaum habe erwarten können. Ich stampfte mit den Füßen, ballte die Fäuste und sagte immer wieder mit klappernden Zähnen: Komm, komm, oh so komm doch endlich. Es war Sommer, aber ich klapperte während der ganzen Fahrt mit den Zähnen und schauderte wie vor Kälte, wie im Fieber.
(Ich würde gern denken, daß ich tatsächlich gefroren habe, weil ich und die Welt, der ich nur dem Schein nach noch immer angehörte, in Wahrheit bereits so weit auseinandergeraten waren, daß ihre Atmosphäre mich nicht länger zu wärmen vermochte. Aber ich kann diesen Gedanken – wenn auch etwas Wahres an ihm ist – doch nicht festhalten. Er ist zu entschieden. Solange man lebt, bleibt man in irgendeiner trüben Verhältnismäßigkeit, irgendeinem erbärmlichen Teilsteils stecken.)
Ich kann nicht alles befriedigend erklären, was ich hier zu schreiben habe. Ich bin aber fast sicher, daß der jähe Aufbruch aus München – bei dem ich mein Gepäck, die Schreibmaschine, meine Manuskripte (außer den paar Blättern mit dem Anfang dieses Buches) in der Pension zurückgelassen hatte; und ich füge gleich hinzu, daß es mir nicht gelungen ist, irgend etwas davon wieder in meinen Besitz zu bringen – daß dieses blindwütige Abwerfen der Lebensbagage oder auch des Lebensballasts und das nun also gewichtslose Davonstürzen mit dem unter Füßestampfen und Zähneklappern herbeigeflehten Zug den geheimen Sinn hatte, mir selbst mit einem Ruck den Boden unter den Füßen wegzuziehen, meine rückfällige Schwäche des auffangenden Netzes zu berauben. Danach will ich nun nicht mehr in besondere Spekulationen darüber eintreten, warum ich nicht erst in Hamburg, sondern bereits ein ganzes Stück vorher, in der Heidestadt Uelzen ausgestiegen bin (wie ich erst nachher feststellte, ich hatte ge-

glaubt, es sei Lüneburg). Auch das ein plötzlicher Entschluß, dem die Besinnung allenfalls hätte folgen können. Aber selbst von einer nachträglichen Besinnung kann kaum die Rede sein; fast ohne es zu merken, betrat ich das nächstgelegene Hotel und mietete mich dort, nachdem ich den Zimmerpreis erfragt und rasch überschlagen hatte, daß ich mir das noch leisten konnte, für drei Tage ein.
Ich entfernte mich keinen Schritt vom Haus während dieser Tage, frühstückte sehr lange, blieb bis nahe an den Mittag mit flach auf der ländlichen Tischdecke ruhenden Händen am Tisch sitzen und legte mich dann wieder ins Bett, um von dort aus Stunde für Stunde in eine milchige Leere zu starren, die mein Blick selber vor sich hin zu projizieren schien und von der ich wohl nicht weniger erhoffte, als daß sie mir das Herz brechen würde. Natürlich konnte es mich kaum noch enttäuschen, daß ich schließlich doch nicht mehr vollbrachte, als die fast ungegliederte Zeit zu verdösen. Hatte ich mich nicht immer wieder (wie oft war das nun schon, »immer wieder«?) zu der Hoffnung überredet, daß meine Einsicht sich doch noch einmal als stark genug erweisen würde, mich zu töten, und hatte nicht immer wieder, so oft es gewesen war, meine Schwäche über sie gesiegt? Der Ekel vor dieser Schwäche schien sich, als ich da so auf dem Bett lag, bis in alle Enden meines weitverzweigten Körpers auszudehnen. Aber auch er konnte sie nicht überwinden, und am vierten Morgen zwang sie mich, doch noch nach Hamburg zu fahren und nötigte mich dann auch noch, bei Schäfchen zu klingeln, weil ich Hunger und Lust auf eine Zigarette hatte, was weiß ich.
Ich habe schon erzählt, wie sie mich von der Schwelle gewiesen hat. Und nun muß ich erzählen, wie es war, als ich mich, ein paar Stunden später, mit Keilgraf getroffen habe. Auch er zeigte sich empört darüber, daß ich keine Vernunft (das heißt, Vernunft von seiner Vernunft) annehmen wollte; selbst Menschen seiner Art noch fühlen sich beleidigt, wenn man sich nicht zu ihrer Resignation bequemt. Es geschah am Klosterstern, Ecke Benediktstraße, daß er plötzlich stehenblieb,

nach meiner rechten Krücke griff und mit zorniger Stimme ausrief: Was willst du eigentlich, Selbstverwirklichung? Ich überließ ihm die Krücke, machte sie ihm zum Geschenk und sagte dann: Ja; ich würde es zwar nicht Selbstverwirklichung nennen, weiß jetzt nicht wie ich es nennen würde, aber die Antwort gilt trotzdem. Er zog ein Portemonnaie (die Geldbörse) hervor und sagte: Ich gebe dir alles, was ich bei mir habe.

Es war genug, um für weitere drei Tage ein Bett zu mieten (diesmal in einem der Absteigehotels an der Bremer Reihe) und von ihm aus wieder und weiter in die Leere zu starren, auf die ich meine vergebliche und schon sehr schwach gewordene Hoffnung setzte.

Dann bin ich ins Krankenhaus gegangen. Jeder Schritt eine kleine Marter. Von einem Tag zum andern waren die Schmerzen in dem operierten Bein über das erduldbare Maß hinausgewachsen. Ich muß nachtragen, daß es sich um einen Bruch des rechten Oberschenkelhalses handelte. Nun erwies es sich, daß der Nagel, den man mir in der Münchner Klinik eingesetzt hatte, durch den Knochen gedrungen war und an der Gelenkpfanne scheuerte. Einfache Sache, schöne Sache, sagte der Arzt, Nagel raus, zwei Schrauben rein, fertig.

Und damit bin auch ich schon fertig mit dieser neuerlichen Operation. Wie ich aus Anlaß der ersten nur über die Tage zu sprechen hatte, die ihr vorausgingen, so habe ich jetzt anläßlich der zweiten nur von den Wochen zu reden, die ihr folgten. Diese Wochen der Nachbehandlung, die ich in einem kleinen Krankenhaus auf dem Lande verbrachte – es fehlt nicht viel daran, daß ich sie nahe an die erste Stelle rücke, wenn ich die schönen Zeiten meines Lebens zusammenzähle. Und das nur darum (aber was heißt da »nur«) weil ich da vom ersten Tag an mit einer nie gekannten Lust geschrieben habe, die jeden Morgen pünktlich mit mir erwachte, kaum einmal erlahmte und übrigens die erstaunliche Nebenwirkung hatte, daß ich die anderen Einwohner des großen Krankenzimmers beinahe zu lieben begann (den pensionierten Studienrat mit seinen faschistoiden Sprüchen; den greisen Seemann mit seinen kindlichen Geschichten von der wunderlichen neuen Welt und den wunderbaren alten Steamern; den unheilbaren Säufer, der seinen rapide fortschreitenden Verfall mit den jaulenden Klängen seiner Mundharmonika begleitete). Keilgraf hatte mir eine Schreibmaschine beschafft. Ich nehme vorweg, daß auch sie mir bald abhanden gekommen ist; ich muß sie in einem der Anfälle von Verwirrung, die damals zu meinem Leben gehörten, irgendwo stehengelassen haben, ich weiß nicht wo. Vorerst aber zog ich täglich für drei bis vier Stunden mit ihr in den Tagesraum der Station ein, um den Anfang des Buches ins Reine zu schreiben. Ich fing noch einmal ganz von vorne an, verbesserte und erweiterte den vorhandenen Text und fuhr dann in der Erzählung fort. Am Tag meiner Entlassung war ich bis zu dem Abschnitt gelangt, der mit einer Anrede an Keilgraf beginnt und mit dem Satz endet: »Kein Mensch stirbt; was stirbt, ist ein Tier; und wenn es kein Tier war, so ist es rechtzeitig, im Sterben, dazu geworden.«

Beinahe mit Grauen erinnere ich mich jetzt der verwegen triumphalen Stimmung, die mich hoch über die folgenden Tage dahintrug. Mußte dieser Flug nicht mit dem Absturz enden, der dann kam?

Noch einmal gab Keilgraf mir Geld, und ich nahm es bedenkenlos, ja mit einem dreisten Lachen entgegen, ganz so als hätte ich ihn mir durch die fünfundvierzig sauber getippten Manuskriptseiten, die ich, zusammen mit dem fast vollständig bestückten Necessaire, das Schwester Wally mir geschenkt hatte, in einer Plastiktüte, einer Einkaufstüte aus irgendeinem Lebensmittelgeschäft verstaut hatte, tributpflichtig gemacht. Auch er schien es nicht viel anders anzusehen, denn er tat noch ein Übriges und kaufte mir eine kleine schwarze Reisetasche, damit ich etwas würdiger nach Mün-

chen käme. Nach München, ja, ich fuhr auf der Stelle wieder nach München zurück, zu Dreier, um ihm zu zeigen, was aus dem Anfang eines Anfangs, den ich ihm vor einem halben Jahr hastig vorgelesen hatte, seither geworden war.
Er hat es nie gelesen. Ich kam zu einem ungünstigen Zeitpunkt, Ende September, die Buchmesse stand nahe bevor, Dreiers ohnehin katastrophaler Zeitmangel schien total geworden zu sein, so daß es schon gar keine Zeit mehr gab, die ihm hätte mangeln, und also auch keine, die er hätte nutzen können. Aber obwohl ich diesen Effekt des permanenten Zeitmangels (der eine gewisse Verwandtschaft hat mit dem Umschlag höchster Geschwindigkeit in den Stillstand) im Bereich meines eigenen einstigen Jobs oft genug beobachtet hatte, hielt ich mich noch eine volle Woche an die einzige Hoffnung, die ich hatte, bis ich endlich zum Verlag ging, um das ungelesene Manuskript wieder abzuholen.
Länger hätte ich mich nicht mehr halten können, weder an meine Hoffnung, noch in dem zu teuren Hotel, noch in meiner allgemeinen Hochgestimmtheit. Ich stürzte ab, fiel auch gleich aus der bedenklichen Höhe, in die ich mich verstiegen hatte, ohne Halt bis in die unterste Tiefe. Als ich die Eingangstür des Verlags hinter mir zuschnappen hörte, war ich schon auf ihrem Grund angekommen. Ich blieb einen Moment stehen und bedachte die Richtung, die ich nun einschlagen sollte. Westwärts, auf die sinkende Sonne zu, »gen Untergang«; im übrigen war's gleich. Ich steckte den lindgrünen Schnellhefter mit dem Manuskript in den Hosenbund und setzte mich in Bewegung; bin also schließlich doch noch einfach weggegangen, wenn auch freilich ohne die Hände in die Taschen zu stecken. (Auch wenn sich einem die tiefsten Wünsche erfüllen, werden sie zuvor durch so viele Abstriche verändert, daß man sie kaum wiedererkennt.)

In einem Park – ja, da lag ein Park in meiner Richtung, bevor ich die Stadt verlassen hatte – fand ich eine Tüte mit Weintrauben. Sie waren naß, sie schmeckten mir nicht, weil sie so naß waren und weil es außerdem die dunkle Sorte war, die ich nicht mag, aber ich aß sie, fühlte mich dazu verpflichtet, da ich nicht wissen konnte, wann ich wieder etwas zu essen haben würde.

Warum aß ich denn überhaupt? Das war auch etwas, was nicht vorgesehen gewesen war in meinen alten Vorstellungen vom Weggehen. Ich aß, weil ich mich keineswegs ganz verlorengegeben hatte. Ich beabsichtigte vielmehr, noch bei einem anderen Verlag vorzusprechen, wenn es mir gelänge, mich bis zu der fernen Stadt durchzuschlagen, in der er sich befand. Ich bin auch tatsächlich dort gewesen. Der Lektor (ein junger Herr Vierer) riet mir, zunächst noch weitere zweihundert Seiten zu schreiben und dann wiederzukommen. Ah ja, zweihundert? Ungefähr. Ich schrieb damals überhaupt nicht. Aber ich konnte mir vorstellen, daß ich wieder schreiben würde, wenn ich mich erst ein bißchen mehr in meine neue Lebensweise eingewöhnt hätte. Ich würde in den Warteräumen der Bahnhöfe schreiben, zum Beispiel. Oder in den sturmumtosten Warteverschlägen an den ländlichen Bushaltestellen. Ich würde schon schreiben, das Manuskript würde schon fett werden, mein Hosenbund war geräumig genug, um es aufzunehmen, wurde nun auch noch immer geräumiger. Nein nein, ich hatte mich durchaus nicht verlorengegeben.

Es gab auch allerhand ermutigende Glücksfälle. Eine Strecke weit hat mich eine motorisierte Hure mitgenommen, ein sehr angenehmes Mädchen, das mich die ganze Zeit mit feurigen Seitenblicken und Zigaretten traktierte. Ich war ganz verblüfft, als ich merkte, daß sie dämlich genug war, etwas von mir zu erwarten.

Und einmal fand ich ein Fünfmarkstück unter der Heizung in einer Bahnhofshalle. Ich schnappte es gerade noch der Putzkolonne weg, die ich in der Ferne anrücken sah.

Man muß nur die Augen offenhalten, dann findet man manches. Zum Beispiel so etwas Erstaunliches wie ein Stück Käsetorte. Es lag auf einem Pappteller auf einer Bank und war nur an einer Ecke ein bißchen angebissen. Ich setzte mich einfach daneben und aß es auf. Wo war das doch gleich, damit ich des Ortes dankbar gedenken kann? In Ansbach? In Würzburg? Aschaffenburg?

Aber es ist ganz aussichtlos, all die Orte auseinanderhalten und die Reihenfolge bestimmen zu wollen, in der ich sie passiert habe. Schon in den ersten Tagen war mir ein Reiseprospekt in die Hände gefallen, der eine Landkarte enthielt; aber wenn ich meine Wege in sie eingetragen hätte, das wäre nur ein Wirrwarr von Strichen geworden. Ich bewegte mich in einem so verrückten Zickzackkurs über die Erde wie gewisse Insekten über die Oberfläche modriger Tümpel.

Das Fünfmarkstück aber – das weiß ich nun doch noch – habe ich im Bahnhof von Ingolstadt gefunden. Und als ich zum erstenmal zu Vierer ging, da wohnte ich gerade in einem Obdachlosenasyl in Offenbach. Er ließ mich aber länger als eine Woche warten, und während dieser Wartezeit umkreiste ich ihn in mehr oder weniger weitem Abstand, indem ich mich nach und nach durch die anderen Asyle der Umgegend schlief, und diese Runde könnte ich nicht mehr nachzeichnen. Rüsselsheim war dabei, Mainz auch, aber was kam zuerst, dieses oder jenes, und was kam dann? An manchen Orten war ich auch mehrmals. Nein, es ist aussichtslos, Klarheit in diesen Wirrwarr bringen zu wollen. Ich werde überhaupt bald aufhören, davon zu reden.

Übrigens, wenn man so liest, was ich da drei und vier Abschnitte vor diesem geschrieben habe, könnte man meinen, ich hätte alle Augenblicke irgendwas gefunden, mal Geld, mal Kuchen oder, wie zu Anfang, eine Tüte Weintrauben. Aber so war es nicht, ich habe fast nie was gefunden während der zwei Monate, die ich unterwegs war; das, was ich da aufgezählt habe, war schon alles, glaube ich.

Nein, doch nicht. Einmal habe ich einen Handschuh gefunden, einen prächtigen, gefütterten Lederhandschuh. Leider war es der falsche. Es war die andere Hand, mit der ich die Krücke umklammerte und an der ich fror.

Sehr schlimm war es jedoch nicht mit dem Frieren, das Wetter war ungewöhnlich mild für die Jahreszeit, und als es dann doch allmählich kälter wurde, schenkte mir ein alter Penner einen Mantel, den ich heute noch trage. Der Alte war ein wahrhaft königlicher Greis mit seinem sicheren, stolzen Gang, dem rüstigen, schlanken Körper, dem hageren, braunen, furchtlosen Gesicht. Alle huldigten ihm. Ich habe ihm einmal zugesehen wie er etwas unterschrieb; ich sah wie er mit Festigkeit und Schwung seinen Namen hinschrieb, dann ein wuchtiges Komma dahintersetzte und mit großer Selbstverständlichkeit das Wort Clochard hinzufügte. Clochard, Punkt. Er war weit herumgekommen, ein Penner internationalen Formats, der auch einmal so en passant in einem französischen Film mitgespielt hatte, dessen Hauptfigur so einer wie er gewesen war. Jean Gabin hatte das gespielt. Ganz gut, sagte er mit einem schwachen, nachsichtigen Lächeln.

Und noch einen König habe ich kennengelernt, dem man freilich nicht gleich ansah, daß er einer war. Er bewirtete mich einen Abend lang mit Bier und Schnäpsen. Ein kleiner, breiter Mann, von dem meine Augen sich auch nach Stunden noch kein klares Bild machen konnten; er zerfloß immerzu vor ihnen, schien keine festen Konturen zu haben. Das lag nicht am Bier und nur zu einem kleinen Teil an seiner wolkenhaft formlosen Kleidung; nein, diese sonderbare Zerflossenheit war wohl etwas, was tiefer unter der Oberfläche seinen Grund hatte. Im übrigen sah auch er sehr gesund und haltbar aus, seine Haut war wie die eines sehr alten Gärtners, aber er war nicht viel älter als ich. Kómrod, min Kómrod, sagte er immer wieder zu mir. Wahrscheinlich habe ich ihn gefragt, woher er kam und wo man so spricht, aber ich habe seine Antwort vergessen. Er hatte keine Würde, wie der andere, der mich einer solchen Anrede sicher nicht für wert befunden hätte; aber er war dennoch ein König, ein großer Mann, wie jener. Seit neunzehn Jahren wanderte er ziellos umher. Er hat es mir erzählt, und vor allem hat er mir von dem erhabenen Augenblick seines Aufbruchs erzählt. Er war Handwerker gewesen, hatte als Geselle in irgendeiner Werkstatt gearbeitet, und eines Tages, als er von der Arbeit nach Hause gekommen war, hatte er seine junge Frau in den Armen eines anderen gefunden. Sie hatten schon gar nicht mehr aufhören können, und sie hatte ihn mit einem Blick angesehen, einem Blick. Oh Kómrod, min Kómrod, rief er mit erschütterter und erschütternder Stimme. Aber gleich darauf wiederholte er den Anruf in einer ganz anderen Tonart, die ebensogut für die eines durchtriebenen Spaßvogels wie die eines kindischen Tropfs gelten konnte, und in ihr erzählte er mir, wie er bei dem schrecklichen Blick und Anblick einen Moment starr auf der Schwelle stehengeblieben war. Und dann hatte er einfach kehrtgemacht, hatte sich ein für allemal von der Welt, in der solches geschah, abgewandt und war davongegangen. Ja, und seitdem war er eben unterwegs und inzwischen waren nun schon neunzehn Jahre vergangen. Er ließ der Zahl ein einfältig amüsiertes Kichern folgen und bestellte zwei weitere Biere und zwei Schnäpse dazu. Er bezahlte das Bestellte jedesmal sofort, und zwar immer mit sehr kleinen Münzen, die er in unwahrscheinlichen Mengen mit beiden Händen aus seinen Jackentaschen hervorholte. Prost, min Kómrod, sagte er und sah mich mit blinkenden, kleinen, bärenhaften Augen von der Seite an, während seine ganze formlose Gestalt von einem nun schon wirklich närrischen Lachen zu erbeben schien. Aber er konnte mich nicht täuschen, ich hatte seine Größe erkannt, er war ein König. Nun ja, ein gebrochener König; aber gerade das, daß er gebrochen war, war das Königliche an ihm.

Ich könnte noch ein paar Geschichten erzählen, komische Geschichten sogar, aber ich will nicht. Auch würden die komischen Geschichten nicht komisch bleiben, wenn ich sie erzählen würde. Ich will überhaupt nicht mehr viel erzählen, jedenfalls jetzt nicht.

Eine Zeitlang lief eine Ratte neben mir her. Ja, sie hat mich ein ganzes Stück begleitet. (Und wo war das nun wieder? Ich weiß nicht, in Koblenz vielleicht, aber das ist eine ziemlich willkürliche Annahme.) Sie ging immer am Rande meines krüppeligen Schattens neben mir her. Ich konnte nicht erkennen, ob sie noch in ihrer Blütezeit war. Jedenfalls war sie nett, ich sprach mit ihr, und wenn ich einen Moment stehenblieb, hielt auch sie an und wartete auf mich. Doch genug von ihr, ich will lieber von der Raupe erzählen, die ich auf irgendeiner Landstraße getroffen habe. Ja, ich will noch etwas aus dem Leben der Raupen erzählen, bevor ich diese ganze lange Geschichte endlich abschließe.

Eines Morgens hatte ich es satt, immerzu mit dieser Krücke herumzulaufen. Ich lehnte sie an irgendeinen Mast, ein Verkehrsschild vielleicht, und ging ohne sie weiter. Am nächsten Kilometerstein aber begriff ich, daß ich doch nicht ohne sie auskommen konnte, und da bin ich, so schnell ich konnte, zurückgegangen, in heller Angst, daß sie nicht mehr da sein könnte. Sie war aber noch da. Ich riß sie an mich und blieb eine Weile stehen, um mich ein wenig auszuruhen. Und da sah ich sie dann.

Fuchsfarbig, Katzenhaarig. Eine kleine Walze. Fünfmal ein halb mal ein halb Zentimeter, nach wiederholter gewissenhafter Schätzung. Herausgeschnitten aus der Kilometerware der biologischen Produktion. Wie die Zigarette, die ich jetzt gern hätte, aus dem meterlangen Strang. So zieht sie ihren Weg dahin im rechten Winkel zu meinem und denen der anderen meinesgleichen, die hier unterwegs sind und von denen keiner sie sehen wird, denn ich bin der einzige Fußgänger weit und breit.
Sie will also, oder, vorsichtiger gesprochen, es treibt oder zieht sie auf die andere Seite, über die beiden Fahrbahnen mit dem weißen Streifen in der Mitte, dorthin, wo sich das Eisengrau der Straße in einen helleren Kiespfad verliert, gleich dem, auf dem ich stehe. Dahinter dann, dort wie hier, ein bißchen karges Grün.
Sie hebt sich hübsch ab von der grauen, schwach glitzernden Fläche. Braun auf Grau, das muß jedem gefallen, der auch nur die elementarste Ästhetik im Leibe hat. Wenn es nur ein wenig mehr Sinn hätte, würde ich ihr gern eine düstere Energie, eine trotzige Zielstrebigkeit zuschreiben. Wie etwa einem Mann, der sich, die Hände auf dem Rücken, vorgebeugt und gesenkten Kopfes, ohne auch nur einen Seitenblick zu vergeuden, seinen Weg querhin über eine äußerst belebte Großstadtstraße bahnt. Doch wäre der Mann nicht halb so gefährdet bei seinem Unterfangen wie sie es ist.

Ich habe mir vorgenommen, solange an Ort und Stelle auszuharren, bis sie entweder drüben angekommen oder auf der Strecke geblieben ist. Ich werde es mir bequem machen dabei, werde mir meinen besten Zigarettenstummel anzünden und hin und wieder das Standbein wechseln, während ich ihr mit den Augen folge. Nur mit den Augen freilich. Selbst wenn ich sie in höchster Gefahr sähe, würde ich kein Glied rühren, um ihr beizuspringen. Schließlich kenne ich den Verkehr bei uns lange genug und werde ihn nicht um ihrer schönen fuchsigen Katzenhaare willen auch für mich zu der force majeure machen, die er für sie nun einmal sein muß, auf ihrer Stufe der Evolution.

Vorerst kommt sie gut voran. Tatsächlich scheint diese Vorwärtsbewegung mehr über sie hin zu gehen als daß sie selbst sie vollzöge. Ein Wellengang von Licht und Schatten, Getreide im Wind in der Sonne, so fließt das dahin, schnurgerade vorwärts.

Doch das kann meine Sorge nicht von mir nehmen. Sorge um sie? Nicht doch, um mich. Denn ich habe es unterdessen zu meinem Orakel gemacht, ob sie heil nach drüben kommt oder nicht, oder gar nicht. Da ist niemand, mit dem ich eine Wette abschließen könnte. Wahrhaftig, ich würde zu unseren Ungunsten wetten, das würde ich. Und selbst wenn einer da wäre, darauf einzugehen, wer hielte dagegen?

Ein Raupenleben ist das.

Aber versuchen wir einmal ernstlich, unsere Chancen zu kalkulieren. Überschlägig nur, ich bin kein Mathematiker, kein Statistiker, und ich fürchte, nur ein ausgepichter Mathematiker und Verkehrsstatistiker wäre einer Aufgabe wie dieser allenfalls gewachsen.

Nehmen wir an, daß sie eine Strecke von etwa fünf Metern zu überwinden hat, das dürfte ungefähr hinkommen. Das wäre dann also das Hundertfache ihrer Körperlänge, rund. So viel mithin wie zirka hundertfünfundachtzig Meter für mich. Und zwar quer zum Verkehr, der völlig blind für sie ist, bei dem Tempo von achtzig bis hundertzwanzig Sachen, mit dem

die Prothesengötter in beiden Richtungen dahinflitzen. Die Frequenz an diesem Ort und zu dieser Stunde? Erheblich, erheblich, mehr kann ich nicht sagen, und das ist natürlich viel zu ungenau. Errechnen müßte man es können, dies und noch eine ganze Anzahl weiterer Faktoren und ihre Relationen zueinander. Das Verhältnis der verschiedenen Geschwindigkeiten. Die unterschiedlichen Breitenmaße der rollenden Prothesen, von denen wir bedroht sind. Die Häufigkeit der einzelnen Typen. Dies und das und wahrscheinlich noch eine Menge mehr.
Durchschnittswerte, versteht sich, mehr hätte man nicht zu erwarten, und wie ungenügend die sind, das weiß ich. Wenn ich bedenke, welche Erwartungen sich aus irgendeiner geeigneten Durchschnittskalkulation für meinen Lebensweg ergeben haben müßten, wie prächtig stünde ich ihnen zufolge jetzt wohl da – statt hier, mit dem Entwurf zu einer Rechenaufgabe, die zu lösen ich selbst dann nicht kapabel wäre, wenn ich sicher wüßte, wie viele Komponenten denn nun wirklich dabei zu berücksichtigen wären.
Fast im gleichen Moment, in dem ich das denke, muß ich schon erkennen, daß ich mindestens eine außer Acht gelassen habe, die sich gerade als die entscheidende erweisen könnte, nämlich den Wind, den Fahrtwind, einschließlich seiner diversen Stärkegrade. Er kommt mal aus der einen, mal aus der anderen Richtung und manchmal, oft genug, aus beiden zugleich, in welchem Falle die beiden Winde meiner Ansicht nach in der Mitte einen regelrechten Wirbelsturm erzeugen müssen. Für mich freilich sind alle diese Luftbewegungen kaum mehr als ein Hauch, so wie ich dastehe, ganz am Rand und mit einer soliden Krücke, auf die ich mich stützen kann. Die winzige zarte Walze da aber wird vor meinen gebannten, gespannten Augen um und um gewirbelt und geweht. Und schließlich ist sie mein Orakel, nicht bin ich das ihre.
Es ist schon im höchsten Grade beängstigend, mit ansehen zu müssen, welches Spiel da mit uns getrieben, wie mit uns umgesprungen wird. Unser einziges Glück, daß sie keine Kno-

chen hat, sie zu brechen, wie ich. Da wäre kaum einer, der heil bliebe. Kreuz und quer rollt, gleitet, schlittert und wischt sie über die Piste hin, dreht sich ungezählte Male um ihre beiden Achsen, die horizontale und die vertikale, ringelt sich, kreiselt, und das alles innerhalb eines Bezirks von mehreren Quadratmetern, die für mich mehrere hundert Quadratmeter wären, es ist nicht auszudenken. Vielmehr, genaugenommen tut sie das alles ja keineswegs, sondern es wird mit ihr getan, es geschieht ihr, trägt sich zu mit ihr.
Was sie selbst tut, ist aber in meinen Augen erstaunlich genug. Es ist nicht mehr und nicht weniger, als daß sie bei alledem den Kurs hält, beziehungsweise unverzüglich wieder aufnimmt, den genauen Kurs hinüber auf die andere Seite und zwar offenbar zu einer bestimmten Stelle auf der anderen Seite, so daß der Winkel zu meinem Standort, in dem sie sich dahin und von mir fort bewegt, nicht unverändert bleibt, sondern im Lauf der Zeit gradweise mal spitzer mal stumpfer verläuft, während die Bahn ihres Marsches selbst immer dieselbe Geradheit einhält, sturheil die jeweils kürzeste Linie zum Ziel. Ja, sie ist stur, stur. Wenn sie nun zum Beispiel schon, wie das öfter vorkommt, um ganze hundertachtzig Grad gedreht wird, warum zum Teufel läßt sie es nicht dabei und kommt auf meine Seite herüber? Der Weg wäre, vorerst noch, kürzer, ihre Aussichten, aus dem Schlammassel herauszukommen, wären um ebenso vieles größer, und der Kies und das Grünzeug auf meiner Seite, dächte ich, nicht schlechter als auf der anderen. Aber nein, sobald sich das Furioso ein wenig gelegt hat und sie einen Augenblick zur Ruhe gekommen ist, macht sie auf der Stelle kehrt und geht wieder unter ihrem eigenen Wind auf Kurs, dem Wind, den sie in sich selber trägt, dem Wind, der sie treibt und steuert. Ihren unerkennbaren Kopf stelle ich mir jetzt wie den eines Büffels vor, eines Bisons im Dahinstürmen.
Immer wieder wird sie durch einen der vorbeirauschenden Wagen, mit denen unser blindes Schicksal heute kutschiert, momentweise meinen Blicken entzogen. Ich sehe noch, wie

so ein Good Year, Firestone und Phoenix sie fast streift, und vielleicht streift er tatsächlich ihr seidiges langes Haar oder hat sie bereits plattgewalzt, die Walze die Walze. Ich kann nicht umhin, die Luft scharf und kurz zwischen die Zähne zu ziehen und den letzten Gedanken zu denken: Jetzt ist es aus mit uns. Doch da regt sie sich schon wieder klein und fuchsbraun und büffelköpfig an irgendeiner mehr oder weniger entlegenen Stelle des Schauplatzes, justiert sich unfehlbar auf die kürzeste Linie ein und nimmt den alten Marsch von neuem auf.

Die Sache, unsere Sache zieht sich in peinigender Unentschiedenheit hin. Peinigend, ohne Übertreibung gesprochen, wenn auch vielleicht nur für mich. Ich kann doch wohl nicht ewig hier herumstehen, oder? Ja wenn ich einen Klappstuhl hätte oder so was ähnliches. Oder wenn ich mich endlich entschließen könnte, eine meiner ältesten und schönsten Vorstellungen zu verwirklichen und mich einfach niederzulegen, mich einfach ein für allemal irgendwo niederzulegen, wo es grün ist. Wobei ich mir ja allerdings immer ein saftigeres Grün erträumt habe als das dürftige hier an der Straße von irgendwo nach irgendwo und umgekehrt. Ein wucherndes, sumpfiges Grün, in das man so richtig hineinmodern könnte, indem man nichts mehr unternähme als Atmen, solange es noch sein müßte. Einatmen, ausatmen, einatmen, ausatmen, aus.

Wie es mit meiner Raupe ausginge, wäre mir dann ziemlich egal. Sie wäre nicht länger meine Raupe, meine hübsche fuchsige Katzenraupe, meine büffelköpfige Orakelraupe. Ihr Ende ließe mich vollkommen kalt, Glück zu oder fahr hin. Ja, vielleicht würde ich, ruhig einatmend, ausatmend, sogar ohne Schmerz an den Schmerz der fremden Frau denken können, an der ich auf meinem Weg vorbeigekommen bin vor kurzer oder langer Zeit, wie man's nimmt. Eine häßliche Frau, noch nicht alt und nicht mehr jung, ein Trampel mit blonden strähnigen Haaren.

Sie stand auf der untersten Stufe einer Freitreppe, wahrscheinlich einer Bahnhofstreppe. Eine Stufe höher, schräg und dicht hinter ihr ein schwarzhaariger Mann, richtig tiefschwarz und im übrigen ein widerlicher Bursche. In dem Moment, in dem ich, ohne zu zögern oder gar anzuhalten, vorüberging, brach sie so laut, hemmungslos, fassungslos in ein fast schreiendes Weinen aus wie ein entsetztes Kind und rief: Das kannst du doch nicht tun. Da war ich auch schon vorüber. Kaum eine Sekunde lang kann ich gesehen haben, wie ihr häßliches Gesicht mit einemmal nach allen Richtungen aus dem Leim gegangen und auf diese Weise sicher noch häßlicher geworden war. Nein, das ist nicht sicher. Vielleicht war es gerade umgekehrt, und es war aus diesem Anlaß zum erstenmal in ihrem Leben schön geworden. Und das war auch schon alles, ich bin nur daran vorbeigegangen. Aber die Erinnerung daran, die mir seither oft zusetzt, als ob ich nicht einen ganzen Berg wesentlicher böserer Erinnerungen zu tragen hätte, wird wohl erst mit mir selbst enden.

Dieser Wind. Da wirft er doch in seiner Unberechenbarkeit das niedliche Biest mit einemmal unter den wirbligsten Umdrehungen, die ihm aber keinen Schaden tun, weiter als jede Hoffnung sich gewagt hätte und geradesten Weges dem Ziel zu, das ich ihm gesetzt habe, dem jenseitigen Kiesstreifen. Nicht viel mehr als zehn Raupenlängen trennen es noch von ihm, mag es auch noch zwanzig von dem entfernt sein, das es selbst anstrebt, dem Grünkram da drüben, in dem es vermutlich durchaus nicht zu vermodern beabsichtigt, oder doch? Beabsichtigt ist gut.

Und dann auf einmal sind alle Winde der Welt los, alle auf einmal, aber nur einer scheint sie zu erfassen, sie ein wenig hochzuheben und sie in sanftem Bogen mitten unter die ersten Halme zu werfen.

Ein kleiner Ruck nur, ein kurzes, schütterndes Wegrutschen unter mir, und ich war in naher Ferne, in der Schweiz, in einem Hotel, in der Hall, mächtig nobel, so daß ich mich wundern mußte, wie das um den geringen Preis zu haben sein konnte, mir schwebte etwas von zwanzig Franken vor. Ich wußte, daß ich das für einige Zeit, eine sehr begrenzte Zeit noch zu leisten vermochte, dann aber nicht mehr weiter wissen würde. Das beunruhigte mich etwas, aber nicht sehr, fast gar nicht.
Eine Frau näherte sich mir, es war an der Rezeption, glaube ich. Sie sprach mich lächelnd an, ich weiß nicht mehr mit welchen Worten. Sie gefiel mir, aber nicht genug, das heißt, nicht übermäßig. Heller Pelz, der teuer aussah, für meine Begriffe, mit dicken Wülsten quer gestreift.
Sie erzählte viel, unter anderem, daß sie in meiner ehemaligen Branche tätig sei. Ich warf sofort ein, daß ich ein Kollege sei, oder vielmehr gewesen sei, und nannte die ferne Firma, der ich zuletzt angehört hatte. Da sei sie auch gewesen, sagte sie. Ich sagte, wie lange ich schon weg war von dort und fragte, ob sie noch den und den kennengelernt habe. Ja. Und den? Ja, ja. Sie schien sie alle zu kennen.
Sie hatte kleine Pakete in der einen Hand, in der anderen eine große Glocke. Ich fragte sie danach. Die habe sie eben gekauft. Sie gab sie mir in die Hand.
Ich weiß nicht mehr, ob dann noch etwas geredet worden ist. Ich hatte das Gefühl, alles verdorben zu haben, indem ich mich so sehr beeilt hatte, einen Dialog zustande zu bringen, obwohl mir doch gar nichts daran gelegen gewesen war, bloß um mich freundlich zu erweisen und weder hochnäsig noch blöde zu erscheinen, ein alter Fehler von mir.
Plötzlich rannte sie weg, wie ein verliebtes Mädchen in älteren Romanen und Filmen. Etwas dicklich, nicht nur infolge des wulstigen Pelzmantels, lief sie durch einen überlangen Gang, ich hinter ihr her, eine schön geschwungene Treppe hinauf, alles sehr prächtig, Grandhotel alten Stils.
Ich rief im Laufen, Ihre Glocke, Ihre Glocke, und streckte sie

ihr hin. Sie sah sich wiederholt nach mir um, lächelte mir zu, hielt aber nicht an.
Endlich, auf einem Treppenabsatz, von weitem, so daß wir beide sehr die Arme ausstrecken mußten, nahm sie die Glocke entgegen. Gleich darauf war sie weg.
Nun kehrte ich um und ging zu dem Kino, das zum Hotel zu gehören schien. Ich war dort verabredet, mit meiner Frau. Ja, ich war wieder verheiratet, aber ich kannte meine Frau nicht. Ich hatte sie noch nie gesehen.
Sie kam. Ich wußte, das war sie, und sie schien mich zu kennen. Auch sie gefiel mir nicht übermäßig. Ich sagte ein wenig verlegen du zu ihr, es störte mich, daß ich ihren Namen nicht wußte.
Während wir hineingingen, merkte ich, daß ich meinen Stock nicht bei hatte, keine Krücke, einen Stock. Ich mußte ihn unterwegs verloren haben. Ich sagte es ihr und ging, um ihn zu suchen.
Ich suchte in Gängen und Garderoben. Wie vornehm da alles war, darüber konnte ich mich gar nicht beruhigen. Aus vielen Nischen traten Diener und anderes Personal hervor. Ich fand meinen Stock nicht, dafür aber mehrere andere, die die richtige Länge hatten. Ich nahm einen davon, niemand hinderte mich daran. Er war besser und teurer als meiner, gefiel mir aber nicht so gut, weil er in der Mitte eine Ausbeulung hatte, als hätte er einen Apfel verschluckt. Auch klang er nicht so gut wie mein Stock, wenn ich mit ihm gegen den Schuh klopfte, den linken Schuh, denn ich trug ihn in der linken Hand, wie früher die Krücke.
Ich mußte lange suchen, bis ich das Kino wiedergefunden hatte. Wie eng war doch die Tür, sonderbar bei der sonstigen Üppigkeit dort, ich mußte mich mühsam durchwinden. Dann hielt ich nach meiner Frau Ausschau, wie sollte ich sie finden? Ich hatte vergessen, wie sie aussah, wie sie gekleidet war, auch wußte ich ja ihren Namen nicht, um sie zu rufen. Dennoch war ich keineswegs entmutigt. Ich würde mich notfalls neben irgendeine Frau setzen und du zu ihr sagen, und sie würde es sein.

Da lächelte mich jemand an und winkte mir zu von einer der Treppen her, die den Saal umgaben. Sie war es, kein Zweifel. Sie war jetzt anders gekleidet, ungeheuerlich elegant auf eine altmodische Weise. Sie mußte reich sein, warum gab sie mir kein Geld? Oder wußte sie nicht, daß ich keins hatte, daß ich total blank sein würde, wenn die knappe Zeit hier abgelaufen war? Am meisten fiel mir der enorm hohe und breite lindgrüne Turban auf, den sie trug. Sie gefiel mir jetzt etwas besser, aber immer noch nicht übermäßig.
Sie rief mir zu, jetzt habe sie eine Spur gefunden, und führte mich dann in ein Magazin, in dem ein uraltes Faktotum waltete. Der Alte bot mir mehrere Stöcke an, hübsche, sogar kostbare Stöcke, die mir aber alle zu klein waren. Mein eigener war nicht da. Der käme mit der nächsten Post, sagte er, ein Unsinn, zu dem ich nur den Kopf schütteln konnte. Aber es machte mir nicht viel aus. Ich sagte mir, daß ich ja auch ohne Stock gehen konnte, wenn auch nicht besonders gut.
Wir gingen wieder in den Saal, meine Frau und ich. Da, während wir lächelten und plauderten wie alle die anderen, merkte ich, daß mir an dem einen Fuß Strumpf und Schuh fehlten. Nackt streckte er sich unter der Hose vor, ich weiß nicht mehr, ob es der linke oder der rechte war. Ich bückte mich erschrocken und wütend nach dem nackten Fuß hinunter, und dabei muß etwas in meinem Kopf in Unordnung geraten sein, ein ganzer Zug von Bildern, die ich nicht mehr erkennen konnte, karambolierte wie die Waggons bei einer Eisenbahnkatastrophe, und dem entsprach auch der Schrecken, der mich erfaßte und hochriß.

Der kleine Mann im weißen Kittel, der mich aus meinem Traum gerissen hatte, stand auf der Schwelle und sagte: Kommen Sie doch herunter, wir feiern jetzt.
Ach ja, sie feierten jetzt in dem Heim, in das ich eingeliefert worden war. Ich stand auf, ich hatte gar nicht vorgehabt zu schlafen, aber ich war jetzt manchmal so müde, es konnte

vorkommen, daß ich unversehens einschlief, wenn ich mich nur ein bißchen hinlegte, in Kleidern und den Krückstock an meiner Seite (keine Krücke, keinen Stock, einen Krückstock, aber soweit hatte ich es immerhin schon gebracht).
Es war eigentlich ein Altersheim für geistig Behinderte, aber die Insassen waren nicht alle sehr alt, es war sogar ein Mann von fünfundzwanzig Jahren unter ihnen; geistig behindert waren sie allerdings alle, der junge Mann war schwachsinnig. Es gab auch Schizophrene, Paralytiker, Hospitalisten dort. Sie hatten mich da eingeliefert, weil sie nichts besseres mit mir anzufangen gewußt hatten. »Erlebnisreaktive depressive Verstimmungen«, lautete die Diagnose, die sie auf einer gelben Karteikarte eingetragen hatten. Irgendwo weit unten auf der Karte gab es noch eine Bleistifteintragung, derzufolge ich bei der Einlieferung noch zwei Pfennige besessen hatte.
Ich ging hinunter. Da saßen sie und feierten schon, es war Jahresende, die Zeit, in der sich die Feiern häufen. Der Pfleger, der mich heruntergeholt hatte, hielt gerade eine Ansprache. Ich setzte mich auf meinen gewohnten Platz. Auf dem Tisch stand ein Teller mit irgendwelchem Gebäck und an jedem Platz eine große Henkeltasse, die diesmal nicht bis zum Rand mit Kaffee, sondern zu einem Viertel mit Weißwein gefüllt war. Neben mir saß ein Mann mittleren Alters, einer der wenigen, mit denen ich sprach. Das heißt, eigentlich sprach er mit mir. Immer wenn ich ihm begegnete, streckte er mir eine fast schaumig schlaffe Hand hin und teilte mir mit, welchen Tag wir morgen haben würden. Er irrte sich nie, und es schien ihn stolz zu machen, wenn ich seine Angaben bestätigte. Er hat mir nie den jeweils heutigen Tag genannt, nur die morgigen Tage schienen ihn zu interessieren.
Nachdem er seine Ansprache beendet hatte, stimmte der Pfleger ein Lied an. Der Mann neben mir sang nicht mit, wurde aber vom ersten Ton an von einer heftigen Erregung ergriffen. Er zitterte am ganzen Leibe, sein Gesicht leuchtete, seine Augen füllten sich mit Tränen, und plötzlich sprang er vom Stuhl auf und begann in äußerster Verzückung mit den

Armen zu fuchteln. Ich will nicht weiter reden von meiner Zeit in diesem Heim; es waren drei Monate, in denen nichts geschah, worüber ich jetzt noch viele Worte verlieren mag.

Seit zwei Jahren habe ich wieder ein Zimmer, von dem ich nicht recht weiß, ob ich es mein Zimmer nennen soll oder nur einfach »das Zimmer« oder »Zimmer«. Eine etwas verrückte Empfindlichkeit, denn wenn ich zu anderen davon spreche, muß ich ja doch »mein Zimmer« sagen, wenn ich wünsche, das man mich versteht. Es ist ein kleines Appartement in einem ganz normalen Miethaus (man hat mir dazu verholfen, allein hätte ich es mir nicht beschaffen können) und eigentlich müßte ich sogar freundliche Gefühle für das Zimmer aufbringen, denn in ihm habe ich den größten Teil dieses Buches geschrieben. Aber es ist auch das Zimmer, in dem ich die vielen Nächte dieser zwei Jahre verbracht habe, in denen mein Herz nicht von selbst zu arbeiten, sondern von einer fremden Hand betätigt zu werden schien. Einer kleinen blauen Hand, meiner Vorstellung nach, einer ungelenken blauen Kinderhand, die sich um einen rostroten schlaffen Ball schließt und öffnet und wieder schließt und vielleicht auch wieder öffnet. Es kam mir vor, als bewegte sich die kindliche Hand im Schlaf und als könnte ich nicht schlafen, weil sie schlief. Dann machte ich den Mund auf, der sich geschwollen anfühlte, aber obwohl ich das Fenster bei Nacht nie ganz schließe, war die Luft, die mir in den Mund drang, schwer und warm, eine Luft zum Ersticken.

Jetzt stoße ich das Fenster ganz weit auf, ich brauche dazu nicht aufzustehen, ich besorge das mit meinem Stock (immer noch einem Krückstock) von meinem Platz aus. Es ist Abend. Das Licht der Tischlampe fällt auf das Papier und die schreibende Hand, den alternden Schädel, und Licht, Papier, Hand und Schädel bewegen sich miteinander fast unmerklich vorwärts durch einen nebelgrauen und vollkommen leeren Gang, dessen Ende nicht abzusehen ist, sei er kurz oder lang.

Sicher ist nur, daß dann, an seinem unermeßlichen Ende, das Licht ausgelöscht wird, und alles ist wie nie gewesen, ist nie gewesen. Und wenn man Glück hat, wird es so schnell ausgelöscht, wie man die Tischlampe ausknipst, wenn das Nachtpensum geschafft ist und man einen leichten Kuß im Nacken fühlt oder gern fühlen würde, so sanft wie die Berührung eines kleinen Vogels.